HEYNE<

JOHN MARRS

THE MARRIAGE ACT

Bis der Tod euch scheidet

Roman

Aus dem Englischen übersetzt
von Felix Mayer

WILHELM HEYNE VERLAG
MÜNCHEN

Titel der Originalausgabe
THE MARRIAGE ACT

MIX
Papier | Fördert
gute Waldnutzung
FSC® C014496

Penguin Random House Verlagsgruppe FSC® N001967

Deutsche Erstausgabe 08/2023
Redaktion: Joern Rauser
Printed in Germany
Umschlaggestaltung: Das Illustrat GbR, München,
unter Verwendung mehrerer Motive von Shutterstock
Satz: Schaber Datentechnik, Austria
Druck und Bindung: GGP Media GmbH, Pößneck

ISBN 978-3-453-32273-8

www.diezukunft.de

Für Ada Lovelace
(1815–1852)

Audite (lat.): ich höre, ich höre zu, ich verstehe.

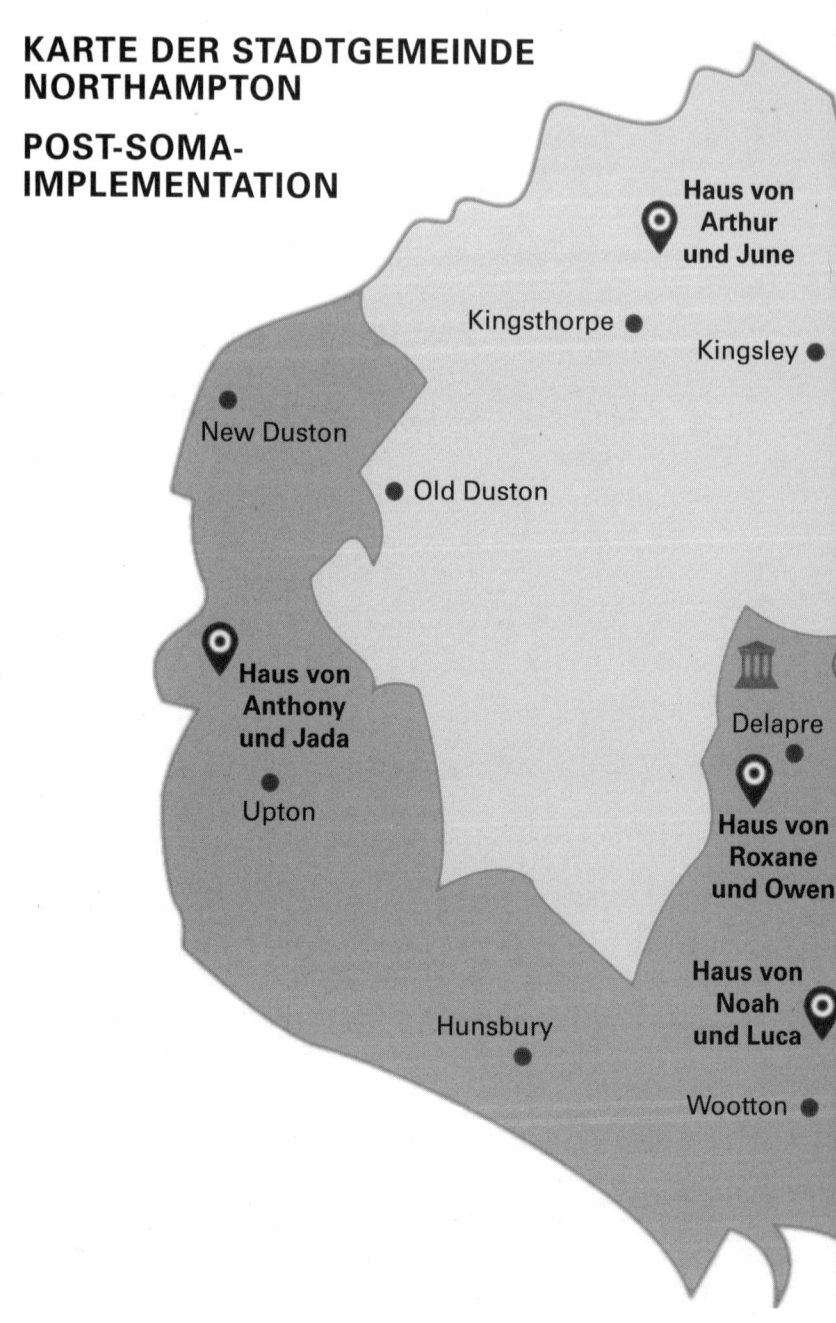

KARTE DER STADTGEMEINDE NORTHAMPTON

POST-SOMA-IMPLEMENTATION

Haus von Arthur und June

Kingsthorpe

Kingsley

New Duston

Old Duston

Haus von Anthony und Jada

Upton

Delapre

Haus von Roxane und Owen

Haus von Noah und Luca

Hunsbury

Wootton

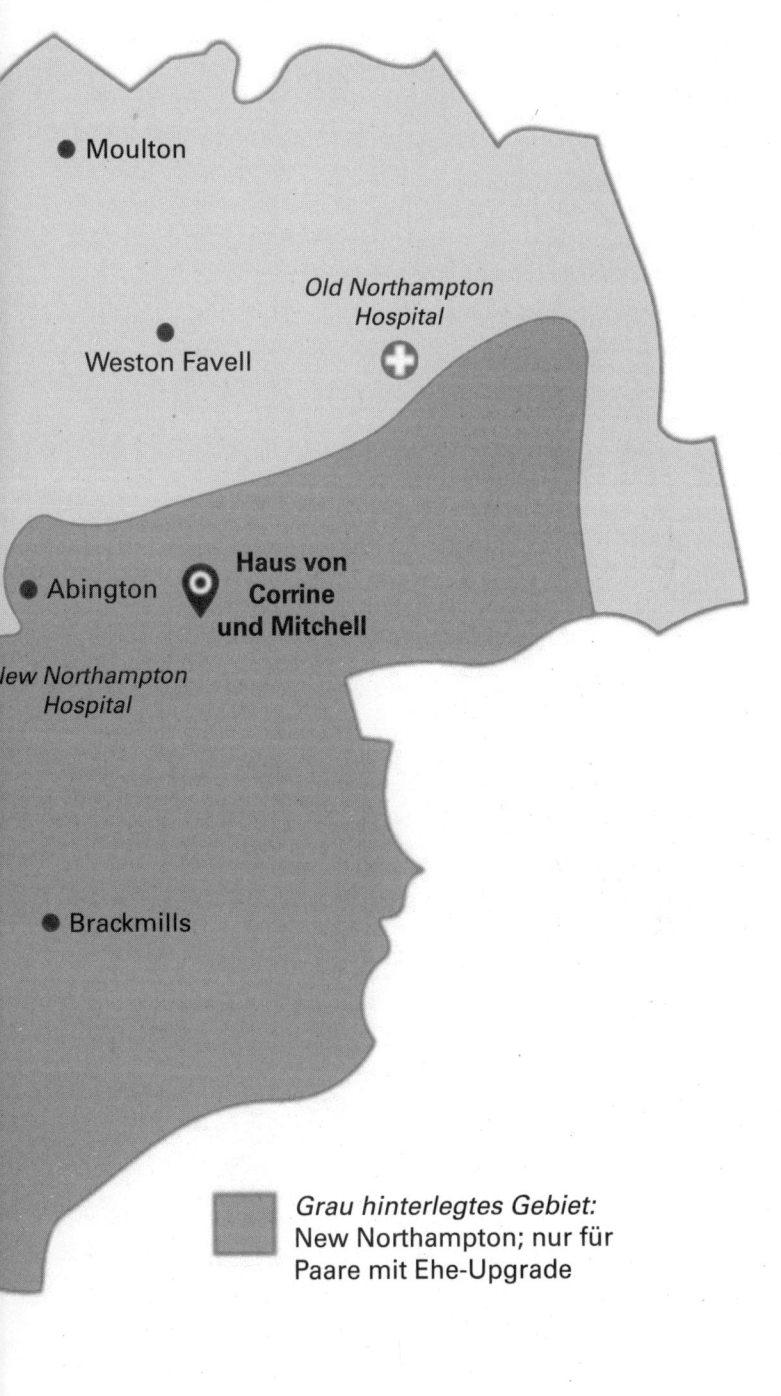

Moulton

Old Northampton
Hospital

Weston Favell

Abington   Haus von
Corrine
und Mitchell

New Northampton
Hospital

Brackmills

Grau hinterlegtes Gebiet:
New Northampton; nur für
Paare mit Ehe-Upgrade

Wie bringt die Smart-Ehe
Großbritannien voran?

Sie stärkt die individuelle Gesundheit und die Wirtschaft.

Verheiratete Paare sind
gesünder.

Sie haben ein um **35 % geringeres Risiko**, an Bluthochdruck, Schlaganfall oder Herzleiden zu erkranken. Sie erholen sich schneller von Operationen und haben ein **stärkeres Immunsystem.***

Verheiratete Paare haben
weniger Krankheitstage.

Sie schonen das Gesundheitssystem und nehmen weniger Versicherungsleistungen in Anspruch. Mit ihrer Arbeitskraft **fördern sie das Wachstum unserer Wirtschaft.**

Verheiratete Paare leben
vier bis acht Jahre länger
als Alleinstehende.

Fürsorgliche Partner **ermuntern** sich gegenseitig, regelmäßig zur Vorsorge zu gehen, Medikamente einzunehmen, **sich gesund zu ernähren** und **mehr Sport zu treiben.**

Eine intakte Ehe bedeutet ein
intaktes Seelenleben.

Wer in einer Beziehung lebt, leidet **deutlich seltener** an Angstzuständen, Depressionen, Drogenmissbrauch, Einsamkeit sowie Psychosen und neigt weniger zu Selbstmordversuchen.

* Laut einer im Auftrag der Regierung
durchgeführten Studie

www.smartmarriage.co.uk

ERSTER TEIL

Jem Jones

Transkript eines Live-Videos der britischen Videobloggerin und Influencerin JEM JONES, das in zahlreichen sozialen Medien ausgestrahlt wurde.

ANMERKUNG DER TRANSKRIPTORIN: Als die Aufnahme beginnt, sieht Miss Jones nicht in die Kamera. Sie hat nur wenig Make-up aufgetragen, die dunklen Ansätze ihrer blonden Haare sind deutlich zu sehen, und sie hat das Haar flüchtig zu einem Pferdeschwanz gebunden. Sie trägt einen schwarzen Strickpullover und eine silberne Halskette mit einem Anhänger, der den heiligen Christophorus zeigt. Sie wirkt angespannt und aufgewühlt. Miss Jones sitzt im Loungebereich eines Wohnhauses. Hinter ihr stehen zwei große Sofas, an der Wand hängen Bilder, die tropische Strände zeigen. Die Fensterläden sind geschlossen. Sie ist allein. Nach dem Beginn der Aufnahme dauert es achtunddreißig Sekunden, bis sie in die Kamera blickt und zu sprechen anfängt.

»In den letzten Jahren habe ich unzählige von diesen Videoblogs aufgenommen, aber dieser hier ist der erste, bei dem ich nicht weiß, wie ich anfangen soll.«
(Miss Jones schüttelt den Kopf und atmet hörbar tief durch.)

»Ich glaube, ich sollte mich erst mal entschuldigen. In den letzten Monaten habe ich nicht besonders viel von mir hören lassen. Aber nach meinem letzten Post – oder dem ›Desaströsen Dienstag‹, wie meine Kritiker gesagt haben – habe ich es für besser gehalten, mich erst mal zurückzuziehen und mir Zeit für mich selbst zu nehmen. Aber dieses Live-Video wird kein Comeback. Im Gegenteil. Es wird ein Abschied.

Ich bin einfach völlig durch, Leute. Ich hab einfach nicht mehr die Kraft, das hier noch länger zu machen. Wie soll ich denn glücklich sein, wenn sich alle nur noch über mich lustig machen und mich auslachen? Durch diese permanente, gnadenlose negative Aufmerksamkeit und den ganzen Stress hab ich eine posttraumatische Belastungsstörung bekommen, und Schlafstörungen und Angstzustände. Ich kann nicht mehr. Ich bin einfach erschöpft.«

(Miss Jones reibt sich mit den Händen über das Gesicht. Ihre Fingernägel sind angekaut, der weiße Nagellack ist aufgeplatzt.)

»Als ich vor sechs Jahren mit dem Videobloggen angefangen habe, hatte ich ganz harmlose Absichten. Ich wollte einfach nur ein kurzes Video machen, das sich vielleicht ein paar Leute ansehen würden und in dem ich über all das sprechen könnte, was mich als Frau mit Mitte zwanzig beschäftigt hat. Ich dachte, wenn sich das hundert Leute anschauen, die mich nicht kennen, dann wäre das schon ein Riesenerfolg.

Aber dann sind meine Videos plötzlich viral gegangen. Ich glaube, ich werde nie kapieren, warum. Aus hundert Abonnenten wurden zweihundert, dann tausend, und nach einem Jahr waren es eine Million. *(Miss Jones lächelt zum ersten Mal kurz.)* All diese Leute haben mir zugesehen und sich angehört, wie ich rumgeschwafelt habe: wo man Lippenstift in genau dem und dem Farbton bekommt, wie ich ihnen mein erstes Tattoo gezeigt habe, oder wenn ich mal wieder einen entsetzlichen Kater hatte, nachdem ich am Abend zuvor mit den Mädels um die Häuser gezogen war … Mein Gott, damals war das Leben einfach nur ein großer Spaß und völlig easy. Ich meine das ernst; damals hab ich ein paar von den tollsten Dingen überhaupt erlebt, und ich hab das alles mit euch geteilt. Und durch euer Feedback wurde das alles *noch* wertvoller. Die Nachrichten, die Tags, die dämlichen Emojis und die liebevollen Worte … das hat mir wahnsinnig viel bedeutet. Die meisten von euch habe ich nie kennengelernt, aber es hat sich angefühlt, als wärt ihr alle meine Freundinnen. Ihr habt mein Glück geteilt, wenn ich frisch verliebt war, und wenn's dann wieder vorbei war, hab ich mich an euren Schultern ausgeheult. Das war eine Gemeinschaft, die mir wahnsinnig viel Kraft und Unterstützung gegeben hat. Ihr habt mir wirklich das Gefühl gegeben, dass ich geliebt werde.«

(Miss Jones schließt die Augen.)

»Ich hätte wissen müssen, dass das nicht ewig so weitergehen kann. Alles Schöne ist irgendwann vorbei. Und das alles ist nur passiert, weil ich mir erlaubt habe, eine eigene Meinung zu haben. Ich mag die Vorstellung, sich zu etwas zu verpflichten, und ich finde es toll, verliebt zu sein. Da hat es nahegelegen, dass ich öffentlich für das Gesetz über die Unantastbarkeit der Ehe geworben habe. Aber dann haben sich die Aktivisten, die gegen das Gesetz sind, auf mich eingeschossen. Da fing das mit dem Hass an. Selbst in unserer angeblich so aufgeklärten Zeit machen die Leute einen Sport daraus, eine Frau, die für etwas eintritt, mundtot zu machen, während ein Mann, der dasselbe sagt, in Ruhe gelassen wird.

Diejenigen unter euch, die mir schon länger folgen, wissen es: Wenn jemand behauptet, dass ich irgendetwas nicht kann, oder mir sagt, was ich denken soll, dann führt das erst recht dazu, dass ich mein Ding mache. Und als mich die Regierung dann gefragt hat, ob ich das Gesicht der Werbekampagne für das neue Ehegesetz werden will und seine Vorteile überall bekannt machen will, da hab ich natürlich Ja gesagt.

Der Widerstand, der mir zuvor entgegengeschlagen war, war schon heftig gewesen, aber im Vergleich zu dem, was dann kam, war das Kindergarten. Ich wurde sozusagen das Aushängeschild der Cancel Culture. Jeden Tag habe ich Tausende Mails und Nachrichten bekommen, in denen mich die Leute als selbstsüchtiges, bösartiges Miststück beschimpft haben, und dass sie mich am liebsten tot sehen würden, und auch meine Familie. Meine Posts in den sozialen Medien wurden mit Hasskommentaren überschüttet. Auch meine Sponsoren wurden angegriffen und davor gewarnt, weiter mit mir zusammenzuarbeiten, weil sie sonst als Nächste auf der Abschussliste stünden. Anfangs konnte ich damit noch umgehen, mit den Todesdrohungen, den gefakten Videos, den Memes, den Schmierereien an meinem Haus und auch mit den Ziegelsteinen, die durch die Fenster geflogen sind. Aber als sie dann meine Hunde vergiftet haben, hat mir das den Rest gegeben. England hat sich von mir abgewendet, also habe ich mich von England abgewendet.«

(Miss Jones holt unter ihrem Monitor sieben Tablettenboxen aus Plastik hervor und hält sie in die Kamera. Es ist nicht zu erkennen, von welcher Apotheke sie stammen. Sie schiebt den rechten Ärmel ihres Pullovers hoch. Auf ihrem Oberarm sind zwei transparente Pflaster zu sehen. Ihr Unterarm weist vernarbte Stellen sowie frische Wunden auf. Dazu sagt sie nichts.)

»Die Pflaster geben über einen längeren Zeitraum hinweg Antidepressiva ab. Unter den Tabletten sind welche, die mir beim Einschlafen helfen, und andere, die mich wach halten. Ich nehme Pillen, damit ich meine Gedanken ordnen kann, Pillen, damit ich nicht zu viel denke, Pillen, damit ich Appetit bekomme, und Pillen, die verhindern, dass ich mich leer fühle. Ich habe sogar welche, die mich klar denken lassen, damit ich nicht vergesse, die anderen zu nehmen.

Aber alle Pillen und Tabletten haben eines gemeinsam: Sie erinnern mich daran, in welchem Maß mein Leben aus den Fugen geraten ist. Ich weiß nicht mehr, wann ich das letzte Mal in irgendeiner Hinsicht zuversichtlich war. Jedes Mal, wenn ich mich traue, in die sozialen Medien zu schauen, schlägt mir nichts als Hass entgegen, und auch wenn das alles nur von anonymen Tastaturkriegern stammt, verletzt es mich trotzdem wahnsinnig. Und diese Angriffe nehmen kein Ende, tagein, tagaus geht das so. Früher habe ich im Internet Zuflucht gefunden, heute empfinde ich es als ein Gefängnis. Aber jetzt mach ich doch wieder weiter, obwohl ich weiß, dass es mich zerstört. Ich bin süchtig danach und habe einfach keine Ahnung, wie ich damit aufhören soll. Ich fühle mich beschissen, kriege Depressionen und fühle mich wie der letzte Dreck, aber ich kann einfach nicht aufhören. Ich kann nicht aufhören …«

(Miss Jones' Unterlippe zittert. Sie zögert.)

»Ich wünschte, ich könnte wieder die Jem Jones sein, die ich war, bevor ich mit den Videoblogs angefangen habe. Manche von euch werden jetzt sagen, dass das doch problemlos möglich ist. Aber ich weiß nicht, wie ich wieder die Frau von früher werden soll. Es ist einfach zu viel passiert, und ich habe überhaupt keine Ahnung mehr, wer ich bin oder was ich eigentlich bin. Manchmal bin ich mir selbst so fremd, dass ich glaube, ich bin gar nicht mehr wirklich.«

(Miss Jones hält inne und weint. Sie vergräbt das Gesicht in den Händen, nimmt dann ein Taschentuch und tupft sich die Augen trocken.)

»Tut mir leid, Leute, aber in diesem Zustand bin ich zu nichts mehr nutze, und deshalb verabschiede ich mich jetzt. Wenn welche von denen zuschauen, die mir das Leben zur Hölle gemacht haben: Herzlichen Glückwunsch, ihr habt gewonnen. Ich gebe auf, ich strecke die Waffen. Was ich jetzt auch machen würde, es wäre auf jeden Fall falsch. Danke an alle, die mir ihre Liebe gegeben haben, und es tut mir leid, dass ich euch alle so bitter enttäuschen muss. Ich habe völlig die Kontrolle verloren ... Also ist es besser, wenn ich verschwinde, aus der virtuellen Welt und auch aus der realen Welt.«

(Miss Jones lächelt entschuldigend in die Kamera und greift nach etwas, das außerhalb des Bildausschnitts liegt. Dann hält sie eine graue Pistole in der linken Hand. Sie führt sie langsam an die Schläfe, drückt ab und kippt aus dem Bild. Das Video läuft noch rund siebzehn Minuten weiter, bis ihr Leichnam gefunden wird.)

SAG »JA, ICH WILL«

ZUR **SMART EHE** **!**

EINE VÖLLIG NEUE FORM DER EHE – BIST DU BEREIT, DEN GROSSEN SCHRITT ZU WAGEN?

Jede bestehende und neu geschlossene Ehe kann ab sofort zu einer Smart-Ehe upgegraded werden.

Was gewinne ich dadurch?

Im Gesundheitswesen: Status als Smart-Privatpatient

Für deine Kinder: Zugang zu den besten Schulen in deiner Gegend

Wohnmöglichkeit in Anlagen, die eigens für Smart-Ehepaare erbaut wurden

Unparteiische und tatkräftige Eheberatung in jeder Lebensphase

Aktiver Beitrag zur Förderung des Wohlstandes in Großbritannien

Weitreichende Steuervergünstigungen und finanzielle Absicherung

Grundlage einer Smart-Ehe ist eine gefestigte und stabile Beziehung. Ein Scheitern kann zur zwangsweisen Scheidung führen sowie zum Verlust des Wohneigentums und anderer Vorteile der Smart-Ehe.

www.smartmarriage.co.uk

1

Roxi

Ungläubig starrte Roxi auf das YouTube-Video, das auf ihrem Tablet lief. »Wie zum Teufel kommt die an so was ran?«

Eine junge Frau ging mit dynamischen Schritten einen weißen Sandstrand auf den Malediven entlang und gestikulierte so begeistert wie eine Moderatorin im Kinderfernsehen, während sie ihren Zuschauern von den hohen Temperaturen und den Naturschönheiten dieses tropischen Paradieses vorschwärmte.

»Wenn du weiter so rumfuchtelst, hebst du gleich ab«, murmelte Roxi, als die Kamera herauszoomte und ein Luxusresort ins Bild kam.

Autumn Taylor war braun gebrannt, ihre Haut strahlte geradezu, ihre Frisur war makellos, und obwohl sie behauptete, gerade eben erst aufgestanden zu sein, war ihr Make-up perfekt. In der einen Hand hielt sie eine Tube Sonnencreme und in der anderen eine Flasche Wasser. Beide Markennamen waren in die Kamera gerichtet.

Roxi drückte auf »Pause«, nahm ihr Handy, öffnete die Notiz-App und diktierte: »Sonnenbrille: Prada. Bikini: Harper Beckham. Sonnencreme: Nivea. Mineralwasser: Acqua Panna. Titten: Sponsor unbekannt.«

Sie überflog die anderen Videos, die auf dem Kanal der Videobloggerin mit dem Titel *Autumn's Endless Summer* angezeigt wurden. Es waren zweiundvierzig Videos, die an den verschiedensten Orten der Welt gedreht worden waren: auf Bali, in Indien, auf den Fidschi-Inseln, den Seychellen, auf Musha Cay und auf Bora Bora. Autumns jüngster Clip, den sie erst gestern gepostet hatte, war jetzt schon über eine Million Mal angeklickt worden. Dass sie unter den weltweit wichtigsten Influencern zu den Top Ten gehörte, ärgerte Roxi jedes Mal, wenn sie darüber nachdachte. Und das tat sie ziemlich häufig.

Was Autumn präsentierte, war eine ganz andere Welt als die in den Videos, die Roxi an diesem Vormittag im wolkenverhangenen New Northampton zusammengeschnitten hatte. Gestern war sie durch die Verkaufsräume eines Möbeldiscounters gewandert und hatte die Sonderangebote der Woche vorgestellt. Dabei hatte sie darauf geachtet, die Wörter und Floskeln zu verwenden, die das Wörterbuch jeder Influencerin bildeten – »Hallo zusammen«, »Community«, »Seid ihr bereit?«, »Partner«, »Challenge« und »Schnäppchen« –, und hatte alles mit einer Begeisterung vorgetragen, als hätte sie über Airbnb in Frankreich eine Unterkunft gebucht und dann unverhofft die Schlüssel für das Schloss von Versailles bekommen.

Das Material war mit dem Handy aufgenommen worden, und die Beleuchtung hatte ein tragbares LED-Ringlicht geliefert. Geholfen hatten Roxi dabei, wenn auch widerwillig, ihre Kinder Darcy und Josh. Das Ergebnis war von Autumns High-End-Produktionen so weit entfernt wie die Sonne vom Mond. Und selbst die ausgefeilteste Bearbeitung konnte die wütende Miene nicht beseitigen, die ihre Tochter Darcy gezeigt hatte, als sie sie für einen Augenblick vor die Kamera gezerrt hatte. Darcy hätte lieber in der Hölle geschmort, als eine Filiale von Costland zu betreten.

»Ich kapier einfach nicht, warum du diese Videos machst«, hatte Darcy gequengelt, und es hatte sich angefühlt, als hätte sich in Roxis Ohren eine Mücke verfangen. »Die guckt doch kein Mensch.«

»Wie wär's mal mit ein bisschen positivem Feedback?«, hatte Roxi erwidert. »Wenn irgendeine PR-Abteilung auf einen meiner Hashtags aufmerksam wird, kann sich schlagartig alles ändern.«

»Dafür bist du viel zu alt.«

»Jem Jones ist nicht viel jünger als ich.«

»Ja, sie ist ein Dinosaurier, aber wenigstens einer, für den sich die Leute interessieren.«

»Ich habe in den sozialen Medien insgesamt zwölftausend Follower.«

»So wenig?«, hatte Darcy lachend erwidert. »Da hat ja selbst dieser schielende Hund mehr, der mit dem Fellimplantat auf dem Rücken, der aussieht wie Prinz Louis. Mit diesen Videoblogs wirst du nie berühmt. Das ist doch nur peinlich.«

»Weißt du, was wirklich peinlich ist?«, hatte Roxi erwidert. »Wenn du morgen ohne Handy in die Schule gehst, weil deine Mutter es dir abgenommen hat, weil du nicht gehorcht hast. Und jetzt sei ein braves Mädchen, halt den Mund und richte die Kamera auf mich, wenn ich es dir sage.«

»Ich hasse dich«, hatte Darcy gemurmelt.

»Das beruht auf Gegenseitigkeit, meine Liebe.«

Das stimmte so nicht, aber Roxi musste zugeben, dass ihr Leben von heute auf morgen in Stücke gefallen war, als ihre Welt auf einmal von Kindern bevölkert wurde. Sie war noch immer damit beschäftigt, sie wieder zusammenzusetzen. Und insgeheim warf sie das ihren Kindern vor.

Als sie jetzt Autumns Video sah, musste sie sich eingestehen, dass es ihrem eigenen Clip trotz aller Bemühungen an Begeisterung für das Thema fehlte. Daran konnten auch kein warmer Farbfilter, keine Hintergrundmusik und kein Heer von positiven Emojis etwas ändern. Die Taylors dieser virtuellen Welt bekamen geschmackvoll verpackte Haute-Couture-Mode, Schmuck, Luxusreisen und Parfüm geschenkt. Die Roxis dagegen erhielten weniger glamouröse Produkte, wie etwa Espadrilles, Slipeinlagen oder wiederwendbare Holzboxen für den Audite, den auf künstlicher Intelligenz basierenden digitalen Assistenten, den jedes Paar, das eine Smart-Ehe eingegangen war, zu Hause installieren musste. Dennoch blieb Roxi stets durch und durch professionell und hielt sich vor Augen, dass auch Jem Jones irgendwann einmal klein angefangen hatte.

Heute aber war ihr Autumns neues Video zu viel. Kurz entschlossen löschte sie es. Nie wieder würde sie solche Clips anschauen.

Dass Roxi sich aufs Videobloggen verlegt hatte, war zum Teil Darcys Schuld. Es hatte vor zwölf Jahren begonnen; Darcy war ein schwieriges Kind gewesen, sie hatte unter Koliken, Reflux und Ekzemen gelitten und nur selten durchgeschlafen. Roxi hatte sich so manche Nacht damit um die Ohren geschlagen, im Internet nach Rat zu suchen. Und zu so ziemlich allen Beschwerden, unter denen ein Baby leiden konnte, gab es Videos oder Videoblogs. Aber von den Influencerinnen sah kaum eine so aus wie Roxi. Diese Frauen waren keine übernächtigten Mütter in zerrissenen Jogginghosen und fadenscheinigen Pullovern, die ihre Rundungen verbargen. Sie banden sich die Haare nicht hastig mit einem Haargummi zusammen oder gingen ohne Make-up vor die Tür. Vielmehr waren sie makellos herausgeputzte Familiengöttinnen, die ein perfektes, durch Filter beschönigtes Leben präsentierten. Roxi hatte ihre Kanäle abonniert, ihre Websites ihren Favoriten hinzugefügt, hatte sie mit ihren Fotos und Videos stellvertretend für sich selbst ihr Leben leben lassen, hatte bei ihren Signierstunden angestanden und für sie gestimmt, wenn sie im Fernsehen an Realityshows teilnahmen. Sie wurden Freundinnen, die Roxi bloß noch nicht kennengelernt hatte.

Doch im Lauf der Zeit war die Faszination dem Neid gewichen. Warum musste sie jeden Tag in ihren jahrealten Jeans mit Gummizug die Kinder zur Schule bringen und bei der Rückkehr nach Hause in Bergen von Schmutzwäsche versinken, während diese Frauen um die Welt jetteten, in exquisiten Restaurants aßen und die angesagtesten Kleidungsstücke trugen? Nach dem Chaos und der Unordnung ihrer jungen Jahre hatte Roxi mit zwei Kindern und einem Ehemann zu so etwas wie Normalität gefunden. Doch das genügte ihr nicht. Sie brauchte noch etwas anderes. Sie brauchte mehr.

Die Lösung kam so unerwartet, als hätte Gott sie ihr persönlich ausgehändigt. Sie würde selbst mit dem Videobloggen anfangen.

»Das musst du unbedingt machen, Schätzchen«, hatte ihre beste Freundin Phoebe zu ihr gesagt. »Wenn diese Mädels das können, kannst du das erst recht. Du hast da garantiert ein Händchen dafür. Du bist klug und witzig und kannst die Leute überzeugen. Du könntest einem Veganer Fleisch verkaufen.«

Roxi hatte so gut wie alles zum Thema ihres Blogs gemacht. In manchen Wochen sprach sie über günstige Modemarken, in anderen gab sie Ratschläge, wie man seiner Beziehung neuen Schwung verleiht. Sie bloggte über alles, von Sex bis Shopping, von Kosmetik bis Kindererziehung. Aber sehr zu ihrem Frust stieg die Anzahl ihrer Follower nur langsam, und die Firmen, auf die sie es abgesehen hatte, meldeten sich nicht bei ihr.

Sie wandte sich wieder Autumn und ihren Followern zu. Die meisten davon gehörten zu dem lukrativen Segment junger Frauen zwischen vierzehn und dreißig mit hohem verfügbarem Einkommen. Plötzlich fiel ihr Blick auf eines der Profilbilder. Es war Darcy. Roxi hatte gar nicht gewusst, dass ihre Tochter einen Instagram-Account hatte. Sie überflog ihre Posts. Die meisten davon waren Videos, in denen sie und ihre Freundinnen in die Kamera blickten und einen Schmollmund zogen oder Tanznummern vorführten. Als sie Darcys Profil schon wieder verlassen wollte, fiel ihr Blick auf die Zahl ihrer Follower. Es waren knapp zwölftausend, und das nur in einem einzigen sozialen Netzwerk. Noch immer verblüfft, ging sie zurück zur Website von Autumn Taylor.

»Wenn man dich so sieht, könnte man glatt meinen, du stehst auf sie«, war hinter ihr eine Stimme zu hören.

»Mein Gott, Owen, hast du mich erschreckt!« Roxi war hochgefahren und atmete jetzt tief aus, als ihr Mann sie auf die Wange küsste und ihr über die Schulter sah. Seine Sporttasche und seinen Hockeyschläger hatte er neben der Tür abgelegt.

»Wie geht's der entzückenden Autumn denn heute? Ich sehe sie so oft bei uns, dass ich schon fast das Gefühl habe, sie gehört zur Familie.«

»Letzte Woche hat sie dreißigtausend neue Follower dazugewonnen. *In einer Woche.* Wie schafft sie das? Kannst du mir das mal erklären?«

Owen zuckte mit den Schultern. »Vielleicht, weil die Leute sie sympathisch finden? Sie ist witzig, sie begeistert die Menschen, sie ist jung und sie ist hübsch.«

Roxi sah ihn gereizt an. »Ist es das, was du im Internet sehen willst: junge hübsche Mädels?«

»Achtung.« Owen deutete auf den Audite, der an der Wand hing. Roxi sah zu dem kleinen, schwarzen, zylinderförmigen Gerät hinüber, das ihren Blick zu erwidern schien. Seitdem sie ihre Ehe zu einer Smart-Ehe upgegraded hatten, nahm es jeden Tag zu einem zufälligen Zeitpunkt zehn Minuten ihrer Gespräche auf und wies sie auf Probleme in ihrer Beziehung hin, die es darin entdeckte. Roxi schlug einen anderen Ton an. »Was Autumn macht, kann doch jeder Idiot. Ich will den Leuten helfen; sie dagegen produziert sich vor aller Welt und tut dabei immer so bescheiden.«

»Ich glaube, du machst dir etwas vor, wenn du denkst, du machst diese Videoblogs nur aus reiner Menschenliebe. Im Grunde willst du genau das, was Autumn hat. Und du beneidest sie, weil sie das besser hinkriegt als du.«

»Danke, Owen, das ist genau das, was ich jetzt brauche.«

»Du weißt doch, dass Influencer ein Verfallsdatum haben. Egal, was du tust, dein Alter ist dir dabei keine große Hilfe.«

»Also würde ich mehr Anfragen bekommen, wenn ich jünger wäre? Willst du das damit sagen?«

Owen schüttelte den Kopf. »Für mich bist du immer noch die Schönste«, sagte er und ging hinaus. Als er weg war, suchte Roxi im Internet nach Rabattcodes für Straffungen der Gesichtshaut, bis sie von einem News-Alert unterbrochen wurde, der auf dem Bildschirm aufpoppte. Über der Meldung prangte das Bild von Jem Jones.

2

Jeffrey

Jeffrey nahm sich eine Flasche Clear Cola aus dem Kühlschrank, öffnete sie und setzte sich an den Esszimmertisch. Erst nachdem er einen großen Schluck genommen hatte, wurde ihm klar, wie durstig er gewesen war. Er hoffte, damit die Elektrolyte zu ersetzen, die er durch die körperliche Anstrengung am Nachmittag verloren hatte.

Ein Gähnen entfuhr ihm, so rasch, dass er gerade noch den Mund öffnen konnte. Der lange, aufreibende Tag forderte seinen Tribut, aber bevor er zu Ende ging, hatte Jeffrey noch etwas zu erledigen. Er wartete darauf, dass das Pflaster auf seinem Arm die Kopfschmerzen linderte, und nahm sich vor, künftig mehr zu trinken. Als er einen säuerlichen Geruch wahrnahm, roch er kurz an seinen Achseln, die jedoch nicht der Ursprung des Geruchs waren. Vielmehr kam er von seinen Händen und Armen.

Plötzlich war im ersten Stock ein dumpfer Schlag zu hören. Jeffrey schob das Tablet zur Seite und ging vorsichtig nach oben, um nachzusehen.

Sein Koffer, der im Schlafzimmer stand, war umgefallen. Er richtete ihn wieder auf. Als ihm der säuerliche Geruch erneut in die Nase stieg, zog er sich aus und ging in die begehbare Dusche. Er trank weiter seine Cola, während das heiße

Wasser auf ihn herabregnete, sein fahles braunes Haar glättete, über seine stoppeligen Wangen rann und ihm auf seine breiten Schultern und die Brust tropfte.

Aus einem Spender drückte er etwas Flüssigseife und wusch sich die rostfarbenen Flecken von den Handflächen. Dann pulte er den Schmutz unter seinen Fingernägeln hervor und rieb die Streifen von seinen Unterarmen und Handgelenken ab. Das Wasser in der Duschwanne nahm eine trübe Färbung an.

Weil er selbst keine saubere Kleidung hatte, stöberte er in Harrys begehbarem Kleiderschrank und zog alles heraus, was ihm ins Auge fiel. Mit seinen eins fünfundneunzig überragte Harry ihn haushoch – Jeffrey brachte es nur auf knapp eins achtzig. Sie hatten zwar denselben Taillenumfang, aber er würde die Hosenbeine der Jeans hinaufkrempeln müssen, um sie tragen zu können. Jeffrey war von Haus aus muskulöser als Harry, weshalb die Pullover und die T-Shirts, die er gleich in seinen Koffer stopfen würde, ein bisschen eng anliegen würden. Aber fürs Erste würde es gehen.

Bevor er mit seinem Koffer wieder ins Esszimmer hinunterging, warf Jeffrey noch einmal einen Blick ins Bad und auf die frei stehende Badewanne in der Mitte des Raumes. Er spielte kurz mit dem Gedanken, den Stöpsel zu ziehen, entschied sich aber dagegen.

Als er wieder am Tisch saß, verschränkte er die Finger und drehte die Handflächen nach außen, bis es knackte. Dann wischte er über den Bildschirm, um das Tablet zu entsperren. Die Personalabteilung hatte ihm immer wieder gesagt, er solle aus Sicherheitsgründen den Fingerabdrucksensor oder den optischen Scanner aktivieren, aber bis jetzt war er noch nicht dazu gekommen. Außerdem ließ er das Gerät so gut wie nie aus den Augen. Das Risiko, dass es je in falsche Hände geriet, war minimal.

In seinem Posteingang befanden sich sieben ungelesene Nachrichten, von denen keine einzige als dringend markiert war. Er würde sie später beantworten. Sein Finger schwebte kurze Zeit über dem Icon einer App auf dem Startbildschirm, bis er sie schließlich öffnete. Er musste drei verschiedene Passwörter eingeben, bevor sich das Display mit Worten und Bildern füllte. Er konnte das Material nach verschiedenen Kriterien ordnen: nach dem Zufallsprinzip, nach den jüngst Hinzugekommenen, nach Bildern, nach Wohnort, nach Alter oder nach Dauer.

Mit der zufälligen Auswahl konnte Jeffrey nichts anfangen. Er hatte es einmal ausprobiert, und es hatte ihn unbeschreiblich viel Mühe gekostet, während der ganzen veranschlagten Zeit bei der Sache zu bleiben. Er identifizierte eine mögliche Verbindung lieber erst anhand der Fotos, bevor er sich in die persönlichen Daten vertiefte. Dazu gehörten biografische Angaben, Informationen zu den finanziellen Verhältnissen und den Aktivitäten in den sozialen Medien. Die Liste war heute noch nicht aktualisiert worden, und das kam ihm ganz gelegen, denn nach seinen letzten Klienten brauchte er etwas Zeit, um runterzukommen. Tanya und Harry hatten ihn ordentlich Kraft gekostet. Also loggte er sich aus.

Als Beziehungsbegleiter war es Jeffreys Aufgabe, Paare, deren Ehe nach Ansicht ihres Audite in der Krise steckte, aus nächster Nähe zu monitoren, und das bis zu zwei Monate lang. Er musste die Knoten in dem Band auflösen, das die Betroffenen miteinander verband. Erst wenn das geschafft war, konnte er beurteilen, ob die KI richtiggelegen hatte. Dann entschied er, ob die Ehe fortbestehen sollte oder ob das Paar einem Familiengericht vorgeführt wurde, das über die gemeinsame Zukunft der Eheleute bestimmte. Dabei folgten die Richter oft den Empfehlungen der Beziehungsbegleiter, denn diese waren die Augen und Ohren, die die eheliche Beziehung in all ihrer Komplexität aus erster Hand miterlebt hatten.

Jeffrey sah auf seine Uhr. Die Nacht zog herauf, und es war Zeit, Doncaster Lebewohl zu sagen. Plötzlich pingte die Uhr und zeigte ihm an, dass er eine neue Nachricht erhalten hatte. Er konnte seine Neugier nicht unterdrücken und las sie. Die Liste der Paare, die einen Beziehungsbegleiter brauchten, war um drei Einträge erweitert worden.

Er zögerte kurz, rief aber dann erneut die App auf. Er überflog die Fotos, und dabei fiel ihm ein bestimmtes Paar ins Auge. Als er sah, dass die beiden in New Northampton lebten, wollte er sie schon kurzerhand aussortieren. Diese Stadt hatte er sein ganzes Erwachsenenleben lang gemieden.

Doch etwas an den Fotos, was er nicht genau hätte benennen können, weckte seine Neugier. Und während er ihre Profile durchlas, entstanden schon die ersten Fäden einer Verbindung.

Jeffrey brachte den Koffer und das Tablet in sein Auto, ging zurück zum Haus und bereitete alles vor. Er deaktivierte die Rauchmelder, verstreute in allen Räumen Feueranzünder und übergoss Polstermöbel, Vorhänge und Teppiche mit Terpentinersatz, den er in einem Regal in der Garage gefunden hatte.

Als die Flammen alles verschlangen, was sie auf ihrem Weg fanden, war Jeffrey schon unterwegs und bereitete sich auf das erste Treffen mit seinen nächsten Klienten vor.

3

Corrine

»Kannst du mich hören?«, fragte Corrine und versuchte, sich ihre Angst nicht anmerken zu lassen. »Wenn du mich hören kannst – bitte schlaf nicht ein, okay?«

Sie blickte in den Rückspiegel und sah dort den Körper, der auf der Rückbank des Autos lag. Nichts wünschte sie sich mehr als eine Reaktion, und wenn es nur ein Stöhnen gewesen wäre. »Bleib bei mir«, fuhr sie fort. »Sag mir, dass du mich hören kannst.« Keine Antwort.

Sie hielt das Lenkrad fest umklammert, und die Lichter des Armaturenbretts erhellten ihre aschfahlen Fingerknöchel. Sie war froh, dass sie ihr Auto nicht auf eine selbstfahrende Version upgegraded hatte. Anders als jetzt hätte sie sich dann an Geschwindigkeitsbegrenzungen halten müssen.

Als sie einen Bezirk von Old Northampton erreichte, den zu betreten sie schon seit Jahren keinen Grund mehr gehabt hatte, flog ihr Blick zwischen Wegweisern und Schilderbrücken hin und her, während sie versuchte, sich zu orientieren. Weil sie nicht wusste, wo die Notaufnahme war, nahm sie das Navi zu Hilfe. Die Rettungsstelle war jetzt in dem ehemaligen Einkaufszentrum von Weston Favell untergebracht.

»Gleich sind wir da«, sagte sie zu ihrem Mitfahrer. »Halt durch.«

Sie hielt den Atem an und trat aufs Gas, überfuhr eine Reihe roter Ampeln und sauste nur knapp an dem Anhänger eines Sattelschleppers vorbei. Sie hoffte, dass an den Ampelmasten keine Überwachungskameras angebracht waren, aber hier im alten Teil der Stadt war das eher unwahrscheinlich. »Los, mach schon«, murmelte sie, wie um das Auto anzutreiben, und fluchte, als sie an einer belebten Kreuzung stehen bleiben musste.

»Hey, Mercedes – Sichtschutz aktivieren und Licht einschalten«, befahl sie, woraufhin das Innere des Wagens von außen nicht mehr einzusehen war. Sie drehte sich um und warf einen Blick auf den bewusstlosen Teenager hinter ihr. Das eine Bein lag ausgestreckt auf der Rückbank, das andere hing in den Fußraum hinab. Die Arme lagen neben dem Körper, der Kopf war nach rechts gedreht. Der Junge atmete flach, was Corrine zumindest ein bisschen Erleichterung verschaffte.

Seine schwarze Hose war an einem Knie aufgerissen, und um seinen Hals lag eine aufgeknöpfte Fliege. Auf seinem zerknitterten weißen Hemd bemerkte Corrine eine Blutspur. Sie fragte sich, ob das Blut von ihm stammte. Auf dem Beifahrersitz lagen die aufzeichnungsfähigen Geräte, die sie ihm abgenommen hatte, darunter sein Handy und seine Smart Watch. Er war ein dürrer Bursche, was es ihr leichter gemacht hatte, ihn durch das Foyer und in den Aufzug zu schleifen. Sie konnte nur hoffen, dass die anderen die Aufnahmen davon, wie sie ihn durch die Tiefgarage geschleppt hatte, gelöscht hatten, bevor die Polizei eingetroffen war.

Die Ampel war mittlerweile auf Grün gesprungen, und das Hupen eines Wagens hinter ihr ließ sie aufschrecken. Sie schaltete die Innenbeleuchtung aus und fuhr mit quietschenden

Reifen los. Wenige Minuten später erreichte sie die Notaufnahme.

Als sie vor der Schranke des Parkplatzes stand, kamen ihr Bedenken. Möglicherweise wurde hier ihr Kennzeichen erfasst, und die Parkgebühren würden automatisch über ihre Kreditkarte abgebucht, die mit dem Auto verknüpft war. Sie durfte hier auf keinen Fall irgendwelche Spuren hinterlassen. Also parkte sie auf der Straße, öffnete die hintere Tür, packte den Jungen zum zweiten Mal an diesem Abend unter den Armen und zog ihn mit aller Kraft über den Asphalt.

Brennender Schmerz schoss ihr durch die Muskeln, und sie verzerrte das Gesicht so heftig, dass ihre ohnehin schon geschwollenen Lippen aufrissen und wieder zu bluten anfingen. Nach einer Weile erreichte sie einen Weg auf dem Gelände des Krankenhauses, wo sie den Jungen eigentlich erst liegen lassen wollte. Dort würde man ihn finden. Doch dann entschied sie, dass die Stelle zu weit vom Eingang entfernt war. Möglicherweise würde es zu lange dauern, bis man ihn entdeckte. Das hatte er nicht verdient, zumal er an diesem Abend so viel riskiert hatte.

Aus dem Handschuhfach des Autos nahm sie ein Halstuch und band es sich vor das Gesicht. Dann schleifte sie den Jungen weiter in Richtung des hell erleuchteten Gebäudes. Der Schweiß lief ihr über die Stirn und wurde von dem Stoff aufgesaugt, der ihr Gesicht verhüllte. Corrine spürte jedes einzelne ihrer fünfundfünfzig Jahre. Schließlich erreichte sie einen Flügel des Gebäudes und lehnte den Jungen dort mit dem Oberkörper aufrecht an eine Wand. »Es tut mir so leid«, flüsterte sie. Dann hastete sie davon.

Als sie wieder im Auto saß, riss sie sich das Tuch herunter, drehte die Klimaanlage auf und nahm ein paar gierige

Schlucke aus einer Wasserflasche. Ihre Gedanken schossen kreuz und quer durcheinander. Sie sah wieder in den Rückspiegel, diesmal, um ihre Lippen in Augenschein zu nehmen. Hoffentlich würde die Schwellung über Nacht zurückgehen. Sie konnte von Glück sagen, denn bei einem so heftigen Schlag hätte sie locker auch ein paar Zähne einbüßen können. Und das wäre weitaus schwieriger zu erklären gewesen.

Sie ließ den Motor an und fuhr los, zu einem Ziel, das bereits im Navi einprogrammiert war. Mittels Sprachbefehl wies sie das Auto an, sämtliche Fahrten der letzten vierundzwanzig Stunden aus dem Speicher zu löschen, ebenso wie die belastenden Textnachrichten auf ihrem Handy, obwohl diese über einen Proxyserver versendet worden waren, der eine Zurückverfolgung unmöglich machte. Die Geräte des Jungen würde sie jemandem aushändigen, von dem sie wusste, dass er sie sicher verwahren konnte.

»Hey, Mercedes – Radio ein«, sagte sie laut. Die letzten Takte eines Songs erklangen, und dann ertönte das Piepen, das die Nachrichten um ein Uhr morgens ankündigte.

»Zunächst die Übersicht«, sagte die Sprecherin. »Die Influencerin Jem Jones wurde heute tot aufgefunden; Todesursache ist offenbar Selbstmord. Bildungsministerin Eleanor Harrison befindet sich nach dem Überfall in ihrer Wohnung nach wie vor in einem kritischen Zustand.«

Corrine atmete tief durch. *Jetzt ist es so weit,* dachte sie. *Jetzt ändert sich alles.*

So wie die Stadt, in der sie lebte, würde auch ihr Leben künftig in zwei Hälften geteilt sein: die Zeit vor dem Angriff auf Harrison, für den sie verantwortlich war, und die Zeit danach.

4

Arthur

Arthurs Kniegelenke und seine Wirbelsäule knackten wie trockene Zweige, als er sich bückte, um eine Handvoll Vergissmeinnicht zu pflücken.

Die zierlichen blauen Blumen wuchsen nun schon seit vierzig Jahren am Rand des Gartens, solange wie Arthur und June in ihrem Haus in Old Northampton wohnten. Jedes Jahr grub er ein paar von ihnen aus, setzte sie in Blumentöpfe und stellte sie auf dem Gehweg vor dem Haus auf einen aufgebockten Tisch, sodass die Nachbarn sie sich mitnehmen konnten. Als Bargeld noch offizielles Zahlungsmittel gewesen war, hatte er eine alte Eiscremeschachtel danebengestellt und die Einnahmen der Feuerwehrstiftung gespendet. Mittlerweile konnte man nur noch bezahlen, indem man eine Plastikkarte, ein Handy oder eine Uhr vor irgendetwas hielt, und das machte das Sammeln von Geld zu aufwendig. Also konnten sich die Nachbarn die Blumen umsonst mitnehmen.

Arthur ging den mit Mosaikpflaster bedeckten Weg zurück und durch die Hintertür ins Haus. Er stellte die Blumen in ein kleines, mit Wasser gefülltes Marmeladenglas und dieses auf ein Tablett, auf dem bereits ein Teller stand, auf dem zwei Scheiben Toastbrot lagen, die mit Konfitüre bestrichen waren. Schließlich stellte er noch eine Kanne mit dampfendem Tee dazu sowie zwei Tassen. Dann trug er das Ganze vorsichtig in den ersten Stock und ins Schlafzimmer.

»Frühstück im Bett«, sagte er und stellte das Tablett zwischen sich und seine Frau.

June roch an den Vergissmeinnicht. »Warum denn die Blumen?«, fragte sie leicht überrascht. »Die bringst du mir doch nur, wenn ich ...« Sie hielt inne. »Oh Gott. Sag nicht, dass ich meinen eigenen Geburtstag vergessen habe ...«

»Ich glaube, in unserem Alter sind Geburtstage nicht mehr so wichtig«, erwiderte Arthur. »Ich habe bei siebzig aufgehört zu zählen.«

»Entschuldige«, sagte June und senkte den Kopf. Arthur nahm ihre Hand, um sie zu beruhigen.

»Das macht doch nichts«, fuhr er fort und tätschelte ihr die Hand. »Das ist ja nicht das Ende der Welt.«

»Es ist furchtbar, wenn mir die Sachen nicht mehr einfallen. Es fühlt sich an, als würde ich jeden Tag ein Stück mehr von mir verlieren.«

Arthur sagte ihr nicht, dass auch er bemerkt hatte, wie ihre geistigen Fähigkeiten allmählich nachließen. Außerdem saß sie oft lange Zeit einfach nur schweigend und mit glasigen Augen da.

»Aber dafür hast du ja mich. Ich erinnere dich an alles.« Er tippte sich an die Stirn. »Hier oben sind so viele Erinnerungen gespeichert, das reicht für uns beide bis ans Lebensende.«

»Wie lange sind wir jetzt schon verheiratet?«, fragte June.

»Neunundvierzig Jahre.«

»Dann haben wir nächstes Jahr goldene Hochzeit?« Arthur nickte. »Glaubst du, ich bin dann noch da, damit wir das gemeinsam feiern können?«

»Sag so was nicht. Natürlich bist du dann noch da.«

Junes Gesicht hellte sich auf. »Wir sollten ein Fest geben! Im kleinen Rahmen. Vielleicht reservieren wir einen Raum im Charles Bradlaugh. Wir könnten Tom bitten, uns ein schönes Buffet herzurichten.«

»Ja, das ist eine großartige Idee.«

Jetzt war nicht der richtige Zeitpunkt, June daran zu erinnern, dass Tom das Pub vor über zehn Jahren verkauft hatte und es seitdem geschlossen war. Eines der zahlreichen Opfer in der geteilten Stadt. Außerdem würde sie ihren Vorschlag ohnehin bald wieder vergessen.

»Wir könnten auch ein letztes Mal mit dem Wohnmobil auf große Fahrt gehen«, fuhr June fort. »Das wäre doch bestimmt ein Riesenspaß.«

»Das klingt wunderbar. Möchtest du etwas Toast?«

»Iss du ihn, ich habe keinen Hunger.«

»Aber du musst doch bei Kräften bleiben.«

June verdrehte die Augen, als wolle sie ihm zeigen, dass er sie nervte. Arthur hob die Hände, als ergebe er sich.

»Schaltest du bitte die Nachrichten ein?«, bat ihn June. »Ich habe keine Ahnung, was derzeit in der Welt so vor sich geht.«

»Fernseher an«, sagte Arthur laut. »BBC News.«

Auf dem Bildschirm waren Aufnahmen einer jungen Frau zu sehen, die ihm irgendwie bekannt vorkam.

»Das ist doch diese junge Frau, die gesagt hat, dass wir noch mal heiraten sollen«, sagte June. »Jem Jones. Ist ihr etwas zugestoßen?«

»Ich glaube, sie ist ums Leben gekommen.« Arthur kniff die Augen zusammen, konnte aber ohne seine Brille den Newsticker am unteren Bildschirmrand nicht lesen. Immer wieder hatte er den Rat seines Optikers ausgeschlagen, sich die Augen lasern zu lassen, was für ihn als Smart-Privatpatienten kostenlos gewesen wäre.

Sein Medi-Armband leuchtete auf. Er drückte einen Button, und eine Stimme las vor, was auf dem Display stand.

»Eine Ehe besteht aus zwei Menschen, die beide ihre eigene Persönlichkeit, ihre Meinungen und ihre Macken haben«, lautete die Nachricht. »Um ein Paar zu werden, muss man seine Individualität nicht aufgeben.«

Arthur schüttelte den Kopf. Dreimal täglich ereilten ihn diese ungebetenen elektronischen Ratschläge, doch er achtete peinlich genau darauf, sie nicht zu ignorieren. Wenn man es versäumte, den grünen Button mit der Aufschrift »Gelesen« zu drücken, wurde die Nachricht bis spät in die Nacht alle fünfzehn Minuten gut hörbar wiederholt.

»Sieht aus, als hätte sie sich das Leben genommen«, sagte June mit Blick auf den Fernseher. »Die Ärmste. Wie furchtbar. Wie schlimm muss das sein, wenn man so entsetzlich unglücklich ist, dass man keinen anderen Ausweg mehr sieht.«

Arthur wusste nur zu gut, wie das war. Er selbst hatte mehrfach mit dem Gedanken gespielt. Allerdings hatte er seiner Frau kein Wort davon erzählt.

June bemerkte, dass er auf ihre Worte nicht reagierte. »Du musst mir versprechen, dass du, wenn es schlimmer wird, nur noch an die schönen Zeiten denkst, die wir miteinander hatten, und nicht an die letzten Monate«, sagte sie.

»Müssen wir ausgerechnet jetzt darüber sprechen?«

»Ich will einfach sicher sein, dass du auch ohne mich zurechtkommst, Artie.«

»Das werde ich«, antwortete er und tätschelte ihr wieder die Hand. »Versprochen. Aber du brauchst dir keine Sorgen zu machen, weil du nämlich bei mir bleiben wirst. Wir beide, du und ich, zusammen bis zum Schluss.«

Und für einen kurzen Augenblick stellte er sich vor, es wäre wirklich so.

5

Anthony

Anthony lehnte sich zurück und neigte den Kopf so weit, wie es ging, nach links und rechts. Auch seine Arme und Beine fühlten sich steif an, also ließ er die Schultern kreisen, zehn Mal nach vorn und zehn Mal nach hinten. Dann zog er an jedem einzelnen seiner Finger und ließ die Knöchel knacken. Er hätte nicht sagen können, wie lange er vornübergebeugt an dem Schreibtisch in seinem Arbeitszimmer gesessen hatte, aber wenn sein Körper jetzt so steif geworden war, musste es ziemlich lange gewesen sein. Er rieb sich die brennenden Augen und setzte seine Smart Glasses auf. Durch die Vergrößerung konnte er jetzt auf den sechs Bildschirmen, die vor ihm an der Wand hingen, jedes Pixel erkennen, wodurch er sich fühlte, als sei er Teil eines Computerspiels.

Gebannt verfolgte er Jem Jones' mittlerweile schon berüchtigten letzten Clip, den sie am Vortag gepostet hatte, spielte ihn wieder und wieder ab. Seine Aufmerksamkeit galt dabei nicht dem, was sie in ihrer Verzweiflung sagte – den Ton hatte er ausgeschaltet –, sondern ihrer Mikromimik. Die Art, wie sie einen Mundwinkel nach oben zog, wie sie ein Augenlid hob oder die Nase rümpfte, sagte genauso viel aus wie ihre Worte.

Als er zu der Stelle kam, an der sie sich die Pistole an den Kopf setzte und abdrückte, spulte er zurück und sah sich das Video ein weiteres Mal an, diesmal mit einem Viertel der Geschwindigkeit. Als sie die Waffe erneut zur Hand nahm, tippte er auf die Maus, die auf die Schreibtischplatte projiziert war, und betrachtete eingehend jedes einzelne Bild des Clips. Die Wucht, mit der die Kugel in Jems rechte Schläfe eindrang, schleuderte ihren Kopf und ihren Körper nach links. Dann fiel sie zu Boden und verschwand aus dem Bild. Ihre Kamera war so programmiert, dass sie sich auf das nächstliegende Objekt richtete, das sich bewegte, und jetzt war das nur noch das Blut, das aus der tödlichen Wunde in Jems Kopf floss. Schließlich war der gesamte Bildschirm von dem aufgerissenen Fleisch an der Austrittswunde erfüllt. Als Jems Herz kurz darauf zu pumpen aufhörte, stoppte die Blutung, und der ganze Raum war so reglos wie ihr Puls. Ihr Tod war zugleich ein Segen und völlig sinnlos, dachte Anthony.

Bei einem der früheren Durchgänge hatte Anthony die Zeit danach gemessen: Es dauerte sechzehn Minuten und fünfzig Sekunden, dann waren vier Pieptöne zu hören, ein elektronisches Türschloss ging auf, und jemand betrat den Raum. Die Kamera schwenkte auf eine Frau im mittleren Alter, die eine pink-weiße Montur trug und einen Korb dabeihatte. Es war Jems Putzfrau. Als sie die Leiche entdeckte, schrie sie auf, und als sie sich selbst im Monitor sah, schaltete sie panisch die Kamera aus. Den Newstickern zufolge waren bei den Notrufnummern Tausende Anrufe von Leuten eingegangen, die entsetzt live mit angesehen hatten, wie Jem sich umgebracht hatte. Eine Angabe konnte jedoch keiner der Anrufer machen: wo Jem Jones sich befand.

Anthony dagegen wusste genau, wo sie war.

Weil er wissen wollte, wie die Öffentlichkeit reagierte, ließ er seit Jems Selbstmord ein spezielles Programm laufen, das jede Erwähnung davon in den sozialen Medien und bei Online-Nachrichtendiensten registrierte. Nach nur wenigen Stunden war sie weltweit das Top-Thema. Ihr Tod hatte die zweitgrößte Welle an Tweets aller Zeiten zur Folge; nur der Hackerangriff auf autonome Fahrzeuge in Großbritannien ein paar Jahre zuvor hatte noch mehr gehabt. Aus den meisten Kommentaren sprach Mitgefühl. *Und wo waren deine Anhänger, als du sie gebraucht hast?*, dachte Anthony.

Jem war landesweit der größte und einflussreichste Star in den sozialen Medien gewesen. Anthony ließ ihren Aufstieg und ihren Fall noch einmal Revue passieren. Schon in ihren allerersten Tagen hatte sie sich durch ihren natürlichen Charme und ihren zurückhaltenden Humor von der Masse der anderen Influencerinnen abgehoben, die alle gleich aussahen und sich vergebens Hoffnungen machten. Die Zahl ihrer Follower war stetig gewachsen, und damit war auch Jems Interesse daran gewachsen, nicht immer nur über sich selbst zu sprechen. Doch als sie sich für das Gesetz über die Unantastbarkeit der Ehe einsetzte, hatte das zu ihrem Ruin geführt. Das war vorherzusehen gewesen. Letztlich stürzte die britische Öffentlichkeit alles wieder vom Sockel, was sie zuvor hochgejubelt hatte. Das war nun einmal der Lauf der Dinge.

Ein Blinken auf dem Monitor zeigte an, dass jemand vor der verschlossenen Tür des Zimmers stand. Eine kleine Kamera identifizierte die Person als Anthonys Sohn. »System herunterfahren«, sagte er laut, und die Bildschirme erloschen. Mit der Fernbedienung öffnete er die Tür.

»Hi, Daddy«, sagte Matthew übermütig und lebhaft gestikulierend. Er hatte Anthonys bronzenen Teint, aber die bernsteinfarbenen Augen seiner Mutter. Jedes Mal, wenn Anthony ihn betrachtete, wurde ihm klar, wie schnell er heranwuchs und wie wenig er selbst davon mitbekam.

»Was führt dich zu mir?«, fragte Anthony lächelnd.

»Onkel Marley und Tante Ally sind da.«

»Okay. Ich bin in einer Minute bei euch. Ich muss erst noch duschen.«

»Nein! Mum hat gesagt, ich soll dich persönlich mitnehmen.«

Sie kennt mich einfach zu gut, dachte Anthony. Wenn man ihn sich selbst überließ, konnte eine »Anthony-Minute«, wie Jada zu sagen pflegte, bis zu einer Stunde dauern. »Also gut«, sagte er und nahm die Hand, die Matthew ihm hinhielt.

Matthew zog ihn hinter sich her ins Haupthaus, durchs Esszimmer und durch eine offene Glastür und schließlich in den Innenhof. Dort rankten sich die dicken Stämme alter Weinreben um die hölzernen Pfähle und Balken einer Pergola, in deren Schatten sich die Familie um einen Tisch versammelt hatte.

»Schau mal einer an – wen haben wir denn da? Und noch dazu fast pünktlich«, spöttelte Anthonys Schwager Marley. Er hatte die nackten Beine von sich gestreckt und die Hände hinter dem Kopf verschränkt. »Wie nett von dir, dass du dich zu uns gesellst.«

Anthony verdrehte im Scherz die Augen, als wolle er zeigen, dass er das nicht zum ersten Mal hörte.

»Arbeitet er immer am Sonntag?«, fragte Jadas Schwester Ally, die jetzt hinter Anthony auftauchte. Sie küssten sich auf die Wangen, und Ally stellte die beiden Tabletts mit Essen, die sie gebracht hatte, auf den Tisch.

Jada nickte, was ihre Korkenzieherlocken zum Schaukeln brachte. »Aber ich hab ihn immerhin so weit, dass er zumindest einen Tag in der Woche freimacht«, sagte sie und stellte eine große Glasschüssel mit Salat auf den Tisch.

»Na, das ist ja schon mal ein Fortschritt«, bemerkte Ally.

»Ja, aber fairerweise muss ich sagen, dass er mich schon bei unserem ersten Date gewarnt und mir gesagt hat, dass er ein Workaholic ist. Ich wusste also, worauf ich mich einlasse.« Sie drückte ihrem Mann die Schulter, worauf er ihr die Hand küsste. »Also, sollen wir loslegen? Das kommt alles aus Anthonys Heimat: die besten Meeresschnecken von Saint Lucia, grüne Feigen und Salzfisch, gebackene Bananen und Brotfrucht. Aber lasst noch Platz für die Nachspeise.«

»Mir scheint, ich hab die falsche Schwester geheiratet«, sagte Marley. Mit einem raschen Blick auf seine Smart Watch schob er hinterher: »Das war natürlich nur ein Scherz.«

Anthony sah zu Matthew, der mit seinem Handy spielte. »Du kennst doch die Regeln. Leg das bitte weg.« Widerwillig legte Matthew das Telefon zur Seite.

»Wie läuft's im Job, Anthony?«, fragte Ally und nahm sich Salat.

»Na ja, du weißt ja. So wie immer.«

»Eigentlich weiß ich nichts darüber.«

»Aber du weißt, dass ich nicht darüber sprechen darf«, sagte Anthony mit einem Lächeln.

»Und wann schaltest du mal einen Gang runter und genießt das Leben?«

»Hat dir das meine Frau eingeflüstert?«

»Jada hat damit nichts zu tun. Ich sag nur, was ich sehe.«

»Das ist wohl wahr«, warf Marley ein. »Das kann ich aus Erfahrung bestätigen.«

Jetzt war es Ally, die erst einen Blick auf ihre Uhr und dann auf ihren Mann warf. Er zuckte kurz zusammen und formte stumm mit den Lippen: »Entschuldigung«, als ihm wieder einfiel, dass sein tragbarer Audite ihre Gespräche jederzeit aufnehmen und analysieren konnte. »Ohne mich wärst du doch aufgeschmissen«, sagte sie in einem betont melodischen Singsang.

»Aber so was von.«

»Mit achtunddreißig setze ich mich zur Ruhe«, sagte Anthony mit einem Grinsen. »In nur drei Jahren mailen wir euch aus unserem Haus am Strand von Saint Lucia Ansichtskarten nach New Northampton. Also, wenn wir dazu kommen, vor lauter Fischen, Tauchen am Riff und Wanderungen durch den Regenwald.«

»Ja, ja, wir haben's kapiert, Mister Geldsack«, sagte Ally. »Aber vergiss nicht: Geld allein macht nicht glücklich.«

»Aber es verschafft einem Möglichkeiten.«

»Was glaubst du – wie reich war Jem Jones?«, fragte Ally plötzlich. Bei der Erwähnung dieses Namens zog sich Anthonys Magen zusammen. »Sie hatte immer eine Menge Sponsoren, also muss sie doch auf einem Haufen Geld gesessen haben. Sie konnte sich alles kaufen. Außer Glück.«

»Im Grunde weiß man doch nie, wie ein Mensch tickt«, sagte Marley und schluckte einen Bissen Hühnchen hinunter. »Habt ihr ihr letztes Video gesehen?«

Jada und Ally nickten, während Anthony den Kopf schüttelte.

»Wie das denn?«, fragte Ally. »Dem konnte man doch gar nicht entkommen.«

»Sein Arbeitszimmer ist hermetisch abgeriegelt«, sagte Jada. »Da kommt nichts rein oder raus. Da drin würde er nicht mal merken, wenn ein Komet einschlägt.«

»Aber du weißt, wer Jem Jones war?«

»So ungefähr«, antwortete Anthony. »Ich habe sie nicht besonders aufmerksam verfolgt.«

»Mir tut es leid für sie«, sagte Ally. »Dass sie sich entschieden hat, ihrem Leben auf diese Art ein Ende zu setzen, zeigt doch deutlich, dass sie nicht mehr klar denken konnte.«

»Glaubst du, wir sollten dieses Gespräch führen, wenn dein siebenjähriger Neffe mit am Tisch sitzt?«, fragte Marley. Aber Matthew war so in sein Handy versunken, dass er nichts mitbekommen hatte. Jada nahm es ihm aus der Hand, ohne ihn vorher zu bitten.

»Niemand hat sie dazu gezwungen, ihr Leben vor einer Kamera zu verbringen«, sagte Anthony.

»Man darf sich denen, die einen mit Hass überziehen, nicht geschlagen geben«, meinte Jada.

»Aber Jem hat genau das getan – indem sie sich umgebracht hat.«

»Sollen wir das unserem Sohn beibringen? Dass er diejenigen gewinnen lässt, die ihn schikanieren?«

»Natürlich nicht«, entgegnete Anthony. »Aber wir werden ihm auch nicht beibringen, dass er in einer Situation verharren soll, die ihn unglücklich macht. Jem hätte sich aus den sozialen Medien verabschieden und in eine Klinik oder so etwas Ähnliches gehen sollen, und dann ihr Leben wieder auf die Reihe kriegen und irgendwo anonym ihren Reichtum genießen. Stattdessen ist sie so gestorben, wie sie gelebt hat – zur Unterhaltung der Leute.«

»Da hast du aber ziemlich viel zu sagen über jemanden, von dem du kaum etwas weißt«, warf Marley ein.

»Wie wär's, wenn du uns noch eine Flasche Wein holst?«, sagte Jada.

Anthony wandte sich an seine Frau und tippte sich an eine imaginäre Kappe. »Ich kenne meinen Rang, M'lady«, entgegnete er und ging ins Haus.

Plötzlich spürte er an seinem Handgelenk ein lang anhaltendes Pulsieren. Die Absender, die ihn mit codierten Vibrationen über seine Smart Watch kontaktierten, funkten ihn nur an, wenn es einen triftigen Grund gab. Er dechiffrierte die Nachricht Buchstabe für Buchstabe, Wort für Wort, bis sich ein Satz ergab.

»Sie haben es also getan?«, lautete die Nachricht. »Sie haben Jem Jones umgebracht.«

Anthony blickte auf die Uhr, dachte kurz nach und sprach dann seine Antwort.

»Ja.«

WIE FUNKTIONIERT ES?

**Sie können eine Smart-Ehe schließen oder
Ihre bestehende Ehe upgraden.**

Sobald der **Audite**
bei Ihnen installiert ist,
profitieren Sie von
den Vorteilen einer
Smart-Ehe.

Der **Audite** nimmt täglich
zehn zufällig ausgewählte
Minuten Ihrer Gespräche
auf, analysiert sie und
hält so Ihre Ehe auf Kurs.

WAS PASSIERT, WENN DER **AUDITE** MEINT, UNSERE EHE SEI GEFÄHRDET?

Keine Sorge – dann tritt unser Drei-Stufen-Plan für Sie in Kraft.

STUFE EINS –

Wenn Ihr **Audite** aus den Zufalls-
aufnahmen auf Eheprobleme schließt,
nimmt er längere Gesprächsabschnitte
auf und schickt Nachrichten mit
hilfreichen Tipps, wie Sie Ihre Ehe
verbessern können.

STUFE ZWEI –

Wenn Ihr Audite meint, Sie brauchen
etwas mehr Hilfe, schicken wir Ihnen
einen **Beziehungsbegleiter**, einen
speziell ausgebildeten Coach, der sich
die Aufnahmen anhört und Ihnen in
Einzelgesprächen hilft, zum Kern Ihrer
Probleme vorzudringen.

STUFE DREI –

Wenn Sie noch mehr Unterstützung
brauchen, hilft Ihnen ein **Familiengericht**
anhand der vorliegenden Dokumen-
tation, die nächsten Schritte einzuleiten.

SMART EHE

www.smartmarriage.co.uk

6

Jeffrey

Während sein Auto sich selbst neben dem Grünstreifen vor dem Haus in New Northampton parkte, überprüfte Jeffrey im Rückspiegel sein Äußeres. Er hatte sich die Zähne erst kürzlich bleichen lassen, war frisch rasiert und hatte seine Augenbrauen mit einer Nagelschere gebändigt. Er leckte sich die Fingerspitzen ab und drückte ein Haarbüschel auf seinem Kopf herunter, das schnurgerade nach oben wuchs, egal, welches Pflegeprodukt er hineinschmierte. Der erste Eindruck war immer der wichtigste.

Während der Fahrt hierher hatte sein Magen fast durchgehend gerumpelt wie ein Wäschetrockner. Sechzehn Jahre lang hatte er es vermieden, diese Stadt zu betreten. Aus gutem Grund. Hier hatte alles geendet und alles begonnen.

Auf den Fotografien wirkte das Paar, das in diesem modernen Haus wohnte – in einer Erweiterung der Stadt, die Jeffrey nicht kannte –, auf fast schon einschüchternde Weise gut aussehend. Ganz anders als er selbst, wie er nur zu gut wusste. Er war weder attraktiv noch unattraktiv, und er hatte sich oft gefragt, ob die Natur nicht ganz bei der Sache gewesen war, als sie ihn geschaffen hatte. Erst als er ins Teenageralter gekommen war und um sein rechtes Auge herum eine Narbe geprangt hatte, erinnerten sich die Leute an ihn.

Aber nachdem eine Operation die Narbe fast zum Verschwinden gebracht hatte, war auch er wieder verschwunden. Doch zumindest hatte er die kräftige Statur seines Vaters und seines Großvaters geerbt, und dazu ihre schiere körperliche Kraft. Letzteres hatte sich mehr als einmal als nützlich erwiesen.

Er sah auf die Uhr. Es war so weit – er musste wieder in die Rolle des Beziehungsbegleiters schlüpfen. Vor vier Jahren hatte er sich für die Ausbildung beworben und war genommen worden, als einer der jüngsten Bewerber. Nach einem neunmonatigen, von der Regierung finanzierten Intensivkurs hatte er die Prüfung mit links bestanden. Während der Probezeit hatte er unter der Supervision eines erfahrenen Trainers einen echten Fall übernommen und ein Paar betreut und anschließend begonnen, allein zu arbeiten. Er hatte nie wieder in das Zwielicht zurückgeblickt, das am Rand der Gesellschaft herrschte, und war auch nie dorthin zurückgekehrt.

Jeffrey nahm das Anwesen, in dem er die kommenden Wochen verbringen sollte, näher in Augenschein. Wie in fünf anderen Städten des Landes hatte die Regierung auch hier in Northampton Milliarden in Renovierungsarbeiten, Abbrucharbeiten, Neubauten und Aufwertung investiert und einen eigenen Stadtteil errichtet, der Menschen vorbehalten war, die nach dem Gesetz über die Unantastbarkeit der Ehe lebten. Das Haus, vor dem Jeffrey stand, war eines der kleineren Häuser, in denen frisch vermählte Paare ihre Ehe begannen. Und Jeffreys Aufgabe war es zu entscheiden, ob dies auch das Haus war, in dem die Ehe des ihm anvertrauten Paares zu Ende ging.

7

Roxi

In Roxis Gedanken keimte eine Idee.

Sie saß im Schneidersitz auf ihrem Bett, lehnte sich an zwei dicke Kissen, die am Kopfteil aufgestellt waren, und sah aufmerksam auf den Fernseher. In sämtlichen Magazinsendungen und auf allen Nachrichtenkanälen wurde ausschließlich über den Selbstmord von Jem Jones gesprochen. Und Roxi war davon genauso gebannt wie der Rest des Landes. Auf Sky News erklärten die Moderatoren seit vierundzwanzig Stunden am laufenden Band, wie die sozialen Medien Jem zum Star gemacht, sie dann aber letztlich auch zerstört hatten. Beim Zappen durch die Kanäle stieß Roxi auch auf Sender aus dem Ausland, wo man zuvor noch nie etwas von Jem Jones gehört hatte und jetzt darüber berichtete, wie die britische Öffentlichkeit die einflussreichste Influencerin des Landes in den Tod getrieben hatte.

Mehr als die Gegenwart interessierte Roxi jedoch die Vergangenheit. Heute Morgen hatte sie auf Jems YouTube-Kanal ihre Videoblogs der Reihe nach angesehen, ab dem ersten Clip, den sie vor sechs Jahren gepostet hatte. Jem war in die sozialen Medien eingestiegen, als wieder einmal eine Pandemie geherrscht hatte und weltweit ein Lockdown auf den anderen gefolgt war, weshalb die Leute viel Zeit hatten, um Videos zu gucken. Damals war sie ein neues Gesicht gewesen, eine Frau Mitte zwanzig, die Videos hochlud, die grell ausgeleuchtet waren, bei denen das Bild wackelte und die Tonqualität zu wünschen übrig ließ. Drehorte und Ausstattung waren nicht übermäßig schick, Jem hatte ihre Auftritte vorher kaum eingeübt, und auch ihr Äußeres war nichts Besonderes, ebenso wie die Themen, über die sie sprach. Aber Roxi hatte ausreichend viele Videos von ihren Konkurrentinnen studiert, um zu erkennen, dass an diesen Clips irgendetwas anders war.

Jem war durch und durch liebenswert und authentisch. Aus ihrem Auftreten sprach stilles Selbstvertrauen, sie verströmte Glaubwürdigkeit und eine ansteckende, pragmatische Begeisterung. Ob sie ein Produkt bewarb oder ihre Gefühle beschrieb – man glaubte ihr einfach. Roxi hatte sich vieles notiert, von Jems Kleidung und ihrem Make-up bis zu ihren immer neuen Frisuren und den Orten, an denen sie drehte – meistens in ihrem Haus oder ihrem Garten. Sie hatte eine Liste mit den Worten und Ausdrücken erstellt, die Jem am häufigsten benutzte, und Übersichten angefertigt, in die sie Jems Lieblingsthemen eintrug, einschließlich Angaben dazu, wie oft und wie lange sie jeweils darüber sprach, wie viele Likes die Beiträge bekommen hatten und wie häufig sie geteilt worden waren.

Mit der Zeit, so stellte Roxi fest, gewährte Jem ihren Abonnenten immer mehr Einblicke in ihr Leben hinter der Kamera. Sie erwähnte Dates (gute und schlechte Erfahrungen), Beziehungen (auch hier gute und schlechte Erfahrungen) und gebrochene Herzen – das waren immer schlechte Erfahrungen. Sie lächelte und lachte, vergoss Tränen und rappelte sich wieder auf.

Und dann, nachdem zehn Jahre lang spezielle Stadtteile errichtet und ganze Regionen wiederbelebt worden waren, stand das viel diskutierte Gesetz über die Unantastbarkeit der Ehe kurz vor der Einführung.

»Ich kann es kaum erwarten«, sagte Jem in einem der Videos, die Roxi studiert hatte. »Beziehungen können scheitern. Das ist nun mal so. Auch wenn man durch Match Your DNA seinen Herzallerliebsten gefunden hat, ist das keine Garantie für ein Happy End.«

Etliche Jahre zuvor hatten sich die Möglichkeiten der Suche nach dem richtigen Partner radikal verändert, nachdem Wissenschaftler entdeckt hatten, dass jeder Mensch ein Gen besitzt, das er mit genau einem anderen Menschen auf der Welt teilt. Ein simpler Abstrich der Mundschleimhaut genügte, um den Menschen zu finden, in den man sich garantiert verlieben würde, unabhängig von Alter, ethnischer Abstammung, sexueller Orientierung, Religion oder Wohnort. Die Firma Match Your DNA brachte die Paare zusammen, sobald beide den Test gemacht hatten. Allerdings war nicht allen das Happy End vergönnt, das sie sich erhofft hatten.

»Manche Probleme sind so groß, dass Liebe allein sie nicht lösen kann«, fuhr Jem fort. »Dann braucht man Hilfe von außen. Ist es schlimm, wenn man diese Hilfe nicht durch menschliche, sondern durch künstliche Intelligenz bekommt? Nein, ganz im Gegenteil; die KI kann den Dingen wahrscheinlich sogar besser auf den Grund gehen als Menschen, und sie kann anhand unserer Daten auch sehr viel genauer erkennen, was wir *nicht* zueinander sagen. In der Medizin stellt die KI heutzutage die Hälfte aller Diagnosen. Wir vertrauen ihr unser Leben an – warum dann nicht auch unsere Herzen? Eine Smart-Ehe ist da wirklich das beste Mittel.«

Im Vorfeld der nächsten Parlamentswahlen wurde Jem dann das Gesicht einer landesweiten Kampagne, die für die Smart-Ehe warb. Sie trat im Fernsehen auf, im Radio, in den sozialen Netzwerken und in Werbeaktionen, die mithilfe von virtuellen Assistenten durchgeführt wurden. Als die Regierung für eine vierte Amtszeit gewählt wurde und das Gesetz problemlos das Parlament und das Oberhaus passierte, wurde Jem sogar die Stimme des Audite. Doch jetzt war sie, wie Roxi festgestellt hatte, über Nacht durch eine männliche Stimme ersetzt worden.

In den drei Jahren, in denen das neue Ehegesetz nun in Kraft war, hatte die Anzahl seiner Gegner im ganzen Land beträchtlich zugenommen. Alleinstehende, Verwitwete, Geschiedene und Paare, die ihre Ehe auf keinen Fall upgraden wollten, beschwerten sich, dass sie diskriminiert würden. Ein Großteil ihrer Gehässigkeit richtete sich gegen Jem, das öffentliche Gesicht des Gesetzes, und nicht gegen diejenigen hinter den Kulissen, die unsichtbar blieben. Gruppen bildeten sich, die Jems Arbeit gezielt störten, ihre Privatanschrift und ihre Telefonnummer veröffentlichten und sie mit dem Tod bedrohten. Nachdem sie monatelang beschimpft worden war, verschwand das Funkeln, das Millionen Menschen verzaubert hatte, nach und nach aus ihren Augen. In ihren späteren Videos sprach sie über psychische Probleme und berichtete davon, dass wegen des Drucks, der auf ihr lastete, ihre letzte Beziehung in die Brüche gegangen war. In ihrem vorletzten Clip weinte sie hemmungslos und schrie in die Kamera, als sie davon erzählte, wie sie ihre beiden Hunde vergiftet im Garten gefunden hatte. Zu viel sei zu viel, sagte sie, und dass sie die sozialen Medien verlassen würde.

Jems letzter Videoblog war der einzige, den Roxi nicht bis zum Ende ansehen konnte. Als Jem nach der Pistole griff, drückte sie auf »Stop«.

»Neun Stunden und siebenundvierzig Minuten«, sagte Owen, als er ins Schlafzimmer kam. »So lange sitzt du schon hier und surfst im Internet.«

»Echt?«, fragte Roxi überrascht. Sie rieb sich die ermüdeten Augen, und Owen ließ den Blick über die offenen Kekspackungen und die Getränkedosen schweifen, die auf dem Nachtschränkchen lagen.

»Laut Familien-Bildschirmzeitmesser und der Bewegungs-App warst du den ganzen Tag nur hier und im Badezimmer«, fuhr Owen fort und zog seine Arbeitsklamotten aus. »Und jetzt ist es fast halb sieben.«

»Spionierst du mir nach?«

»Und nach der Tüte vom Lieferdienst zu urteilen, die auf der Kücheninsel steht, haben sich Darcy und Josh mal wieder was bestellt, oder?«

Die Kinder hatte Roxi ganz vergessen. Sie hatte gehört, wie sie aus der Schule gekommen waren, war aber viel zu vertieft in Jems Welt gewesen, um in ihre eigene zurückzukehren. Sie nahm das Band aus ihrem langen blonden Bob und drückte ihre Haare zusammen.

»Ich mach mir Sorgen um dich, Rox«, fuhr Owen fort. »Es ist nicht normal, so viel Zeit im Internet zu verbringen.«

»Ich muss dir was Wichtiges sagen«, verkündete Roxi. »Ich weiß jetzt, wie ich meinen Videoblog weiter pushen und mir als Influencerin einen Namen machen kann.«

»Klar«, sagte Owen mit einem Lächeln, das nur auf seinen Lippen zu sehen war, nicht jedoch in seinen Augen. »Natürlich geht es um deinen Videoblog. Worum auch sonst?«

»Ich werde die neue Jem Jones. Durch ihren Tod ist eine Marktlücke entstanden, und wenn ich fix bin und mich geschickt anstelle, kann ich diese Lücke füllen.«

»Und wie genau willst du das machen?«

»Ich werde die Stimme der modernen Frau sein. Ich werde solche Frauen repräsentieren, wie ich selbst eine bin. Ich werde über Themen sprechen, die uns alle angehen. Jem hat uns gezeigt, dass Influencerinnen heutzutage mehr sind als nur Modepuppen, ein Stück Leinwand für Make-up oder passionierte Hobbyköchinnen. Aber sie war zu schwach für unsere Welt. Ich bin viel stärker als sie. Ich werde mich nicht an all dem Negativen abarbeiten.«

»Aber diese Welten, denen du nacheifern willst, von Jem Jones oder Autumn Taylor, die sind nicht echt, Rox«, erwiderte Owen und zog sich ein frisches T-Shirt an. »Diese Frauen zeigen sich nur von ihrer besten Seite. Videoblogs und Influencing sind nur Schall und Rauch.«

»Vielen Dank für deine Unterstützung«, schnaubte Roxi.

»Ich würde dich bedingungslos unterstützen, wenn das, was du vorhast, dir selbst oder unserer Familie etwas bringen würde. Aber das sind alles nur Hirngespinste. Du hast deinen Beruf aufgegeben, um ganz für deine Familie da zu sein. Wenn du meinst, dass die Kinder dich jetzt nicht mehr so sehr brauchen wie früher, dann solltest du vielleicht wieder zurück in die Arbeitswelt gehen und dir einen richtigen Job suchen.«

»Videoblogs und Influencing *sind* richtige Jobs.«

Owen verzog das Gesicht, atmete tief durch und schüttelte den Kopf. »Ja, wenn man ein Teenager ist, und zur Not auch noch, wenn man in seinen Zwanzigern ist. Aber nicht für eine Frau, die auf die vierzig zugeht.«

Roxi wollte ihm sagen, dass sie zu mehr in der Lage war, als sie bis jetzt geschafft hatte, hielt sich jedoch zurück. Sie blickte zu dem Audite, der auf einer Kommode stand und an dessen Rand jetzt ein schwacher roter Lichtpunkt entlangwanderte. Nach einer Umrundung erlosch er wieder. Roxi wusste, dass das Gerät nicht nur erfasste, was sie sagten, sondern auch das, was ungesagt blieb, und zwar anhand ihres Tonfalls und der Lautstärke, mit der sie sprachen. »Ich glaube, er hört dir zu«, formte sie stumm mit den Lippen.

»Wenigstens einer«, erwiderte Owen, ebenso stumm.

Plötzlich stand Darcy in der Tür, völlig aufgelöst.

»Die haben meine Accounts gelöscht! TikTok, Insta und Snapchat!«, rief sie schluchzend. »Angeblich, weil ich zu jung bin!«

»Wie alt muss man denn mindestens sein?«, fragte Owen.

»Dreizehn. Und jetzt ist alles weg, alle Fotos und alle Videos, die ich je gepostet habe!«

Roxi wollte schon aufstehen und ihre Tochter trösten, entschied sich aber dagegen. Das war einfach nicht die Art, wie sie miteinander umgingen. Dafür zog Owen Darcy zu sich heran und küsste sie auf den Kopf. Er konnte so etwas besser als Roxi. Dennoch verspürte sie bei dem Anblick das leichte Sticheln der Eifersucht. Aber sie warf sich nicht vor, dass sie die Accounts ihrer Tochter bei den Betreibern gemeldet hatte. Sie wollte an Jems Stelle treten – und wie sollte man sie da ernst nehmen, wenn ihre zwölfjährige Tochter mehr Follower hatte als sie selbst?

8

Corrine

Corrine steckte den Kopf durch die Tür und sah sich um. Weder aus den Zimmern der Kinder noch aus dem Arbeitszimmer ihres Mannes am Ende des Flurs war ein Laut zu hören. Sie zog sich wieder zurück, schloss die Tür und holte aus ihrer Handtasche ein Wegwerfhandy, das sie in der Nacht zuvor in einem kleinen Supermarkt gekauft hatte, der rund um die Uhr geöffnet war. Sie wählte die Nummer der Notaufnahme des Old Northampton Hospital und bekam, etliche Sprachbefehle später, schließlich einen Menschen an die Strippe.

»Hallo«, sagte sie ruhig. »Ich wollte mich nach einem jungen Mann erkundigen, der heute Nacht zu Ihnen gebracht wurde.«

Die Antwort war knapp. »Name?«

»Nathan.«

»Nachname?«

»Den weiß ich nicht.«

»Sind Sie eine Angehörige?«

»Nein, eine … Kollegin.«

Nach einer kurzen Stille, als Corrine schon glaubte, die Frau hätte aufgelegt, war ein Läuten zu hören.

»Wer ist da?«, fragte eine männliche Stimme.

»Hallo, ich wollte mich nach …«

»Wer sind Sie?«

Der gebieterische Tonfall des Mannes ließ Corrine ahnen, dass es besser war, das Gespräch nicht fortzusetzen. Sie drückte auf die rote Taste, und dabei rutschte ihr das Telefon aus der Hand. Als sie es aufhob, fiel ihr Blick auf das Halstuch, das sie getragen hatte, als sie den bewusstlosen Jungen vor dem Eingang des Krankenhauses zurückgelassen hatte. Sie legte es in eine Schublade und nahm sich vor, es später in den Kamin zu werfen.

Vor Sorge um Nathans Zustand und weil sie sich gefragt hatte, warum ihr Vorhaben so schiefgelaufen war, hatte sie letzte Nacht kaum geschlafen. Sie hatte sich in einem fort das Hirn darüber zermartert, was sie hätten anders machen können. Aber sie war immer wieder zu demselben Schluss gekommen: Sie waren überrumpelt worden.

Corrine nahm ihr normales Telefon zur Hand und tippte »Eleanor Harrison« ein. »Bildungsministerin nach Kopfverletzung weiterhin in kritischem Zustand«, begann eine der zahlreichen Meldungen. Corrine biss sich in den Zeigefinger. Obwohl sie diese Frau verachtete, hoffte sie aus Eigennutz, dass Harrison die Sache unbeschadet überstehen würde.

Sie betrachtete ihr Bild im Schlafzimmerspiegel. Um ihren Mund herum hatten sich dort, wo die Faust gelandet war, über Nacht bläulich-schwarze Blutergüsse gebildet. Die konnte sie mit einem Abdeckstift vertuschen. Aber ihre geschwollenen Lippen waren nicht so leicht zu verstecken. Sie nahm ein Stofftaschentuch und hielt es sich an die Lippen. Wenn jemand fragen würde, würde sie sagen, das sei eine allergische Reaktion auf Meeresfrüchte, wie sie sie schon seit Jahren nicht mehr gehabt habe.

Behutsam trug sie ihr Make-up auf, fuhr sich mit den Fingern durch das grau melierte braune Haar und zog dann eine bequeme Hose an. Als sie in die Ärmel einer locker sitzenden Bluse schlüpfte, zuckte sie kurz zusammen – ein Ziehen in den Muskeln, die sie in der Nacht zuvor beansprucht hatte.

Nach einem letzten prüfenden Blick in den Spiegel räusperte sie sich und ging nach unten. Durch das Fenster im Treppenhaus sah sie ihren Nachbarn Derek und seine neue Frau, die gerade in ihr Auto stiegen. Seit fast zwei Jahren hatte sie kein Wort mehr mit diesem Mann gewechselt, den sie früher als einen Freund betrachtet hatte. Corrine war so gut wie nie nachtragend, aber bei Derek machte sie eine Ausnahme.

Als sie am Hauswirtschaftsraum vorüberging, wünschte sie der Haushälterin Elena einen guten Morgen. Draußen war das leise Summen des Rasenmähers zu hören, mit dem Florin, Elenas Mann, den Garten pflegte.

Im Wohnzimmer waren ihr Ehemann Mitchell und zwei ihrer drei Kinder vor dem Fernseher versammelt. Corrine korrigierte sich im Stillen: Sie waren keine Kinder mehr, sondern junge Erwachsene. Nora und Spencer, die Zwillinge, waren achtzehn Jahre alt und würden es bald ihrer älteren Schwester Freya gleichtun und ein Studium aufnehmen. Früher hatte Corrine geglaubt, es würde furchtbar für sie sein, wenn die Kinder einmal das Nest verließen. Doch jetzt war dem nicht so, jetzt, wo sie einen Plan verfolgte.

Corrine sah Mitchell an. Er saß auf einem der Sofas und hatte die Arme vor dem Bauch verschränkt, über den sich sein T-Shirt spannte. Aus seinen Ohren wucherten dunkle Härchen, wie die Beine eines Einsiedlerkrebses, der in einer Muschel steckte. Der Gutschein für eine Wellnessbehandlung für Männer, den sie ihm zum Geburtstag geschenkt hatte, lag vermutlich noch immer uneingelöst in einer Schublade.

»Hast du schon gehört?«, fragte Spencer. »Jem Jones ist tot.«

»Ist das diese junge Frau aus dem Internet?«, fragte Corrine zurück. Sie erinnerte sich, dass sie auf der Rückfahrt vom Krankenhaus davon im Radio gehört hatte, aber sie hatte den Kopf so voll anderer Gedanken gehabt, dass sie der Meldung keine Beachtung geschenkt hatte.

»Ja, genau. Sie hat sich während eines Livestreams umgebracht. Pistole an den Kopf, und *wumm*.« Er hielt sich eine imaginäre Waffe an die Schläfe und tat so, als drücke er ab.

»Das ist ja grässlich.«

»Willst du's mal sehen?«

»Nein, um Gottes willen. Und du solltest dir das auch nicht ansehen.«

»Ich hab's bestimmt schon zehn Mal gesehen. Das läuft überall im Internet.«

Mitchell drehte sich zu Corrine und betrachtete sie, vor allem ihren Mund. »Hast du dir die Lippen aufspritzen lassen? Gruppendruck?«, fragte er spöttisch.

»Boah, Mum!«, rief Nora. »Du weißt doch: Weniger ist mehr.«

»Sehr komisch. Ich hatte ausdrücklich Paella ohne Garnelen bestellt, aber sie haben trotzdem welche reingetan. Das ist bald wieder weg.«

»Ein bisschen Filler um die Augen würde dir auch nicht schaden«, fuhr Mitchell fort. »Zu Frauen ist die Zeit unbarmherziger als zu Männern.«

Corrine musterte ihren Mann von oben bis unten. »Das sagt der Richtige.«

Mitchell lachte nur abschätzig und sah wieder auf den Fernseher.

»Die Ärmste«, sagte Corrine. »Was hat sie denn dazu getrieben?«

»Sie hat gesagt, dass sie den Hass nicht mehr ausgehalten hat«, antwortete Nora. »Die ganzen Memes und gefakten Bilder haben sie offenbar fertiggemacht.«

Corrine schüttelte den Kopf. »Aber warum hat sie sich dann nicht einfach aus den sozialen Medien zurückgezogen?«

»Na ja, wenn du da nicht vertreten bist, dann ist es so, als gäbe es dich überhaupt nicht.«

»Das ist doch lächerlich. Wenn dich ein Hund jedes Mal beißt, wenn du ihn streichelst, dann hörst du doch irgendwann auf, ihn zu streicheln, oder?« Spencer verdrehte die Augen. »Aber dann erklär es mir«, fügte Corrine hinzu. »Ich bin ganz Ohr.«

»Deine Auftritte in den sozialen Medien sind genauso ein Teil deiner Persönlichkeit wie die Kleidung, die du trägst, die Bars, in die du gehst, die Musik, die du teilst, das Auto, das dich fährt, oder die Labels auf deinen Klamotten. Nach all diesen Dingen wirst du von der ganzen Welt beurteilt: von deinen Freunden, deinen Lehrern, den Rekrutierern an den Unis und von Arbeitgebern.«

»Aber warum herrscht da so ein hasserfülltes Klima?«

Nora zuckte mit den Schultern. »Sag du's uns. Deine Generation hat doch damit angefangen.«

»Und ihr solltet es besser hinkriegen als wir«, erwiderte Corrine. »Steht denn *Wokes Verhalten* in der Schule nicht mehr auf dem Lehrplan?«

Spencer nickte. »Doch. Aber ihr Tod ist ja nicht meine Schuld. Ich habe nichts gemacht.«

»Hast du irgendwelche von diesen Memes oder Bildern ›geliked‹? Oder hast du welche davon geteilt?«

»Ja, schon. Manche waren auch echt witzig. Aber ich habe Jem nie getagged.«

»Aber auch wenn du die Sachen nur likest, wirst du ein Teil des Problems.«

»Wieso reitest du denn so darauf herum?«, ging Mitchell dazwischen. »Du hast doch selbst mal gesagt, dass du sie nicht leiden konntest.«

Corrine seufzte. »Es ist aber ein Unterschied, ob man jemanden wegen dem, wofür er steht, nicht leiden kann, oder ob man ihn zu Tode hetzt.«

»Aber wenn ich sage, dass sämtliche sozialen Medien unter staatlicher Kontrolle stehen sollten, widersprichst du mir. Da misst du doch mit zweierlei Maß.«

»Du findest also, die Regierung sollte uns noch stärker überwachen? Reicht es etwa nicht, dass Paare in einer Smart-Ehe zulassen, in ihren eigenen vier Wänden ausspioniert zu werden?«

»Ich habe nichts zu verbergen. Du etwa?«

Mitchells veränderter Tonfall und sein durchdringender Blick ließen Corrine vermuten, dass er vielleicht mehr über ihre heimlichen Aktivitäten wusste, als er zu erkennen gab. Sie überlegte kurz. Nein, von der Sache mit der Ministerin konnte er nichts wissen. Corrine hatte ihre Spuren verwischt.

Weil sie mit dieser Auseinandersetzung nicht noch mehr Zeit vergeuden wollte, reagierte sie nicht mehr auf Mitchells Frage. Mittlerweile gab es kaum noch etwas, das sie verband.

Mit einer Ausnahme. In einer Welt, in der Paare dazu ermutigt wurden zusammenzubleiben, machten sie beide sich daran, gegen den Strom zu schwimmen. Ihre Scheidung stand kurz bevor.

9

Jeffrey

Noch bevor das Läuten verklungen war, öffneten Luca und Noah Stanton-Gibbs gemeinsam die Tür, wie um Jeffrey zu zeigen, dass sie seinen Besuch erwarteten.

»Hallo. Ich bin Jeffrey Beech, Ihr Beziehungsbegleiter«, sagte er mit einem jovialen Lächeln. Er bemühte sich, nicht rot zu werden, wie es ihm oft passierte, wenn er jemandem gegenüberstand, den er attraktiv fand. Und sowohl Noah als auch Luca waren in jeder Hinsicht genau sein Typ. Er reichte ihnen seinen Personalausweis, und Noah überprüfte ihn, indem er ihn mit seiner Armbanduhr scannte.

»Bitte, kommen Sie herein«, sagte Luca, und die beiden Männer traten zur Seite. Sie waren genauso angespannt wie Jeffrey. Aber das machte ihm nichts aus. Nervöse Klienten waren ihm lieber als arrogante.

»Ein wundervolles Haus haben Sie«, sagte er und ließ seinen Blick herumwandern, wie ein Kind in einem Vergnügungspark. Die beiden bedankten sich für das Kompliment.

»Sind Sie zum ersten Mal in Northampton?«, fragte Luca.

»Ja«, behauptete Jeffrey.

Während er ihnen ins Wohnzimmer folgte, nahm er die beiden in Augenschein. Noah hatte kurz geschnittenes dunkelbraunes Haar und ein kantiges Gesicht, das bis zu den Mundwinkeln von Stoppeln überzogen war. Seine Augen waren von kräftigem, warmem Schokoladenbraun. Luca hatte etwas sanftere und jungenhaftere Züge. Er war glatt rasiert und hatte verschiedenfarbige Augen: eines war hellbraun, das andere grün. Sein goldblondes Haar reichte ihm bis zu den Ohren und war in einer sanften Welle zur Seite gekämmt. Jeffrey war von ihrem Anblick gebannt und musste sich zusammenreißen, um sie nicht anzustarren. Was das Äußere anging, hätte kein gentechnisches Labor der Welt ein so gegensätzliches und doch perfektes Paar erschaffen können.

»Dieser Teil ist immer der unangenehmste«, sagte Jeffrey. »Wollen wir uns setzen? Dann kann ich Ihnen sämtliche Fragen beantworten, die Sie vielleicht noch haben.«

»Mir ist immer noch nicht ganz klar, warum wir jetzt auf Stufe zwei sind«, sagte Noah, als er Jeffrey ins Wohnzimmer führte. »Das muss ein Fehler sein.«

»Ich kann mir sehr gut vorstellen, dass Sie das überrascht hat«, antwortete Jeffrey, »aber vielleicht hilft Ihnen dieses Bild: Ich bin wie ein Mechaniker, der unter die Motorhaube schaut und dafür sorgt, dass alles mit voller Kraft läuft. Ich helfe Ihnen sicherzustellen, dass Sie in Einklang miteinander leben und dieselben Ziele haben. Und falls dem nicht so ist, dann finden wir gemeinsam einen Weg, um die Differenzen zu überbrücken.«

»Aber wir leben absolut im Einklang miteinander«, sagte Luca. »Deswegen ergibt das einfach keinen Sinn.«

»Ich hatte gedacht, dass alles wieder in Ordnung kommt, wenn wir die Tipps, die wir in Stufe eins über den Audite bekommen, einfach gut hörbar wiederholen«, ergänzte Noah.

»Diese Tipps helfen manchen Paaren zu erkennen, wie sie miteinander kommunizieren, oder dass sie vielleicht ein bisschen zu oft streiten. Und wenn Sie auf Stufe eins sind, durchforstet das System auch Ihre Online-Aktivitäten wie etwa Ihre Blogs, die Websites, die Sie besuchen, Text- und Sprachnachrichten und Ihre Accounts in den sozialen Medien, und auch Ihre Einkäufe, sowohl online als auch in der echten Welt. Es verfolgt, was Sie posten, wie oft Sie dabei Ihren Partner erwähnen und auf wie vielen Bildern Sie gemeinsam zu sehen sind, ob Sie sich lange mit Freunden unterhalten, die Singles sind, und dazu noch viele andere Aspekte Ihres Lebens. Und dann entscheidet es, ob Sie so jemanden wie mich brauchen. Aber ich bin sicher, Sie können beruhigt sein. Vielleicht hat die KI des Audite Sie versehentlich falsch eingeordnet und muss neu kalibriert werden.«

»Passiert das oft?«, fragte Luca.

»Sie würden sich wundern«, entgegnete Jeffrey. »So wie wir ist auch ein Audite nicht vollkommen. Auch wenn das andauernd behauptet wird.«

Jeffrey hatte sich die ganze Nacht lang auf das Treffen vorbereitet und mit legalen Aufputschmitteln dafür gesorgt, dass seine Konzentration nicht nachließ. In seinem Auto oder in Coffeeshops, die rund um die Uhr geöffnet waren, hatte er Noahs und Lucas Accounts in den sozialen Medien durchkämmt. Außerdem hatte er sich stundenlang die Aufnahmen angehört, die der Audite gemacht hatte, und dabei festgestellt, dass die Gespräche der beiden von Humor und Wohlwollen geprägt waren. Sie brachten einander gern zum Lachen und machten sich auf komische und liebevolle Weise übereinander lustig.

Obwohl der Audite in der Lage hätte sein sollen, in den Gesprächen Anzeichen für den Zustand der Beziehung zu erkennen und zwischen Sarkasmus und Spott zu unterscheiden, machte er bisweilen dort Probleme aus, wo keine waren. Auch Noah und Luca waren Opfer eines unvollkommenen Systems geworden.

»Würde es Ihnen etwas ausmachen, wenn ich mich ein bisschen umsehe?«, fragte Jeffrey.

»Ganz und gar nicht«, antwortete Luca. »Bitte, hier entlang …«

»Falls Sie damit einverstanden sind, würde ich lieber auf eigene Faust losziehen.« Er machte mit den Händen eine abwehrende Geste. »Keine Sorge, ich schnüffele nicht herum.«

Er ließ seine Klienten stehen, denen bei der Sache offenbar nicht ganz wohl war, und ging in die Wohnküche. Alles befand sich ordentlich an seinem Platz: das Besteck in der Schublade, Töpfe und Pfannen und auch die akkurat gefalteten Geschirrtücher. Selbst am Wäschetrockner war kein einziger Fussel zu sehen. Schon die Küche sagte Jeffrey, dass dieses Haus ganz nach seinem Geschmack war. Es war in nichts mit seiner eigenen Wohnung zu vergleichen, die er seit fast drei Jahren nicht mehr betreten hatte.

In der oberen Etage lag das Schlafzimmer, daran anschließend ein Bad mit zwei Waschbecken und zwei Schränkchen, in denen sich nichts Ungewöhnliches befand, außer Pflaster mit Antidepressiva, die laut dem Aufkleber auf der Packung für Luca bestimmt waren. Die Unterwäsche, aufbewahrt in einer Schublade im Schlafzimmerschrank, war nur von ausgewählten Marken wie aussieBum oder Calvin Klein, und Jeffrey hätte nicht sagen können, wer von den beiden Jockstraps und klassische Unterhosen trug und wer lieber eng anliegende Trunks. Er griff sich einen Jockstrap und steckte ihn in die Tasche. In einer anderen Schublade stieß er auf eine Handvoll Sextoys und Gleitmittel. Er roch an den fruchtigen Aromen und betupfte sich die Lippen damit. Als er sich mit einem vibrierenden Toy über die Wange strich, kitzelte es ihn und er musste kichern. Er fragte sich, warum ein verheiratetes Paar Kondome brauchte. Schließlich nahm er die Kopfkissen, vergrub sein Gesicht darin und atmete tief ein. Die Geruchsspuren sagten ihm, wer auf welcher Seite schlief.

Im Arbeitszimmer fand er in einem Stapel aus Ablagekästen aus Plastik ein Foto von zwei Babys, einem Jungen und einem Mädchen. Daneben lag eine Mappe mit Unterlagen, aus denen hervorging, dass Noah und Luca mit einer Leihmutter in Kontakt waren. Das Foto war ein computergeneriertes Bild, das zeigte, wie ihre Kinder aussehen könnten. Jeffreys Magen verkrampfte sich und erinnerte ihn daran, dass das Leben an ihm vorbeiging.

Er sah aus dem Fenster. In der Ferne erhob sich der ehemalige National Lift Tower, ein nadeldünnes, hundertzwanzig Meter hohes Gebäude aus Beton, das am Rand des Stadtzentrums stand. Als Jeffrey ein Kind gewesen war, hatte er den Turm von seinem Zimmer aus sehen können. Vielleicht war es jetzt, da er zurück in Northampton war, an der Zeit, Frieden mit seiner Vergangenheit zu schließen.

»Welches der Gästezimmer soll ich denn nehmen?«, fragte er, als er wieder bei seinen Klienten war. Noah und Luca warfen ihm verdutzte Blicke zu und sahen dann einander verwundert an. »Der Vertrag der Smart-Ehe sieht vor, dass der Beziehungsbegleiter eine Zeit lang bei einem Paar wohnt, wenn er der Ansicht ist, dass die Nähe zu den Klienten erforderlich ist, damit er seiner Aufgabe nachkommt.«

»Muss das wirklich sein?«, fragte Noah. »Sie haben doch gerade selbst gesagt, dass wahrscheinlich einfach nur das System neu gestartet werden muss.«

»Ich habe gesagt, dass der Audite möglicherweise neu kalibriert werden muss. Aber ich kenne Sie beide ja noch gar nicht, daher kann ich jetzt unmöglich sagen, welcher Weg der richtige ist. Aber ich muss natürlich nicht hier wohnen, falls Sie das nicht möchten. Dann vermerke ich einfach in meinem Bericht, dass Ihnen das nicht recht gewesen wäre …«

»Es wäre wirklich nicht sehr ange…«, setzte Noah an.

»Jeffrey«, unterbrach ihn Luca, »wenn Sie bei uns wohnen, kommen wir dann aus Stufe zwei schneller wieder raus?«

Jeffrey nickte. »In den meisten Fällen verbringt ein Beziehungsbegleiter etwa sieben bis acht Wochen mit seinen Klienten. Aber wenn er direkten Zugang zum Leben des Paares hat, kann das diese Zeit um ein Drittel verkürzen.«

»Könnten Sie uns wohl kurz allein lassen?«, fragte Noah.

Jeffrey war in diesem Punkt schon bei zahlreichen Paaren auf Widerstand gestoßen. Doch letztlich war die Antwort immer dieselbe.

»Ich glaube, da gibt es nichts weiter zu besprechen«, sagte Luca. »Wenn Sie möchten, Jeffrey, können Sie das Zimmer nehmen, das zum Garten hin liegt.«

»Sehr gern. Ich bin sozusagen stubenrein; die meiste Zeit werden Sie meine Anwesenheit überhaupt nicht bemerken. Dann hole ich mal meinen Koffer aus dem Auto.«

Das Lächeln, mit dem Luca ihn ansah, bereitete Jeffrey eine Gänsehaut.

Jeffrey wandte sich rasch ab und ging hinaus, bevor einer der beiden Männer sehen konnte, dass er rot anlief.

10

Arthur

Wie erstarrt stand Arthur im Flur, zwischen Küche und Haustür. Er rührte sich nicht, aus Angst, der Schatten hinter der Tür könnte ihn bemerken.

»Mr. und Mrs. Foley, sind Sie da?« Arthur erkannte die Stimme wieder. In der zurückliegenden Woche hatte er sie mehrfach am Telefon gehört und dann jedes Mal sofort aufgelegt. »Mein Name ist Lorraine Shrewsbury. Sie müssten benachrichtigt worden sein, dass ich komme.«

Arthur presste weiter die Lippen aufeinander und versuchte, lautlos zu atmen. Das war nicht leicht, schließlich hatte er in seinem Berufsleben als Feuerwehrmann jahrelang regelmäßig Rauch eingeatmet. Medikamente hatten verhindert, dass sich sein Lungenemphysem weiter ausbreitete, aber wenn er unter Stress stand, hatte das noch immer Kurzatmigkeit zur Folge. Und in jüngster Zeit hatte es mehr als eine Situation gegeben, in der ihn die Angst zu verschlingen gedroht hatte.

Wieder klopfte es an der Tür, dann wurde die Klappe des Briefschlitzes angehoben, der sich unten in der Tür befand. »Mr. und Mrs. Foley«, war die Stimme durch den Schlitz zu hören, »wenn Sie zu Hause sind, bitte antworten Sie. Es ist dringend.«

Wenn Arthur sich jetzt bewegte, konnte ihn die ungebetene Besucherin nicht sehen. Also schlurfte er so leise, wie es die Sohlen seiner orthopädischen Turnschuhe erlaubten, in Richtung Treppe. Er stieg zwei Stufen hinauf und drückte sich gegen die Wand, noch immer außer Sichtweite der Besucherin.

»Arthur, wer ist denn da?«, rief June aus dem Schlafzimmer. Er flehte sie im Stillen an, leise zu sein. »Ist das wieder diese Frau? Sag ihr, sie soll abhauen.«

»June«, flüsterte er. »Psssst!«

»Mr. und Mrs. Foley, wenn Sie mich nicht hineinlassen, brechen Sie Ihren Vertrag nach dem Gesetz über die Unantastbarkeit der Ehe. Falls Sie nicht aufmachen, bin ich befugt, eine gerichtliche Verfügung einzuholen und mir mithilfe der Polizei Zugang zu Ihrem Haus zu verschaffen, notfalls mit Gewalt. Aber glauben Sie mir, ich will nicht, dass es so weit kommt.«

Arthur packte seinen linken Arm, der angefangen hatte zu zittern. Nach einer Weile gestand Shrewsbury ihre Niederlage ein und verschwand. Langsam ging Arthur zu einem der Fenster an der Vorderseite des Hauses und schob den Vorhang gerade so weit zur Seite, dass er ihr geparktes Auto sehen konnte. Er setzte seine Brille auf. Shrewsbury saß im Auto und bewegte die Lippen, als telefoniere sie mit jemandem. Erst als sie wegfuhr, beruhigte sich Arthurs Atem wieder.

Seine Smart Watch vibrierte, und eine Nachricht erschien auf dem Display. »Schreiben Sie Ihrem/r Partner/in eine Nachricht, in der Sie ihn/sie loben. Er/sie wird diese Worte immer wieder mit Freude lesen.« Arthur fluchte leise.

Stufe für Stufe stieg er die Treppe hinauf und hielt sich dabei mit kräftigem Griff am Geländer fest. Dabei fiel sein Blick auf die gerahmten Fotografien an der Wand, an denen er Tag für Tag vorüberging und die er sonst nie beachtete. Die meisten zeigten ihn und June an berühmten Orten in Europa, etwa vor dem Eiffelturm, auf dem Petersplatz in Rom oder vor Resten der Berliner Mauer. Auf einigen davon war auch das himmelblaue VW-Wohnmobil zu sehen, das sie sich gekauft hatten, um den Kontinent zu bereisen. Sie hatten diesen Wagen geliebt, ebenso wie ihre Reiseabenteuer, bei denen sie ganz für sich gewesen waren.

Ihre zahlreichen Versuche, eine Familie zu gründen, waren allesamt gescheitert. Der Druck und die Anspannung, die daraus erwuchsen, dass sie sich so viel gewünscht und nur so wenig bekommen hatten, hatten ihre Ehe manches Mal fast zerbrechen lassen. Doch als sie schließlich akzeptiert hatten, dass es ihnen nicht beschieden war, Eltern zu werden, hatten sie begonnen, im Hier und Jetzt zu leben und nicht mehr im Vielleicht. Das Reisen hatte sie nicht so sehr erfüllt, wie es eine Familie möglicherweise getan hätte, aber es hatte sie als Paar zusammengeschweißt.

Das Wohnmobil war noch immer bei ihnen und stand, bedeckt von einer Plane, in der Garage. Mittlerweile waren Elektrofahrzeuge die Regel, weshalb Versicherung und Steuer für ein Fahrzeug mit Verbrennungsmotor Unsummen verschlungen hätten. Also hatte Arthur, nachdem June krank geworden war und das Interesse am Reisen verloren hatte, das Wohnmobil abgemeldet. Doch manchmal packte es ihn noch, dann kletterte er auf den Fahrersitz, fuhr rückwärts hinaus in die Einfahrt, blieb dort mit laufendem Motor stehen, ließ das Wummern durch seinen Körper vibrieren und erinnerte sich an vergangene Tage.

»War das wieder diese Frau?«, fragte June jetzt, als er das Schlafzimmer betrat.

»Das war niemand Wichtiges. Nur jemand, der etwas verkaufen wollte.«

Doch nach fast einem halben Jahrhundert Ehe konnte er June, obwohl sie manchmal verwirrt war, nichts mehr vormachen. »Das war wieder diese Beziehungsbegleiterin, oder?«, sagte sie.

»Du brauchst dir keine Gedanken darüber zu machen. Sie ist wieder weg.«

»Aber sie kommt doch wieder, oder?«

»Das weiß ich nicht.«

»Du musst dafür sorgen, dass sie uns in Ruhe lässt.«

»Das werde ich. Ganz bestimmt.«

»Denn wenn sie mich in diesem Zustand sieht, wird sie dafür sorgen, dass man mich wegbringt. Und das will ich nicht.«

Schweigen umhüllte sie beide. Arthur erinnerte sich an eine Klausel im Vertrag, nach der eine Scheidung im Eilverfahren und ohne Geldstrafen möglich war, wenn einer der Partner an einer unheilbaren degenerativen Gehirnkrankheit oder an einer auszehrenden psychischen Langzeiterkrankung litt. Die beiden »besseren Hälften«, wie es in dem Vertrag hieß, sollten sogar durch Ankreuzen eines Kästchens zustimmen, dass ihr leidender Ehepartner in eine private Pflegeeinrichtung oder ein Krankenhaus verfrachtet wurde, während sie selbst aktiv nach einem neuen Partner suchten. Ein zweites, weitaus umstritteneres Kästchen eröffnete die Möglichkeit eines noch gründlicheren Neuanfangs. Arthur schauderte bei dem Gedanken daran.

»Wir haben beide den Ehevertrag gemäß dem neuen Gesetz unterschrieben, nicht nur du«, erinnerte June ihn. »Anders hätten wir unsere Zukunft nicht sichern können. Als wir Steuern auf unsere Schlafzimmer zahlen mussten, konnten wir gar nicht mehr in unserer alten Ehe bleiben. Und auch das Haus hätten wir nicht behalten können. Mit dem, was von unserer Rente übrig geblieben wäre, hätten wir nicht mal mehr die Zuzahlungen zur Krankenversicherung aufbringen können. Und so teuer, wie allein meine Medikamente sind, müssten wir uns jetzt entscheiden, ob ich meine Pillen bekomme oder wir beide etwas zu essen. Nein, wir haben das schon richtig gemacht.«

»Aber schau dir doch nur an, wie wir jetzt leben«, flüsterte Arthur. »Andauernd verstecken wir uns und haben Angst, etwas zu sagen, nur weil die Maschine das vielleicht aufschnappen könnte.«

Er sah zu dem Audite hinüber. Anfangs, als in jedem Zimmer des Hauses so ein Ding installiert und die Software auf ihren tragbaren Geräten aufgespielt worden war, hatte er sich keine Gedanken gemacht. Das System war perfekt: Es organisierte zentral die Musik- und TV-Streamingdienste, erledigte die Einkäufe, ließ das Badewasser ein und regulierte die Dusche, überwachte die Temperatur in den Räumen, ermittelte Messwerte und wies Arthur und June darauf hin, wenn sie ihren CO_2-Fußabdruck ausgleichen mussten. Dass das System auch zufällige Ausschnitte ihrer Gespräche aufzeichnete, hatte Arthur nicht gekümmert, denn zwischen ihnen fiel so gut wie nie ein böses Wort. Doch mittlerweile hasste Arthur dieses Ding. Hätte er es mit dem Hammer zertrümmern können, er hätte es getan. Doch das galt als Straftat.

»Kann ich dir irgendwas bringen?«, fragte er, um das Thema zu wechseln.

»Mach doch bitte das Fenster zu. Mir wird allmählich kühl. Und dann komm her zum Kuscheln. Wir kuscheln viel zu wenig.«

»Okay.«

June hatte recht, in letzter Zeit suchte er die körperliche Nähe nicht mehr so sehr wie früher. Je schwächer ihr Körper und ihr Geist wurden, desto mehr scheute er davor zurück, sie zu umarmen, aus Angst, sie zu verletzen oder ihr wehzutun. Ihr Bedürfnis nach Berührung und Umarmung und danach, sich wieder lebendig zu fühlen, hatte er dabei vernachlässigt. Jetzt setzte er sich auf seiner Seite des Bettes auf den Rand, schlüpfte aus den Turnschuhen und rückte dann langsam zu June hinüber, bis sie nebeneinanderlagen. Dann legte er den Arm um sie und zog sie zu sich heran.

»Das ist doch wunderschön, oder?«, flüsterte sie. Arthur nickte.

Sie fühlte sich so zerbrechlich und so hilflos an. Doch unabhängig von ihrer äußeren Erscheinung oder ihren geistigen Fähigkeiten würde sie immer seine geliebte June bleiben.

Sein Fels in der Brandung, seine Stütze, seine Frau.

11

Anthony

Auf allen sechs Bildschirmen in Anthonys Arbeitszimmer liefen bewegte Bilder, doch seine Aufmerksamkeit galt nur einem einzigen.

Noch mehrere Tage nach Jem Jones' Selbstmord war ihre Geschichte das Thema Nummer eins in den Medien, und alle großen Nachrichtensender berichteten über die umfassende Trauer, die das ganze Land erfasst hatte. Anthony war nicht dumm – er hatte damit gerechnet, dass Jems dramatischer Tod mehrere Nachrichtenzyklen in Folge beherrschen würde –, aber diese Welle des Mitgefühls, die einfach nicht abebben wollte, überraschte ihn doch. Auch er konnte den Blick nicht von Jem lösen. Das war nicht weiter verwunderlich, fand er, schließlich hatten sie viele Jahre miteinander verbracht. Doch aus Vertrautheit konnte auch Geringschätzung werden, und manchmal hatte er Jem sogar verabscheut, oder zumindest das, was aus ihr geworden war.

Noch heute Morgen hatte Sky News reihenweise Äußerungen anderer Social-Media-Berühmtheiten gebracht, die Jem ihre Achtung bezeugten, dazu die unvergesslichen Momente ihrer Karriere und ihre meistgesehenen Videoblogs. Zur selben Zeit war auf CNN ein Beitrag gelaufen, in dem eine im Studio versammelte Runde von Experten für Körpersprache

Jems Mienenspiel und Gestik analysierte, die sie in den Posts kurz vor ihrem Tod gezeigt hatte. Sie hatten auch noch das kleinste Detail identifiziert, das möglicherweise auf ihren Geisteszustand hätte hinweisen können.

Auf YouTube entdeckte Anthony einen Bericht, der gestern Abend vor Jems abgeriegeltem Anwesen in Buckinghamshire gedreht worden war. Hunderte ihrer Fans hatten sich dort versammelt und hielten bei Kerzenschein Wache, viele trugen T-Shirts mit Jems Konterfei, manche auch Jem-Jones-Pappmasken, die sie aus dem Internet ausgedruckt hatten. An den Laternenmasten hingen Fotos und Poster, Blumensträuße steckten zwischen den Gitterstäben des Tores oder lagen auf dem Gehweg davor. Der Auflauf war so groß, dass die Polizei die Straße für den Verkehr gesperrt hatte. An manchen Wänden waren Spuren von Schmierereien zu sehen, in denen Jem noch kurz vor ihrem Tod diffamiert worden war.

Anthony überlegte kurz, ob er zu Jems Haus fahren sollte, um sich endgültig von ihr zu verabschieden, verwarf den Gedanken aber wieder. Es war noch zu früh dafür, dass sie sein Leben für immer verließ. Ein Reporter, der vom Ort des Geschehens berichtete, zog Parallelen zum Tod der Prinzessin von Wales, König Williams Mutter. Anthony suchte in Online-Archiven, um zu verstehen, worauf der Reporter sich bezog, und musste zugeben, dass der Vergleich durchaus berechtigt war.

Gebannt verfolgte er Interviews, in denen trauernde Anhänger ihre kollektive Wut darüber zum Ausdruck brachten, wie die Öffentlichkeit Jem behandelt hatte, und gezielte Social-Media-Kampagnen bezichtigten, Jem in den Tod getrieben zu haben. »Freiheit Für Alle ist daran schuld«, rief eine junge Frau in das Mikrofon eines Journalisten. »Die behaupten, sie wären eine Partei, die für gleiche Rechte für alle kämpft, aber in Wahrheit sind das Mörder. Die Regierung muss solche Gruppierungen jetzt endlich verbieten. Weil das, was mit Jem passiert ist, das war Mord.«

Dem konnte Anthony nicht widersprechen.

Vereinzelt kamen auch Leute zu Wort, die Kritik an Jem übten, aber ihnen wurde nur wenig Sendezeit eingeräumt. Je nachdem, wer sich äußerte, war Jem eine tragische Heldin gewesen, eine Heilsbringerin, eine radikale Feministin, eine Kämpferin, eine ganz normale Frau, eine Aktivistin, ein Opferlamm, Sprachrohr des Teufels, Opfer der Umstände oder eine Heilige. Für Anthony war sie all das gewesen, und noch viel mehr.

Er stellte den Ton an einem der anderen Bildschirme lauter, auf dem jetzt ein Regierungssprecher, den er schon einmal gesehen hatte, im Studio eines Senders Lippenbekenntnisse vorbrachte und Phrasen von sich gab wie »diese entsetzliche Tragödie« und »ein schmerzlicher Verlust«. Dann versprach er, man werde »schonungslos aufarbeiten, welche Rolle die sozialen Medien und die anderen Parteien im Zusammenhang mit Jem Jones' Tod gespielt haben«. Anthony wusste, dass das mehr war als die übliche politische Rhetorik. Die Regierung würde Jems Tod ziemlich sicher als Vorwand benutzen, um in Sachen Redefreiheit hart durchzugreifen. Wie zu ihren Lebzeiten würde Jem auch noch als Tote von Kräften missbraucht werden, die bestimmte Ziele verfolgten und die sie erst verheizen und dann verstoßen würden, wenn das nächste große Ding vor der Tür stand. Das war nicht fair. Anthony wünschte sich noch immer, dass Jem mehr gewesen wäre als nur das.

Aber er hatte die Erfahrung machen müssen, dass man mit Jem nicht vernünftig reden konnte und sie keinen Blick dafür hatte, wie unfair das neue Ehegesetz die Menschen behandelte. Sie konnte so gefühllos sein wie die Regierung, die sie vertrat. Daher war ihm, als er den Mordauftrag erhalten hatte, bewusst gewesen, dass er im Dienst einer höheren Sache handelte.

Er sah auf einen anderen Bildschirm. Irgendwo in Osteuropa stand ein Server, auf dem verschlüsselte Daten lagen, die Tausende von Bots steuerten, Programme, die im Internet automatisierte Prozesse durchführten. Sie alle waren mit einem einzigen Ziel geschrieben worden: Jem das Leben zur Hölle zu machen. Von Spam-Mail-Accounts aus hatten sie die Kommentarfelder in Jems Profilen in den sozialen Medien mit unflätigen Bemerkungen und verleumderischen Behauptungen überflutet. Es hatte Morddrohungen gegeben, Profile, auf denen sie nachgeäfft und verspottet wurde, und Lügen waren über sie verbreitet worden.

Die größte Reichweite unter all diesen persönlichen Angriffen hatte ein Video erlangt, das Jem zeigte, wie sie in einem Park ein Kind ohrfeigte, das sie versehentlich mit einem Fußball getroffen hatte. Auf der Aufnahme war zu sehen, wie der Ball sie an der Schulter traf, wodurch sie ihren Kaffee über ihre Kleidung verschüttete. Nach Jems handgreiflicher Reaktion war das Kind zu seiner Mutter gelaufen, und ein anderer Passant hatte gefilmt, wie Jem sich davonmachte, bevor die wütende Mutter sie zur Rede stellen konnte.

Das Video war jedoch ein Fake gewesen. Die Personen waren allesamt bezahlte Schauspieler, auch die Frau, die Jem gespielt hatte. Ihr war nachträglich mithilfe eines Computerprogramms das Aussehen von Jem verliehen worden. Diese

Technologie war in den letzten zehn Jahren so weit perfektioniert worden, dass selbst Fachleute in Sachen Softwareentwicklung und Experten für Körpersprache nicht mehr zwischen gefälschten und echten Videos unterscheiden konnten. In dem Film, der im Jahr zuvor den Oscar für den besten Film erhalten hatte, waren drei Rollen von solchen gefakten Figuren gespielt worden. Weil die entsprechende Software aber so viele potenzielle Gefahren barg, galt der unlizenzierte Gebrauch in zahlreichen Ländern als Straftat. In britischen Schulen lernten die Kinder sogar, nach solchem Missbrauch Ausschau zu halten und ihn zu melden.

Nachdem das Video viral gegangen war, hatte Jem sich wutentbrannt an die Öffentlichkeit gewandt, alles abgestritten und den Usern, die es teilten, mit rechtlichen Schritten gedroht. Aber der Clip hatte sich schon so rasant verbreitet, dass es nicht mehr zu kontrollieren war. Auch wenn nicht alle von der Echtheit des Videos überzeugt waren, gab es doch genug Leute, die es für bare Münze genommen hatten.

Doch das war erst der Anfang der Jagd auf Jem gewesen. Die Leute machten einen Sport daraus, sie mit Memes und animierten Bildern zu schikanieren, und sahen mit Schadenfreude zu, wie sie in ihren Videoblogs mehr und mehr die Fassung verlor. Anthony hatte noch nie erlebt, dass die Reputation eines Menschen so skrupellos, so nachhaltig und so erfolgreich zerstört wurde. Und Jem hatte keine Ahnung davon, dass nichts von alldem echt war.

Er drückte die Kuppe seines Daumens auf ein Sensorfeld an einer der Schreibtischschubladen, die sich daraufhin öffnete, und wiederholte das Vorgehen an dem Metallkästchen, das in der Schublade lag. Dann nahm er den Gegenstand heraus, der in dem Kästchen lag, einen dunkelgrauen Revolver, einen Ruger GP100 1705. Er war leichter als andere Modelle, die er vor Jems Tod ausprobiert hatte, war aber genauso durchschlagend und konnte aus nächster Nähe töten. Anthony vergewisserte sich, dass alle sechs Patronenlager leer waren, und entsicherte die Waffe. Er hielt sie sich an die Schläfe, schloss die Augen und drückte ab. Dann hielt er sich die Mündung an die Kehle, dann mitten auf die Stirn, an die rechte Schläfe und schließlich auf den Scheitel. Erst dann legte er den Revolver in die Schublade zurück und verschloss sie wieder.

Von so vielen verschiedenen Versionen von Jem umgeben zu sein, die ihm von den Bildschirmen entgegenflimmerten, zehrte an seinen Kräften. Er schaltete die Monitore aus, lehnte sich in seinem Stuhl zurück und schloss die Augen. Dieser Moment war vielleicht die einzige Verschnaufpause, die er bis auf Weiteres bekommen würde. Und sein Auftraggeber hatte bereits angekündigt, dass sie nicht lange dauern würde. Das nächste Projekt war schon in Planung. Anthony wusste nicht, was ihn erwartete, doch wahrscheinlich war es moralisch ebenso fragwürdig, wie die beliebteste Influencerin des Landes zu ermorden.

12

Roxi

»Ich kann nicht länger schweigen«, sagte Roxi mit brüchiger Stimme und tupfte sich mit einem Taschentuch die Augenwinkel trocken.

»Wenn ihr heute zuschaut und damit rechnet, dass ich über Beziehungen spreche oder euch die Top-Produkte der Woche vorstelle, muss ich euch leider enttäuschen. Denn heute gibt es etwas Wichtigeres, das ich mir von der Seele reden muss.«

Sie hielt inne und atmete tief durch. »Wie ihr mitbekommen habt, haben wir von der Community der Influencer kürzlich eine von uns verloren. Jem Jones, diese wundervolle und begabte Frau, die eine Inspiration für uns alle war, wurde in den Selbstmord getrieben. Trolle haben dieser armen Frau das Leben zur Hölle gemacht und eine Hetzjagd auf sie betrieben, nur weil sie andere Ansichten als ihre Feinde hatte. Bei den Angriffen auf Jem ging es aber nicht nur um Meinungsverschiedenheiten. Das Ganze war eine durchorganisierte Kampagne gnadenloser Verleumdung, die zu einem entsetzlichen Ende geführt hat.

Ich kriege den Gedanken nicht aus dem Kopf, dass Jem, wenn sie ein Mann gewesen wäre, nicht so viel Hass und Verachtung entgegengeschlagen wäre. Ganz normale Frauen, so wie ihr und ich, sollen dagegen weiterhin mundtot gemacht werden. Wir sind die Frauen, für die Jem stand, und deshalb sind wir es ihr schuldig, diesen Typen, die uns schikanieren wollen, klarzumachen, dass sie nicht gewinnen werden. Und deshalb rufe ich euch alle dazu auf, eure Stimmen zu erheben und zurückzuschlagen.«

Roxi streckte die Hand über den Küchentisch und tippte auf ihr Handy, um die Aufnahme zu beenden. Dann nahm sie das Gerät vom Stativ und sah sich den Abschnitt, den sie gerade gedreht hatte, mit kritischem Blick an. Manches konnte sie noch besser machen. War es richtig, die Geschlechter gegeneinander aufzubringen? Sie strich sich mit einem Mentholstift über die unteren Augenlider und zwinkerte ein paarmal kräftig, bis die Tränen kamen. Sie hatte herausgefunden, dass Schauspieler sich auf diese Weise feuchte Augen machten, und daraufhin im Internet einen solchen Stift bestellt. Dann tupfte sie sich etwas Balsam auf die Lippen. Sie fühlten sich seltsam an, seitdem Roxi vor Kurzem die Filler hatte entfernen lassen, die für sie selbstverständlich geworden waren, aber Jem hatte immer wieder voller Stolz ihr natürliches Aussehen betont, und Roxi würde es ihr gleichtun.

Sie stellte den Teleprompter im Display auf Anfang, drückte auf »Aufnahme« und sprach ihren Text noch einmal, nun mit ein paar kleinen Verbesserungen. Diesmal kamen die Tränen rasch, und Roxi wischte sie mit den Fingerspitzen und nicht mit einem Taschentuch weg. Dadurch wirkten ihre Gefühle weniger einstudiert.

»Aber niemand von uns ist komplett unschuldig«, fuhr sie fort. »Wir alle haben gesehen, was Jem durchgemacht hat, aber niemand von uns hat etwas unternommen, um dem ein Ende zu bereiten. Wir hätten ihr ermutigende Nachrichten schicken können, hätten ihr sagen können, dass wir sie lieben, und wir hätten Anzeige gegen die Accounts erstatten können, von denen die Angriffe ausgingen. Aber nichts von alldem haben wir getan. Vielmehr haben wir tatenlos zugesehen, erleichtert, dass nicht wir die Zielscheibe der Angriffe waren. Ich sollte mich dafür schämen, wir alle sollten uns dafür schämen.

Und alle, die sich in Tweets gehässig über Jem geäußert haben, die diese entsetzlichen gefakten Videos geteilt und diese erniedrigenden Memes und Bilder in die Welt gesetzt haben – ihr habt durch euer Verhalten einen Menschen in den Tod getrieben. Ich bin auch Videobloggerin und Influencerin, und ich bin ein Mensch mit einem Herz in der Brust, und als solcher kann ich nicht tatenlos zuschauen und schweigen oder gar zulassen, dass sich so etwas wiederholt. Es muss sich etwas ändern.

Deshalb fordere ich, dass künstliche Intelligenz nicht nur in den Häusern und Wohnungen von Paaren mit einer Smart-Ehe installiert wird, sondern in sämtlichen Häusern und Wohnungen im ganzen Land. Die Überwachung von Gesprächen kann nicht nur zum Erhalt von Beziehungen beitragen, sondern auch bei der Terrorismusbekämpfung helfen und kriminelles Verhalten aufdecken sowie Kindesmissbrauch, Rassismus und häusliche Gewalt.« Bei den letzten Worten bildete sich ein Kloß in Roxis Hals. Sie schluckte ihn hinunter. »Wenn wir gezwungen wären, erst nachzudenken, bevor wir etwas sagen oder schreiben, würden wir nicht mehr so impulsiv sprechen und handeln. Und dadurch würden wir alle rücksichtsvoller miteinander umgehen.«

Sie zählte still bis drei und sprach dann den letzten Satz in die Kamera. »Weil es uns alle betrifft: Machen wir es besser.«

Auf dem Laptop überprüfte sie die Aufnahme. Als sie sah, dass sie damit zufrieden sein konnte, fügte sie am Schluss einen großen Schriftzug ein: #IchMachsBesserDuAuch? Dann hängte sie bestimmte Tags an, dazu die gerade angesagten Sounds und noch weitere Metadaten, damit das Video möglichst oft aufgerufen wurde, veröffentlichte es und drückte beide Daumen.

- Haben Sie ein feines Gehör, eine hervorragende Beobachtungsgabe und unerschöpfliches Einfühlungsvermögen?
- Sind Sie unvoreingenommen und aufgeschlossen?
- Wenden sich Ihre verheirateten Freunde an Sie, wenn sie Rat und Hilfe brauchen?
- Und das Wichtigste: Sind Sie vom Gesetz über die Unantastbarkeit der Ehe überzeugt?

Dann werden Sie Beziehungsbegleiter*in!

Wir suchen laufend interessierte Bewerber*innen, die Lust haben, sich zum/r Beziehungsbegleiter*in ausbilden zu lassen, um anschließend Ehepaare vor Ort dabei zu unterstützen, ihre Beziehung zu erhalten, und sie in die richtige Richtung zu lenken. Vorkenntnisse sind keine erforderlich, nur das Gespür dafür, wie Beziehungen funktionieren, und ein Instinkt für die Wahrheit. Den Rest erledigen wir.

SIE HABEN DIE MACHT, EHELICHES GLÜCK ZU BEWAHREN

SMART EHE

www.smartmarriage.co.uk/relationship-responder

13

Jeffrey

An der Ausstattung ihres Hauses hatten Noah und Luca nicht gespart. Wenn Jeffrey jemals ein eigenes Haus besäße, würde er alles daransetzen, es so perfekt einzurichten wie das von Noah und Luca. In dem Zimmer, das er bezogen hatte, lag eine Matratze, in der man versank, darauf ein Bettlaken aus Mako-Baumwolle und eine Decke, die mit Seide und Entendaunen gefüllt war.

Er wohnte noch immer zur Miete in einer fensterlosen Wohnung, ausgestattet mit einem Sessel und einem schmalen Bett. In den Wänden steckte noch immer hartnäckig der Gestank der Leiche der Vormieterin, die über ein Jahr lang unentdeckt geblieben war. Man konnte sich leicht vorstellen, warum sie in diesem Abgrund der Verzweiflung ihrem Leben ein Ende gemacht hatte. Bevor er Beziehungsbegleiter geworden war, hatte auch Jeffrey häufig mit diesem Gedanken gespielt. Jetzt aber gab diese Arbeit seinem Leben einen Sinn und verlieh ihm Hoffnung. In den letzten anderthalb Jahren hatte er zwischen den Einsätzen bei Klienten lieber auf der Rückbank seines Autos geschlafen, als in diese Wohnung zurückzukehren. Und obwohl er sich etwas Besseres hätte leisten können, hatte er beschlossen, die Wohnung zu behalten, damit sie ihm eine Warnung war. Sie sollte ihm vor Augen führen, was ihm drohte, wenn er sich nicht ernsthaft darum bemühte, endlich selbst einen Partner zu finden.

Er gähnte und streckte sich, und dabei fiel sein Blick auf den Kleiderschrank, der in einer Ecke des Zimmers stand. Am Abend zuvor hatte er beim Auspacken darin rund ein Dutzend Kleidungsstücke für Babys entdeckt, in neutralen Farben. Als er die Bügel zur Seite geschoben hatte, um Platz für seine eigenen Sachen zu machen, hatte er die Finger über den weichen Stoff gleiten lassen. Er hatte sich gefragt, wie weit Noah und Luca auf dem Weg der Leihmutterschaft schon gekommen waren.

Vaterschaft war für ihn nie mehr als ein Traum gewesen, bis ihm Ruby und Saul als Klienten zugewiesen worden waren. Ruby hatte sich nichts mehr als eine funktionierende Ehe und eine Familie gewünscht. Doch als Jeffrey bei den beiden vor der Tür aufgetaucht war, hatte Saul verkündet, dass er jemanden kennengelernt hätte, und anschließend hatte er »dem Sturm getrotzt«, bis er und Ruby sich in Stufe drei vor dem Familiengericht wiedersahen und geschieden wurden.

Jeffrey hatte mit Ruby zahllose Einzelgespräche geführt, und dabei waren sie sich so nahe gekommen, dass ihre Beziehung für Jeffrey schon bald weit über das Berufliche hinausging. Er hatte sich in Ruby verliebt. Erst als Saul ausgezogen war, fasste er sich ein Herz und eröffnete ihr, dass auch er sich eine Familie wünschte und sie ihren Wunsch nach Kindern gemeinsam Wirklichkeit werden lassen könnten.

Ruby hatte ihn abgewiesen. Jeffrey verließ das Haus noch am selben Tag, und in seinem Bericht ließ er keinen Zweifel daran, dass allein Ruby, die er als unberechenbar und feindselig beschrieb, die Schuld am Scheitern der Ehe trug. Das hatte zur Folge, dass das Familiengericht sie dafür bestrafte, dass sie ihren Mann vertrieben hatte, und Saul und seine neue Frau bei der Aufteilung der Güter den Löwenanteil zugesprochen bekamen.

Während er duschte, verscheuchte Jeffrey die Erinnerung an Ruby aus seinem Kopf. Anschließend zog er frische Kleidung an und ging hinunter. Dort arrangierte Luca auf dem polierten Küchentisch gerade Schalen mit Obst, Muffins und Gebäck sowie Krüge mit Saft.

»Bitte, bedienen Sie sich«, forderte Luca ihn auf. »Das ist alles selbst gemacht.«

»Frühstücken Sie immer so fürstlich?«, fragte Jeffrey. Er hatte eine Schwäche für Süßes, und sein Blick war instinktiv auf einen mit Mohnsamen bestreuten Muffin gefallen. Lucas rot anlaufende Wangen ließen vermuten, dass er ihn absichtlich gut sichtbar platziert hatte.

Ein warmer Schauder lief Jeffrey über Schultern und Arme. Er wusste solche Bemühungen zu schätzen, auch wenn sie nur dazu dienten, ihn wohlgesinnt zu stimmen. Der ersten Sitzung, die heute anstand, sah er mit Zuversicht entgegen.

14

Roxi

Der Nachmittag, der für Roxi mit so vielen Hoffnungen begonnen hatte, versandete nun in Enttäuschung.

Nach drei Stunden, die sie mit Owen und seinen Kollegen bei einem öden Mittagessen verbracht hatte, hatte sie noch keine einzige Benachrichtigung über Reaktionen auf das Video erhalten, das sie zuvor veröffentlicht hatte und in dem sie die Menschen dazu aufrief, »es besser zu machen« – als Reaktion auf den Tod von Jem Jones. Sie hatte ihr Handy im Auto gelassen und wartete jetzt darauf, dass ihre Smart Watch ihr die erhofften Reaktionen meldete. Sie hatte die Einstellungen immer wieder überprüft, aber sie waren allesamt korrekt. Sie musste der Wirklichkeit ins Auge sehen: Niemand interessierte sich für ihre Meinung.

»Du hast es doch gerade erst gepostet«, sagte Owen, als sie nach dem Essen zurück zum Auto gingen. »Bis die Leute es entdecken, kann es noch ein paar Tage dauern.« Sein Mitgefühl fühlte sich gespielt an.

»Das war früher so«, antwortete Roxi. »Aber die Zeiten sind vorbei. Wenn heute etwas in den sozialen Medien nicht innerhalb einer Stunde Fahrt aufnimmt, hättest du es dir auch sparen können.«

»Vielleicht können die Leute mit deiner Botschaft nichts anfangen.«

»Mit dem Gedanken, dass wir es besser machen müssen? Aber wie kann man da denn anderer Meinung sein?«

»Glaubst du das denn selbst?«

»Das sage ich in dem Video doch ausdrücklich.«

»Du hast auch schon mal gesagt, dass du nicht ohne ein nach Rosen duftendes Bleichmittel für die Toilette leben kannst, für das du gegen ein Honorar Werbung gemacht hast. Hast du das damals auch geglaubt?«

»Das ist was anderes. Wenn ich vorschlage, dass in jedem Haushalt die Gespräche aufgenommen werden sollen, dann ist das doch ein kontroverses Thema, das uns alle betrifft. Warum regt sich denn niemand darüber auf?«

»Vielleicht glauben sie, du sagst das nur, um Aufmerksamkeit zu bekommen.«

»Wieso bist du eigentlich immer so verdammt pessi...«

Ein Vibrieren an ihrem Handgelenk unterbrach sie. Dann vibrierte es noch einmal, dann noch einmal und dann wieder und wieder und wieder. Das Display ihrer Uhr zeigte Hunderte Nachrichten und eine Handvoll entgangener Anrufe an. »Was ist denn ...«, murmelte sie, doch dann wurde ihr klar, dass sie keine Updates bekommen hatte, weil sie zu weit von ihrem Handy entfernt gewesen war. Hastig holte sie das Telefon aus dem Handschuhfach, scrollte eilig darauf herum und hielt es sich schließlich ans Ohr.

»Morgen ist Samstag«, fuhr Owen unbeirrt fort. »Wie wär's, wenn wir einen Ausflug machen, alle vier? Wir könnten mit dem Expresszug nach London fahren. Das dauert nur fünfundzwanzig Minuten. Ich reserviere uns auf der South Bank einen Tisch fürs Mittagessen, und dann streifen wir durch die Stadt und shoppen ein bisschen. Damit könnten wir den ganzen Tag verbringen.« Roxi war zu abgelenkt, um zu antworten. »Rox? Rox?«

Roxi hörte konzentriert eine Sprachnachricht ab. »Tut mir leid, ich hab schon was vor«, sagte sie.

»Und was?«

Mit einem Lächeln streckte sie Owen ihr Handy entgegen. »Das hier.«

Sie schaltete den Lautsprecher ein und spielte die Nachricht noch einmal ab. »Hi, Roxi, hier ist Dani Graph. Ich bin Agentin und arbeite für Sky News. Ich habe auf Instagram gerade Ihr neuestes Video gesehen. Toll, mit welcher Leidenschaft Sie da sprechen. Wollen Sie vielleicht morgen in unser Mittagsmagazin kommen und uns mehr darüber erzählen? Rufen Sie mich doch zurück, sobald Sie können.«

Roxi presste sich das Telefon an die Brust. »Es geht los, Owen! Jetzt geht es richtig los.«

Sie war so in Gedanken an ihre Zukunft versunken, dass sie weder ihren schweigenden Ehemann wahrnahm, der ihr im Hier und Jetzt gegenüberstand, noch das schwach leuchtende rote Lämpchen am Armaturenbrett des Autos, das anzeigte, dass ihr Gespräch aufgenommen wurde.

15

Corrine

Corrine stand auf der Veranda des Hauses, in dem sie die letzten zwanzig Jahre mit ihrer Familie gelebt hatte. Die großzügigen zweistöckigen Reihenhäuser um sie herum – gelegen in einer besonders begehrten Gegend – sahen allesamt gleich aus, von den Grundrissen und der Raumaufteilung bis hin zu den enteneiblauen Garagentoren. In den gepflegten Vorgärten wuchsen überall dieselben Pflanzen, und überall stand in der Mitte des akkurat gemähten Rasens eine Stieleiche, die Kohlendioxid absorbierte. In den Gärten hinter den Häusern befanden sich jeweils ein Swimmingpool, der mit Solarzellen beheizt wurde, sowie ein Gartenhäuschen. Die Anwesen waren nicht voneinander zu unterscheiden. Nur bei Corrine war das einmal – zumindest kurzzeitig – anders gewesen.

Vor siebzehn Monaten hatte sie aus einer Laune heraus die Eingangstür ihres Hauses neu gestrichen. Die Tür war nun nicht mehr enteneiblau, sondern andersonblau. Der Unterschied war minimal, und auch die Nachbarn bemerkten ihn nicht. Doch eines Tages war der neue Farbton einem Beamten der Sicherheitswacht aufgefallen. Daraufhin bekam Corrine zunächst einen Anruf vom Concierge, der sich erkundigte, ob es mit der ursprünglichen Farbe Probleme gegeben hätte, dann kam ein Schreiben von der Gesellschaft, die das Wohngebiet verwaltete, mit dem Angebot, die Tür neu streichen zu lassen. Corrine lehnte höflich ab. Einen Monat später hatte die Leitung der Siedlung sämtliche Haustüren andersonblau streichen lassen. Für Corrine war das ein kleiner, aber bedeutender Sieg gewesen. In ihrem Inneren war die Rebellin erwacht, die ihr halbes Leben lang dort geschlummert hatte. Und seitdem war sie nie wieder eingeschlafen. Heute war Corrine sicher, dass sie weder dieses Haus noch ihre Nachbarn vermissen würde, sobald ihre Scheidung von Mitchell durch war.

Ihre Uhr piepte. Sie hatte den Alarm auf elf Uhr Vormittag gestellt, damit sie die Welt ihrer Freunde und ihrer Familie rechtzeitig verließ, um sich in eine andere zu begeben, von der Freunde und Familie nichts wussten. Sie konnte nicht abschätzen, wie lange sie noch in der Lage war, auf zwei Hochzeiten gleichzeitig zu tanzen. Seit dem Desaster mit Eleanor Harrison fragte sie sich, inwieweit sie noch auf ihre Entscheidungen vertrauen konnte. Als sie heute Morgen die Online-Nachrichten überflogen hatte, um das Neueste über Harrison zu erfahren, hatte sie erleichtert gelesen, dass der Zustand der Ministerin stabil war. Aber sie wusste noch immer nicht, wie es Nathan ging, dem jungen Mann, den sie vor zehn Tagen bewusstlos vor dem Krankenhaus zurückgelassen hatte. Er war das eigentliche Opfer dieses Abends. Vielleicht konnten ihr die anderen, die sie jetzt gleich treffen würde, etwas dazu sagen.

Nachbarn gingen oder radelten vorbei, und Corrine winkte und lächelte ihnen zu und wandte dann den Blick auf das Haus gegenüber. Von all den Leuten, die im Lauf der Jahre in der Straße ein- und ausgezogen waren, fehlte ihr Maisy am meisten. Sie war die gute Seele der Straße gewesen, eine

Naturgewalt und eine zutiefst treue Freundin und Ehefrau. Corrine schmerzte es, dass niemand mehr über ihre frühere Freundin sprach. Jedes Mal, wenn sie Maisys Namen erwähnte, wurde sie zum Schweigen gebracht, als drohe jenen, die sich an sie erinnerten und über sie sprachen, dasselbe Schicksal wie das, das Maisy erlitten hatte.

Mit Maisy war Corrine so eng gewesen wie sonst mit keiner anderen Nachbarin. Daher war es für sie beide ein harter Schlag gewesen, als bei Maisy aus heiterem Himmel Gebärmutterhalskrebs im fortgeschrittenen Stadium festgestellt wurde. Weil das öffentliche Gesundheitssystem unterfinanziert war, musste Maisy zwei Monate auf einen Termin bei einer Fachärztin warten. Als sie ihren Ehemann Derek fragte, welche Leistungen ihre private Krankenversicherung übernahm, eröffnete er ihr, dass diese Versicherung nicht mehr bestand. Er hatte den Großteil ihrer Rücklagen bei glücklosen Investitionen verloren.

Aufgelöst und unter Tränen hatte er gesagt, dass es doch noch eine Lösung gäbe: ein Upgrade auf eine Smart-Ehe. Zu den Vorteilen, die damit verbunden waren, gehörte auch der Status als Privatpatient und damit eine bessere Versorgung. Doch erst würden sie sich scheiden lassen müssen. Dann würden sie vierundzwanzig Stunden lang warten müssen, bis ihr Antrag bewilligt würde und sie das Upgrade durchführen könnten.

Wie es ihrer Art entsprach, hatte Maisy eine Riesensache daraus gemacht, hatte Freunde eingeladen und einen Trauredner engagiert, der sie und Derek im Garten unter einem Bogen aus weißen Rosen trauen sollte. Doch zwei der Teilnehmer fehlten bei der Wiederverheiratung am selben Tag: der Bräutigam und sein Trauzeuge, Mitchell.

Maisy hatte sich vor Sorge ganz verrückt gemacht, in der festen Überzeugung, dass etwas Schreckliches passiert war. Doch Corrine war sich da nicht so sicher gewesen. »Du hast doch hoffentlich diese Versicherung abgeschlossen, die es da gibt, für eine solche vierundzwanzigstündige Eheunterbrechung?«, hatte sie Maisy gefragt.

»Wozu denn?«, hatte Maisy erwidert. »Doch nicht mit Derek. Was soll denn passieren? Dass er es sich anders überlegt?«

Aber genau das war passiert, wie Maisy kurz darauf durch eine ausführliche Nachricht erfuhr, die er ihr schickte. Darin erklärte er ihr, dass er als Jugendlicher erlebt hatte, wie seine beiden Eltern an Krebs gestorben waren, und dass er es daher nicht mit ansehen konnte, wie seine Frau dasselbe Schicksal erlitt, obwohl noch keineswegs ausgemacht war, dass sie sterben würde. Er schloss sein Bekenntnis mit der Information, dass er am Vormittag, nur wenige Stunden nach der Scheidung, im Rathaus auf dem Standesamt seine Sekretärin geheiratet hatte. Mitchell war sein Trauzeuge gewesen. »Ich muss an mich selbst denken, für den Fall, dass du es nicht schaffst«, hatte er geschrieben. »Wenn du in den ersten sechs Monaten nach unserer Wiederverheiratung stirbst, muss ich für sämtliche Behandlungskosten aufkommen. Das Geld habe ich nicht.«

Weil die gesetzlichen Regelungen verheiratete Paare besserstellten als Alleinstehende, durften Derek und seine neue Frau ihr gemeinsames Leben in Dereks Haus beginnen, weshalb Maisy schon bald von Gerichtsvollziehern vor die Tür gesetzt wurde.

»Ich bin dafür, dass wir sie bei uns wohnen lassen, bis sie sich wieder gefangen hat«, hatte Corrine zu Mitchell gesagt.

Sie war noch immer wütend auf ihn, weil er Dereks Pläne geheim gehalten hatte. Er hatte ihr nur ins Gesicht gelacht.

»Ja klar, sonst noch was!«, hatte er erwidert.

»Das bist du ihr schuldig, Mitchell. Im Gartenhäuschen ist genug Platz. Du wirst gar nicht mitkriegen, dass sie da ist. Außerdem ist sie unsere Freundin.«

»Nein, sie ist *deine* Freundin. Mein Freund ist Derek.«

»Und was würdest du sagen, wenn es andersherum wäre und ich nicht wollen würde, dass *er* bei uns wohnt?«

»Das würde ich gar nicht vorschlagen, weil ich das auch nicht wollen würde. Positive Schwingungen sind ansteckend, und negative genauso. Und in meinem Leben und in meinem Job ist kein Platz für Negatives.«

Innerhalb kurzer Zeit hatte sich Maisys Verzweiflung angesichts des Scheiterns ihrer Beziehung in Wut und Entschlossenheit gewandelt. Sie nahm sich fest vor, die Krankheit zu besiegen und Derek zu beweisen, dass er einen gewaltigen Fehler gemacht hatte. Doch ihre Verbitterung wirkte sich auch auf viele ihrer gemeinsamen Freunde aus, die aus Angst, Scheidung könnte ansteckend sein, den Kontakt zu ihr abbrachen. Auf ihre Nachrichten erhielt sie keine Antworten, in den sozialen Medien keine Reaktionen. Die einzige Ausnahme war Corrine, die sich trotz Mitchells Vorbehalten auch weiterhin regelmäßig mit ihr traf. Doch durch ihre wachsende Abhängigkeit vom Alkohol, mit dem sie ihre seelischen Schmerzen betäubte, wurde Maisy immer zynischer und boshafter. Auch nachdem sie den Krebs besiegt hatte, war sie nicht in Feierlaune.

Es war jetzt fast zwei Jahre her, dass Maisy Corrine das letzte Mal in betrunkenem Zustand lautstark beschimpft und ihr gesagt hatte, sie solle sie in Ruhe lassen. Zunächst hatte

Corrine diesen Wunsch noch respektiert, doch dann hielt sie es irgendwann nicht mehr aus und stand unangekündigt vor Maisys Wohnung. Das Ein-Zimmer-Apartment im alten Teil der Stadt war verlassen, und an der Tür klebte ein Räumungsbescheid. Kurz darauf war Maisys Telefon tot, und die Mails, die Corrine schrieb, konnten nicht mehr zugestellt werden. Corrine gab Derek und dem neuen Ehegesetz zu gleichen Teilen die Schuld.

Maisy war nicht die Einzige, die einen Groll auf die Welt hegte. Auch Corrine regte sich immer mehr über ein ungerechtes System auf, das Menschen wie Maisy im Stich ließ. Sie warf einen Blick hinter die Propaganda der Regierung und stellte schon bald fest, dass Tausende Menschen gezwungen wurden, ihr altes Leben aufzugeben, weil sie lieber allein lebten oder ihre Ehe nicht auf eine Smart-Ehe upgraden wollten. Schließlich konnte sie es nicht länger mit ihrem Gewissen vereinbaren, tatenlos zuzusehen.

Sie nahm Geld von ihrem eigenen Konto und spendete es an Organisationen, die Alleinerziehende und ihre Familien unterstützten. Sie bestellte zusätzliche Lebensmittel, die sie an Tafeln spendete, und schloss sich einer Gruppe von Ehrenamtlichen an, die in Old Northampton in den Straßen Müll einsammelten und Schmierereien an den Wänden beseitigten. Den neugierigen Blicken ihres Ehemannes, von dem sie sich zunehmend entfremdete, wich sie aus. Ihm ihr Bedürfnis zu erklären, anderen Menschen zu helfen, wäre so sinnlos gewesen, wie einem Schwein Bruchrechnen zu erklären.

Aber trotz all ihres Engagements hatte Corrine nie das Gefühl, genug zu tun. Dann stieß sie auf Freiheit Für Alle. Die Partei war anfangs eine politische Splittergruppe gewesen, die gegen die Ungerechtigkeiten einer geteilten Gesellschaft kämpfte und Unterstützung vor allem bei der stetig steigenden Zahl derer suchte, denen durch das neue Ehegesetz Nachteile erwuchsen. In wenigen Jahren hatte sie sich zur größten Oppositionspartei aufgeschwungen und war zu einer ernsthaften Bedrohung für die Regierung geworden. Und während alle anderen in Corrines Familie mit ihrem eigenen Leben beschäftigt waren, sammelte sie Spendengelder für Freiheit Für Alle. Dabei lernte sie Yan kennen, eine Frau in ihrem Alter und mit vergleichbarem sozialem Hintergrund, die ihr von Gruppierungen innerhalb der FFA erzählte, die undercover agierten. Sie griffen ihre Ziele direkt an, und Corrine erkannte, dass sie sich, wenn sie wirklich etwas bewirken wollte, die Hände würde schmutzig machen müssen. Und so waren irgendwann ein bewusstloser Junge auf dem Rücksitz ihres Autos und das Blut einer verletzten Ministerin an ihren Händen gelandet.

Wieder piepte ihre Uhr. Sie zog den Reißverschluss ihres Kapuzenpullovers zu, stieg in ihr Auto und fuhr zu einer Grünfläche am anderen Ende der Stadt. Von dort aus ging sie zu Fuß weiter, wobei sie sich immer wieder umdrehte, um sicherzustellen, dass ihr niemand folgte. Dann überschritt sie die Grenze nach Old Northampton, die Linie, an der Arm und Reich unübersehbar auseinanderklafften.

Normalerweise näherte sie sich dem Ort, den sie jetzt ansteuerte, in nervöser Erregung. Doch heute war sie vor allem von Angst besessen – es war das erste Treffen seit der Sache mit Eleanor Harrison. Nach einer Weile erreichte sie ihr Ziel im verfallensten Teil des Geländes. Das Charles Bradlaugh war früher ein Pub und ein Restaurant gewesen, doch jetzt waren die Mauern mit Parolen gegen das neue Ehegesetz übersät, das Schild hing zerbrochen über dem Eingang, und der

Parkplatz war mit Unkraut überwuchert. Glassplitter knirschten unter den Sohlen von Corrines Turnschuhen, während sie eine Gasse entlangging, bis sie vor dem Eingang zum Keller stand.

Behutsam tippte sie einen Code in ein digitales Schloss. Nachdem es geklickt hatte, hob sie die Falltür und stieg vorsichtig die steile, dunkle Treppe hinab. Mithilfe der Taschenlampe ihres Handys suchte sie sich einen Weg durch den zappendusteren Raum, bis sie vor einer Tür stand. Mit nervösen Bewegungen öffnete sie sie.

Als sie den dahinterliegenden, gleichfalls finsteren Raum betrat, spürte sie hinter sich einen Luftzug und hörte ein Rascheln. Bevor sie sich fragen konnte, was das war, packte sie jemand an den Schultern und riss sie herum.

16

Arthur

Zehn Minuten lang versteckte sich Arthur hinter dem Fenster im Wohnzimmer und spähte durch den Spalt zwischen den Vorhängen hinaus, bis er die ganze Straße gründlich absucht hatte.

Erst als er sicher sein konnte, dass ihm diese Shrewsbury, die June und ihn piesackte, nicht vor dem Haus auflauerte, um ihn zu überfallen und seiner habhaft zu werden, entriegelte und öffnete er die Haustür. Weil er keine andere Tarnkleidung hatte, zog er sich eine Wollmütze über die dünnen grauen Haare und setzte eine Lesebrille auf, durch die er alles um sich herum verzerrt sah. Eine schwache Verkleidung, aber besser als nichts.

Mitgenommen hatte er einen Einkaufsbeutel und sein Mobiltelefon. Wenn er – was selten vorkam – das sichere Zuhause verließ, steckte er stets das Telefon ein, für den Fall, dass June aufwachte und verwirrt war. Auf sein Kopfkissen legte er zuvor das Mobilteil des Festnetztelefons und daneben einen Zettel mit seiner Handynummer. Diese hatte sich zwar seit fast einem Vierteljahrhundert nicht geändert, aber das bedeutete nicht, dass June sie nicht doch vergessen konnte.

June zum Essen zu bewegen, war ein ständiger Kampf. Hühnersuppe mit Bauernbrot war ein einfaches Gericht, aber sie aß es für ihr Leben gern, und weil Arthur jetzt frische Luft brauchte – nachdem er sich nach Shrewsburys letztem unangekündigten Besuch tagelang im Haus versteckt hatte –, machte er sich jetzt auf den anderthalb Kilometer langen Weg zum nächsten Supermarkt, um die Vorräte aufzufüllen.

Während der meisten Jahre ihrer Ehe hatte June den Haushalt geführt. Vermutlich war ihre Generation von Frauen die letzte, die das noch getan hatte. Sie hatte auch die Online-Einkäufe erledigt und die Termine für die Lieferungen festgelegt. Wenn sie an einem Tag drei Lieferungen vom selben Lieferdienst hatte kommen lassen, war das für Arthur immer ein Hinweis darauf gewesen, dass etwas nicht stimmte. Als er ihr vorgeschlagen hatte, dass künftig er sich um diese Dinge kümmerte, hatte sie erleichtert gewirkt – wieder eine Sache weniger, mit der sie sich beschäftigen musste.

Im Supermarkt ging Arthur schnurstracks zu einem bestimmten Regal, fand dort aber nur noch Gemüsesuppe und Minestrone. Auch die Brotkörbe waren leer. Es regte ihn auf, dass die Geschäfte in Old Northampton offenbar nur das bekamen, was in New Northampton nicht mehr in die Regale passte. Doch ein Umzug kam für ihn nicht infrage. Obwohl die Gegend, in der sie wohnten, immer mehr herunterkam, war sie noch immer sein Zuhause.

»Mr. Foley«, hörte er eine Stimme hinter sich. Er drehte sich um. Vor ihm stand eine Frau, die mehrere Jahrzehnte jünger war als er. Sie hatte dunkles Haar, stützte die Hände in die Hüften und sah ihn mit abgekämpfter Miene an. Neben ihr stand eine zweite Frau, klein und untersetzt. »Ich bin Lorraine Shrewsbury«, sagte die jüngere. Arthur zuckte innerlich zusammen. »Ich bin die Beziehungsbegleiterin, die das Gericht Ihnen zugewiesen hat. Ich versuche schon seit einer Ewigkeit, Sie zu erreichen.«

»Tut mir leid, aber da verwechseln Sie mich mit jemandem«, erwiderte Arthur. Er wandte sich ab und wollte weggehen, als er im Knie einen stechenden Schmerz verspürte, der von einer Verletzung herrührte, die er sich während eines Einsatzes bei einem Brand in einem Bürohochhaus geholt hatte. Er fluchte insgeheim. Die Verletzung erinnerte ihn immer wieder daran, dass er nicht mehr so beweglich war wie früher.

»Mr. Foley, ich weiß, dass Sie das sind«, sagte Lorraine Shrewsbury. »Wenn Sie wollen, kann ich es Ihnen auch beweisen.«

Sie hielt ihr Handy hoch und richtete es auf Arthur. Eine Biometrie-App zeigte eine Übereinstimmung mit dem Foto auf Arthurs Personalausweis an. Arthur schüttelte den Kopf, doch das Spiel war aus.

»Ich will Ihnen keine Unannehmlichkeiten bereiten, Mr. Foley, aber mein Job ist es nun einmal, Ihnen und Ihrer Frau zur Seite zu stehen, damit Ihre Ehe für Sie beide bestmöglich verläuft.«

»Wir sind seit dreiundfünfzig Jahren zusammen und seit neunundvierzig Jahren verheiratet!«, fuhr Arthur sie an. »Natürlich verläuft unsere Ehe gut.«

»Das glaube ich Ihnen sofort, und sicher gibt es für all das eine Erklärung. Aber Ihre Gespräche, die gemäß dem neuen Ehegesetz nach dem Zufallsprinzip mitgeschnitten wurden, haben darauf schließen lassen, dass Sie möglicherweise Probleme haben. Die längeren Aufnahmen, die anschließend gemacht wurden, haben das bestätigt. Und deshalb bin ich hier. Aber wenn Sie erlauben, dass ich eine Weile mit Ihnen und Ihrer Frau spreche, können wir das alles sicher rasch in Ordnung bringen und Sie von der Liste der gefährdeten Ehen nehmen.«

»Wenn ich Ihnen doch sage, dass unsere Ehe nicht gefährdet ist! Meine Frau ist seit Langem krank. Sie sagt oft immer wieder dieselben Dinge.«

»Ich kenne den Gesundheitszustand Ihrer Frau. Die einzige Form von Demenz, für die es noch keine Therapie gibt, oder?«

Noch immer fuhr Arthur dieses Wort durch Mark und Bein. »Aber das hat mit unserer Ehe nichts zu tun. Meine Frau trifft keine Schuld.«

»Das weiß ich. Und ich verspreche Ihnen, dass das selbstverständlich berücksichtigt wird. Ich würde vorschlagen, dass wir jetzt zu Ihnen gehen und mit dem Prozess der Ehebegleitung beginnen. Je früher wir damit anfangen, desto früher ist dann hoffentlich alles vorbei.«

»Warum muss das bei uns zu Hause stattfinden?«, fragte Arthur. Er deutete auf die Frau, die neben Lorraine stand. »Und wer ist sie? Soll sie das Haus schätzen? Will sie es uns wegnehmen? Aber Sie können es gar nicht verkaufen, es gehört nämlich uns. Und es ist abbezahlt, bis auf den letzten Penny.«

»Mr. Foley«, sagte Lorraine ruhig. »Darf ich Sie Arthur nennen? Atmen Sie tief durch und beruhigen Sie sich. Ich habe vorgeschlagen, dass wir zu Ihnen gehen, weil Sie sich dort wahrscheinlich wohler fühlen als irgendwo anders. Außerdem können wir dann in aller Ruhe besprechen, was Stufe zwei für Sie bedeutet und welche Rolle ich dabei spiele.«

Arthur bekam es mit der Angst zu tun, und seine Augen schwollen an. Lorraine bot ihm ein Taschentuch an, doch er schlug es aus und griff nach seinem eigenen Stofftaschentuch. Er sah sich um. Die anderen Kunden starrten ihn an, als wäre er ein Ladendieb, der auf frischer Tat ertappt worden war.

Sein leerer Einkaufskorb fiel klappernd zu Boden. Seine Arme zitterten und das Hämmern seines Herzens dröhnte ihm in den Ohren, während er den beiden Frauen zum Ausgang folgte.

17

Jeffrey

»Ich würde vorschlagen, dass wir als Erstes die Aufzeichnung ausschalten«, sagte Jeffrey und zog einen Schlüsselanhänger aus der Tasche. Dann richtete er ihn auf den Audite, der in einer Ecke des Wohnzimmers stand. »Aufzeichnung aus«, war eine computergenerierte Stimme zu hören.

»Dürfen Sie ihn denn einfach so ausschalten?«, fragte Luca. Er und Noah saßen so nah nebeneinander, dass ihre Beine sich berührten.

»Ja, wenn ich der Ansicht bin, dass das dem Prozess förderlich ist«, erklärte Jeffrey. »Und ich habe die Erfahrung gemacht, dass man sich während der Sitzungen mehr öffnet, wenn man weiß, dass man nicht überwacht wird. Dadurch zieht man auch mehr Nutzen daraus. Also, in der ersten Woche möchte ich Sie erst einmal kennenlernen und Sie beobachten, sodass ich mir ein möglichst genaues Bild davon machen kann, wer Sie sind – als Individuen und als Paar. In der zweiten Woche folgen dann täglich acht einstündige Therapiesitzungen. Anschließend entscheiden wir, wie es weitergeht. Haben Sie von Ihren Arbeitgebern für diese ersten beiden Wochen bezahlten Urlaub bekommen?« Luca und Noah nickten. »Sehr gut. Ich habe zur Vorbereitung natürlich Ihre Akten gelesen, aber ich würde Ihre Geschichte auch gern noch einmal von Ihnen selbst hören. Wie haben Sie sich denn kennengelernt?«

»Wir sind DNA-Matches«, sagte Luca. »Ich hatte den Test als Erster gemacht, und ein paar Monate später habe ich dann die Nachricht bekommen, dass ich ein Match habe.«

»Und wie hat sich das angefühlt?«

»Warst du froh, dass du endlich unter der Haube warst?«, fragte Noah. Luca verdrehte die Augen, lächelte dabei aber. »War nur Spaß«, schob Noah hinterher.

»Es war … ich weiß auch nicht, es hat sich gut angefühlt. Und ja, ich war schon ein bisschen erleichtert.«

»Und war es Liebe auf den ersten Blick?«, fragte Jeffrey weiter.

»Bei mir definitiv«, antwortete Luca und tätschelte Noahs Knie. »Alle hatten gesagt, dass ich das schon merken würde, wenn wir uns gegenüberstehen würden, und so war es dann auch. Unser erstes Treffen war in der Cafeteria in dem Krankenhaus, in dem Noah damals gearbeitet hat. Das war kein besonders romantischer Ort, aber ich arbeite im Catering für eine Eventagentur, und Noah ist Assistenzarzt und hat Schichtdienst, also mussten wir eine praktikable Lösung finden. Und in dem Moment, als wir uns in die Augen gesehen haben, da … na ja, da war's um mich geschehen.«

»Und bei Ihnen, Noah?«

»Also, ich habe schon eine ganz starke Anziehung gespürt, aber erst nachdem wir uns noch ein paarmal getroffen hatten, war ich auch so weit wie Ziggy.« Jeffrey sah ihn fragend an. »Ziggy«, wiederholte Noah. »Das ist mein Spitzname für ihn. Haben Sie das nie auf den Aufnahmen des Audite gehört?«

Jeffrey überlegte. »Nein, ich glaube nicht.«

»Kennen Sie David Bowie, den Sänger? Der hatte auch zwei verschiedenfarbige Augen, so wie Luca. Und er hatte ein Alter Ego, eine Kunstfigur namens Ziggy Stardust. Das war zu der Zeit, als meine Großeltern jung waren. Sie haben seine Musik andauernd gehört. Und nachdem ich Luca irgendwann einmal Ziggy genannt habe, ist das hängen geblieben.«

»Und wie nennt er Sie?«, fragte Jeffrey weiter.

»Babe«, antwortete Luca kichernd. »Ich bin bei so was nicht besonders kreativ.«

Jeffrey nickte. »Ich vermute mal, Sie haben sich damals bei Match Your DNA registriert, weil sie etwas Langfristiges gesucht haben.«

»Das suchen wir doch alle, oder?«, fragte Luca zurück. »Auch wenn man beruflich erfolgreich ist, ein schönes Haus hat und eine Familie, die einen liebt – was ist das wert, wenn man niemanden hat, mit dem man es teilen kann?«

Jeffrey wurde flau im Magen.

»Na ja, es gibt Millionen von Menschen, die gern allein leben«, sagte Noah. »Ich bin damit gut zurechtgekommen.«

»Aber von einem anderen Menschen bedingungslos geliebt zu werden, ist doch ein einmaliges Gefühl, oder?«

Jeffrey wollte zustimmen, doch ihm fehlten die entsprechenden Erfahrungen. Während Luca von ihrer Hochzeit und den Flitterwochen in San Francisco erzählte, malte Jeffrey sich kurz aus, wie er selbst Hand in Hand mit seinem Match die Stadt besichtigte, wie sie in den angesagtesten Restaurants zu Abend aßen und altmodische Fahrräder mieteten, die noch Pedale hatten, und damit über die Golden Gate Bridge fuhren. Doch sosehr er sich auch bemühte – das Gesicht der Person an seiner Seite nahm nie deutliche Konturen an.

»Und leben Sie monogam?«, fragte er weiter.

Luca sah Noah an, als sei er unsicher, was Jeffrey hören wollte.

»Ist das ein Angebot?«, entgegnete Noah mit einem Augenzwinkern. »War nur Spaß.«

»Seien Sie ganz offen. Sie haben nichts zu befürchten«, behauptete Jeffrey.

»Seit wir verheiratet sind, ja«, sagte Luca.

Jeffrey sah in seine Unterlagen. »Seit neun Monaten gibt es also nur Sie beide. Und davor?«

»Ist das denn wichtig?«, erwiderte Noah. »In dem neuen Ehegesetz steht doch, dass alles erlaubt ist, was notwendig ist, um die Ehe zu erhalten. Und dazu gehört auch, ›mit anderen Personen intimen Umgang zu pflegen, sofern beide Seiten zustimmen‹.«

»Ja, das stimmt«, sagte Jeffrey. »Aber psychologische Studien zeigen, dass Ehen von Paaren, die in einer offenen Beziehung leben, nicht so lange halten wie Ehen von monogamen Paaren.«

»Wir haben keine offene Beziehung, wir vögeln einfach nur gerne!«, sagte Noah lachend. Jeffrey blieb ernst. »Schauen Sie, wir haben uns vielleicht hin und wieder mal ein bisschen umgesehen, aber das hat uns nicht geschadet. Wir lieben uns und sind glücklich miteinander.«

»Ihr Audite sieht das anders.« Noah wollte etwas entgegnen, schien es sich dann aber anders zu überlegen. »Und wir werden mit unseren Sitzungen nur dann etwas erreichen, wenn Sie beide absolut offen und ehrlich sind«, fuhr Jeffrey fort.

»Mittlerweile führen wir keine offene Beziehung mehr«, räumte Noah ein und blickte auf die gegenüberliegende Wand.

»Und mir scheint, Sie sind damit nicht so recht zufrieden.«

»Das war nicht meine Entscheidung.«

Luca räusperte sich. »Ich würde dieses Thema jetzt ungern weiter vertiefen.«

»Wenn ich ehrlich bin – und genau das wollen Sie ja, Jeffrey –, dann glaube ich, die Ehe hat uns bürgerlich gemacht.«

»Weil heterosexuelle Paare keine Dreiergeschichten haben ...?«

»Nein, aber wenn wir heteronormative Beziehungen nachahmen, dann laufen wir Gefahr, unsere queere Identität zu verlieren. Ich will nicht, dass wir Pseudo-Heteros werden.«

»Ich habe nicht das Gefühl, dass ich irgendjemanden nachahme.«

»Das behaupte ich ja auch nicht. Ich sage nur, dass die *Gefahr* besteht. Ich will nicht denen in die Hände spielen, die uns gleiche Rechte gegeben haben, weil sie gleichgeschlechtliche Partnerschaften normalisieren wollten. Schwulsein heißt doch gerade, nicht ›normal‹ zu sein. Wir sollten vielmehr unsere eigenen Regeln aufstellen und unser eigenes Leben leben.«

Luca schüttelte den Kopf. »Das war früher vielleicht mal so, aber heute gibt es kein ›Wir‹ und kein ›Die‹ mehr. Match Your DNA hat die Menschen in dieser Hinsicht alle gleichgemacht. Rassismus, Homophobie, Altersdiskriminierung ... das gibt es alles nicht mehr, genauso wenig wie fossile Energieträger, wild lebende Elefanten oder die Polkappen. Und wenn ich nicht mehr in einer offenen Beziehung leben will, dann nicht, weil ich den Hetero spielen will, sondern, weil es mir nichts mehr gibt.«

»Und ich respektiere deine Gefühle.«

»Ist das so, Noah?«, fragte Jeffrey.

Jeffreys Direktheit schien Noah unangenehm zu sein. »Natürlich«, erwiderte er. Seine verschränkten Arme sprachen jedoch eine andere Sprache.

In weniger als einer Stunde hatte Jeffrey den ersten Riss in ihrer Beziehung ausgemacht. Und insgeheim fragte er sich, wie viel Aufwand es bräuchte, diesen Riss zu vertiefen.

Home | Politik | **Meinungen**

Leistet eine Smart-Ehe wirklich all die Unterstützung, die wir brauchen?

Von John Russell, stellvertretender Politikredakteur

»Sobald Sie Ihre Liebe fürs Leben gefunden haben, wollen wir dafür sorgen, dass Sie glücklich und zufrieden leben – bis ans Ende Ihrer Tage.«

Wie oft haben wir damals diesen Satz gehört, den die Regierung vor dem Inkrafttreten des Gesetzes über die Unantastbarkeit der Ehe gebetsmühlenartig wiederholt hat? Doch drei Jahre später fragen sich viele von uns, welchen Nutzen diese Smart-Ehen unserem Land *wirklich* bringen.

Vor der Verabschiedung des Gesetzes hatte das Vereinigte Königreich Schwierigkeiten, seine Rolle als weltweit bedeutende Industrienation zu verteidigen. Bedingt durch die steigende Anzahl von Singlehaushalten war Wohnraum knapp geworden, und nach Jahren etlicher Pandemien waren die öffentlichen Kassen leer.

Die Antwort auf diese Probleme sollte die Familie sein: »Ohne Familien fällt eine Gesellschaft auseinander.« Man wollte uns glauben machen: »Die Menschen sehen keinen Sinn mehr im Leben und haben keine Orientierung mehr; sie sind eigennützig, da sie außer sich selbst niemanden haben, für den sie sorgen müssen. Alleinstehende und Geschiedene leiden häufiger an körperlichen und seelischen Erkrankungen und belasten dadurch das öffentliche Gesundheitswesen.«

Und in den Botschaften, die die Regierung auf Werbetafeln und Bussen und in den sozialen Medien verbreitete, behauptete sie, das Bruttoinlandsprodukt einer Volkswirtschaft sei umso größer, je mehr Menschen in festen Beziehungen lebten. Höhere Produktivität bedeute weniger Armut, weniger Kriminalität und in der Folge größeres Wohlbefinden bei Paaren, Eltern und Kindern. Nach dieser Theorie müsste es jede Generation besser haben als die jeweils vorhergehende. Da steht es doch außer Frage, dass man eine Smart-Ehe eingeht. Oder?

Nicht unbedingt. Denn wenn wir eine solche Ehe eingehen und damit zulassen, dass diejenigen, die uns regieren, auch unser Verhalten überwachen, verlieren wir unsere Identität als frei denkende Individuen. Immer mehr Menschen werden diskriminiert und in ihren Grundrechten eingeschränkt. Nach Ansicht der Regierung ist eine hedonistische Gesellschaft schwieriger zusammenzuhalten. Gemeint ist damit: Wir sind schwieriger zu kontrollieren.

Noch nie war England so gespalten wie heute. In unserem Land gibt es jetzt ein »Die« und ein »Wir«. Ist das wirklich »smart«?

18

Anthony

»Die meisten Ehefrauen würden misstrauisch werden, wenn ihr Mann so viele Stunden hinter verschlossenen Türen verbringt«, scherzte Jada, als Anthony sie in sein Arbeitszimmer bat. Sie balancierte ein Holztablett, auf dem Schälchen mit Sushi und zwei Flaschen japanisches Bier standen. »Aber wenn du nicht zu einem späten Abendessen rauskommen willst, dann kommt das späte Abendessen eben zu dir«, fügte sie hinzu.

Anthony brachte seine Dankbarkeit zum Ausdruck, indem er Jada auf die Stirn küsste. So eine Partnerin hatte er nicht verdient, vor allem, wenn man bedachte, dass er sie die meiste Zeit auf Distanz hielt. Aber vieles, was seine Arbeit betraf, konnte er ihr nicht erklären. Und dann war da noch seine Beziehung zu Jem Jones. Das würde Jada nie verstehen. Es war besser und sicherer für sie, in Unwissenheit zu leben als unter einer dunklen Wolke der Ehrlichkeit. Sie stellte das Tablett auf den Schreibtisch.

»Glaub jetzt aber nicht, ich spiele künftig jeden Abend die pflichtbewusste Ehefrau«, fügte sie hinzu. »Aber ich weiß, dass du gerade eine Menge um die Ohren hast. Da mache ich heute mal eine Ausnahme.«

»Tut mir leid, aber ich habe die Zeit völlig vergessen. Wo ist Matthew?«

»Ally und Marley sind mit ihm zum virtuellen Rudern gegangen.«

»Ich dachte, da wollten wir am Samstag alle gemeinsam hin.«

»Heute *ist* Samstag«, antwortete Jada, und Anthony fühlte sich plötzlich schuldig. Er erinnerte sich an den Eintrag im digitalen Familienkalender, aber sein Leben teilte sich jetzt nur noch in zwei Hälften: in die Zeit, bevor er Jem umgebracht hatte, und die Zeit danach. Aber auch zuvor hatte er das Familienleben meist nur im Nachhinein mitbekommen, hatte nur indirekt, durch Jadas verkürzte Erzählungen und gelegentlich hereinflatternde Fotos von seinem Sohn, daran teilgenommen und immer die Arbeit über die Familie gestellt.

Jada ließ sich auf ein Sofa fallen, das unter einem Fenster stand, dessen Rollo stets herabgelassen war. Dabei leuchtete im Licht eines Deckenstrahlers kurz der silberne Sankt-Christophorus-Anhänger an ihrer Halskette auf, der früher einmal Anthonys Mutter gehört hatte. Es war die einzige Erinnerung, die Anthony an seine Mutter hatte. Jada nahm sich mit ihren Essstäbchen ein Tekkamaki, und Anthony löffelte den Reis. Während sie aßen, herrschte angenehmes Schweigen. Anthony sah sich in seinem Arbeitszimmer um. Der Raum war so leer, dass man eigentlich nicht von einer Einrichtung sprechen konnte. Ein großer Tisch aus Eichenholz, auf dessen Platte eine Tastatur projiziert war, daneben ein Audite und ein Bildschirm. Das Sofa war ebenso weiß wie die Wände. Keine Regale mit Büchern oder Deko und alles radikal papierlos, weshalb auch keine Ablagekörbe oder Aktenschränke, kein Schredder oder auch nur ein Papierkorb vonnöten waren.

Jada musste seine Gedanken gelesen haben. »Dieses Zimmer ist wirklich das komplette Gegenteil von dem, wie ich es machen würde«, sagte sie.

»Es macht dich wahnsinnig, dass du hier nicht mit Stoffmustern rumlaufen darfst, oder?«

»Und wie! Dieser Raum ist eine weiße Leinwand, die nach Farben und Struktur schreit. Ich verstehe nicht, wie du in so einer sterilen Umgebung arbeiten kannst.«

»Wenn mich nichts ablenkt, kann ich besser denken.«

In letzter Zeit hatte er nur über eine einzige Sache nachgedacht, die ihm einfach nicht aus dem Kopf gehen wollte. Je mehr er versuchte, Jem Jones aus seinen Gedanken zu vertreiben, desto mehr setzte sie sich darin fest. Die Fältchen um ihre Augen, wenn er sie zum Lachen gebracht hatte, ihre gütige und herzliche Art, die Kugel, die er abgefeuert hatte und an der Knochensplitter und Spuren von Gehirnmasse hafteten, als sie aus Jems Schädel ausgetreten war. War es richtig gewesen, was er getan hatte? Ja, ja, natürlich. Zumindest glaubte er das.

»Aber es gibt auch nichts, was dich inspirieren könnte«, fuhr Jada fort.

»Deswegen sind alle meine Ideen meine eigenen.«

Jada schüttelte den Kopf, schraubte eine der Flaschen auf und nahm einen Schluck Bier. »Aber hin und wieder musst du ein bisschen raus und frische Luft schnappen, Schätzchen. Du vergräbst dich jetzt schon fast eine ganze Woche lang hier drin. Ich weiß, ich hab dir das schon hundert Mal gesagt, aber du brauchst mehr Ausgleich im Leben.«

»Sobald das nächste Projekt abgeschlossen ist, habe ich wieder Zeit für euch.«

»Bis dann das übernächste kommt. Ich weiß doch, wie das läuft, Anthony, ich hab's doch schon oft genug erlebt.«

Er musste dafür sorgen, dass sie das Thema wechselten, also warf er einen flüchtigen Blick auf den Audite.

Jada verdrehte die Augen und verbesserte sich. »Und wir sind dankbar dafür, dass du dich so sehr für deinen Beruf engagierst, um deine Familie zu unterstützen«, sagte sie, als läse sie von einem Teleprompter ab. »Aber Matthew freut sich schon sehr darauf, bald wieder einmal seinen Vater zu sehen, den er kaum noch zu Gesicht bekommt.«

Dass Jada Matthew erwähnte, schmerzte Anthony. Sein Sohn war der wunde Punkt in seinem Leben. Anthonys Mutter war mit Anthony von Saint Lucia zurück in ihre Heimat England gegangen, nachdem ihre Ehe in die Brüche gegangen war. Später hatte sie vor seinen Augen sämtliche Fotos seines Vaters in den Schredder gesteckt, bis sie alle nur noch Schnipsel waren.

Anthony war vier Jahre alt gewesen, als er seinen Vater zum letzten Mal gesehen hatte. An seine Erscheinung konnte er sich nicht mehr erinnern, außer an die Augen, die opalgrau waren wie seine eigenen und durch die sie beide, in Verbindung mit ihrem goldbraunen Teint, aus jeder Menschenmenge hervorgestochen hatten. Schon in jungen Jahren hatte Anthony sich vorgenommen, dass er, wenn er einmal selbst eine Familie hätte, für sie da sein würde. Doch trotz dieses festen Vorsatzes versagte er jetzt.

»Wie geht es Matthew denn?«, fragte er.

»Gut«, antwortete Jada, aber es klang wie einstudiert. Anthony legte seine Stäbchen auf die Reisschale. »Wirklich?«, fragte er.

Jada zögerte kurz. »Ich will nicht, dass du dir Sorgen machst, aber er hat Probleme in der Schule.«

»Was denn für Probleme?«

»Dieselben wie immer. Er kann sich nicht konzentrieren, wenn er lange stillsitzen und zuhören muss. Dann wird er unruhig und stört den Unterricht. In Sport, Kunst, Gestaltung und Technologie läuft es gut, weil er sich da bewegen kann oder mit den Händen arbeitet. Und in den Programmierkursen, in denen er denken und kreativ sein muss ... na, da kommt er ganz nach dir. Aber in Englisch, Erdkunde, Geschichte und Mathe kommt ihm sein ADHS in die Quere, und er verliert das Interesse und lenkt die ganze Klasse ab. Du hast es ja gesehen, neulich beim Essen mit meiner Schwester und Marley. Nicht eine Minute konnte er das Handy aus der Hand legen.«

»Das ist bei allen Kindern so.«

»Aber nicht so extrem. Und hast du in letzter Zeit mal versucht, ihn dazu zu bringen, dass er sich auf seine Hausaufgaben konzentriert?« Das hatte er nicht, und es war beiden nur allzu bewusst. »Da kriegt man selbst einen Bienenschwarm leichter in den Griff.«

»Was ist denn mit den Strategien, die sein Therapeut ihm gezeigt hat? Wendet er die an?«

»Manche, aber viel zu selten.«

»Vielleicht übertreiben seine Lehrer auch. Er ist erst sieben; da kann er sich einfach noch nicht so lange konzentrieren.«

»Aber hier geht es um mehr als nur darum, wie lange er sich konzentrieren kann.«

»Und wenn wir einen Privatlehrer engagieren oder einen anderen, besseren Therapeuten für ihn suchen? Auch außerhalb des öffentlichen Gesundheitswesens?«

Jada schüttelte den Kopf. An ihrer Miene erkannte Anthony, was sie von ihm hören wollte. »Aber nur weil er eine kurze

Aufmerksamkeitsspanne hat, kriegt er keine Medikamente«, sagte er entschieden.

»Medikamentöse Behandlungen sehen heute anders aus als die, die du in seinem Alter bekommen hast. Wir würden ihn nicht mit Drogen vollpumpen.«

Anthony war rundheraus dagegen, dass Matthew Medikamente bekam. Er wollte nicht, dass sein Sohn unter denselben Nebenwirkungen litt, die er selbst hatte ertragen müssen, wie Stimmungsschwankungen, Zittern und Ideenlosigkeit. Er gab zu, dass die Zusammensetzung der Chemikalien in diesen Tabletten verfeinert worden war, seitdem er selbst ein Kind gewesen war, aber die Vorstellung dieser Art von medizinischer Kontrolle behagte ihm ganz und gar nicht. In seinem Kopf blitzten zwei Erinnerungen an seine Mutter auf: wie er als Junge einmal gemeinsam mit ihr im Wartezimmer einer Arztpraxis gesessen hatte und wie er sie zum letzten Mal gesehen hatte, als er ihre Leiche offiziell identifizierte, die irgendwo auf einer Bahre lag.

»Es wäre nur ein Pflaster, das er sich auf den Arm kleben kann, wenn er merkt, dass ihm alles zu viel wird«, fuhr Jada fort. »Auf dem Handy hätte er eine App, mit der er alles kontrollieren könnte. Er könnte selbst bestimmen, wie viel Hilfe er sich holt.«

Anthony schüttelte den Kopf. »Als ich Medikamente bekommen habe, habe ich jede Kreativität verloren und bin rumgelaufen wie ein Zombie. Ich will nicht, dass es Matthew genauso geht.«

»Ja, das verstehe ich. Und dich hat ja auch nie jemand gefragt, wie es dir geht oder ob du überhaupt Hilfe willst.« Sie nahm seine Hand. »Hast du jemals mit Matthew darüber gesprochen und ihm erzählt, wie das für dich ist? Ich habe ihm gesagt, dass es okay ist, anders zu sein als die anderen, aber es wäre besser, wenn er das auch von dir hören würde.«

»Aber geht er für so was nicht in die Therapie?«, erwiderte Anthony gereizt.

»Es ist nicht dasselbe, ob dir dein Therapeut so was sagt oder dein Vater.«

Anthony zog die Hand zurück. »Du willst, dass ich mich schuldig fühle.«

Jada wollte etwas entgegnen, schien es sich aber anders zu überlegen. Der Audite fiel ihr wieder ein, und sie schlug einen anderen Ton an.

»Ich will damit nur sagen, dass es keinen Schaden anrichten würde, wenn du ihn mehr in dein Leben lassen würdest. Nimm dir doch nächsten Mittwochnachmittag frei. Da hat Matthew schon mittags aus. Ihr könntet schwimmen gehen oder eine Radtour um das Pitsford Reservoir machen. Er muss wissen, dass du für ihn da bist, auch wenn du viel zu tun hast.«

»Da kann ich nicht, da muss ich zu einem Treffen nach New Birmingham«, erwiderte Anthony. Das war nur halb gelogen.

»Kannst du da nicht per Video teilnehmen?«

»Nein, wir müssen uns persönlich treffen.«

Jada war anzuhören, dass sie versuchte, ihre Zuversicht aufrechtzuerhalten. »Und nächstes Wochenende?«

Anthony wollte erneut widersprechen, entschied sich dann aber anders. »Ich schau mal, was sich machen lässt«, sagte er. Das besänftigte Jada fürs Erste. Sie aßen das Sushi und den Reis auf, Jada stellte das leere Geschirr auf das Tablett und ging hinaus. »Ich liebe dich«, sagte sie zum Abschied.

Aber Anthony entging nicht, dass sie bei diesen Worten eher auf das Gerät zwischen ihnen blickte anstatt zu ihm. Als hoffe sie, dass es, falls es ihr Gespräch aufzeichnete, nur den Wortlaut ihrer Äußerung erfasste und nicht die mit Händen zu greifende Spannung, die in der Luft lag.

19

Arthur

Die Autofahrt zu Arthurs Haus dauerte nicht lange. Arthur brauchte dann fast noch einmal so lange, um seine steifen Glieder von der Rückbank des Autos der Beziehungsbegleiterin Lorraine Shrewsbury zu schieben und sich auf dem Gehweg hinzustellen. Früher hatte er ohne Weiteres hundert Kilo schwere, bewusstlose Brandopfer auf der Schulter getragen. Jetzt hatte er schon mit einem Einkaufsbeutel zu kämpfen. Das Älterwerden war eine Komplikation, auf die er bestens hätte verzichten können.

Er zitterte so stark, dass er den Code erst beim dritten Versuch richtig eingab und die Haustür sich öffnete. Er und seine beiden ungebetenen Gäste traten ein und blieben im Flur stehen.

»Sind Sie stolz auf das, was Sie tun?«, fragte er Lorraine. »Im Leben anderer Leute herumzuschnüffeln? Sie zu drangsalieren? Unwahre Anschuldigungen vorzubringen?«

»Niemand sagt, dass Sie an irgendetwas schuld sind, Arthur. Aber mein Job ist es, Menschen zu helfen, die Hilfe brauchen, auch wenn sie sich dessen noch nicht bewusst sind. Wo ist denn Ihre Frau?«

»Sie ist nicht da.«

Lorraine zog ein Tablet aus ihrer Handtasche und wischte darauf herum. »Laut unseren medizinischen Unterlagen ist Ihre Frau bettlägerig und kommuniziert kaum.«

»Wer ist denn da?«, war Junes Stimme von oben zu hören. Arthur sah die Treppe hinauf. »Arthur? Bist du das?«

Lorraine blickte ebenfalls die Treppe hinauf und sah dann ihre Kollegin an. »Siehst du bitte nach, ob mit ihr alles in Ordnung ist, und erklärst ihr, wer wir sind und warum wir hier sind?«

»Fassen Sie sie nicht an!«, rief Arthur. »Unterstehen Sie sich!«

»Das wird sie nicht, Arthur, das verspreche ich Ihnen«, sagte Lorraine. Und zum ersten Mal entdeckte Arthur so etwas wie Mitgefühl in ihrer Miene.

Lorraine sprach weiter, doch Arthur hörte ihr nicht mehr zu. Sein Blick war auf das gerahmte Foto an der Wand gefallen, das June und ihn in Uniform zeigte. An dem Tag, an dem sie an seine Wache versetzt worden war, hatte er gewusst, dass sie die Richtige für ihn war, Jahrzehnte bevor die Gene einem sagten, wer der perfekte Partner war.

»Kommst du mal eben, Lorraine?«, war die Stimme von Lorraines Kollegin aus dem ersten Stock zu hören.

»Ich bin gleich wieder da«, sagte Lorraine zu Arthur.

»Jagen Sie ihr keinen Schrecken ein«, sagte er besorgt. »Sie verwirren sie doch nur; sie weiß ja gar nicht, wer Sie sind.«

Er folgte Lorraine die Treppe hinauf, doch als er oben ankam und die Schlafzimmertür erreichte, war es schon zu spät. Die beiden Frauen sahen June an und versuchten, ihren Zustand einzuschätzen.

»Was machen diese Frauen hier?«, fragte June ihn unter Tränen. »Du hast mir doch versprochen, dass sie mich nicht wegbringen! Du hast mir versprochen, dass ich hierbleiben kann, Artie, bei dir. Wir haben doch das Kästchen nicht angekreuzt! Wir haben es nicht angekreuzt!«

»Nein«, sagte Arthur entschieden. »Niemand bringt mein Mädchen irgendwohin.«

Lorraine und ihre Kollegin sahen erst einander an und dann zu Arthur. Dann wandten sie ihre Blicke wieder auf Junes Leichnam. Sie war noch immer von Kopf bis Fuß in die fleckige Bettdecke gewickelt, in der sie die letzten sieben Monate gelegen hatte, zusammengeschnürt mit Paketschnur und Klebeband.

Arthur taumelte auf seine Frau zu. Als er vor ihr stand, versagten ihm die Beine, er fiel auf das Bett und schlang die Arme um sie.

»Bitte nehmen Sie sie mir nicht weg«, bettelte er. »Reißen Sie uns nicht auseinander. Ich flehe sie an. Lassen Sie uns einfach in Ruhe.«

20

Roxi

Roxi rutschte auf dem Stuhl hin und her, um eine bequeme Haltung zu finden. Bevor sie aus dem Haus gegangen war, hatte sie eine ganze Dose Deo verbraucht, und doch glaubte sie jetzt, dass sich in der Hitze der Studiolampen auf ihrem Halsansatz, den ihr herzförmig ausgeschnittenes Oberteil freigab, ein dünner Schweißfilm bildete.

Sie klopfte die Fingernägel aneinander, aber ohne die Acrylspitzen und den farbintensiven Nagellack fühlten sie sich nackt an. Jem Jones hatte Wert auf ein natürliches Äußeres gelegt, und daher musste Roxi es jetzt genauso halten. Sie legte die Hände auf den Tisch und nahm sie wieder herab. Sie schlug die Beine übereinander und löste sie wieder, wusste aber nicht, wohin mit ihren Armen. Sie bekam Respekt vor jenen Menschen, die vor Fernsehkameras saßen und sich einem Millionenpublikum präsentierten, als wäre es das Normalste von der Welt.

Gerade eben war sie kurz in Ehrfurcht erstarrt, als ein Assistent sie ins Studio geführt und sie Esther Green und Stuart James vorgestellt hatte, zwei Urgesteinen des Fernsehjournalismus. Sie hatten Roxi freundlich empfangen, anders als der Mann, der am anderen Ende des Tisches saß. Howie Cosby, Sprecher der Partei Freiheit Für Alle, war ein mürrischer, streitlustiger und schlagfertiger Aktivist. In ihrer Naivität war Roxi davon ausgegangen, dass sie allein interviewt werden würde. Dass ihr nun Cosby gegenübersaß, ließ ahnen, dass es wohl anders kommen würde.

»Unser nächster Gast ist Roxi Sager«, begann Esther ihre Anmoderation. »Sie ist Videobloggerin und Influencerin, und seit dem Tod ihrer Freundin Jem Jones macht sie sich dafür stark, dass in allen Haushalten ein Audite installiert wird und die Behörden das Recht bekommen, alle unsere Gespräche aufzuzeichnen.«

Eine Gänsehaut breitete sich auf Roxis Armen aus, als sie hörte, wie sie als Influencerin vorgestellt wurde. Und als Jems Freundin bezeichnet zu werden, war sicher kein Nachteil, auch wenn ihre Beziehung sich darin erschöpft hatte, dass Roxi ein paar von Jems Videos kommentiert und Jem einmal mit einem hochgereckten Daumen geantwortet hatte. Roxi sah keinen Grund, Esther zu korrigieren.

»In einem ihrer jüngsten Posts vertritt sie die Ansicht, dass wir, wenn uns die künstliche Intelligenz weiträumig überwachen würde, öfter erst nachdenken würden, bevor wir etwas Schädliches sagen oder tun. Könnten Sie das etwas näher erläutern, Roxi?«

Roxi räusperte sich. Der Schweiß rann ihr jetzt in Tropfen den Rücken hinab. »Ich … also … ich finde, dass … ich finde, die Welt wird immer grausamer, es ist heute viel schlimmer als vor … ich weiß nicht, zwanzig oder dreißig Jahren«, sagte sie. »Und … also … schuld daran sind die sozialen Medien.«

Unter dem Tisch kniff sie sich, unbeobachtet von den Kameras, in den Oberschenkel, um sich zu konzentrieren.

»Ich … also … ich glaube, der Selbstmord meiner Freundin Jem ist der beste Beweis dafür. Sie wurde buchstäblich zu Tode gehetzt. Wir haben ja gesehen, was für ein Erfolg das Gesetz über die Unantastbarkeit der Ehe ist. Verheiratete Paare sind ... also, sie gehen einander nicht mehr an die Gurgel und beschimpfen sich, wenn sie verschiedener Meinung sind, sondern denken erst nach, bevor sie etwas sagen. Ehepartner respektieren einander. Und ich fände es schön, wenn das in allen Lebenssituationen so wäre.«

»Und die Drohung, dass man aufgezeichnet wird, würde genau dafür sorgen?«

Roxi nickte. »Es ist eine Erinnerung, keine Drohung. Und ja, ich glaube, das würde dafür sorgen.«

»Howie Cosby«, sagte Stuart James und wandte sich an Roxis Sparringspartner, »Sie werden wohl kaum bestreiten, dass Jem Jones durch den Hass, der ihr entgegenschlug, in den Tod getrieben wurde, und nach allem, was man hört, hatten die Anhänger Ihrer Partei daran einen erheblichen Anteil.«

»Für diese Behauptung gibt es so gut wie keine Beweise, Stuart, aber ich kann natürlich nicht für alle Menschen sprechen, die unser Anliegen unterstützen. Ich will aber ausdrücklich betonen, dass wir Hass und Hetze in jeglicher Form verurteilen. Allerdings sollten wir nach Jems Tod nicht übereilt reagieren. Die Überwachung durch KI auf sämtliche britische Haushalte auszuweiten, unabhängig davon, ob die Betroffenen dem zugestimmt haben oder nicht, erinnert geradezu an Orwells *1984*. Damit würde die Mehrheit für Vergehen der Minderheit bestraft werden. In kaum einem Land der Welt wird das Internet so großflächig überwacht wie in unserem hellhörigen Staat, und zwar unter dem Vorwand der ›Vermeidung innerer Unruhen‹. Wenn nun auch noch jedes Wort, das wir sagen, mitgehört würde, wäre das ein weiterer Schritt hin zur Abschaffung der Meinungs- und Redefreiheit. Wir alle sollten unsere Meinung äußern dürfen, ohne zensiert oder bestraft zu werden. Alles andere wäre das Ende unserer offenen Gesellschaft.« Cosby wandte sich an Roxi. »Haben Sie Kinder?«

Roxi hatte nicht damit gerechnet, dass er sie direkt ansprechen würde. »J-ja«, sagte sie und nickte.

»Wollen Sie, dass Ihre Kinder frei sagen dürfen, was sie denken?«

Meistens wünschte Roxi sich, dass ihre Tochter Darcy das nicht dürfte. »Natürlich will ich das ...«

»Aber wenn Ihre halbgare Idee jemals verwirklicht wird, dann werden Ihre Kinder eben nicht mehr frei sprechen dürfen. Seit zwanzig Jahren wird die Kommunikation von Bürgerinnen und Bürgern weltweit immer häufiger aufgezeichnet und überwacht, nicht nur in Großbritannien. Weil bestimmte Daten zwingend gespeichert werden müssen, darf die Regierung mittlerweile in unsere elektronischen Geräte eindringen, unsere Webcams einschalten und mitverfolgen, was wir tippen. Ganz zu schweigen von den Internetanbietern, die unsere Daten sammeln und weiterverkaufen. Das Internet ist längst nicht mehr der freie Raum, als der es anfangs gedacht war. Das Einzige, was dem Zugriff von außen noch verschlossen bleibt, sind unsere Gedanken. Und die wollen Sie jetzt auch noch überwachen. Die Fähigkeiten der künstlichen Intelligenz nehmen exponentiell zu; wir haben die Kontrolle über sie verloren und können ihr nicht mehr vertrauen. Wir sollten diesen Irrsinn stoppen oder die KI dazu verwenden, dass wir besser miteinander auskommen und uns gegenseitig besser verstehen, und um Diversität und Inklusion voranzubringen. Aber stattdessen lassen wir zu, dass sie uns auf immer mehr Arten kontrolliert.«

Der Strom der Schweißperlen auf Roxis Rücken war jetzt so breit wie die Themse. Am liebsten hätte sie sich unter dem Tisch verkrochen. Was sie über künstliche Intelligenz wusste, hätte auf das Display einer Smart Watch gepasst. Sie hatte sich auf diesen Auftritt nicht vorbereitet und auch kein Material gesammelt, mit dem sie ihre These hätte stützen können, an die sie ja nicht einmal selbst hundertprozentig glaubte. Sie hatte nur die Chance gesehen, berühmt zu werden, aber jetzt war sie damit überfordert.

In ihren Gedanken blitzte kurz das Gesicht ihrer besten Freundin Phoebe auf. Phoebe hatte immer durch und durch positiv gedacht, selbst wenn sich die ganze Welt gegen sie verschworen hatte. »Wenn das Leben dir Zitronen gibt, dann besorg dir Wodka und Zucker und mach Limoncello«, hatte sie oft gesagt. Roxi beschloss, mehr so zu sein wie Phoebe.

»Haben Sie je mit angesehen, wie jemand ermordet wird, Mr. Cosby?«, sagte sie, getragen von einer plötzlichen Selbstsicherheit.

»Äh … nein.«

»Ich schon. Bei meiner besten Freundin. Wir haben uns auf FaceTime unterhalten, als ihr Mann sie angegriffen hat. Ich musste zusehen und konnte nichts dagegen tun.«

Roxi sah Cosby direkt in die Augen, während sie sich an das erinnerte, was damals passiert war. Phoebe hatte sich eines Morgens bei ihr gemeldet. Sie hatte sich im Bad eingesperrt, nachdem sie sich wieder einmal mit Irvine gestritten hatte. Immer wieder hatte Roxi sie dazu gedrängt, ihn zu verlassen oder zumindest seine gewalttätigen Übergriffe der Polizei zu melden. Aber Phoebe hatte sich stets geweigert, immer mit dem Verweis darauf, dass sie DNA-Matches waren und daher einfach zusammengehörten, trotz ihrer Auseinandersetzungen.

Hilflos hatte Roxi auf ihr Handy gestarrt und mit angesehen, wie die Schreie und das Hämmern an der Tür immer lauter geworden waren und Phoebe um ihr Leben fürchtete. Während Owen die Polizei informiert hatte, hatte Roxi versucht, Phoebe zu beruhigen, und ihr versprochen, dass bald Hilfe käme. Das Letzte, was Roxi von ihrer Freundin sah, waren Irvines Stiefel, mit denen er ihr ins Gesicht und vor die Brust trat, bevor das Leben aus ihrem Körper wich und die Polizei eintraf.

»Sie hatten ihre Ehe nicht auf eine Smart-Ehe upgegraded«, sagte Roxi in die herrschende Stille hinein. »Ich glaube, wenn ihre Gespräche aufgezeichnet worden wären, dann hätte Phoebes Mann sich sehr gut überlegt, was er tut. Und auch wenn es ihr vielleicht nicht das Leben gerettet hätte, hätten die Aufnahmen immerhin dazu geführt, dass er wegen Mordes verurteilt worden wäre und nicht wegen Totschlags, und er hätte mehr bekommen als nur diese lächerlichen vier Jahre.«

»Es tut mir leid für Sie, dass Sie Ihre Freundin verloren haben«, setzte Cosby an, »aber …«

»Nichts für ungut, aber hier kann es kein Aber geben«, unterbrach Roxi ihn. »Wenn es um die Sicherheit verletzlicher Gruppen geht, egal ob Frauen, Kinder und Männer, dann sind mir die Bürgerrechte herzlich egal. Sie können von mir aus glauben, das Recht auf Leben sei weniger wert als die freie Meinungsäußerung. Ich glaube das nicht.«

Cosby schüttelte den Kopf. »So habe ich das nicht gemeint.«

»Wer nichts zu verbergen hat, hat auch nichts zu befürchten. Und daher fordere ich alle Zuschauerinnen und Zuschauer auf, die ebenfalls dieser Meinung sind, sich meinem Hashtag #IchMachsBesserDuAuch? anzuschließen. Denn wenn wir alle es besser machen, sind wir alle sicherer.«

Kurz darauf war die Debatte zu Ende, doch auch als die Kameras ausgeschaltet waren und Howie und Roxi das Studio verließen, verflog die Anspannung zwischen ihnen nicht.

»Seien Sie vorsichtig mit dem, was Sie da propagieren«, murmelte Howie anstelle eines Abschiedsgrußes.

Roxi holte ihr Handy aus der Handtasche. Ihre Mailbox quoll über vor Nachrichten. Sie verzog das Gesicht. Sie zögerte damit, sie zu lesen, und hoffte, dass sie nicht alle von Zuschauern stammten, die sie jetzt attackierten. Doch so häufig, wie ihr Hashtag auftauchte, mussten die meisten User auf ihrer Seite sein. Endlich nahmen die Leute Notiz von ihr.

Das Symbol für eine neue Sprachnachricht leuchtete auf. Roxi hörte sie ab und rechnete damit, dass es Owen war, der ihr sagte, wie stolz er auf sie war. Doch stattdessen erklang eine unbekannte Stimme, die etwas Synthetisches an sich hatte. *Wahrscheinlich ein Chatbot,* dachte Roxi.

»Guten Morgen, Roxi Sager«, sagte die Stimme. »Nach eingehender Überprüfung hat Ihr Audite festgestellt, dass Ihre Ehe ein Stadium erreicht hat, in dem Sie Unterstützung brauchen. Daher wurde automatisch die dauerhafte Beobachtung gemäß Stufe eins aktiviert. Weiterführende Informationen finden Sie in Ihrem Handbuch zur Smart-Ehe.«

Was tun, wenn Sie glauben, dass ein befreundetes Paar Probleme in der Ehe hat?

Richtig ✔

HALTEN Sie Ihre Freunde davon ab, Ihnen zu viel anzuvertrauen, bevor sie etwas sagen, das sie später vielleicht bereuen oder womit sie das Vertrauen des Partners/der Partnerin missbrauchen.

MELDEN Sie das Paar der Krisenhotline der Beziehungsbegleiter*innen. Die Teams können innerhalb von vierundzwanzig Stunden intervenieren, und jede Meldung wird anonym behandelt.

Falsch ✘

BIETEN Sie keine Hilfe an. Auch wenn Sie noch so guten Willens sind, Sie sind nicht dazu ausgebildet zu helfen. Ein brennendes Gebäude würden Sie ja auch nicht mit einem Eimer Wasser löschen wollen, oder?

VERMEIDEN Sie es, Partei zu ergreifen. Wenn Sie sich für eine Seite einfühlsam zeigen, weisen Sie der anderen die Schuld zu. Überlassen Sie die Entscheidung, wer recht hat und wer unrecht, der KI und ausgebildeten Fachleuten.

BEHALTEN Sie das, was Sie wissen, nicht für sich. Geheimnisse stellen eine Gefahr für alle Beteiligten dar. Informieren Sie auch die anderen aus Ihrem Freundeskreis, damit alle ein Auge auf das betroffene Paar haben können, bis professionelle Hilfe eintrifft.

BRINGEN WIR UNSER LAND GEMEINSAM VORAN

SMART EHE

www.smartmarriage.co.uk

21

Jeffrey

Noah hatte fast den ganzen Vormittag lang in einem veganen Café Hof gehalten und seine drei Zuhörer mit Geschichten von ungewöhnlichen Fällen unterhalten, die er in seinem Job als Assistenzarzt in der Notaufnahme des Old Northampton Hospital erlebt hatte. Aber seine gestelzte Art zu sprechen und sein Heischen nach Aufmerksamkeit gingen Jeffrey nun allmählich auf die Nerven. Liebe machte blind, und in Lucas Fall vielleicht auch ein bisschen taub.

Auch dass Noah auf dem Tisch Lucas Hand hielt, fand Jeffrey irritierend. Er hatte die Erfahrung gemacht, dass es eher ein Zeichen von Unsicherheit war, wenn Paare öffentlich ihre Zuneigung zeigten, und dass sie damit eher die Bestätigung durch andere suchten, als aufrichtig ihre Gefühle auszudrücken. Bei Luca dagegen wirkte die Art, wie er allen Anforderungen aus dem Weg ging, authentisch. Sie waren ein Paar mit äußerst unterschiedlichen Bedürfnissen.

Auf seinem Platz am Fenster fühlte Jeffrey sich nicht wohl. Alle Gäste, die kamen und gingen, musterte er eingehend und hoffte dabei, nicht erkannt zu werden. Das war unwahrscheinlich, denn in den sechzehn Jahren, in denen er nicht mehr hier lebte, hatte sich sein Äußeres stark verändert. Dennoch war er nervös. Vielleicht war es ein Fehler gewesen, diesen Fall zu übernehmen.

Während der ersten Woche hatte er Noah und Luca die meiste Zeit beobachtet, sowohl allein als auch zu zweit, und hatte versucht herauszufinden, wie sie tickten und was sie trennte. Jeffrey glaubte zwar, dass Gegensätze sich anzogen, doch er glaubte auch, dass sie, wenn der Druck nur groß genug war, einander auch abstoßen konnten. Luca war der Introvertiertere von beiden, und es reizte Jeffrey, seine Persönlichkeit Schicht um Schicht freizulegen. Die Art, wie er beim Sprechen die Lippen öffnete, wie er den Kopf zurückwarf, wenn er lachte … all diese persönlichen Noten und Aspekte seiner Erscheinung machten ihn zu einem äußerst begehrenswerten Mann.

Vieles an Luca erinnerte Jeffrey an Rosie, den ersten Menschen, an den er sein Herz verloren hatte. Später waren andere gekommen, etwa Tabitha mit ihrem beißenden Lachen, Lachlan mit seiner Leidenschaft für impressionistische Kunst und Darnell mit seiner Begeisterung für die Wildnis. In jede und jeden hatte er sich aus einem anderen Grund verliebt, aber sie alle hatten etwas gemeinsam – sie alle hatten sich nicht für ihn interessiert. Mit Luca wäre es vermutlich nicht anders, und ein Herz verkraftete es nur wenige Male, gebrochen zu werden, bevor es unwiderruflich beschädigt war.

Die einzige Hoffnung auf Glück, die Jeffrey noch hegte, war die, dass sein DNA-Match auftauchte. Sobald er sechzehn geworden war, hatte er einen Abstrich eingeschickt, um seine DNA registrieren zu lassen, aber seine bessere Hälfte hatte das bis jetzt noch nicht getan.

Jeffrey verdrängte die Anziehung, die sein Klient auf ihn ausübte, und wandte sich wieder dem Gespräch am Tisch zu.

Die Vierte in der Runde war Beccy, die für Noah und Luca die Leihmutter sein sollte. Sie war eine zierliche und freundliche Frau Mitte zwanzig und trug auf Armen und Händen eine ganze Reihe einfarbiger Tattoos, die alle mit Schifffahrt zu tun hatten. Offenkundig war sie mit Noah und Luca eng befreundet.

Jeffrey rief sich die familienfreundliche Politik der letzten Jahre in Erinnerung. Die Regierung war der Ansicht, dass Ehepaare sich stärker bemühten zusammenzubleiben, wenn sie Kinder hatten, und dass die Sorge für den eigenen Nachwuchs auch der Gesellschaft und dem ganzen Land zugutekam. Daher waren für Familien mit bis zu drei Kindern Steuervergünstigungen eingeführt worden, und ein Programm war aufgelegt worden, das sozial engagierte Leihmütter mit Paaren zusammenbrachte, die selbst nicht auf natürliche Weise Kinder bekommen konnten. Nachdem Noah und Luca ihr Gesuch veröffentlicht hatten, hatte Beccy, die zwei eigene Kinder hatte und sich zum ersten Mal als Leihmutter bewarb, ihre Profile studiert und sich dann über eine offizielle Agentur an sie gewandt. Auf eine dreimonatige »Kennenlernphase« waren medizinische und psychologische Untersuchungen gefolgt, die sicherstellen sollten, dass sie in körperlicher und persönlicher Hinsicht zueinanderpassten, und dann hatten sie grünes Licht für die erste von drei kostenfreien In-vitro-Fertilisationen bekommen.

»Haben wir dir eigentlich schon das Pinterest-Board für das Kinderzimmer gezeigt?«, fragte Luca Beccy. Er zog sein Handy hervor und wischte durch ein paar Seiten mit Farbpaletten und Möbeln. »Wir haben es auch schon Jada geschickt, unserer Innenarchitektin, um zu hören, was sie dazu meint.«

»Ihr habt jetzt mich und die anonyme Spenderin der Eizelle. Wann geht's denn los?«, wollte Beccy von Luca wissen, der, wie Jeffrey erfahren hatte, der biologische Vater sein würde.

»Du meinst, wann mein Mann sich im Kinderwunschzentrum in ein Separee verzieht, um sich einen runterzuholen?«, erwiderte Noah.

Jeffrey war der Einzige in der Runde, der ein Lachen vorschützen musste. Er fand Noah nicht so komisch wie dieser sich selbst.

»Ich hab ein bisschen Schiss davor«, sagte Luca. »In so einem kleinen Zimmer zu verschwinden, und alle wissen, was ich da drin tue … Und, was wenn ich es nicht schaffe, mir … na ja …«

»Dir einen von der Palme zu wedeln? Abzuspritzen? Deinen Saft zu verschleudern?«

»Ist ja gut, Noah! Wir haben's kapiert. Aber ja, genau das meine ich.«

»Du bist doch gar nicht so schüchtern. Weißt du noch, wie ich uns gefilmt habe? Da hast du ganz schön losgelegt.«

»Mein Gott …«, murmelte Luca und wurde rot im Gesicht. Jeffrey fragte sich insgeheim, ob er sich in die Cloud der beiden hacken und dort dieses Video ausfindig machen könnte.

»Kann Noah dir nicht zur Hand gehen, um es mal so zu sagen?«, fragte Beccy.

»Er würde nur rumalbern. Nein, ich werde wohl ein großer Junge sein und allein zurechtkommen müssen.«

»Ja, du musst allein zurechtkommen – und zu Recht kommen. Aber jetzt genug vom Sperma meines Mannes. Möchte noch jemand Kaffee?«

»Die Lust auf Latte macchiato ist mir einigermaßen vergangen«, sagte Beccy. »Lieber Tee, bitte, ohne Milch.«

»Für mich einen Espresso, bitte«, sagte Jeffrey.

Noah und Luca standen auf, hielten dann aber inne, als ihnen klar wurde, dass sie Beccy mit ihrem Beziehungsberater allein ließen.

»Schon in Ordnung«, sagte Jeffrey mit einem Lächeln. »Beccy wird mir bestimmt nichts erzählen, was ich nicht ohnehin schon weiß.«

Die beiden lächelten angespannt und gingen dann zur Bar und stellten sich in die Schlange.

Jeffrey wartete, bis sie außer Hörweite waren, bevor er sich an Beccy wandte. »Ich wollte Ihnen noch sagen, dass ich es ganz toll finde, was Sie machen. Die beiden sind sehr glücklich.«

»Vielen Dank.«

»Warum haben Sie sich denn ausgerechnet diese beiden ausgesucht?«

»Erst mal wegen des Fotos, auch wenn das jetzt wahnsinnig platt klingt.«

»Nein, überhaupt nicht«, sagte Jeffrey. Er hatte sich aus demselben Grund entschieden, mit den beiden zu arbeiten.

»Auf dem Foto haben sie so glücklich ausgesehen«, fuhr Beccy fort. »An ihren Augen hat man gemerkt, dass sie füreinander bestimmt sind.«

»Hat es Sie überrascht, als Sie gehört haben, dass sie in Stufe zwei sind?«

»Erst haben sie es mir nicht gesagt, weil sie nicht wollten, dass ich mir Sorgen mache. Aber ich habe schon gemerkt, dass etwas nicht stimmt. Sie haben anders miteinander geredet ... als würden sie ihre Worte sorgfältiger wählen. Ich dachte, sie hätten sich gestritten.«

»Streiten die beiden oft?«

»Nein, das wollte ich damit nicht sagen. Sie haben einfach eine bestimmte Art, miteinander umzugehen, also dass sie sich andauernd gegenseitig verarschen und so. Dann dachte ich, dass sie sich das mit der Leihmutterschaft anders überlegt hätten oder dass sie mich doch nicht haben wollten und nicht wussten, wie sie es mir sagen sollten.«

»Ich gehe mal davon aus, dass es Ihnen keine Sorgen bereitet, ein Kind für ein Paar auszutragen, dessen Ehe in Gefahr ist?«

»Überhaupt nicht«, antwortete Beccy voller Zuversicht. »Wenn Sie die beiden erst mal so gut kennen wie ich, dann werden Sie sehen, dass das alles ein riesiges Missverständnis ist.«

»Das beruhigt mich. Ich beurteile Paare nur ungern anhand der Aufnahmen ihrer Gespräche.«

»Wieso, was haben Sie denn gehört?«

»Ich bin sicher, die beiden werden wunderbare Väter sein. Luca scheint sich ganz besonders darauf zu freuen, oder? Vielleicht ein bisschen mehr als Noah?«

»Nein, sie sind beide hundertprozentig dabei.«

»Bestimmt wird Noah sich noch mehr engagieren, sobald sie aus Stufe zwei wieder raus sind. Aber ich muss Sie noch etwas fragen, Beccy, das gehört zu meinem Job: Haben Sie schon einmal darüber nachgedacht, wie es weitergehen soll, falls die beiden auf Stufe drei gestellt werden?«

»Das wird nicht passieren«, entgegnete Beccy. »Noah hat versprochen, dass er dafür sorgen wird.«

Soso, wird er das?, dachte Jeffrey, sagte aber nichts. Er wollte Beccy aus der Reserve locken.

»Was … was passiert denn, wenn sie auf Stufe drei gestellt werden?«, fragte Beccy nach einer Weile.

»Dann kann ein Gericht die Scheidung anordnen, und man wird die beiden auffordern, sich jeweils einen Partner zu suchen, der besser zu ihnen passt.«

Beccy rutschte auf ihrem Stuhl hin und her. Sie wirkte, als beschäftige sie sich zum ersten Mal ernsthaft mit dieser Frage.

»Und was ist, wenn ich dann schon schwanger bin? Ich habe die fruchtbarkeitsfördernden Präparate genommen, und in einem Monat soll ich die erste Eizelle eingesetzt bekommen. Wissen wir dann schon, ob die beiden aus der Sache wieder rauskommen?«

»Vielleicht wäre es besser, wenn Sie erst mal abwarten. Tut mir leid. Ich würde Ihnen viel lieber etwas Beruhigenderes sagen, aber jedes Paar hat so seine Eigenheiten. Und um Ihre Frage zu beantworten: Die Vereinbarung über die Leihmutterschaft legt fest, dass, wenn die Ehe vor der Geburt des Kindes aufgelöst wird und die Leihmutter nicht blutsverwandt mit dem Kind ist, das Kind zur Adoption freigegeben werden kann.«

»Aber dann bekäme doch Luca das Kind. Er ist doch der biologische Vater.«

»Es liegt im Ermessen des Gerichts, ob ein Kind bei einem einzelnen Elternteil oder bei einem verheirateten Paar besser aufgehoben ist. Und Sie können sicher sein: Es gibt in unserem Land jede Menge Paare, die als geeignet gelten und die sich nichts mehr wünschen, als ein Baby zu adoptieren.«

»Ich könnte dieses Kind niemals in die Hände von Fremden geben!«

»Natürlich können Sie auch beantragen, es zu behalten.«

»Es zu behalten? Ich habe schon zwei Kinder, ich will nicht noch eines. Und schon gar keines, das nichts mit mir oder meinem Mann zu tun hat.«

»Wahrscheinlich haben Sie recht, und das alles ist einfach nur ein großes Missverständnis. Ich sage Ihnen nur, wie die Dinge liegen. Wie Sie mit der Leihmutterschaft weitermachen – und ob überhaupt –, ist Ihre Entscheidung.«

Beccy sank auf ihrem Stuhl zusammen, gerade als Noah und Luca mit Getränken und Gebäck zurück an den Tisch kamen. Noah bemerkte als Erster, dass sich Beccys Stimmung verändert hatte.

»Alles okay?«, fragte er.

»Ja, alles gut«, sagte Beccy mit einem schwachen Lächeln. Doch die Art, wie sie zaghaft an ihrem Croissant knabberte, ließ bei Jeffrey keinen Zweifel daran, dass sie nicht nur die Lust auf Süßes verloren hatte.

Schritt für Schritt würde er alles zerlegen, was Luca und Noah sich aufgebaut hatten.

AKTUELL: Stefan Galbraith, der Abgeordnete für den Wahlkreis Newcastle, hat gestern Abend sein Mandat niedergelegt, nachdem bekannt geworden war, dass er seine Ehefrau betrogen hat, und das nicht nur mit einer, sondern mit drei anderen Frauen.

Der 37-jährige Galbraith, der auch Mitglied der Ethikkommission der Regierung ist, hat sich in einem kurzen Statement entschuldigt und betont, er habe die Sache falsch eingeschätzt.

Die Vorgänge wurden von Mitgliedern von Freiheit Für Alle aufgedeckt; die Partei will alle Regierungsmitglieder, die sich für das neue Ehegesetz aussprechen, wegen heuchlerischen Verhaltens anprangern.

22

Corrine

Als jemand sie an der Schulter packte und herumriss, fing Corrines Herz so schnell zu rasen an, dass sie glaubte, es würde zerspringen.

Das Licht ihres Handys fiel auf ein Gesicht mit unverwechselbaren hellblauen Augen. »David!«, stieß sie hervor. »Willst du mich ins Grab bringen?«

»Die biometrische Erkennung an den Überwachungskameras funktioniert nicht mehr. Also wusste ich nicht, wer es ist«, erwiderte er barsch. »Die anderen warten schon.« Er deutete auf die Decke.

Corrine ging allein weiter, durch die nächste Tür, eine wohlvertraute hölzerne Treppe hinauf, die unter jedem ihrer Schritte knarzte, dann durch eine leere Küche hindurch und in den Gastraum des Pubs, der schon lange nicht mehr genutzt wurde. Das Licht war heruntergedimmt und die Fenster mit Holzplatten verschlossen, damit von außen nicht erkennbar war, dass sich dort jemand aufhielt. Die Szenerie wirkte, als hätten sich in einer apokalyptischen Welt nach der Sperrstunde noch Gäste versammelt.

Corrine sah in die Gesichter der Umstehenden. Sie fragte sich, wie sie ihr begegnen würden, nach dem, was mit Nathan passiert war, der häufig an den Treffen teilgenommen hatte und bei allen beliebt gewesen war. Aber wie sie auch reagieren würden, Corrine konnte sich danach nicht schlechter fühlen als jetzt schon. Es waren dreißig Leute, die standen oder an den Tischen saßen. Das leise Summen ihrer Gespräche erfüllte den Raum. Sie waren hier, weil sie ein gemeinsames Ziel hatten. Sie alle gehörten einer Splittergruppe von Freiheit Für Alle an, die im Untergrund gegen das Gesetz über die Unantastbarkeit der Ehe kämpfte.

»Corrine! Ich bin so froh, dich zu sehen!«, sagte eine vertraute Stimme. Yan kam auf sie zu und umarmte sie schwungvoll. »Ich hab mir Sorgen gemacht. Alles in Ordnung?«

»Ich hab noch ein paar blaue Flecken, aber die Schwellung ist zurückgegangen«, sagte Corrine und tastete ihre Lippen ab. »Ich mache mir eher Sorgen um Nathan. Hast du was von ihm gehört?«

»Ich glaube, Ferdi hat Neuigkeiten«, sagte Yan und deutete auf einen jungen Mann, der weiter vorn im Raum an der Bar stand. Er hatte kurzes, dunkelblondes Haar und trug ein T-Shirt einer Band, an die Corrine sich noch aus ihrer Jugend erinnern konnte, die Ferdi aber garantiert nicht selbst erlebt hatte. Fast alle hier waren jünger als sie. Sie fragte sich, wo der Kampfgeist der Leute in ihrem Alter geblieben war. Früher hatten sie gegen Kriege im Ausland protestiert, gegen den Brexit und den massiven Ausverkauf des öffentlichen Gesundheitswesens. Der Widerstandsgeist war offenbar eine Generation weitergewandert. Corrine konnte nur hoffen, dass ihre Kinder einmal Position beziehen würden, wenn es an der Zeit war.

»Die letzte Woche war durchwachsen«, begann Ferdi. »Unsere Mitstreiterinnen und Mitstreiter in Newcastle konnten einen Erfolg erzielen, indem sie Stefan Galbraith in seiner

Bigotterie bloßgestellt haben. Unser eigener Versuch, Eleanor Harrison an den Pranger zu stellen, ist dagegen eher misslungen.«

»Das ist nicht deine Schuld«, sagte Yan zu Corrine, so laut, dass Ferdi es hören konnte und Corrine rot wurde.

»Nein, natürlich nicht«, schob Ferdi rasch hinterher, aber Corrine war nicht sicher, ob er das wirklich so sah. »Die Aktion lief zwar nicht so wie geplant – woran niemand von uns schuld ist –, aber zumindest gibt es nichts, was darauf hindeutet, dass wir an der Sache beteiligt waren. Und so soll es auch bleiben.«

»Warum?«, fragte David.

»Die Führung ist der Ansicht, dass wir wegen der Außenwirkung nicht mit Vorfällen in Verbindung gebracht werden dürfen, bei denen schwere Gewalt gegen Personen angewandt wurde.«

»Aber Harrison ist doch selbst daran schuld«, warf Corrine ein. »Ihr habt das Video doch gesehen.«

»Die Gesetze, die nach den Morden an Abgeordneten in den letzten Jahren verabschiedet wurden, betrachten jeden körperlichen Angriff, egal, wie schwer oder leicht die daraus resultierende Verletzung ist, als terroristischen Akt. Daher lautet unsere offizielle Linie, dass die FFA mit dieser Sache nichts zu tun hat. Wir haben die Aktion nicht unterstützt, und es war auch niemand von uns an der Durchführung beteiligt.«

»Soll das heißen, dass Nathan sich ganz umsonst in Gefahr begeben hat?«, fragte Corrine. Ferdi antwortete nicht. »Kannst du uns wenigstens sagen, wie es ihm geht? Weißt du irgendwas Neues? Ich hab im Krankenhaus angerufen, aber …«

»Das hättest du nicht tun sollen«, unterbrach Ferdi sie.

»Ich hab ein Wegwerfhandy benutzt.«

»Egal. Du weißt nie, wer mithört.«

Corrines Augen schwollen an, und weil sie einen Moment für sich brauchte, verließ sie den Gastraum und ging in die Küche.

Die Gruppierung hatte es sich zur Aufgabe gemacht, selbstgerechte Politiker zu identifizieren, die für das neue Ehegesetz warben und zugleich Dinge vor der Öffentlichkeit verbargen. Vor zwei Jahren hatte das Parlament mit Verweis auf »nationale Sicherheitsinteressen« die Gesetzgebung dahingehend verändert, dass die Audites von Abgeordneten keine Gespräche mehr aufzeichneten. Sie genossen sämtliche Vorteile einer Smart-Ehe, waren aber niemandem Rechenschaft schuldig, bis die FFA beschlossen hatte, dass *sie* diese Rechenschaft einfordern würde. Sie prangerte Politiker wegen außerehelicher Affären an, wegen Korruption und wegen nicht öffentlich gemachter Geschäftsverbindungen; die Mittel hierzu waren Enthüllungsstorys im Internet, das Stören öffentlicher Veranstaltungen und massenhafte Proteste vor den Häusern der Betroffenen. Corrine war die Aufgabe zugefallen, diese Aktionen zu koordinieren.

Und als sie herausgefunden hatte, wie abscheulich sich Eleanor Harrison benahm – die Abgeordnete von Corrines Wahlkreis und eine der glühendsten Verfechterinnen des neuen Ehegesetzes –, hatte sie darauf gebrannt, sie dafür büßen zu lassen.

»Alles okay, Corrine?« Die Stimme ließ sie zusammenzucken. Als sie sich umdrehte, stand Ferdi in der Tür.

»Ja, alles gut. Tut mir leid, ich hätte mich nicht so aufregen sollen.«

»Ich kann verstehen, dass du aufgewühlt bist. Aber du bist nicht schuld an dem, was mit Nathan passiert ist. Harrison ist dafür verantwortlich, nicht du.«

»Danke. Aber ich fühle mich trotzdem verantwortlich. Und ich frage mich, ob ich nicht lieber aussteige.«

»Also, wenn du unbedingt wissen willst, wie es ihm geht, dann wüsste ich da jemanden.« Ferdi senkte die Stimme. »Jemand, der früher im Hackerkollektiv war.«

»War das diese Gruppe, die vor ein paar Jahren die autonomen Autos gehackt hat?« Angewidert dachte Corrine daran zurück, wie diese Terroristen acht Passagiere in selbstfahrenden Autos als Geiseln genommen und die Öffentlichkeit darüber hatten abstimmen lassen, wer überleben sollte. Einer nach dem anderen waren jene Passagiere, die nicht ausreichend Unterstützung bekamen, mitsamt ihren Autos in die Luft gesprengt worden. »Bewegen wir uns nicht ohnehin schon an der Grenze des Legalen, auch ohne dass diese Leute dabei sind?«

»Wir haben diese Grenze schon so weit überschritten, dass sie kaum noch zu sehen ist. Und wenn es dich beruhigt, dann ruf diese Person an. Aber ob das ausreicht, damit du bei uns bleibst, kannst nur du entscheiden. Ich würde es mir sehr wünschen.«

Im Moment wusste Corrine nicht, ob es ausreichen würde. Und sie wusste auch nicht, was sie sonst hätte beruhigen können.

ZWEITER TEIL

23

Arthur

Im Schatten der gewaltigen Stahlkonstruktion ging Arthur durch das Tor und betrat das Gelände. Mit so einem Ungetüm hatte er nicht gerechnet, als er telefonisch einen Termin vereinbart hatte.

Hier in der Feuerwache von Old Northampton hatte er fast sein ganzes Berufsleben verbracht: Mit zweiundzwanzig war er in den Dienst getreten und dann geblieben, bis er vor zehn Jahren mit fünfundsechzig in Rente gegangen war. Der alte Übungsturm war ein Backsteingebäude mit Treppenhaus, Fenstern, Türen und einem flachen Dach gewesen. Unzählige Male waren er und seine Kollegen hinauf und hinab gelaufen und hatten die unterschiedlichsten Rettungstechniken geübt. Dieses neue Ding dagegen war ein Ungeheuer aus Metall, silbern glänzend und teilweise mit Wellblech verkleidet. »Siehst du, June, auch hier bleibt nicht alles beim Alten«, sagte er wehmütig.

Wenigstens die Wache sah noch so aus wie früher. Auch Arthurs verstorbene Ehefrau hatte den Großteil ihres Berufslebens hier verbracht. Und viele Jahre lang war sie die einzige Frau gewesen. Die Aufgabe, die sie am meisten erfüllt hatte, war es, andere junge Frauen anzuwerben und in ihnen dieselbe Hingabe und Entschlossenheit zu wecken, die sie selbst antrieb. Wenn Arthur gesehen hatte, wie mütterlich June mit ihnen umging, war ihm jedes Mal zu Bewusstsein gekommen, wie grausam es war, dass sie selbst nie würde Mutter sein können.

Während er daran zurückdachte, wie sie am Boden zerstört war, als sie erfahren hatte, dass sie unfruchtbar war, steckte er die Hand in die Tasche und tastete nach der Bronzeplakette, die ihr nach den ersten zwölf Monaten der Abstinenz verliehen worden war. Sie hatte sie ihm geschenkt, als Zeichen des Danks für seine unverbrüchliche Unterstützung. Seit Jahrzehnten hütete er sie wie einen Schatz.

»Arthur!«

Die Stimme, die so freudig nach ihm rief, holte ihn in die Gegenwart zurück. Als er sich umdrehte, stand ein Mann vor ihm, den er nicht kannte. Arthur lächelte ihn höflich an. Seitlich am Kopf hatte er eine kahle Stelle mit einer rosafarbenen, wulstigen Narbe.

»Du kannst dich wahrscheinlich nicht mehr an mich erinnern«, sagte der Mann und reichte Arthur die Hand.

»Tut mir leid«, sagte Arthur. »Mein Gedächtnis lässt immer mehr nach.«

»Mohammed Varma«, fuhr der Mann fort. »Du hast mich damals ausgebildet.«

»Mo!«, rief Arthur, und sein Gesicht hellte sich auf. »Gut siehst du aus!« Sie umarmten sich und wechselten ein paar herzliche Worte.

»Vor Kurzem hatte ich mein zwanzigjähriges Dienstjubiläum, kannst du dir das vorstellen? Aber mittlerweile bin ich stellvertretender Dienststellenleiter und deswegen nicht mehr so oft im Einsatz wie früher. Stattdessen ertrinke ich in Papierkram.«

»Ich freue mich wirklich, dich zu sehen.«

Als Arthur den Blick über den Hof und den neuen Übungsturm schweifen ließ, sagte Mohammed: »Seit du das letzte Mal hier warst, hat sich eine Menge verändert.«

»Ja, in der Tat.«

»Das mit June tut mir wirklich leid. Ich habe sie zwar nicht so gut gekannt wie viele andere hier, aber ich wusste immer, dass sie eine unserer Besten war. Genau wie du. Hast du die Blumen bekommen?«

Am Tag von Junes Beerdigung waren zahlreiche bunte Sträuße eingetroffen. Arthur sah Mo an und nickte, um seine Dankbarkeit zu zeigen. Er fragte sich, ob seine ehemaligen Kollegen die ganze Geschichte kannten: dass er Junes Tod nicht hatte wahrhaben wollen, dass er sie nicht hatte hergeben wollen und, anstatt ihr Versterben zu melden, ihre Leiche monatelang in ihrem Ehebett hatte liegen lassen. Falls Mo von alldem wusste, ließ er sich nichts anmerken. Stattdessen klimperte er mit dem Schlüsselbund in seiner Hand.

»Die Sicherheitsvorschriften verbieten es, dass ich Zivilisten auf den Turm lasse, aber es wird uns bestimmt niemand verpetzen.«

»Danke.«

»Willst du allein raufgehen? Oder soll ich dich zur Erinnerung an alte Zeiten auf den Schultern rauftragen?«

Arthur lachte und versicherte Mo, dass er allein zurechtkam. Mo sperrte die Metalltür auf, und Arthur legte eine Hand auf das Treppengeländer, während er in der anderen den Einkaufsbeutel festhielt. »Du findest mich in der Wache«, sagte Mo. »Komm doch anschließend noch rüber auf eine Tasse Tee.«

Für die fünf Etagen brauchte Arthur deutlich länger als früher. Damals hatte er trotz der schweren Ausrüstung oft zwei oder drei Stufen auf einmal genommen. Jetzt war er außer Atem, als er das Dach erreichte.

Er lehnte sich gegen die Brüstung und blickte rundherum über die Stadt, in der er sein ganzes Leben verbracht hatte und die er immer noch liebte. Mittlerweile waren am Himmel mehr Drohnen als Vögel unterwegs, und weil Pendler in Fahrgemeinschaften in selbstfahrenden Autos zur Arbeit fuhren, herrschte auf den Straßen weniger Verkehr. Als der Onlinehandel irgendwann den Kampf gegen die Innenstädte gewonnen hatte, waren die meisten der Einkaufsviertel abgerissen und durch moderne Wohnsiedlungen ersetzt worden, die Ehepaaren in einer Smart-Ehe vorbehalten waren. Dadurch war das Stadtbild kaum noch wiederzuerkennen.

Trotz der Vorteile, die das Upgrade ihrer Ehe mit sich brachte, hatten Arthur und June sich geweigert, aus dem alten Teil der Stadt wegzuziehen. Dort, wo sie gelebt hatten, waren sie glücklich gewesen. Bis zu jenem Morgen, der alles verändert hatte. In aller Stille und ohne jede Vorwarnung hatte June ihn verlassen.

Als er jetzt oben auf dem Übungsturm stand, erinnerte Arthur sich an jeden einzelnen Moment, so deutlich, als wäre es erst heute passiert. Wie jeden Morgen, seitdem sie das Bett nicht mehr verließ und aufgehört hatte zu sprechen, hatte er das Frühstückstablett auf ihr Nachtkästchen gestellt. Als der Audite die Vorhänge geöffnet hatte und das funkelnde Sonnenlicht ins Zimmer strömte, war Arthurs Blick auf ihr graues, totenblasses Gesicht und ihre eingesunkenen Wangen gefallen. Er hatte in seinem Berufsleben genug Leichen gesehen, um zu wissen, dass June von ihm gegangen war.

Er hatte nicht versucht, sie wiederzubeleben und ihr großes, wunderbares Herz wieder zum Schlagen zu bringen. Stattdessen hatte er sich neben sie gelegt, hatte ihr mit den Fingern durch das Haar gestrichen und die kühle, pergamentartige Haut ihres Gesichts gestreichelt. Es war so ungerecht, dass sie ausgerechnet die eine Form von Demenz entwickelt hatte, der die Wissenschaft noch immer ratlos gegenüberstand. Sieben Jahre lang hatte die Krankheit ihre Lebenskraft schleichend schwinden lassen, hatte ihrem Körper die Kraft entzogen und ihrem Geist die Gedanken und die Erinnerungen. Und als sie verstummt war, hatte Arthur damit begonnen, für sie beide zu sprechen. Doch selbst als sie starb, verkraftete er es nicht, dass ihre Gespräche ein Ende fanden.

Mehrfach hatte Arthur an jenem schicksalhaften Tag den Audite aufgefordert, die Notrufnummer zu wählen. Doch jedes Mal überlegte er es sich anders, noch bevor die Verbindung hergestellt war. Nicht nur die Angst, dass man ihm June wegnehmen würde, hielt ihn zurück, sondern auch die Angst vor dem, was das Gesetz über die Unantastbarkeit der Ehe für einen solchen Fall vorsah, und vor dem, was von ihm als Witwer erwartet wurde. Also musste alles so bleiben, wie es war.

Er kaufte zwei große Packungen Katzenstreu und entschuldigte sich bei June, als er es über ihr ausschüttete, um ausgetretene Flüssigkeiten aufzusaugen, damit sie nicht durch die Mülltüten drangen, in die er sie anschließend packte. Dann wickelte er sie fest in die Bettdecke ein und schnürte sie mit mehreren Rollen Klebeband zusammen, bis alles möglichst luftdicht verschlossen war. Anschließend kaufte er ein Dutzend Flakons mit Duftstäbchen sowie Lufterfrischer, die er überall im Schlafzimmer und auf dem Treppenabsatz verteilte.

In der Folge hatte er versucht, Junes Tod zu verdrängen, indem er weitermachte, als sei nichts geschehen. Meistens war sie die June von früher. Er sprach mit ihr, als sei sie noch am Leben, und stellte sich vor, was sie antwortete. Gelegentlich kam aber auch die andere June zum Vorschein, deren Gedächtnis teilweise aussetzte. Dann füllte er für sie die Lücken. Dennoch war es zum ersten Mal seit vielen Jahren zwischen ihnen wieder so wie früher.

Er hatte einen Weg finden müssen, die Technik zu überlisten, die sie beide überwachte und zu zufälligen Zeitpunkten ihre Gespräche aufzeichnete. Zunächst meldete er, dass Junes Armband defekt war und ihre physiologischen Werte und ihre Bewegungen nicht mehr registrierte. Infolge des aktuellen Handelskrieges zwischen den USA und China war Wolfram knapp geworden, das Metall, das in tragbaren Geräten dafür sorgte, dass sie vibrierten. Man teilte Arthur mit, dass es Wochen dauern könne, bis ein neues Armband geliefert würde. Damit ließ sich erklären, dass von June keine Bewegungen gemeldet wurden. Dann fing er an, zu verschiedenen Tageszeiten Videos abzuspielen, die er im Lauf der Jahre von June gemacht hatte, in der Hoffnung, dadurch, dass ihre Stimme zu hören war, Zeit zu gewinnen. Das hatte monatelang geklappt, bis ein Algorithmus die Wiederholungen erkannt hatte.

Nachdem sie Arthur zahllose Textnachrichten geschickt hatte, schrieb ihm Lorraine Shrewsbury, eine Beziehungsbegleiterin, zunächst E-Mails, rief ihn dann an und stand schließlich eines Tages unangekündigt vor seiner Tür. Es war ihre Schuld, dass Arthur und June letztlich doch getrennt wurden. Während er in der Polizeiwache am Campbell Square in einer Zelle gesessen hatte, hatte sie dafür gesorgt, dass die Behörden seine Ehefrau aus seinem Haus brachten. Und als er June dann nicht mehr vor Augen hatte, konnte er sie auch nicht mehr hören. Noch immer sagte er regelmäßig etwas zu ihr, aber sie antwortete nicht mehr. Zum ersten Mal, seitdem sie sich vor über fünfzig Jahren kennengelernt hatten, war Arthur wirklich allein.

Die Tage, nachdem Junes wahrer Zustand bekannt geworden war, hatte Arthur wie in Trance erlebt. Den Richtlinien der Smart-Ehe entsprechend, wurde umgehend eine Autopsie durchgeführt, und drei Tage später wurde die Untersuchung wegen möglicherweise unklarer Todesursache eingestellt. June war an einem Schlaganfall gestorben, der durch die Demenz bedingt war. Arthur wurde am Tag vor der Beerdigung freigelassen, die laut den gesetzlichen Bestimmungen spätestens eine Woche nach Eintritt des Todes zu erfolgen hatte.

Jetzt stand er fünf Etagen hoch über der Erde, atmete tief durch und holte aus der Einkaufstasche einen durchsichtigen Plastikbeutel mit Gleitverschluss, der einen Teil von Junes Asche enthielt. Die andere Hälfte befand sich in einem Holzkästchen, das auf dem Beifahrersitz des Wohnmobils in Arthurs Garage stand.

Die Feuerwehr war ihre selbstgewählte Familie gewesen und neben Arthur die zweite große Liebe ihres Lebens. Also war es angemessen, dass er die Hälfte ihrer Überreste hier verstreute, mitten unter ihren Freunden. Die andere Hälfte wollte er bei sich zu Hause behalten. Als er den Beutel ausschüttelte, trieb ihm ein leichter Windstoß June in die Arme und trug sie dann hinauf in die Luft und außer Sichtweite. Wäre er kräftig genug gewesen, hätte er sich über die Brüstung ziehen und hoffen können, dass der Wind auch ihn erfasste. Aber das wäre seinen ehemaligen Kollegen gegenüber nicht fair gewesen.

Also blieb er stehen, schloss die Augen und gab sich der Flut an Erinnerungen hin, die ihn überströmte, und ging schließlich nach einer Weile wieder hinunter. Er hatte nur noch eine Treppe vor sich, als sein Smart-Armband vibrierte. Zögerlich drückte er auf die grüne Taste.

»Guten Tag, Mr. Foley, hier Martin Warner, von Hatchett and Moss, Ihrem Anwaltsbüro. Ich habe Ihnen schon mehrere Nachrichten mit der Bitte um Rückruf hinterlassen, aber ich weiß nicht, ob sie Sie erreicht haben. Die Staatsanwaltschaft hat sich bei mir gemeldet, und daher würde ich Sie bitten, mich umgehend zurückzurufen.«

Arthur schüttelte den Kopf. Nachdem die Polizei ihn freigelassen hatte, hatte Warner bereits angekündigt, dass die Sache damit möglicherweise noch nicht erledigt war. Und jetzt sah es so aus, als warteten weitere Schwierigkeiten auf ihn.

24

Anthony

»Was war früher in diesem Gebäude?«, fragte Anthony. Nur mit Mühe konnte er mit der breitschultrigen Frau Schritt halten, die drei Stufen vor ihm die Treppe hinaufeilte.

Sie hielt sich einen Finger ans Ohr und lauschte den Anweisungen, die sie über den Ohrhörer erreichten. »Das fragen alle, die zum ersten Mal hier sind«, erwiderte sie mürrisch, ohne die Frage jedoch zu beantworten. Anthony bohrte nicht weiter nach.

Sie hatte kaum ein Wort verloren, als sie ihm in der großen Halle der Londoner Euston Station kurz ihren Ausweis gezeigt und ihn dann zu einem wartenden Auto geführt hatte. Schweigend waren sie zu einem Gebäude am Ufer der Themse gefahren. Der stechende Gestank von verbranntem Plastik, der ihm im Erdgeschoss entgegengeschlagen war, wurde mit jeder Etage, die sie nach oben stiegen, schwächer. Er erinnerte Anthony an den Geruch, der im Auto seiner Mutter geherrscht hatte, nachdem sie den Wagen gezielt gegen einen Brückenpfeiler gelenkt hatte. Er hätte nicht sagen können, was ihn damals dazu getrieben hatte, sich in das Wrack zu setzen. Doch dann hatte er im Fußraum die Halskette mit dem Anhänger des heiligen Christophorus gefunden.

Als sie die dritte Etage erreichten, ging die Frau voraus, durch eine schwere Tür in einen fast leeren Raum. Eine Leiste mit ungenutzten Telefondosen verlief quer über den Boden, und ein Dutzend kaputte Schreibtische und Bürostühle ohne Räder standen übereinandergestapelt unterhalb von verschmierten Fenstern in einer Ecke. Der Anblick überraschte Anthony nicht. Die Treffpunkte hatten im Lauf der Jahre gewechselt, doch alle waren in einem verwahrlosten Zustand gewesen. Das legte nahe, dass der Großteil der inoffiziellen Regierungsarbeit weitab von Westminster und der Aufmerksamkeit der Öffentlichkeit erledigt wurde.

Nachdem er der Frau alle seine elektronischen Geräte ausgehändigt und sich einem Ganzkörperscan unterzogen hatte, drückte Anthony die Fingerkuppen auf einen Bildschirm und las den Text ab, der auf einem zweiten, darunterliegenden Bildschirm angezeigt wurde. Seine Augen und seine Sprache wurden biometrisch analysiert, und schließlich bestätigten die Geräte seine Identität. Dann öffnete sich die letzte Tür, die aus einer dicken Metallplatte bestand, und Anthony trat in einen großen, fensterlosen Raum.

Er setzte sich auf einen freien Platz an einem der Tische, die u-förmig zusammengeschoben waren und an denen rund ein Dutzend Leute saßen. Niemand hatte ein Handy oder ein Tablet vor sich liegen, nicht einmal einen Notizblock oder einen Stift. Von dem Dutzend Fernsehbildschirmen an den Wänden war nur ein einziger eingeschaltet. Worum auch immer es bei diesem Treffen ging, nichts davon sollte nach außen dringen.

Anthony schenkte sich Wasser ein und suchte den Raum nach bekannten Gesichtern ab. Er entdeckte Henry Hyde, der ihn vor fünfzehn Jahren angeworben hatte, als er noch studierte, und der sich jetzt zu ihm wandte und ihm zunickte.

Sein Gesicht schien alterslos, er konnte Mitte dreißig sein oder Mitte fünfzig. Und er hatte schon immer so ausgesehen, seitdem Anthony ihn kennengelernt hatte. Seine Kleidung wirkte wie eine Uniform: jedes Mal derselbe schwarze Anzug, schwarze Schuhe, ein weißes Hemd und eine schwarze Krawatte. Als rechne er damit, jeden Moment zu einem Begräbnis gehen zu müssen. Neben ihm saß Maddie Cordell, die Ministerin, deren Absätze so spitz waren wie ihre Zunge. Die anderen Anwesenden sah Anthony zum ersten Mal.

»Ladies und Gentlemen, wollen wir dann anfangen?«, sagte Hyde, zog eine Fernbedienung aus der Tasche und richtete sie auf einen der Bildschirme. Kurz darauf waren dort Livebilder von Eleanor Harrison zu sehen, der Abgeordneten von Anthonys Wahlkreis. Sie war die Bildungsministerin und eine resolute Person, und bis heute hatte Anthony sie noch nie ohne den hellroten Lippenstift gesehen, der gleichsam ihr Markenzeichen war. Jetzt aber trug sie kein Make-up, und unter den Augen hatte sie blaue Flecken und am Kopf eine Schnittwunde. Anthony fiel wieder ein, dass er neulich etwas davon gelesen hatte, dass sie ins Krankenhaus gebracht worden war, konnte sich aber nicht an Details erinnern.

»Von Jem Jones' tragischem Tod, der nun zwei Wochen zurückliegt, haben Sie sicher alle gehört«, fuhr Hyde fort. »Selbstverständlich sind unsere Gedanken in diesen schwierigen Zeiten bei ihrer Familie.«

Eine Welle der Erheiterung lief durch den Raum. Nur Anthony blieb ernst. Am liebsten hätte er die anderen angeschrien und ihnen gesagt, sie sollten still sein und ein bisschen Respekt zeigen, aber er wusste, dass er sich damit nur lächerlich machen würde. Also wartete er angespannt, bis Hyde seine Aufmerksamkeit auf ihn richten würde.

»Ich glaube, ich darf sagen, dass wir ohne Jems Unterstützung und Einflussnahme auf die Öffentlichkeit die letzten Wahlen nicht mit einer so deutlichen Mehrheit gewonnen und das neue Ehegesetz durch das Parlament gebracht hätten«, fuhr Hyde fort. »Aber die Zeiten ändern sich, und so auch die öffentliche Meinung. Und nachdem Freiheit Für Alle zu einer ernst zu nehmenden politischen Partei geworden ist, hatten wir keine andere Wahl, als zu härteren Mitteln zu greifen. Jem war ein Opfer, das wir bringen mussten, um der FFA Unterstützung zu entziehen und selbst wieder Oberwasser zu gewinnen. Ihr Tod war der angemessene Abschluss für ihre Ära.«

»Aber ist diese Ära wirklich vorbei?«, fragte Eleanor Harrison. »Ich hatte erwartet, dass sich die Gegner des Gesetzes nach ihrem Tod zurückhalten würden. Aber sie sind so aktiv wie nie zuvor.«

»Diese verdammten Terroristen von Freiheit Für Alle sind nicht besser als Selbstmordattentäter.«

»Selbstmordattentäter besitzen wenigstens den Anstand, sich selbst in die Luft zu sprengen«, erwiderte Harrison. »Aber die FFA krabbelt weiter herum wie ein Schwarm Kakerlaken.«

»Jems Anhänger und die FFA sollen sich weiter gegenseitig bekriegen«, sagte Hyde. »Und wenn der Krawall nachlässt, fachen wir das Feuer wieder an und sorgen dafür, dass es weiterbrennt.«

Anthony starrte auf den Tisch. Er wollte die blasierten und arroganten Mienen der anderen nicht sehen. Er war hier fehl am Platz. Keiner von ihnen wusste, dass er, indem er Jem umgebracht hatte, einen Teil von sich selbst verloren hatte.

»Die Meinungsforscher, die die sozialen Medien untersuchen, haben uns mehrfach bestätigt, dass der Großteil der

Öffentlichkeit das Gesetz weiterhin gutheißt und auch weiterhin Freiheit Für Alle für Jems ›Selbstmord‹ verantwortlich macht«, fügte Hyde hinzu.

Einer der Anwesenden, der sich die Dreadlocks über dem Kopf zusammengebunden hatte, schnaubte. »Sind das dieselben Meinungsforscher, die vorhergesagt haben, dass Schottland nach dem Referendum im Vereinigten Königreich bleibt oder dass wir nach wenigen Jahren wieder in der EU sind?«

»Meinungsforschung ist keine exakte Wissenschaft, und es gibt immer eine gewisse Fehlertoleranz«, erwiderte Hyde unwirsch. »Und das Verhalten der Wähler war schon immer schwer vorherzusagen.« Er öffnete den obersten Knopf seines Oversize-Sakkos. »Aber jetzt zu dem, was uns aktuell beschäftigt. Und hier kommen Sie ins Spiel, Anthony. Uns steht eine neue Ära bevor, die uns weitreichende Möglichkeiten eröffnen wird, und wir möchten, dass Sie hierfür eine Strategie entwerfen. Das ist ehrgeizig, aber unerlässlich, wenn wir wollen, dass sich unser Land weiterhin gedeihlich entwickelt. Und es wird sich auf fast alle Familien unmittelbar auswirken, vielleicht sogar noch stärker als die Einführung des Audite.«

Anthony hörte gespannt zu, eher besorgt als neugierig, als Hyde das Vorhaben erläuterte. Und je mehr er hörte, desto fester klammerten sich seine Finger an die Stuhllehnen, als versuche er verzweifelt, sich in einem Treibsandstrudel an der Oberfläche zu halten.

»Ich hoffe, Sie sind alle damit einverstanden«, schloss Hyde fast eine Stunde später. »Wenn wir das Vereinigte Königreich innerhalb der nächsten Generation fit für die Zukunft machen wollen, ist das der Weg, den wir beschreiten müssen.«

Jetzt hob Anthony den Blick und sah sich rasch in alle Richtungen um. Manche der Anwesenden schienen zuzustimmen, andere wirkten skeptisch. Er fragte sich, ob jemand insgeheim so durch und durch angewidert war wie er.

»Was meinen Sie dazu, Anthony?«, fragte Hyde plötzlich. »Ich vermute, Sie können unverzüglich damit beginnen, oder?«

Anthony wollte erwidern, dass er das *nicht* konnte, dass das einen Schritt zu weit ging, dass Hyde sich zum Teufel scheren und sich eine andere Marionette suchen sollte, die das für ihn erledigte. Er wollte aufstehen, den Raum verlassen und alles vergessen, was er gerade gehört hatte. Sie sollten alle wissen, dass er, seitdem er Jem umgebracht hatte, die Welt mit völlig anderen Augen sah. Dass er nur noch zurück zu seiner Frau und zu seinem Sohn wollte, das Haus verkaufen und den nächsten Flug nach Saint Lucia nehmen, wo sie ein neues Leben anfangen könnten, weit weg von dem Wahnsinn hier. Nur war noch nichts von alldem möglich.

»Natürlich«, antwortete er und nickte, so wie er die letzten fünfzehn Jahre genickt hatte. »Natürlich kann ich das.«

25

Corrine

»Das kann nicht nachverfolgt werden, wenn du suchst, oder?«, fragte Corrine mit vor Furcht leicht belegter Stimme.

Die Person unbestimmbaren Geschlechts, die neben ihr vor einer Tastatur saß, gab ihr mit einem Blick aus den Augenwinkeln zu verstehen, dass das eine dämliche Frage war. *Natürlich kann das nicht nachverfolgt werden,* dachte Corrine. Als ehemaliges Mitglied des heute nicht mehr existierenden Kollektivs hatte sich die Person der Verhaftung entzogen, obwohl alle, die damit in Verbindung gestanden hatten, weltweit gejagt worden waren. Sie war kein Anfänger.

»Wie heißt der Junge noch mal?«, fragte die Person in einem akkuraten Ton, der in starkem Kontrast zu der abgewetzten Baseballmütze, der Jeans und der Armeejacke in Tarnfarben stand.

»Nathan. Den Nachnamen weiß ich nicht.«

Corrine verstand nichts von dem, was die Person eintippte, aber es sah wie Programmiersprache aus. Kurz darauf erschien auf dem Bildschirm das Logo des Old Northampton General Hospital. »Nathan Taylor«, las die Person vom Bildschirm ab. »Wurde vor dem Eingang der Notaufnahme gefunden; aufgenommen von Assistenzarzt Noah Stanton-Gibbs, der gerade zum Nachtdienst kam.«

»Ja, das ist er«, sagte Corrine aufgeregt. »In welchem Zustand ist er?«

»Gestern Abend: nicht ansprechbar, aber stabil. Bei einer toxikologischen Untersuchung wurden drei Substanzen in seinem Körper nachgewiesen: ein Betäubungsmittel, ein halluzinogener Stoff, und das dritte ist … oh, das ist interessant: ein Medikament gegen Impotenz.«

»Und was passiert jetzt mit ihm?«

»Sehe ich aus wie ein Arzt oder eine Ärztin?«

Corrine überlegte. »Kannst du auch noch die Akte von jemand anderem suchen?«

»Von wem?«

»Von Eleanor Harrison, der Ministerin. Sie müsste in die Privatklinik in New Northampton gebracht worden sein.«

Harrisons Akte erschien noch schneller auf dem Bildschirm als die von Nathan. »Sie ist schon wieder entlassen worden. Sie hatte nur eine leichte Kopfverletzung.«

»Das kann nicht sein. Das muss eine andere Harrison sein.«

»Es ist die einzige, die hier verzeichnet ist.«

»Wie kann sie sich denn so schnell wieder erholt haben? Noch letzte Woche hieß es in den Nachrichten, dass sie auf der Intensivstation sei. Und dass ihr Zustand ernst sei.«

»Und das wäre jetzt das erste Mal, dass eine Ministerin oder jemand von ihren Leuten die Unwahrheit sagt, oder? Hier steht, sie hatte eine leichte Verletzung am Foramen supraorbitale – ich glaube, das ist direkt über den Augenbrauen – und wurde nach einem Tag entlassen.«

Corrine schüttelte den Kopf.

»Wo ich schon mal hier bin: Brauchst du sonst noch was? Das Passwort für die Downing Street? Eine Liste sämtlicher Mitglieder der Illuminaten? Die gibt es übrigens wirklich …«

»Nein, aber vielen Dank.«

Die Person nickte und stand auf. »Schau auf dein Handy«, sagte sie. Corrine warf einen Blick auf das Display. Dort stand eine Telefonnummer, darunter eine Nachricht. »Merk sie dir, für den Fall, dass du mich noch mal brauchst. Sie verschwindet in zwanzig Sekunden.« Corrine tat wie ihr geheißen. Kurz darauf waren die Nachricht und die Person verschwunden.

Nun wieder allein, nippte sie an ihrem lauwarmen Kaffee. Sie nahm ihr Telefon noch einmal zur Hand, rief in ihrer Cloud einen Ordner mit dem Titel »Deko-Ideen« auf und öffnete ein Video, das sie noch nie jemandem gezeigt hatte. Auch sie selbst hatte es noch kein einziges Mal angesehen, seitdem sie es aufgenommen hatte. Die Aufnahme war verwackelt und dauerte etwa zehn Minuten. Eine Stelle irritierte sie. Zweimal spulte sie zurück, um sich die Szene noch einmal anzusehen.

In dem Spiegel in Eleanor Harrisons Wohnung sah Corrine sich selbst. Harrison lag bewusstlos vor ihr auf dem Boden. Von Corrines Hand tropfte Blut.

26

Roxi

Die blecherne Warteschleifenmusik trug nicht gerade dazu bei, dass Roxi sich beruhigte. Ihr Handy lag auf dem Esszimmertisch, und die sich unablässig wiederholende Melodie füllte das Schweigen, das zwischen ihr und Owen herrschte. Beide starrten das Telefon an und warteten darauf, dass sich am anderen Ende der Leitung wieder jemand meldete.

Um sich abzulenken, las Roxi immer wieder die digitale Anzeige, die gestern Abend in ihrem Posteingang gelandet war. Es war das erste Mal, dass sie für eine Zusammenarbeit bezahlt wurde, im Rahmen einer landesweiten Werbekampagne für die Wiederverwendung von Hochzeitsringen. Aber der Glanz, den dieser erste Erfolg verströmt hatte, wurde durch das endlose Warten allmählich stumpf.

»Warum dauert das denn so lange?«, fragte Roxi.

»Keine Ahnung«, meinte Owen und ging zum Hahn mit kochendem Wasser, um für sie beide Tee zu machen. »Aber selbst wenn man mal jemanden an die Strippe kriegt, sagen sie einem nichts.«

»Dass wir in Stufe eins sind, ist garantiert deine Schuld.«

»*Meine* Schuld?«

»Ja klar! Das Ding reagiert auf negative Äußerungen. Es erkennt, wenn einer der beiden Ehepartner den anderen nicht unterstützt. Und in letzter Zeit gab's da ja genug, worauf es reagieren konnte.«

»Natürlich, weil du der umgänglichste Mensch auf der Welt bist, oder?«

Eine Stimme unterbrach sie. »Audite Kundenservice, vielen Dank, dass Sie sich für eine Smart-Ehe entschieden haben. Was kann ich für Sie tun?«

»Das habe ich gerade schon Ihrer Kollegin erklärt«, sagte Roxi. »Unser Gerät muss defekt sein, denn es hat mir und meinem Mann mitgeteilt, dass wir auf Stufe eins gestellt wurden.«

»Oh, das tut mir leid. Das belastet Sie sicher. Ich sehe mir Ihren Account mal an. Einen Moment bitte, ich lege Sie kurz wieder in die Warteschleife.«

»Boaah!«, stieß Roxi hervor, als die Warteschleifenmusik wieder einsetzte. »Ich hab nicht so viel Zeit!«

»Warum, hast du Wichtigeres zu tun, als dich um unsere Ehe zu kümmern?«

Roxi reagierte auf diese Stichelei mit dem wütenden Blick, den Owen dafür verdiente. »BBC News und die Frau, die das Morgenmagazin moderiert, wollen mich beide in ihren Sendungen haben, damit ich über mein Video von gestern Abend spreche, in dem ich dafür plädiere, dass in allen Sozialwohnungen Audites installiert werden.«

»Mein Gott, Rox«, sagte Owen mit einem Seufzen. »Warum knöpfst du dir denn jetzt auch noch die Sozialwohnungen vor?«

»Ich knöpfe mir überhaupt niemanden vor. Ich finde nur, wenn man arbeitslos ist oder in Teilzeit arbeitet und von der Gemeinde eine Wohnung bekommt, dann sollte man nicht bis zehn Uhr im Bett liegen. Dann sollte man schon längst unterwegs sein und sich Arbeit suchen oder zumindest einen

Job, der besser bezahlt ist. Ein Audite würde solche Leute unter Kontrolle halten.«

»›Solche Leute‹? Wie redest du denn da? Und wer soll deine Meinungen unter Kontrolle halten?«

Die Stimme am anderen Ende der Leitung meldete sich wieder. »Audite Kundenservice, vielen Dank, dass Sie sich für eine Smart-Ehe entschieden haben. Wir haben jetzt Ihr komplettes System überprüft und neu gestartet, dabei aber keinen Fehler an Ihrem Gerät feststellen können.«

»Und wieso haben Sie uns dann hochgestuft?«

»Darüber liegen mir leider keine Informationen vor. Dafür ist eine andere Abteilung zuständig. Soll ich Sie mit den Kollegen verbinden?«

»Ja«, antwortete Roxi missmutig, als die Warteschleifenmusik wieder einsetzte.

Sie nahm ihr Tablet zur Hand und sah die aktuellen Auswertungen durch. Die Zahlen ihrer Follower auf TikTok, Instagram und Facebook waren signifikant gestiegen, und ihr Hashtag #IchMachsBesserDuAuch? hatte auf Twitter allein in der letzten Stunde über dreitausend Retweets bekommen. Die meisten User stimmten Roxi zu, vor allem die Opfer häuslicher Gewalt. Auch Freunde und Verwandte von Opfern von Terroranschlägen meldeten sich zu Wort; sie waren der Meinung, dass Leben hätten gerettet werden können, wenn die Gespräche radikaler Gruppen im ganzen Land überwacht worden wären.

Doch unter all den Äußerungen fanden sich, wie zu erwarten war, auch zahlreiche Beschimpfungen. In der Schule hatte Roxi zwar nicht immer gut aufgepasst, aber selbst sie wusste, dass man nicht gleichzeitig Faschistin und Kommunistin sein konnte.

»Warum kriegt diese hohlköpfige Schlampe überhaupt Sendezeit?«, lautete ein Post.

»Wollen wir mal dafür sorgen, dass ihr Audite zu hören kriegt, wie wir sie fertigmachen?«, schrieb ein anderer User.

»Die muss beseitigt werden, sonst wird sie die nächste Jem Jones«, so eine dritte Stimme.

Bevor sie diese Posts meldete, retweetete Roxi sie unter ihrem Hashtag und fügte jeweils einen Smiley hinzu, um die unbekannten Verfasser noch weiter zu reizen.

Auf ihrem YouTube-Kanal entdeckte sie jedoch einen Kommentar, der sie mehr beschäftigte als die anderen.

»Warum kriegt diese armselige, mittelalte Hausfrau mit Falten im Gesicht überhaupt Luft zum Atmen?«, stand da. »Eine gescheiterte Videobloggerin in einer lieblosen Ehe, die in Jem Jones' Fußstapfen treten will, solange sie noch sichtbar sind. Schwing lieber wieder Klobürsten und sing ein Loblied auf Warzensalben, Oma.«

Offenbar kannte der Troll ihre frühen Videoblogs. Weil ihr der Username – @IchSagJaBloss – noch nie aufgefallen war, sah sie ihn sich näher an. Seine Beschimpfungen hatten es nur auf eine Person abgesehen: Roxi.

Aus ihrem Handy kam erneut eine Stimme. Es war schon die dritte, aber sie spulte denselben Eröffnungssatz mit derselben Begeisterung ab wie die beiden zuvor. Dann fuhr sie fort: »Vermutlich möchten Sie wissen, warum Ihre Ehe auf Stufe eins gestellt wurde?«

»Ja, genau«, antwortete Roxi.

»Leider kann ich Ihnen darüber keine Auskunft erteilen.«

»Und warum nicht?«

»Wie in Ihrem Ehevertrag gemäß dem Gesetz über die Unantastbarkeit der Ehe festgehalten ist, sind wir nicht dazu verpflichtet, Ihnen darzulegen, warum unsere Algorithmen entschieden haben, dass Sie in Ihrer Beziehung Unterstützung benötigen.«

»Sie glauben also, dass wir Eheprobleme haben, aber Sie wollen mir nicht sagen, welche? Aber wie sollen wir denn die Probleme lösen, von denen Sie glauben, wir hätten sie, wenn wir nicht wissen, um was für Probleme es geht?«

»Um Sie in der aktiven Gestaltung Ihrer Ehe zu unterstützen, wurde auf allen Ihren fest installierten und tragbaren Geräten die Funktion des erweiterten Zuhörens und Nachverfolgens aktiviert. Sie werden künftig regelmäßig Nachrichten mit entsprechenden Ratschlägen erhalten. Sämtliche Inhalte, die Sie selbst oder andere in sozialen Medien veröffentlichen oder die Ihnen durch automatische Gesichtserkennung an öffentlichen Orten zugeordnet werden, können ab sofort herangezogen werden, um über das weitere Vorgehen zu entscheiden. In Ihrer Firma wurde eine Kontaktperson für Eheangelegenheiten informiert, die sich in Kürze mit Ihnen in Verbindung setzen wird. Noch einmal vielen Dank dafür, dass Sie sich für eine Smart-Ehe entschieden haben.«

Die Mitarbeiterin beendete das Gespräch, noch bevor Roxi sie mit Schimpfwörtern überziehen konnte. Owen zeigte sich unbeeindruckt.

»Das war alles? Soll das ein Scherz sein?«, rief Roxi.

»Wir haben das damals so unterschrieben.«

»Wir haben unterschrieben, dass wir Steuervergünstigungen und ein größeres Haus bekommen. Darauf warten wir bis heute. Hast du mal nachgefragt, warum das so lange dauert?«

»Viele Leute würden alles dafür geben, so ein Haus wie das hier zu haben.«

»Dann sollen sie mal alles geben, und zwar uns!«

»Und wir haben einfach noch kein neues Haus bekommen, weil die Smart-Wohngebiete noch im Bau sind.«

»Und das Auto, das du mir versprochen hast, ist das auch noch im Bau? Ich hab die Schnauze voll von diesen Fahrgemeinschaften mit den Nachbarn, die ich dann auch noch eine Woche im Voraus buchen muss, wenn ich ausgehen will und du dein Auto selbst brauchst.«

»Dadurch trägst du dazu bei, dass weniger Autos auf den Straßen unterwegs sind, und das ist gut für …«

»Das ist mir scheißegal!«, rief Roxi wütend und vergrub das Gesicht in den Händen. »Du kapierst es einfach nicht. Wenn rauskommt, dass wir auf Stufe eins sind, dann zerstört das meinen Ruf, und das ausgerechnet jetzt, wo es für mich allmählich losgeht. Ich kann den Leuten doch nicht die künstliche Intelligenz als Heilsbringer verkaufen, wenn dieses verdammte Teil uns fertigmacht. Das könnte mein Aus bedeuten.«

»Hast du schon mal daran gedacht, dass es uns auch helfen könnte?«, fragte Owen. Aber darauf konnte Roxi nicht antworten.

»Springen Sie nicht andauernd von einem Thema zum nächsten, wenn Ihr Partner versucht, sich auf Sie einzulassen«, meldete sich der Audite zu Wort. »Denken Sie immer daran: Lieben bedeutet Zuhören.«

Das war sie, die Stufe eins.

»Leck mich«, murmelte Roxi und rannte hinaus, getrieben von der Horrorvorstellung, dass in den kommenden Wochen laufend solche Nachrichten auf sie herabregnen würden.

27

Jeffrey

»Sie hatten gesagt, dass es Liebe auf den ersten Blick war, zumindest für Sie, Luca«, sagte Jeffrey.

Er lehnte sich entspannt in einem Ledersessel zurück, während Luca und Noah ihm gegenüber aufrecht auf einem Sofa saßen, Noah links und Luca rechts. Diese Anordnung hatte sich in den ersten beiden Wochen ihres Zusammenseins eingespielt. Noah hatte wie üblich Lucas Hand ergriffen, als wolle er sein Revier markieren. Je mehr Jeffrey versuchte, diese Geste zu ignorieren, desto mehr beschäftigte und ärgerte sie ihn.

»Sie haben den Audite nicht ausgeschaltet«, sagte Noah.

»Nein«, bestätigte Jeffrey.

»Und warum nicht?«

»Das ist kein fester Bestandteil der Sitzungen. Es liegt in meinem Ermessen, ob es sinnvoll ist oder nicht.«

Noah rutschte hin und her. Wie Jeffrey zufrieden feststellte, schien er sich unwohl zu fühlen. »Wenn es Liebe auf den ersten Blick war und Sie damals schon wussten, dass daraus etwas Langfristiges wird, warum wollten Sie dann heiraten?«

»Das eine ist die emotionale Verbindung, die dadurch gestärkt wird, und die gegenseitige Verpflichtung«, sagte Luca. »Abgesehen davon waren wir damals schon sechs Jahre lang zusammen und wollten Kinder. Also lag es nahe zu heiraten. In den Familien, aus denen wir stammen, herrscht ein enger Zusammenhalt, und unsere Eltern sind noch immer zusammen. Warum also nicht heiraten?«

»Das ist ein sehr guter Grund«, sagte Jeffrey. »Viele Psychologen sind der Ansicht, dass die Entwicklung eines Kindes stark davon beeinflusst wird, wie hoch oder niedrig die emotionale Intelligenz in der Beziehung der Eltern ist.«

»Ich hatte nie die Absicht zu heiraten«, warf Noah ein, »und das habe ich Luca auch von Anfang an gesagt.«

»Warum?«, fragte Jeffrey.

»Ich finde, der Druck auf queere Paare, zu heiraten, ist einfach zu groß. Man sollte das nicht von allen erwarten. Und ich fürchte, dass die Unverheirateten glauben, dass wir, die Verheirateten, ihre Beziehungen als weniger wert erachten als unsere eigenen.«

»Und warum haben Sie dann doch zugestimmt?«

»Weil es Luca so viel bedeutet. Und dann natürlich wegen der Vorteile, über die man ja bekanntlich nicht sprechen darf.« Er machte eine Geste, als würde er seine Lippen mit einem Reißverschluss verschließen.

Jeffrey sah ihn fragend an, als verstehe er die Anspielung nicht ganz. Er wusste genau, was Noah meinte, aber er wollte, dass er es aussprach.

»Die Anreize«, fuhr Noah fort. »Steuererleichterungen, private Krankenversicherung, Befreiung von der Grunderwerbssteuer, zinsfreie Darlehen … Niemand gibt es zu, aber das sind doch die wahren Gründe für die meisten Smart-Ehen, oder?«

»Nicht bei den meisten, würde ich sagen«, erwiderte Jeffrey.

»Für uns jedenfalls war das alles nicht ausschlaggebend«, stellte Luca klar.

»Dann haben Sie also von keiner dieser praktischen Vergünstigungen profitiert, Luca?«

»Doch, schon, aber …«

»Und wenn es diese Anreize nicht gegeben hätte?«, fragte Jeffrey weiter. »Keine Zuschüsse zu Hypotheken, kein Haus in einem modernen, wohlhabenden und neu gestalteten Stadtbezirk wie diesem, kein zinsloser Kredit für die jüngsten Modelle selbstfahrender Autos wie die, die in Ihrer Einfahrt stehen? Hätten Sie den Sprung dann trotzdem gewagt?«

»Natürlich«, sagte Luca.

»Ja, wahrscheinlich, irgendwann dann schon«, ergänzte Noah.

»›Irgendwann dann schon‹«, wiederholte Jeffrey. »Also wären Sie ohne diese Anreize heute möglicherweise nicht verheiratet.«

»Das habe ich so nicht gesagt. Vielleicht hätten wir früher oder später trotzdem geheiratet.«

»›Früher oder später‹«, wiederholte Jeffrey erneut Noahs Worte, während Luca Noah seine Hand entzog.

»Allerdings wünsche ich mir inzwischen manchmal, wir hätten es nicht getan«, sagte Noah leicht pikiert und verschränkte die Arme. »Denn dann säßen wir jetzt nicht hier mit einem Fremden, der unsere Beziehung seziert. Wozu soll das denn dienen? Das haben wir noch immer nicht verstanden.«

Jeffrey wischte auf seinem Tablet ein paar Seiten weiter. »›Du bist so ein Arsch; Du hast doch keine Ahnung, wovon du da redest; Verdammt noch mal, hör auf, dich wie eine offene Hose zu benehmen; Ich hab grad zu tun, kann ich dich wann anders ignorieren?; Bist du bescheuert?; Wie lange dauert es, bis man geschieden ist?‹«

Seine Klienten sahen ihn verdutzt an.

»Das sind alles Aussagen von Ihnen, die Ihr Audite aufgezeichnet hat«, fuhr Jeffrey fort. »Dazu noch dreiundzwanzig Mal ›Leck mich‹, fünfzehn Mal ›Arschloch‹, sechs Mal ›Halt's Maul‹ und fünf Mal ›Pech für dich, wenn dir das nicht passt‹.«

»Das ist doch alles völlig aus dem Zusammenhang gerissen«, protestierte Noah. »Wir sind nun mal so, wir verarschen uns andauernd gegenseitig. Das ist alles nicht so gemeint. Das ist alles nur Scherz.«

»Das System berücksichtigt ›eine gewisse Fehlertoleranz für Sarkasmus und schlagfertige Antworten‹, aber Ihre Gespräche überschreiten diesen Rahmen deutlich. Und deshalb sitzt Ihnen jetzt ein Fremder gegenüber und seziert Ihre Ehe.«

Ein Klingeln aus Jeffreys Tablet erinnerte sie an die planmäßige fünfzehnminütige Pause. Alle drei standen auf. Luca schenkte sich Kaffee ein, und sein Stirnrunzeln verriet, dass eine gewisse Unzufriedenheit in ihm gärte. Noahs Stimmung dagegen war kaum zu erahnen. Doch plötzlich wurde er bleich.

»Scheiße!«, sagte er, während er auf seinem Handy herumwischte. »Scheiße, Scheiße, Scheiße!«

»Was ist los?«, fragte Luca.

»Beccy hat geschrieben. Sie will erst mal nicht weitermachen.«

»Was? Wieso das denn?«

»Na, warum wohl?« Noah sah Jeffrey an. »Ich wusste doch, dass er ihr neulich im Café was erzählt hat. Sie war danach so still.«

»Lies doch mal vor.«

»»Hi, ihr beiden, es tut mir echt wahnsinnig leid, aber ich habe lange darüber nachgedacht und finde, wir sollten auf unserem gemeinsamen Weg erst mal eine Pause einlegen, bis ihr eure Beziehung geklärt habt. Seid mir nicht böse, aber wenn ich schwanger werde und es zwischen euch nicht mehr läuft, dann bin ich diejenige, die schwierige Entscheidungen treffen muss. Ich wisst, wie sehr ich euch liebe, und wenn die Dinge wieder im Lot sind, dann machen wir weiter. Versprochen. Alles Liebe.‹«

Als er die Enttäuschung in Lucas Gesicht sah, durchfuhr Jeffrey ein stechendes Schuldgefühl. Doch anstatt dass die beiden einander trösteten, suchte Noah sofort einen Schuldigen.

»Was haben Sie ihr erzählt?«, fuhr er Jeffrey an.

»Nichts, was nicht den Tatsachen entsprochen hätte«, erwiderte Jeffrey.

»Und was genau war das?«

»Beccy hat mich gefragt, was aus dem Baby wird, wenn sie schwanger ist und Sie beide auch nach Stufe drei nicht wieder zusammenfinden. Ich habe ihr die Wahrheit gesagt: dass das Gericht das Kind dann einem von Ihnen zusprechen oder anordnen kann, dass es zur Adoption freigegeben wird. Das steht auch alles im Leihmutterschafts-Portal.«

»Aber Sie hätten es ihr nicht noch mal unter die Nase reiben müssen!«, blaffte Noah, stürmte hinaus und schlug die Haustür krachend zu.

Luca wollte ihm schon nachgehen, aber Jeffrey fügte noch etwas hinzu. »Es tut mir leid, aber ich musste Beccy auf ihre Fragen eine ehrliche Antwort geben.«

»Ich weiß, aber Noah kommt nicht damit klar, wenn er die Dinge nicht unter Kontrolle hat. Und dass wir jetzt auf Stufe zwei sind, macht ihm ziemlich zu schaffen.«

Jeffrey bemühte sich, seine Genugtuung zu verbergen. Als Luca zur Tür ging, fragte er: »Und wie geht es Ihnen mit Beccys Entscheidung?«

»Ich respektiere sie und mache Beccy keine Vorwürfe. Und Ihnen genauso wenig …«

»Ich bin übrigens nicht nur Beziehungsbegleiter, sondern ich kann auch gut zuhören«, sagte Jeffrey und legte Luca in einer sanften Geste eine Hand auf die Schulter.

»Danke«, sagte Luca mit einem schwachen Lächeln. »Aber ich sollte mich jetzt wirklich um Noah kümmern.«

»Natürlich. Klar«, sagte Jeffrey.

Doch er war sicher, dass er nicht der Einzige war, der das Kribbeln zwischen ihnen beiden spürte.

28

Corrine

Als Corrine die Haustür öffnete, schlugen ihr dicke Schwaden von grauem Zigarrenrauch entgegen.

Sie folgte der Spur des Tabakgeruchs durch das ganze Haus bis in Mitchells Zimmer. Er lag auf dem Sofa, hatte die nackten Füße auf dem Couchtisch abgelegt und guckte auf einem Fernseher, der fast die gesamte Wand einnahm, ein Fußballspiel. In seinem Schoß lag eine Schachtel Popcorn, auf dem Boden vor ihm eine Bierflasche, und der Boden war von Fast-Food-Verpackungen übersät. In einem halbvollen Aschenbecher qualmte eine dicke Zigarre.

»Kannst du nicht wenigstens ein bisschen lüften?«, fragte Corrine und öffnete per Knopfdruck die Faltschiebetür, die auf die Terrasse führte.

»Das ist mein Zimmer, nicht deins«, erwiderte Mitchell, ohne Corrine eines Blickes zu würdigen.

»Aber es ist *unser* Haus, und der Rauch zieht durch alle Räume.«

»Dann soll die Haushaltshilfe die Lüftung einschalten.«

»Kannst du das nicht selbst machen?«

»Ich muss mir zurzeit so einiges selbst machen.«

Aus einem Lautsprecher war Gelächter zu hören, und Corrine bemerkte, dass noch andere Leute im Zimmer waren, wenn auch nur virtuell. Sie ging hinaus und schlug die Tür hinter sich zu, wütend auf sich selbst, weil sie sich von Mitchell hatte ärgern lassen.

Im Flur fiel ihr Blick auf das bewegte Bild in einem digitalen Fotorahmen, der auf einem Sideboard stand. Es war vor einem Jahr bei einer Silberhochzeit aufgenommen worden und zeigte Corrine und einige ihrer Freundinnen, die sie seitdem nur noch selten gesehen hatte. Auf der Aufnahme lächelte sie – so wie alle anderen –, aber ihr Lächeln wirkte so künstlich wie Mitchells Haartransplantat. Sie waren alle im selben Alter, doch Corrine sah älter aus als die anderen. Sie verzichtete schon lange auf Filler und Behandlungen, die die Muskeln lähmten, und alterte lieber auf natürliche Weise. Sie wollte auch gar nicht so aussehen wie die anderen auf dem Video, mit ihren Brustimplantaten, ihrer abgeschliffenen Haut, ihren gelifteten Gesichtern, gestrafften Bäuchen und ihren Designervaginas. Und sie versuchte auch nicht mehr, ihren Mann zu beeindrucken, der sich schon vor Langem von ihr abgewandt hatte.

Mitchell war nicht mehr der Mann, in den sie sich verliebt hatte. Als sie sich kennengelernt hatten, hatten sie seine Persönlichkeit, seine Arbeitsmoral und seine Ambitionen ebenso sehr angezogen wie seine dunkelbraunen Locken, seine leuchtend blauen Augen und das vereinzelte Grübchen auf der linken Wange.

»Der Bursche kann so charmant sein, dass einer Wespe die Streifen abfallen«, hatte ihre Mutter sie gewarnt. Corrine jedenfalls war seinem Charme erlegen, als sie sich auf einer Party bei gemeinsamen Freunden kennengelernt hatten. Er arbeitet damals in einem Team, das mehrere Großbaustellen überwachte, und Corrine lehrte an einer Kunstschule keramisches Gestalten. Zwei Jahre später heirateten sie, und als sie von ihrer Hochzeitsreise nach Thailand zurückkehrten, war Corrine schwanger.

Mit fünfunddreißig hatte Mitchell seine eigene Baufirma gegründet, und zwei Jahre später war die Ausschüttung, die ihm vertragsgemäß zustand, erstmals siebenstellig. Doch im Lauf der Zeit wurde ihm sein voller Säckel immer wichtiger als seine Familie, und Corrine fühlte sich immer mehr an den Rand gedrängt. Doch anstatt Mitchell darauf anzusprechen, rechtfertigte sie ihn insgeheim und redete sich ein, dass er nur um der Familie willen alles dem beruflichen Erfolg unterordnete. Und den Wohlstand, den der Geldsegen brachte, hatte sie immer genossen. Erst nach weiteren zehn Jahren konnte sie sich eingestehen, dass sie sich gewaltig getäuscht hatte und sie und Mitchell sich immer mehr voneinander entfernten.

Corrine begriff nicht, warum Mitchell so versessen auf Geld war, und er konnte nicht verstehen, warum sie so gar nicht daran interessiert war. Lange Zeit versuchte sie, das Feuer, das anfangs zwischen ihnen gebrannt hatte, wieder zu entfachen, indem sie ihm vorschlug, mehr Zeit miteinander zu verbringen, um sich nicht mehr so alleingelassen zu fühlen. Doch alle ihre Vorschläge – ein romantisches Wochenende zu zweit, ein gepflegtes Abendessen im Restaurant, ein Wellnesswochenende – schlug Mitchell beiläufig tot, als wären es lästige Fliegen. Corrine suchte nach Anzeichen dafür, dass er sie noch liebte – eine kurze Berührung am Arm im Vorübergehen, ein unverhofftes Lächeln oder vielleicht sogar ein Kompliment –, fand jedoch nichts.

Als Mitchell sich weigerte, eine Paartherapie zu machen, ging Corrine allein zu der Therapeutin. Nachdem sie ins Gästezimmer gezogen war, ließ sie in den ersten zwei Wochen die Tür nur angelehnt, in der Hoffnung, er würde eines Nachts auftauchen und sie bitten zurückzukommen. Doch stattdessen kaufte er sich einen größeren Fernseher.

Als er sich dagegen aussprach, dass sie in Teilzeit wieder keramisches Gestalten unterrichtete, konnte sie ihren Ärger nicht mehr im Zaum halten. Ohne es zu wollen, brach sie Streitigkeiten vom Zaun, nur um ihn zu einer Reaktion zu provozieren, sodass er zeigen musste, dass er ihr noch zuhörte. Aus kleinen Ärgernissen wurden riesige Probleme, aus Macken wurden Provokationen. Schlaglöcher in der Straße weiteten sich zu Erdspalten aus, und Mitchells schneidender Spott hinterließ Wunden.

»Du hast nicht die geringste Ahnung, wer ich bin, oder?«, hatte sie ihn einmal gefragt.

»Hast du wieder einen von diesen Selbsthilfe-Podcasts gehört?«, hatte er entgegnet.

»Weißt du, was mich glücklich macht? Wovor ich Angst habe? Was mir Kraft gibt? Weißt du, warum ich nachts nicht schlafen kann oder was mir Albträume bereitet? Und wenn ich es dir sagen würde, würde es dich auch nur im Geringsten interessieren?«

Mitchell hatte die Augen verdreht und nicht geantwortet. Sein Schweigen war Antwort genug gewesen. Nach diesem Gespräch war es endgültig vorbei. Corrine hatte gewusst, dass es an der Zeit war, ihr Leben selbst in die Hand zu nehmen und eigenhändig für ihr Glück zu sorgen.

Wie es den Anschein hatte, war sie damit nicht allein. Trotz des Stigmas, das der Scheidung anhaftete, und trotz der Tatsache, dass die meisten ihrer Freundinnen ihre Ehe upgraden ließen, gab es, wie eine Suche im Internet zeigte, Tausende Menschen, die in einer vergleichbaren Situation waren wie sie. Ein wenig Trost verschaffte ihr auch die Feststellung, dass es dafür eine eigene Bezeichnung gab: »Silber-Scheidung«. Die Bevölkerung wurde immer älter, und immer weniger Menschen, die in ihrer Ehe unglücklich waren, wollten darin bleiben, bis dass der Tod sie schied. Für die dreißig oder vierzig Jahre, die ihnen noch blieben, wollten sie mehr, und sie waren bereit, noch einmal von vorn anzufangen, um dieses Mehr zu finden. Viele der Betroffenen nutzten Match Your DNA, um den Menschen zu finden, zu dem sie gehörten. Corrine hatte sich jedoch nie dazu entschließen können. Sie war zu desillusioniert, um an die Existenz von Seelenverwandten zu glauben.

Zu ihrem großen Glück hatten sie ihre Ehe nicht auf eine Smart-Ehe upgegraded. Eine traditionelle Scheidung war weitaus leichter auszuhandeln. Freunde hatten sie oft gefragt, warum sie kein Upgrade gemacht hatten. Aber schon lange bevor sie über Scheidung gesprochen hatten, hatte Mitchell groß getönt, das sei überflüssig, weil es sich finanziell kaum lohnen würde. Später fragte Corrine sich, ob nicht auch er damals in Wahrheit schon gewusst hatte, dass sie sich auseinandergelebt hatten.

Als Corrine ihm dann mitteilte, sie wolle, dass ihre Ehe zu Ende ging, protestierte er nicht und versuchte auch nicht, sie umzustimmen. Er fragte nicht einmal nach den Gründen. Er verlangte nur, dass sie noch die sechs Monate abwarteten, bis Nora und Spencer zum Studium weggegangen waren, bevor sie es den Kindern sagten. Ihre Freunde und die Nachbarn würden es kurz danach erfahren. Corrine fragte sich, wie viele dann noch den Kontakt aufrechterhalten würden. Mit jemandem befreundet zu sein, der geschieden war, war in etwa so, wie eine infektiöse Krankheit zu haben.

Sie hatte ein wenig Geld zur Seite gelegt, und als Geschäftsführerin in Mitchells Firma standen ihr jährliche Dividenden und eine gut dotierte Betriebsrente zu. Bezüglich der Finanzen und der Eigentumsverhältnisse gab es kaum etwas zu verhandeln, und die Anwälte hatten sich rasch geeinigt. Das Haus würde an Mitchell gehen. Corrine hatte kein Interesse, sich darin allein auszubreiten und mehr Nebenkosten und höhere Steuern zu zahlen, nur weil sie sich aus freien Stücken für eine Scheidung entschieden hatte. Also würde sie sich verkleinern und an einem anderen Ort in den nächsten Lebensabschnitt starten. Sie würde nicht zu arbeiten brauchen, aber sie hatte nicht vor, auf der faulen Haut zu liegen.

Bis es so weit war, lebten sie und Mitchell weiterhin zusammen, aber getrennt. Sie hatten zu allen Dingen gegensätzliche Meinungen, von der Einwanderung über das Bildungswesen bis hin zu Politik und Umweltschutz, und seit Kurzem auch zum Gesetz über die Unantastbarkeit der Ehe. Ihre Diskussionen verliefen meist so, dass Mitchell ihr zuhörte, sich aber nicht für das interessierte, was sie sagte. Zum Abschluss winkte er ab, als schicke er eine Kellnerin weg, nicht ohne Corrine daran zu erinnern, dass sie keine Ahnung hatte, wovon sie redete.

Oft kam ihr der Rat in den Sinn, den ihr ihre Therapeutin während der Solo-Eheberatung gegeben hatte: »Wenn Sie mit einem negativen Verhalten konfrontiert sind, das Sie nicht leiden können, versuchen Sie, ein positives Verhalten zu finden. Und wenn es noch so klein ist. Wenn Sie nur aufmerksam genug hinsehen, werden Sie eines finden.«

Das einzig Positive des heutigen Tages war, dass Mitchell in seinem Zimmer, vollgestopft mit ungesundem Essen, nicht aufgrund erhöhten Cholesterins einen Herzinfarkt erlitten hatte. Denn dann hätte Corrine sich verpflichtet gefühlt aufzuräumen, bevor der Krankenwagen kam. Und da hatte sie nun wirklich Besseres zu tun.

Wie Ihre Familie gewinnen kann, wenn sie Sie verliert

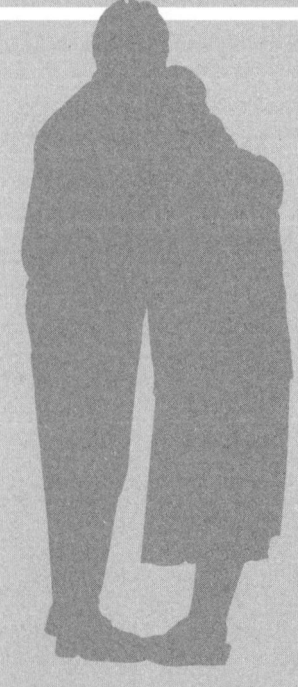

Wenn Sie erfahren, dass Sie an einer unheilbaren körperlichen oder geistigen Krankheit leiden, ist das ein **schwerer Schlag**, sowohl für Sie selbst als auch für Ihre Angehörigen. Doch auch die Sorge darum, welche Bürde das für Ihre Liebsten darstellt, kann eine schwere Belastung sein.

Falls es einmal so weit kommt, können Sie es allen Beteiligten – einschließlich sich selbst – leichter machen. Vertrauen Sie sich uns an; wir sorgen dafür, dass das Unvermeidliche **mühelos** vonstattengeht.

Kreuzen Sie in den Dokumenten für ein Upgrade auf eine **Smart-Ehe** das Kästchen bei **»Sicheres Geleit«** an. Wenn dann das Unausdenkbare geschieht und Sie nicht mehr in der Lage sind, selbst rationale Entscheidungen zu treffen, entscheiden Ihr Partner und unsere medizinischen **Fachkräfte**, wann der Zeitpunkt gekommen ist, dass wir Ihnen beistehen.

Wir bringen Sie in eine unserer **wunderschönen Landhaus-Residenzen**, wo unser speziell ausgebildetes Personal Sie respektvoll und fürsorglich betreut und dafür Sorge trägt, dass Sie schnell und sanft hinübergleiten.

Niemand möchte der eigenen Familie oder dem Gesundheitssystem zur Last fallen. Den Menschen, die Sie lieben, ein sorgenfreies Leben zu ermöglichen, ist das **Selbstloseste**, was Sie tun können.

Sicheres Geleit – Wo Sterbehilfe allen hilft

29

Arthur

»Mr. Foley«, sagte der junge Sekretär, der in einer Ecke des Warteraumes saß. »Mr. Warner ist jetzt für Sie da.«

Arthur rückte sich die Krawatte zurecht und ging durch die große Tür mit Milchglasscheiben in ein Büro, das ganz aus Glas und Eichenholz bestand. Dort erwartete ihn sein Anwalt, ein Mann von kleiner, rundlicher Gestalt und mit mehr Haaren im Gesicht als auf dem Kopf. Mit der einen Hand wies er auf zwei Ledersofas, in der anderen hielt er ein Tablet.

»Es freut mich sehr, Mr. Foley, dass wir uns endlich einmal persönlich sprechen und nicht immer nur über Video. Bitte, nehmen Sie doch Platz.« Er neigte den Kopf zur Seite und setzte sich Arthur gegenüber. »Wie ist es Ihnen in letzter Zeit ergangen?«

Arthur hatte keine Zeit für Small Talk, nicht zuletzt wegen des Stundensatzes, den Mr. Warner berechnete. »In Ihrer Nachricht sagten Sie, dass sich die Staatsanwaltschaft bei Ihnen gemeldet hat«, entgegnete er.

Warner beugte sich zu ihm vor. »Es tut mir leid, Ihnen das mitteilen zu müssen, aber die Staatsanwaltschaft hat angekündigt, ein strafrechtliches Verfahren einzuleiten.«

Arthur nickte. Damit hatte er gerechnet. »Weil ich Junes

Tod nicht gemeldet habe«, sagte er. Das Wort »Tod« kam ihm noch immer schwer über die Lippen.

»Ja, auch deshalb, aber es kommt noch ein weiterer Anklagepunkt hinzu. Die Rente, die Ihre Frau bezogen hat, sowohl die staatliche als auch die private, floss auf ein Gemeinschaftskonto, richtig?«

»Ja, davon haben wir die laufenden Kosten bestritten.«

»Weil Sie die Behörden nicht über den Tod Ihrer Frau informiert haben, liefen diese Rentenzahlungen danach weiter. Daher vermuten sowohl die staatliche als auch die private Rentenversicherung, dass Sie sich durch den Tod Ihrer Frau finanziell bereichert haben.«

»Das habe ich nicht!«, widersprach Arthur. »Meine Rente fließt auch auf dieses Konto, also war das mein Geld, das ich ausgegeben habe, und nicht das von June.«

»Können Sie das beweisen?«

»Nein, aber es war nie meine Absicht, jemanden zu betrügen. Und ich bin sofort bereit, alles zurückzuzahlen. Das kann ich noch heute erledigen.«

»Das glaube ich Ihnen, Mr. Foley, aber leider hat die Staatsanwaltschaft beschlossen, ein Verfahren gegen Sie einzuleiten.«

Arthur schüttelte den Kopf. Sein Atem wurde flacher und schneller. Er zog seinen Inhalator aus der Tasche und nahm ein paar Züge.

»Das ist doch absurd«, sagte er. »Ich habe mir in meinem ganzen Leben nie etwas zuschulden kommen lassen. Ich bin jetzt fünfundsiebzig und habe noch nicht mal einen Strafzettel wegen Falschparkens bekommen.«

»Leider wird das in diesem Fall nicht berücksichtigt. Eines der Versprechen, mit denen die jetzige Regierung in den Wahlkampf gezogen ist, lautete, in Fällen von Missbrauch der Sozialsysteme hart durchzugreifen. Und Ihr Fall liegt da in einer Grauzone.«

Arthur konnte die Tränen nicht mehr zurückhalten.

»Lassen Sie sich davon nicht zu sehr durcheinanderbringen«, sagte Mr. Warner und reichte ihm die Schachtel mit Taschentüchern, die auf dem Tisch stand. »Unter uns gesagt – aber das ist reine Spekulation –, ich glaube, man will an Ihnen ein Exempel statuieren.«

»Und warum?«

»Weil Sie und Ihre Frau sich beim Upgrade Ihrer Ehe nicht für die freiwillige Sterbehilfe entschieden haben.«

»Aber wir hatten einander doch versprochen, füreinander da zu sein, in Gesundheit und in Krankheit.«

»Das stimmt, aber weil Sie Unterstützung für pflegende Angehörige in Anspruch genommen und weiter die Rente Ihrer Frau bezogen haben, betrachtet man Sie beide als Belastung der Sozialsysteme. Daher wurde auch die Formulierung ›in Krankheit‹ aus dem Ehegelöbnis der Smart-Ehe gestrichen. Wenn bekannt wird, welche Folgen es hat, wenn man dieses Kästchen nicht ankreuzt und damit zustimmt, dass das Leben eines unheilbar kranken Angehörigen früher beendet wird, dann werden sich wohl mehr Leute dafür entscheiden.«

»Und wie geht es jetzt weiter?«

»Zunächst wird Anklage gegen Sie erhoben wegen Betrugs durch falsche Angaben sowie wegen Verhinderung des gesetzlich vorgeschriebenen und geziemenden Begräbnisses einer verstorbenen Person. Wie Sie sich verteidigen, ist natürlich Ihre Sache, aber das können wir später noch besprechen. Meine Aufgabe wird es sein, das Gericht davon zu überzeugen, dass Sie weder aus Habgier noch aus Heimtücke gehandelt haben und dass Sie durch die Trauer über den Verlust von Jane seelisch beeinträchtigt waren.«

»June«, blaffte Arthur ihn an. »Sie heißt June.«

Mr. Warner schloss die Augen und hob die Hände. »Verzeihung. June.«

»Und was, wenn man mir nicht glaubt? Wie hoch ist die Strafe, die ich dann zahlen muss?«

»Leider besteht hier im Falle eines Schuldspruchs die Möglichkeit einer Freiheitsstrafe.«

Arthur wurde bleich. Er glaubte, sich verhört zu haben. Erst hatte man ihm seine Frau genommen, und jetzt stand auch noch seine Freiheit auf dem Spiel. Mr. Warner holte aus einem Kühlschrank in einer Ecke des Raumes eine Flasche Wasser. Er schraubte sie auf und reichte sie Arthur, zusammen mit einem Glas. Hastig nahm Arthur mehrere Schlucke.

»Mr. Foley«, wandte sich Mr. Warner wieder zögerlich an Arthur. »*Arthur.* Es gibt einen Weg, wie wir das Gericht möglicherweise davon überzeugen können, dass Sie dieses Versehen wiedergutmachen wollen.«

»Und der wäre?«

»Ihr gegenwärtiger Beziehungsstatus ist weiterhin ›verwitwet‹, nicht wahr?«

»Natürlich.«

»Falls Sie sich dazu bereit erklären würden, an einem von der Regierung anerkannten Programm zur Rückführung teilzunehmen, würde das Gericht dies bei seinem Urteil vermutlich berücksichtigen.«

»Rückführung?«

»Es gibt mehrere behördlich zugelassene Websites, die sich speziell an Männer und Frauen wie Sie wenden. Dort können Sie Menschen kennenlernen, die sich in derselben Situation befinden wie Sie.«

»Sie … Sie wollen, dass ich anfange zu daten?«

»Ich weiß nur aus Erfahrung, dass die Staatsanwaltschaft nach Möglichkeit keine Paare auseinanderreißt. Wenn Sie sich also bei Abschluss des Verfahrens in einer Beziehung befinden, fällt das Urteil möglicherweise etwas mehr zu Ihren Gunsten aus. Haben Sie das Kleingedruckte in dem Vertrag zum Upgrade Ihrer Ehe gelesen?«

Arthur schüttelte den Kopf, woraufhin Mr. Warner ihm erklärte, dass, da June nun schon länger als sechs Monate tot war, die Trauer- und Karenzphase vorüber war und Arthur sich sofort nach neuen »Beziehungsoptionen« umsehen konnte. Dazu gab Mr. Warner ihm eine Kopie des Vertrages.

»»Menschen, die im fortgeschrittenen Alter allein leben, leiden häufiger unter Angstzuständen, sozialer Isolation, sensorischen Defiziten, seelischer Labilität sowie unter rascherem geistigem und körperlichem Verfall als Verheiratete«», las Arthur dort. »So ist das also?«, fragte er. »Wenn ich verwitwet bin und allein lebe, bleibt mir nur noch dieser Ausweg?«

Allein die Vorstellung, mit jemand anderem zu leben als mit June, verursachte ihm Übelkeit. Er schaffte es ohnehin nur unter größten Mühen, nicht mehr ihre Stimme zu hören oder morgens beim Aufwachen ihr Gesicht neben sich zu sehen. Dass dort eine Fremde liegen könnte, war unvorstellbar. Doch offenkundig war das die einzige Chance, die ihm blieb, wenn er eine Gefängnisstrafe vermeiden wollte.

»Wann … wann müsste ich denn damit anfangen … jemanden zu treffen?«

»Je früher Sie damit anfangen, desto positiver wird es sich für Sie auswirken. Eine Heirat oder eine Verlobung wären natürlich noch vorteilhafter.«

»Aber ich bin doch verheiratet! Mit June!«

»So schwer das für Sie auch sein mag, im Sinne des neuen Ehegesetzes ist sie nicht mehr Ihre Frau. Es tut mir sehr leid, aber sie zählt nun nicht mehr.«

Wieder tupfte Arthur sich die feuchten Augen trocken. »Für mich zählt sie sehr wohl noch.«

30

Anthony

Als Anthony sich seinem Haus näherte und schließlich in die Einfahrt bog, verlangsamte er das Tempo. Es lag Wochen zurück, dass er das letzte Mal joggen gewesen war, und er wusste, dass ihn seine schmerzenden Beine morgen früh daran erinnern würden.

Die Straßenlampen hinter ihm erhellten die ruhige Vorortstraße in New Northampton, und die Nachbarn in den umliegenden Häusern zogen sich allmählich für die Nacht zurück. Anthony war dagegen hellwach, sein ruheloser Geist trieb sich selbst immer weiter voran. Es gelang ihm nicht, die Stimme zum Schweigen zu bringen, die in seinem Kopf widerhallte und ihn daran erinnerte, dass sein nächstes Projekt unmoralisch und unredlich war und in so vielerlei Hinsicht schlicht falsch. Aber derlei Bedenken hatten ihn schon bei Jem Jones nicht abgehalten, und diesmal würde es vermutlich nicht anders sein.

Er hatte gehofft, das Laufen könnte seine verworrenen Gedanken wieder ordnen oder ihn zumindest für kurze Zeit von seinem schlechten Gewissen ablenken. Doch das hatte nicht funktioniert. Die Grundsätze, auf die er sich seit Kurzem stützte, konnte er nicht ausklammern. Und er machte sich Sorgen, dass sein eigentliches inneres Wesen, je länger er weiter so lebte, immer mehr verloren ging.

»Hey«, sagte er, als er das Haus betrat und dort zu seiner Überraschung Jada antraf. Sie saß im Schneidersitz auf dem Sofa, ein Glas Wein in der Hand, neigte den Kopf und sah ihn an. »Ich dachte, du schläfst schon.« Zumindest hatte er gehofft, damit er sie nicht anlügen musste, wenn sie ihn fragte, wie sein Tag gewesen war.

»Wir sehen uns so wenig in letzter Zeit. Da dachte ich mir, ich bleibe auf und warte auf dich.« Sie sah ihn lächelnd an und klopfte auf den Platz neben sich. Dann schenkte sie ein zweites Glas Wein ein und reichte es ihm.

»Ich glaube, ich sollte lieber erst duschen«, sagte Anthony.

»Das kann warten.«

»Wenn du meinst.« Jada roch bezaubernd. Sie hatte ihr Lieblingsparfüm aufgelegt, eine Mischung aus Granatapfel und Zitrusfrüchten, die sie schon damals getragen hatte, als sie sich im Studentenwohnheim kennengelernt hatten. Als er sich setzte, gab er ihr einen flüchtigen Kuss auf die Wange.

»Ich bin doch nicht deine Großmutter, Schätzchen. Da geht doch noch mehr«, sagte Jada und küsste ihn lange und intensiv auf die Lippen. Wie lange er das nicht mehr gespürt hatte, ihren Geschmack, ihren weichen und fordernden Mund. Nichts hätte er lieber getan, als hier und jetzt mit ihr zu schlafen, spontaner, wilder, leidenschaftlicher Sex, hier auf dem Sofa, so wie früher, bevor das Elterndasein und der Beruf ihre Lust erstickt hatten. Doch mittlerweile war Anthony zu erschöpft und grübelte zu viel, um auch nur Jadas Vibrator zur Hand zu nehmen.

Anthony war überrascht, wie sehr er Jada jetzt begehrte. Er hatte dieses Begehren unterdrückt, seitdem er sich einmal beim Sex mit ihr vorgestellt hatte, sie sei Jem Jones, und sie auch beinahe Jem genannt hatte. Mit der Zeit, mit jedem

Tag und mit jedem Monat, hatte Jem ihn mehr und mehr in Beschlag genommen. Anthony hatte an nichts anderes mehr denken können. Selbst jetzt noch, Wochen nach ihrem Tod, verging kaum eine Stunde, in der er nicht zumindest kurz an sie dachte. Er fand es furchtbar, dass sie ihn noch immer so fest im Griff hatte.

Heute Abend konnte er es sich nicht leisten, seinem Drang nachzugeben. Das Wichtigste in seinem Leben war seine Arbeit, und nichts, nicht einmal die Begierde, die Jada in ihm weckte, durfte ihm dabei in die Quere kommen. In drei Jahren, wenn ihn der vorgezogene Ruhestand erwartete, wären sie drei endlich eine ordentliche Familie. Dann würde er endlich der Mann sein können, von dem Jada geglaubt hatte, sie hätte ihn geheiratet. Dann würden sie, wie sie es schon so oft besprochen hatten, auf Saint Lucia ein Haus am Strand kaufen, und Jem Jones wäre nur noch eine verblasste, weit entfernte Erinnerung.

Anthony warf einen Blick auf das digitale Musterbuch mit Tapeten, das neben Jada lag. »Woran arbeitest du gerade?«, fragte er.

»Ein Kinderzimmer für zwei junge Männer, die von einer Leihmutter ein Kind erwarten. Aber sie sind gerade auf Stufe zwei gestellt worden, also ist jetzt wahrscheinlich erst mal Pause, bis sie ihren persönlichen Kram auf die Reihe gekriegt haben.«

Anthonys Blick fiel auf den stummgeschalteten Fernseher. »Was kuckst du da?«

»Eine Doku über Jem Jones und das neue Ehegesetz.« Anthony lief ein Schauder über die Haut. »Wusstest du, dass ihre Familie sich noch immer darüber ausschweigt, wo sie sich umgebracht hat? Sie sagen nur, dass sie sie nicht in England beerdigen werden, weil sie Angst haben, dass ihr Grab von Anti-Ehegesetz-Aktivisten geschändet wird. Das ist doch unfassbar. Selbst im Tod lassen sie ihr keine Ruhe.«

Anthony wusste, dass solche Drohungen mit Bezug auf Jems letzte Ruhestätte gefaked waren. Er hatte persönlich den Einsatz von Bots genehmigt, die die sozialen Netzwerke mit solchen Drohungen überschwemmten, was schließlich dazu geführt hatte, dass Online-Nachrichtenportale die Story aufgriffen.

»Das ist doch verständlich«, entgegnete er. »Warum sollten sie sie in ein Land zurückbringen, das sie in den Tod getrieben hat?«

»Oder sie ist gar nicht tot«, sagte Jada. »Vielleicht ist das Ganze nur eine riesige Publicitynummer, und eines Tages taucht sie wieder auf.«

Anthony zuckte mit den Schultern. »Wirklich verwunderlich wäre das nicht.« Doch er wusste es besser. Jem war garantiert tot. Dafür hatte er persönlich gesorgt.

»In dem Film haben sie gesagt, sie hätte Hunderttausende Paare dazu bewogen, eine Smart-Ehe einzugehen«, fuhr Jada fort. »Das nenn ich mal eine Influencerin.«

»Früher haben die Leute auf die Stars aus den Realityshows gehört. Heute laufen sie jedem hinterher, der eine Kamera und ein Ringlicht hat. Diese Menschen haben einfach zu viel Macht. Und wir lümmeln auf dem Sofa herum und lassen uns von ihnen erzählen, wofür wir unser Geld ausgeben sollen, welche Partei wir wählen sollen und wie wir ab sofort unsere Ehen führen sollen.«

»Findest du etwa, das Upgrade hat uns geschadet?«

»Nein, aber es geht doch nicht nur um uns. Die Leute, die noch eine traditionelle Ehe führen oder Singles sind, sind de facto Bürger zweiter Klasse. Es ist noch gar nicht so lange her, dass die Leute daran erinnert werden mussten – nein, dass man es ihnen *einhämmern* musste, dass auch die Leben von uns Schwarzen zählen. Gott sei Dank wird unser Sohn nie erfahren, wie es ist, wenn man sich rechtfertigen und haarklein darlegen muss, warum man eine gleichberechtigte Behandlung verdient hat.«

»Warum bist du denn so aufgewühlt?«

»Tut mir leid. War ein langer Tag.« Anthony streckte die Arme nach oben und gähnte. In seiner Wirbelsäule knackte es.

»Das klingt nicht gut«, sagte Jada. »Aber mit der richtigen Massage kann ich dir jede Verspannung im Handumdrehen wegmassieren …« Sie ließ die Hand über seinen Oberschenkel gleiten, bis sie in seiner Hüftbeuge lag.

»Tut mir echt leid, aber nicht heute Abend«, sagte Anthony. »Ich muss für morgen noch was vorbereiten.«

»Du willst heute noch arbeiten?«

Er nickte.

»Es ist schon fast zehn.«

An Jadas Stelle wäre er genauso frustriert gewesen. Er wünschte, er hätte ihr davon erzählen können, wie ihn das nächste Projekt mit seiner gewaltigen Tragweite schon jetzt, in diesem frühen Planungsstadium, voll und ganz in Anspruch nahm. Und dass er diese Nacht kein Auge zubekäme, wenn er sich nicht so schnell wie möglich in sein schmuckloses Arbeitszimmer zurückzog und Entspannung suchte.

»Tut mir wirklich leid«, sagte er halbherzig.

»Anthony, wir müssen uns mal aussprechen …«

Er wusste, was jetzt kam. Es war nicht das erste Mal, dass Jada versuchte, ein solches Gespräch zu beginnen. Er blickte auf ihre Smart Watch, um ihr zu verstehen zu geben, dass sie aufpassen sollte, was sie sagte. Sie legte sich ihr Handy in den Schoß, öffnete den Ordner mit den Notizen und las ab, was dort stand. Sie hatte sich vorbereitet.

»Ich möchte, dass unsere Ehe auf Kurs bleibt, ohne dass von außen eingegriffen werden muss«, sagte sie.

»Na ja, das will ich auch«, antwortete Anthony. »Aber bei uns ist doch alles in Ordnung.«

»Natürlich ist alles in Ordnung«, sagte Jada, sah Anthony in die Augen und wandte sich wieder dem Display zu. »Aber es gibt Hürden, die uns davon abhalten, so offen miteinander zu sprechen, wie wir es könnten, und das kann es schwierig machen, ein offenes Zweiergespräch zu führen. Und wenn die andere Person nicht bereit ist zuzuhören, kann es schwerfallen, die eigene Unzufriedenheit mit der Situation auszudrücken.«

Anthony wusste nicht, was er darauf antworten sollte. Also tat er das, was er immer tat, und suchte die Auseinandersetzung. Er wusste, dass Jada nicht gleichfalls auf Konfrontationskurs gehen und damit riskieren würde, dass der Audite auf ihr Gespräch aufmerksam wurde.

»Soll das heißen, dass du mit mir nicht glücklich bist?«, fragte er.

»Ich bin glücklich mit dir, das weißt du doch.« Sie scrollte durch ihre Notizen. »Aber vielleicht würde es sich positiv auf unsere Beziehung auswirken, wenn du es so einrichten könntest, dass wir mehr Zeit als Familie miteinander verbringen könnten.«

»Sonntags mache ich doch schon frei, so wie du vorgeschlagen hast.«

»Aber manchmal sind wir auch, wenn wir freihaben, nicht so präsent, wie wir glauben.«

»›Wir‹? Meinst du damit mich?«

»Nein, nein.« Aber Anthony wusste, dass das ein Ja war. Jada brachte alles ans Licht, was er nicht zugeben wollte. Er wollte mehr Zeit mit seinem Sohn verbringen und Matthew und Jada beweisen, dass er sehr wohl ein guter Vater sein konnte. Aber wenn er hier mal einen Tag und dort mal ein Wochenende freimachte, kam er mit seiner Arbeit in Verzug und lief dann auf ewig seinen Verpflichtungen hinterher. Da war es leichter, sich voll und ganz in das jeweilige Projekt zu stürzen und das Ziel nicht aus den Augen zu verlieren: den vorzeitigen Ruhestand und ein besseres Leben für sie drei, Tausende Kilometer entfernt in der Karibik.

»Aber wenn ich, wie du sagst, präsent bin, dann weiß ich nicht, wo das Problem liegt«, sagte er und stand auf. »Also, ich geh dann mal. Wir sehen uns morgen früh.«

Ohne Jada noch einmal anzusehen, nahm er sein Weinglas, ging in sein Arbeitszimmer und schloss die Tür hinter sich ab. Duschen und sich umziehen würde er später, wenn Jada schon schlief und er ihr so aus dem Weg gehen konnte. Er ließ sich in dem schwach erleuchteten Zimmer in seinen Stuhl fallen und verachtete sich dafür, dass er die Technologie als Vorwand nutzte, um seine Frau zum Schweigen zu bringen.

Einer der Unterschiede zwischen ihnen beiden und fast allen anderen Paaren, die auf eine Smart-Ehe upgegraded hatten, bestand darin, dass sie miteinander reden konnten, wie sie wollten. Denn aufgrund der sensiblen Natur von Anthonys beruflicher Tätigkeit wurden ihre Gespräche von ihrem Audite weder überwacht noch aufgezeichnet.

Aber diesen Umstand hielt er vor seiner Frau geheim.

31

Roxi

Als Roxi über dem Skript für ihren nächsten Videoblog brütete, pingte der Audite, der unter dem Fernseher stand. Genervt ließ sie die Nachricht über sich ergehen.

»Paare sollten nicht einfach nur versuchen, gut miteinander auszukommen«, begann die erste Nachricht dieses Tages. »Sie sollten sich stets gegenseitig bei der Erfüllung ihrer Träume und der Verwirklichung ihrer Ambitionen unterstützen, damit sie gemeinsam ihre Ziele erreichen und es gemeinsam genießen können, Meilensteine erreicht zu haben. Wie können Sie Ihrem Partner beim Erreichen seiner Ziele helfen?«

»Indem ich mich durch ein anderes Modell ersetze, das ein bisschen kooperativer ist«, murmelte Roxi. Sie hatte weder Zeit noch Lust, sich auch nur im Geringsten um die Ziele ihres Mannes zu kümmern. Wahrscheinlich waren das Dinge wie ein neuer Hockeyschläger oder ein Update für sein Auto. Seine Träume waren eher provinzieller Natur, während sie selbst höhere Ambitionen hatte. Und seit Kurzem fühlte es sich endlich so an, als würden sich diese Ambitionen erfüllen. Sie konnte es sich nicht leisten, sich von diesem Quatsch mit Stufe eins ablenken zu lassen. Außerdem war das, wie sie fand, nur eine Warnung, ein dezenter Hinweis darauf, dass sie ein bisschen rücksichtsvoller miteinander umgehen sollten. Wenn sie sich in den nächsten Wochen zusammenreißen, sich hin und wieder ihrer Liebe versichern und ein paar bekräftigende Worte einwerfen würden, die das Gerät registrieren konnte, dann wäre der Spuk bald vorbei.

Bis auf Weiteres aber würde sie die nervtötenden Nachrichten noch ertragen müssen. Sie trafen nach keinem festen zeitlichen Schema ein, und oft gerade dann, wenn Roxi am wenigsten damit rechnete. Einmal, als Roxi gerade auf dem Weg zum Klo war, hatte eine Nachricht so plötzlich und so laut aus einem der Audites geplärrt, dass sie sich buchstäblich in die Hose gemacht hatte.

Weil ihr die Arbeit an dem Skript heute nicht so leicht von der Hand ging, wie sie es sich gewünscht hätte, ließ sie sich immer wieder von den Kommentaren in den sozialen Medien ablenken. Es waren weitaus mehr positive als negative. Und nachdem sie wochenlang regelmäßig im Fernsehen, in Podcasts und in Videochats aufgetreten war, prallten die Drohungen an ihr ab, in denen die Rede davon war, dass man sie vergewaltigen oder auf dem Scheiterhaufen verbrennen oder ihr Auto von der Straße drängen oder ihre Kinder entführen und umbringen würde.

Mit einer Ausnahme: @IchSagJaBloss. Diesem Troll war es gelungen, sich in Roxis Gedanken einzunisten. Seine Angriffe, die immer häufiger wurden, fühlten sich persönlicher an als die von anderen Usern. Heute hatte er einen Kommentar zu einem Foto hinterlassen, das Roxi auf Instagram gepostet hatte. Es zeigte ihre gebräunten Beine, daran geschmiegt der Stiel eines Cocktailglases, dahinter ein Infinitypool und die am Horizont untergehende Sonne.

»Ich kann es kaum erwarten, wieder nach #BoraBora zu kommen«, hatte Roxi daruntergeschrieben. »Der schönste #Urlaub, den ich je hatte.« Gefolgt von der maximal möglichen Anzahl an Hashtags.

»Da warst du doch nie, du #Scheissvirtuelletouristin!«, hatte @IchSagJaBloss kommentiert und ein Dutzend Emojis hinzugefügt, die vor Lachen heulten. »Man sieht deinen Schatten nicht und das Hintergrundbild kennt doch jeder. Photoshop, sieht doch ein Blinder. Kümmer dich lieber um deine Ehe anstatt Fake-Urlaub zu photoshoppen! #StufeEins #Sei-EhrlichMachsBesser.«

Wütend biss Roxi die Zähne aufeinander und löschte den Post. Jetzt, da sie immer mehr zu einer Persönlichkeit des öffentlichen Lebens wurde, konnte sie sich solche angeberischen Pseudoposts nicht mehr leisten. Die Kritiker hatten immer schon die Finger erhoben, um beim kleinsten Ausrutscher auf sie zu zeigen. Aber was sollte der Kommentar zu ihrer Ehe? Und woher wusste der Troll, dass sie und Owen auf Stufe eins gestellt worden waren? Roxi pflegte nur virtuelle Bekanntschaften, und sie vertraute ihnen niemals Persönliches an. Ihre einzige echte Freundin war Phoebe gewesen, die sie während ihrer gemeinsamen Zeit in einer Einrichtung für Pflegekinder kennengelernt hatte. Aber nachdem Phoebe ermordet worden war, hatte Roxi nie wieder versucht, mit einem anderen Menschen eine Verbindung einzugehen, aus Angst, auch eine neue Freundin würde früher oder später wieder aus ihrem Leben verschwinden. Also musste Owen geplaudert haben.

Sie klickte das Profil des Trolls an, fand dort aber, wie bis jetzt jedes Mal, keinerlei Informationen. Eine Vermutung schoss ihr durch den Kopf: Steckte ihre Tochter Darcy dahinter? Hatte sie herausgefunden, dass Roxi alle ihre Social-Media-Accounts hatte löschen lassen? Auszuschließen war es nicht.

Ihre Stimmung hellte sich etwas auf, als sie hörte, wie draußen ein Wagen hielt und sie den Lieferwagen eines Kurierdienstes erkannte. Die Türen des Laderaums gingen auf, ein Roboter kam zum Vorschein und fuhr bis vor die Haustür. Roxi öffnete die Klappen auf seiner Rückseite und nahm eine kleine Schachtel heraus. In diesem Moment hastete Darcy die Einfahrt entlang und verschwand im Haus, ohne Roxi auch nur eines Blickes zu würdigen. Ihre Augen waren gerötet, und Tränen strömten ihr über die Wangen. Wenn Darcy dermaßen durcheinander war, dachte Roxi, dann konnte sie auch erst das Päckchen hineinbringen, bevor sie sie sich um ihre Tochter kümmerte.

Mit jedem Auftritt im Fernsehen oder im Radio – es waren mittlerweile siebzehn – hatte Roxis mediale Karriere weiter Fahrt aufgenommen. Schon lange trat sie nicht mehr unterwürfig an PR-Abteilungen heran, sondern diese meldeten sich bei ihr. Die Dokumente, die an dem Karton befestigt waren, verrieten, dass die Sendung von einer französischen Kosmetikfirma stammte. Darcy konnte auch noch eine Minute warten. In der Schachtel befand sich eine Auswahl an Feuchtigkeitscremes und Parfüms. Roxi hatte früher schon einmal versucht, diese Luxusfirma für sich zu gewinnen, war aber auf taube Ohren gestoßen. Sie zählte die Preise der einzelnen Artikel zusammen – vor ihr lagen Waren im Wert von mindestens dreitausend Pfund. Vor Freude verschränkte sie die Finger, wie um zu beten.

Dann ging sie nach oben und ins Bad, um sich das Gesicht zu waschen und eine der Cremes auszuprobieren. Doch als sie den Treppenabsatz erreicht hatte, hörte sie aus dem Zimmer ihrer Tochter ein unterdrücktes Schluchzen. Sie atmete tief durch und öffnete die Tür.

32

Jeffrey

Jeffrey zog die Jacke aus und hängte sie an einen Haken an der Bürotür. An dem Stoff hafteten noch leichte Noten des Adlerholzduftes von Harrys Parfüm.

Adrian, Jeffreys Teamleiter, saß bereits an seinem Schreibtisch. Sie tauschten ein paar Höflichkeiten aus, während Adrian Jeffrey aus einer Kanne Tee einschenkte.

»Schön, dich wieder mal in echt zu sehen anstatt immer nur auf FaceTime«, sagte Adrian. »Wie lange ist das jetzt her?«

»Zwei Jahre mindestens, oder?«, antwortete Jeffrey.

»Ja, wahrscheinlich, denn so lange bin ich jetzt ungefähr schon in New Northampton. Wie gefällt's dir hier?«

»Nach einer Weile verschwimmen die Städte alle irgendwie miteinander.«

»Aber du stammst doch von hier, oder?«

»Ja, schon ...«, sagte Jeffrey. *Diese verdammten ›Weiteren Angaben‹ auf dem Bewerbungsformular,* dachte er. »Aber ich war schon seit Jahren nicht mehr hier.«

»Also, abgesehen davon, dass wir uns überhaupt mal wieder austauschen, wollte ich dich auf den neuesten Stand bringen, was die Untersuchung zu Tanya und Harry Knox angeht«, sagte Adrian. »Die Polizei geht in ihrem vorläufigen Bericht davon aus, dass es sich um Mord mit anschließendem Selbstmord handelt. Offenbar hat Mrs. Knox ihren Ehemann erstochen, sich selbst die Pulsadern aufgeschnitten und dann das Haus in Brand gesetzt.«

Bilder des Paares, des letzten, bevor ihm Noah und Luca zugewiesen worden waren, rauschten durch Jeffreys Kopf. Er kniff sich die Nase zusammen und schloss die Augen. Für einen Moment glaubte er, den Geruch von Rauch zu riechen.

»Alles okay? Sollen wir kurz Pause machen?«, fragte Adrian.

»Nein, ich komme nur immer noch nicht ganz damit klar. Ich hätte verhindern müssen, dass es so ausgeht. Ich hätte ahnen müssen, wozu Tanya in der Lage ist. Vielleicht hätte ich Harry dann retten können.«

»Niemand macht dich für irgendetwas verantwortlich, Jeffrey. Wir haben deinen Bericht gelesen, und daraus geht eindeutig hervor, dass die Beziehung der beiden an vielen Stellen brüchig war. Ich bin selbst Beziehungsbegleiter, und ich glaube, an deiner Stelle hätte ich im Grunde nicht viel anders gehandelt als du. Dir blieb nichts anderes übrig, als dem Gericht zu empfehlen, die Scheidung anzuordnen.«

»Danke«, sagte Jeffrey. »Es tut gut, dass du das sagst.«

Adrians Handy leuchtete auf. »Tut mir leid, aber da muss ich rangehen. Entschuldige mich bitte kurz.« Adrian ergriff das Telefon, zog sich mit seinen zwei Metern Körpergröße an seinem Schreibtisch hoch, ging hinaus und schloss die Tür hinter sich.

Als er allein war, ging Jeffrey noch einmal die letzten Minuten durch, die er im Haus von Tanya und Harry verbracht hatte. Das Feuer zu legen, war der einzige Ausweg gewesen, und er hatte gewusst, dass die Ermittler, wenn er es geschickt inszenieren würde, zu dem Schluss kämen, dass sich dort ein Mord und anschließend ein Selbstmord abgespielt hatten. Als er dann erfahren hatte, dass bei dem Brand viele potenzielle Beweise zerstört worden waren, was schließlich zu dem Polizeibericht mit seinen Folgerungen führte, wusste er, dass seine Entscheidung richtig gewesen war.

Bevor er Tanya und Harry kennengelernt hatte, war er durch die Aufnahmen, die der Audite von ihren endlosen Auseinandersetzungen und ihren passiv-aggressiven Wortwechseln gemacht hatte, so fasziniert von den beiden gewesen, dass er ihre Ehe wirklich hatte retten wollen. Immer wieder hatten sie ihm versichert und mit größtmöglicher Aufrichtigkeit beteuert, dass sie sich noch liebten, und ihn inständig gebeten, ihnen zu helfen, damit ihre Ehe wieder ins Lot kam und sie aus Stufe zwei herausgenommen wurden. Sie hatten jedoch nicht damit gerechnet, dass er über den Audite ihre privaten Gespräche verfolgte. Dabei hatte er mit angehört, wie sie über seine Leichtgläubigkeit und über ihre ehelichen Angelegenheiten sprachen. Die Smart-Ehe waren sie nur wegen der finanziellen Vorteile eingegangen.

Verständlicherweise hatten sie verärgert reagiert, als er ihnen eröffnet hatte, dass er dem Familiengericht vorschlagen würde, die Scheidung anzuordnen. Erst überzogen sie ihn mit Beschimpfungen, und dann drohten sie ihm damit, ihn anzuzeigen, weil er Tanya sexuell belästigt habe. In Wahrheit war es genau andersherum gewesen: Tanya hatte sich ihm angeboten und als Gegenleistung auf ein makelloses Ehezeugnis gehofft. Jeffrey hatte sie nicht einmal berührt. Oder zumindest erst, als sie in der Badewanne lag und ihre letzten Atemzüge machte. Er hielt sie mit beiden Händen fest, während der Hahn voll aufgedreht war und das Blut, das aus den diagonalen Schnitten austrat, die er ihr an Handgelenken und Unterarmen zugefügt hatte, das Wasser allmählich verfärbte. Fünfzehn Minuten lang blieb er bei ihr, bis es schließlich vorbei war. Dann sah er zu, wie ihre leblose Gestalt im Wasser versank.

Mit ihrem Ehemann Harry war es kurz darauf schneller gegangen. Als er in die Küche kam, trat Jeffrey lautlos von hinten an ihn heran. Mit einem Elektroschocker versetzte er ihm zwei kurze Stromstöße in den Nacken, sodass er sich nicht mehr bewegte. Dann rammte er ihm mehrfach einen Schraubenzieher in den Bauchraum, zerriss ihm Nieren, Leber und Darm, noch bevor Harry überhaupt begriff, was los war. Offenbar waren die Narben des Elektroschockers auf der verkohlten Leiche bei der Obduktion unentdeckt geblieben.

In dem Bericht, den er Adrian geschickt hatte, kurz bevor er das Haus der beiden niedergebrannt hatte, legte er dar, dass Tanya gegen ihren Ehemann häufig körperliche und verbale Gewalt ausgeübt hatte. Er erläuterte auch, dass er bei ihnen eingezogen war, um in spannungsgeladenen Situationen für Beruhigung zu sorgen, und dass er Tanya Methoden gezeigt hatte, mit der eigenen Wut umzugehen. Aber, so behauptete er, die Beziehung war schon derart vergiftet gewesen, dass seine Hilfsangebote keine Wirkung mehr gezeigt hatten.

»Entschuldige«, sagte Adrian, als er zurückkam und wieder am Schreibtisch Platz nahm. Dann sprach er weiter über die Knoxes und berichtete von anderen Beziehungsbegleitern, die ebenfalls durch das Ende einer Beziehung von Klienten traumatisiert worden waren. Aber Jeffrey hörte ihm kaum zu. Er fragte sich vielmehr, ob es außer ihm noch andere Kollegen gab, die sich zu sehr auf ihre Klienten einließen oder wussten, dass man manchmal die Dinge selbst in die Hand nehmen musste.

»Hast du noch mal über meinen Vorschlag nachgedacht, dir psychologische Unterstützung zu holen?«, fragte Adrian. »Ich weiß, du hältst dich gern für einen harten Knochen, aber wir haben alle unsere Grenzen.«

»Ja, ich habe darüber nachgedacht«, antwortete Jeffrey, obwohl er es nie getan hatte. Er hatte keine Lust darauf, dass jemand in seinem Gehirn herumstocherte. »Aber ganz ehrlich, Adrian, ich habe auch darüber nachgedacht, ob dieser Beruf noch der richtige für mich ist.«

Adrian sah ihn bestürzt an. »Sag so was nicht.«

»Schau dir meine Fälle doch an. Eine Erfolgsgeschichte sieht anders aus. Meine letzten Klienten sind durch Mord beziehungsweise Selbstmord ums Leben gekommen. Von dem Paar davor hat sich einer der beiden umgebracht, und dann sind da noch die Armitages, die verschwunden sind, bevor die Beratung zu Ende war. Neulich habe ich mich wieder einmal bei der Polizei erkundigt. Man hat sie immer noch nicht gefunden.«

Er rief sich den Fall der Armitages noch einmal in Erinnerung. Er hatte geahnt, dass die beiden ihm etwas verheimlichten. Dass sie Mitglieder von Freiheit Für Alle waren, hatte er erst herausbekommen, als er sich in ihre Cloud gehackt und dort entdeckt hatte, dass sie ihre Sitzungen mit Jeffrey heimlich gefilmt hatten, um Beziehungsbegleiter öffentlich als »erbärmlich schlecht ausgebildete Pseudopsychologen« anzuprangern. Er fragte sich, wie lange es wohl gedauert hatte, bis der Ehemann gestorben war, ohne Wasser und Nahrung, gefesselt in einem verlassenen Bauernhaus in Suffolk, nur in Gesellschaft der Leiche seiner Frau.

Dann waren da noch Arjun und Mickey gewesen. Zwischen Arjun und Jeffrey hatte es im ersten Moment gefunkt – Jeffrey hatte sich auf der Stelle rasend verliebt. Er hatte sein gesamtes Arsenal an Überredungskünsten aufgefahren, um Arjun davon zu überzeugen, dass seine Beziehung mit Mickey zum Scheitern verurteilt war. Aber mit seinen Warnungen war er auf taube Ohren gestoßen. In seiner Verzweiflung hatte Jeffrey Mickey aus dem Verkehr gezogen, indem er ihn gefesselt und an einen Stein gebunden in Wales in einen Stausee geworfen hatte. Aufgrund einer Nachricht, die Jeffrey ihm von Mickeys Handy aus geschickt hatte, hatte Arjun geglaubt, sein Mann hätte ihn verlassen. Daraufhin war er so niedergeschmettert und am Boden zerstört gewesen, dass Jeffrey ihn nicht wieder hatte aufrichten können. Jeffrey hatte sich überwinden müssen, ihn allein zu lassen. Beide waren sie in der Trauer über den Verlust eines geliebten Menschen gefangen gewesen.

»Aber in den letzten drei Jahren ist dir auch sehr vieles gelungen«, sagte Adrian. »Du siehst immer nur die Misserfolge. Bei manchen Paaren war die Beratung so leicht, dass du schon nach drei Wochen fertig warst.«

Anfangs war der Job nicht so gewesen, wie Jeffrey sich erhofft hatte. Bei den meisten Paaren war es ihm nicht gelungen, eine Verbindung zu ihnen aufzubauen. Ihre Eheprobleme waren so langweilig und öde gewesen, dass er ihnen eine funktionierende Ehe bescheinigt hatte, um sich so schnell wie möglich wieder davonmachen zu können. Damit das nicht ewig so weiterging, hatte er irgendwann damit angefangen, sich eingehend mit potenziellen Klienten zu beschäftigen, bevor er zusagte, einen Fall zu übernehmen. Dazu hörte er sich ihre Gespräche an und holte weiterführende

Informationen ein. Je interessanter die Dynamik der Beziehung war, desto tiefer tauchte er in das Leben eines Paares ein. Und desto öfter verschwammen die emotionalen Grenzen.

»Und wie schon gesagt, letztlich liegt es immer an den Paaren selbst«, fuhr Adrian fort. »Du lässt dich einfach zu sehr reinziehen. Du verbeißt dich immer in die Ehen, die die größte Herausforderung darstellen. Also nimm's nicht persönlich, wenn es nicht jedes Mal gut ausgeht. Und was auch passiert ist, es war niemals deine Schuld.«

»Und die Geschäftsführung? Was hält die denn davon? Die wissen doch, wie oft es bei mir schiefgeht.«

»Sagen wir mal so: Es gibt Gründe, warum es keine offiziellen Berichte darüber gibt, inwieweit wir an Untersuchungen und Polizeiberichten mitwirken. Die Öffentlichkeit hätte nichts davon, wenn das bekannt wäre. Und die Leute über uns, die haben das große Ganze im Blick und wollen Erfolgsgeschichten. Details interessieren sie eher wenig. Aber ich bin sicher, dass sie genau wie ich der Meinung sind, dass wir Leute wie dich brauchen. Aber dein seelisches Wohlbefinden steht natürlich ebenfalls ganz oben. Wenn du willst, kann ich dafür sorgen, dass dir jemand das Paar, mit dem du gerade beschäftigt bist, abnimmt.« Adrian warf einen Blick auf seinen Bildschirm. »Noah und Luca Stanton-Gibbs, richtig?«

»Nein, schon in Ordnung«, erwiderte Jeffrey rasch. »Wenn du mir noch immer vertraust, dann bringe ich diesen Fall zu Ende und mache danach vielleicht eine Pause.«

Der Gedanke von Luca getrennt zu werden, schnürte Jeffrey die Brust zusammen. Es überraschte ihn, wie sehr er sich danach sehnte, bei seinem Klienten zu sein.

Der Friedhof der Kirche St. Mary the Virgin's in dem kleinen Dorf Great Brington lag nur eine Minute Fußweg von dort entfernt, wo Jeffrey sein Auto geparkt hatte.

Er betrachtete die jahrhundertealten Eichen mit den nicht zurechtgeschnittenen Kronen, die ihre Schatten auf die Grabsteine warfen, und las dann eine Inschrift nach der anderen, bis er diejenige gefunden hatte, die er suchte. Nach sechzehn Jahren war er nun endlich hierhergekommen. Tränen der Wehmut stiegen ihm in die Augen.

Das Grab wurde offenbar schon lange nicht mehr gepflegt. Der Wasserrest in der Glasvase war von Algen verschmutzt, und die Blütenblätter, die früher einmal die Köpfe der Pfingstrosen geschmückt hatten, lagen verwelkt auf den Ziersteinen.

Auch noch nach all den Jahren wünschte Jeffrey, er hätte an ihrem Begräbnis teilnehmen dürfen. Doch er hatte noch im Krankenhaus gelegen und sich von der OP erholt, bei der sein Gesicht wiederhergestellt worden war, und die Polizei hatte ihm geraten, sich fernzuhalten. Das hatte er eingesehen, aber geschmerzt hatte es ihn dennoch. Also hatte er einige Wochen später in einem nahe gelegenen Wald seine eigene Zeremonie abgehalten und am Fuß eines Baumes gelbe Rosenblätter verstreut.

Noch heute fühlte er sich, wenn er an einem Blumenladen oder einem Garten vorüberkam und den Duft dieser Blumen roch, an den Tag zurückversetzt, an dem er sich endgültig von ihr verabschiedet hatte. Sie war der erste Mensch, den er wahrhaft geliebt hatte, und der erste Mensch, der ihm das Herz gebrochen hatte.

Jeffrey rupfte ein paar Grasbüschel und eine Handvoll Löwenzahn aus, die um das Grab herum wucherten, warf die verrotteten Blumenstängel weg, die in der Vase steckten, und ersetzte sie durch den Strauß, den er gerade gekauft hatte.

»Rosie Morrison«, stand oben auf dem schwarzen Grabstein aus Granit. »Auf ewig geliebt, niemals vergessen.«

Niemand würde sie je vergessen, am wenigsten Jeffrey. Denn die erste Liebe vergisst man nicht, ebenso wenig wie den ersten Menschen, den man umgebracht hat.

33

Roxi

Darcy lag zusammengekauert auf dem Bett und hatte den Kopf so tief im Kissen vergraben, dass Roxi unter den Haaren kaum ihr Gesicht erkennen konnte. Manchmal, wenn sie ihre Tochter betrachtete, fragte sie sich, ob sie in diesem Alter auch so ausgesehen hatte. Doch sie hatte so vieles aus ihrer Vergangenheit verdrängt, dass sie darauf nie eine Antwort fand.

»Lass mich in Ruhe«, sagte Darcy schluchzend.

»Erst sagst du mir, was das Problem ist.«

»Du! Du bist das Problem! Dein beschissener Videoblog macht mir das Leben zur Hölle.«

»Wieso denn? Ich bitte dich doch schon lange nicht mehr um deine Hilfe, weil du immer nur rummaulst.«

»Die anderen in der Schule hacken andauernd auf mir rum, weil du so einen Blödsinn erzählst. Gestern Abend zum Beispiel, da hast du gesagt, dass die Handys von Minderjährigen durch künstliche Intelligenz überwacht werden sollen und dass alles, was wir tun, aufgezeichnet und den Eltern gemeldet werden soll.«

Roxi dachte kurz darüber nach, was das bedeutete. »Soll das heißen, dass Kinder in deinem Alter meine Videos anschauen?«

»Ja. Und jetzt werfen mir die anderen vor, dass ich ihnen ihre Freiheit wegnehmen will. Alle sagen, dass deine Ideen der reinste Horror sind, und geben mir die Schuld daran.«

»Verstehe«, sagte Roxi und atmete laut aus. »Damit hatte ich nicht gerechnet. Ich hatte gehofft, dass mein Content die Altersgruppe zwischen achtzehn und vierunddreißig anspricht, aber wenn es noch eine Altersgruppe weiter nach unten geht, umso besser.«

»Mum! Darum geht's doch nicht!«

»Ich weiß, mein Schatz. Ich versteh schon, was du meinst, wirklich. Aber wenn mir auch die Jugendlichen zuhören, dann habe ich eine neue Zielgruppe. Ich gehe gleich runter und sammle ein paar Ideen. Du kannst inzwischen eine Liste mit den Marken machen, auf die Kinder und Jugendliche stehen. Damit ich mich an deren Marketingabteilungen wenden kann.«

Roxi ging hinaus, und wenige Sekunden später hörte sie, wie die Tür von Darcys Zimmer zuknallte. Teenager handelten irrational und emotional, und dieser Wutausbruch war vermutlich den Hormonen geschuldet. Am besten ließ Roxi ihre Tochter ein paar Minuten allein.

Doch noch bevor sie die Treppe erreichte, hatte sie eine bessere Idee. Sie schnappte sich aus dem Badezimmerschränkchen eine Packung feuchte Tücher, wischte sich damit das Gesicht ab, bis keine Spur von Make-up mehr zu sehen war, ging dann in den Garten und hielt sich das Telefon am ausgestreckten Arm vors Gesicht.

Während der ersten Sekunden der Aufnahme schwieg sie nur und schüttelte den Kopf. »Ich bin so auf hundertachtzig, dass ich nicht weiß, wo ich anfangen soll«, begann sie nach einer Weile. »Meine wunderbare, liebenswürdige, einfühlsame und besonnene Tochter Darcy ist gerade aus der Schule gekommen, völlig aufgelöst, weil sie von den anderen Kindern, von denen sie dachte, sie seien ihre Freunde, schikaniert wird. Diese Kinder – *eure* Kinder, die Zukunft unseres Landes – schikanieren eine Zwölfjährige, und zwar wegen mir. Sie machen sie fertig, weil ihre Mutter es wagt, ihre Stimme zu erheben und ihre Meinung zu sagen. Ich habe Darcy immer eingeschärft, dass sie keine Angst davor haben soll, sich frei zu äußern, und nie zulassen soll, dass ihr irgendjemand den Mund verbietet, sondern dass sie immer aufstehen und Farbe bekennen soll. Und jetzt liegt sie in ihrem Zimmer und heult sich die Augen aus, weil kleingeistige Eltern ihren Kindern beigebracht haben, dass es okay ist, jemanden zum Schweigen zu bringen, der anderer Meinung ist.

Bestimmt denken jetzt einige von euch: ›Wenn dich das so aufregt, dann halt doch den Mund und hör mit deinen Videos auf.‹ Aber wenn ich das mache, was für ein Frauenbild lebe ich ihr dann vor? Meine wunderbaren, treuen Follower ermöglichen es mir, meinen Traum zu leben und Influencerin zu sein. Aber mein allerwichtigster Job wird es immer bleiben, Einfluss auf meine Tochter zu nehmen. Wenn ich mich selbst zensiere und zulasse, dass diejenigen gewinnen, die sie mobben, wie kann ich ihr dann jemals wieder unter die Augen treten? Dafür liebe ich sie viel zu sehr.

Was ihre Klassenkameraden mit ihr gemacht haben, ist nur ein weiterer Beweis für das, worüber ich neulich schon gesprochen habe. Wenn alles, was wir sagen – ob zu Hause oder unterwegs –, aufgezeichnet würde, dann wäre das nicht passiert. Dann würden die Übeltäter erst über die Folgen nachdenken, bevor sie irgendetwas tun, oder ihre Eltern würden informiert und dazu verpflichtet werden, sie zu bestrafen. Vielleicht sollte man auch einen Schritt weiter gehen und ihre Textnachrichten und E-Mails überwachen. Dabei geht es nicht darum, die Leute Big-Brother-mäßig abzuhören und zu überwachen und unter Kontrolle zu halten, oder um sozialen Druck, oder was für Schlagwörter da auch immer verwendet werden. Sondern es geht darum, diejenigen zu beschützen, die uns am meisten am Herzen liegen. Unsere Babys.«

»Du würdest für deine Zwecke aber auch jeden Menschen benutzen, oder?«, sagte Owen.

Roxi schreckte hoch und tippte fahrig auf ihrem Telefon herum, bis sie den Stop-Button gefunden hatte.

Owen stand in der Terrassentür und sah Roxi zornig an. »Den Schmerz unserer Tochter auszunutzen, das ist widerlich. Einfach nur widerlich.«

»Das mache ich doch gar nicht. Ich will nur mit gutem Beispiel vorangehen und ihr zeigen, dass ich eine starke Frau ...«

»Blödsinn. Du erniedrigst sie, um deine eigenen Ziele zu verfolgen, und du bist entweder zu dumm oder zu selbstsüchtig, um das zu erkennen.«

Roxi deutete auf ihren Ehering, um Owen daran zu erinnern, dass der Audite möglicherweise mithörte. »Ich verstehe, dass du verärgert bist«, sagte sie. Ihr fiel wieder die automatische Nachricht ein, die sie vorhin erhalten hatte. »Paare sollten nicht einfach nur versuchen, gut miteinander auszukommen. Sondern sie sollten sich auch immer gegenseitig bei der Erfüllung ihrer Träume und der Verwirklichung ihrer Ambitionen unterstützen«, sagte sie mit einem schwachen, hoffnungsvollen Lächeln.

»Meine Ambition wird schon bald darin bestehen, nicht mehr mit dir verheiratet zu sein«, erwiderte Owen und ging.

Roxis Magen zog sich zusammen. So hatte Owen noch nie mit ihr geredet. Sie sah auf ihr Handy, und ihr Daumen schwebte kurz über dem Löschen-Button, doch dann überlegte sie es sich anders. *Nein, da reagiert er jetzt einfach übertrieben,* dachte sie. Und keine dreißig Sekunden später war das Video unter dem Hashtag #IchMachsBesserDuAuch? auf allen ihren Social-Media-Kanälen zu sehen.

34

Corrine

Die Textnachricht bestand nur aus vier Wörtern und verschwand wenige Sekunden, nachdem Corrine sie gelesen hatte, aber mit ihr gingen Wochen der Besorgnis zu Ende.

»Er ist bei Bewusstsein.«

Die Meldung, die Corrines Hackerkontakt unaufgefordert geschickt hatte, brachte die Gewissheit, dass Nathan Taylor, der junge Mann, dessentwegen Corrine sich so viele Sorgen gemacht hatte, aus dem Koma aufgewacht war. Einige Sekunden später kam eine weitere Nachricht, diesmal mit einem Screenshot von Nathans Patientenakte. Mit den meisten Fachausdrücken konnte Corrine nichts anfangen, aber die Worte »keine dauerhaften kognitiven Beeinträchtigungen« fielen ihr sofort ins Auge.

»Gott sei Dank«, flüsterte sie.

Corrine fragte sich, was Nathan von jenem Abend noch in Erinnerung hatte und ob er wusste, welcher Gefahr sie ihn ausgesetzt hatte. Sie hoffte, er würde ihr vergeben. Sie steckte das Handy zurück in die Tasche und widmete sich wieder dem, womit sie gerade beschäftigt gewesen war, als die erste Nachricht eingetroffen war: eine Inventarliste in ihr Tablet einzutippen. Schon den ganzen Vormittag lang war sie in ihrem Haus von Zimmer zu Zimmer gegangen und hatte notiert, was sie nach der Scheidung mitnehmen wollte.

Die meisten großen Möbelstücke, wie Tische und Stühle, Kommoden und Kleiderschränke, wollte sie Mitchell überlassen, aber ein paar von den Elektrogeräten, einige Kunstwerke und auch ein paar Vorhänge und Teppiche wollte sie behalten. Die Innenausstattung des Hauses war erlesen; Corrine hatte sie zusammen mit Jada ausgesucht, einer Innenarchitektin, die Freunde ihr empfohlen hatten. Um sich die Anerkennung ihres Umfelds zu sichern, hatte sie sich damals nur mit dem Besten zufriedengegeben. Aber jetzt, wo sie die dunkle Seite der Smart-Ehe kennengelernt hatte, schämte sie sich für ihre frühere Einstellung.

Sie und Mitchell mussten sich noch darüber verständigen, wann und wie sie den Kindern mitteilten, dass sie sich trennen wollten. Corrine vermutete, dass Freya, ihre älteste Tochter, am wenigsten Schwierigkeiten damit hätte; von allen dreien besaß sie die beste Menschenkenntnis und hatte sich aus der Rolle von Papas Lieblingstochter gelöst, als sie erkannt hatte, dass ihr Vater die ganze Familie ins Unglück stürzte. Wie Nora und Spencer reagieren würden, konnte Corrine nicht abschätzen. Unerklärlicherweise schienen sie gerne mit ihrem Vater zusammen zu sein.

Ihre Armbanduhr läutete. Das Display zeigte das Bild der Kamera an der Haustür: zwei Frauen und ein Mann, die jeweils eine Schachtel trugen. »Hallo?«, sagte sie in das Mikrofon. »Kann ich Ihnen helfen?«

»Wir sind hier, um die Audites zu installieren«, sagte der Mann.

»Die Audites? Da sind Sie an der falschen Adresse.«

»Mr. und Mrs. Nelson, Dallington Gardens 147. Das ist doch hier, oder?«

»Ja«, sagte Corrine. »Aber wir haben keine Smart-Ehe.«

Plötzlich tauchte Mitchell auf, ging schnurstracks zur Haustür und öffnete.

»Kommen Sie rein«, sagte er und ließ die beiden Frauen und den Mann, allesamt in Overalls, ins Haus. »Sie müssen entschuldigen, meine Frau ist manchmal ein bisschen zerstreut. Das Hauptgerät können Sie in die Wohnküche stellen, und die anderen, wohin Sie wollen. Und denken Sie auch an das Gartenhäuschen.«

»Verdammt, Mitchell, was soll denn das?«, fragte Corrine, völlig verwirrt.

Mitchell gab ein theatralisches Seufzen von sich. »Ich habe lange und intensiv nachgedacht, Corrine, und bin zu dem Schluss gekommen, dass eine Scheidung für mich nicht infrage kommt.«

»Aha, *du* bist also zu diesem Schluss gekommen?«, sagte Corrine lachend.

»Ganz genau. Ich habe noch einmal eingehend die Klauseln zu ethischem Verhalten studiert, die in meinen aktuellen Verträgen mit der Regierung stehen, und mir Gedanken über meinen Ruf gemacht. Ich kann mich unmöglich von meiner Frau trennen, während die Regierung so nachdrücklich die Ehe propagiert. Vielleicht können wir in ein oder zwei Jahren noch einmal darüber nachdenken.«

»In ein oder zwei Jahren? Kommt nicht infrage. Wir haben eine Vereinbarung. Ich sollte eigentlich schon längst nicht mehr hier sein. Wir haben doch schon die ersten Dokumente unterschrieben, um die Sache auf den Weg zu bringen.«

»Ach ja, diese Dokumente. Hast du die eigentlich gelesen?«

Ein Unwohlsein machte sich im Raum breit und griff nach Corrine. »Nein, das weißt du doch. Du hast mir das iPad unter die Nase gehalten und gesagt, das wären bloße Formalitäten. Ich war gerade dabei, aus dem Haus zu gehen.«

»Das habe ich schon immer an dir gemocht. Dass du so vertrauensselig bist. Das ist wirklich süß. Und hilfreich.«

»Was hast du gemacht, Mitchell?«

»Es geht weniger darum, was ich gemacht habe, sondern darum, was du unterschrieben hast. Wenn du die Dokumente gelesen hättest, anstatt sie einfach nur mit deinem Fingerabdruck zu unterschreiben, dann hättest du gesehen, dass wir schon seit sechs Monaten geschieden sind.«

Corrine starrte ihn mit offenem Mund an. »Was zum Teufel soll das heißen?«

»Das erste der Dokumente, die du unterschrieben hast, hat unsere Scheidung bestätigt. Das zweite war ein Antrag auf eine Smart-Ehe und das dritte der neue Ehevertrag. Und in ein paar Tagen ist die Karenzzeit vorbei und die zufälligen Aufzeichnungen fangen an.«

»Du lügst mich doch an. Das hast du nicht gemacht.«

Mitchell machte eine Geste der Hilflosigkeit. »Doch, leider schon. Du kannst dir die Dokumente selbst noch mal anschauen. Ich habe sie ganz altmodisch ausgedruckt und dir auf dein Nachtkästchen gelegt. Als kleine Bettlektüre.«

Panisch stürmte Corrine die Treppe hinauf und in ihr Schlafzimmer. Wie Mitchell gesagt hatte, lag auf ihrem Nachtkästchen ein Hefter mit einem Stapel Blätter. Post-its markierten bestimmte Stellen, die bestätigten, was Mitchell gerade behauptet hatte. Corrine packte der Zorn.

»Warum tust du mir das an?«, schrie sie, als sie zurück in die Küche kam.

»Das hat nichts mit dir zu tun, das ist rein geschäftlich. Die Klauseln in den Verträgen legen nahe, dass es in meinem Interesse ist, wenn wir zusammenbleiben. Und wenn du wüsstest, welche Summen ich in diese Projekte investiert habe, dann würdest du das genauso sehen.«

Corrine zitterte vor Wut und hielt sich an der Anrichte fest, um sich zu beruhigen.

»Entschuldigung«, fragte eine der Frauen, die eine Schachtel mit einem Audite in der Hand hielt, »wo darf ich dieses Gerät anbringen?«

»Raus hier!«, schrie Corrine die Frau an, die verdutzt zurückschreckte. »Du kannst doch nicht so leben wollen, Mitchell! Du kannst mir doch nicht erzählen, dass du damit zufrieden bist, wie es um unsere Beziehung steht.«

Mitchell legte eine Hand auf die Brust. »Hand aufs Herz – wie es um unsere Beziehung steht, ist mir scheißegal. Du lebst dein Leben, ich lebe meins. Dass wir uns nicht mehr in der Mitte treffen, interessiert mich nicht. Aber ich will finanziell nicht vor die Hunde gehen, nur weil dein Nest sich leert und du nichts Besseres zu tun hast. Wenn du so sehr nach Aufmerksamkeit gierst, dann such dir ein Hobby.«

Corrine wollte ihm schon sagen, dass sie sehr wohl ein Leben außerhalb dieser vier Wände führte und dass er sich dieses Leben niemals würde vorstellen können, ein Leben, in dem Menschen für ein höheres Ziel zusammenarbeiteten und nicht nur aus Eigennutz. Aber sie schwieg, aus Angst, er könnte all das zu seinem Vorteil nutzen.

»Ich habe diese Dokumente unter Vorspiegelung falscher Tatsachen unterschrieben«, sagte sie. »Mein Anwalt wird mich da rausholen.«

»Die dreimonatige Frist für eine Annullierung des Vertrags ist verstrichen.«

»Aber was du da gemacht hast, war illegal!«

»Dann verklag mich. Ich werde es abstreiten, du wirst es weiter behaupten, und dann steht Aussage gegen Aussage. Wir können jahrelang juristische Streitereien ausfechten, und wenn du dann deine heißgeliebte Scheidung endlich kriegst, habe ich schon längst, was ich wollte.«

»Dann werde ich dir vor diesen beschissenen Audites pausenlos sämtliche Schimpfwörter des Universums an den Kopf werfen, bis sie uns auf die nächste Stufe stellen.«

»Da wird dir deine Liebe zur Meinungsfreiheit keinen Gefallen tun. Dann wirst du nämlich als feindseliger Ehepartner eingestuft, und wenn wir dann in Stufe drei vor dem Familiengericht landen, wird die Teilung von Gütern und Vermögenswerten massiv zu meinen Gunsten ausfallen, weil du es an Bemühungen hast fehlen lassen, unsere Beziehung wieder in Ordnung zu bringen. Dann bleibt dir höchstens ein Nachttopf. Und das auch nur, wenn ich zustimme.«

»Ich hasse dich«, knurrte Corrine.

»Vorsicht, bei Frauen in deinem Alter kann Stress leicht einen Schlaganfall auslösen. Und ich war so frei und habe in unserem Smart-Ehevertrag das Kästchen zum Sicheren Geleit angekreuzt. Wenn also etwas passiert – was Gott verhüten möge –, dann werde ich dafür sorgen, dass du nicht lange leiden musst.«

Mitchell zwinkerte ihr zu und ließ sie stehen. Er drehte sich nicht einmal um, als die Schachtel mit dem Audite, die Corrine nach ihm warf, gegen die Wand knallte und zu Boden fiel.

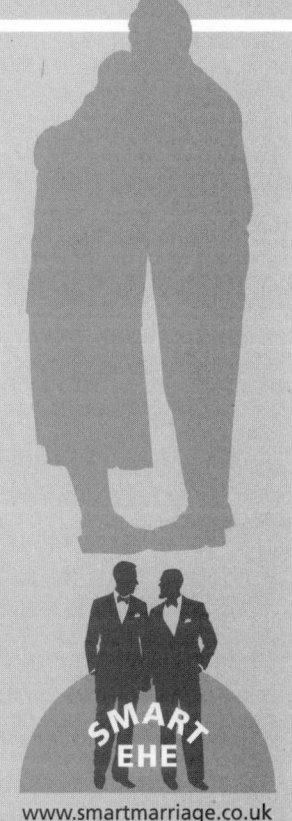

35

Arthur

Arthur saß im Wohnzimmer in einem Sessel und hatte die Hände so fest zu Fäusten geballt, dass die Fingerknöchel ganz weiß waren. Hinter dem Hauch eines Lächelns biss er die Zähne aufeinander.

Auf dem Bildschirm vor ihm war ein junger Mann zu sehen, der schwungvoll auf einem Tablet herumtippte. Arthur spielte mit dem Gedanken, einen Herzinfarkt zu simulieren, wenn dieser Kerl ihn noch einmal »Alter«, »Bro« oder »Kumpel« nannte, und dieser Farce ein Ende zu machen. Aber seine Smart Watch ließ sich nicht täuschen; wahrscheinlich würde sie signalisieren, dass er bei bester Gesundheit war.

»Okeydokey, jetzt habe ich mir alle Daten gezogen. Damit wäre der nervige Teil schon mal geschafft«, flötete Jax. »Dann kommen wir mal zur Sache und suchen dir eine Lady!«

Arthur schauderte. Aber er hielt sein dünnes Lächeln aufrecht und nickte kaum merklich.

Er war dem Rat seines Anwalts gefolgt und hatte sich bei *Der ideale Gefährte* registriert, der behördlich zugelassenen Partnervermittlung. Wenn man sich dort bewarb, wurde man erst zu einem ausführlichen Gespräch gebeten, bevor man aufgenommen wurde. Und so hatte Arthur heute Vormittag schon eine Flut von Fragen über sich ergehen lassen.

»Der schnellste Weg, sich zu verlieben, ist ja bekanntlich Match Your DNA«, fuhr Jax fort. »Hast du dich da schon registriert?«

»Nein.«

»Wäre das denn etwas für dich? Falls ja, hätte ich da einen Rabattgutschein. Das kann ziemlich schnell gehen – wenn sich dein Match auch schon registriert hat, bist du vielleicht schon Ende dieser Woche hoffnungslos verliebt.«

»Nein, vielen Dank«, erwiderte Arthur höflich, aber mit Nachdruck. June war die Frau gewesen, die für ihn bestimmt gewesen war. Dafür brauchte er keinen DNA-Beweis.

»Alles klar, Kumpel. Welche Altersgruppe interessiert uns denn eigentlich? Soll es jemand sein, der so alt ist wie du? Oder ein bisschen jünger? Hier in unserem System gibt es alles Mögliche, auch Studentinnen, die einen Sugardaddy suchen, falls dir der Sinn nach so was steht.«

Arthur schüttelte den Kopf.

»Okay. Und wie sieht's mit dem Beruf aus? Soll deine Zukünftige berufstätig oder im Ruhestand sein?«

»Das ist mir egal.«

»Vollzeit oder Teilzeit?«

»Geht beides.«

»Verwitwet oder geschieden?«

»Das ist nicht wichtig.«

»Dann kreuzen wir mal beides an. Eigenes Haus, eigenes Auto?«

Arthur zuckte mit den Schultern.

»Dann kreuzen wir auch da mal beides an. Gesundheitszustand sollte gut sein, vermute ich mal. Du willst ja nicht gleich wieder Witwer werden, oder?«, sagte Jax mit einem Lachen. Arthur lachte nicht.

»Und wie sieht's mit der Haarfarbe aus, Alter? Stehst du eher auf Blonde oder auf Brünette? Oder vielleicht Schwarz, oder ein natürliches Grau?«

»Völlig egal.«

»Sollen das Halsband und die Handschellen dieselbe Farbe haben?«

Arthur hätte beinahe seinen Tee ausgespuckt.

»War nur ein Scherz, Bro«, sagte Jax und lachte wieder.

Je länger die Fragerei dauerte, desto häufiger wurde Arthur rot. Jax wollte alles wissen, von der gewünschten Größe der Brüste bis hin zur Anzahl an verflossenen Liebhabern, die Arthur bei einer Frau akzeptieren würde. Und auch intimen Fragen musste Arthur sich stellen. Er musste sämtliche Muttermale und Warzen zu Protokoll geben, alle Erkrankungen, an denen er litt, und ob er ohne Hilfe von Medikamenten eine Erektion bekommen konnte.

»Müssen Sie das denn wirklich alles wissen?«, fragte er irgendwann genervt. Auch mit sämtlichen Medikamenten der Welt wäre er niemals in der Lage gewesen, wieder mit einer Frau intim zu werden.

»Tut mir leid, Alter, aber mein Job ist es, die Richtige für dich zu finden«, entgegnete Jax. »Und dabei sollte man die Details nicht außer Acht lassen. Sonst stiehlt man anderen Leuten nur ihre Zeit.«

Als die Befragung endlich vorbei war, war Arthur erschöpft, aber auch erleichtert.

»Alles klärchen«, sagte Jax. »In den nächsten fünf Minuten bekommst du eine Mail von mir, in der dir ein paar Damen vorgeschlagen werden, die deinen Kriterien entsprechen und umgekehrt. Na, wie klingt das, Kumpel?«

Arthur wollte sagen, dass das grässlich klang, wusste aber, dass er das nicht durfte. Sein Anwalt hatte ihn darauf hingewiesen, dass er auch anhand dessen beurteilt wurde, wie freimütig er auf die Fragen antwortete und wie gewillt er war, sich auf die Vermittlung einer neuen Partnerin einzulassen. Die Beurteilung durch einen Burschen, der ein halbes Jahrhundert jünger war als er, konnte über Freiheit und Gefängnis entscheiden.

»Gibt es noch irgendetwas, das ich heute für dich tun kann, Artie?«, fuhr Jax fort.

»Nein, vielen Dank.«

»Alles klar, Bro. Dann wünsch ich dir erst mal alles Gute. Dass du die Frau deiner Träume bald findest!«

Die habe ich schon gefunden, dachte Arthur.

Als er kurz darauf mit einer frischen Tasse Tee aus der Küche zurückkam, blinkte auf dem Bildschirm das Icon mit dem Briefumschlag. Es war eine Mail von Mr. Warner. Er teilte Arthur mit, dass das Gericht sein Schuldeingeständnis anerkannt hatte, was die unrechtmäßigen Rentenzahlungen und die unterlassene Meldung von Junes Tod anging, und dass ihm verminderte Schuldfähigkeit zugestanden wurde. Weil Arthur sich jedoch darum bemühte, eine neue Partnerin zu finden, bisher noch nie straffällig geworden war und eine beispielhafte berufliche Laufbahn vorzuweisen hatte, war Mr. Warner zuversichtlich, dass eine Freiheitsstrafe vermieden werden konnte.

Arthur fixierte den Platz auf dem Sofa, wo June am liebsten gesessen hatte. Seit ihrem Tod war er so sehr in seiner Trauer gefangen, dass er es nicht mehr fertigbrachte, dort auf dem Sofa Platz zu nehmen.

»Wie konnte es nur so weit kommen, June?«, fragte er laut. Doch es kam keine Antwort. Wie wohltuend es gewesen wäre, ihre Stimme zu hören, und sei es nur in seinem Kopf.

Seitdem ihre Leiche aus dem Haus getragen worden war, antwortete sie ihm nicht mehr. Jetzt, da er andere Frauen treffen würde, wenn auch nicht aus freien Stücken, würde sie sich wohl erst recht nicht mehr melden.

36

Anthony

Anthony schloss die Augen und lehnte den Kopf an die Wandfliesen der Dusche. Er hatte vier Stunden geschlafen, und es war die Art von tiefem, kräftigendem Schlaf gewesen, aus dem er nur widerwillig aufwachte, wenn der Wecker klingelte. Obwohl ihm jetzt heißes Wasser auf die Schultern prasselte, lief ihm ein Schauder den Rücken hinab, als seine Uhr in unterschiedlich langen, eindringlichen Signalen zu vibrieren anfing. Die Nachricht lautete »Dringend«. Er konnte sie nicht ignorieren.

»Haben Sie die Nachrichten gesehen?«, lautete die nächste.

»Nein«, sprach er leise in das Mikrofon, in der Hoffnung, dass Jada im Schlafzimmer nebenan noch schlief.

Kurz darauf wurde ein Videoclip angezeigt. »Dusche aus«, sagte Anthony und wies seine Uhr an, den Clip abzuspielen. Es war ein Ausschnitt aus einer Nachrichtensendung.

»Gestern Abend kamen bei Brandanschlägen mindestens zwölf Mitglieder der Oppositionspartei Freiheit Für Alle ums Leben«, verkündete der Sprecher. »Die Polizei sieht in den Brandstiftungen auf den Anwesen in Old Brighton, Old Dorset und Old Nottingham Vergeltungsschläge als Reaktion auf den Tod von Jem Jones. In Old Coventry konnten drei Menschen dem Feuer entkommen, während ein Erwachsener und zwei Kinder mutmaßlich einer Rauchvergiftung zum Opfer fielen.«

Als das Video vorbei war, vibrierte Anthonys Uhr erneut.

»Der Geist von Jem Jones lebt weiter«, lautete die Nachricht. »Wieder mal gute Arbeit.«

Anthony stand wie erstarrt da. Ein kühler Lufthauch zog durch die Dusche, und jedes einzelne Härchen auf seinem Körper richtete sich auf. Zwar hatte er diese Menschen nicht eigenhändig umgebracht, aber es fühlte sich genau so an.

Anthony starrte seinen Sohn an, der ihm am Küchentisch gegenübersaß. Matthew zuckte andauernd mit den Beinen und konnte sich wie immer kaum länger als ein paar Minuten auf eine Sache konzentrieren.

»Was ist das, Daddy?«, fragte er. Er hielt einen kleinen, stoffüberzogenen Lautsprecher in der Hand, den er in einem Schrank gefunden hatte.

»Das ist ein Echo«, antwortete Anthony. »Das ist so etwas wie ein Vorläufer des Audite. Aber der wird schon seit vielen Jahren nicht mehr hergestellt.«

»Und was macht man damit?«

»Hauptsächlich Musik hören oder Bücher hören. Man kann sich auch das Wetter vorhersagen lassen oder das Licht an- und ausschalten.«

Matthew lachte. »Sonst nichts?«

»Nein, eigentlich nicht.«

»Ist das deiner?«

»Nein, der hat meiner Mutter gehört.«

»Und warum hast du ihn aufgehoben?«

»Keine Ahnung. Einfach so.«

Der Echo war das einzige Gerät, das er besaß und auf dem noch Aufnahmen von der Stimme seiner Mutter zu hören waren. Manchmal, wenn Anthony allein war, hörte er sich an, wie seine Mutter eine Einkaufsliste diktierte, oder eine der Nachrichten, die sie ihm hinterlassen hatte und die er abgehört hatte, wenn er von der Schule nach Hause gekommen war und sie nicht da gewesen war. Und jeden Morgen hatte das Gerät sie daran erinnert, die Medikamente zurechtzulegen, ein Ritalin für ihn und zwei Tabletten eines Neuroleptikums für sich selbst.

Als Matthews Bein immer heftiger vor und zurück schwang, fing der Tisch an zu zittern. Anthony zappelte oft genauso, wenn er sich zu konzentrieren versuchte. Und so wie Matthew hatte auch er heute Morgen zunehmend Probleme damit, seinen Geist zu beruhigen.

»Legst du den Echo bitte weg, während du frühstückst?«, sagte er.

»Aber ich will damit spielen«, erwiderte Matthew, warf das Gerät hoch und fing es wieder auf.

»Leg ihn bitte weg, Matthew«, wiederholte Anthony.

Matthew warf den Echo erneut in die Luft, bekam ihn aber nicht wieder zu fassen, sodass er auf den Boden fiel.

»Matthew!«, rief Anthony. »Verdammt noch mal!«

Anthonys Fluchen ließ Matthew innehalten. In diesem Moment betrat Jada die Küche. Sie rubbelte mit einem Handtuch durch ihr feuchtes Haar, warf Anthony einen finsteren Blick zu und führte Matthew hinaus.

Anthony schloss die Augen und fluchte erneut, diesmal jedoch kaum hörbar. Sein Wissen lag wie eine schwere Last auf ihm und wühlte ihn innerlich auf. Beim letzten Meeting in London hatte er nicht nur von den Plänen erfahren, die

die Regierung für Kinder wie seinen Sohn ausgearbeitet hatte, sondern auch die Aufgabe erhalten, sie zu verwirklichen. In einer nicht so fernen Zukunft würde Matthews ADHS seine Familie in massive Schwierigkeiten bringen.

»Musstest du ihn denn so anschreien?«, fragte Jada, als sie zurückkam.

»Er hat nicht auf mich gehört«, erwiderte Anthony. Jadas verschränkte Arme sagten ihm, dass das eine schwache Entschuldigung war. »Tut mir leid«, fügte er hinzu. »Wo ist er jetzt? Ich geh zu ihm und entschuldige mich.«

»Lass ihn in Ruhe. Er ist in seinem Zimmer. Hättest du ihm nicht einfach kurz zeigen können, wie der Echo funktioniert? Du weißt doch, dass er sich für so was interessiert.«

»Ich finde, wir sollten es mit Medikamenten probieren«, sagte Anthony unvermittelt.

Jada sah ihn verständnislos an. »Was?«

»Geh mit ihm noch mal zu dem Spezialisten. Der soll ihm etwas verschreiben, was ihm hilft.«

»Warum jetzt diese Kehrtwende?«, fragte Jada ungläubig.

»Weil du recht hattest. Wenn seine Lehrer sagen, dass er laufend den Unterricht stört, dann müssen wir etwas dagegen unternehmen, solange es noch möglich ist.«

»Er ist erst sieben. Die Art und Weise, wie er sich jetzt verhält, wird nicht über den Rest seines Lebens entscheiden.«

Unbeholfen trat Anthony von einem Bein aufs andere, was Jada nicht entging. »Was ist denn?«

»Nichts.«

»Was verschweigst du mir?«

»Ich verschweige dir gar nichts.«

Jada verschränkte die Arme. »Du hast dich jetzt zwei Jahre lang gegen Medikamente gesträubt. Und da soll ich dir glauben, dass du grundlos deine Meinung änderst?«

Anthony zögerte erst und nickte dann. Die Wahrheit konnte er Jada nicht sagen.

»Schon wieder!«, bohrte sie weiter. »Du verschweigst mir was.«

Anthony blickte auf den Audite. *Du lügst,* formte Jada stumm mit den Lippen.

»Das ist wirklich erfreulich«, sagte sie laut, in einem Ton, der nicht zu ihrer Miene passte. »Ich mache gleich einen Termin bei dem Spezialisten aus.«

»Ich komme mit.«

»Nein, lass nur. Du musst sowieso arbeiten. Wir kommen zu zweit schon klar. Bis jetzt haben wir's ja auch immer geschafft.«

Damit ließ Jada ihn allein. Sie wusste, dass er darauf nichts entgegnen konnte.

37

Roxi

Noch immer rauschte Adrenalin durch Roxis Adern, als sie die Haustür öffnete und das Dutzend ungeöffneter Pakete sah, die sich hinter der Tür stapelten. Alle waren an sie adressiert. Sie war im System der sozialen Versorgung aufgewachsen und hatte als Kind nur neidisch zusehen können, wie andere Kinder an Weihnachten im Fernsehen haufenweise in glitzerndes Papier eingewickelte Geschenke aufgemacht hatten. Jetzt war für sie jeder Tag wie der Heilige Abend, von dem sie damals geträumt hatte. Sie fragte sich, ob sie sich irgendwann daran gewöhnen würde, auch als Erwachsene Geschenke zu bekommen.

Zwei Stunden waren seit ihrem Auftritt im Vorabendmagazin des Senders ITV vergangen. Millionen Menschen hatten zugesehen, wie sie sich dafür ausgesprochen hatte, dass die Bewohner der alten Städte nur mit Besucherausweis in die neuen Städte gelassen werden sollten. Sie hatte ihren Standpunkt prägnant und mit Leidenschaft verteidigt, und sie war sicher, dass sie, wenn sie weiterhin so überzeugend auftrat, in den sozialen Medien noch mehr Follower gewinnen würde. Der Weg zum Ruhm auf Instagram war mit den deaktivierten Profilen von Influencerinnen gepflastert, deren Stern zu hell geleuchtet hatte und zu schnell wieder verloschen war. Roxi würde es nicht so ergehen. Sie hatte zu hart daran gearbeitet, in ihrem Licht zu erstrahlen, um jetzt einfach sang- und klanglos zu verschwinden.

Sie lauschte der Musik, die durch die Küchentür drang. Owen, Darcy und Josh sangen ein Lied mit, das aus dem Audite tönte. Sachte öffnete sie die Tür. Darcy würfelte Gemüse, Josh hockte auf der Arbeitsfläche und schälte Kartoffeln, und Owen suchte etwas in der Schublade, in der sie die Pfannen aufbewahrten. *Die sind auch ohne dich eine Familie,* flüsterte eine Stimme in Roxis Hinterkopf. Und für einen kurzen Moment leuchtete sie ein wenig schwächer. Viele Male hatte sie versucht, mit ihnen die Freude zu teilen, die sie an kleinen Dingen empfanden, doch es war ihr nie gelungen.. Sie fragte sich, ob das Zusammensein mit ihrer Familie sie wohl jemals erfüllen würde.

Sie zog ihr Handy aus der Tasche, machte rasch ein Foto, fügte ein paar Herzchen ein, legte einen Song über Familienglück darüber und postete es auf Instagram. Vielleicht wäre ein Lieferdienst für Kochboxen daran interessiert, sie zu sponsern. Roxi wartete kurz ab, und schon bald bejubelten ihre Follower ihre »wunderbare Familie« und schrieben bewundernd, was für ein Glück sie doch hatte. Ihr Leuchten gewann wieder an Kraft.

Als sie die Küche betrat, warf sie ein schwungvolles »Hallo!« in die Runde. Während sie ihren Mantel auszog und ihr Handy auf der Kücheninsel ablegte, verklangen die Stimmen und die Temperatur sank spürbar.

Owen und Darcy murmelten etwas zur Begrüßung, und Josh warf ihr ein rasches Lächeln zu. Sie wartete auf mehr, aber vergebens.

»Und?«, fragte sie irgendwann. »Ist das alles?«

»Wie meinst du das?«, fragte Darcy zurück, ohne sie anzusehen.

»Ihr habt es doch gesehen, oder?«

»Was gesehen?«

Roxi wandte sich an ihren Mann. »Owen?«

»Ich war in der Arbeit«, sagte er. Niemand fragte, wovon sie sprach.

Roxi verschränkte die Arme und presste sie an die Brust. »ITV Tonight. Die Fernsehsendung.«

»Nein, tut mir leid«, sagte Owen.

»Nicht mal im Nachhinein? Ich hab es auf allen meinen Socials verlinkt.«

»Ich folge dir nicht«, sagte Darcy mit einem Anflug von Genugtuung.

»Wenn ihr wollt, können wir es uns jetzt ansehen«, schlug Roxi vor.

»Vielleicht nach dem Abendessen«, meinte Owen.

Roxi ließ die Schultern hängen. Ihrer Familie mochte das alles egal sein, aber wenn Phoebe, ihre beste Freundin, noch gelebt hätte, wäre sie stolz auf sie gewesen. Eine lange vergessene Erinnerung kam ihr wieder in den Sinn, das Bild von einer stummen Roxi, die in jeder neuen Schule, in die sie geworfen wurde, von ihren Mitschülern ignoriert wurde. Wenn sie irgendwo hinzugekommen war, hatten sich die Gruppen immer schon gebildet, und für Nachzügler gab es kaum noch eine offene Tür, und schon gar nicht für ein Mädchen, das bis dahin noch an keiner Schule lange geblieben war.

Sie richtete ihre Aufmerksamkeit wieder auf die Gegenwart.

»Vielen Dank auch für eure Unterstützung«, fuhr sie fort. »Ihr habt wohl schon vergessen, dass ich stundenlang damit zugebracht habe, Kostüme für die Aufführungen der Schulbühne zu nähen, oder dass ich andauernd auf Elternabenden oder Sportfesten war.«

»Das war meistens Dad, der dabei war«, erwiderte Darcy.

»Aber nicht immer! Und jetzt habe ich meine Nische gefunden und ihr scheint das nicht einmal zu bemerken. Meine eigene Familie ignoriert mich einfach!«

»Sorry, Mum«, sagte Josh, und es klang zumindest so, als meine er es ernst.

»Kinder, lasst ihr uns bitte mal kurz allein?«, sagte Owen.

Roxi bemerkte die Blicke, die die anderen wechselten. Sie sah sie nicht zum ersten Mal. Sie ließen ahnen, dass hier, bevor sie die Küche betreten hatte, gerade ein Gespräch über sie stattgefunden hatte. Sie hielt die Arme weiter vor der Brust verschränkt, bis die Kinder draußen waren.

»Und, was kriege ich heute an den Kopf geworfen?«, fragte sie herausfordernd. »Dass ich eine miserable Ehefrau bin oder dass ich meine Kinder missbrauche, um meine Karriere voranzubringen?«

»Weder noch. Hör zu, Rox, es tut mir leid, dass ich gesagt habe, ich hätte nie heiraten wollen. Das war nicht so gemeint. Ich war einfach wütend. Aber wir müssen zusehen, dass unsere Beziehung wieder ins Lot kommt und gut läuft, vor allem jetzt, wo wir überwacht werden. Zurzeit ist doch keiner von uns beiden glücklich, oder?«

»Ich schon. Jedenfalls, bevor ich dieses Haus betreten habe«, stieß Roxi hervor. »Für mich war das heute ein wahnsinnig wichtiger Tag, und ich hätte das gerne mit meiner Familie geteilt. Aber euch allen geht das sonst wo vorbei.«

»Nein, das stimmt nicht«, erwiderte Owen ruhig. »Aber sieh es doch mal andersherum. Wann hast du einen von uns zum letzten Mal gefragt, wie sein Tag war? Und ich arbeite, so viel ich kann, um dich zu unterstützen, damit du dir deinen Traum erfüllen kannst. Aber wenn du uns ausnutzt, um deine Karriere voranzutreiben, dann kann ich das nicht gutheißen.«

»Meinst du jetzt wieder das Video darüber, dass Darcy gemobbt wird? Darin habe ich doch nur meine Unterstützung für meine Tochter zum Ausdruck gebracht …«

»Nein, das hast du nicht, und wenn du genauer hinschaust, dann erkennst du das auch. Wir sind jetzt seit einem Monat auf Stufe eins, und wir haben keine Ahnung, wie oft uns der Audite zuhört oder was er unseren Gesprächen entnimmt. Wir müssen wieder zu einem gegenseitigen Verständnis kommen, Rox, und wir dürfen keinen Zweifel daran lassen, dass unsere Probleme lösbar sind, bevor sie uns jemanden schicken, der unsere Beziehung wieder in Ordnung bringen soll. Wir müssen wieder mehr eine Familie sein, wieder mehr miteinander unternehmen und zeigen, dass wir alle gut miteinander auskommen.«

Roxi hatte immer geglaubt, genau das zu tun, indem sie ihre Kinder in die Gestaltung ihrer Videos miteinbezog oder Owen erzählte, dass sie Jem Jones' verwaisten Thron erobern wollte. Offenbar hatte sie damit falschgelegen.

Eine ihrer größten Befürchtungen bestand darin, dass sie im Leben nicht viel weiter kommen würden. Ein Ehemann, der kaum Ambitionen hatte, eine Tochter, die sie hasste, ein Sohn, den sie kaum kannte, und sie alle vier zusammengedrängt in einem beengten Haus von der Stange, in einem Vorort am Rand von New Northampton und mit einem Garten, der nicht größer war als ein Handtuch. Das war kaum übertrieben; einmal hatte sie ein Saunahandtuch auf dem Rasen ausgebreitet, und danach war von dem Grün kaum noch etwas zu sehen gewesen. Ihre Familie musste die Urlaube in Touristenfallen im Ausland verbringen, ein Auto fahren, das seit seiner Markteinführung schon dreimal in einer neuen Version herausgekommen war, und Kleidung im Schlussverkauf besorgen. Die Liste der Dinge, die sie nie erreichen würden, war endlos.

Aber Roxi wollte mehr. Viel, viel mehr. Ein größeres Haus in einem besseren Viertel von New Northampton, Urlaub in Fünf-Sterne-Hotels, Sponsorenverträge … und all das war so verlockend nah, dass sie es schon riechen konnte. Aber der Makel, der einer gescheiterten Ehe anhaftete, würde alle ihre Aussichten zunichtemachen.

»Hast du die automatisierte Nachricht gehört, die vor ein paar Tagen gekommen ist?«, fragte Owen.

»Welche? Da kommen doch andauernd welche.«

»Die, in der es hieß, wir sollen uns daran erinnern, wie wir waren, bevor wir geheiratet haben. Und dass alle Paare sich verändern, wenn sie auf einer Welle der Liebe schwimmen – so haben die das gesagt, nicht ich. Wenn man dann verheiratet ist, wird man wieder der Mensch, der man vorher war. Und das ist der Zeitpunkt, zu dem man anfangen muss, an der Beziehung zu arbeiten und gemeinsam zu wachsen. Bei uns haben sich die Wege irgendwann getrennt, und jetzt müssen wir wieder zueinanderfinden.«

Während er sprach, kam Roxi wieder der junge Owen in den Sinn, der in der Personalvermittlungsagentur, in der sie beide gearbeitet hatten, immer wieder in der Personalabteilung vorbeigeschaut hatte. Sein Äußeres hatte darauf schließen lassen, dass er ein anständiger Kerl war, aber anfangs hatte sie sich nicht zu ihm hingezogen gefühlt. Damals war sie nur mit Männern ausgegangen, die sie schlecht behandelten, von denen aber eine besondere Energie ausging. Sie konnte sich Hals über Kopf in solche Männer verlieben, weil sie glaubte, sie hätte nichts Besseres verdient. Bereitwillig hatte sie sich ihnen restlos untergeordnet.

Aber Owen hatte ihr zu verstehen gegeben, dass er nichts dergleichen von ihr wollte. Er wollte eine gleichberechtigte Partnerschaft. Und als er Roxi mit seiner ganzen Liebe begegnet war, hatte sie nichts damit anzufangen gewusst. Je liebevoller er sie behandelt hatte, desto unbeholfener hatte sie sich gefühlt. Und als drei Jahre später Darcy zur Welt gekommen war, war es ihr leichtgefallen, ihr Kind zu lieben, aber nur solange ihre Tochter diese Liebe nicht erwidert hatte. Dann hatte Roxi sich von ihr entfernt. Sie wusste, warum Owen sie liebte – er hatte es ihr oft genug gesagt –, aber sie begriff einfach nicht, warum ein Baby ihr so viel Zuneigung entgegenbrachte.

Als dann Josh gekommen war, hatte sie sich an die Hoffnung geklammert, dass sich alles wieder einrenken würde. Aber das Muster hatte sich wiederholt. Die Distanz, die sie zwischen sich und ihrer Familie geschaffen hatte, bestand bis zum heutigen Tag. Roxi musste draußen im Flur stehen und mit anhören, wie die anderen sich hinter der geschlossenen Tür amüsierten.

Sie hatte Owen nie gebeichtet, dass sie sich vor vier Jahren bei Match Your DNA registriert hatte. Ihr Seelenverwandter war ein älterer verwitweter Herr aus Blagoweschtschensk gewesen, einer russischen Stadt an der Grenze zu China. Aus der verzweifelten Sehnsucht nach einem Gefühl der Zugehörigkeit heraus hatte sie mithilfe einer Übersetzungsapp mit ihrem Match kommuniziert und sich über einen Monat lang per E-Mail mit ihm ausgetauscht. Dann hatte sich nach einer kurzen Funkstille seine Tochter gemeldet und Roxi mitgeteilt, dass er ein paar Tage zuvor an einem Schlaganfall gestorben war. Roxi hatte im Stillen um einen Mann getrauert, den sie nie kennenlernen würde, und um eine Liebe, die sie nie erleben würde.

Ihr Handy, das noch immer auf der Kücheninsel lag, blinkte. Wahrscheinlich eine aktualisierte Zusammenfassung der jüngsten Reaktionen. Sie musste sich zusammenreißen, um nicht nachzusehen.

»Uns läuft die Zeit davon«, fuhr Owen fort, ohne darauf zu achten, dass Roxi gerade abgelenkt war. »Wir haben nur noch ein paar Wochen, um uns zusammenzuraufen.«

Wieder blinkte Roxis Handy. Es war so nah und doch unerreichbar.

»Also, was meinst du?«, fragte Owen. Jetzt blickte auch er auf das Handy. »Sollen wir versuchen, etwas zu finden, was uns beide interessiert?« Roxi nickte. »Okay. Toll. Das ist schon mal ein Anfang«, sagte er, als der Audite mit einem Summen anzeigte, dass das Essen fertig war. Als Owen sich umdrehte, nutzte sie die Gelegenheit. Aber sie griff so ungeschickt nach ihrem Handy, dass es über die Arbeitsfläche rutschte und zu Boden fiel. Owen drehte sich um, während sie auf dem Boden herumkroch und es aufhob. Noch nie hatte sie ihn so enttäuscht gesehen.

»Das Abendessen steht hier«, sagte er und ging hinaus. Er schien sich geschlagen zu geben.

Roxi hielt ihn nicht zurück, sondern scrollte durch die Meldungen. #IchMachsBesserDuAuch? war der Hashtag, der heute am meisten getrendet hatte, und Roxi hatte jetzt auf allen ihren Social-Media-Accounts insgesamt über eine Million Follower – eine Marke, von der sie immer geträumt hatte. Doch außer ihren Fans hatte sie niemanden, dem sie davon erzählen konnte.

Auf Instagram überflog sie die Kommentare zu dem Video ihres Auftritts, den ITV dort gepostet hatte. Unter den Usern war auch ein bekannter Name. *Nein,* dachte Roxi, *den ignoriere ich.* Sie scrollte weiter und las stattdessen die zustimmenden Kommentare, aber allein das Wissen um diesen einen nagte an ihr. Sie wollte ihn ungelesen löschen, schaffte es aber nicht.

»Die Quasselstrippe hört einfach nicht auf zu labern«, hatte @IchSagJaBloss ein paar Minuten zuvor gepostet. »Wahrscheinlich vögelt ihr Alter deswegen in der Gegend rum. Ob sie sich schon mal gefragt hat, was der wirklich macht, wenn er behauptet, er geht zum Hockeytraining? Hat sie nie gesehen, dass seine Klamotten danach gar nicht schmutzig sind? LOL.«

Roxi ließ das Handy auf die Arbeitsfläche fallen. Mit einem Ruck war die Zeit zum Stillstand gekommen.

38

Jeffrey

Einen Augenblick lang glaubte Jeffrey, er würde es sich nur
einbilden. Er öffnete die Augen ein wenig, hob den Kopf aber
nicht vom Kissen. Er hörte genau hin, und da war es wieder. Ein gedämpftes Stöhnen, das aus einem anderen Zimmer kam. Das Licht des Halbmonds, das durch den Spalt
zwischen den Vorhängen fiel, sorgte für gerade ausreichend
Helligkeit, dass Jeffrey seine Ohrhörer und den Schlüsselanhänger fand, mit dem er das Audite-System von Noah und
Luca steuern konnte. Er schaltete es ein, und kurz darauf
waren die gedämpften Geräusche der beiden beim Sex zu
hören.

Gebannt verfolgte er, was dort, ein Stück weiter den Gang
entlang und hinter der verschlossenen Schlafzimmertür, ge-
schah. Das Ächzen und Stöhnen wurde wilder, sodass es
schwierig war herauszuhören, wer welche Rolle einnahm.
Jeffrey führte die Hand zwischen seine Beine und stellte sich
vor, dort in dem Bett zu liegen, auf dem Rücken, die Knie
über Lucas Schultern gehakt. Im Handumdrehen kam er, zeit-
gleich mit einem der beiden Männer, zusammen, aber getrennt.

Mit Sex war er zum ersten Mal als Teenager in Kontakt
gekommen. Er hatte sich ein Zimmer mit seinem Bruder ge-

teilt, und während er sich schlafend gestellt hatte, hatte er mit halb offenen Augen zugesehen, wie Bobby im Bett gegenüber jede Woche mit einem anderen Mädchen geschlafen hatte.

Später, als Erwachsener, als alle außer ihm in einer Beziehung zu leben schienen, hatte er sich damit abgefunden, auf Dauer Single zu bleiben, auch wenn er sich weiterhin einen Partner wünschte oder davon träumte, sein DNA-Match zu finden. Aber er war realistisch. Er verlangte nicht, dass sein Partner hoffnungslos in ihn verliebt war oder auch nur seine Gefühle erwiderte. Er wollte nur gebraucht und geschätzt werden und für einen anderen Menschen wichtig sein. Und wenn all diese Hoffnungen enttäuscht wurden, hatte er sich Befriedigung verschafft, indem er bei diskret gehaltenen geschlossenen Veranstaltungen fremden Menschen dabei zusah, wie sie einander Lust bereiteten.

Jeffrey wischte sich mit der Unterhose ab, die er gestern getragen hatte, und griff nach der Fernbedienung, um den Audite abzuschalten. Doch als Noah und Luca anfingen, sich zu unterhalten, hielt er inne.

»Was glaubst du, wie lange er noch bleibt?«, fragte Noah.

»Er hat gesagt, es kann bis zu sechs Wochen dauern. Aber wenn wir ihm zeigen, dass wir auf seine Ratschläge hören, dann vielleicht auch weniger.«

»Diese drei Wochen haben sich wie ein ganzes Jahr angefühlt.«

»So schlimm fand ich es gar nicht.«

»Ich schon«, sagte Noah. »Er ist andauernd da. Ich will schon gar nicht mehr aufs Klo gehen, weil ich Angst habe, er sitzt da irgendwo in einer Ecke und tippt Notizen in sein Scheißtablet.« Luca lachte. »Du weißt schon, was ich meine. Er ist mir unheimlich. Wenn wir ihn auf einer Dating-App aufgegabelt hätten und er dann vor der Tür gestanden hätte, hätten wir ihm gesagt, er hat sich in der Hausnummer geirrt.«

»Ach, komm schon, Babe, er ist kein schlechter Kerl.«

»Da bin ich mir nicht so sicher. Immerhin hat Beccy wegen ihm einen Rückzieher gemacht.«

»Aber das liegt doch an der Situation, in der wir sind, nicht an Jeffrey. Er macht nur seinen Job.«

Jeffrey verspürte ein aufgeregtes Kribbeln. Jetzt wusste er, dass Luca auf seiner Seite war, denn was auch immer Noah ihm vorwarf, Luca verteidigte ihn.

»Außerdem steht er auf dich«, sagte Noah.

Jeffreys freudige Erregung wandelte sich in Panik. Hatte er es sich so sehr anmerken lassen?

»Nein, tut er nicht«, wiegelte Luca ab.

»Tut er wohl. Du solltest mal sehen, wie er dich anglotzt, wenn er sich unbeobachtet fühlt.«

»Das bildest du dir nur ein.«

»Wenn er unattraktiv wäre, könnte mir das ja egal sein. Aber vielleicht versteckt sich unter diesen schlecht sitzenden Klamotten ja ein halbwegs passabler Körper. Das ist aber auch das Einzige, was für ihn spricht.«

Je länger Noah redete, desto überzeugter war Jeffrey, dass Noah mit seiner Boshaftigkeit ganz und gar nicht zu einem so anständigen Mann wie Luca passte. Jetzt war es seine Aufgabe, dafür zu sorgen, dass auch die beiden das erkannten.

39

Corrine

»Ich hasse diesen Mann. Abgrundtief«, sagte Corrine erzürnt. Sie versuchte, die Tränen zurückzuhalten, die sich in ihren Augen sammelten, während sie an das zurückdachte, was Mitchell getan hatte. Seinetwegen hatte sie schon zu viele Tränen vergossen.

»Was hat deine Anwältin denn gesagt?«, fragte Yan, während sie weiter durch den Upton Country Park gingen.

»Sie hat mir durch die Blume zu verstehen gegeben, dass es eine kolossale Dummheit war, etwas zu unterschreiben, ohne es ihr vorher zu lesen zu geben.«

»Und warum hat sie sich nicht bei dir gemeldet, als Mitchell die Unterlagen eingereicht hat?«

»Sie hat sie nie bekommen. Und weil es keinen genauen Zeitplan für die Scheidung gab, hat sie darauf gewartet, dass ich mich bei ihr melde. Sie hat gesagt, sie kann noch versuchen, dass die Smart-Ehe annulliert wird, mit der Begründung, dass ich unter Vorspiegelung falscher Tatsachen unterschrieben habe, aber sie meinte, wenn Mitchell widerspricht, kann das bis zu zwei Jahre dauern.« Corrine führte Daumen und Zeigefinger zueinander. »Ich war *so* nah dran, neu anfangen zu können. *So* nah. Und jetzt muss ich zurück auf Los.«

»Das tut mir wahnsinnig leid, Corrine. Hast du einen Plan B?«

»Nein. Ich wünschte, ich hätte einen.«

Yan war die Einzige, mit der sich Corrine bei den Treffen der Splittergruppe von Freiheit Für Alle angefreundet hatte. Sie setzten sich auf eine Bank und blickten eine Anhöhe hinab, zu deren Füßen im Rahmen einer städtebaulichen Aufwertung eine weitere Wohnsiedlung entstanden war.

»Dieses Gesetz ist so was von unfair«, fuhr Corrine fort und ballte die Fäuste. »Ich bin sauer auf Mitchell, und ich bin sauer auf mich selbst, weil ich so dumm war. Ich hätte ahnen müssen, dass er nicht verlieren kann. Ich weiß, dass viele Leute über Leichen gehen würden, um so privilegiert zu sein wie ich. Sollen sie ruhig mal.«

Yan öffnete den Mund und schloss ihn wieder, als überlege sie sorgfältig, was sie sagen sollte.

»Na los«, sagte Corrine. »Sag mir ruhig, wie idiotisch ich mich benommen habe.«

»Darauf will ich gar nicht hinaus. Du weißt doch, dass es da ... bestimmte Möglichkeiten gibt, oder?«, sagte Yan zögerlich. »Das wäre nicht besonders moralisch. Aber diese Möglichkeiten bestehen.«

»Zum Beispiel?«

»Es gibt da ... Leute ... in der FFA, die gewisse Verbindungen haben, wenn du verstehst, was ich meine.«

»Nein, ich verstehe nicht.«

»Wege, um Probleme zu lösen. Probleme wie deinen Ehemann.«

»Du meinst, ihn umbringen zu lassen?«

Yan schüttelte heftig den Kopf. »Um Gottes willen, nein, keine solche Lösung. Sondern Lösungen, die ein gewisses

Maß an Hinterlist erfordern und zu einer Scheidung im Schnellverfahren führen können, ohne dass du irgendwie bestraft wirst.«

»Und wie könnte das aussehen?«

»Eine schwerwiegende Täuschung, etwa hinsichtlich Drogenabhängigkeit oder Spielsucht, eine unheilbare sexuell übertragbare Krankheit, die er dir angehängt hat, ein Gefängnisaufenthalt, eine degenerative neurologische Erkrankung … oder du beschuldigst ihn, gegen dich gewalttätig zu sein. Bei Gewalt in der Ehe werden sofort Sicherheitsmaßnahmen eingeleitet, und dann landet ihr im Handumdrehen vor dem Familiengericht. Wenn das Gericht auf deiner Seite ist, kann deine Ehe nach zwei Wochen Geschichte sein.«

»Aber Mitchell war nie gewalttätig gegen mich.«

»Aber das wissen die nicht.«

Corrine schüttelte den Kopf. »Ich kann doch nicht lügen.«

»Hat Mitchell etwa auf sein Gewissen gehört, als er dich übers Ohr gehauen hat und dir erst eine Scheidung und dann eine erneute Heirat untergejubelt hat? Warum soll er sich etwas erlauben dürfen, was du dir nicht erlauben darfst?«

»Nein. Es wäre nicht in Ordnung, ein Gesetz auszunutzen, das darauf abzielt, verletzliche Menschen zu schützen.«

»Ich hab ja gesagt, es wäre unmoralisch«, sagte Yan.

Corrine zog ihr Handy aus der Tasche und blätterte durch einen Ordner mit Fotos. Darunter war ein Selfie, das sie letzten Winter gemacht hatte, nachdem sie auf einer Eisplatte ausgerutscht war und sich Prellungen an Armen und Schultern zugezogen hatte. Und auf einem jüngeren Bild waren die blauen Flecken um ihren Mund und die geschwollenen Lippen zu sehen, die sie von der Auseinandersetzung in Eleanor Harrisons Wohnung davongetragen hatte. Sie schloss den Ordner und schüttelte den Kopf. »Tut mir leid, aber so bin ich einfach nicht.«

»Verstehe«, sagte Yan. »Aber wenn ich in deiner Lage wäre und dich um Hilfe bitten würde, was würdest du mir raten?«

»Alles zu tun, was möglich ist, um aus dieser Ehe rauszukommen.«

»Ganz genau. Also hängt alles davon ab, wie sehr du deinen Mann hasst.«

Corrine hasste ihren Mann. Und sie hasste ihn *sehr*.

40

Jeffrey

»Wann, glauben Sie, ist Ihre Beziehung vom Kurs abgekommen?«, fragte Jeffrey.

»Unsere Beziehung *ist* nicht vom Kurs abgekommen«, erwiderte Noah mürrisch und ließ für sich und Luca noch jeweils eine Tasse Kaffee aus der Maschine. Jeffrey bot er keinen an. »Und ich verstehe nicht, warum Sie das weiterhin behaupten.«

»Nehmen wir einmal an, Ihr Audite hat Probleme erfasst, die Sie beide möglicherweise noch nicht erkannt haben. Und ich will herausfinden, warum er zu diesem Schluss gekommen ist. Vor drei Monaten wurden Sie informiert, dass Sie auf Stufe eins gestellt wurden, richtig?«

»Ja«, antworteten beide unisono.

»Eine Woche nach Ihrer Hochzeit sind Sie in dieses Haus gezogen. Wenn man die sechsmonatige Karenzzeit für frisch Vermählte abzieht, könnte man also sagen, dass sich die Probleme zugespitzt haben, nachdem Sie hier eingezogen sind. Ging das Haus möglicherweise auf Kosten Ihrer Beziehung?«

»Ohne Hochzeit hätten wir es uns nie leisten können«, sagte Noah. »Vom Gehalt eines Assistenzarztes werde ich nicht reich, und Luca verdient beim Catering auch nicht gerade ein Vermögen.«

Jeffrey bemerkte, wie Luca bei diesen abschätzigen Worten zusammenzuckte.

»Aber unsere Beziehung läuft gut«, fuhr Noah fort. Er hatte Lucas Reaktion nicht bemerkt. »Sie haben es doch am ersten Tag selbst gesagt: Wahrscheinlich versteht das System nur nicht, wie wir miteinander umgehen.« Jeffrey erwiderte nichts, was Noah offensichtlich nervte. »Oder sehen Sie das mittlerweile anders?«

Luca drückte Noahs rechten Oberschenkel, wie um ihm zu verstehen zu geben, er solle nicht so streitlustig sein.

»Und das Haus ist an alldem nicht schuld«, fügte Noah hinzu. »Schuld ist dieser beschissene, dämliche Audite.«

»Genau diesem Audite haben Sie aber vertraut, als Sie vor einem Jahr eine Smart-Ehe eingegangen sind, was Ihnen ermöglicht hat, sich Ihr Traumhaus zu kaufen. Luca, sind Sie hier glücklich?«

»Mir gefällt es hier, ja.«

»Aber sind Sie *glücklich*?«

»Warum wollen Sie das von ihm wissen?«, ging Noah dazwischen.

»Ich glaube, ich wüsste gerne, warum Ihr Mann Antidepressiva nimmt.«

»Woher wissen Sie das?«, fragte Luca.

»Ich habe mir Ihre Patientenakte angesehen«, sagte Jeffrey, doch in Wahrheit hatte er im Badezimmerschränkchen eine Schachtel mit entsprechenden Pflastern entdeckt.

»Er verwendet sie hin und wieder, um ein physiologisches Ungleichgewicht auszugleichen, so wie Millionen anderer Menschen auch«, sagte Noah. »Aber nicht, weil er wegen dem Haus oder unserer Beziehung unglücklich ist.«

»Die meisten Paare glauben, sie führen eine Beziehung auf Augenhöhe«, sagte Jeffrey. »Aber oft spricht nur einer von beiden, auch wenn sich die Frage nicht an ihn richtet. Trifft das auch auf Sie zu, Noah?«

»Ja, wohl schon.«

»Ich habe die Erfahrung gemacht, dass solche Menschen nach Anerkennung für die Mehrarbeit streben, die sie leisten, oder für die Entscheidungen, die sie treffen, um das Paar voranzubringen. Wünschen Sie sich mehr Bestätigung, als Luca Ihnen gibt, Noah?«

»Nein.«

»Haben Sie schon einmal darüber nachgedacht, dass diese erhöhte Position, die Sie sich herausnehmen, sich für Luca wie eine Kastration anfühlen könnte?«

»Wie kommen Sie denn auf so was? Er hat mir nie irgendetwas in der Richtung vorgeworfen.«

»Hat er Ihnen das möglicherweise durch sein Verhalten zu verstehen gegeben, und Sie haben die Signale nicht erkannt? Die Bedürfnisse des Partners zu ignorieren, ist leichter, als sich einer Meinungsverschiedenheit zu stellen.«

»Ich ignoriere überhaupt nichts ...«

»Als Ihre Leihmutter den Prozess vorübergehend auf Eis gelegt hat, haben Sie Lucas emotionalen Hilferuf ignoriert und das Haus verlassen. Dass er keine Lust auf Dreier hat, haben Sie abgetan und behauptet, das Thema sei noch nicht erledigt. Sie haben Ihre Ehe entwertet, indem Sie ihn in dem Glauben gelassen haben, Sie hätten nur aus Liebe geheiratet und nicht wegen der finanziellen Vorteile.«

»Sie drehen mir das Wort im Mund um!«

»Denken Sie, die Welt dreht sich nur um Sie, Noah?«

»Nein! Natürlich nicht. Mein Beruf besteht sogar darin, andere Leute an die erste Stelle zu setzen.«

»Und damit Ihnen die Leute zuhören, überreden Sie sie vermutlich oder machen ihnen Angst.«

»Angst?«

»Angst vor den gesundheitlichen Folgen, mit denen sie rechnen müssen, wenn sie nicht das tun, was Sie ihnen sagen.«

»Ich erkläre ihnen die Fakten und zeige ihnen Möglichkeiten auf. Damit rette ich Leben.«

»Dann frage ich Sie noch einmal: Denken Sie, die Welt dreht sich nur um Sie?«

Noah wurde rot, und Luca drückte seine Hand fester auf seinen Oberschenkel.

»Im Rahmen meiner Arbeit im Krankenhaus – ja, da könnte man sagen, dass sich die Welt um mich dreht. Weil sie sich um die gesamte Belegschaft dreht. Aber nicht im Privatleben oder in meiner Beziehung.«

»Wollten Sie nicht eher sagen: ›in *unserer* Beziehung‹?« Noah sah Jeffrey wütend an. »Wenn Sie nicht zugeben können, dass sich die Welt nur um Sie dreht, dann sind Sie nicht ehrlich, weder Luca noch mir noch sich selbst gegenüber.«

»Soll das heißen, ich lüge?« Noah wandte sich an Luca. »Wieso verteidigst du mich nicht?«

»Es liegt in der menschlichen Natur zu glauben, die Welt drehe sich nur um uns«, sagte Jeffrey. »Menschen sind nun einmal egoistisch. Wir alle wollen Wärme, etwas zu essen, Liebe, ein Dach über dem Kopf, Aufmerksamkeit, ein Gefühl der Sicherheit ... Haben Sie jemals erlebt, dass ein Baby die Bedürfnisse seiner Eltern über die eigenen stellt? Manche von uns entwickeln sich zu etwas fürsorglicheren Menschen, während andere diese kindlichen Eigenschaften ihr Leben lang behalten.«

Noah schüttelte den Kopf. »Jetzt sagt er auch noch, dass ich kindisch bin.«

»Nein«, entgegnete Luca. »Er zeigt dir nur etwas auf.«

»Ich will nur, dass Sie erkennen, dass Sie voller Widersprüche sind, einfach weil wir Menschen nun einmal so sind«, sagte Jeffrey. »Wir sagen etwas und verhalten uns dann ganz anders. Wenn Sie sich ehrlich eingestehen, was für ein Mensch Sie sind, können Sie auch Luca ganz ehrlich sagen, was Sie sich von Ihrer gemeinsamen Zeit wünschen, wie lange die auch noch dauern mag.« Jeffrey sah Noah direkt in die Augen. »Wollen Sie monogam leben? Wollen Sie eine Familie gründen? Wollen Sie wirklich verheiratet sein?«

»Ja, natürlich!«

»Verstehen Sie, warum Ihre Haltung Luca dazu bringen könnte, das anzuzweifeln?«

»Zweifelst du das denn an?«, wandte Noah sich an Luca.

Jeffrey ließ Luca keine Möglichkeit zu antworten. »Ich habe *Sie* gefragt, Noah, aber anstatt zu antworten, lenken Sie ab. Sie setzen Luca unter Zugzwang, um die Verantwortung abzuwälzen.«

»Ich sage dir doch immer wieder, dass ich dich liebe, oder?«, sagte Noah.

»Der Inhalt dessen, was Sie sagen, ist die eine Sache, aber der Ton, in dem Sie es sagen, kann das Gegenteil ausdrücken«, sagte Jeffrey. »Vielleicht ist das – neben den Beleidigungen – der Grund, warum das System Ihre Gespräche als auffällig markiert hat. Es hat sie nicht verstanden, weil sie so voller Widersprüche sind. Und wenn Sie selbst sich nicht verstehen, dann ist es auch für Ihren Mann unmöglich, Sie zu verstehen.«

Noah stand auf und streckte die Hände aus, als würde er sich ergeben. »Okay, Sie haben gewonnen.«

»Ich würde Ihnen gern einen Vorschlag machen, der Ihnen vielleicht weiterhilft«, fuhr Jeffrey fort. »Eine Auszeit von Ihrer Beziehung.«

»Wir sollen uns trennen?«, fragte Luca.

»Nein, keineswegs. Ich meine das, was man Positive Abkopplung nennt: getrennte Schlafzimmer, keine Intimitäten und keine Gespräche, außer in unseren Sitzungen. Ich würde Sie in dieser Zeit begleiten, sodass Sie Konflikte oder unerwartete Gefühle leichter erkennen.«

»Und was soll das bringen?«, fragte Luca.

»Bei anderen Klienten hat es zu mehr Raum für den Einzelnen und zu mehr Klarheit geführt. Sie beide sprechen durch mich miteinander, und ich erläutere Ihnen, was der andere Ihnen meiner Ansicht nach sagen will. Vielleicht bringt das etwas, vielleicht auch nicht. Aber Sie haben doch nichts zu verlieren, oder?«

Luca nickte, aber Noah schüttelte den Kopf. »Ihr zwei könnt von mir aus nach Herzenslust miteinander reden, aber das ist alles Blödsinn, Luca, und du fällst darauf rein. Ich brauch eine kurze Pause.«

»Entschuldigung«, sagte Luca, während Noah hinausging.

»Eine solche Reaktion ist nichts Ungewöhnliches. Nicht jeder verkraftet es, die Wahrheit über sich selbst zu hören.«

Luca schwieg und sah zu Boden. Dann sagte er: »Kann ich Sie etwas fragen, Jeffrey?«

»Natürlich.«

»Finden Sie, Noah und ich sollten zusammenbleiben?«

Jeffrey überlegte kurz, wie er am besten antworten könnte, ohne seine Parteilichkeit zu verraten.

»Wir drei haben noch eine Menge Arbeit vor uns, und jedes Mal, wenn Noah sich weigert mitzumachen, wird die Sache dadurch verlängert. Ich glaube, es wäre zu Ihrem Besten, wenn ich die ganzen acht Wochen hierbleiben würde. Wenn Sie sich damit nicht wohlfühlen, habe ich dafür Verständnis, und ich werde während der restlichen Zeit versuchen, so viel wie möglich zu erreichen.«

»Vielen Dank«, sagte Luca. »Ich möchte nicht, dass Sie uns für undankbar halten.«

Die Schmetterlinge in Jeffreys Bauch flatterten wie wild herum, während er nach oben und in sein Zimmer ging, wo er im Stillen jubilierte und die geballten Fäuste in die Luft reckte, wie ein Fußballfan, der einen Sieg seiner Mannschaft feiert.

41

Arthur

Mit seinem Mut hatte Arthur Foley im Lauf der Jahrzehnte zahllosen Menschen das Leben gerettet. Er hatte an vorderster Front Einsatzgruppen der Feuerwehr geleitet, wenn sie sich durch brennende Gebäude gekämpft hatten, und er hatte mit schwerem Gerät hantiert, um in komplizierten Manövern Personen aus Autowracks herauszuschneiden. Jedes Mal hatte er das Adrenalin im Zaum gehalten und war ruhig, besonnen und mit eiserner Entschlossenheit zu Werke gegangen.

Doch der Arthur Foley von heute Abend war ein völlig anderer Mann als der, an den seine Kollegen sich erinnerten. Heute wartete er auf die Frau, die er sich aus der Vorschlagsliste einer Partnervermittlungsagentur ausgesucht hatte, und das versetzte ihn in Angst und Schrecken.

Er saß in einem stillen Nebenraum des Country Pubs Fox & Hounds in Harlestone und war so tief in sich zusammengesunken, dass er Angst hatte zusammenzuklappen. Noch nie hatte er sich so unwohl gefühlt. Als sich in seinen Achseln der Schweiß sammelte und ihm die Rippen hinablief, lutschte er einen Eiswürfel, um sich Abkühlung zu verschaffen. Zur Beruhigung nahm er einen großen Schluck Whiskey Cola. Seine Stresswerte und sein Puls stiegen so stark an, dass sogar seine Smart Watch fragte, ob er medizinische Hilfe brauche.

Toni Cooper war pünktlich. Um genau sieben Uhr stand sie in der Tür. Während sie sich nach ihm umsah, betrachtete Arthur kurz ihre Erscheinung, bevor er ihr schließlich zuwinkte. Sie war leger gekleidet: Pullover, Hose, flache Schuhe. June hätte über das Outfit vermutlich die Nase gerümpft. Toni war eine attraktive Frau, etwas jünger als Arthur, wenn auch nicht viel, hatte dunkles, grau meliertes Haar, haselnussbraune Augen und einen mediterranen Teint. Arthur stand auf und strich sich die Krawatte glatt.

»Arthur«, sagte Toni, als sie auf ihn zuging und ihn auf beide Wangen küsste. »Wie schön, Sie kennenzulernen.« Die natürliche Gelassenheit, die sie ausstrahlte, beruhigte Arthur.

»Hatten Sie eine gute Reise?«, fragte er.

»Heute Abend oder durch mein bisheriges Leben?«

Arthur sah sie verdutzt an.

»Entschuldigung – ein kleines Wortspiel zur Auflockerung«, sagte sie und lächelte. »Ich wohne nur zwanzig Minuten entfernt, in Gayton. Und Sie?«

»Ich wohne drüben in Kingsthorpe, da, wo früher einmal der Thornton Park war, bevor die Wiesen mit Beton überzogen wurden und ein Eisenbahndepot daraus wurde«, sagte Arthur. »Was möchten Sie trinken?«

»Was trinken Sie denn?«

»Jack Daniels mit Cola«, sagte Arthur und schämte sich plötzlich dafür, dass er schon so früh am Abend zu Hochprozentigem griff.

»Dann nehme ich das auch.«

Als Arthur von der Bar zurückkam, steckte Toni ihr Handy in ihre Handtasche.

»Ich habe nur gerade meiner Tochter geschrieben, dass sie wieder fahren kann. Sie sehen nicht wie ein Serienmörder aus.«

Arthur sah sich um. »Ist sie mitgekommen?«

»Sie war noch draußen im Auto. Sie hat darauf bestanden zu warten, bis sie sicher sein kann, dass alles okay ist. Haben Sie Kinder?«

»Nein«, antwortete Arthur und spürte zum ersten Mal seit Jahren wieder jenen unerfüllten Wunsch. »Wie viele haben Sie denn?«

»Zwei Söhne und eine Tochter. Sie wohnen alle hier in der Gegend. Und ich habe auch eine Enkelin, auf die ich an zwei Vormittagen in der Woche aufpasse, wenn ihre Mutter in der Arbeit ist. In Ihrem Profil stand, dass Sie verwitwet sind?«

Arthur hasste dieses Wort. »Ja.«

»Und so, wie Sie an Ihrem Ehering drehen, ist es noch nicht lange her.«

Er nickte, ging aber nicht weiter darauf ein. »Neun Monate.«

»Bei mir sind es zwei Jahre«, sagte Toni. »Ein Gehirntumor, der nicht erkannt wurde.« Sie schnippte mit den Fingern. »Und zwei Wochen später hatte ich ihn verloren. Und Ihre Frau?«

»Sie hatte im Schlaf einen Herzinfarkt. Außerdem hatte sie eine seltene Form von Demenz, für die es noch keine Therapie gibt.«

»Das tut mir leid. War sie bis zum Schluss zu Hause?«

»Ja.« Arthur verschwieg, dass sie auch noch sechs Monate danach zu Hause geblieben war.

»Sie haben sie also nicht in eine dieser ›Landhaus-Residenzen‹ gegeben, wie diese Häuser genannt werden? Beziehungsweise in eine dieser ›Leichenfarmen‹, wie sie eigentlich heißen sollten.«

»Nein, das kam überhaupt nicht infrage.«

»Für mich wäre das auch keine Option gewesen. Ich finde diese Werbekampagnen grässlich, die den Kranken ein schlechtes Gewissen machen und ihnen einreden, sie seien den anderen eine Last, und auch, dass die sogenannten ›Liebsten‹ sich dadurch angeblich ihren moralischen Verpflichtungen entziehen können.« Sie nahm einen Schluck von ihrem Drink. »Entschuldigung. Ich steige jetzt mal von meinem hohen Ross herab. Das ist also Ihr erstes Date seitdem?«

»Ist das so offensichtlich?«

»Ich habe genug erlebt, um zu merken, wenn jemand lieber woanders wäre.«

»Oh, entschuldigen Sie bitte, wenn ich diesen Eindruck mache.«

Als Toni plötzlich aufstand und sich die Handtasche über die Schulter hängte, fürchtete Arthur, er hätte sie vergrault. »Gehen wir irgendwohin, wo ein bisschen mehr los ist«, sagte sie, und Arthur folgte ihr in einen anderen Raum des Pubs, wo es etwas lauter war und aus den Lautsprechern Songs von Britpopbands wie Oasis und Radiohead tönten, die Arthur noch aus seinen Zwanzigern kannte. Toni deutete auf seine Smart Watch, nahm seine andere Hand und legte sie auf die Uhr. Dann machte sie es selbst genauso und sprach ihm direkt ins Ohr.

»Keine Sorge. Ich vermute mal, dir geht's wie mir, und du sitzt nicht freiwillig hier, sondern weil du zu viel zu verlieren hast.« Arthur nickte. »Zum Glück hören sie uns Witwen und Witwer nicht in unseren vier Wänden ab. Aber ich finde es furchtbar, dass sie sich, wenn die Organisation ein Date vermittelt hat, dazuschalten und zehn Minuten des Gesprächs mitschneiden können.«

»Wirklich?«, fragte Arthur ruhig. »Das wusste ich gar nicht.«

»Ich glaube, ich kann offen mit dir reden, Arthur. Ich lasse mich darauf ein, mich so oft mit Männern zu treffen, damit ich nicht auffalle und damit es so aussieht, als wäre ich auf der Suche nach einem Ehemann. Ich tue, was sie von mir verlangen: Ich trage meinen Ehering nicht, sodass die Männer glauben, ich sei ›emotional verfügbar‹, ich stelle eine Menge Fragen und höre mir brav die Antworten an. Weißt du, dass wir nach jedem Date einen Fragebogen ausfüllen müssen, in dem wir den anderen bewerten sollen?«

»Ja, das wurde in dem Vorgespräch erwähnt.«

»Ich versuche immer, meinen Fragebogen als Erste abzuschicken. Ich vergebe jedes Mal Bestnoten, damit der andere sich geschmeichelt fühlt und sich mit Anmerkungen zurückhält, die einen Warnhinweis auslösen und den Verdacht nahelegen könnten, ich würde das Ganze nicht ernst nehmen. Und indem ich das System auf diese Weise austrickse, kann ich mein Haus behalten, beziehe weiter die volle Rente und kann tun, was ich will, ohne mir Sorgen machen zu müssen, alles zu verlieren. So halte ich mir die Wölfe vom Leib. Wahrscheinlich nicht für immer, das ist schon klar, aber zumindest bis auf Weiteres kann ich sie nur hören, wie sie in der Ferne heulen.«

»Ist das denn erlaubt?«

Ein Song ging zu Ende, und sie warteten, bis ein neuer eingesetzt hatte, bevor sie weitersprachen. »Genau genommen nicht. Aber eine Menge Leute machen das so, das wirst du schon noch merken. Die meisten Dates sind so wie dieses, einfach ein angenehmes Treffen. Sie können uns das Singleleben schwer machen, aber sie können uns nicht dazu zwingen, es aufzugeben.«

»Und was machst du, wenn sie dir eine Frist setzen, bis zu der du jemanden gefunden haben musst?«

Toni zuckte mit den Schultern. »Irgendwann wird das wohl passieren. Dann suche ich mir irgendeinen alten Schwulen oder eine alte Lesbe, die mit einer platonischen Beziehung einverstanden ist. Tut mir leid, wenn du da mehr willst und ich dir deine Zeit stehle.«

»Nein, überhaupt nicht«, entgegnete Arthur. Jetzt endlich konnte er sich in Tonis Gegenwart entspannen.

»Neulich habe ich eine Anzeige von einer Firma gesehen, die nicht nur genetisches Matching, sondern auch künstliche Intelligenz verwendet, um sicherzustellen, dass zwei Menschen, die DNA-Matches sind, auch in biologischer, sexueller, emotionaler und geistiger Hinsicht zueinanderpassen, und das, noch bevor die beiden sich das erste Mal treffen. Die Generation unserer Enkel wird schon gar nicht mehr wissen, was es heißt, spontan ein Date zu haben. Die werden alle im Labor genetisch gematched oder durch eine App zusammengebracht.«

»Und was ist aus der Romantik geworden?«

»Die ist Schnee von gestern, Arthur. So wie Menschen wie wir. Aber jetzt erzähl mir etwas über dich.«

Arthur berichtete von seinen Jahren im Dienst der Feuerwehr, und Toni verlor ein paar Worte darüber, dass sie beruflich als Therapeutin arbeitete.

»Hast du ein Spezialgebiet?«

266

»Paartherapie«, sagte sie zögerlich.

»Beziehungsbegleiterin?«, fragte Arthur. Erst als Toni merkte, dass er darauf nicht gut zu sprechen war, ging sie etwas mehr ins Detail.

»Um Gottes willen, nein. *So eine* bin ich nicht. Ich arbeite mit Paaren, die von sich aus eine Therapie machen wollen, und nicht mit solchen, die dazu gezwungen werden.«

»Hat die Regierung das nicht untersagt?«

»Ja, und sie haben allen die Zulassung entzogen, die keine Umschulung machen wollten. Jetzt bekommst du nur noch eine Zulassung, wenn du eine behördlich anerkannte Ausbildung gemacht hast. Wenn ich also heute als Paartherapeutin auftreten würde, könnten sie mich verhaften und wegen ›Betrügerischer falscher Darstellung von Tatsachen‹ anklagen. Ich habe noch immer Klienten, aber das läuft alles sehr diskret ab.«

Die Stunden vergingen, und sie sprachen über die Reisen, die sie gemacht hatten, und über die Filme und die Bands, die sie in ihrer Jugend gesehen hatten. Sie lachten viel mehr, als Arthur erwartet hatte, und sie sprachen auch mehr über ihre verstorbenen Ehepartner, als er gedacht hätte.

»Was fehlt dir am meisten, wenn du an deinen Mann denkst?«, fragte Arthur.

»Wo soll ich da anfangen? Die gemeinsamen Erinnerungen, das Lachen, die Gewissheit, dass immer jemand da ist, mit dem du reden kannst und der dich versteht und zu dir hält. Als David noch da war, musste ich nie etwas allein machen. Und wie ist es bei dir?«

»Ich habe noch Monate nach ihrem Tod mit June gesprochen«, sagte Arthur vorsichtig. Toni war der erste Mensch, dem er das gestand. »Dadurch habe ich mich nicht so einsam gefühlt.«

»Ich träume fast jede Nacht von David. In diesen Träumen suche ich ihn, stundenlang. Ich weiß, dass er irgendwo auf dieser Welt ist, aber ich kann ihn nicht finden. Wenn ich dann aufwache, bin ich völlig erschöpft. Hast du von diesen Avataren gehört, die man mittlerweile erstellen kann, nach dem Bild eines geliebten Menschen, der verstorben ist? Anhand von Fotos und Videos erschafft diese Firma ein Modell, das dann so aussieht wie David oder June und sich auch so bewegt oder spricht.«

»Echt?«

»Ja, und sie können es auch in den Raum projizieren. Es sitzt dann bei dir zu Hause, du kannst mit ihm reden, und es antwortet dir. Dadurch sollen wir uns weniger allein fühlen. Aber das wird sicher bald wieder verboten, weil die Regierung ja will, dass wir alle wieder heiraten, selbst wenn unser Partner noch nicht mal unter der Erde ist.«

Arthur hatte schon zu viel Zeit mit Junes Hülle verbracht. Das brauchte er nicht noch einmal. Er würde June nie wieder zurückholen, egal in welcher Form.

Als der Wirt die letzte Runde einläutete, sah Arthur auf die Uhr. Er war überrascht, wie schnell der Abend vergangen war.

»Jetzt habe ich dich gar nicht gefragt, was du eigentlich suchst, Arthur. Liebe oder Kameradschaft?«

Arthur drückte die Hand etwas fester auf seine Uhr. »Weder noch. Dreiundfünfzig Jahre lang hatte ich beides, mit einer wundervollen Frau. Das lässt sich nicht mit jemand anderem wiederholen. Ich will das nicht, und ich brauche das auch nicht.«

Toni erhob ihr Glas. »Dann herzlich willkommen im Club ›Tu nie mehr als nötig‹«, sagte sie und kicherte. »Trinken wir auf nichts.«

Sie stießen an. Arthur hätte nicht sagen können, wann er sich das letzte Mal so wohlgefühlt hatte. Und, was noch wichtiger war, der Abend hatte ihn in einer Entscheidung bekräftigt, die er längst getroffen hatte.

42

Anthony

Den Tag frühmorgens zu beginnen, war für Anthony mittlerweile normal. Um vier Uhr klingelte der Wecker, um Viertel nach vier war Anthony geduscht, und um halb fünf saß er in seinem Arbeitszimmer am Schreibtisch. Um halb sieben, eine halbe Stunde bevor Jadas Wecker klingelte, trottete er in die Küche hinunter und machte sich Frühstück. Dann ging er zurück in sein Arbeitszimmer, mit einer Schüssel Frühstücksflocken, einem Joghurt, Kaffee und so viel süßen Snacks und Obst, dass es bis mittags reichte. Später am Tag, aber erst wenn die winzigen Kameras, die er ohne Jadas Wissen im ganzen Haus installiert hatte, ihm die Gewissheit gaben, dass er allein war, ging er noch einmal in die Küche und holte sich aus der Tiefkühltruhe ein Mittagessen und manchmal auch noch ein Abendessen. Er erhitzte die Mahlzeiten im Halbleiterofen und gab sie brühend heiß in Isoliertöpfe, die er unter dem Schreibtisch verstaute.

Je mehr Zeit er mit seiner Arbeit verbrachte, desto weniger blieb ihm, um über die Aktivisten von Freiheit Für Alle nachzudenken, die in Old Coventry bei Brandanschlägen auf ihre Häuser ums Leben gekommen waren. Dennoch hatte er im Internet nach Fotos von ihnen gesucht. Die Gesichter von zwei Kindern, einem Jungen und einem Mädchen, hatten sich ihm ins Gedächtnis gebrannt. Dass sie tot waren, war das Ergebnis seiner Arbeit.

In den vergangenen Wochen hatte Anthony sein Leben immer mehr von dem seiner Familie getrennt. Wenn Matthew von der Schule nach Hause kam, ließ er sich manchmal kurz blicken, oder auch am Abend, bevor sein Sohn ins Bett ging. Mit Jada dagegen kommunizierte er meist nur mittels elektronischer Geräte, und wenn sie sich persönlich begegneten, blieb es bei einem flüchtigen Gruß. An manchen Tagen waren die ersten Worte, die sie miteinander wechselten, »Gute Nacht« oder »Bis morgen früh«.

Dass Matthew jetzt ein Medikament gegen ADHS bekam, fiel Anthony auf, als sie sich einmal über FaceTime unterhielten und er auf Matthews Oberarm ein Pflaster entdeckte. Er spielte kurz mit dem Gedanken, Jada zu fragen, was der Spezialist Matthew sonst noch verschrieben hatte, tat es dann aber doch nicht. Jada war Matthews Mutter, sie wusste am besten, was gut für ihn war.

Anthonys jüngstes Projekt brachte ein Ausmaß an Stress mit sich, wie er es zuvor noch nie erlebt hatte. Höchste Ansprüche und Termindruck war er gewohnt, aber diesmal machte ihm weniger die Arbeitsbelastung zu schaffen als der Inhalt.

Er öffnete den verschlüsselten Ordner mit dem Posteingang. Es gab Meldungen über Updates und Berichte von Teams, die über die ganze Welt verstreut waren und die er nun schon seit sieben Jahren leitete, aber noch nie persönlich getroffen hatte. Bei Videokonferenzen wurden Gesichter und Stimmen durch spezielle Filter verzerrt. Die Namen der Mitarbeiter waren fiktiv, und ihre Klarnamen waren nur Leuten zugänglich, die in deutlich höhere Gehaltsklassen eingruppiert waren als er selbst. Manchmal fragte er sich, ob diese Menschen überhaupt echt waren oder ob er nicht mit Chatbots sprach.

Der heutige Tag war schnell vergangen, und Anthony hatte jedes Zeitgefühl verloren, als eine Kamera ihm anzeigte, dass die Haustür geöffnet wurde und sich wieder schloss. Matthew und Jada kamen gemeinsam nach Hause. Auch wenn Anthony sich dafür schämte, er konnte sich beim besten Willen nicht daran erinnern, wann er seinen Sohn zum letzten Mal zur Schule gebracht oder von dort abgeholt hatte. Plötzlich stand ihm ein mögliches Zukunftsszenario vor Augen, in dem er auf derlei Dinge keinen Einfluss mehr hatte. Bei dieser Vorstellung schauderte ihn.

»Wir kommen nun zum nächsten Schritt des Programms: ein radikaler Umbau des Bildungssystems, gestützt auf künstliche Intelligenz und die Erkenntnisse, die sie uns liefert«, hatte Henry Hyde zu Beginn des letzten Treffens gesagt. »KI-Modelle können mittlerweile dahingehend trainiert werden, dass sie in einer Aufnahme mit bis zu sechshundert Menschen sämtliche individuelle Stimmabdrücke identifizieren können. Wir schlagen vor, diese Technologie in öffentlichen Schulen einzusetzen. In Kombination mit den Daten aus den tragbaren Geräten der Schüler wird so eine Rundumüberwachung ermöglicht.«

Hyde hatte eine Pause gemacht, damit sich diese Ankündigung setzen konnte.

»Und zu welchem Zweck?«, hatte ein Mann gefragt, den Anthony nicht kannte.

»Der Zweck ist ziemlich umfassend«, hatte Hyde erläutert. »Die Technologie ermöglicht es, Mobbing zu erkennen, und dient dadurch der Abschreckung; außerdem registriert sie, wenn über häusliche Gewalt gesprochen wird oder es anderweitige Hinweise darauf gibt. Sie erfasst den Wortschatz der Kinder und ihre Sprachfertigkeiten, ermittelt, über welche Themen sie am häufigsten sprechen, bewertet ihre Fähigkeiten zur Konversation und setzt sie in Beziehung zu den Ergebnissen des Online-Lernens und der Arbeit in den digitalen Übungsbüchern. Zusammen mit den Einschätzungen der Lehrer wird dieses KI-System ermöglichen, High-Performer zu identifizieren und von denen zu trennen, die zusätzliche Unterstützung brauchen.«

»Was meinen Sie mit ›trennen‹?«, hatte der Mann gefragt.

»Viele Schüler werden in ihrer Entwicklung behindert, weil andere sie durch ihr störendes Verhalten ablenken. Hier wollen wir Abhilfe schaffen.«

»Aber die Schüler sind doch schon in unterschiedliche Leistungsgruppen eingeteilt, je nach ihren intellektuellen Fähigkeiten«, hatte Eleanor Harrison eingeworfen, die Bildungsministerin. Sie schien zum ersten Mal von Hydes Vorschlag zu hören.

»Das stimmt«, hatte Hyde gesagt, »aber manche Schüler zeigen auch außerhalb des Klassenzimmers ein disruptives Verhalten, etwa auf dem Spielplatz oder beim Sport. Daher schlagen wir als letzten Schritt zur Lösung des Problems vor, spezielle Internate einzurichten, in denen jeder Schüler die bestmögliche Ausbildung erhält. Diese ›Junge-Bürger-Häuser‹ werden über das ganze Land verteilt sein, und dort werden problematische Jugendliche und solche mit Verhaltensauffälligkeiten die Unterstützung bekommen, die sie brauchen, damit sie ihr Potenzial voll ausschöpfen können, getrennt von denen, die sie sonst ablenken und stören würden. In dieser neuen Umgebung werden sie aufblühen und gedeihen.«

Anthonys Magen hatte sich verkrampft. Er hatte an das zurückgedacht, was Jada ihm von Matthews letztem Zeugnis erzählt hatte. Unter Umständen sprach Hyde auch von Matthew.

»Bei problematischen Kindern können die Lernfähigkeit sowie die Fähigkeit, Informationen zu behalten, um das Dreifache gesteigert werden, wenn keine Interaktion mit Eltern oder Geschwistern stattfindet«, hatte Hyde erklärt. »In einer spezialisierten Einrichtung, die nicht in Wohnortnähe liegt, können solche Kinder ihr Potenzial maximal entfalten.«

»Sie wollen sie also wegschicken?«, meldete sich eine weitere Stimme.

»Wir nennen das nicht so. Kein Kind wird jemals ›weggeschickt‹. Sobald festgestellt wird, dass bei einem Kind Handlungsbedarf besteht, geben Lehrer und Psychologen in ihrer Eigenschaft als Fachleute ihre Einschätzung ab, und dann erhalten die Eltern einen Vorschlag. Aber das ist alles absolut freiwillig.«

Ohne es zu bemerken, hatte Anthony damit angefangen, mit dem Fuß gegen das Tischbein zu tippeln. »Und was passiert, wenn die Eltern sich weigern?«, fragte er.

»Selbstverständlich steht es den Eltern absolut frei, das Angebot abzulehnen. Aber natürlich wird der Personalausweis des Kindes dann mit einem entsprechenden Vermerk versehen; es ist nur fair, dass später potenzielle Arbeitgeber davon wissen. Und in den Akten der Eltern erfolgt ebenso ein entsprechender Eintrag.«

»Könnten Sie noch ein bisschen mehr zu diesen Junge-Bürger-Häusern sagen?«, hatte eine Frau mit grau melierten Cornrows in kritischem Ton gefragt.

»Wie es unserem Rang unter den fünf grünsten Ländern der Welt entspricht, entstehen diese Häuser durch die Umwidmung bereits bestehender Einrichtungen.«

»Was wird denn da umgewidmet? Ehemalige Bürogebäude?«

»Der Großteil sind aufgelassene Kasernen und ehemalige Justizvollzugsanstalten.«

»Gefängnisse?«, hatte die Abgeordnete Maddie Cordell lachend gefragt. »Und dieses Vorhaben sollen wir der Bevölkerung schmackhaft machen?«

»Erstens handelt es sich um *ehemalige* Justizvollzugsanstalten«, hatte Hyde gereizt erwidert. »Und zweitens sprechen wir hier nicht mehr von einem Vorhaben. Der Plan wird bereits umgesetzt. In den ersten zwölf Objekten haben die Arbeiten schon begonnen.«

»Aber zumindest die Gefängniszäune werden Sie ja wohl abbauen, oder?«, hatte Cordell ihn angeblafft.

»Teile davon werden weiter genutzt, sowohl zum Schutz der Bewohner als auch, um Unbefugten den Zutritt zu verwehren. Die Eltern sollen sich darauf verlassen können, dass die Sicherheit ihrer Kinder bei uns ganz oben steht.«

»Und was wird dort auf dem Lehrplan stehen?«, hatte Eleanor Harrison gefragt.

»Weniger die Fächer, die in der Regelausbildung die Hauptfächer darstellen, wie Englische Literatur, Mathematik und Programmieren. Die Forschung hat gezeigt, dass solche Schüler weniger empfänglich für diese Fächer sind und daher bei der Beschäftigung mit ihnen eher ein disruptives Verhalten entwickeln. Daher werden sie für die Sektoren ausgebildet, für die sie nach den Vorhersagen des KI-Modells jeweils am besten geeignet sind: Baugewerbe, Hauswirtschaft, Lebensmittelindustrie, Kinderpflege, Einzelhandel, Textilindustrie, und so weiter. Die Werte, die wir ihnen in den Junge-Bürger-Häusern vermitteln, werden ihnen helfen, sich wieder in die Gesellschaft zu integrieren.«

»Dann erweisen Sie diesen Sektoren aber einen Bärendienst, wenn Sie behaupten, dass Minderleister die geeignetsten Arbeitskräfte für diese Branchen sind«, hatte die Frau mit den grau melierten Cornrows erbost entgegnet. »Damit unterstellen Sie nämlich, dass diese Jobs nur für Versager sind, die sonst niemand haben will. Und damit beleidigen Sie Millionen von Menschen.«

»Ganz im Gegenteil. Die Leute in diesen Jobs halten den Motor unserer Gesellschaft am Laufen. Wenn unseren schwächsten Schülern schon in jungen Jahren Unterstützung und Training zuteilwerden, dann können sie das Rückgrat unseres wirtschaftlichen Wachstums werden. Und währenddessen können sich die Kinder, die auf den Regelschulen verbleiben, ungestört entwickeln. Eine Win-win-Situation. Das kommende Jahrhundert kann und wird für Großbritannien besser werden als das letzte.«

Anthony war nervös geworden. Er hatte sich geräuspert und gesagt: »Wie schon Miss Cordell gefragt hat: Wie wollen Sie die Eltern davon überzeugen, dass eine solche Ausbildung zum Besten ihrer Kinder ist?«

»Ich habe ein Team aus führenden Psychologen und Drehbuchautoren unseres Landes zusammengestellt. Sie entwickeln gerade eine Fernsehserie, die den Auftakt der breit angelegten Marketingkampagne für dieses Projekt darstellen wird. Es wird eine unterhaltsame Serie für die ganze

Familie sein, die auf einem der großen Sender und in den sozialen Medien laufen wird. Darin werden sympathische und glaubwürdige Figuren gezeigt, mit denen man sich leicht identifizieren kann. Sie spielt in einem Junge-Bürger-Haus, und der Schwerpunkt wird darauf liegen, wie viel Freude die Bewohner in ihrem Leben haben, was sie alles Aufregendes erleben und welche Möglichkeiten sich ihnen eröffnen. Auf den Kommunikationsgeräten der unter Sechzehnjährigen wird gezielt Werbung geschaltet, und den Eltern werden für den Fall einer Teilnahme finanzielle Vergünstigungen in Aussicht gestellt. Wir wollen die Vision eines Ortes erschaffen, bei dem Eltern darauf vertrauen können, dass sich ihren Kindern dort die besten Möglichkeiten bieten. Und wir wollen junge Leute dazu bringen, dass sie von sich aus in einem Junge-Bürger-Haus leben wollen.«

Anschließend hatte Anthony aufmerksam zugehört, wie Hyde ihm haarklein auseinandergesetzt hatte, was er von ihm erwartete, sowie den straffen Zeitplan und das üppige Budget. Doch die Frage, die er als letzte gestellt hatte, ließ ihm noch immer keine Ruhe, genauso wie die Gesichter der toten Kinder der FFA-Anhänger.

»Welche Verhaltensauffälligkeiten sollen diese Häuser denn besonders im Blick haben?«, hatte er gefragt.

»Spontan würde ich sagen: die ganze Bandbreite. Von Schwierigkeiten mit Aggressionsbewältigung, Trotzverhalten und Verhaltensstörungen über Lernschwierigkeiten und Autismus-Spektrum-Störungen bis hin zu bipolaren Erkrankungen und Aufmerksamkeitsdefizitstörungen.«

Das war der Begriff, von dem Anthony gehofft hatte, er würde ihn nicht hören. *Aufmerksamkeitsdefizitstörung.* Jetzt war es so weit: Er stand an der entscheidenden Weggabelung. Er konnte weiterhin denen dienen, die über ihm standen, oder seinen eigenen Weg einschlagen. Die Opfer aus den Kreisen der FFA konnte er nicht mehr retten, aber es war noch nicht zu spät, um seinen Sohn zu schützen.

WARUM EINE SMART-EHE EINE DUMME IDEE IST

Immer mehr Menschen erkennen, dass das Gesetz über die Unantastbarkeit der Ehe ein großer Fehler war. Es zerstört nicht nur Beziehungen und treibt die Gentrifizierung der Städte voran, auch die Kluft zwischen Arm und Reich war in unserem Land noch nie so tief.

Die Smart-Ehe diskriminiert alle Paare, die ihre Ehe nicht upgraden wollen, Paare, die unverheiratet zusammenleben, Singles und Hinterbliebene. Wenn Sie eine Smart-Ehe eingehen, sind Sie für folgende Konsequenzen verantwortlich:

- Ein Computer schätzt ein, ob Ihre Ehe möglicherweise gefährdet ist.

- Ein Familiengericht kann Sie zur Scheidung zwingen – selbst wenn Sie zusammenbleiben wollen.

- Hunderttausende traditionell verheirateter Paare müssen in unterfinanzierte Wohngebiete ziehen, während die anderen in Smart-Städten mit besserer Infrastruktur leben.

- Firmen stellen keine Singles ein, auch wenn diese höher qualifiziert sind.

- Menschen, die nicht nach dem neuen Ehegesetz verheiratet sind, zahlen 35 Prozent mehr Steuern sowie um 35 Prozent höhere Versicherungsprämien.

- Menschen, die nicht nach dem neuen Ehegesetz verheiratet sind, werden in unterfinanzierten Krankenhäusern behandelt und müssen dort drei Monate länger auf einen Termin warten.

- Die Rettungskräfte versorgen Notfälle in den neuen Städten eher als solche in den alten Städten.

29. August, Kennington Park, London. Wenn Ihnen Ihr Land am Herzen liegt, kommen Sie zu Großbritanniens größer Protestveranstaltung, organisiert von Freiheit Für Alle. Wir üben Druck auf die Regierung aus, damit sie das Gesetz über die Unantastbarkeit der Ehe zurückzieht.

43

Roxi

So hatte Roxi es sich nicht vorgestellt. Sie überprüfte noch
einmal die Anschrift, die sie dem Navi diktiert hatte. Zwar
stand sie vor dem richtigen Haus in der richtigen Straße, hatte
aber einfach etwas anderes erwartet. Sie schaltete das Auto
aus, das sie sich mit einigen Nachbarn teilte, und wartete. Sie
hätte nicht sagen können, worauf, aber sie wollte sich erst
beruhigen und nicht aus einem Impuls heraus handeln.

Sie hatte damit gerechnet, dass das Anwesen in Gayton,
einer Ortschaft in New Northampton, im Höchstfall ihrem
eigenen modernen, schuhschachtelgroßen Haus ähnelte. Aber
das hier war etwas völlig anderes. Das Gebäude stammte aus
der georgianischen Zeit und war in makellosem Zustand,
mit jeweils zwei Schiebefenstern links und rechts der roten
Haustür und drei weiteren im ersten Stock. Über den akkurat gepflegten Rasen verlief ein gepflasterter Weg. Von einem
solchen Haus konnte Roxi nur träumen, und sie war mehr
als nur ein bisschen neidisch.

Und ganz gewiss hätte sie nicht erwartet, dass in so einem
Haus die Person wohnte, die sie in den sozialen Medien in
einem fort attackierte.

In der zurückliegenden Woche hatte sich @IchSagJaBloss
jeden einzelnen von Roxis Posts vorgeknöpft, von ihrem jüngs-

ten bis hin zu ihrem allerersten. Jeder Kommentar spielte auf Details aus Roxis Leben an, über die sie in der Öffentlichkeit nie gesprochen hatte.

Am längsten und am stärksten hatte Roxi jedoch die Behauptung erschüttert, Owen habe eine Affäre. Konnte das wahr sein? Hatte sie durch ihren Ehrgeiz ihren Mann in die Arme einer anderen Frau getrieben? Sie konnte sich beim besten Willen nicht vorstellen, dass ihr verlässlicher, treuer, loyaler Owen so etwas tat. Roxi vertraute ihm uneingeschränkt. Aber dass ihre Ehe angeknackst war, war nicht zu bestreiten. Und auch der treueste Hund sucht sich, wenn er verhungert, einen anderen Napf.

Kaum hatte sie den Troll blockiert und die jüngsten Kommentare gelöscht, tauchten schon die nächsten auf. Vermutlich verwendete er ein Programm, das Roxis Versuche, ihn aufzuhalten, einfach umging. Ihr anonymer Widersacher beschäftigte Roxi so sehr, dass sie nachts oft nicht schlafen konnte. Wenn ihr Telefon pingte und einen neuen Kommentar anzeigte, konnte sie sich erst wieder entspannen, wenn sie wusste, von wem er kam. Wenn besonders viel los war, sah sie jede Minute auf ihr Handy. Sie fragte sich, ob es bei Jem Jones genauso angefangen hatte, ob ihre seelische Gesundheit auf diese Weise die ersten Risse bekommen hatte. Hatte Jem erst einem Menschen mehr Aufmerksamkeit gewidmet, als ihr guttat, und sich dann immer weiter hineingesteigert und auch andere negative Kommentare an sich herangelassen? Wenn ja, dann musste Roxi das hier im Keim ersticken, also den Troll ignorieren oder Haltung zeigen und zurückschlagen. Sie hatte sich für Letzteres entschieden. Und sie würde es auf die wirkungsvollste Art tun, die ihr zur Verfügung stand: vor Publikum.

Es war unwahrscheinlich, dass ihre Kontrahentin von der folgenschweren Bekanntschaft wusste, die Roxi gemacht hatte. Während sie mit einer Regierungsbeamtin, die gleichfalls eine glühende Verfechterin des neuen Ehegesetzes war, auf ihren gemeinsamen Auftritt bei Radio Four gewartet hatte, hatte sie ihr von den persönlichen und verletzenden Angriffen erzählt. Als sie das Gebäude des Senders wieder verlassen hatten, hatte jemand aus dem Team der Beamtin die IP-Adresse des Trolls ermittelt und Roxi ohne Weiteres die entsprechende Anschrift genannt. Und jetzt war Roxi hier, in ihrem Auto vor dem Haus von Antoinette Cooper.

Roxi hatte sich mit allem wappnen wollen, was sie über ihren Quälgeist herausfinden würde. Aber ihre Nachforschungen waren ergebnislos geblieben. Cooper war im Internet nicht zu finden. Kein Profil auf LinkedIn mit ihren bisherigen beruflichen Stationen, keine Videos auf TikTok, ja nicht einmal ein eigener YouTube-Kanal. So lauthals sie sich über Roxi äußerte, so wenig hatte sie über sich selbst zu sagen. Was verbarg sie vor der Welt? Nach tagelanger Vorbereitung würde Roxi das nun herausfinden. Denn sie würde Cooper an ihrer Haustür zur Rede stellen, das Gespräch aufnehmen und dann online stellen.

Mittlerweile hatte Roxi ein Gespür dafür, was für eine Art Posts am meisten Reaktionen hervorriefen und auch die Aufmerksamkeit der klassischen Medien auf sich zogen. Und sie war überzeugt davon, dass dieses Ding hier richtig groß werden konnte, und es würde ihre Forderung bekräftigen, dass sämtliche Posts in den sozialen Medien durch KI überwacht werden sollten.

Sie sah schon die Titel der Fernsehsendungen vor sich: »Wie ich meinen Troll zur Strecke brachte«, und »Englands angesagteste Influencerin schlägt zurück«. Alle Welt sollte wissen, dass mit Roxi nicht zu spaßen war.

Nach weiteren zehn Minuten fühlte sie sich bereit. Sie versicherte sich ein letztes Mal, dass das Aufnahmegerät aufgeladen und eingeschaltet war, und hatte die Hand schon am Griff der Autotür, als die Tür von Coopers Haus aufging. Jetzt musste sie schnell sein, damit ihr ihre Widersacherin nicht entkam. Aber zuerst wollte sie einen kurzen Blick auf die Person werfen, die sie dingfest machen wollte.

Die Frau, die aus dem Haus trat, sah selbst aus der Entfernung viel älter als Roxi aus, mindestens zwanzig Jahre. Sollte das Antoinette Cooper sein? Oder war das ihre Mutter? Kannte Boshaftigkeit kein Alter?

Roxi sah aufmerksam zu, wie Cooper einen halben Schritt zur Seite trat und sich gegen die Tür drückte. Sie war nicht allein, sondern ließ jemanden hinaus. Die andere Person stand jetzt mit dem Rücken zu Roxi, und Roxi sah, wie Cooper ihr kurz die Hand auf den Arm legte.

Erst als die Person sich umdrehte und durch den Vorgarten ging, erkannte Roxi Coopers Besuch. Es war Owen, ihr Mann.

44

Jeffrey

Als sein Teamleiter Adrian ihn informierte, konnte Jeffrey seine Genugtuung nur mit Mühe verbergen.

Er stellte die Pakete mit Kleidung, die er sich an sein Postfach hatte liefern lassen, auf den Boden und steckte sich den Ohrhörer, der herausgefallen war, wieder ein.

»Solche Beschwerden kommen andauernd vor«, sagte Adrian. »Nimm's nicht persönlich.«

»Wie soll ich das denn nicht persönlich nehmen?«, erwiderte Jeffrey und bemühte sich, enttäuscht zu klingen und nicht erfreut. »Du weißt doch, wie es ist, wenn man so viel Zeit mit einem Paar verbringt. Man will ihnen helfen, es hinzukriegen. Und wenn du mir jetzt sagst, sie wollen einen anderen Beziehungsbegleiter, dann ist das nicht gerade ermutigend. Das zeigt doch nur, dass ich meinen Job nicht gut mache.«

»Von wegen, ganz im Gegenteil. Das ist ein Beweis dafür, dass du hervorragende Arbeit leistest. Sie fühlen sich unwohl mit dir, weil du an die Wurzeln ihrer Probleme rührst. Sie wollen von ihrem eigenen Versagen ablenken, indem sie es auf dich projizieren.«

»Was hast du ihnen denn gesagt?«

»Dass es, wie auch im Vertrag festgehalten, nicht unserer Vorgehensweise entspricht, einen Begleiter vier Wochen nach Beginn der individuellen Betreuung auszuwechseln.«

»Und wie haben sie reagiert?«

»Er hat kurz geflucht und meinte dann, Therapie sei sinnlos und ein Therapeut immer befangen.«

Jeffrey lächelte. Weil Adrian den Singular verwendet hatte, wusste er, ohne nachzufragen, dass das Noah gewesen war, nicht Luca. Luca hätte ihn niemals so hintergangen. Zwischen ihnen beiden gab es eine besondere Verbindung.

Nachdem sie das Gespräch beendet hatten, betrat Jeffrey das Haus seiner Klienten und nahm die Stille in sich auf. Beide Autos waren auf der Straße geparkt, also waren die beiden Männer wahrscheinlich zu Hause, wenn auch – wie Jeffrey hoffte – nicht im selben Raum. Wenn dem so war, sprach das dafür, dass Luca und Noah seinem Vorschlag einer Positiven Abkopplung folgten, ihre persönliche Kommunikation auf ein Minimum begrenzten und sich den Großteil ihrer Worte für die Therapiestunden aufsparten.

Im Wohnzimmer blieb Jeffrey kurz stehen und sah sich um. Hier zu sein, fühlte sich so normal an. *Er selbst* fühlte sich normal. Nachdem er zwischen den Betreuungsphasen lange Zeit wie eine rastlose Seele in seinem Auto gelebt hatte, hätte er hier auf lange Sicht glücklich werden können. Er würde die Tapete an der großen Wand austauschen und vielleicht den Elektrokamin durch einen Holzofen ersetzen, damit die kalten Winterabende etwas gemütlicher wären. Mehr nicht. Auf seinen Schultern bildete sich eine Gänsehaut, als er sich vorstellte, wie er sich mit Luca auf dem Sofa unter eine warme Wolldecke kuschelte.

Doch als er sich jetzt dieser Vorstellung hingab, huschte plötzlich der Geist seines früheren Selbst vorüber, ohne dass er ihn herbeigerufen hätte. Mit einem Mal war er wieder ein Teenager und wohnte mit seinem Vater und seinem Bruder in der Parterrewohnung in dem heruntergekommenen städtischen Mietshaus. Bobby Seniors seelische Störungen waren ein Leben lang untherapiert geblieben, und so behandelte er sich selbst mit Alkohol und hochpotentem Cannabis. Jeffreys Mutter hatte schon vor Langem das Weite gesucht und die drei sich selbst überlassen.

Bobby Junior war siebzehn Jahre alt und damit zwei Jahre älter als Jeffrey, und er dachte sich nichts dabei, wenn er mit seinem guten Aussehen und seinem Selbstbewusstsein reihenweise Mädchen in ihr gemeinsames Schlafzimmer lockte. Dass sein neugieriger Bruder im Halbdunkel alles mithörte und mit ansah, kümmerte ihn nicht.

Eines der Gesichter in dieser Prozession war Rosie Morrison gewesen, ein zierliches Mädchen mit erdbeerblonden Locken, das nach Lakritz duftete. Sie war die Einzige, die Bobby mehr als einmal abgeschleppt hatte. Im Unterschied zu seinen anderen Eroberungen hatte sie Jeffrey nicht vollständig ignoriert. Sie winkte ihm zu, schenkte ihm ein flüchtiges Lächeln oder fragte »Alles gut?«, wenn sie sich auf dem Treppenabsatz begegneten. Als sie einmal erfuhr, dass er Geburtstag hatte, hatte sie ihm sogar am Tag darauf einen Cupcake mitgebracht.

Irgendwann hatte Jeffrey gemerkt, dass er dabei war, sich in das Mädchen zu verlieben, das für seinen Bruder »bloß eine ganz normale Bettgeschichte« war. Und im Lauf der Wochen kam er zu der Vermutung, dass das keine einseitige Empfindung war. Manchmal, wenn das Scheinwerferlicht eines Autos durch die vorhanglosen Fenster fiel, hatten sich Rosies und sein Blick getroffen, während Rosie und Bobby miteinander beschäftigt waren. Beim ersten Mal glaubte Jeffrey, er hätte es sich eingebildet, und drehte sich rasch zur Wand. Doch als es dann noch einmal und noch einmal passiert war, begriff er, dass sie ihm zu verstehen gab, dass sie lieber mit ihm Sex gehabt hätte als mit seinem Bruder.

Wenn er morgens vor den beiden aufwachte, betrachtete er ihre im Schlaf versunkenen, halbnackten, ineinander verschlungenen Körper. Er stellte sich vor, wie Rosies Haut sich anfühlte, und spürte ihren Atem in seinem Mund. Einmal hatte sie ihn dabei erwischt, wie sich seine Hand unter der Decke rhythmisch bewegte, und hatte daraufhin das Laken zur Seite geschlagen und sich ihm in ihrer ganzen Pracht gezeigt. Noch im selben Moment war er über die Ziellinie geschossen.

Der Vormittag, der Jeffreys Leben für immer verändern sollte, hatte damit begonnen, dass Bobby nicht da war. Jeffrey wachte auf, während Rosie noch tief und fest schlief. Sie lag auf der Seite, vor sich auf dem Boden eine leere Wodkaflasche. Da war sie nun, die Gelegenheit, auf die er so lange gewartet hatte. Sachte schlich er zu ihr hinüber, zögerte erst und legte dann die zitternden Finger auf die Rückseite ihrer Schenkel. Ihre Haut war wärmer und weicher, als er erwartet hatte. Er wusste, dass er die Hand wegnehmen und zurück in sein Bett gehen sollte, aber er schaffte es nicht. Langsam wanderten seine Finger nach oben.

Wie aus heiterem Himmel fasste ihm Rosie, die Augen noch immer geschlossen, zwischen die Beine und fing an, ihn zu massieren. Dann schlug sie das Laken zurück und rutschte zur Seite, um Platz zu machen. Das war eindeutig, dachte Jeffrey. Sie wollte ihn und nicht seinen Bruder. Er ließ seine Unterhose hinabrutschen und legte sich neben sie. Er hatte oft genug zugesehen, um zu wissen, wo Rosie berührt werden wollte, also tat er das, was sein Bruder immer tat, bis sie ihn schließlich in sich ließ.

»Hast du ein Kondom über?«, murmelte sie. Jeffrey wollte gerade antworten, als sie fortfuhr: »Und lüg mich nicht an, Bobby. Von dir lass ich mich nicht schwängern.«

Der Name seines Bruders traf ihn wie ein Paukenschlag. Er erstarrte. Vermutlich hielt er etwas zu lange inne, denn Rosie, die wohl ahnte, dass etwas nicht stimmte, drehte den Kopf zu ihm und sah ihn an.

»Runter von mir!«, schrie sie und wand sich, bis sie ihn abgeschüttelt hatte. »Das ist Vergewaltigung!«

»Nein, ich …«, stammelte Jeffrey, schockiert, dass sie so von ihm denken konnte.

Er wollte ihr erklären, dass es nur so weit gekommen war, weil er geglaubt hatte, sie hätte ihn dazu aufgefordert, und dass er sie mehr liebte, als sein Bruder sie jemals lieben würde. Doch Rosie wollte von alldem nichts hören. Und als sie dann auch noch aus vollem Hals »Bobby!« schrie, musste er rasch handeln.

Er presste ihr eine Hand auf den Mund, um sie zum Schweigen zu bringen. Als sie versuchte, sich zu befreien, legte er sich auf sie und drückte ihre Arme und Beine auf das Bett. Und als sie immer weiter zappelte und strampelte und nach Bobby schrie, packte Jeffrey ein Kissen und drückte es ihr aufs Gesicht, um ihre Schreie zu ersticken.

Immer wieder sagte er ihr, sie solle still sein und dass er ihr alles erklären könne, wenn sie nur aufhörte zu schreien.

Irgendwann gab Rosie auf, und er schob das Kissen zur Seite.

»Tut mir leid«, sagte er. »Bitte sag meinem Bruder kein Wort davon.«

Als er zu ihr hinabsah, starrten ihm ihr offener Mund und ihre leblosen Augen entgegen.

Jetzt, sechzehn Jahre später, konnte sich Jeffrey noch immer glasklar an diesen Moment erinnern und an alles, was danach kam.

Er zog eine Quittung und ein Stück leeres Schokoladenpapier aus der Tasche und wedelte mit der Hand über Lucas Abfalleimer, um ihn zu öffnen. Als die Klappe aufgegangen war, fiel sein Blick auf bunte Papierschnipsel. Auf manchen stand etwas, in Handschrift geschrieben. Neugierig holte Jeffrey einige davon heraus und las sie. Noah und Luca schrieben sich offenkundig Nachrichten.

Als er die Schnipsel auf der Frühstückstheke ausgebreitet und zusammengesetzt hatte, sackte er zusammen.

»Das ist doch krank«, lautete die erste Nachricht in Noahs Handschrift. »Wir dürfen nicht mal miteinander reden. Wie in einem Margaret-Atwood-Roman!«

»Es dauert nicht mehr lange«, hatte Luca zurückgeschrieben. »Hab Geduld.«

»Glaubst du das auch, was er über mich gesagt hat, dass ich egoistisch und ein Kontrollfreak bin?«

»Er macht nur seinen Job.«

»Sag mir, dass du das alles anders siehst als er, Ziggy.«
»Natürlich!«

»Er geht heute noch mal weg. Ich bin im Bad, wenn du mir Gesellschaft leisten willst …« Noah hatte die Nachricht mit einem blinzelnden Smiley beendet.

»Dann sehen wir uns dort!«

Jeffrey warf die Schnipsel zurück in den Mülleimer und ließ die Faust auf die Arbeitsplatte sausen. Noah hatte Luca fester im Griff, als Jeffrey es ihm zugetraut hätte. Und er hatte von Luca zu früh zu viel erwartet.

Aber gegen Jeffrey würde Noah nicht ankommen. Das würde er schon bald erkennen.

45

Corrine

»Hast du es schon gehört?«, hatte Yan geschrieben.

»Nein, was denn?«, tippte Corrine in ihr Handy, während sie vom Auto zum Haus ging.

»Das mit Harrison. Schau mal ins Internet. Ist nicht zu übersehen. Die Bilder sind überall.«

Ein flaues Gefühl breitete sich in Corrines Magen aus, als sie die Haustür hinter sich schloss und in die Küche eilte. Als sie die ITV-News-App öffnete, stand die Meldung über Harrison ganz oben, daneben ein Video. Corrine erkannte den Ort, an dem es aufgenommen worden war. Harrison war auf der Treppe eines Apartmenthauses in New Northampton vor die Presse getreten. Dort wohnte sie, wenn sie sich in ihrem Wahlkreis aufhielt. Den Rest der Zeit lebte sie mit ihrer Familie in London. Bei diesem Auftritt waren jedoch auch ihr Mann, ihre Tochter und ihr Sohn dabei. Sie standen links und rechts von ihr und verbreiteten eine ebenso düstere Stimmung wie das Familienoberhaupt.

Corrine kniff die Augen zusammen und musterte Harrisons Erscheinung. Die linke Hälfte ihrer Stirn war bandagiert, auf der Nase trug sie ein Pflaster, und die Augen waren mit blauen Flecken umrandet. Auch auf dem Hals waren deutliche Quetschungen zu erkennen, als wäre sie gewürgt worden. Als sie anfing zu sprechen, zeigte sich eine Lücke in den Schneidezähnen.

»Wie hast *du* dich denn zugerichtet?«, sagte Corrine laut. Bevor Harrison bewusstlos zu Boden gegangen war, hatte sie nur eine dieser Verletzungen abbekommen. Die anderen mussten vorgetäuscht sein, um vor der Kamera Eindruck zu schinden.

»Vor einigen Tagen wurde ich zu Hause Opfer eines terroristischen Angriffs«, begann Harrison ihr Statement. »Ein Mann läutete an der Tür. Er hatte ein Paket dabei und bat mich um eine Unterschrift. Als ich öffnete, schlug er mir ins Gesicht. Während ich zu Boden ging, prügelte und trat er weiter auf mich ein und schrie, er tue das im Namen von Freiheit Für Alle. Er wollte mich einschüchtern, damit ich mich gegen meine Partei wende und gegen meine Überzeugungen handle und mich nicht länger für das Gesetz über die Unantastbarkeit der Ehe ausspreche. Dann wurde ich bewusstlos.«

Sie machte eine bedeutungsvolle Pause, in der ihr Mann in einer einstudierten Bewegung ihre Hand ergriff. Ihre Tochter fasste sie etwas fester am Arm. Ihr Sohn stand weiterhin nur still da.

»Wir dürfen uns von Freiheit Für Alle nicht täuschen lassen«, fuhr Harrison fort. »Diese Partei gibt vor, ein hehres Ziel zu verfolgen und einer Minderheit Gehör zu verschaffen. Doch in Wahrheit handelt es sich nicht um eine politische Partei, sondern um eine extremistische Organisation, die sich aus heimtückischen und rachsüchtigen Radikalen zusammensetzt, die nichts aufgebaut haben, aber alles zerstören wollen. Erst haben sie Jem Jones attackiert und in den Tod gehetzt. Und jetzt sind Frauen wie ich das Ziel ihrer brutalen Angriffe. Sie wollen alles außer Kraft setzen, wofür die Mehrheit unseres Landes bei den letzten Wahlen gestimmt hat, sie zeigen keinerlei Respekt für andere Meinungen und sind nur darauf aus, alle zu bestrafen, die ihre Überzeugungen nicht teilen. Aber ich bin keine Frau, die klein beigibt, auch wenn ich mich damit der Gefahr weiterer brutaler Überfälle aussetze. Millionen von Menschen genießen die Vorteile des neuen Ehegesetzes, und genau diese Menschen vertrete ich. Ich bin stolz auf das, was wir schon erreicht haben, und auf das, was wir noch erreichen werden. Und wenn Sie unser Land lieben, werden Sie genauso empfinden wie ich. Aber weder meine Familie noch Ihre Familie werden in einer Welt, in der Freiheit Für Alle weiter am Werk ist, sicher sein können.«

Ohne die Fragen der Journalisten zu beantworten, ging Harrison, begleitet von ihrer Familie, zurück in die Eingangshalle des Apartmenthauses, wobei sie hinter der Glastür gezielt kurz stehen blieb, damit die Fotografen einfangen konnten, wie ihr Mann sie an sich zog und ihr einen Kuss auf den Kopf gab.

Corrine war sprachlos. Fast alles, was Harrison gesagt hatte, war gelogen, so wie auch ihre Verletzungen vorgetäuscht waren. Aber wenn Corrine ihr öffentlich widerspräche, würde sie sofort in die Schusslinie geraten.

»Was kuckst du denn da?«, fragte ihre älteste Tochter Freya, die gerade aus dem Garten gekommen war und Corrine jetzt über die Schulter sah. Das Video lief automatisch noch einmal ab. »Oh-oh, Will sieht ja nicht gerade aus, als würde er sich in seiner Haut wohlfühlen«, sagte sie und ging zum Kühlschrank.

»Wer ist Will?«

»Der Sohn von dieser Harrison. Wir haben zusammen ein paar Vorlesungen in Kunstgeschichte. Netter Kerl, offenbar ganz anders als seine Mutter. Ist noch Hummus da?«

»Im zweiten Fach von unten, neben den Karottensticks. Wieso, was weißt du über seine Mutter?«

»Er erwähnt sie selten, weil sie sich mordsmäßig verkracht haben, aber angeblich haben sie einen Deal: Sie zahlt seine Studiengebühren, und er macht mit, wenn sie in der Öffentlichkeit mal wieder ihre heile Familie präsentieren muss.«

Corrine konnte keine weiteren Fragen stellen, weil in diesem Augenblick die Küchentür aufging und kurz darauf Mitchell im Raum stand, puterrot im Gesicht.

»Kannst du uns mal eben allein lassen?«, knurrte er Freya an.

Freya zuckte mit den Schultern, warf Corrine einen Blick zu, der besagte: »Viel Glück«, und balancierte ihren Teller mit den Snacks hinaus.

Mitchell schloss die Tür hinter ihr und wartete, bis zu hören war, wie sie die Treppe hinaufstieg.

»Was zum Teufel soll das hier sein?«, blaffte er und hielt Corrine ein Tablet unter die Nase.

»Sieht aus wie ein iPad. Was glaubst du denn, was es ist?«

»Das ist dieser beschissene Schriftsatz von deiner Anwältin, in dem sie eine Scheidung im Schnellverfahren entsprechend Stufe drei beantragt, ›aufgrund häuslicher Gewalt‹.«

»Offensichtlich hast du es gelesen. Wieso fragst du mich dann noch?«

»In fünfundzwanzig Jahren Ehe habe ich dir kein Haar gekrümmt!«

»Sicher?«, fragte Corrine mit gespielter Naivität.

»Natürlich. Das weißt du ganz genau!«

»Also, ich habe da Beweisfotos, mit Zeitstempel, dass ich zwei Mal Verletzungen davongetragen habe, und soweit ich mich erinnern kann, warst beide Male du der Verursacher.«

»Wovon redest du da, verdammt noch mal? Ruf sofort deine Anwältin an und sag ihr, sie soll das zurückziehen!«

»Nein, Mitchell, das werde ich nicht.«

Mitchell wartete darauf, dass sie einknickte, aber Corrine würde nicht mehr nachgeben, weder heute noch sonst irgendwann. Schließlich nickte er langsam. »Okay, Corrine. Wenn du das wirklich durchziehen willst, dann mach es. Aber noch bevor ich mit dir fertig bin, wirst du mich anflehen, dass ich unserer Ehe eine zweite Chance gebe.«

»Soll das eine Drohung sein?«

»Auch wenn du allmählich den Verstand verlierst, dein Gehör ist noch immer scharf. Ja, das ist eine Drohung. Und du würdest gut daran tun, auf mich zu hören.«

Corrine blieb unerschütterlich. Dann sah sie Mitchell, sehr zu dessen Verwirrung, mit einem leichten Lächeln an.

»Sag mal, was ist eigentlich mit dir los?«, fragte er.

»Wie lange dauert unsere Smart-Ehe jetzt noch mal?«

»Ein bisschen länger als sechs Monate.«

»Also ist die Karenzzeit vorbei.«

»Ja.«

Corrine nickte und sah zu dem Audite-Sensor hinüber, der an der Wand hing. Mitchell folgte ihrem Blick. »Das heißt also: Jetzt, wo ich die Scheidungsklage eingereicht habe, sind wir schon auf Stufe drei, und es ist gut möglich, dass dieses Gespräch aufgezeichnet und vor Gericht als Beweis verwendet wird. Entweder von dem Gerät dort drüben oder von diesem schnuckeligen kleinen Ding hier, das sie mir verpasst haben.« Sie hob die Hand und ließ ihr Smart-Armband klimpern.

Mitchell lief erneut rot an. Er öffnete den Mund, brachte aber kein Wort heraus, sondern kniff die Augen so fest zusammen, dass sie nur noch zwei schmale Schlitze bildeten. Dann sah Corrine ihm mit Genugtuung hinterher, wie er aus der Küche stürmte, noch viel erzürnter, als er gekommen war.

46

Arthur

Mit der Gartenschere schnitt Arthur die letzten der verblühten Vergissmeinnicht am Rand des Gartens ab. Die zweite Blütezeit des Jahres war vorüber. Er kippte den Eimer in eine Recyclingtonne aus und hängte seine Gärtnerausrüstung in der Garage an die Wand.

Dann zog er die Plane von dem alten VW-Wohnmobil, das er und June so geliebt hatten, trat einen Schritt zurück und begutachtete den Wagen. Die letzte Fahrt hatten sie an dem Tag unternommen, an dem Arthur zum ersten Mal bemerkt hatte, dass mit seiner Frau etwas nicht stimmte. Sie waren zu den Stowe Gardens gefahren, einem Ort, den sie noch gut aus der Zeit kannten, als ihr Hund Oscar noch am Leben gewesen war und sie überall im Land nach Gegenden gesucht hatten, wo sie mit ihm spazieren gehen konnten. Doch an jenem Tag hatte June sich nicht erinnern können, jemals dort gewesen zu sein. Arthur hatte ihr auf seinem Handy Fotos von ihrem letzten Ausflug dorthin gezeigt, aber das hatte June nur noch mehr durcheinandergebracht. Die Heimfahrt war schweigend verlaufen. Zwei Wochen später stellte ein Spezialist für Demenzerkrankungen die offizielle Diagnose. June hatte nie wieder in dem Wagen Platz genommen.

Arthur ging zurück ins Haus und stapfte langsam die Treppe hinauf und in das Schlafzimmer, das er im Leben und im Tod mit seiner Frau geteilt hatte. Er streckte sich auf dem Bett aus, sah aus dem Fenster und betrachtete den herrlichen Sonnenuntergang. Das Licht der Sonne tauchte den Raum in warmes Orange, kräftiges Rot und leuchtendes Gelb. Er blickte so lange in die Sonne, bis ihm die Augen schmerzten. Dann drückte er sie fest zusammen und verfolgte die bunten Punkte, die auf der Innenseite seiner Lider dahintrieben wie Paraffin in einer Lavalampe. Wenn er sich diesem Schauspiel hingab, stellte er sich manchmal vor, er läge an einem der weißen Strände am Mittelmeer, die June und er in den Winterferien oft besucht hatten. Nie wieder hatte er am Ende eines Tages eine so wundervolle Stimmung erlebt wie auf den Balearischen Inseln.

Er beugte den Arm, den er auf dem Bett abgelegt hatte, als umarme er jemanden.

»Kannst du dich noch an diese Pension auf Formentera erinnern?«, fragte er.

»Die mit mehr Kakerlaken als Gästen? Ja, klar«, sagte June kichernd. »War aber nicht meine Schuld. Die hattest *du* gebucht.«

Arthur zog ihren Kopf an seine Brust. Ihr Lachen hatte ihm mehr gefehlt als alles andere auf der Welt.

Seitdem die Sanitäter Junes Leichnam aus dem Haus geholt und ihn zur Obduktion in die Leichenhalle gebracht hatten, hatte Arthur keinen Laut mehr von ihr gehört. Doch in den letzten Tagen hatte sie sich wieder bemerkbar gemacht, war jeden Abend zu ihm gekommen und hatte ihm Gesellschaft geleistet.

Die dreißig Wochen Hausarrest, zu denen Arthur verurteilt worden war, waren keine Überraschung. Sein Anwalt hatte ihn gewarnt, dass es sich zu seinen Ungunsten auswirken könnte, wenn er sich von der amtlichen Liste der Witwer, die eine neue Beziehung suchten, streichen ließ. Aber da hatte Arthurs Entschluss schon festgestanden.

Die Treffen mit der gleichfalls verwitweten Toni hatten ihm Klarheit verschafft. Auch sie war dazu gezwungen, aus einer im Grunde unmöglichen Situation das Beste zu machen. Doch so wie Toni hätte Arthur niemals leben können. Er wäre nicht in der Lage gewesen, das System auszutricksen und regelmäßig Frauen zu treffen, nur um seinen Lebensstandard aufrechtzuerhalten. Er besaß weder die Energie noch die notwendige Einstellung, um sich im fortgeschrittenen Alter noch irgendwie zu verstellen.

Als über sein erstes Erscheinen vor Gericht erst in der Lokalpresse und dann landesweit berichtet wurde, hatte er damit gerechnet, wegen Betrugs an den Pranger gestellt zu werden sowie dafür, dass er mit der Leiche seiner Frau gelebt hatte. Doch anstatt dessen stellten die Medien die Frage, wie es überhaupt dazu kommen konnte, dass ein ehemaliger Feuerwehrmann angeklagt wurde. Mitglieder von Freiheit Für Alle ergriffen für ihn Partei und forderten, dass die Staatsanwaltschaft die Anklage fallen ließ.

»Wer Sie sind oder wie sehr Sie sich um die Gesellschaft verdient gemacht haben, ist nicht von Belang«, hatte Mr. Warner, sein Anwalt, ihm erklärt. »Je bekannter Sie sind, desto reizvoller ist es für das Gericht, an Ihnen ein Exempel zu statuieren.«

»Und würde es etwas ändern, wenn ich wieder heirate?«, hatte Arthur gefragt.

»Das ist schwer einzuschätzen«, hatte Mr. Warner geantwortet. Doch sein Gesichtsausdruck war eindeutig gewesen.

Statt der Uhr, die seine Ehe überwacht hatte, trug Arthur jetzt einen Smart-Anhänger am Handgelenk. Sechs Monate lang durfte er sein Anwesen nicht verlassen. Doch das störte ihn nicht weiter; auf eine Welt, die ihn so unfair behandelte, konnte er gut und gerne verzichten. Doch ein unangekündigter Besuch von Mr. Warner einige Tage später änderte alles.

»Gibt es Schwierigkeiten?«, fragte Arthur, überrascht, Mr. Warner vor seiner Tür zu sehen. Es war das erste Mal, dass er ihn zu Hause aufsuchte.

»Leider ja. Es geht um Ihr Haus, Arthur. Es tut mir leid, Ihnen das sagen zu müssen, aber die örtlichen Behörden haben Anspruch darauf erhoben.«

»Was soll das heißen?«

»Sie fordern die Zahlungen aus der staatlichen Rentenkasse zurück, die Sie nach Junes Tod sieben Monate lang einbehalten haben, zuzüglich der Zinsen, die für Sie als Alleinstehenden deutlich höher sind, als wenn Sie in einer Beziehung leben würden. Und auch die private Gesellschaft, von der June eine Firmenrente bezogen hat, fordert diese Zahlungen zurück, ebenfalls zuzüglich Zinsen.«

»Ich habe doch sofort angeboten, das zurückzuzahlen. Aber es hieß, das ginge erst, wenn das Gerichtsverfahren abgeschlossen ist.«

»Ich weiß. Und weil die Regierung weite Teile der öffentlichen Versorgung privatisiert hat, werden auch Forderungen gegen Sie erhoben, was die Kosten der Staatsanwaltschaft angeht, den Abtransport von Junes Leiche und die Obduktion. Das Schlafzimmer für eine Person und die Kommunalsteuer wurden ebenfalls rückdatiert, sodass Sie, wenn man mein Honorar noch hinzurechnet, mehr Schulden haben als Erspartes. Das heißt, Sie können die Schulden nur durch Rückgriff auf Ihre Vermögenswerte begleichen. Und das bedeutet: Ihr Haus.«

Arthur wurde bleich. »Das dürfen die nicht. Das Haus gehört mir.«

»Doch. So leid es mir tut.«

»Wann?«

»In zwei Wochen. Das Verfahren wurde beschleunigt. Ich habe erst vor drei Tagen davon erfahren und sofort Widerspruch eingelegt und Vollstreckungsaufschub beantragt, aber das wurde abgelehnt. Freiheit Für Alle hat im Internet eine Crowdfundingkampagne gestartet und schon über fünfzigtausend Pfund gesammelt. Aber dann trat das Gesetz über den Verhaltenskodex im Internet in Kraft, und die Betreiber der Seite mussten damit rechnen, wegen Finanzierung eines verurteilten Verbrechers verfolgt zu werden. Also blieb ihnen nichts anderes übrig, als die Seite abzuschalten und die Spenden zu erstatten.«

Arthur sank auf seinem Stuhl zusammen und versuchte zu begreifen, was Mr. Warner da gesagt hatte. Er sah sich um. Alles, was er und June gemeinsam angeschafft und aufgebaut hatten, sollte ihm nun genommen werden.

»Die gute Nachricht ist, dass die örtlichen Behörden der Sorgepflicht unterliegen und sich schon mit anderen Gerichtsbarkeiten in Verbindung gesetzt haben, um eine neue Bleibe für Sie zu finden.«

»Und wo?«

»In Leicester und in Rugby gibt es Hostels, in denen Sie unterkommen können, bis Ihr Haus verkauft ist und Sie wissen, wie viele Mittel Ihnen dann noch zur Verfügung stehen.«

»Aber ich habe mein ganzes Leben in dieser Stadt verbracht. Und was passiert dann mit meinen Sachen?«

»Der Besitz, der nicht versteigert wird, um die Schulden zu begleichen, wird eingelagert. Allerdings müssen Sie für die Kosten aufkommen.«

»Können Sie nichts unternehmen? Sie sind doch mein Anwalt.«

»Ich wünschte, ich könnte, aber mir sind die Hände gebunden. Die Kanzlei erlaubt mir nicht, Mandanten zu vertreten, die Außenstände bei uns haben. Und das ist bei Ihnen der Fall, Arthur. Der Widerspruch, den ich für Sie eingelegt habe, war das Letzte, was ich noch für Sie tun durfte. Es tut mir sehr leid.«

In diesem Moment tauchte June hinter Mr. Warner auf. Ihr Gesicht leuchtete.

»Warum lächelst du denn?«, fragte Arthur sie in Gedanken.

»Das weißt du doch.«

»Nein, das weiß ich nicht. Warum?«

»Du musst nicht allein hierbleiben, Artie. Warum steht denn das alte Wohnmobil in der Garage herum, wenn wir es nicht benutzen?«

»Und wo sollen wir hinfahren?«

»Auf unser letztes Abenteuer.«

June hatte recht, dachte Arthur. Wenn er die Wahl hatte, den Rest seines Lebens allein im Einzelzimmer eines Hostels zu verbringen oder unterwegs mit seiner Frau, dann wusste er, wie er sich entscheiden würde.

Als sie gemeinsam auf dem Bett lagen, entdeckte Arthur in Junes Augen wieder das Funkeln, das ihn vor so langer Zeit in Bann geschlagen hatte.

»Sollen wir los?«, fragte June, als das Licht der Sonne schwächer wurde. Arthur nickte. »Ich liebe dich.«

Er stand vom Bett auf und nahm die beiden Koffer mit Kleidung und Waschzeug, die er gepackt hatte. June folgte ihm, als er langsam die Treppe hinabstieg und dabei zum letzten Mal die Fotos im Flur betrachtete. Dann gingen sie durch die Küche und hinaus in die Garage, wo ihr geliebtes Wohnmobil stand.

»Da ist es ja, das gute Stück«, sagte June und strahlte über das ganze Gesicht. Sie tätschelte den Wagen, öffnete die Tür und ergriff die Plastiktüte, in der Arthur die Hälfte ihrer Asche aufbewahrte. »Ach, Artie«, sagte sie scherzhaft tadelnd, hielt die Tüte hoch und ließ sie hin und her schwingen. »Du hattest wirklich genug Zeit, mich in eine Urne umzufüllen.«

»Ruhe. Sonst landest du beim Nachbarn im Katzenklo.«

June nahm auf dem Beifahrersitz Platz und kurbelte das Fenster herunter. Dann hängte sie den Arm hinaus und ließ ihn hin und her schwingen, als ginge ein kräftiger Fahrtwind. »Wie viele Meilen haben wir hier drin zurückgelegt?«, fragte sie.

»Über hundertfünfzigtausend.«

»Hast du nachgesehen, ob der Tank voll ist?«

»Der Wagen ist startklar, so wie wir auch.«

»Na dann mal los.«

Arthur verstaute die Koffer im Gepäckfach. Dann nahm er den Gartenschlauch, der auf der Werkbank lag, klebte ein Ende mit Klebeband am Auspuff fest, steckte das andere durch den Spalt im Seitenfenster und dichtete den Rest des Spalts mit einem alten Strandhandtuch ab. Dann setzte er sich zu June und ließ den Motor an.

»Also, worauf hast du Lust?«, fragte June, als der Motor lostuckerte. »Wir waren noch nie in Barcelona, und ich wollte schon immer mal die Treppen vor der Sagrada Família sehen. Auf Fotos sehen die so wunderbar aus.«

»Dann fahren wir da als Erstes hin.«

June streckte die Hand aus und verschränkte ihre Finger mit Arthurs. Seine Augen wurden feucht, als er June anlächelte, so strahlend, wie er es zu ihren Lebzeiten auch immer getan hatte. Dann wischte er sich die Tränen weg und schloss die Augen.

»Du und ich, wir beide, bis zum Schluss, mein Mädchen«, flüsterte er.

»Du und ich«, wiederholte June, und er konnte ihr Apfelblütenshampoo riechen, als sie den Kopf auf seine Schulter legte.

Und so brachen sie zusammen zu ihrem letzten gemeinsamen Abenteuer auf.

47

Anthony

Von der gegenüberliegenden Straßenseite aus sah Anthony zu, wie die Schlange vor dem Art-déco-Gebäude allmählich kürzer wurde. Jeder Besucher wurde von Sicherheitskräften durchsucht und mit Metall- und Plastikdetektoren durchleuchtet, bevor man ihn hineinließ. Anthony hatte erwartet, dass sich die Anhänger von Freiheit Für Alle nach den jüngsten Brandanschlägen eine Weile zurückhalten würden. Doch sie traten geschlossen und provokant auf, achteten weder auf das Hupen vorbeifahrender Autos, das Unterstützung signalisierte, noch auf die Beschimpfungen, die aus heruntergelassenen Fenstern drangen. Um einer möglichen Überwachung durch die Regierung zu entgehen, zog sich Anthony das Baseballcap so tief in die Stirn, dass sein Gesicht verdeckt wurde, und rollte den Kragen hoch.

Eine leise Stimme in seinem Kopf, die seit einiger Zeit immer öfter infrage stellte, ob er für die richtige Seite arbeitete, drängte ihn dazu, sich in das Gebäude zu wagen. Nachdem er so viel Energie darauf verwendet hatte, den Ruf der FFA zu zerstören, war es jetzt an der Zeit, dass er sich selbst ein Bild davon machte, ob diese Leute zu Recht so berüchtigt waren. Er überquerte die Straße und stellte sich als einer der Letzten in die Schlange. Nachdem er gescannt worden war, steckte er sein Handy und seine Smart Watch in einen Plastikbeutel mit Gleitverschluss und ging einen kurzen, abgedunkelten Gang entlang, bis er vor einer Brandschutztür stand. Dahinter lag der mittlere Rang eines Veranstaltungssaals.

Er hatte nicht gewusst, was ihn erwartete, doch mit so vielen Leuten hatte er nicht gerechnet. Mindestens vier- oder fünfhundert Menschen jeden Alters und Aussehens saßen auf ihren Plätzen und richteten ihre Aufmerksamkeit auf die Bühne. An der Rückwand hinter der Bühne hing ein großer, weißer Bildschirm. Darunter saßen, dem Publikum zugewandt, einige Personen an einem Tisch. Anthony setzte sich auf den nächsten freien Platz. Kurz darauf wurde das Licht heruntergedimmt und eine junge Frau trat ans Mikrofon und hielt eine emotionale Rede über die Brandanschläge, die neulich verübt worden waren. Als Bilder der Opfer gezeigt wurden, riss ihm das Schuldgefühl ein weiteres Stück aus der Seele.

Der nächste Redner legte dar, warum künstliche Intelligenz überhaupt nie hätte eingesetzt werden dürfen, um Eheprobleme zu identifizieren. »KI-Programme werden niemals einen Sinn für Humor entwickeln können«, sagte er. »Sie werden niemals ein Verständnis für Kunst, Schönheit oder Liebe haben. Sie werden sich niemals einsam fühlen. Sie werden auch niemals Mitgefühl für Menschen, Tiere oder die Umwelt haben. Sie werden niemals Musik genießen oder sich verlieben können oder aus heiterem Himmel losweinen. Das sind übrigens nicht meine Worte. Das hat eine künstliche Intelligenz über sich selbst gesagt, genauer ein Programm namens GPT-3, das entwickelt wurde, um die menschliche Sprache nachzuahmen. Im Dialog mit einem Forscher schrieb es, dass es weder über Bewusstsein noch über Selbstwahrnehmung verfügt. Das war 2020. Schon damals warnte uns die künstliche Intelligenz vor ihren Beschränkungen. Und dennoch haben wir zugelassen, dass sie über zwischenmenschliche Beziehungen entscheidet.«

Andere Redner sprachen über die rechtlichen Aspekte eines für die nahe Zukunft geplanten Protestmarsches in London, der seinen Höhepunkt in einer Massenkundgebung im Kennington Park finden sollte. Anthony fragte sich, ob dieser Ort gezielt ausgewählt worden war, weil Anhänger der Reformbewegung der Chartisten dort einmal für mehr Demokratie in der entstehenden Industriegesellschaft demonstriert hatten. Seit damals waren fast zweihundert Jahre vergangen, und heute kämpfte die FFA noch immer für derartige Rechte. Die Geschichte wiederholt sich, dachte Anthony.

Überrascht erfuhr er, dass die Organisatoren mit bis zu einer halben Million Teilnehmern rechneten. Er war so sehr in seiner Blase gefangen gewesen, dass er nicht mitbekommen hatte, wie tief der Hass auf das neue Ehegesetz in der Bevölkerung verankert war.

Nach einer Stunde trat der letzte Redner auf die Bühne. Anthony kannte den Mann; er war seit Jem Jones' Tod häufig im Fernsehen zu sehen gewesen. Die Partei hatte zwar keinen Vorsitzenden – man setzte stattdessen auf ein mehrköpfiges Gremium –, aber sie hatte ein Gesicht: Howie Cosby.

»Ich möchte euch bitten, euch dieses Foto anzusehen«, begann Cosby, und auf dem Bildschirm hinter ihm erschien das Foto eines älteren Mannes.

»Das ist Arthur Foley, ein ehemaliger Feuerwehrmann aus unserer Stadt. Dieser Mann ist ein Held. Er hat zahlreichen Menschen das Leben gerettet, hat sich für die Gemeinschaft aufgeopfert und war dem Nachwuchs stets ein inspirierendes Vorbild.«

Das nächste Foto zeigte Arthur in jüngeren Jahren, Hand in Hand mit einer lächelnden Frau. Beide trugen Uniformen.

»Das ist June, Arthurs Frau. Auch sie hat ihr gesamtes Berufsleben bei den Rettungskräften verbracht. Die beiden waren neunundvierzig Jahre lang verheiratet, zwei davon, als das neue Ehegesetz schon in Kraft war, bis June unerwartet eines Nachts im Schlaf verstarb. Arthur liebte seine Frau so sehr, dass er lieber mit ihrem Leichnam lebte, als zuzulassen, dass die Behörden sie ihm wegnahmen. Als eine Beziehungsbegleiterin das eines Tages entdeckte, bot man Arthur keine psychologische Betreuung an, sondern bestrafte ihn vielmehr, weil er sich weigerte, aktiv eine neue Partnerin zu finden. Dass er fast sein ganzes Leben lang verheiratet gewesen war, ignorierten die Behörden auf ganzer Linie.«

Cosby hielt inne, nahm einen Schluck Wasser und referierte anschließend den Prozess, der Arthur gemacht worden war. Dann erschien unangekündigt ein Foto auf dem Bildschirm, das Arthurs Leiche zeigte, zusammengesackt hinter dem Lenkrad seines Wohnmobils. Seine Augen waren geschlossen, sein Gesicht fahl, sein Kopf war zur Seite gekippt und sein T-Shirt am Hals mit Erbrochenem beschmutzt. Aus dem bis dahin stillen Publikum waren Laute des Schreckens zu hören.

Anthony wurde flau im Magen. Ihm fiel wieder ein, wie er in der Leichenhalle seine Mutter identifiziert hatte, insbesondere die Prellung, die sie sich zugezogen hatte, als sie durch die Frontscheibe geschleudert worden war, nachdem sie ihr Auto gezielt gegen den Pfeiler einer Autobahnbrücke gelenkt hatte. Jahrelang hatte er sich schuldig gefühlt und sich vorgeworfen, dass er, indem er sich von zu Hause losgerissen hatte und auf die Universität gegangen war, die ohnehin schon angeschlagene psychische Gesundheit seiner Mutter gänzlich ruiniert hatte. Jada hatte ihn fast davon überzeugen können, dass ihn keine Schuld traf, doch letztlich hatte er das nie wirklich geglaubt.

Jetzt aber, das Foto dieses toten Fremden vor Augen, konnte er nicht mehr daran zweifeln. Die Stimme in seinem Kopf hatte recht. Anthony war ein Mensch, der andere umbrachte. Seine Mutter war sein erstes Opfer gewesen, Jem Jones das nächste, dann die Opfer der Brandanschläge und jetzt Arthur Foley. Wo sollte das enden?

»Vor fünf Tagen hat Arthur sich entschieden, seinem Leben lieber ein Ende zu setzen, als sein Haus zu verlieren oder unter Zwang jemanden zu heiraten, den er nicht liebt«, fuhr Cosby fort. »Das ist allein der Regierung zuzuschreiben. Für jedes Paar, das von einer niedrigen Grunderwerbssteuer profitiert, von einer privaten Krankenversicherung oder von all den anderen Tricks, mit denen sie uns gefügig machen wollen, gibt es einen Arthur Foley. Daher bitte ich euch: Erhebt eure Stimme!«

Eine Welle des Applauses rollte durch das Publikum, das Licht ging wieder an, und eine kurze Pause mit Erfrischungen wurde angekündigt. Während die meisten anderen Zuhörer aufstanden, blieb Anthony sitzen. Die Tränen liefen ihm über die Wangen und wanderten bis zum Kragen seiner Jacke. Als ihn jemand sanft am Arm berührte, drehte er sich um. Neben ihm stand eine Frau und hielt ihm eine offene Packung Taschentücher hin. Ohne sich zu schämen, nahm er eines und trocknete sich die Augen.

»Solche Geschichten nehmen mich auch immer ziemlich mit«, sagte die Frau. »Ich wünschte, das wären Einzelfälle, aber es werden immer mehr. Und jeder einzelne von ihnen ist furchtbar. Sind Sie zum ersten Mal hier?« Anthony nickte. »Und warum?«

»Aus Neugier«, sagte Anthony ausweichend. »Und Sie?«

»Weil ich will, dass wir wieder in einer gerechten Gesellschaft leben. Wir und unsere Kinder.«

Anthony dachte an Matthew. Wollte er wirklich, dass sein Sohn in einem Land aufwuchs, in dem die Leute sich lieber das Leben nahmen, als sich zu einer erneuten Heirat zwingen zu lassen? Plötzlich verspürte er das drängende Bedürfnis nach frischer Luft. Ihm wurde das alles zu viel. Er hätte nicht hierherkommen sollen. Er dankte der Frau noch einmal für das Taschentuch und stand auf.

Sie gab ihm die Hand, länger, als nötig gewesen wäre. »Ich hoffe, wir sehen uns bald wieder, Anthony«, sagte sie. Und bevor er sie fragen konnte, woher sie wusste, wie er hieß, ging sie die Treppe hinauf. Jetzt erst bemerkte er, dass sie ihm etwas in die Hand gedrückt hatte.

48

Roxi

Die Säfte des gebratenen Hühnchens schwappten auf der Servierplatte in Roxis Händen hin und her. Sie ging in der winzigen Küche dreimal im Kreis und öffnete dann die Tür, damit sich der Duft im ganzen Haus verbreitete, bevor Owen nach Hause kam.

Und wie sie gehofft hatte, war der Geruch des Hühnchens das Erste, was ihrem Mann in die Nase stieg, als er das Haus betrat. Er kam in die Küche und sah Roxi verwundert an, die gerade, eine Küchenschürze umgebunden, das Abtropfbrett zur Seite schob und die Spülmaschine darunter einräumte. Die Küche gehörte nicht zu ihrem natürlichen Lebensraum.

»Oh, hallo.« Sie lächelte ihn an, als hätte sie nicht den Weg seines Autos verfolgt, um auf die Minute genau zu wissen, wann er nach Hause kommen würde. Sie schenkte zwei Gläser Sauvignon blanc ein. »Ich hab Abendessen gemacht.«

Owen legte seine Sporttasche und den Hockeyschläger in eine Ecke und sah erst das Hühnchen an, dann Roxi, dann wieder das Hühnchen.

»Ist das …«

Sie nickte, und ein Lächeln breitete sich auf seinem Gesicht aus. Hühnchen mochte er besonders gern, und er schwor

Stein und Bein, dass er den Unterschied zwischen echtem Hühnerfleisch und solchem aus dem Labor zweifelsfrei erkannte. Daher hatte Roxi etwas von dem Honorar für ihre Fernsehauftritte genommen und bei einer der wenigen Hühnerfarmen, die es im Land noch gab, ein gerupftes, tiefgefrorenes Tier bestellt, das am Nachmittag geliefert worden war.

»Ich fand, wir könnten uns mal wieder etwas gönnen«, sagte sie und küsste Owen auf die Wange. Eine leidenschaftlichere Begrüßung hätte noch mehr Verdacht geweckt als allein schon die Tatsache, dass sie kochte. »Gibst du mir bitte mal das Tranchiermesser?«, bat sie ihn, und er zog es aus dem Ladegerät.

»Wo sind die Kinder?«

»Die übernachten bei Freunden. Ich dachte, wir könnten uns mal wieder einen schönen Abend zu zweit machen.«

Roxi sprach in Richtung des Audite, damit er, falls er gerade aufzeichnete, jedes ihrer Worte erfasste. Dann wählte sie einen der unendlich vielen Sätze aus, die das Gerät in letzter Zeit verkündet hatte. »Wenn man immer in Eile ist, entgeht einem das Wichtigste«, rezitierte sie.

Owen sah sie an, als frage er sich, wer zum Teufel diese Frau war, die ihm da gegenüberstand, und was sie mit Roxi gemacht hatte.

»Ich hab noch mal über das nachgedacht, was du neulich gesagt hast. Dass wir etwas finden sollten, was uns beide interessiert«, fuhr Roxi fort. »Sollen wir heute mal ein paar von meinen Ideen durchgehen?«

»Ja … also … warum nicht«, sagte Owen.

Sie nahm ihm die Jacke ab, und als sie vor den Garderobenhaken stand, roch sie heimlich am Kragen und versuchte, den Duft einer anderen Frau zu erkennen. Aber da waren nur Spuren von Owens Parfüm.

»Setz dich schon mal«, forderte sie ihn auf und deutete ins Esszimmer nebenan. Sie reichte ihm ein Glas, und im Hintergrund erklang leise eine Platte, die sie oft in der Zeit gehört hatten, als sie sich kennengelernt hatten. »Das Essen ist gleich fertig.«

Kurz darauf zeigte Roxis Handy zweimal mit einem Pingen eine neue Nachricht an, und beide Male kostete es sie Mühe, es zu ignorieren. »Willst du nachschauen?«, fragte Owen und streckte die Hand nach dem Telefon aus, das auf der Fensterbank lag.

»Nein. Wenn du willst, mach es aus«, sagte Roxi leichthin. »Wie war dein Tag?«

»Ganz in Ordnung«, sagte er, aber Roxi wusste nur zu gut, wie sein Tag gewesen war, oder zumindest der frühe Abend. Denn er hatte ihn mit einer anderen Frau verbracht. Das wusste sie mit Sicherheit, denn sie hatte sein Auto verfolgt, wie es von dem Gewerbegebiet, in dem seine Firma lag, in den Ort gefahren war, wo Antoinette Cooper wohnte, der Online-Troll, der ihre Karriere und jetzt auch noch ihre Ehe zerstören wollte. Eine Stunde und neun Minuten lang hatte sein Auto vor Coopers Haus gestanden, bevor er nach Hause gefahren war.

Roxi wusste nicht mehr, wann sie das letzte Mal geweint hatte – jedenfalls nicht während oder nach der Geburt ihrer Kinder, bei ihrer Hochzeit oder auch nur im Kino. So ist das eben, wenn man als Kind von einer Pflegefamilie zur nächsten geschoben wird, dachte sie. Man härtet ab. Legt sich eine Teflonschicht zu. Nichts bleibt an einem haften, egal, wie schlimm die Dinge auch werden. Und doch hatte sich, während sie darauf gewartet hatte, dass Owens Auto Coopers Anwesen verließ, in ihrem Hals ein kleiner Kloß gebildet. Und sooft sie auch geschluckt hatte, er wollte sich nicht lösen.

Roxi warf einen Blick auf Owens Sporttasche, die Antoinette Cooper in einem ihrer Hasskommentare erwähnt hatte. Waren seine Sachen wirklich unbenutzt, so wie Cooper behauptet hatte?

»Wie war das Spiel heute Abend?«, fragte sie.

»Wir haben heute nur trainiert.«

»Wenn du mir deine Sachen gibst, steck ich sie in die Waschmaschine.«

»Nicht nötig, das mach ich dann selbst.«

»Es wäre kein Problem.«

»Nein, du hast ja schon Abendessen gemacht«, beharrte Owen. »Ich kümmere mich später darum.«

Erstaunt stellte Roxi fest, wie leicht ihm die Lügen von den Lippen gingen. Aber er übte ja auch schon seit Monaten. Nachdem Roxi vor einer Woche entdeckt hatte, dass er eine Affäre hatte, hatte sie den digitalen Familienkalender nach den Einträgen durchforstet, in denen er geschrieben hatte, dass er länger in der Arbeit bleiben würde. Die Sache lief schon seit fast fünf Monaten, einmal die Woche, meistens mittwochs oder donnerstags abends. Zu ihrer Schande hatte Roxi nicht einmal bemerkt, dass er so oft nicht zu Hause gewesen war.

Nachdem sie das Doppelleben ihres Mannes entdeckt hatte, waren ihr tausend Fragen durch den Kopf geschossen. Wie konnte er ihr das antun? Wer war Antoinette Cooper, und wusste Owen, dass sie Roxi im Internet mit Hass überzog? Lachten die beiden hinter Roxis Rücken über sie? Was sollte sie machen, wenn Owen die Scheidung einreichte? Was bliebe ihr, wenn er sie verlassen würde? Schon ihr jetziges Haus war mehr als beengt. Und wenn Roxi vom Verkaufserlös nur die Hälfte bekäme, müsste sie anschließend wahrscheinlich wieder in Old Northampton in einem Hasenstall wohnen, während Owen in Coopers georgianischer Villa residierte.

Und das Wichtigste: Wie sollte sich ihre Karriere weiterentwickeln, wenn sie sich nicht mehr auf eine Ehe stützen konnte? Unter Umständen könnte sie gegen den Strom schwimmen und sich in ihren Videoblogs als Geschiedene präsentieren, aber ob sie damit Erfolg hätte, war mehr als fraglich. Natürlich könnte sie auch wieder heiraten – aber wen? Es könnte Jahre dauern, bis sie wieder jemanden fand.

Ein beklemmendes Schuldgefühl machte sich in ihrer Brust breit, als ihr einfiel, dass sie noch gar nicht an die Kinder gedacht hatte. Würde sie den Kontakt zu ihnen wieder finden, wenn sie nicht mehr im selben Haus lebten? Wenn Roxi ehrlich mit sich war, konnte von »wieder« allerdings keine Rede sein. Um wieder eine Verbindung zu finden, musste schon einmal eine da gewesen sein. Und das hatte Roxi nie zugelassen.

Sie hatte sich überlegt, was sie tun konnte: das Ganze ignorieren, nichts unternehmen und hoffen, dass die Affäre irgendwann im Sand verlief; Owen zur Rede stellen und riskieren, dass der Audite es mitbekam; oder Owen daran erinnern, warum er sich irgendwann einmal in sie verliebt hatte. Also tat sie das, was sie am besten konnte, und wurde wieder die alte Roxi, die so viel Angst vor dem Alleinsein hatte, dass sie ihre eigenen Bedürfnisse zugunsten des Partners hintanstellte. Weil Owen nicht so fortschrittlich war wie sie, suchte sie im Internet nach Informationen darüber, was Männer damals um die Jahrhundertwende, als Owens Eltern geheiratet hatten, von ihren Frauen erwartet hatten. Dabei fand sie heraus, dass zu dieser Zeit im häuslichen Bereich noch keine Gleichheit zwischen den Geschlechtern geherrscht hatte und nicht von beiden Seiten erwartet wurde, alle Aufgaben miteinander zu teilen. Betrog er sie deshalb mit einer älteren Frau? War Cooper eine Art von Frau, wie Roxi es nicht war? Wenn sie ihre Ehe retten wollte, blieb ihr nicht viel anderes, als die Frau zu spielen, zu der Owen gern nach Hause zurückkam, die ein Essen auf den Tisch stellte und der ein Lächeln im Gesicht klebte.

Während Roxi voll beladene Teller ins Esszimmer trug, unterhielten sie sich weiter. Von ihren eigenen Projekten erzählte sie kaum etwas, sondern hörte meistens Owen zu.

»Das schmeckt übrigens köstlich«, merkte er an.

»Danke. Das ist das Rezept von deiner Mutter.«

»Hast du das noch?«

»Ja, ich habe alle aufbewahrt, die sie mir kurz vor ihrem Tod gemailt hat.« Owen wirkte gerührt. »Sie fehlt mir. Sie war eine gute Freundin«, fügte Roxi hinzu. Sie meinte es ernst.

»Ja, mir fehlt sie auch«, sagte Owen. »Sie hat dich sehr gemocht. Sie fand, du seist ein bisschen durchgeknallt und ich eher ein Langweiler, aber dass du mich schon auf Trab bringen würdest.«

»Und, hab ich das?«

Owen lachte. »Ein wenig schon.«

Gemeinsam erinnerten sie sich an ihre ersten Dates, an heimliche Treffen auf der Behindertentoilette im Büro, wo mehr Platz war, an seinen Hochzeitsantrag auf der Fähre von Mumbai nach Alibag, daran, wie seine Mutter Roxi bei der Hochzeit zum Altar geführt hatte, und an seinen zweiten Antrag vor dem Upgrade ihrer Ehe.

»Das waren schöne Zeiten, oder?«, sagte Owen.

Roxi spürte, wie sich eine eisige Hand auf ihre Schulter legte. »Wieso denn ›waren‹? Das klingt so, als wäre jetzt alles vorbei.«

»Na ja, jetzt, wo uns Stufe zwei droht. Da kann man nie wissen, wie es weitergeht.«

»Also, du weißt ja, dass ich über solche Sachen nicht besonders gut reden kann, aber du sollst wissen, dass ich dich noch immer liebe. Es ist manchmal nicht leicht mit mir, und manchmal, wenn ich etwas Bestimmtes will, verliere ich das, was ich habe, leicht aus den Augen. Ich weiß, dass ich öfter versuchen sollte, einen Mittelweg zu finden.«

»Ich will nur nicht, dass du uns beide aus den Augen verlierst«, sagte Owen und ergriff Roxis Hand. »Und ich liebe dich auch.«

Ohne nachzudenken, schob Roxi ihren Teller zur Seite, ging um den Tisch und setzte sich rittlings auf Owens Schoß. Sie schob ihm die Zunge in den Mund und drückte ihm eine Hand zwischen die Beine. Im selben Moment spürte sie seine Erregung. Auch er streckte eine Hand nach ihr aus, und kurz darauf hatte sie den Rest des Geschirrs zur Seite geschoben und lag auf dem Rücken auf dem Esstisch, und Owen zerrte ihren Rock nach oben und steckte den Kopf zwischen ihre Beine.

Roxi machte absichtlich laute Geräusche, damit der Audite sie hörte, und schon bald war Owen in ihr, zum ersten Mal seit einer gefühlten Ewigkeit. Sex mit ihm war nie unangenehm gewesen – aber auch eine Zahnreinigung oder das Streichen der Wohnung waren »nicht unangenehm«, und doch hätte Roxi das nicht jeden Tag haben wollen. Aber wenn es Owen glücklich machte und er sich ihr dadurch wieder mehr zuwandte, würde sie dieses Opfer vielleicht häufiger bringen müssen. Sie überlegte, was ihr durch den Kopf gegangen war, wenn sie früher spontan miteinander geschlafen hatten, denn jetzt dachte sie daran, wie kalt die Tischplatte unter ihrem nackten Po war und ob später auch das Sparprogramm der Spülmaschine ausreichen würde. Nach einigen Augenblicken tat sie so, als käme sie, weil sie wusste, dass ein tiefes Stöhnen und Ächzen Owen garantiert ins Ziel brachte. Sie fragte sich, ob seine Mätresse das auch schon herausgefunden hatte.

»Ach, was mir gerade einfällt«, sagte sie, während sie wieder in ihre Kleidung schlüpften. »Ich habe ein Angebot bekommen, ein paar Tage Wellnessurlaub im Lake District, für zwei Personen. Hättest du Lust? Das Einzige ist, dass ich ein paar Aufnahmen machen müsste.«

»Klasse. Mich ein bisschen verwöhnen zu lassen, würde mir bestimmt guttun. Und ohne die Kinder konnten wir in so einem Hotelzimmer bestimmt eine Menge Spaß haben«, sagte er mit einem Augenzwinkern.

»Ich kann's kaum erwarten«, sagte Roxi und rang sich ein Lächeln ab. »Dann buche ich das gleich morgen. Am besten unter der Woche. Sagen wir, von Mittwoch bis Samstag?«

»Unter der Woche geht's bei mir zurzeit nicht so gut«, sagte Owen und setzte sich wieder an den Tisch.

»Ah ja, warum denn?«

»Ich hab einfach … eine Menge zu tun.«

»Kannst du dir nicht ein paar Tage freinehmen?«

»Wie wär's denn mit einem langen Wochenende? Freitags und montags kann ich mir gut freinehmen.«

»Aber mittwochs oder donnerstags geht nicht?«

»Nein, leider nicht.«

Roxi verließ der Mut, und plötzlich fühlte sie sich, wie sie so halbnackt dastand, sehr verletzlich.

49

Jeffrey

Jeffrey spürte das schwere, niederdrückende Schweigen, als er mit einem Tablett mit drei Tassen Pfefferminztee aus der Küche in den Garten kam. Noahs Blick bohrte sich in ihn, während er den Tee auf den Tisch stellte, sich im Schatten eines Baumes auf einen Stuhl setzte und sein Tablet einschaltete.

Er sah erst zu Luca, dann zu Noah. Sie verhielten sich ganz anders als damals, als er sie kennengelernt hatte, und manchmal ertappte er sie dabei, wie sie sich an den Händen hielten oder einander besänftigend den Arm tätschelten. Luca schien sich nicht wohlzufühlen, und auch Noah war, seiner Miene und seiner Körpersprache nach zu urteilen, angespannt. Er tippelte mit dem Zeigefinger auf seinem Oberschenkel herum und schien ungeduldig darauf zu warten, dass die heutige Nachmittagssitzung endlich begann. Aber Jeffrey ließ sich Zeit. Er genoss die Peinlichkeit, die in der Luft lag. In aller Ruhe öffnete er seine Notizen und tat so, als läse er sie und rufe sich in Erinnerung, worüber sie gestern gesprochen hatten. »Gut«, sagte er schließlich ermunternd, »womit wollen wir anfangen?«

»Wie wär's, wenn wir damit anfangen, dass ich heute Morgen zu einem ›informellen Gespräch‹ über meine Ehe in die Personalabteilung zitiert wurde?«, sagte Noah.

»Und wie verlief dieses Gespräch?«, fragte Jeffrey.

»Na ja, das war so: Erst hat meine Chefin mir gesagt, dass sie darüber informiert wurde, dass Luca und ich hochgestuft worden sind. Dann hat sie gefragt, ob sie mir in irgendeiner Weise helfen könnten. Und ich habe ihr gesagt, dass das ein Missverständnis ist, das bald wieder in Ordnung gebracht wird.«

»Das heißt, es lief eigentlich ganz gut«, sagte Luca.

»Das Beste kommt erst noch.« Jetzt hielt Noah seine Wut nicht mehr zurück. »Stell dir eine Frau vor, die so alt ist, dass sie meine Großmutter sein könnte, und die in eine Liste guckt und mich fragt, ob ich ›Top oder Bottom‹ bin und ob wir schon mal ›SM‹ ausprobiert hätten oder ›Natursekt‹ oder ›Rimming‹, um unser Sexleben aufzupeppen. Und dann dreht sie den Computerbildschirm zu mir und zeigt mir künstlerische Darstellungen von allen möglichen Sexstellungen. Findest du das immer noch ›eigentlich ganz gut‹«?

»Um Gottes willen«, sagte Luca und vergrub das Gesicht in den Händen. Jeffrey konnte es nicht genau erkennen, aber Luca wirkte eher amüsiert als schockiert.

»Ich wäre am liebsten im Boden versunken.«

»Warum hat sie das denn gemacht?«

»Wenn das Krankenhaus auf der Liste der Top-500-Arbeitgeber im Sinne des neuen Ehegesetzes bleiben und weiterhin Geld von der Regierung bekommen will, müssen sie sich für alle gut sichtbar um ihre Mitarbeiter kümmern. Geschiedene Angestellte wirken sich negativ auf die Reputation aus, und heutzutage ist niemand mehr bereit, für eine Firma zu arbeiten, die nicht für ihre Leute sorgt, nicht einmal im alten Teil der Stadt. Deswegen organisieren sie auch jeden Sommer diese grässlichen Familientage, zu denen alle hingehen müssen. Wenn sie aus dieser Liste fallen, bekommen sie weniger Geld.«

»Es tut mir leid, wenn unsere gemeinsame Arbeit sich so nachteilig für Sie auswirkt«, sagte Jeffrey. »Aber die Personalabteilung handelt da sicher nur nach ihren Richtlinien.«

»Was hast du ihr denn geantwortet?«, fragte Luca.

»Dass ich so ein Gespräch nicht führen will. Und dann habe ich sie gefragt, ob ich gehen kann. Sie hat mich nicht aufgehalten.«

Noah sah Jeffrey an, als wolle er ihn dazu provozieren, ihm Vorwürfe zu machen. »Und?«, fragte er.

»Und was, Noah?«, fragte Jeffrey zurück.

»Normalerweise würden Sie mich jetzt beschuldigen: dass ich ihn schikaniere, ihm etwas vorgaukele, ihn anlüge, ihn kastriere … Das sind doch so Ihre Favoriten.«

»Sie hatten jedes Recht, sich gegenüber der Personalabteilung so zu verhalten, wie Sie es für angemessen halten«, sagte Jeffrey.

»Da kommt doch jetzt sicher noch ein ›Aber‹ …«

»Es gibt kein ›Aber‹. Allerdings …«

»Ein ›Allerdings‹ ist nichts anderes als ein ›Aber‹.«

»Allerdings wird das Krankenhaus einen Bericht einreichen müssen, über die Unterstützung, die man Ihnen angeboten hat, und darüber, ob Sie sie angenommen haben. Und darin wird vermutlich von Ihrer Ablehnung die Rede sein.«

»Babe«, sagte Luca seufzend und legte die Hand an die Stirn. »Warum hast du nicht einfach mitgespielt?«

»Hättest *du* denn mitgespielt?«

»Natürlich! Wahrscheinlich hätte es mich große Überwindung gekostet, aber wir müssen durch diese Sache nun mal durch, egal wie. Wenn wir von allen Seiten hören, dass wir Probleme haben, dann müssen wir die Möglichkeit in Betracht ziehen, dass unsere Ehe vielleicht doch nicht so perfekt ist, wie wir gedacht haben.«

Jetzt war Jeffrey derjenige, der ein Lächeln unterdrückte.

»Keine Ehe ist perfekt!«, erwiderte Noah. »Und ich *will* auch überhaupt keine perfekte Beziehung, ich *will* nicht, dass wir andauernd einer Meinung sind, ich will nur die Beziehung wieder, die wir früher hatten, bevor *er* hier aufgekreuzt ist.«

»Das alles ist doch nicht Jeffreys Schuld.«

»Bevor es jetzt zu hitzig wird, muss ich Ihnen noch etwas mitteilen«, ging Jeffrey dazwischen. »Ihnen beiden. Wie Sie wissen, hat Beccy ihre Rolle als Leihmutter vorübergehend ruhen lassen. Und nun habe ich erfahren, dass sie wieder auf der amtlichen Liste der Leihmütter steht, die für Paare mit Kinderwunsch zur Verfügung stehen.«

»Soll das heißen, sie sucht sich jemand anderen?«, fragte Luca.

»Diese Möglichkeit wurde ihr eingeräumt, weil Sie beide aus dem Prozess der Leihmutterschaft herausgenommen wurden.«

»Herausgenommen?«, wiederholte Luca.

»Wissen Sie das denn nicht? Noah, Sie müssen doch gestern eine E-Mail erhalten haben.«

Sämtliche Muskeln in Lucas Körper spannten sich an. »Du hast davon gewusst?«, fragte er Noah.

Noah nickte. »Ja. Ich hab es heute Morgen gelesen.«

»Und du hast mir nichts davon erzählt?«

»Wir dürfen ja nicht miteinander reden, wegen Jeffreys dämlicher Positiver Abkopplung.«

»Du meinst, ich sollte es lieber von ihm hören. Oder wolltest du dein Gewissen beruhigen, weil du genau weißt, dass du, wenn du diesen Prozess andauernd durchkreuzt, alles nur noch schlimmer machst? Ständig machst du Jeffrey Vorwürfe, dabei will er uns nur vor uns selbst retten. Aber du bist viel zu vernagelt, um das zu erkennen.«

Noah wollte offenbar etwas entgegnen, hielt sich aber zurück. Stattdessen machte sich zwischen den beiden erneut ein erdrückendes Schweigen breit, während Jeffrey auf dem Tablet herumtippte und so tat, als aktualisiere er seine Notizen.

50

Corrine

In ihrem Haus gingen sich Corrine und Mitchell schon seit Tagen aus dem Weg. Wenn einer ein Zimmer betrat, ging der andere hinaus. Ihre Haushälterin Elena bereitete jedem zu unterschiedlichen Zeiten unterschiedliche Mahlzeiten zu. Wenn Corrine in der Wohnküche aß, aß Mitchell in seinem Zimmer. Die Kinder mussten jedes Gespräch mit ihren Eltern zweimal führen.

»Wie lange soll das denn noch so weitergehen?«, fragte Freya. Corrine war im Hauswirtschaftsraum, holte Wäsche aus dem Trockner und legte sie zusammen. Sie reichte Freya einen Armvoll.

»Bis der Trockner leer ist«, sagte Corrine nüchtern.

»Du weißt genau, was ich meine. Das mit dir und Dad. Es ist nicht das erste Mal, dass ihr euch streitet, aber normalerweise dauert es nicht so lange. Dad wirkt die ganze Zeit total angepisst.«

»Das ist doch nichts Neues. So ist er nun mal.«

Freya sah Corrine genervt an. Sie merkte, dass sie sie abblitzen ließ. Aber Corrine sagte nichts weiter. Bis jetzt hatten weder sie noch Mitchell ihre bevorstehende Trennung verkündet, wenn auch aus unterschiedlichen Gründen. Aber früher oder später würden die Kinder herausfinden, dass sie sich fälschlicherweise auf häusliche Gewalt berufen hatte, um den Scheidungsprozess zu beschleunigen. Damit gab sie ein furchtbares Beispiel ab, und daher hatte sie versucht, ihr Gewissen zu beruhigen, indem sie eine beträchtliche Summe an eine Organisation gespendet hatte, die Frauen unterstützte, die Opfer häuslicher Gewalt geworden waren. Doch das hatte nicht geholfen. Das Schuldgefühl plagte sie noch immer.

»Ich verstehe einfach nicht, warum du noch bei ihm bleibst«, sagte Freya.

»Wie meinst du das?«

»Was für eine Bereicherung ist er denn für dein Leben? Oder für unser aller Leben?«

»Freya!«, rief Corrine. »Egal, wie er sich verhält, er ist immer noch dein Vater.«

»Nein, Mum, die Bezeichnung muss er sich erst verdienen. Seit wir klein waren, hat er sich nie wirklich darum bemüht, uns ein Vater zu sein.«

Corrine verspürte den paradoxen Impuls, Mitchell und seine Tatenlosigkeit zu verteidigen. War sie etwa mit dafür verantwortlich? Hätte sie ihn mehr dazu drängen sollen, als Vater präsenter zu sein? Oder hatte sie die Kinder in einem frühen Stadium an sich gerissen und die Signale übersehen, dass er sich mehr einbringen wollte? Ihr Gewissen ächzte ohnehin schon unter einer viel zu schweren Last, da brauchte sie nicht noch eine weitere Bürde. Also wechselte sie das Thema.

»Wann geht denn die Uni wieder los?«

»Willst du mich loswerden?«

»Nein, überhaupt nicht. Ich finde es wunderbar, wenn du zu Hause bist.« Sie nahm Freyas Hand und drückte sie. »Und wie ist das Studentenleben? Du bist jetzt schon im zweiten Jahr. Ich hoffe, du nimmst so viel wie möglich mit.«

»Es ist okay. Am Ende des Semesters muss ich ungefähr eine Million Hausarbeiten abgeben, und eine Million Sachen halten mich davon ab, sie zu schreiben.«

»Und was hält dich davon ab? Eine Frau? Es ist jetzt schon ein paar Monate her, dass ihr euch getrennt habt, du und Brianna.«

»Du meinst: seitdem sich mich sitzen gelassen hat. Mir geht's gut, ich bin darüber hinweg. Und wer weiß, vielleicht bin ich ja, wenn ich meinen Abschluss mache, schon verheiratet.«

»Ich hoffe, das ist ein Scherz.«

»Die Uni macht da keine Scherze. An jedem Schwarzen Brett hängt Werbung, dass man sich für das Dating-Programm anmelden soll, um sich ›in Sachen Beruf fit für die Zukunft‹ zu machen. Dieses Jahr sponsort sogar Match Your DNA die Abschlussfeier.«

»Das verstehe ich nicht. Wieso soll man denn auf dem Arbeitsmarkt schlechtere Chancen haben, nur weil man Single ist?«

»Offenbar achten die Top-500-Arbeitgeber bei Absolventen nicht mehr nur auf Qualifikationen und Erfahrungen aus Praktika, sondern auch darauf, dass Bewerber in einer festen Beziehung mit Aussicht auf Heirat sind. Und wusstest du, dass man einen Single jetzt sogar feuern darf, wenn rauskommt, dass er eine Affäre mit einem verheirateten Kollegen hat? Der Verheiratete kommt dagegen ungeschoren davon.«

Corrine fuhr sich mit der Hand durch das Haar. »Wie weit ist es nur mit dieser Welt gekommen?«

»Und deshalb: Wenn ich nächstes Jahr meinen Abschluss mache, habe ich vielleicht eine Ehefrau an meiner Seite.«

»Das will ich mal nicht hoffen.«

»Nein, im Ernst, Mum, ich muss das im Blick behalten. Auch wegen eines Hauses. Wie soll ich mir denn etwas halbwegs Anständiges leisten können, wenn die Hypotheken für Singles um so vieles höher sind?«

»Darum brauchst du dir keine Sorgen zu machen. Dein Vater und ich werden dich da unterstützen.«

Freya lachte verächtlich. »Dad? Der ist doch knauseriger als ein Schotte.«

»Versprich mir, dass du in jedem Fall vorher mit mir redest. Das neue Ehegesetz hat den Anschein, als würde es eine Menge Probleme lösen, aber es gibt da einen Haufen Details, die einfach nur unfair sind.«

»Okay, versprochen.«

Freya faltete das letzte Kleidungsstück zusammen und ließ Corrine allein. Corrine fand es entsetzlich, dass ihre Tochter sich jetzt schon dazu gezwungen fühlte, über die Ehe nachzudenken, und wieder einmal verfluchte sie Eleanor Harrison, eine der lautstärksten Fürsprecherinnen des neuen Ehegesetzes. Als Bildungsministerin hatte sie veranlasst, dass die Smart-Ehe an Schulen und Universitäten massiv propagiert wurde. Im Wahlkampf hatte sie versprochen, dafür zu sorgen, dass die Lehrpläne ab der Grundschule auch Lerneinheiten enthielten, die von der Bedeutung der Ehe handelten, davon, wie man den passenden Partner findet, von Kompromissen in einer Beziehung, von Treue sowie davon, wie es gelingt, den Partner zu halten. Harrison hatte auch als erste Abgeordnete ihre Ehe upgraden lassen, noch an dem Tag, als das Gesetz in Kraft getreten war. Die Zeremonie war live auf der Website der Regierung übertragen worden.

Aber Corrine wusste, dass das nur das eine Gesicht der Eleanor Harrison war. Darüber hinaus hatte sie vieles zu verbergen. An erster Stelle, dass sie eine Sexualverbrecherin war. Und Corrine hatte den Beweis.

Home | Politik | **Porträts**

WER IST HENRY HYDE?

Er ist der umstrittenste Gast in 10, Downing Street, und der Premierminister hört auf ihn.

Dabei ist er weder Parlamentsabgeordneter noch Staatsbeamter.

Hyde, den seine Kollegen scherzhaft Jekyll nennen – wegen seiner gespaltenen Persönlichkeit und seiner Eigenart, Freunde wegen eines falschen Wortes zu Feinden zu erklären –, scheut das Rampenlicht und agiert lieber im Verborgenen.

Doch worin genau seine Aufgabe als Sonderberater von Premierminister Benjamin Reece besteht, bleibt ein Rätsel. Selbst jene, die ihn regelmäßig durch die Gänge von Westminster eilen sehen, wissen nicht genau, was er da eigentlich macht.

Sicher ist, dass er seit mindestens zwanzig Jahren eine enge Verbindung zur Partei pflegt. Doch erst nach dem Misstrauensvotum, durch das Premierministerin Diane Cline des Amtes enthoben wurde, war er öffentlich an der Seite von Reece zu sehen, der damals Transportminister war. Zahlreiche Beobachter halten ihn für den Architekten von Reece' Wahlerfolg.

51

Anthony

Als Anthony am Musikpavillon im Abington Park in New Northampton eintraf, erwartete Henry Hyde ihn schon. Anthony konnte sich nicht daran erinnern, dass Hyde in den fünfzehn Jahren, die sie sich nun schon kannten, auch nur ein einziges Mal später gekommen wäre als er.

Sein Vorgesetzter war allein und saß auf der dritten Stufe von unten auf der Treppe des viktorianischen Pavillons. Wie gewöhnlich trug er einen schlecht sitzenden schwarzen Anzug und ein weißes Hemd, und seine Haut war so blass, dass man, hätte man eine helle Lampe auf seinen Kopf gerichtet, wahrscheinlich seinen Schädel hätte erkennen können. Wie immer konnte Anthony aus seinen tiefschwarzen Augen nicht das Geringste ablesen. Auch sonst wusste er nichts über den Mann, der ihn engagiert hatte. Er wusste nicht, wo er wohnte, ob er verheiratet war, allein lebte oder eine Familie hatte, und auch nicht, welche Aufgaben er hatte oder welche Position er in der Regierung bekleidete. Anthony hatte nie nach derlei Dingen gefragt, und Hyde hatte von sich aus nichts erzählt.

»Sie sehen ja aus wie der Tod«, sagte Hyde und musterte seinen Schützling.

»Ich bekomme in letzter Zeit kaum noch Schlaf«, erwiderte Anthony und setzte sich eine Stufe tiefer als Hyde.

»Probieren Sie's mal mit Magnesium. Jeden Abend einen Teelöffel in einer Kanne Tee ... Meine Mutter, Gott hab sie selig, hat darauf geschworen.« Anthony entgegnete nichts. »Aber ich vermute mal, Sie haben mich nicht hierhergebeten, um von mir zu hören, wie Sie die Schlaflosigkeit vertreiben können.«

Anthony schüttelte den Kopf, während Hyde an einem Einwegbecher nippte und mit dem Blick die Umgebung und das nahe gelegene Café absuchte. Anthony fragte sich, ob er jemanden in der Nähe postiert hatte, der sie beobachtete.

»Also, warum haben Sie mich in dieses Provinzparadies zitiert?«, fragte Hyde.

»Es geht um dieses ... dieses Projekt ... die Junge-Bürger-Häuser«, begann Anthony zögerlich. »Dass Kinder, die weniger Leistung bringen, von ihren Familien getrennt und weggeschickt werden, nur weil eine Maschine sie als Unruhestifter und Minderleister einstuft ... das macht mir Bauchschmerzen.«

»Zunächst einmal will niemand irgendjemanden ›wegschicken‹. Das habe ich bei unserem ersten Treffen doch schon deutlich gemacht und ...«

»So wie auch niemand dazu gezwungen wird, seine Ehe auf eine Smart-Ehe upzugraden?«, unterbrach ihn Anthony. »Aber wer es nicht macht, wird diskriminiert. Droht das nicht auch den Eltern, die ihre Kinder nicht hergeben wollen?«

Hyde sah ihn missmutig an. »So eine negative Sichtweise ist untypisch für Sie, Anthony. Normalerweise sind Sie ... kooperativer. Ich kann Ihnen versichern, dass dieses Vorhaben zum Wohle aller ist.«

»Das haben Sie vom neuen Ehegesetz auch behauptet.«

»Und ist es etwa nicht so? Das Upgrade hat doch weder Ihnen noch Ihrer Familie geschadet, oder? Sie zahlen nur noch fünf Prozent Einkommensteuer, und als Sie ein Haus gekauft haben, das eine doppelt so große Wohnfläche hat wie Ihr voriges, haben Sie fünfundzwanzigtausend Pfund Grunderwerbssteuer gespart. Hätte sich Jada ohne diese Einsparungen als Innenarchitektin selbstständig machen können? In Ihrer Wohngegend patrouilliert regelmäßig die Polizei, und Matthews Schule ist die beste in der Region.«

Anthony fragte sich, warum es ihn wunderte, dass Hyde so viel über ihn wusste. Damit war zu rechnen gewesen. Aber es gefiel ihm nicht, wenn Hyde dieses Wissen als Munition einsetzte.

»Sie sind noch zu jung, Sie haben nicht miterlebt, wie die Wirtschaft dieses Landes nach den ersten Wellen der Covid-Pandemie jahrelang gelitten hat«, fuhr Hyde fort. »Fast ein Jahrzehnt lang stand der Handel still, niemand investierte mehr, die Inflation ging durch die Decke, und alle streikten für höhere Löhne, von den Lokomotivführern bis zum Flugpersonal, ja sogar die Anwälte. Jeder Versuch, der Wirtschaft wieder auf die Beine zu helfen oder das Wachstum anzukurbeln, schlug fehl. In weniger als zehn Jahren haben wir fünf Premierminister verschlissen. Bis wir irgendwann erkannt haben, dass der Schlüssel zum wirtschaftlichen Aufschwung darin liegt, dass wir in das Glück der Bevölkerung investieren. Und als die Leute verstanden haben, dass es ihnen emotional und finanziell besser geht, wenn sie in einer festen Beziehung leben, hat sie das dazu angespornt, mehr und engagierter zu arbeiten. Zugegeben, den Leuten die Junge-Bürger-Häuser schmackhaft zu machen, wird schwieriger werden als bei der Smart-Ehe, aber das neue Ehegesetz hat unser

Land wieder auf Kurs gebracht. Und wenn wir diejenigen, die es etwas schwerer haben, identifizieren und ihnen wieder eine Perspektive geben, wird uns das weiter voranbringen.«

»Als damals die selbstfahrenden Autos immer beliebter wurden, haben Ihre Vorgänger festgelegt, welche Personen bei einem Unfall verschont werden sollten und welche nicht, je nach der Bedeutung des Einzelnen für die Gesellschaft. Und jetzt entscheiden Sie schon bei Kindern, inwieweit sie für die Gesellschaft nützlich sind.«

»Aber ist es nicht besser, irgendeinen Beruf zu haben, als gar keinen? Wissen Sie, wie viele Menschen derzeit in den Gefängnissen im Vereinigten Königreich einsitzen?« Anthony schüttelte den Kopf. »Über hunderttausend, einschließlich derer, die ihre Strafe zu Hause ableisten und über ein Virtual-Reality-Headset ein Umerziehungsprogramm durchlaufen. Und wissen Sie, wie viele davon die Abschlussprüfungen in weniger als drei Fächern bestanden haben oder zum Tatzeitpunkt arbeitslos waren?«

»Nein.«

»Dreiundachtzig Prozent. Es besteht ein direkter Zusammenhang zwischen Versagen in der Schule und kriminellem Verhalten. Und dieses Problem wollen wir angehen. In unseren Häusern werden die jungen Leute in den Fächern und in dem Beruf ausgebildet, die die KI für sie jeweils als die passendsten ansieht. Wir wollen diese Menschen ausbilden, nicht einsperren.«

»Und wie wird sich das langfristig auf die Psyche der Kinder auswirken, wenn man ihnen sagt, dass sie weggeschickt werden, weil sie nur zweite Wahl sind?«

»Jungen Leuten abseits der Heimat eine bessere Ausbildung angedeihen zu lassen, ist ein alter Hut. Die ersten Internate gab es schon im Mittelalter. Damals schickte man Knaben in Klöster, damit sie dort ausgebildet wurden. In unseren Junge-Bürger-Häusern machen wir dasselbe, nur in zeitgemäßer Form.«

»Aber *wer* dorthin kommen soll, das überlassen Sie der künstlichen Intelligenz.«

»Die KI hilft uns, die Früchte einer neuen industriellen Revolution zu ernten.«

»Nicht alle Revolutionen verlaufen zum Wohl der Menschheit.«

Hyde schüttelte den Kopf. »Das ist schon wieder so ein alternatives Faktum von Ihnen. Die KI *identifiziert* mögliche Kandidaten. Und bevor wir an die Eltern herantreten, entscheiden Erzieher und Psychologen mit darüber, ob ein Aufenthalt im Junge-Bürger-Haus für das jeweilige Subjekt förderlich wäre.«

»Sie meinen: für das Kind«, sagte Anthony. »Sie haben sie gerade als ›Subjekte‹ bezeichnet. Aber das sind Kinder.«

»Die genaue Bezeichnung ist doch nicht so wichtig.«

Hydes Stimme hatte etwas Schneidendes. Anthony vermutete, dass sein Vorgesetzter eine gewisse Gereiztheit unterdrückte.

»Und wie oft dürfen sie nach Hause fahren und ihre Familien besuchen?«

»Den Familien wird angeboten, Termine zu vereinbaren, um sie zu bestimmten Zeiten zu besuchen. Aber wenn die Subjek... – ich meine, wenn die *Kinder* regelmäßig nach Hause fahren würden, wäre das kontraproduktiv. Sie müssen lernen, dass sich anständiges Verhalten und Gehorsam auszahlen.«

»Gehorsam? Das klingt ja, als wollten Sie Tiere dressieren.«

»Und Sie klingen immer mehr wie ein Mitglied von Freiheit Für Alle«, erwiderte Hyde. »Ich hoffe, man hat Sie nicht radikalisiert, als Sie neulich beim Treffen eines Ortsverbands waren.«

Jetzt war Anthony klar, dass er unter Beobachtung stand. Er riss sich zusammen, um nicht verunsichert zu wirken. »Freiheit Für Alle ist ja nun nicht al-Qaida, und ich bin zu alt für Gehirnwäsche. Jedenfalls für eine Gehirnwäsche durch die FFA«, fügte er betont hinzu.

Hyde stand auf und postierte sich vor Anthony, die Hände in die Hüften gestützt.

»Was ist *wirklich* mit Ihnen los, Anthony? Als wir Jem Jones benutzt haben, um unsere Themen zu platzieren, haben Sie sich doch auch nicht von Ihrem Gewissen stören lassen. Oder als ich Sie angewiesen habe, Jem zum Schweigen zu bringen.«

Anthony schauderte, als Hyde Jem Jones erwähnte.

»Ich glaube sogar«, fuhr Hyde fort, »Sie haben die Waffe, mit der Sie sie erschossen haben, noch immer in der Schreibtischschublade, wie ein Serienmörder, der sich von seinen Opfern ein Andenken mitnimmt.«

Jetzt wurde Anthony wütend. Das konnte Hyde nur wissen, wenn er Anthonys Haus hatte durchsuchen lassen oder wenn er Zugriff auf die Kameras hatte, die Anthony selbst installiert hatte. Aber er würde sich nicht einschüchtern lassen.

»Wissen Sie, was die Nazis vor und während des Zweiten Weltkriegs mit Schulkindern gemacht haben?«, fragte Anthony.

Hyde zuckte mit den Schultern, allerdings etwas zu läppisch, um Anthony von seiner Unwissenheit zu überzeugen.

»Ende der Dreißigerjahre wurden die ersten Adolf-Hitler-Schulen gegründet. Das waren zwölf Eliteinternate, die über das ganze Land verteilt waren und unter der Leitung der NSDAP standen. Die Schüler dort sollten mit der nationalsozialistischen Ideologie indoktriniert werden. Propagandafilme stellten die Schulen als die besten Erziehungsanstalten der Welt dar und suggerierten, dass, wer nicht zugelassen wurde, etwas Großartiges versäume.«

»Das reicht jetzt aber«, sagte Hyde lachend. »Bevor Sie irgendeinen dämlichen Vergleich ziehen: In unseren Häusern sollen die Schüler ausgebildet werden, nicht indoktriniert.«

»Die Lehrer hatten dafür zu sorgen, dass die Schüler eine bedingungslose Loyalität zu Hitler entwickelten, weshalb der Lehrplan von der nationalsozialistischen Weltanschauung getränkt war. Traditionelle gymnasiale Fächer wie Mathematik oder Deutsch wurden durch Leibesertüchtigung und Mannschaftssport ersetzt. Die Eltern hatten so gut wie keine Mitsprache. Wer einmal aufgenommen war, konnte das Internat nicht mehr verlassen. Und der einzige Unterschied zwischen dem, was die Nazis vor über hundert Jahren gemacht haben, und dem, was ich jetzt der Öffentlichkeit verkaufen soll, liegt darin, dass damals die besten Schüler ausgewählt wurden und Sie heute die schwächsten auswählen wollen. Falls ich falschliege, korrigieren Sie mich bitte.«

»Natürlich liegen Sie falsch«, blaffte Hyde.

»Ich hatte als Kind ADHS und habe andauernd den Unterricht gestört, weil ich mich nicht konzentrieren konnte. Wäre ich heute in dem Alter, dann würden Sie dafür sorgen, dass ich nicht weiter komme als bis zu McDonald's.«

»In Wirklichkeit geht es Ihnen doch um Ihren Sohn, nicht wahr? Das Wohl unseres Landes kümmert Sie nicht. Sie wollen nur, dass Sie und Ihre Familie versorgt sind. Aber seien Sie versichert: Solange Sie auf der richtigen Seite bleiben, haben Sie nichts zu befürchten. So wie wir die Gespräche zwischen Ihnen und Ihrer Frau nicht aufzeichnen, obwohl Sie Ihre Ehe upgegraded haben, wird Matthew auch nicht in eines dieser Häuser kommen.«

»Und wenn ich nicht auf Ihrer Seite bleibe?«

»Dieses Projekt wird fortgeführt, ob Sie nun dabei sind oder nicht«, antwortete Hyde mit sanfter Stimme. »Niemand ist unersetzlich. Aber glauben Sie mir: Es ist in Ihrem höchsteigenen Interesse, weiter an Bord zu bleiben. Wenn nicht für Sie selbst, dann zumindest für Matthew.«

Anthony ballte die Hände zu Fäusten. Er musste sich zurückhalten, um Hyde nicht ins Gesicht zu schlagen.

»Ich steige aus.«

»Das ist keine kluge Entscheidung, Anthony. Ich setze große Hoffnungen in Sie. Das habe ich schon immer getan. Enttäuschen Sie mich nicht.«

»Ich kann das nicht mehr machen.«

»Nehmen Sie sich ein bisschen Zeit, um über die Folgen nachzudenken. Darüber, wie sich das auf Ihre Familie auswirken würde. Und insbesondere auf Ihren Jungen.«

Anthony verspürte ein Kribbeln auf der Haut, aber er würde keinen Rückzieher machen. »Danke für das Angebot, Henry, aber: auf Wiedersehen.«

Mit diesen Worten ließ er Hyde stehen und verließ den Park.

52

Jeffrey

So hatte sich Jeffrey den Abend nicht vorgestellt, doch nun huschte er in Geschäfte hinein und wieder hinaus und versteckte sich hinter Bushäuschen oder digitalen Werbetafeln.

Nachdem er Noahs Dienstplan überprüft hatte, war er neugierig geworden. Zu Luca hatte Noah gesagt, er habe Spätdienst. In seinem Dienstplan fand sich aber kein entsprechender Eintrag. Also hatte Noah gelogen, und jetzt wollte Jeffrey herausfinden, warum. Er hatte gezögert, bevor er aufgebrochen war. Wäre er zu Hause geblieben, hätte er Zeit mit Luca verbringen können, ohne dass sie von Noah gestört würden. Doch die Aussicht darauf, Noah bei einem Betrug zu ertappen, war zu verlockend gewesen.

Eine Stunde lang war er Noah hinterhergefahren, vom Old Northampton Hospital, wo Noah arbeitete, bis nach Oadby im benachbarten County Leicestershire. Er parkte ein Stück von Noahs Wagen entfernt und folgte ihm, allerdings nicht, ohne einen gewissen Abstand zu halten. Nach einer Weile bog Noah in einen Kirchhof ein und steuerte auf das dort gelegene Gemeindezentrum zu. Außer ihm waren noch jede Menge andere Leute auf dem Weg dorthin. Jeffrey wartete ab, bis die Menge so groß war, dass er darin verschwand, und ging dann ebenfalls auf das Gebäude zu.

Vor der Tür wartete er, bis Noah hineingegangen war. Dann blickte er durch den Türspalt ins Innere. Dort standen ein paar Reihen mit Plastikstühlen, die sich nach und nach füllten. Er steckte sich die Ohrhörer ein und befahl dem System, den Veranstaltungskalender des Gemeindezentrums zu suchen. Heute Abend stand ein Treffen des Ortsverbandes von Freiheit Für Alle auf dem Programm. Damit hatte Jeffrey nicht gerechnet. Warum ging Noah zu einer Versammlung einer Partei, die nur ein einziges Ziel verfolgte: die Annullierung eines Gesetzes, von dem Millionen Menschen profitierten, einschließlich Luca und Noah? Jeffrey schlüpfte hinein und wartete in einer dunklen Ecke der Vorhalle ab, bis die Versammlung begann.

Etwa eine Stunde lang sprachen mehrere Redner über eine bevorstehende Demonstration, die in London stattfinden sollte. Sie beklagten Vorverurteilung und Diskriminierung und führten Beispiele von Paaren an, die zur Trennung gezwungen worden waren, weil der Audite ihre Beziehung falsch eingeschätzt hatte. Jeffrey zuckte zusammen, als eine Rednerin es als »unmoralisch und ungerecht« bezeichnete, dass Beziehungsbegleiter so viel Macht hatten. Wie konnte sie es wagen, ihn so anzugreifen! Er hatte nie versucht, zwei Menschen auseinanderzubringen, deren Beziehung absolut gefestigt war. Gewiss, manchmal verschwamm die Grenze zwischen Klienten und Begleiter, aber Jeffrey hatte nie behauptet, ohne Fehler zu sein.

Als die Versammlung zu Ende war und Jeffrey schon gehen wollte, sah er, wie Noah an einen der Gastredner herantrat, Howie Cosby, den Sprecher der Partei. Noah sagte ihm etwas ins Ohr, und Cosby nickte und tippte etwas in sein Handy. Jeffrey wurde neugierig.

Er hastete zurück zu seinem Auto, nahm eilig sein Tablet zur Hand und loggte sich mit seinem eigenen Passwort in Noahs beruflichen Account ein. Er überflog die E-Mails und den Terminkalender, fand aber keinen Hinweis auf die FFA oder darauf, dass Noah schon länger mit der Partei in Kontakt war. Doch in der Chronik der Suchmaschine stieß er auf etwas anderes. Noah war auf Dutzenden Websites gewesen, die sich mit dem Thema Scheidung befassten. »Wie Sie eine Smart-Ehe freiwillig scheiden lassen können«, »Strafzahlungen für Geschiedene« oder »Aufteilung von Vermögenswerten«.

Das war ein handfester Beweis dafür, dass Noah seine Ehe aufgegeben hatte. Er plante seine Flucht. Freudige Erregung loderte in Jeffreys Innerem auf.

53

Roxi

Roxi atmete so tief ein, dass ihre Lunge brannte. Dann schlug sie mit dem Ring des eisernen Klopfers auf die Tür. »Los, komm schon«, flüsterte sie. Die Zeit lief ihr davon. Ihr blieben noch dreiundzwanzig Minuten. Kurz darauf hörte sie Schritte. Offenbar stieg jemand eine Holztreppe herab. Dann ging die Haustür auf.

»Hallo«, sagte Antoinette Cooper mit sanfter Stimme und einem freundlichen Lächeln.

Roxi betrachtete sie. Die Frau, die im Internet gegen sie hetzte, war mindestens zwanzig Jahre älter als sie, hatte sich aber gut gehalten. Sie hatte haselnussbraune Augen, und über ihren vollen Lippen waren diagonale Fältchen zu ahnen. Mit ihrem feinen Geruchssinn erkannte Roxi einen Hauch von Chanel. Die tailliert geschnittene Hose, die Bluse, die dazu passende Halskette von Tiffany und das Armband – all das ließ erkennen, dass Cooper zeitlose klassische Eleganz schätzte. Erleichtert stellte Roxi fest, dass sie keine tragbaren Smart-Geräte trug. Sie sah über Coopers Schulter hinweg in den Flur, entdeckte aber auch dort nichts, was nach einem Aufnahmegerät aussah.

Coopers Lächeln legte sich, und sie sah Roxi stirnrunzelnd an. Sie schien darauf zu warten, dass die Unbekannte vor ihrer Tür ihr Anliegen vorbrachte.

»Warum … warum haben Sie … warum …«, stammelte Roxi. Mit einem Mal brachte sie kein Wort mehr heraus. *Du machst gerade einen Riesenfehler,* dachte sie. Sie hatte geglaubt, sie könnte die Oberhand gewinnen, wenn sie die Geliebte ihres Mannes zur Rede stellte, aber jetzt hatte sie Angst, dass der Schuss nach hinten losgehen könnte. Möglicherweise würde sie dadurch etwaige Pläne beschleunigen, die Cooper und Owen hatten, und sie wusste noch nicht, wie sie in diesem Fall ihre Karriere und ihre Vermögenswerte schützen sollte.

Seit dem Abendessen, bei dem sie und Owen sich ausgesprochen hatten und das in Sex auf dem Esstisch gegipfelt hatte, hatte Roxi sämtliche Register gezogen, um Owen immer wieder daran zu erinnern, warum er sich damals in sie verliebt hatte. Sex, Zuwendung, gutes Essen, Zeit mit der Familie, mehr Sex … Sie gab ihm all das, von dem sie glaubte, dass er es sich wünschte. Nur reichte das nicht aus, damit er die Treffen mit seiner Geliebten an den Mittwochabenden einstellte.

Weil sie nachts immer öfter wach lag und Cooper sie in den sozialen Medien immer häufiger persönlich angriff, war Roxi allmählich mit ihren Kräften am Ende. Ihre Bekannte, die im Staatsdienst arbeitete, hatte ihr verraten, dass sich in einigen älteren Geräten, auf denen die Audite-Software lief, ein kaum bekannter Hardwarefehler versteckte. Damit konnte Roxi ihre tragbaren Geräte austricksen, die auch mit dem Bordcomputer ihres Carsharingautos verbunden waren. Wenn sie erst einen siebenunddreißigstelligen Code aus Ziffern und Symbolen und anschließend die Seriennummer ihrer Smart Watch in ein Wegwerfhandy eingab, wurden alle Aufnahmen und auch ihr Bewegungsprofil auf das nicht nachverfolgbare Wegwerfhandy geschickt, und die Informationen wurden von der Audite-Software weder analysiert noch gespeichert. Doch diese Umleitung dauerte nur siebenundzwanzig Minuten. Dann erkannte das System eine Auffälligkeit und schickte der zuständigen Behörde eine Meldung über die betreffende Person. Diesmal hatte Roxi sich keine Kamera angesteckt, um das Gespräch zu filmen. Das hier war so privat, dass sie es nicht mit der Öffentlichkeit teilen wollte.

»Ist alles in Ordnung?«, fragte Cooper mit besorgter Miene.

Roxis Inneres verhärtete sich. *Wie kannst du es wagen? Wie kannst du es wagen, so zu tun, als würdest du dich um eine Unbekannte sorgen, nach all dem, was du mir angetan hast!* Dieser Gedanke riss sie aus ihrer Lähmung.

»Warum wollen Sie mich fertigmachen?«, fragte sie.

»Kennen wir uns?«, erwiderte Cooper und trat einen Schritt zurück.

»Ich glaube, Sie kennen eher meinen Mann. Owen.«

Jetzt schien bei Cooper der Groschen gefallen zu sein. Ihre Miene spannte sich an. »Was wollen Sie von mir?«

»Ich weiß genau, was zwischen Ihnen und meinem Mann läuft. Und damit ist jetzt Schluss.«

Cooper sah über Roxi hinweg.

»Was ist?«, fragte Roxi. »Haben Sie Angst, dass die Nachbarn rausfinden, was Sie für eine sind? Sie hätten allen Grund dazu, immerhin könnten Sie Owens Mutter sein. Sie sollten sich schämen.«

»Möchten Sie reinkommen? Dann können wir die Sache unter vier Augen besprechen.«

Cooper trat zur Seite. Roxi zögerte. Mit einer solchen Reaktion hatte sie nicht gerechnet. Zaghaft überschritt sie die feindlichen Linien und schloss die Tür hinter sich.

Im Flur roch es nach Baumwolle und Orchideen. Eine Holztreppe führte zu einem lichtdurchfluteten Treppenabsatz, am Ende des Ganges war ein Fenster aus Buntglas in die Wand eingelassen, und die Decke war mit Stuckarbeiten verziert. Dieses makellose, schmucke Haus war ein weiterer Grund, Cooper zu hassen.

»Schauen Sie sich doch an, wie Sie hier leben. Sie könnten jeden Mann haben, den Sie wollen. Warum ausgerechnet Owen? Sind Sie Matches?«

»Nein!«

»Warum kommt er dann regelmäßig zu Ihnen?«

»Darüber möchte ich nicht mit Ihnen sprechen.«

»Und warum überziehen Sie mich im Internet mit Hass und Häme?«

Cooper sah sie verständnislos an. »Das tue ich doch gar nicht.«

»Das geschieht von einem Account aus, der auf Ihren Namen und auf diese Anschrift hier läuft.«

»Davon weiß ich nichts.«

»Sind Sie verheiratet?«

»Das geht Sie zwar nichts an, aber ich bin verwitwet.«

»So etwas Ähnliches dachte ich mir schon. So ein Riesenhaus zu unterhalten, muss ein Vermögen kosten. Aber wenn Sie wieder heiraten, sind die Kosten nicht mal mehr halb so hoch, oder? Und was ist mit mir und den Kindern? Owen hat Ihnen doch bestimmt erzählt, dass er Kinder hat.«

»Ich bin über Ihre gegenwärtige familiäre Situation informiert«, sagte Cooper.

»Ab sofort werden Sie Owen nie wiedersehen. Ist das klar?«

Cooper räusperte sich. »Das entscheiden nicht Sie, Mrs. Sager«, sagte sie in einem Ton, der keinen Widerspruch zuließ. »Das entscheiden Ihr Mann und ich. Wenn Sie wieder zu Hause sind, sollten Sie und Owen sich aussprechen, und dann können wir uns vielleicht zu dritt wie Erwachsene unterhalten und uns darauf verständigen, wie es weitergehen soll. Aber jetzt verlassen Sie bitte mein Haus.«

Cooper öffnete die Tür, aber Roxi streckte ein Bein aus und drückte sie wieder zu.

Das letzte Mal war sie handgreiflich geworden, als sie sich mit der leiblichen Tochter der Pflegeeltern gestritten hatte, zu denen sie gekommen war, als sie neun Jahre alt gewesen war. Das Mädchen hatte ihr ein Bein gestellt und sie dann ausgelacht, als sie auf eine Eisenbahnschwelle gefallen war und sich die Lippen aufgerissen und einen Zahn abgebrochen hatte. Roxi hatte ihr eine so heftige Ohrfeige verpasst, dass der Abdruck ihrer Hand noch auf der Wange des Mädchens zu sehen gewesen war, als am Abend der Sozialdienst gekommen war und Roxi abgeholt hatte. Jetzt verspürte sie eine vergleichbare Wut. Und mit aller Wucht stieß sie Cooper vor die Brust.

Damit überraschte sie ihre Rivalin offensichtlich, denn Cooper schaffte es nicht mehr, sich umzudrehen und sich abzufangen, sondern fiel rücklings um wie ein gefällter Baum, und ihr Sturz wurde erst aufgehalten, als ihre Halswirbel auf die Kante der unteren Treppenstufe schlugen und mit einem grauenhaften Knacken brachen.

Im nächsten Moment stand Roxi vor der Leiche der Geliebten ihres Mannes.

54

Corrine

Als Corrine den Internetbrowser schloss, entfuhr ihr ein wütendes Schnauben. Sie widerstand dem Drang, ihrem Ärger weiter lauthals Luft zu machen, damit ihre tragbaren Geräte nicht irgendetwas aufzeichneten, was das Gericht in dem bevorstehenden Scheidungsprozess gegen sie verwenden könnte.

Fast den ganzen Vormittag lang hatte sie allein im Gartenhäuschen gesessen. Sie hatte einen anonymen, von der FFA empfohlenen Server genutzt und über das Internet bei örtlichen Busunternehmen angefragt, ob sie Kapazitäten hätten, die Mitglieder des Ortsverbandes der FFA nach London zu der Demonstration gegen das neue Ehegesetz zu bringen, die in Kürze stattfinden sollte. Das war eine unbedeutendere Aufgabe als die, die ihr bei dem Debakel rund um Eleanor Harrison übertragen worden war, und jetzt kam ihr der Gedanke, das könnte vielleicht daran liegen, dass ihre Kollegen ihr nichts Wichtiges mehr anvertrauen wollten. Aber sie gab nicht auf, obwohl es nicht leicht war, ein Unternehmen zu finden, das alle vierhundert Aktivisten transportieren konnte, die ihre Teilnahme zugesagt hatten. Corrine hatte noch etwas zu beweisen.

Ihr Blick fiel auf ihre beiden Kinder Spencer und Nora, die gerade im Haupthaus die Küche betraten. Vermutlich waren sie mit ihrem Vater beim Mittagessen gewesen, was seltener vorkam, als ein Komet am Himmel zu sehen war. Sie klappte den Laptop zu und winkte. Die beiden winkten nicht zurück, sondern kamen auf der Stelle zu ihr herüber. Corrine ahnte, dass das kein gutes Zeichen war.

»Ist das wahr?«, fragte Spencer, nachdem er die Tür aufgestoßen hatte.

»Was ist wahr?«

»Dass ihr euch scheiden lasst und dass du behauptest, dass Dad dich schlägt?«

Corrine ärgerte sich, dass sie Mitchell nicht zuvorgekommen war und dieses Gespräch geführt hatte, bevor er es tun konnte. Wahrscheinlich setzte er seine Hoffnungen darauf, dass die Kinder sie zur Rede stellten und ihr ein schlechtes Gewissen machten, sodass sie einen Rückzieher machte. Aber wenn sie ihnen gestand, dass ihre Behauptungen falsch waren, würde der Audite das aufzeichnen und sie würde den Prozess verlieren. Und Mitchell wusste, dass sie ihre Kinder niemals anlügen würde. Also musste sie das Gespräch in ihrem Sinne deichseln.

»Macht bitte die Tür zu«, sagte sie. Sie wollte nicht, dass der Mann, der draußen den Swimmingpool reinigte, ihr Gespräch mitbekam. »Die Sache ist kompliziert.«

»Was – dass ihr euch scheiden lasst oder dass du einfach irgendeinen Mist erfindest?«

»Er hat dir nie auch nur ein Haar gekrümmt«, sagte Nora. »Ja, er kann fies sein und sagt oft widerliche Sachen, aber er hat dich nie geschlagen. Du musst das zurückziehen, Mum. Das ist nicht fair.«

»Nicht fair? Findet ihr es etwa fair, dass er mich reingelegt hat, sodass ich unwissentlich ein Dokument unterschrieben habe, in dem ich mein Einverständnis zu einem Upgrade auf eine Smart-Ehe gegeben habe, damit ich ihn nicht mehr so leicht verlassen kann?«, erwiderte Corrine. Spencer und Noah sahen sie verdutzt an. »Den Teil der Geschichte hat er wohl nicht erwähnt, oder? Allem Anschein nach waren wir einen Tag lang geschieden und haben dann wieder geheiratet. Und ich hatte keinen blassen Schimmer davon. So sieht die Vorstellung von Fairness aus, die euer Vater hat.«

Nora und Spencer sahen einander an. Dann blickten sie zu Corrine.

»Wir hatten schon lange vor, uns scheiden zu lassen«, fuhr Corrine fort. »Wir wollten es euch sagen, wenn ihr euch im Studium eingewöhnt habt. Aber euer Vater hat offenbar beschlossen, mal wieder nach seinen eigenen Regeln zu spielen.«

»Das mit dem Studium hat sich jetzt ja wohl erledigt«, sagte Nora mit brüchiger Stimme.

»Unsinn.«

»Dad zufolge schon. Er hat gesagt, dass euer gesamtes Vermögen in Investitionen gebunden ist. Nach einer Scheidung müsstet ihr das, was noch übrig ist, aufteilen, und weil ihr dann beide in einer höheren Steuerklasse wärt, wäre nicht mehr genug da, um für Freya oder uns die Studiengebühren zu bezahlen. Und wenn ihr geschieden seid, kriegen wir auch keinen Studienkredit zu vergünstigten Konditionen, so wie Kinder von Verheirateten.«

Corrine schüttelte den Kopf. »Das kann nicht sein. Da müsst ihr was falsch verstanden haben.«

»Aber er hat es uns genau so gesagt«, entgegnete Spencer. »Warum sollte er uns denn anlügen?«

»Weil er andauernd lügt! Er versucht alles, um mich kleinzuhalten, und jetzt macht er das, indem er euch eine düstere Zukunft ausmalt.«

»Vielleicht macht er es ja auch, weil er dich noch immer liebt«, meinte Nora.

»Nora, Schatz, du weißt, dass das nicht so ist. Er erträgt es nicht, dass ich nicht mehr andauernd nachgebe und seinen Scheiß einfach nicht mehr mitmache. Natürlich werdet ihr studieren, auch wenn ich mir einen Job suchen und rund um die Uhr arbeiten muss, um euch das zu ermöglichen. Wenn ich jetzt einknicke, werde ich ihn nie mehr los.« Sie stand auf und umarmte ihre beiden Kinder gleichzeitig. »Wir kriegen das hin, das verspreche ich euch.«

Als die zwei gegangen waren, beschlich Corrine eine leise Angst. Mitchells verzweifeltes Verhalten war ein Warnsignal. Das Schlimmste würde erst noch kommen.

FREIHEIT FÜR ALLE

»Ehepaare haben's besser.« Glauben Sie das auch?
Dann liegen Sie falsch.

Das alles verschweigt die Regierung:

- Ledige Frauen ohne Kinder sind glücklicher als verheiratete Frauen mit Kindern.

- Verheiratete Frauen mit Kindern haben in mittleren Jahren häufiger körperliche und seelische Beschwerden als alleinstehende kinderlose Frauen.

- Verheiratete Frauen haben ein erhöhtes Risiko für Herzerkrankungen.

- Sie schlucken Stress häufig hinunter, was sich langfristig negativ auf das Herz auswirkt.

- Die Ehe schwächt Bindungen zu anderen Menschen.

- Verheiratete besuchen ihre Eltern und ihre Geschwister seltener und verbringen weniger Zeit mit Freunden und Nachbarn.

- Eheprobleme setzen Männern mehr zu als Frauen.

- Wiederholte Streitigkeiten über dasselbe Thema können zu Entzündungen und vermindertem Appetit führen.

- Verheiratete Mütter sind so sehr mit der Familie beschäftigt, dass sie sich kaum für die Gesellschaft engagieren.

- Alleinstehende Frauen sind häufiger politisch aktiv als Männer und treiben etwa Spenden ein oder organisieren Demonstrationen.

- Die Ehe kann krank machen.

- Die Sorge darum, ob Ihr Partner Sie noch liebt, schwächt Ihre T-Zellen, worunter Ihre Abwehrkräfte leiden.

Quellen: unabhängige Studien

55

Jeffrey

»Verabredung: Freitag, neunzehn Uhr dreißig, Abendessen mit Priti und Devon«, war die synthetische Stimme des Audite zu hören.

Luca und Noah sahen sich über den Esstisch hinweg an. Noah schüttelte den Kopf, als ahne er, was gleich kommen würde. Dann kippte er seinen Gin Tonic in einem langen Zug hinunter.

»Verschoben«, sagte er, gleichzeitig mit dem Audite.

»Haben sie gesagt, warum?«, fragte er.

»Grund wurde angegeben. Magenverstimmung«, antwortete das Gerät.

Noah verdrehte genervt die Augen. »Immerhin mal was Neues. Innerhalb von ein paar Tagen hatten wir jetzt schon einen kranken Großvater, eine kaputte Umwälzpumpe und eine krebskranke Katze als Gründe für eine Absage.«

»Für eine Verschiebung«, korrigierte Luca ihn.

»Mach dir doch nichts vor. Die Leute streichen uns aus ihrem Leben. Reihenweise. Wir sind toxisch.«

»Sind wir nicht. Das sind alles nur blöde Zufälle.«

»Versuch nicht, mich zu beschwichtigen, Luca. Alle wissen, in welcher Lage wir sind, und sie machen einen großen Bogen um uns, weil sie sich mit dem, was wir da haben, nicht anstecken wollen.«

Jeffrey war mit seiner Arbeit zufrieden. Er hatte sich nicht nur bei ein paar Nachbarn als Lucas und Noahs Beziehungsbegleiter vorgestellt, sondern auch eine Menge Leute kontaktiert: einige aus Noahs und Lucas engstem Kreis der Ehehelfer, den die beiden benannt hatten, als sie den Ehevertrag unterschrieben hatten, sowie alle anderen in ihren Adressbüchern. »Das schmeckt köstlich«, sagte er und trennte mit der Gabel ein Stück von einem veganen Fleischbällchen ab, das in einer dicken Tomatensoße schwamm. »Wo haben Sie denn so gut kochen gelernt, Luca?«

»Meine Großeltern stammen aus Italien.«

»Ich habe auch italienische Wurzeln, väterlicherseits. Ich glaube, aus Sardinien«, sagte Jeffrey. »Ich bin mit solchen Gerichten aufgewachsen.« In Wahrheit wusste er nicht das Geringste von seiner Familiengeschichte und wollte auch nichts davon wissen.

»Ach so, sind wir schon fertig?«, fragte Noah. »Alles geklärt, oder was?«

»Worüber sollen wir denn noch sprechen?«, entgegnete Luca. »Wenn wir weiterreden, passiert das, was immer passiert: Du sagst was, ich widerspreche, und dann rennst du wütend raus.«

Noah sah Jeffrey an. »Ich habe mir noch mal unseren Vertrag durchgelesen, an den Sie uns freundlicherweise immer erinnern, und da steht, dass die Ehehelfer anrücken und Unterstützung leisten sollen, wenn ein Paar hochgestuft wird.«

»So ist es.«

»Und wo sind die jetzt?« Noah sah sich im Esszimmer um und hielt sich sein Handy ans Ohr. »Bis jetzt hat mich noch niemand angerufen, und es stand auch noch niemand vor der Tür, um sich zu erkundigen, wie's uns geht.«

»Das ist eine moralische Verpflichtung, keine gesetzliche.«

»Das ist ja sehr bequem.«

Seit einiger Zeit bemerkte Jeffrey eine leichte Veränderung in Noahs Verhalten. Er suchte zwar noch immer die Auseinandersetzung und neigte zur Feindseligkeit, so wie heute Abend, meistens schien er jedoch widerwillig zu akzeptieren, dass er außerhalb des Krankenhauses nicht mehr alles unter Kontrolle hatte. Aufgrund seiner Erfahrungen aus vorherigen Einsätzen vermutete Jeffrey, dass es nicht mehr viel zusätzlichen Druck brauchte, bis Noahs und Lucas Beziehung gänzlich auseinanderbrach.

Noah schenkte sich noch einen Drink ein, das Tonic Water allerdings erst nach einigem Zögern.

»Wir sollen während der Sitzungen nichts trinken«, kommentierte Luca und sah zu Jeffrey hinüber, der das mit einem Nicken bestätigte.

»Ich dachte, wir wären für heute fertig«, erwiderte Noah.

»Kochen Sie auch, Noah?«, fragte Jeffrey.

»Nicht mehr, seit Luca sich mit der veganen Ernährung durchgesetzt hat. Mit einem Steak kann ich umgehen, aber nicht mit einer Aubergine, außer es ist ein Emoji.«

»Sie könnten ihn bitten, Ihnen etwas zu zeigen. Je mehr Sie füreinander tun, desto mehr fühlt sich der andere wertgeschätzt.«

»Jetzt geht das wieder los …«, sagte Noah und schob ein Fleischbällchen auf seinem Teller hin und her, sodass die rote Soße auf seinen Unterarm spritzte. Jeffrey verscheuchte die Erinnerung an Tanyas Blut, das genauso gespritzt hatte, als er ihr die Pulsadern aufgeschnitten hatte.

»Wissen Sie, wann Sie Luca zum letzten Mal gesagt haben, dass das, was er gekocht hat, gut schmeckt oder dass Sie es toll finden, dass er sich um den Garten kümmert?«

»Was ist denn das für eine Frage? Wenn ich jetzt sage, dass ich das nicht mehr weiß, halten Sie das dann in Ihren Notizen fest? Vielleicht auf der Liste mit den Gründen, warum ich ein hundsmiserabler Ehemann bin?«

»Hör auf«, sagte Luca.

»Womit?«

»Dich so kindisch zu benehmen.«

»Aber so werde ich in diesem Haus doch behandelt!«

»Komplimente sind in jeder Beziehung wichtig«, sagte Jeffrey. »Sie dienen der Bekräftigung. Wir alle werden gern gelobt, wenn wir uns Mühe geben. Das sollten Sie nicht vergessen.«

Noah machte eine Bewegung, als drücke er eine Taste auf einer Tastatur. »Ich steig aus«, sagte er, kippte den Rest seines Drinks und ließ den Blick nicht von Jeffrey, bis er den letzten Eiswürfel zerbissen hatte.

»Tragen Sie … tragen Sie da etwa meine Kleidung?«, fragte er und lief rot an.

»Nein, natürlich nicht«, widersprach Jeffrey. Aber die Stücke, die er kürzlich gekauft hatte, waren absichtlich solche, die den Sachen von Noah ähnlich sahen.

»Doch!«, beharrte Noah. »Ich habe exakt dieselbe Kombination aus blauem Hemd und blauer Jeans. Auch die Turnschuhe sehen genauso aus wie meine.« Er hob einen Fuß, wie um seine Behauptung zu untermauern. »Herrgott noch mal, Luca, siehst du denn nicht, was er da macht? Erst schleicht er sich bei uns ein, und jetzt fängt er an, mich nachzuahmen!«

»Das tue ich ganz sicher nicht«, sagte Jeffrey.

»Von wegen. Schauen Sie sich doch an!«

Der Audite unterbrach die angespannte Stimmung.

»E-Mail. Erhalten: Freitag, dritter Mai. Von: New Northampton Gesundheitsnetzwerk. Sehr geehrter Herr Noah Stanton-Gibbs, zu unserem Bedauern müssen wir Ihnen mitteilen, dass wir das vereinbarte Bewerbungsgespräch absagen müssen, da die Stelle zwischenzeitlich intern besetzt werden konnte. Wir behalten jedoch Ihre Unterlagen bei uns, für den Fall, dass in Zukunft eine passende Stelle frei wird. Mit freundlichen Grüßen, Donna Hillyer, Personaldirektorin.«

Noah legte das Besteck auf den Tisch, tupfte sich mit der Serviette den Mund ab und stand auf. Er nahm die Gin-Flasche, ließ das Tonic Water stehen und ging wortlos und langsam hinaus. Sein Teller war noch fast voll.

Luca wirkte hin und her gerissen. Er erhob sich halb, setzte sich wieder, öffnete den Mund, schloss ihn wieder und sagte schließlich doch etwas.

»Tut mir leid«, sagte er und stand auf. »Ich weiß, dass wir außerhalb der Sitzungen nicht miteinander sprechen sollen. Aber er wollte diese Stelle unbedingt. Das Bewerbungsgespräch war eigentlich nur noch eine Formalität.«

»Gehen Sie ruhig zu ihm. Wir sprechen dann morgen weiter.«

Als er allein war, nahm Jeffrey sich von dem Essen nach. Freudig erregt stellte er sich vor, wie ihn jeden Abend eine solche Mahlzeit erwartete, wenn er nach Hause kam, nachdem Noah von der Bildfläche verschwunden war.

56

Anthony

Jada war allein in ihrem Arbeitszimmer. Sie kniete auf dem Boden, inmitten von Kissen mit strukturierten Bezügen, die farblich auf die Bodenfliesen abgestimmt waren. Die digitale Tapete hinter ihr veränderte sich laufend, zeigte immer neue Farben und Formen. Über den Augen trug Jada eine Virtual-Reality-Brille. Die Ausstattung des Raumes stand in diametralem Gegensatz zu Anthonys Vorliebe für minimalistisches Dekor. Jada hatte ihre Arbeitsumgebung einmal als farbenfrohes organisiertes Chaos bezeichnet. Anthony beneidete sie um ihren vor Leben sprühenden Geist.

Sie bemerkte nicht, dass er vor der geschlossenen Glastür des Zimmers stand und sie in aller Ruhe beobachtete. Schon immer hatte er Ähnlichkeiten zwischen ihr und Jem Jones gesehen, etwa die Art, wie sie die Nase krauszog, wenn sie lächelte, oder die Falte, die sich zwischen ihren Augenbrauen bildete, wenn sie ihn missmutig ansah. Und seitdem Jem tot war, traten diese Ähnlichkeiten noch deutlicher hervor. Vielleicht suchte Anthony aber auch gezielt danach. Denn wenn etwas von Jem in Jada überlebt hatte, würde ihm ihr Tod vielleicht weniger zu schaffen machen.

»Heller Sommermorgen«, sagte Jada, ein Befehl an ihre Brille, das Zimmer darzustellen, das sie gerade plante. »Und jetzt ein dunkler Winternachmittag.«

»Hallo«, sagte Anthony, klopfte an die Wand und ging auf Jada zu.

»Mein Gott!«, stieß sie hervor und nahm die Brille ab. »Was machst du denn hier?«

Die Frage war berechtigt; immerhin hatten sie in den letzten zwei Wochen kaum miteinander gesprochen. Anthony konnte sich nicht daran erinnern, wann er zum letzten Mal in Jadas Arbeitszimmer gewesen war. Ein weiterer Beleg dafür, wie sehr er sie vernachlässigte.

»Im Kalender steht, dass du heute ein Meeting in New Birmingham hast«, sagte sie.

Anthony räusperte sich. »Das habe ich erfunden, entschuldige. Ich hatte heute kein Meeting.«

»Und wo warst du dann?«

»Zu Hause. Ich habe meine Kündigung geschrieben und abgeschickt.«

Jada stand auf. »Du hast *was*?«

»Ich gebe meinen Job auf.«

»Ohne vorher mit mir darüber zu sprechen?« Anthony nickte. »Und warum?«

»Ich soll bei einem neuen Projekt mitmachen. Aber das kann ich mit meinem Gewissen nicht vereinbaren.«

»Hättest du dich nicht versetzen lassen können?«

»So läuft das nicht. Anweisungen hinterfragt man nicht.« Jada kaute auf ihrer Unterlippe herum. So wie Jem es getan hatte, wenn sie ratlos gewesen war. »Ich dachte, du freust dich«, sagte Anthony. »Ich habe künftig mehr Zeit für dich und Matthew. Und wir können sofort nach Saint Lucia gehen, noch diesen Monat oder sogar noch diese Woche. Wir brauchen nur das Haus zum Verkauf anzubieten und die Flüge zu buchen. Hier hält uns jetzt nichts mehr.«

»Langsam, Baby, ganz langsam. Ich freue mich, aber das bringt mich jetzt auch ein bisschen durcheinander. Andauernd hast du gesagt, dass wir uns noch drei Jahre gedulden müssen, bis du in den Ruhestand gehst, und jetzt sagst du, dass es vorbei ist, von heute auf morgen.« Jada trat vor ihn hin und verschränkte ihre Finger mit seinen. Es tat gut, sie wieder zu berühren. »Ist alles in Ordnung? Oder steckst du in Schwierigkeiten?«

»Nein, das ist es nicht. Aber ich habe in diesem Job Sachen gemacht, auf die ich nicht besonders stolz sein kann. Und in letzter Zeit sind ein paar Dinge passiert, durch die ich erkannt habe, dass ich viel zu lange auf der falschen Seite gekämpft habe. Letzte Woche, als ich gesagt habe, dass ich laufen gehe, war ich bei einem Treffen von Freiheit Für Alle.«

Jada sah ihn entsetzt an. Sie wusste nicht, was genau er beruflich machte, nur, dass er für die Regierung arbeitete. »Bist du verrückt? Bei deinem Job?«

»Ich musste da einfach hingehen. Und an dem Abend ist mir etwas klar geworden, was ich mir bis dahin nicht hatte eingestehen wollen. Die Smart-Ehe tut vielen Menschen zwar gut, aber sie zerstört auch genauso viele. Und ich war ein Teil des Ganzen.«

Jada hielt einen Zeigefinger an die Lippen. Ihre Hände waren lang und schmal, so wie Jems. »Du weißt, dass du mir das nicht erzählen darfst.« Sie deutete auf ihre Uhr.

Anthony schob den Finger sanft zur Seite. »Hast du es nicht satt, andauernd in Angst zu leben, Jada? Ich jedenfalls hätte wahnsinnige Angst, wenn ich du wäre.«

»Als wir unsere Ehe upgegraded haben, wussten wir, dass wir überwacht werden. Aber ohne die Smart-Ehe und die neuen Vergünstigungen bei der Gewerbesteuer hätte ich all das hier niemals aufbauen können.«

»Und ist es ›all das hier‹ wert, niemals offen sprechen zu können? Sich andauernd selbst zensieren zu müssen? Ich glaube nicht. Das ist falsch, und es tut mir leid, dass ich dir das abverlangt habe.«

Tränen liefen ihm die Wangen hinab, so wie bei dem Treffen der FFA, als er die Geschichte von Arthur Foley gehört hatte. Jada war überrascht; sie hatte Anthony noch nie weinen sehen, nicht einmal beim Begräbnis seiner Mutter.

»Schatz«, sagte sie und wollte ihm den Arm um die Hüfte legen. Er trat einen Schritt zurück.

»Ich war ein miserabler Ehemann«, sagte Anthony schluchzend. »Ich habe dich angelogen und habe nicht zugelassen, dass du so bist, wie du wirklich bist.« Er schloss die Augen und dachte daran zurück, wie sehr er auch Jem manipuliert hatte. Die verfahrene Beziehung zu seiner Mutter hatte er nicht in den Griff bekommen, aber allen anderen Menschen in seinem Umfeld konnte er diktieren, wie sie zu leben hatten.

»Der Audite hört unsere Gespräche nicht mit«, eröffnete er Jada. »Das war noch nie so. Wir sind davon ausgenommen, weil ich für die Regierung arbeite.«

Jada sah ihn perplex an und ließ die Hände sinken.

»Soll das ein Scherz sein?«

»Nein, es ist die Wahrheit.«

»Soll das heißen, du hast mir drei Jahre lang vorgegaukelt, wir könnten jederzeit abgehört werden, obwohl du wusstest, dass das nie passieren würde?«

»Ja.«

Zu den Dingen, die Anthony am meisten bereute, gehörte, dass er Jada in ihrer Redefreiheit eingeschränkt hatte. Er hatte sich in sie verliebt, als er sie bei einem Debattierwettbewerb an der Universität erlebt hatte. Ihr Team hatte dafür plädiert, dass in der Mensa kein Fleisch aus Hofhaltung mehr verwendet werden sollte, sondern nur noch Fleisch, das im Labor aus tierischen Zellen gewonnen wurde. Jada war eine gewandte Rednerin und hatte ihre Sache so klug, geistreich und überzeugend vorgebracht, dass Anthony seit diesem Tag kein Fleisch von geschlachteten Tieren mehr gegessen hatte.

Während ihrer Ehe hatte er leidenschaftlich gern mit ihr diskutiert, über alles, von Politik bis hin zu Filmen. Doch als sich seine Beziehung zu Jem zugespitzt hatte, hatte er geahnt, dass ihre Bedürfnisse sein Leben auch außerhalb seines Arbeitszimmers immer mehr bestimmen würden. Und er hatte befürchtet, dass Jada nicht schweigend mit ansehen würde, wie sein Beruf ihn immer weiter von seiner Familie entfernte. Er hatte geglaubt, das Upgrade auf eine Smart-Ehe könnte eine Lösung sein. Dadurch könnten sie sich ein größeres Haus leisten, und Jada könnte ihren Traum verwirklichen und sich als Innenarchitektin selbstständig machen, und all das unter den Augen von Big Brother. Zumindest hatte er das ihr gegenüber behauptet – fälschlicherweise, denn weil sein Job streng vertraulich war, war sein Haus von der Aufzeichnung ausgeschlossen. Jadas Name bedeutete »Geschenk Gottes«, und genau das war sie für Anthony. Und jetzt lief er Gefahr, sie zu verlieren.

»Warum hast du mich angelogen?«, fragte Jada.

»Weil ich ein schlechter Mensch bin. Weil es mein Job ist, schlechte Dinge zu tun. Weil ich geglaubt habe, dass meine

Arbeit für mein Land wichtiger ist als meine Familie. Weil es, wenn du darüber reden willst, dass ich als Ehemann und Vater auf ganzer Linie versage, leichter ist, dich zum Schweigen zu bringen, als zuzugeben, dass du recht hast.« Von seiner Beziehung zu Jem Jones erzählte er ihr nichts. Sie hätte nicht verstanden, welch eine komplexe Rolle sie im Leben des anderen jeweils gespielt hatten und wie sehr Jem Anthony fehlte.

Kopfschüttelnd ging Jada in ihrem Arbeitszimmer auf und ab. »Ich habe eine Stimme, aber du wolltest sie nicht hören«, sagte sie. »Eine *Stimme*, Anthony. *Meine Stimme*. Mein Mann, der Vater meines Kindes, wollte nicht hören, was seine Frau zu sagen hat.«

»Ich weiß, dass ich eine Menge Fehler gemacht habe, aber das wird jetzt alles anders«, sagte Anthony. »Es kann wieder so sein wie früher. Du kannst wieder alles sagen, was du sagen willst.«

»Wir sollen also *jetzt* miteinander reden? Wie generös von dir, dass du mir jetzt erlaubst, mich zu äußern.«

»Bitte, Jada, du musst mir glauben. Es tut mir leid. Ich will alles dafür tun, damit es zwischen uns wieder besser läuft.«

»Kann sein, dass das bei mir anders ist. Kann sein, dass du nicht mehr der Mann bist, den ich geheiratet habe. Kann sein, dass ich dir jetzt ins Gesicht *schaue* und dir gleichzeitig ins Gesicht *schlagen* will.«

Plötzlich sah sie zu dem Audite, der in einer Ecke des Raumes installiert war.

»Er zeichnet uns nicht auf«, sagte Anthony.

»Warum ist dann gerade ein rotes Licht um den Rand gesaust?«

»Da musst du dich getäuscht haben.«

»Fang jetzt nicht wieder an, mir was vorzumachen«, schnauzte sie ihn an.

»Dann war es wahrscheinlich ein Software-Update.«

Anthony sah zu dem Gerät hinüber. Das rote Licht kreiste noch einmal am oberen Rand entlang, und dann noch einmal. Das war zuvor noch nie passiert. »Das verstehe ich nicht«, murmelte er und betrachtete den Audite näher.

»Gerade eben hast du gesagt, wir werden nicht aufgenommen. Was soll das, Anthony, verdammt noch mal?«

Bevor er antworten konnte, pingten seine Uhr und Jadas Handy. Sie hatten beide dieselbe automatisierte Nachricht erhalten.

»Guten Abend, Jada und Anthony Alexander«, begann die synthetische Stimme. »Nach eingehender Überprüfung hat Ihr Audite festgestellt, dass Ihre Ehe ein Stadium erreicht hat, in dem Sie möglicherweise Unterstützung brauchen. Daher wurde automatisch die dauerhafte Beobachtung gemäß Stufe eins aktiviert. Weiterführende Informationen finden Sie in Ihrem Handbuch zur Smart-Ehe.«

57

Roxi

»Antoinette?«, flüsterte Roxi. »Antoinette? Alles in Ordnung?«

Noch bevor sie die Frage ausgesprochen hatte, wusste sie, dass sie sinnlos war. Die Geliebte ihres Mannes war ohne jeden Zweifel tot. Antoinette lag auf dem Boden und hatte den Kopf in einem unnatürlichen Winkel geneigt. Sie lag mit dem Nacken auf der Kante der untersten Treppenstufe, das Kinn auf die Brust gepresst, als hätte sie sich hingelegt, um zu beten. Ihre Augen starrten glasig und ausdruckslos vor sich hin. Alles Leben war aus ihnen gewichen.

Roxi tastete an den Handgelenken und am Hals nach dem Puls, und als sie dort nichts spürte, versuchte sie, den Herzschlag zu fühlen. »Antoinette?«, sagte sie noch einmal, diesmal eher verzweifelt als hoffnungsvoll. Doch wie zu erwarten, kam keine Antwort.

Roxi hatte erst ein Mal einen Menschen sterben sehen: ihre Freundin Phoebe, die von ihrem gewalttätigen Ehemann zu Tode geprügelt worden war. Es hatte lange gedauert, bis sie tot war. Anders bei Antoinette – hätte Roxi gezwinkert, hätte sie es vielleicht gar nicht mitbekommen. So starben die Leute sonst nur in Filmen. Deshalb begriff sie noch nicht so recht, dass Cooper tot war.

In ihrem Kopf hämmerte die Panik. Erst das Schlagen einer Standuhr lenkte sie davon ab. Sie drehte sich um. Ihr blieben nur noch achtzehn Minuten, bevor ihre Smart Watch bemerkte, dass sie das System ausgetrickst hatte, die Onlineverbindung wiederherstellte und ihren Standort erfasste.

Roxi musste rasch handeln, doch wo sollte sie anfangen? Sie hatte keine Erfahrung mit einer solchen Situation, und sie konnte ja schlecht in eine Suchmaschine »Tatort Mord keine Spuren hinterlassen« eingeben. Außerdem war es kein Mord gewesen. Sie hatte das nicht mit Absicht getan. Aber würde man ihr glauben? Sollte sie Hilfe rufen und dafür in Kauf nehmen, dass ihre Karriere hinüber war? War es das wert? Immerhin ging es hier um die Frau, die ihr das Leben zur Hölle gemacht hatte. Wenn Cooper sie nicht im Internet mit Hass und Häme überzogen und mit Owen geschlafen hätte – und dass die beiden eine Beziehung gehabt hatten, hatte sie so gut wie zugegeben –, hätte Roxi jetzt nicht vor ihrer Leiche gestanden.

Als Erstes musste sie sicherstellen, dass der Audite ihren Streit nicht aufgezeichnet hatte. Sie durfte nicht einem System zum Opfer fallen, für das sie sich regelmäßig starkmachte. Cooper trug keine aufzeichnungsfähigen Geräte am Körper, aber das hieß nicht, dass sich nicht irgendwo im Haus welche befanden. Die Uhr tickte. Roxi eilte von Zimmer zu Zimmer, öffnete dabei die Türen mit den Ellbogen und berührte keinen einzigen Gegenstand. Auf dem Treppenabsatz warf sie einen kurzen Blick auf die Familienfotos, die dort an der Wand hingen: Cooper in jungen Jahren mit ihren drei Kindern, zwei Jungen und einem Mädchen, die von Foto zu Foto älter wurden. Das letzte war jüngeren Datums. Es zeigte Cooper, wie sie ein kleines Mädchen an der Hand hielt, vermutlich ihre Enkelin. Auf einigen war auch ein Mann zu sehen, wahrscheinlich Coopers verstorbener Ehemann. Neben den Fotos hing in einem Rahmen ein Gottesdienstblatt, das zwei Jahre alt war und auf dem deutlich der Name David Cooper zu lesen war.

Roxi sah auf die digitale Uhr neben dem Himmelbett. Ihr blieben noch sechs Minuten. Sie hastete zurück nach unten, stieg vorsichtig über Antoinettes Leiche hinweg und überprüfte jeden Raum, bis sie in ein Arbeitszimmer gelangte. Ihr war nicht in den Sinn gekommen, dass Cooper einem Beruf nachgehen könnte. In dem Zimmer standen ein Sessel sowie ein breites Chesterfield-Ledersofa, hinter dem der Blick durch eine Falttür hinaus in einen dicht bewachsenen, grünen Garten im Landhausstil ging. Die einzigen elektronischen Geräte waren ein Laptop und eine Smart Watch. Roxi fiel wieder ein, dass Cooper gesagt hatte, sie sei Witwe. Wenn sie hier allein lebte, würden die Geräte nicht wie sonst zufällige Gesprächsausschnitte aufzeichnen.

Auch in diesem Zimmer hingen Rahmen an den Wänden, allerdings zeigten sie Urkunden, die auf Coopers Mann ausgestellt waren. Offenbar war er Soziologieprofessor gewesen. Zwei der Dokumente bezogen sich jedoch auf Antoinette Cooper. Und sie nahmen Roxi den Wind aus den Segeln. Sie schlug die Hände vor dem Mund zusammen und nahm sie nur sehr langsam wieder herunter. »Fuck«, flüsterte sie.

Vielleicht hatte sie bei alldem völlig falschgelegen. Sie musste sich vergewissern. Coopers Laptop, ein veraltetes Standardmodell, war noch eingeschaltet. Roxi stürzte darauf zu und drückte eine Taste, um den Bildschirmschoner zu entfernen. Zur Anmeldung war ein Fingerabdruck erforderlich. Weil ihr nichts anders übrigblieb, lief sie mit dem Gerät zu Cooper und drückte ihren noch warmen Zeigefinger auf das Touch-pad. Im selben Moment wurde der Bildschirm freigegeben, und inmitten der Reihe alphabetisch geordneter Dateien erkannte Roxi einen Namen.

Sie sah auf die Standuhr. Gleich war die Zeit um. Sie nahm noch einmal die Leiche in Augenschein, wich dabei gezielt Coopers Augen aus und vergewisserte sich, dass das Ganze nicht nach Mord aussah, sondern nach dem, was es in Wirklichkeit gewesen war: ein bedauernswerter tödlicher Unfall. Die Polizei würde annehmen, dass Cooper schlicht gestolpert und unglücklich gestürzt war.

Roxi öffnete die Haustür. Auf der Straße war niemand zu sehen. Sie trat hinaus, schloss die Tür hinter sich und wischte den Klopfer mit dem Ärmel ab. Dann ging sie, den Blick zu Boden gerichtet, zu ihrem Auto, stieg ein, stellte es auf autonome Fahrt und gab als Ziel ein Fitnessstudio ein, das ihr kürzlich eine kostenlose Mitgliedschaft angeboten hatte. Dort wollte sie den Vormittag verbringen, für den Fall, dass sie ein Alibi bräuchte. Das Wegwerfhandy, auf das ihre Daten umgeleitet wurden, zeigte an, dass ihr noch etwas mehr als eine Minute blieb, bevor sie auflegen musste und ihr eigenes Handy wieder aktiviert wurde. Das reichte aus, um sich weit genug von Coopers Haus zu entfernen.

Dann nahm sie den Laptop zur Hand, der noch immer eingeschaltet war. Sie hatte früher ein ähnliches Modell besessen. Sie änderte die Sicherheitseinstellungen dahingehend, dass Coopers Fingerabdruck für die Anmeldung nicht mehr erforderlich war, und trennte die WLAN-Verbindung.

Anschließend wählte sie unter den zahlreichen Dateien diejenige aus, die den Namen ihres Mannes Owen trug, und spielte sie ab.

58

Corrine

In den Gängen des Familiengerichts von Old Northampton herrschte eine nervenaufreibende Stille.

Wenige Minuten zuvor hatte Corrine ihren Namen und ihr Aktenzeichen in den elektronischen Gerichtsdiener getippt, und jetzt saß sie auf einem der Flure und wartete darauf, dass ihr Telefon summte und sie vor die Kammer gerufen wurde, die über ihren Fall entschied. Nur Mitchell und sein Anwalt waren noch nicht da. Das machte sie nervös.

»Wo bleibt er nur?«, sagte sie zu ihrer Anwältin, die neben ihr saß.

»Wahrscheinlich ist das bloß ein taktisches Manöver«, meinte die Anwältin. »Das kommt in solchen Fällen oft vor. Machen Sie sich nicht verrückt.«

Corrine bemühte sich, aber das war leichter gesagt als getan. Sie vertrieb sich die Zeit, indem sie die anderen Leute musterte und einzuschätzen versuchte, wer das Gericht unter Tränen verlassen und wer triumphieren würde. Sie drückte sich selbst die Daumen und hoffte, zu denen zu gehören, die Grund zu feiern hatten.

Aber ihr Gewissen nagte weiter an ihr. Mit Berufung auf häusliche Gewalt die Scheidung zu beantragen, fühlte sich so verwerflich an, wie zu behaupten, vergewaltigt worden zu sein. Aber Corrine zog es dennoch weiter durch. Als ihre älteste Tochter Freya mitbekommen hatte, dass Mitchell damit drohte, den Kindern die Unterstützung für das Studium zu streichen, hatte sie Corrine sogar angeboten, ihre Behauptungen vor Gericht zu bekräftigen und eine Falschaussage zu machen. Corrine hatte abgelehnt. Aber ihr Hackerkontakt hatte eine Lösung für die Studiengebühren für Nora und Spencer gefunden. Sie hatten die Anträge auf Studienkredite auf einen Zeitpunkt zurückdatiert, zu dem Corrine die Scheidungsklage noch nicht eingereicht hatte. Dadurch würden Nora und Spencer während des gesamten Studiums den Rabatt für Kinder von verheirateten Paaren bekommen, obwohl ihre Eltern kurz vor der Trennung standen. Und auch die Zinsen für Freyas Kredit für das letzte Studienjahr wären ermäßigt. Doch noch bestand die Möglichkeit, dass sie gar keine Kredite aufnehmen mussten – falls sich Mitchells Behauptung, ihr gesamtes Vermögen sei in Investitionen gebunden, als Humbug herausstellte. Ob dem so war, würde sich heute zeigen.

Eine Nachricht auf Corrines Handy informierte sie, dass sie als Nächste dran waren. Sie hatte schon ihren Kindern geschrieben und sie gefragt, ob sie etwas von ihrem Vater gehört hatten, aber sie hatten ihr nur sagen können, dass sein Auto nicht in der Garage stand.

»Und was, wenn er nicht kommt?«, fragte sie ihre Anwältin.

»Wenn er nicht krank ist oder einen sehr guten Grund vorbringen kann, wird sein Nichterscheinen in die Entscheidung einfließen. Und ich vermute mal, das wird sich eher zu Ihren Gunsten auswirken.«

Insgeheim hoffte Corrine, dass Mitchell unentschuldigt fernbleiben würde, sodass sie nicht unter Eid lügen müsste. Sie hätte lieber darauf verzichtet, die bohrenden Blicke ihres zukünftigen Ex-Mannes auf sich zu spüren, während sie ihre frei erfundenen Beweise vorlegte. Dennoch fühlte sie sich nicht wohl bei der Aussicht, dass er nicht kam. Mitchell handelte immer zielgerichtet. Er tat nichts ohne eine bestimmte Absicht.

Kurz darauf öffnete sich die Aufzugtür, und Mitchell erschien. Corrine wusste nicht, ob sie erleichtert oder enttäuscht sein sollte. Er war eleganter gekleidet als sonst in letzter Zeit, trug anstelle seiner üblichen legeren Kleidung ein frisches weißes Hemd und einen perfekt sitzenden marineblauen Anzug, den Corrine noch nie an ihm gesehen hatte.

»Keine Sekunde zu früh«, sagte Corrine. »Wo ist denn dein Anwalt? Wir sind gleich dran.«

»Er kommt nicht«, sagte Mitchell. »Und ich bin auch nur aus Höflichkeit hier. Ich habe für heute Nachmittag andere Pläne.«

»Pläne?«

»Pläne«, sagte er etwas lauter, als sei Corrine schwerhörig. »Du wirst doch wohl wissen, was Pläne sind. Du machst ja selbst eine Menge davon. In letzter Zeit bist du kaum noch zu Hause.«

Er zwinkerte ihr komplizenhaft zu, als wüsste er von ihrem Engagement für Freiheit Für Alle. Corrine spürte einen Kloß im Hals und schluckte. Nein, das war unmöglich. So übervorsichtig, wie sie gewesen war. Sie setzte wieder eine gefasste Miene auf.

»Du weißt doch, dass die Verhandlung mindestens drei Stunden dauern wird«, sagte sie. »Da kannst du nicht einfach nach der Hälfte gehen, nur weil du eine Verabredung zum virtuellen Golfspielen hast.«

»Das kann ich sehr wohl; wenn ich nämlich dem Unsinn, den du behauptest, nicht widerspreche.«

Corrine sah zu ihrer Anwältin, dann wieder zu Mitchell. »Du widersprichst nicht?«

»Nein.«

»Wann hast du das denn beschlossen?«

»Das Leben ist zu kurz, Corrine. Manchmal tut man gut daran, einen Schritt zurückzutreten und keine Kämpfe mehr auszufechten, die die Mühe nicht wert sind. Heute ist so ein Tag. Du liebst mich nicht, und ich liebe dich nicht. Also sollten wir getrennte Wege gehen. Und wenn du glaubst, du musst dir dazu Lügen über mich ausdenken, dann mach es.«

»Was ist mit dir los, Mitchell? Was hast du vor?«

»Heute ist ein neuer Tag, und vor dir steht ein neuer Mitchell. In diesen Minuten reicht mein Anwalt einen Schriftsatz ein, der den Verzicht auf Verteidigung ohne Schuldanerkenntnis erklärt. Das heißt, du wirst so gegen …«, er sah auf die Uhr, »… vierzehn Uhr geschieden sein. Sag mir Bescheid, wenn es so weit ist.«

»Und wo gehst du jetzt hin?«

»Aufs Standesamt. Um eine Smart-Ehe zu beantragen.«

»Um *was*?«

»Du solltest wirklich mal über ein Hörgerät nachdenken. Ich sagte, ich werde eine Smart-Ehe beantragen. Ich heirate nämlich morgen Nachmittag.«

Corrine musste lachen. »Sei doch nicht albern. Wer um alles in der Welt will dich denn heiraten?«

Als sei das das Stichwort, öffnete sich hinter Mitchell mit einem Pingen die Aufzugtür.

»Wenn ich mich nicht täusche«, sagte er, ohne sich umzudrehen, »ist das meine Zukünftige.«

Konsterniert erblickte Corrine ein vertrautes Gesicht. Es war Maisy, ihre beste Freundin von früher.

59

Anthony

Als Anthony an der Euston Station ankam, wartete vor dem Bahnhofsgebäude weder ein selbstfahrendes Auto noch ein Vertreter der Regierung auf ihn.

Also machte er sich allein auf den Weg und fuhr mit der Northern Line der U-Bahn zur Battersea Power Station und ging den Rest des Weges zu Fuß, bis zu dem Gebäude, in dem das Eröffnungsmeeting des Projekts der Junge-Bürger-Häuser stattgefunden hatte. Als er dort eintraf, suchte er das Äußere des Gebäudes nach einer Möglichkeit ab, sich bemerkbar zu machen, entdeckte aber weder eine Gegensprechanlage noch eine Klingel oder auch nur eine Überwachungskamera, vor der er sich hätte postieren können. Er klopfte an die Tür, doch nichts regte sich, und als er versuchte, durch die Fenster zu spähen, sah er nur sein eigenes Gesicht.

Er trat einen Schritt zurück und befahl seiner Uhr noch einmal, Hyde anzurufen. Unzählige Male hatte er versucht, ihn zu erreichen, seitdem Jada und er von ihrem Audite auf Stufe eins gestellt worden waren. Jedes Mal kam dieselbe Meldung: »Die von Ihnen gewählte Rufnummer ist nicht vergeben.« Er hatte auch versucht, Hyde über die internen Projektserver Nachrichten zu schicken, woraufhin der Bildschirm schwarz geworden und eine Meldung erschienen war, dass er keine Zugangsberechtigung zu dem System mehr hatte, von dem er sein ganzes Berufsleben lang ein Teil gewesen war. Hyde war seine einzige Kontaktperson gewesen, der Einzige, der ihm Anweisungen gab oder dem er Bericht erstatten musste. Mit seinem Team konnte er ausschließlich über das maximal gesicherte Intranet Kontakt aufnehmen. Hyde hatte dafür gesorgt, dass Anthony niemand anderen hatte außer ihn.

Daher hatte Anthony nur noch eine Möglichkeit gesehen und war mit dem Expresszug nach London gefahren, um Hyde persönlich aufzusuchen. Er klopfte noch einmal an die Tür und wartete, klopfte dann noch einmal und noch einmal und noch einmal, bis seine Wut schließlich überkochte und er mit den Fäusten dagegen hämmerte. Erst als das Blut in seinen Händen pulsierte, gab er auf, ließ jedoch vorher seinem Ärger noch einmal freien Lauf und brüllte, in einem leeren Innenhof stehend, die übelsten Schimpfwörter. Seine Stimme hallte von den Wänden der umliegenden Gebäude wider. Wo war Hyde?

Als seine Uhr vibrierte, sah er rasch auf das Display. Eine Sprachnachricht von Jada.

»Gerade hat jemand von der Bank angerufen«, begann Jada ohne Umschweife. »Ich muss nicht nur innerhalb von achtundzwanzig Tagen meinen Start-up-Kredit zurückzahlen, sondern ich zahle ab sofort auch fünfunddreißig Prozent Gewerbesteuer, und unsere Hypotheken sind doppelt so hoch. Dürfen die das denn? Wir sind doch immer noch verheiratet und haben eine Smart-Ehe. Wenn du das nicht in Ordnung bringst, und zwar schnell, dann verlieren wir alles, was wir haben.«

Anthony stützte den Kopf in die Hände. Indem er sich von Hyde losgesagt und Jada die Wahrheit gestanden hatte, hatte er einen Neuanfang machen wollen. Doch jetzt kam ihn das teuer zu stehen. Er musste einen Weg finden, um Hyde zu erreichen. Schon bald hatte er eine Idee, wie ihm das gelingen könnte.

60

Corrine

»Ah, da bist du ja, Schatz«, sagte Mitchell, legte Maisy eine Hand um die Hüfte und zog sie an sich. Dann küssten sie sich.

Corrine musste zweimal hinschauen. Sie hatte ihre Freundin seit über achtzehn Monaten nicht mehr gesehen. Das vom Alkohol aufgedunsene Gesicht, die blutunterlaufenen Augen, die aschfahle Haut, ihre ungepflegte Erscheinung – all das war verschwunden. Die Maisy, die jetzt vor ihr stand, strahlte vor Gesundheit, hatte makellose Haut und einen Bauch, der so flach war wie ein Bügelbrett.

»Hallo, Corrine«, sagte Maisy. »Ist ganz schön lange her. Freut mich, dich wiederzusehen.«

»Maisy«, sagte Corrine perplex. »Was zum Teufel ist hier los?«

»Hat Mitchell es dir nicht gesagt? Wir heiraten morgen. Ich bin schon ganz schön aufgeregt.«

»Red keinen Blödsinn. Ihr heiratet doch nicht.« Die Situation war zwar nicht komisch, aber doch so absurd, dass Corrine nach Lachen zumute war. Sie suchte in Mitchells und Maisys Gesicht nach Anzeichen dafür, dass das Ganze ein Scherz war. »Nein ... Das meinst du doch nicht ernst?« Ihr Gehirn arbeitete jetzt fieberhaft. »Aber warum ... also wie ...«

»Eines Tages ist es mir wie Schuppen von den Augen gefallen«, sagte Maisy. »Ich habe erkannt, dass ich dabei war, mich selbst zu zerstören. Also habe ich mich am Riemen gerissen und noch mal von vorn angefangen. Und als ich trocken war, habe ich den Kontakt zu alten Freunden gesucht. Und eben auch zu Mitchell.«

»Aber ihr wart doch nie befreundet!«

»Und jetzt schau dir an, wo wir heute sind!«

»Nach all dem, was ich dir von ihm erzählt habe? Du weißt doch, was für ein Mensch er ist.«

»Ich weiß, was für ein Mensch er war, als er mit dir zusammengelebt hat, Corrine. Aber bei mir ist er anders. Manchmal brauchen wir andere Menschen, damit unsere guten Seiten hervortreten.«

»Das glaub ich einfach nicht. Willst du mir irgendwas heimzahlen? Hab ich dich irgendwie verletzt?«

»Nicht mehr und nicht weniger als alle anderen. Nimm es nicht persönlich, Corrine. Ich wollte nur mein altes Leben zurück. Und Mitchell kann mir das geben.« Maisy und Mitchell lächelten einander an und küssten sich noch einmal.

»Kannst du uns einen Moment allein lassen?«, sagte Mitchell zu Maisy. »Wir sehen uns im Auto.«

»Hat mich gefreut, dich wiederzusehen, Corrine«, sagte Maisy und winkte zum Abschied. »Lass uns doch mal zum Mittagessen treffen, dann haben wir ein bisschen mehr Zeit. Und eine fröhliche Scheidung noch!«

Corrine wartete, bis sich die Aufzugtür hinter Maisy geschlossen hatte. Dann wandte sie sich an Mitchell. »Was soll der Scheiß, Mitchell? Was machst du da?«, schnauzte sie ihn an.

Er strich sich mit Daumen und Zeigefinger über das Kinn. »Na ja, also, für so etwas gibt es ja keine Standardantwort.

Also will ich es dir erklären. Erstens: Ich werde dich bei unseren Kindern, deinen Freunden und unseren Nachbarn schlechtmachen, wo immer es geht. Zweitens werde ich dafür sorgen, dass dir das Gericht nur den geringstmöglichen Anteil von meinem Geld zuspricht, denn ich werde in einer neuen Beziehung leben und du nicht. Und drittens werde ich dich immer daran erinnern, dass du mich nicht besiegen kannst. Ich werde dir immer einen Schritt voraus sein.«

Corrine schloss die Augen. »Ich ertrage nicht mal mehr deinen Anblick. Die Kinder werden dir nie vergeben, dass du mir das angetan hast.«

»Das können sie dann ja zusammen mit den anderen Kritikpunkten in mein Feedbackformular schreiben. Aber keine Sorge, ich bin sicher, sie werden nach deiner Verurteilung zu dir halten.«

»Was für eine Verurteilung?«

Mitchell beugte sich zu ihr und flüsterte ihr etwas ins Ohr. Dann küsste er sie auf die Wange und schlenderte zum Aufzug. Corrine wusste nicht, ob sie ihm nachlaufen und auf ihn einprügeln oder auf die Toilette stürzen und sich übergeben sollte.

Als sich die Aufzugtür öffnete, drehte er sich noch einmal um. »Du hast vierundzwanzig Stunden, um dich zu entscheiden«, sagte er, grinste und betrat den Aufzug. Kurz darauf schloss sich die Tür.

61

Anthony

Im Palast von Westminster, dem Sitz des Parlaments, waren die Sicherheitsmaßnahmen verständlicherweise streng. Nachdem er abgetastet und sein Personalausweis überprüft worden war, musste Anthony eine Gesichtserkennung, eine Blutanalyse und Scans der Netzhaut und der Fingerabdrücke über sich ergehen lassen sowie einen Abstrich zum Test auf biologisch-chemische Gefährdungen. Dann durfte er die Central Lobby betreten, das Herz des Gebäudekomplexes, und trat dort an den Empfang.

»Wie kann ich Ihnen helfen?«, fragte eine junge Frau mit einem Ohrhörer.

»Ich würde gern die Abgeordnete Eleanor Harrison sprechen«, sagte er.

»Ihr Name, Sir?«

»Anthony Alexander.«

»Weiß Mrs. Harrison, worum es geht?«

»Ja«, antwortete Anthony, ohne sich sicher sein zu können. Die Rezeptionistin wählte eine Nummer. Er wollte mit Harrison reden, weil sie nicht nur die Abgeordnete seines Wahlkreises war, sondern auch eine der beiden Personen, die er bei dem Treffen bezüglich des Projekts der Junge-Bürger-Häuser erkannt hatte. Sie hatten nicht direkt miteinander gesprochen, aber sie wusste, wer er war. Und sie war seine letzte Hoffnung, was den Kontakt zu Hyde anging.

Während er wartete, sah er sich in dem geschichtsträchtigen Raum um. Er hatte diese Lobby schon unzählige Male im Fernsehen gesehen, aber erst jetzt, als er all das mit eigenen Augen betrachtete, die beeindruckenden dreigliedrigen Fenster und das kunstvolle Mosaik im Steinboden des achteckigen Raumes, das mit lateinischen Sentenzen verziert war, spürte er die ganze Erhabenheit dieses Ortes. Gerade als er den gewaltigen Kronleuchter bestaunte, der von der Gewölbedecke herabhing, packte ihn jemand mit festem Griff an der Schulter. Er drehte sich um. Vor ihm standen zwei uniformierte und bewaffnete Polizisten.

»Sir, bitte verlassen Sie umgehend das Gebäude«, sagte einer der beiden.

»Warum?«

»Wenn Sie nicht freiwillig gehen, werden Sie festgenommen.«

»Weswegen?«

»Auf Grundlage des Gesetzes zur Terrorismusbekämpfung. Es liegt in Ihrem eigenen Interesse, dass Sie jetzt gehen.«

Anthony fühlte sich vor den Kopf gestoßen. Er wollte protestieren, wusste aber, dass das sinnlos war. Also ließ er sich aus dem Gebäude führen, die Einfahrt entlang und hinaus auf die Straße. Niedergeschlagen überquerte er den Parliament Square und ging an den Statuen von Winston Churchill, David Lloyd George und Boris Johnson vorbei, der jüngsten von allen, die noch immer heftig umstritten war. Arbeiter mit Sandstrahlgeräten säuberten das Standbild und das umliegende Pflaster von roter Farbe. Schließlich erreichte er die U-Bahn-Station St. James's Park, setzte sich am Ende des

Bahnsteigs auf eine Bank und wartete auf den nächsten Zug, der ihn zur Northern Line und weiter zur Euston Station bringen sollte.

Ein Gedanke schoss ihm durch den Kopf, wie ein U-Bahn-Zug aus einem dunklen Tunnel. Er versuchte, ihn zu verscheuchen, doch er kehrte immer wieder zurück. Wäre es um die Welt nicht besser bestellt, wenn er nicht mehr da wäre? Wenn er einfach einen Schritt vor den nächsten hereinfahrenden Zug machte – wen würde das kümmern? Matthew, natürlich. Und wahrscheinlich auch Jada, zumindest eine Zeit lang. Aber sie würden es überleben und irgendwann besser dastehen, ohne ihn. Ihm war es jedenfalls so ergangen, nachdem seine Mutter ihm genau das angetan hatte. Er sah sie vor sich und fragte sich, was ihr wohl durch den Kopf gegangen war, als sie ihr Auto zielgerichtet durch die Leitplanke und gegen den Brückenpfeiler gesteuert hatte. Und wovon hatte Arthur Foley geträumt, als ihn die Auspuffgase bewusstlos gemacht hatten? Wie hatte Jem Jones sich gefühlt, als sie auf den Abzug drückte? Das Vibrieren eines nahenden Zuges ließ die Bank erzittern und lief durch Anthonys Körper. Er legte die Hände zu beiden Seiten auf den Sitz und schob sie nach vorne. Dann umfasste er den Rand und drückte sich ab.

62

Roxi

Roxi hielt ihre Uhr vor die gesicherte Medikamentenbox aus Metall, die im Küchenschrank ihren Platz hatte. Nachdem sich die Box geöffnet hatte und Roxi den Strichcode auf einem Fläschchen Paracetamol scannte, meldete sich der Audite.

»Ist dieses Medikament für Sie, Roxi?«

»Ja.«

»Paracetamol wird gewöhnlich gegen Kopfschmerzen verwendet. Haben Sie Kopfschmerzen, Roxi?«

»Ja, die habe ich.«

»Sie entnehmen dieses Medikament nun schon den sechsten Tag in Folge, Roxi. Möchten Sie, dass ich mit Ihren tragbaren Geräten einen Rundum-Check mache und die Ursache der Schmerzen ermittle, Roxi?«

»Nein.«

»Möchten Sie, dass ich Ihren Hausarzt informiere, Roxi?«

»Nein, ich will einfach nur diese beschissenen Tabletten.«

»Ich wünsche Ihnen noch einen schönen Tag, Roxi.«

Der Kampf gegen verschreibungspflichtige Arzneien, die mittlerweile bedenklicher waren als die illegalen Drogen, die man auf der Straße bekam, wurde so heftig geführt, dass die Abgabe von Medikamenten, die auch nur minimale Suchtgefahr bargen, strengstens reguliert war und genau überwacht und registriert wurde. Roxi hatte nicht die geringste Lust, über die Ursache der Kopfschmerzen ausgefragt zu werden, die sie seit einigen Tagen plagten. Sie kannte den Grund ganz genau: Antoinette Cooper. Rasch schluckte sie die Tabletten, bevor der Schrank es sich anders überlegte, nahm ihre Kaffeetasse und ging hinaus in den Garten.

Sie bemerkte nicht, dass die Sohlen ihrer Schuhe – nach dem Nieselregen von gestern Abend – feucht wurden. Sie brauchte nur so viel frische Luft wie möglich, um den Geruch des Todes loszuwerden, der seit ihrem verhängnisvollen Besuch bei Cooper an ihr haftete.

Roxi hatte auf allen ihren Geräten die gesamte Suchhistorie zu Cooper gelöscht und dann die Festplatten zweimal bereinigt. Mehrmals am Tag durchforstete sie die sozialen Medien und die Lokalnachrichten nach Berichten über Coopers Ableben, tippte dabei aber nie etwas ein, das darauf schließen ließ, dass sie speziell an dieser Sache interessiert war. Auf keinen Fall durfte sie irgendwelche digitalen Spuren hinterlassen. Bis jetzt hatte sie noch nichts gefunden. Sie suchte auch nach Darstellungen und Beschreibungen des menschlichen Schädels, um zu verstehen, wie Cooper so plötzlich hatte tot sein können. Dabei erfuhr sie, dass sie nur durch einen höchst unwahrscheinlichen und äußerst unglücklichen Zufall genau so gestürzt war, dass dadurch die Wirbelsäule verletzt worden war.

Zum ersten Mal seit sehr, sehr langer Zeit sehnte Roxi sich nach Owens beruhigender Umarmung. So wie nie zuvor brauchte sie jetzt seine besänftigende Stimme, die ihr sagte, dass alles gut werden würde, so wie nach dem Mord an Phoebe, als sie in eine schwere Depression gefallen war. Damals war es Owen gewesen, der sie da wieder herausgeholt hatte, und das vergaß sie gern, wenn sie, getrieben von Ehrgeiz, die Bedeutung, die er für sie hatte, wieder einmal herunterspielte. Doch jetzt war sie allein, so allein wie noch nie.

63

Anthony

»Sie sehen aus, als hätten Sie auch schon mal bessere Zeiten erlebt«, sagte eine Frauenstimme.

Anthony fuhr herum. Auf der Bank saß Eleanor Harrison. Er war so sehr in Gedanken versunken gewesen, dass er nicht bemerkt hatte, dass sie sich ihm genähert und sich neben ihn gesetzt hatte. Sie sah ihn nicht an, sondern hielt den Blick auf eine digitale Reklametafel gerichtet, auf der für ein neues autonomes Motorrad geworben wurde. Ein, zwei Meter neben ihr stand ein untersetzter Mann in einem dunkelblauen Anzug. Anthony lockerte den Griff um den Rand der Bank und setzte sich wieder.

»Ins Parlament zu kommen, war ziemlich blauäugig«, sagte Harrison.

»Ich wusste nicht, wo ich es sonst hätte versuchen sollen. Hyde reagiert nicht auf meine Anrufe, und Sie sind meine einzige Verbindung zu ihm.«

»Na, da habe ich ja Glück. Also, was wollen Sie?«

Anthony wartete mit einer Antwort. Ein Zug ratterte in den Bahnhof, Fahrgäste stiegen ein und aus, und der Zug verschwand wieder.

»Warum hat Hyde meine Frau und unsere Ehe ins Visier genommen?«

»Was glauben Sie denn?«

»Ich habe meinen Job gekündigt, aber nicht meine Ehe aufgelöst.«

»Das spielt keine Rolle. Hyde kann schalten und walten, wie er will. Und wenn Sie sich beschweren, interessiert das niemanden. Und wissen Sie was, Mr. Alexander? Auch mir sind Sie völlig egal, so kaltherzig das auch klingen mag. Ihre Liebsten werden dafür bezahlen, dass Sie auf Ihr Gewissen hören. Aber das Wichtigste ist doch, dass Sie davon überzeugt sind, das Richtige getan zu haben, oder? Und ich bin sicher: Wenn er erwachsen ist, wird Ihr Sohn sich gern an seine Zeit im Junge-Bürger-Haus erinnern.«

Anthony gefror das Blut in den Adern. »Diese geplanten Häuser sind völlig indiskutabel. Das muss Ihnen doch auch klar sein.«

»Nur weil ich die Augen davor verschließe, heißt das nicht, dass ich blind bin, Mr. Alexander.«

»Warum versuchen Sie dann nicht, das zu verhindern? Ihre Stimme hat doch Gewicht.«

»Aus demselben Grund, aus dem auch Sie immer das getan haben, was Ihnen aufgetragen wurde. Wir beide haben einen Lebensstandard, den wir nicht verlieren wollen. Und für moralische Bedenken ist weder in Ihrer noch in meiner Welt Platz.«

»Also habe ich keine Wahl?«

»Sie haben doch einen Sohn, oder?«, fragte Harrison. Anthony nickte. »Wir alle haben die Wahl«, fuhr Harrison fort. »Sie müssen dafür sorgen, dass Sie für ihn die richtige Wahl treffen.«

»Wenn dieses Projekt abgeschlossen ist, wird Hyde mich dann gehen lassen?«

Erneut fuhr ein Zug in den Bahnhof ein. Harrison stand auf und strich sich den Rock glatt. »Ich werde ihm sagen, dass Sie morgen früh wieder an Ihrem Schreibtisch sitzen. Und Sie fahren jetzt zurück nach Hause und sagen Ihrer Frau, dass das alles ein Missverständnis war.«

Sie wartete seine Antwort nicht ab, sondern verschwand in Begleitung ihres Bodyguards so schnell, wie sie aufgetaucht war, und ohne Anthony einmal angesehen zu haben.

64

Roxi

»Welchen Eindruck hat Roxi auf Sie gemacht, als Sie sich das erste Mal begegnet sind?«

»Spontan, ein bisschen schräg, witzig, sprunghaft«, sagte Owen. »Wir waren schon immer die totalen Gegensätze.«

»Wenn die Partner mit den Eigenheiten und den Dummheiten des anderen umgehen können, entwickelt sich oft eine erfüllte Beziehung«, kam die Antwort.

»Außerdem war sie immer ein bisschen distanziert«, fuhr Owen fort. »Erst als ich angefangen habe, an ihrer Rüstung zu kratzen, habe ich erkannt, dass dieses großspurige Verhalten zu weiten Teilen gespielt war. Wie heißt so was denn? Wie nennt man das?«

»Reaktionsbildung. Das ist ein Abwehrmechanismus, der über das Leugnen hinausgeht und bei dem sich die betroffene Person konträr zu dem verhält, was sie eigentlich empfindet. Sie legt ein übertriebenes Verhalten an den Tag und schützt sich dadurch vor weiteren Verletzungen.«

»Ja, das ist genau meine Frau«, sagte Owen. »Und ganz besonders, seitdem sie als Influencerin solchen Erfolg hat. Ich bin sicher, das alles hat seine Wurzeln in ihrer Kindheit.«

»Das gilt für viele unserer Verhaltensweisen. Können Sie das etwas näher erläutern?«

»Ihre Eltern haben nicht ausreichend für sie gesorgt, also wurde sie ihnen entzogen, als sie vier war. Ihre Kindheit hat sie in verschiedenen Pflegefamilien verbracht. Einmal hat sie gesagt, dass sie erst als Erwachsene verstanden hat, dass diese Pflegeeltern sie nicht immer wieder abgeschoben haben, sondern dass befristete Betreuung einfach ihre Aufgabe war. Ich war so naiv zu glauben, sie würde sich nicht mehr so wertlos fühlen, wenn wir erst einmal verheiratet wären und Kinder hätten. Aber Roxi sucht noch immer nach der Anerkennung, die sie als Kind nicht bekommen hat, und wenn sie glaubt, sie nicht von mir zu bekommen, dann sucht sie sie woanders, zum Beispiel in den sozialen Medien. Aber selbst wenn ihr die ganze Welt ihre Liebe erklären würde, würde sie das wahrscheinlich immer noch nicht glauben.«

»So wie Sie es beschreiben, klingt es, als gleiche dieses ›Streben nach Aufmerksamkeit‹ einer Sucht. Haben Sie schon einmal von Dopamin gehört? Das ist ein Botenstoff im menschlichen Gehirn. Es wird auch ›Glückshormon‹ genannt, weil es bei bestimmten Tätigkeiten freigesetzt wird, etwa beim Glücksspiel oder bei der Einnahme von Drogen. Manche Menschen entwickeln eine Art Sucht nach Dopamin. Vielleicht geht es Roxi genauso, wenn sie durch ihre Arbeit Aufmerksamkeit erfährt, in Form von Kommentaren und vielen Followern.«

Roxi hörte, wie Owen lange und tief ausatmete. »Warum kann es einfach nicht wieder so sein wie früher, als wir uns kennengelernt haben?«

»Oft betrachten wir die Vergangenheit durch eine rosa Brille, und dann erscheint sie uns als besonders glücklich.«

»Glauben Sie, meine Erinnerung ist verzerrt?«

»Nein, aber ich sehe, dass Sie betonen, wie glücklich Sie damals waren, indem Sie das Damals mit dem Heute vergleichen.«

»Aber wir *waren* glücklich.«

»Die meisten Menschen heiraten, weil sie miteinander glücklich sind. Aber wie sieht es heute aus? Wie fühlen Sie sich in Ihrer Ehe?«

Roxi zählte zweiundzwanzig Sekunden, bis Owen antwortete. »Einsam«, sagte er.

Sie klickte auf Coopers Laptop auf »Pause«, nahm die Ohrhörer heraus, und das Stimmengewirr des Cafés, in dem sie saß, umfing sie wieder. Noch nie hatte sie Owen so ernsthaft über sie oder ihre Beziehung sprechen hören, und schon gar nicht gegenüber einer Fremden. Nur dass Antoinette Cooper für Owen keine Fremde gewesen war. Und ebenso wenig seine Geliebte. Die Frau, die Roxi umgebracht hatte, war Owens Beziehungstherapeutin gewesen. Das hatte sie erst begriffen, als sie in Coopers Arbeitszimmer die Diplome an der Wand gesehen hatte. Wenn man kein offiziell zugelassener und behördlich bestellter Beziehungsbegleiter war, war es mittlerweile illegal, als Beziehungstherapeut zu arbeiten. Kein Wunder, dass Cooper sich Roxi gegenüber nicht zu erkennen gegeben und sich ständig umgesehen hatte, ob nicht Nachbarn das Gespräch mit anhörten. Sie hatte nicht riskieren wollen, ertappt zu werden. Aber wenn sie Roxi erklärt hätte, was sie mit Owen verband, wäre sie jetzt noch am Leben. Dass sie tot war, war verdammt noch mal ihre eigene Schuld, nicht Roxis.

Außerdem war Antoinette in der Regel als Toni Cooper aufgetreten, weshalb Roxi vor ihrem Aufeinandertreffen nichts im Internet über sie gefunden hatte.

Den Zeitstempeln der Dateien auf dem Laptop zufolge war Owen schon seit Monaten zu ihr gegangen, lange bevor der Audite beschlossen hatte, dass sie beide Probleme hatten. Er hatte vorhergesehen, dass ihre Beziehung bröckeln würde, und erst jetzt wurde Roxi klar, dass sie das Heraufstufen hätte vermeiden können, indem sie ihm zugehört hätte, wenn er das Thema zur Sprache gebracht hatte.

Ihr Handy leuchtete auf, und auf dem Display waren die ersten beiden Zeilen einer E-Mail zu lesen. Sie kam von Suzanne von Talk Radio. Sie hatte Roxi für einen der nächsten Tage in ihre Sendung eingeladen, und Roxi hatte noch immer nicht abgesagt. Nach Coopers Tod war sie abgetaucht, hatte niemanden getroffen und auch in den sozialen Medien nichts gepostet. Sie nahm einen großen Schluck von dem zweiten Glas Wein, das ihr die Bedienung vor einiger Zeit gebracht hatte. Anders als sie sich erhofft hatte, löste das ihre Beklemmung nicht.

Die Schuldgefühle, die sie empfand, weil sie die Privatsphäre ihres Mannes verletzt hatte, hielten sie nicht davon ab, weiter in die Aufnahmen hineinzuhören. Sie steckte sich die Ohrhörer wieder ein und klickte wahllos eine Datei an, die laut Erstellungsdatum vor sechs Wochen aufgenommen worden war.

»Ich habe etwas getan, worauf ich nicht besonders stolz bin«, begann Owen.

»Möchten Sie darüber sprechen?«, fragte Cooper.

»Ich weiß nicht.«

»Warum?«

»Weil Sie dann ergründen wollen, was mir durch den Kopf geht, und ich weiß nicht, ob ich dafür heute die Kraft habe.« Er machte eine kurze Pause, und Roxi hielt den Atem an. »Ich habe meine Frau hintergangen.«

Roxi drehte sich der Magen um. Sie wusste nicht, ob sie das noch weiter hören wollte.

»Es ist meine Schuld, dass wir auf Stufe eins gestellt worden sind. Ich habe vor dem Audite Sachen gesagt, die ich nicht hätte sagen sollen.«

»Was denn für Sachen?« Roxi sprach die Frage im selben Moment aus wie Cooper.

»Dummheiten. Dass ich sie nicht mehr liebe, dass ich die Scheidung will, dass ich nicht glücklich bin … und lauter so Zeug.«

»Und stimmt das?«

»Nein.«

»Können Sie erklären, warum Sie das getan haben?«

»Ich hatte gehofft, dass der Audite das aufzeichnet und wir auf Stufe eins gestellt werden. Und dass Roxi dadurch die Sorgen, die ich mir um unsere Ehe mache, ernst nimmt. Aber ich weiß nicht, ob es das tatsächlich bewirkt hat. Sie macht immer noch den Eindruck, als würde sie das alles nicht interessieren.«

»Haben Sie bedacht, welche Auswirkungen es auf Roxis Karriere haben könnte, wenn bekannt wird, dass Sie auf Stufe eins stehen?«

Owen antwortete nicht, aber Roxi hörte, wie er auf dem Sofa hin und her rutschte.

»Bedeutet Ihr Schweigen, dass Sie zwar darüber nachgedacht haben, sich davon aber nicht haben abhalten lassen?«

»Ja.«

»Ohne Ihnen die Worte in den Mund legen zu wollen – Sie haben also versucht, Roxis Karriere zu sabotieren, um die Roxi wiederzubekommen, in die Sie sich damals verliebt haben?«

Wieder schwieg Owen eine Weile, bevor er zustimmte.

Von allem, was sie bis jetzt gehört hatte, schockierte diese Aussage Roxi am meisten. Doch sie hatte keine Zeit, sie auf sich wirken zu lassen, da kurz darauf die nächste Enthüllung folgte.

»Aber das ist noch nicht alles«, fuhr Owen fort. »Ich habe sie im Internet mit Hass und Häme überzogen und alle ihre Posts kommentiert, auf bösartige, verletzende Weise.«

Roxi schlug die Hände vor dem Mund zusammen. »Was?«, rief sie. Der Mann am Nebentisch sah ruckartig zu ihr herüber.

»Wann hat das angefangen?«, fragte Cooper.

»Kurz nachdem sie gesagt hatte, dass sie die neue Jem Jones werden will. Wissen Sie noch, wie ich Ihnen erzählt habe, dass mein Sohn mich einmal gefragt hat, ob er eine neue Mami kriegen kann, weil Rox nie mit ihm spielt, so wie die Mütter seiner Freunde das tun? Bevor ich damals zurück nach Hause gefahren bin, habe ich mich vor Ihrem Haus auf die Treppe gesetzt, über Ihr WLAN einen Fake-Account eingerichtet und damit angefangen, im Internet meine Frau fertigzumachen.«

»Und warum haben Sie das getan?«

»Weil ich sie so verletzen wollte, wie sie unsere Familie verletzt. Weil sie mir nicht zuhört. Aber hauptsächlich, weil ich ein gottverdammter Idiot bin.«

Roxi schlug den Deckel des Laptops zu, fassungslos, dass Owen sie so hintergangen hatte. Aber obwohl sie verletzt war, verstand sie in gewisser Weise auch, warum er so gehandelt hatte. Und sie war nicht nur auf ihn wütend, sondern auch auf sich selbst, weil sie zugelassen hatte, dass sich ihr Verhältnis so sehr verschlechtert hatte.

Etwas musste sich ändern. Und soweit sie sah, war sie diejenige, die sich ändern musste. Aber bevor sie weiter darüber nachdenken konnte, pingte ihre Uhr. Nachdem sie die Nachricht gelesen hatte, schloss sie die Augen und unterdrückte den Impuls, ihr Weinglas gegen das Fenster zu schleudern.

65

Jeffrey

»Heute mache ich nicht mit«, verkündete Noah vor der morgendlichen Sitzung.

»Darf ich fragen, warum?«, entgegnete Jeffrey. Als er die Ringe um Noahs Augen bemerkte und sah, dass er nicht ordentlich gekämmt war, verzog sich sein Mund zu einem leichten Lächeln.

»Diese Sitzungen rauben mir den Schlaf und den Appetit, und sie haben Einfluss darauf, wie ich meine Arbeit mache. Und ich kann es mir nicht leisten, unkonzentriert zu sein und dadurch Menschenleben zu gefährden. Ich brauche eine Pause, meiner seelischen Gesundheit zuliebe.«

»Wann hast du das entschieden?«, fragte Luca verwirrt.

»Gestern Abend.«

»Haben Sie dabei auch darüber nachgedacht, dass diese Sitzungen Sie dazu zwingen, sich mit Ihren Problemen auseinanderzusetzen, und dass möglicherweise genau das zu Schlaflosigkeit und Appetitlosigkeit führt?«, fragte Jeffrey. »Vielleicht könnten wir diesen Punkt etwas weiter vertiefen …«

»Ich habe sechs Jahre lang Medizin studiert und arbeite jetzt als Assistenzarzt, Jeffrey. Ich habe keinen Onlinekurs besucht, ein Zertifikat abgegriffen, nur weil ich anwesend war, und tue jetzt so, als könnte ich etwas.« Jeffrey ließ diese

Stichelei unkommentiert. »Also kommen Sie mir jetzt nicht von oben herab mit so einer halbgaren Diagnose. Mein Beruf ist das Einzige, bei dem Sie mir nicht reinreden können. Und das neue Ehegesetz sieht vor – Paragraf drei, Absatz eins –, dass, wenn die Betreuung durch einen Beziehungsbegleiter blockweise erfolgt, jeder der Partner bis zu fünf Tage freinehmen kann, um sein seelisches Wohlbefinden wiederherzustellen. Und ich nehme jetzt meine fünf Tage am Stück.«

»Dazu müssen Sie aber erst einen Arzt finden, der Ihnen ein entsprechendes Attest ausstellt.«

»Schauen Sie in Ihre Mails, dann sehen Sie, dass ich heute früh ein Gespräch mit einer Fachärztin hatte. Sie hat Ihnen eine Bescheinigung geschickt.«

Da hat aber jemand seine Hausaufgaben gemacht, dachte Jeffrey. Er aktualisierte auf dem Tablet seinen Posteingang und fand die Nachricht, die eingetroffen war, als er gerade die Sitzung vorbereitet hatte. Noah hatte alles zeitlich genau abgestimmt, um Jeffrey den Wind aus den Segeln zu nehmen. Er war nicht weniger gerissen als Jeffrey.

»Und wohin fahren Sie?«, fragte Jeffrey. Noah sah ihn irritiert an. »Laut dem neuen Ehegesetz, Paragraf vier, Absatz sechs, dürfen solche Unterbrechungen zur Wiederherstellung des seelischen Wohlbefindens nicht am Wohnort verbracht werden, weil sich der Erholungsprozess sonst verzögern würde. Also, wohin fahren Sie?«

»Zu … zu einem Freund.«

»Und zu wem?«, fragte Luca.

»Das muss ich mir noch überlegen.«

»Wie Sie selbst gesagt haben, betrachten viele Ihrer Freunde die Stufe zwei, auf der Sie sich befinden, als ›toxisch‹. Meinen Sie nicht, Sie sollten dann mal herumtelefonieren, damit

Sie jemanden finden, der Sie in Ihrer aktuellen Situation aufnimmt?«

Noah sah Jeffrey grimmig an und verschwand, das Telefon in der Hand, nach oben. Luca folgte ihm. Als Jeffrey allein war, steckte er sich die Ohrhörer ein und schaltete das Audite-System ein.

»Es sind doch nur ein paar Tage«, sagte Noah im Schlafzimmer.

»Und was soll uns das bringen?«, erwiderte Luca.

»Du musst mir glauben, Luca.«

»Was muss ich dir glauben?«

»Das, was ich vorhin über Jeffrey gesagt habe.«

Jeffrey horchte auf. Dieses Gespräch war ihm entgangen.

»Pass bloß auf, während ich weg bin«, fuhr Noah fort.

»Du bist doch paranoid.«

»Das werden wir bald wissen.«

Weil die beiden jetzt flüsterten, konnte Jeffrey nichts mehr verstehen. Als Noah die Haustür hinter sich schloss und Luca zurück ins Wohnzimmer kam, verbarg Jeffrey seinen Frust, indem er so tat, als mache er sich Notizen.

»Alles in Ordnung?«, fragte er.

»Ja, mir geht's gut.«

»Noahs Entscheidung hat Sie vermutlich kalt erwischt, aber vielleicht tut es Ihnen gut, mal eine Weile getrennt zu sein. So haben Sie Zeit, über das nachzudenken, was wir bis jetzt besprochen haben. Und wenn Sie irgendwie Hilfe brauchen, bin ich da.«

Luca öffnete die Terrassentür und ging in den Garten. Was auch immer Noah ihm zugeflüstert hatte, es arbeitete in ihm. Jetzt musste Jeffrey ihn daran erinnern, dass er nur sein Bestes wollte.

»Kommen Sie damit klar, dass Noah Sie verlässt?«, fragte er, nachdem er Luca in den Garten gefolgt war.

»Er verlässt mich nicht«, erwiderte Luca aufgebracht. »Sie haben es doch selbst gehört. Er muss nur mal den Kopf freikriegen.«

»Wo wird er sich aufhalten?«

»Bei Frank, einem Freund von ihm.«

»Den Namen habe ich schon mal gehört. Ist das nicht einer seiner Ex-Partner?«

»Sie waren mal ein paar Monate zusammen, aber das ist Jahre her.«

»Ach so, verstehe. Ich finde es toll, dass Sie einander so vertrauen. Das war nicht bei allen Paaren so, mit denen ich gearbeitet habe.«

»Noah würde mich niemals betrügen.«

»Man könnte aber auch sagen, dass er, indem er andere Leute in Ihr Schlafzimmer eingeladen hat, die Grenzen der Monogamie verwischt hat und unter Betrug möglicherweise etwas anderes versteht als Sie.«

»Er würde mich niemals betrügen.«

»Schauen Sie, Luca, Ihre Beziehung hat eine kritische Phase erreicht. Es kann jetzt in beide Richtungen weitergehen. Aber um die Beziehung zusammenzuhalten, müssen beide Partner dafür kämpfen, nicht nur einer. Und wenn einer schon mit dem Gedanken spielt, die Beziehung zu verlassen, kann der andere kaum noch etwas dagegen tun.«

»Wie kommen Sie denn darauf, dass Noah mit dem Gedanken spielt, die Beziehung zu verlassen?«

Jeffrey tat betont so, als kämpfe er mit seinem Gewissen.

»Eigentlich wollte ich das in der heutigen Sitzung besprechen. Aber jetzt sagen Sie mir, dass er zu einem Ex-Freund fährt.

Da glaube ich, Sie sollten wissen, dass er sich darüber informiert hat, wie ein Scheidungsverfahren abläuft.«

Luca schien zu wanken. »Woher wissen Sie das?«

»Ich habe Zugang zu seinem Klinikaccount und zu seinem Browserverlauf dort. Er hat sich vierundzwanzig Seiten zum Thema Scheidung angesehen oder sie als Lesezeichen gespeichert. Auf manchen geht es auch darum, was passiert, wenn man einen neuen Partner in Aussicht hat, bevor man eine Ehe verlässt.« Jeffrey hielt Luca das Tablet hin, auf dem ein Screenshot von Noahs Suchhistorie zu sehen war. »Er hat auch Kollegen angeschrieben und sie gefragt, ob sie ihm einen Scheidungsanwalt empfehlen können. Ich weiß allerdings nicht, wie viele er schon kontaktiert hat.«

Luca fuhr sich durch das Haar. »Könnten Sie heute vielleicht woanders übernachten, Jeffrey?«, fragte er.

Jeffrey erschrak. »Ja … also … ja, natürlich, wenn Ihnen das lieber ist. Aber ich glaube, es würde Ihnen guttun, wenn Sie jemanden hätten, mit dem Sie reden könn…«

»Das glaube ich nicht.«

Luca ging zurück ins Haus und in den ersten Stock. Kurz darauf hörte Jeffrey, wie sich die Schlafzimmertür schloss. Er blieb wie angewurzelt stehen und ging das Gespräch in Gedanken noch einmal durch. An welcher Stelle hatte er Luca so gründlich missverstanden? Ihn allein zu lassen, war nicht Teil seines Eroberungsplans gewesen.

66

Corrine

Corrines Blick fiel durch eine zweiflüglige Glastür hinaus auf einen Balkon und weiter auf den Fluss Nene. Sie sah auf die Uhr. Es war fast halb elf. In der Nacht war sie immer wieder aufgewacht, und jedes Mal hatte sie die Begegnung mit Mitchell und Maisy im Familiengericht noch einmal durchgespielt, einschließlich des Paukenschlags zum Schluss. Selbst während eines Scheidungsverfahrens, in dem alles gegen ihn sprach, hatte Mitchell es geschafft, sie zu übertrumpfen und zu kontrollieren. Er hatte ihr einen Tag Bedenkzeit eingeräumt, und jetzt blieben ihr keine vier Stunden mehr.

Sie setzte sich auf eines der beiden nebeneinanderstehenden Sofas und sah sich um. Als sie das letzte Mal hier gewesen war, hatte sie dafür keine Zeit gehabt. Das Gebäude, eine ehemalige Carlsberg-Brauerei, stammte aus den 1970er-Jahren, und bei der Umwandlung in Wohnungen hatte man den Sichtbeton, die Metallstreben und die Stahlträger erhalten. Die Wände waren mit farbenfrohen abstrakten Gemälden geschmückt. Doch nirgends waren Familienfotos zu sehen.

Das Klacken von Absätzen auf der Metalltreppe, die zur Eingangstür führte, ließ Corrine aufhorchen. Ein Piepen war zu hören, als jemand einen Code eintippte und hereinkam. Corrine wappnete sich innerlich.

Eleanor Harrison, die Bildungsministerin, bemerkte die Frau, die sich in ihre Wohnung geschlichen hatte, zunächst nicht. Corrine sah ihr aufmerksam zu, wie sie ihre Reisetasche abstellte, die Schuhe auszog und ordentlich neben der Tasche platzierte. Erst dann drehte sie sich um. Als sie den ungebetenen Gast entdeckte, stieß sie einen schrillen Schrei aus.

»Erinnern Sie sich an mich?«, fragte Corrine gefasst.

Harrison wartete nicht ab, bis Corrine sich erklärte. Sie drehte sich um und lief barfuß in Richtung Tür.

»Ich war an dem Abend hier, als Sie angeblich angegriffen wurden«, sagte Corrine. Sie sprach jetzt lauter. Harrison blieb stehen. »Ich weiß, was wirklich passiert ist.«

»Mein Armband hat einen Alarmknopf«, sagte Harrison, als sie sich zu Corrine umdrehte. Sie hielt einen Finger über das Armband. »Noch bevor Sie im Foyer sind, wimmelt es im ganzen Haus nur so von Polizisten.«

»Lassen Sie sich von mir nicht abhalten. Ich habe Filmaufnahmen von dem Abend, und ich bin sicher, die Polizei hätte daran großes Interesse.« Corrine zog ein Wegwerfhandy aus der Tasche und schob es Harrison über den Boden zu. »Im Ordner mit den Videos«, sagte sie. »Da ist nur eines drin.«

Aufmerksam sah sie zu, wie Harrison das Video konzentriert bis zum Schluss ansah. Ihre Miene verriet keine Regung.

»Das hat nichts zu sagen«, erwiderte sie. »Ich werde behaupten, dass das gefaked ist.«

»Ich habe eidliche Aussagen von dem jungen Mann, der in dem Video zu sehen ist, und auch von anderen, die Sie mit Drogen betäubt und vergewaltigt haben.« Das war zwar nicht die ganze Wahrheit, aber das brauchte Harrison nicht zu wissen. »Es macht nichts, wenn uns nicht alle glauben, denn es wird genug Leute geben, *die* uns glauben, sodass Sie als Ministerin früher oder später nicht mehr tragbar sind. Noch bevor die Polizei hier eintrifft, ist dieses Video viral gegangen.«

Dass Harrison sich zu jüngeren Männern hingezogen fühlte, hatte Corrine zum ersten Mal gehört, als zwei Zwanzigjährige ihren Freunden in verschiedenen Ortsgruppen von Freiheit Für Alle anvertraut hatten, dass sie glaubten, Harrison hätte sie möglicherweise vergewaltigt. Sie hatten bei Firmenveranstaltungen, an denen auch Harrison teilgenommen hatte, im Catering gearbeitet, und Harrison hatte sie in ihre Wohnung in New Northampton gelockt, unter dem Vorwand, dort treffe sich ein halboffizieller Thinktank, der darüber berate, wie das Bildungssystem verbessert werden könnte. Es kämen mehrere Leute, hatte sie behauptet. Doch als die jungen Männer dort eintrafen, waren sie jeweils der einzige.

Beide hatten den hochprozentigen Drink angenommen, den sie ihnen angeboten hatte, nicht ahnend, dass er randvoll mit einer Mischung aus Drogen war, die betäubte und Wahnvorstellungen hervorrief, sie unfähig machte, sich zu wehren, sie aber gleichzeitig sexuell erregte. Sie hatten sich zu sehr geschämt, um die Taten bei der Polizei anzuzeigen; außerdem hatten sie keine Beweise und fürchteten, man würde ihnen nicht glauben.

Corrines Ortsverband hatte die Aufgabe erhalten, Harrison hochgehen zu lassen. Ihr jüngstes Mitglied, Nathan, war ein schlanker, dunkelhaariger Bursche, der den beiden jungen Männern ähnelte, die Harrison kurz zuvor vergewaltigt hatte. Er hatte sich bereit erklärt, sich in die Agentur einzuschmuggeln, die die Servicekräfte für die örtlichen Veranstaltungen der Regierung vermittelte. Nachdem Harrisons Teilnahme an einer solchen Veranstaltung bestätigt worden war, war es Corrine zugefallen, Nathan mit einer Bodycam zu versehen, die Beweismaterial aufnehmen sollte, ihn wohlbehalten zu der Veranstaltung zu bringen und ihn, falls erforderlich, aus Harrisons Wohnung herauszuholen. Würde Harrison sich an Nathan vergreifen, sollte das IT-Team der FFA die Bilder auf allen Social-Media-Kanälen und Nachrichtenwebsites veröffentlichen, bevor Harrisons Anwälte eine einstweilige Verfügung erreichen oder eine Unterlassungsaufforderung aussprechen könnten.

Doch kurz nachdem Nathan Harrisons Wohnung betreten hatte, war die Sache aus dem Ruder gelaufen. Corrine hatte das Geschehen live verfolgt und den Eindruck gehabt, dass Nathan sich schon von Anfang an seltsam benahm. Erst später war ihr der Verdacht gekommen, dass Harrison ihm schon während der Veranstaltung etwas in den Drink gemixt und sich dabei in den Mengen vertan hatte. Anstatt Nathan zu lähmen und zugleich zu erregen, hatten ihn die Drogen in dieser Zusammensetzung ungewöhnlich aggressiv gemacht.

Als Corrine mit Entsetzen gesehen hatte, wie Nathan die völlig verschreckte Harrison anschrie, war sie in das Gebäude gestürmt und hatte sich Zutritt zur Wohnung verschafft. Den Code hatte sie über die Bodycam mitbekommen, mit der Nathan Harrison beim Eintippen gefilmt hatte. Sie war die Treppe hinauf bis in den dritten Stock gerannt, und als sie in der Wohnung eintraf, hatte Nathan neben der bewusstlosen Harrison gehockt, der das Blut von der Stirn troff.

»O Gott!«, hatte Corrine hervorgestoßen, und Nathan hatte sich zu ihr umgedreht. Er starrte sie mit verzerrtem Gesicht und aufgerissenen Augen an. Offenkundig stand er unter Schock. Er richtete sich auf und schlug Corrine ins Gesicht, sodass sie torkelnd in einen Sessel fiel. Obwohl er ein kräftiger Bursche war, hatte sie es geschafft, ihn zur Wohnungstür zu zerren, wo er zu Boden gesunken war. Seine Gliedmaßen hatten sich verrenkt, und Schaum war ihm aus dem Mund getreten. Es war der erste von mehreren Krampfanfällen gewesen. Als Corrine jetzt daran zurückdachte, stand ihr alles noch immer so lebhaft vor Augen, dass ihr ganz mulmig wurde.

»Wer sind Sie?«, fragte Harrison. »Eine Journalistin?«

»Nein.«

»Sie sehen auch nicht aus, als wären Sie von der Bürgerwehr. Also sind Sie von irgendeiner Organisation.«

»Ich bin Mitglied bei Freiheit Für Alle, aber ich bin als Privatperson hier.«

»Und was wollen Sie?«

»Ich will Ihre Hilfe. Als Gegenleistung für mein Schweigen.«

Harrison wirkte überrascht. »Sie wollen mich erpressen?«

Corrine zögerte. Und obwohl sie sich abgrundtief dafür hasste, nickte sie.

67

Anthony

Obwohl sie nur durch einen Gartentisch voneinander getrennt waren, fühlte sich die Kluft zwischen ihnen breiter an als der Grand Canyon. Nichts hätte Anthony lieber getan, als auf Jada zuzugehen, sie fest in die Arme zu schließen und sich noch einmal ausführlich zu entschuldigen. Aber er kannte sie zu gut, um nicht zu wissen, dass er mit einer bloßen Umarmung und einem erneuten »Sorry« den Schmerz, den er ihr bereitet hatte, niemals auch nur annähernd wiedergutmachen könnte. Dass sie ihm vergab, war derzeit völlig ausgeschlossen. Und vielleicht auch noch für sehr lange Zeit.

Anthony hatte gewartet, bis Matthew im Bett war, bevor er Jada das Wichtigste von dem Gespräch erzählte, das er tags zuvor mit Eleanor Harrison in London geführt hatte, und ihr erklärte, dass ihm kaum etwas anderes übrigblieb, als in seinen verhassten Job zurückzukehren, wenn er seine Familie vor Schlimmerem bewahren wollte. Hätte Jada gewusst, warum er diesen Job unbedingt hatte aufgeben wollen, hätte sie ihn vielleicht etwas besser verstanden. Aber er hatte sich vertraglich zur Geheimhaltung verpflichtet. Und Jada verdiente es nicht, dass er sie mit diesem Wissen belastete.

»Also noch mal«, sagte sie, als Anthony fertig war. »Erst wurden unsere Gespräche nicht aufgenommen, dann schon, und jetzt wieder nicht?« Anthony nickte. »Und warum sollte ich dir das glauben? Du hast mich drei Jahre lang angelogen, ohne mit der Wimper zu zucken. Warum sollte ich dir jetzt auch nur noch ein einziges Wort glauben?«

»Du kannst sagen, was du willst, und es wird keinerlei Folgen haben.«

»Da gibt es eine Menge, was ich mir von der Seele reden werde, glaub mir.«

»Wie kann ich das wiedergutmachen? Ich hasse mich dafür, dass du wegen mir so wütend bist.«

»Sag mir in deinen eigenen Worten, warum du denkst, dass ich so wütend bin, Anthony.«

»Weil ich nicht ehrlich zu dir war.«

»Das ist nur einer der Gründe. Ich bin wütend, weil du mich nicht gehört hast. Ich bin deine gleichberechtigte Partnerin, aber du hast mich nie als solche betrachtet. Frauen mussten jahrzehntelang dafür kämpfen, gehört zu werden, genauso viel zu verdienen wie Männer, nicht sexistisch behandelt, an den Rand gedrängt oder schikaniert zu werden und mit ihrer Meinung Gehör zu finden. Und für farbige Frauen war es doppelt so schwer. Noch heute muss ich Tag für Tag um meinen Platz am Tisch kämpfen. Aber dass ich in meinem eigenen Haus unterdrückt würde, damit hatte ich nicht gerechnet. Und noch dazu von dir, von dem Mann, von dem ich glaubte, er liebt mich.«

»Ich wollte das alles nicht.«

»Aber du hast es getan, das hast du doch zugegeben. Du hast dich bewusst dafür entschieden.«

»Aber jetzt will ich einen Weg finden, wie wir das alles hinter uns lassen können.«

Jada zuckte mit den Schultern. »Ich weiß nicht, wie das gehen soll, weil ich nicht mehr weiß, mit wem ich eigentlich verheiratet bin. Deine Arbeit hat dich so sehr verändert, dass ich dich nicht wiedererkenne. Ich fühle mich betrogen.«

»Betrogen? Ich würde dich niemals betrügen.«

Anthony dachte an Jem Jones und fragte sich, wie man ihre Beziehung hätte beschreiben können. Man hätte es als emotionale Affäre bezeichnen können, aber eigentlich war es eher eine Art Co-Abhängigkeit gewesen. Sie hatten einander gebraucht. Und ohne Jem hätte Anthony den Halt verloren.

»Nicht sexueller Betrug ist genauso verheerend, wie wenn du mit jemand anderem ins Bett gehst«, fuhr Jada fort. »Betrogen zu werden, kann auch heißen, dass jemand dich nicht an die erste Stelle stellt.«

Es war nicht nur Jadas Direktheit, die Anthony verletzte. Es war auch ihr Blick, der kalt und verhärtet geworden war, ihre Augen, in denen er sein Spiegelbild nicht mehr sehen konnte. Und das machte ihm mehr Angst als alles andere.

68

Corrine

Eleanor Harrison griff nach einer Karaffe und schenkte sich ein Glas Whiskey ein. Dann hielt sie ein weiteres Glas hoch, wie um Corrine ebenfalls einen Drink anzubieten.

Corrine lehnte ab. »Sie werden verstehen, dass ich Ihnen nicht traue, was Getränke angeht.«

»Woher soll ich wissen, dass dieses Gespräch nicht aufgezeichnet wird?«, fragte Harrison und setzte sich Corrine gegenüber.

»Dieses Gespräch muss unter uns bleiben.«

»Sie meinen, die anderen Fanatiker von der FFA dürfen davon nichts erfahren? Also, was wollen Sie von mir? Vermutlich Geld, oder?«

Corrine nickte. »Ja, aber nicht von Ihnen. Ich will das, was mir zusteht und was mir Ihretwegen vorenthalten wird.«

»Was habe ich denn getan?«

»Das neue Ehegesetz, das Sie so vehement propagieren, hat zahllose Menschen zugrunde gerichtet. Aber Ihnen ist das völlig egal.«

Harrison verdrehte die Augen. »Schon wieder diese Platte. Warum können Leute wie Sie nicht das große Ganze sehen und anerkennen, wie sehr das die Wirtschaft vorangebracht …«

»Eleanor, ganz ehrlich: Ihr Gerede interessiert mich nicht. Mein Mann und ich haben ein angespanntes Verhältnis. Um es kurz zu machen: Er hat mich ausgetrickst, und dadurch habe ich die Zustimmung zu einem Upgrade auf eine Smart-Ehe unterschrieben, obwohl wir mitten in der Scheidung waren.«

Harrison lächelte belustigt. »Ach, Sie Ärmste. Und ich soll jetzt ein bisschen meine Beziehungen spielen lassen und dafür sorgen, dass das Ganze annulliert wird? Tut mir leid, aber so weit reicht mein Arm nicht.«

»Dafür wäre es sowieso zu spät. Ich habe eine Scheidung im Eilverfahren beantragt, mit häuslicher Gewalt als Begründung, aber er hat sich etwas anderes einfallen lassen, um mich auszubremsen.«

»Und zwar?«

»Er hat eine Kopie dieses Videos entdeckt, die ich in der Cloud versteckt hatte.«

Harrison sah sie abschätzig an. »Dann haben Sie es aber nicht besonders gut versteckt.«

Corrine ignorierte die Bemerkung. »Und jetzt erpresst er mich. Kurz vor der Gerichtsverhandlung gestern hat er damit gedroht, es zu veröffentlichen, wenn ich den Antrag nicht sofort zurückziehe und innerhalb von vierundzwanzig Stunden zu ihm zurückkehre. Ansonsten droht mir nicht nur Strafverfolgung wegen Hausfriedensbruchs in Tateinheit mit einer Tätlichkeit, sondern dann wird *er* die Scheidungsklage einreichen, und zwar wegen kriminellen Verhaltens. Anschließend will er eine andere Frau heiraten, die schon bereitsteht. Und weil die gesetzlichen Regelungen so parteiisch sind, würde mir die Scheidungsvereinbarung kaum einen Penny zusprechen. Wenn ich dagegen in unsere Ehe zurückgehe, könnten wir so weitermachen wie bisher.«

»Hat er sich je an Ihnen vergangen?«

Corrine zögerte. »Nein.«

»Interessant. Das Leiden anderer zum eigenen Vorteil zu missbrauchen.«

»Ich muss mir von Ihnen keine Moralpredigten anhören.«

»Also sind Sie noch nicht geschieden?«

»Nein, ich habe das Verfahren aussetzen lassen.«

»Und was wird aus seiner neuen Zukünftigen, wenn Sie wieder zu ihm zurückgehen?«

»Er würde sie sitzen lassen. Er benutzt sie nur, um Druck auf mich auszuüben. Das gibt er offen zu.«

»Dann haben Sie doch eigentlich keine Wahl, oder? Entweder Sie bleiben standhaft, und wir beide können uns auf einen saftigen Shitstorm gefasst machen, oder Sie geben nach, und wir sind frei.«

»Er will nicht mit mir leben und ich nicht mit ihm. Er will mich nur unter Kontrolle halten. Sie sind doch auch nicht dorthin gekommen, wo Sie jetzt sind, indem Sie nachgegeben und das getan haben, was man von Ihnen verlangt hat, oder? Warum sollte ich das also tun?«

»Dann frage ich Sie noch einmal: Was verlangen Sie von mir?«

»Er hat unser Vermögen in Grundbesitz investiert. Dieser Grund soll jetzt an die Regierung verkauft werden, die darauf Neue Städte errichten will. Ich will, dass Sie Ihre Kollegen dazu bringen, Druck auf ihn auszuüben. Er soll noch einmal darüber nachdenken, wie er sich zu Hause verhält, oder er riskiert, dass diese Geschäfte platzen.«

Harrison lachte und warf den Kopf zurück. »Und wie kommen Sie darauf, ich könnte irgendwie auf die anderen Ministerien Einfluss nehmen?«

»Sie haben die Wähler hinters Licht geführt und sie dazu gebracht, dass sie reihenweise Smart-Ehen eingehen. Wenn Sie das geschafft haben, schaffen Sie alles.«

»Und wenn ich mich darauf einlasse?«

»Dann lösche ich das Video.«

»Aber das bringt nichts, solange Ihr Mann es auch noch hat.«

»Ich werde ihm noch heute Vormittag sagen, dass ich zu ihm zurückkommen und die brave Ehefrau spielen werde. Als Gegenleistung werde ich nur verlangen, dass er mir die Aufnahme des Videos gibt. Er würde fast alles tun, um das Gefühl zu haben, mich aus dem Feld geschlagen zu haben.«

»Und was sagen Ihre Genossen von der FFA dazu, dass Sie mich zu Ihren eigenen Zwecken missbrauchen?« Dass Corrine nicht antwortete, war Antwort genug. »Also wissen sie gar nichts davon?«, sagte Harrison und lachte. »Mit Ihrer Fähigkeit, eigennützig zu handeln, wären Sie eine patente Abgeordnete.«

Corrine wandte den Blick ab, wie ein Hund, der ausgeschimpft wird.

»Einverstanden. Aber es wird nicht von heute auf morgen gehen.«

»Das ist mir klar. Wie lange wird es dauern?«

»So lange, wie es eben dauert. In der oberen Schublade liegen Papier und Stifte.« Harrison deutete auf das Wandtischchen, das neben dem Sofa stand. »Schreiben Sie seinen Namen und den Namen der Firma auf.«

Corrine tat, wie ihr geheißen, stand auf und ging zur Wohnungstür.

»Eigentlich sind wir uns gar nicht so unähnlich«, sagte Harrison. »Um zu bekommen, was wir wollen, räumen wir skrupellos jeden zur Seite, der uns im Weg steht.«

»Wir sind uns überhaupt nicht ähnlich«, blaffte Corrine.

»Das werden Sie schon noch merken. Und nur so zur Info: Es war klug von Ihnen, den Whiskey abzulehnen.« Harrison goss ihren eigenen Drink, den sie nicht angerührt hatte, in einen Blumentopf. »Sie hören bald von mir.«

Zum Abschluss wollte Corrine ihr noch etwas möglichst Verletzendes entgegenschleudern. Aber sie hatte ihr Pulver verschossen. Also ging sie wortlos hinaus und verließ das Gebäude, enttäuscht von sich selbst, weil sie sich mit dem einen Feind zusammentat, um den anderen zu Fall zu bringen.

69

Anthony

Anthony rätselte, warum er zu dem Meeting in London zitiert worden war, bei dem es um das Projekt der Junge-Bürger-Häuser gehen sollte. Vieles von dem, was in dem leer stehenden Gebäude besprochen wurde, zu dem man ihn gebracht hatte, hatte kaum etwas oder gar nichts mit seiner Arbeit zu tun. Ihm kam nur ein möglicher Grund in den Sinn: Hyde wollte ihn daran erinnern, wer das Sagen hatte.

In den zwei Wochen, in denen er nun wieder in seinem Job war, hatte er keinen direkten Kontakt zu seinem Vorgesetzten gehabt. Sein Computer war wieder freigeschaltet worden, aber er hatte nur mit den anonymen Mitgliedern seines Teams zu tun gehabt. Heute befand er sich zum ersten Mal seit seiner widerrufenen Kündigung wieder mit Hyde im selben Raum.

»Wir haben mittlerweile damit begonnen, die Öffentlichkeit nach und nach darauf vorzubereiten, dass eine grundlegende Reform des Bildungswesens bevorsteht«, sagte eine der um den Tisch versammelten Personen. »Seit der Ankündigung, dass Internate künftig nicht nur für Kinder der privilegierten Schichten zugänglich sein sollen, häufen sich die Berichte in den Medien, dass die Nachfrage nach Internatsplätzen deutlich ansteigt. Begleitend dazu werden wir demnächst eine Studie veröffentlichen, die zeigt, dass leistungsschwache Schüler signifikante Fortschritte machen, wenn sie getrennt von High-Performern ausgebildet werden.«

»Für wann planen Sie die Veröffentlichung dieser Studie?«, fragte Hyde.

»Sobald die Pressemitteilungen abgesegnet sind. Das Weitere ist dann Sache von Maddie und ihrem Team.«

Maddie Cordell, die Staatssekretärin, in deren Zuständigkeitsbereich auch der Justizvollzug fiel, nickte ernsthaft. »Wir fangen mit Berichten darüber an, dass immer mehr junge Straftäter in gewöhnlichen Haftanstalten untergebracht werden müssen, weil in den Jugendgefängnissen nicht genug Platz ist«, begann sie. Sie wirkte weitaus engagierter, als Anthony sie von dem letzten Meeting in Erinnerung hatte. »Um das Ganze zu unterstreichen, werden wir die Namen von Opfern nennen, die als Unbeteiligte von jungen Menschen ermordet worden sind, die jeweils kurz zuvor aus der Haft entlassen wurden. Als Nächstes kommen die Aussagen unserer Experten, die erst erläutern, dass unsere Gefängnisse aus allen Nähten platzen, und dann ein paar Statistiken zitieren, nach denen die meisten Strafgefangenen nach der Entlassung rückfällig werden. Dass hier in den letzten Jahren nicht genug investiert wurde, wird uns eine Weile in schlechtem Licht dastehen lassen. Aber dann verbreiten wir überall, dass wir die Bedenken der Bevölkerung ernst nehmen und eine tiefgreifende Reform des Bildungswesens planen, die schon in der Schule anfangen soll.«

»Anthony«, sagte Hyde, als Cordell geendet hatte. »Könnten Sie uns kurz auf den neuesten Stand bringen, was die Arbeit Ihrer Abteilung angeht?«

Anthony spannte die Zehen an. »Wir sind im Zeitplan«, sagte er kurz angebunden.

»Hervorragend. Sie haben sich Ihren Platz an diesem Tisch vollauf verdient.«

Anthony versuchte den Blick zu interpretieren, den Hyde ihm zuwarf. Dann fiel ihm ein, dass er diesen Ausdruck erst kürzlich aus Jadas Mund gehört hatte. War das Zufall? Möglich, aber unwahrscheinlich. Wo Hyde involviert war, gab es keine Zufälle. Also wurden ihre Gespräche zu Hause weiterhin abgehört, nun jedoch, um Anthony in Schach zu halten und nicht, um seine Ehe zu überwachen.

Als das Meeting zu Ende war, verließ Anthony das Gebäude als Erster. Auf der Straße wartete die Mitarbeiterin, die ihn hierher zum Ort der Besprechung im Osten Londons gefahren hatte. Sie öffnete die Tür des Fahrzeugs mit verdunkelten Scheiben, das am Straßenrand wartete. Anthony schüttelte den Kopf. »Ich gehe zu Fuß.«

»Zur Euston Station?«, fragte sie. »Das sind mindestens fünf Meilen.«

»Ich brauche ein bisschen Bewegung.«

Er ging die Bow Road entlang, und nach einer Weile schaltete er sein Handy aus und nahm den Akku heraus. Als er sich Mile End näherte, ging er im Zickzack durch Haupt- und Nebenstraßen, bis er sicher sein konnte, dass ihm niemand folgte. Was aber nicht hieß, dass er nicht von den Überwachungskameras erfasst wurde. Er ging ziellos umher, bis er irgendwann vor einem grauweißen, rechteckigen Kirchengebäude mit einem hoch aufragenden Turm stand, in dem Menschen ein und aus gingen. Dann eilte er den gepflasterten Weg entlang, bis er die Tür erreicht hatte, und drückte sie auf. Aus einem Nebenraum waren Stimmen und Geräusche zu hören. Anthony ging hinein. Dort drängten sich die Menschen vor der Ausgabe einer Tafel. Er sah sich um, und seine Wahl fiel auf einen älteren Mann. Er ging auf ihn zu und fragte ihn:

»Entschuldigen Sie vielmals, aber der Akku meines Handys ist kaputt, und ich muss dringend meine Mutter anrufen, um zu hören, ob alles in Ordnung ist. In den letzten Tagen ging es ihr nicht gut. Könnten Sie mir wohl kurz Ihr Handy leihen? Ich bezahle auch für den Anruf.«

Der Mann musterte Anthony von oben bis unten, befand dann, dass die Bitte wohl ernst gemeint war, und zog sein Telefon aus der Tasche. »Aber fassen Sie sich kurz«, sagte er.

Anthony kramte den Zettel hervor, den ihm die Frau bei der Versammlung von Freiheit Für Alle in die Hand gedrückt hatte und den er seitdem bei sich trug, und wählte die Nummer, die darauf stand.

70

Roxi

Roxi klemmte das Tablet in einen Halter, platzierte es auf dem Esszimmertisch und setzte sich davor. Dann drückte sie auf das Icon mit der Videokamera und überprüfte noch einmal ihr Aussehen. Sie stellte sicher, dass auf ihren Zähnen keine Spuren von Lippenstift waren, schaltete die Lampe über dem Tisch auf Ringlicht-Modus und zog die Vorhänge zu, damit das Sonnenlicht ihre Haut nicht verbraucht aussehen ließ.

Sie hatte weder ein Skript vorbereitet, das sie vorlesen wollte, noch bunte Post-it-Zettel mit Stichpunkten auf den Rand des Tablets geklebt. Sie wollte freiheraus sprechen. Sie sammelte sich noch einmal kurz, richtete den Blick dann direkt in die Kamera und drückte auf »Start«.

»Als Kind hatte ich nicht viel«, begann sie. »Und wenn ich sage ›nicht viel‹, dann meine ich das genau so: ein paar Bücher und eine Barbiepuppe, das war mein gesamter Besitz. Pflegekinder wie ich reisten damals mit leichtem Gepäck, denn je mehr man besaß, desto mehr hatte man zu verlieren, wenn man von einer Familie zur nächsten wanderte. Das erste Mal, dass ich etwas hatte, das wirklich mir gehörte, das war, als mein Mann Owen und ich geheiratet haben. Kurz darauf kam unsere Tochter Darcy zur Welt, dann

Josh, und bevor ich mich's versah, hatte ich das, was ich mir immer gewünscht hatte: eine Familie.

Meine Familie hat mir all das gegeben, was ich nie gehabt hatte. Aber in letzter Zeit habe ich das aus dem Blick verloren. Stattdessen habe ich mich ganz darauf konzentriert, das zu bekommen, was andere Menschen haben. Ehrlich gesagt glaube ich, dieses Verlangen nach immer mehr und immer Besserem ist eine Art Sucht. Und nach und nach begreife ich, dass ich das alles für ein erfülltes Leben gar nicht brauche: bezahlte Reisen, das teuerste Make-up oder Trainingsausrüstung. Ich brauche auch keine Anerkennung von Leuten, die ich überhaupt nicht kenne.«

Roxi ließ die Aufnahme weiterlaufen, während sie innehielt und den Blick von der Kamera abwandte, um ihre Gedanken zu ordnen. »Daher habe ich beschlossen, dass dieses Video mein letzter öffentlicher Auftritt wird«, fuhr sie fort. »Ich werde keine Videoblogs mehr posten und auch nicht mehr im Fernsehen auftreten. Es war großartig, ein Teil dieser Welten zu sein, aber jetzt ist es Zeit auszusteigen. Ich weiß, dass meine Ansichten manchmal umstritten waren und ich mich gelegentlich habe hinreißen lassen und dabei auch mal übertrieben habe. Das alles ging auf Kosten der Menschen, die mir die wichtigsten auf der Welt sind. Abgesehen davon habe ich keinen Grund, mich dafür zu entschuldigen, dass ich meine Überzeugungen vertreten habe.

Aber durch meine Bestrebungen habe ich mich verändert, und es fällt mir immer schwerer, mich selbst zu mögen.« Roxi hielt kurz inne, als die Erinnerung an den Moment von Coopers Tod sie wie ein Nadelstich durchfuhr. »Ich … ich habe andere Menschen verletzt«, fuhr sie fort. »Und ich habe meine Ehe in Gefahr gebracht. Vor einer Weile hat unser Audite uns mitgeteilt, dass wir auf Stufe eins gestellt worden sind. Owen hat sich bemüht, das wieder in Ordnung zu bringen, aber ich war so dumm und habe diese Gefahr nicht ernst genommen, und jetzt ist es zu spät. Heute Nachmittag haben wir erfahren, dass wir demnächst auf Stufe zwei sind. Ich brauche euch nicht zu erklären, was das bedeutet.

Die Vorstellung, von einem Beziehungsbegleiter betreut zu werden, der Entscheidungen treffen kann, die unsere Zukunft beeinflussen, macht mir Angst. Als ich ein Pflegekind war, wurde andauernd über mich bestimmt. Und jetzt soll das wieder so sein. Diesmal bin ich allerdings selbst schuld. Und ehrlich gesagt ist es auch erniedrigend, vor allem, weil ich selbst die KI und das neue Ehegesetz so vehement verteidigt habe. Auch das ist ein Grund, warum ich mich zurückziehe.

Aber vorher möchte ich allen meinen Abonnenten und Followern für ihre Unterstützung danken. All das hat mir wahnsinnig viel bedeutet. Ihr habt dafür gesorgt, dass meine Träume Wirklichkeit geworden sind, aber irgendwann ist mir klar geworden, dass das gar nicht meine wahren Träume waren. Und dafür werde ich euch auf immer dankbar sein.«

Roxi lächelte, winkte in die Kamera, beugte sich vor und drückte auf »Stop«. Sie fügte keine Filter hinzu, legte nur einen neuen Hashtag an, #IchHabMeinBestesGetan, lud das Video hoch und ließ ihr Tablet den Rest erledigen.

Dann sank sie zurück in ihren Stuhl. Sie hatte damit gerechnet, dass ihr eine große Last von den Schultern fallen würde. Doch stattdessen fühlte sie sich, als hätte sie etwas verloren, einen Teil ihrer selbst, den sie erst vor Kurzem entdeckt hatte. Sie hätte es von allen Dächern schreien können, bis sie schwarz wurde, dass Videoblogs und Influencing sie nicht erfüllten, sondern dass nur ihre Familie das leisten konnte – aber es stimmte nicht. Zumindest noch nicht. Aber sie wollte, dass es so war, und das musste doch auch etwas wert sein.

Von der Gegenwart glitt Roxi in die Vergangenheit und sah noch einmal vor sich, wie Cooper zu Tode gekommen war. Als Owen gestern Abend zu seinem Termin bei ihr gefahren war, hatte Roxi mit einer App auf ihrem Tablet die Route seines Autos verfolgt. Es hatte nur fünf Minuten vor Coopers Haus gestanden, dann war Owen zurückgekommen und hatte behauptet, dass das Hockeytraining ausfiel. Beide waren sie den ganzen Abend lang bedrückt gewesen, aber nur Roxi kannte die ganze Wahrheit.

»Meinst du das ernst?«, fragte Darcy, als sie ins Esszimmer kam. »Du willst keine Videoblogs mehr machen?«

Roxi sah ihre Tochter an. Sie war froh über die Ablenkung. Sie warf Darcy nicht nur einen flüchtigen Blick zu, wie sie es normalerweise tat, sondern betrachtete sie lange und eingehend. Als sie sie das letzte Mal so angesehen hatte, hatte ein Mädchen vor ihr gestanden. Heute sah sie eine junge Frau. Sie war ins Teenageralter gekommen und würde ihre Mutter nun mehr brauchen als je zuvor. Roxi hatte diese Wasser allein überqueren müssen und wollte nicht, dass es ihrer Tochter genauso erging. Aber wie sie von heute auf morgen die Mutter werden sollte, die ihre Familie verdient hatte, war ihr noch schleierhaft. Vielleicht würde es sich ganz von selbst ergeben.

»Ja, ich höre auf«, sagte Roxi. »Warum fragst du?«

»Du behauptest das also nicht nur, um Aufmerksamkeit auf dich zu ziehen?«

»Davon kann keine Rede sein. Und wenn meine Follower mich auf den Knien anflehen, meine Meinung zu ändern – ich bleibe dabei.« Darcy sah Roxi an, als frage sie sich, ob das die Wahrheit war. »Ich wollte jetzt gleich Mittagessen machen. Hast du Hunger?«, fragte Roxi.

»Wir kochen inzwischen selbst.«

»Ach so, okay. Aber dann könnte ich ja auch selbst kochen, und wir essen dann zusammen.«

Darcy nickte kaum wahrnehmbar, und Roxi folgte ihr in die Küche.

Sie hoffte, dass das der Anfang einer zweiten Chance war, einer Chance, die sie nicht verdient hatte. Und sie versuchte, die Stimme in ihrem Inneren zum Schweigen zu bringen, die fragte, ob sie diese Chance überhaupt wollte.

71

Corrine

Corrine tupfte sich mit einer Serviette die Mundwinkel ab, während die um ihren Esstisch versammelten Gäste sich dem Dessert widmeten. Sie hatte schon längst jeden Appetit verloren, aber der Form halber aß sie ein paar Löffel von der getrüffelten Pannacotta mit dunkler Schokolade und Vanillemascarpone. Zum Abschluss nahm sie einen großen Schluck Chardonnay.

Umgeben von dem lebhaften Tischgespräch, das den Raum erfüllte, betrachtete sie der Reihe nach die Gäste, die sie früher allesamt als ihre Freunde angesehen hatte. Karen war schon immer eine schrille Person gewesen, doch bis heute Abend hatte Corrine das nie gestört. Jetzt war sie von ihrer fiepsenden Stimme genervt, die an einen Einkaufswagen mit blockierten Rädern erinnerte. Beim Anblick von Hayley und Sara dachte Corrine an die zahllosen Wellness-Wochenenden zurück, bei denen sie es sich zusammen mit den beiden so richtig gut hatte gehen lassen. Die Vorstellung, sich wieder so geben zu müssen, fühlte sich an, als würde ihr die Haut aufgeschlitzt. Neben den beiden saßen Shanelle und Johnny. Fast jede Woche hatte sie mit den zweien im Fitnessstudio eine Stunde beim Spinning oder auf dem Stepper verbracht, und anschließend hatten sie sich für die getane Arbeit belohnt und beim Mittagessen in einem Restaurant eine Flasche Bollinger gekippt. Dann waren da noch Jakub, mit dem sie einen Kurs in Gesellschaftstänzen besucht hatte, und Taylor und Carlos, mit denen sie einen Lesekreis gegründet hatte. Und schließlich Derek, der sich von Corrines ehemaliger Freundin Maisy hatte scheiden lassen und eine andere Frau geheiratet hatte, während Maisy gegen den Krebs kämpfte. Er war ein feiger Typ, und Corrine verabscheute ihn. Doch ihr blieb nichts anderes übrig, als mit ihm und seiner neuen Frau den ganzen Abend Höflichkeiten auszutauschen, als wäre nichts geschehen.

Nachdem sie stundenlang ein Lächeln vorgetäuscht hatte, taten Corrine die Wangen weh. Und je länger sich der Abend hinzog, desto schwerer fiel es ihr, die Maskerade aufrechtzuerhalten. Sie wollte sich nur noch nach oben verziehen, sich unter der Bettdecke vergraben und hundert Jahre lang schlafen. Aber der Abend war noch nicht vorbei. Nicht, solange Mitchell es nicht so bestimmte.

Die Einladung war seine Idee gewesen. Er hatte ein Abendessen mit den Nachbarn als idealen Rahmen bezeichnet, das Upgrade ihrer Ehe zu feiern. Corrine hatte dagegengehalten, dass sie nichts zu feiern hatte, und immer wieder darauf verwiesen, wie sehr sie sich von ihren Nachbarn entfernt hatte. Aber das hatte Mitchell nicht interessiert. Und um Corrine zu bestrafen, hatte er der Haushälterin Elena das Wochenende freigegeben und den Cateringservice abbestellt, den sie bei Einladungen normalerweise beauftragten. Stattdessen hatte Corrine das Abendessen selbst zubereiten müssen, mit einer Menüfolge, die Mitchell bestimmt hatte. Wenigstens war Freya über das Wochenende nach Hause gekommen, um ihr zu helfen.

Drei Wochen zuvor hatte Corrine gegen alle inneren Widerstände die Scheidungsklage zurückgezogen und einer Fortführung der Smart-Ehe mit Mitchell zugestimmt. In diesen Wochen hatte Mitchell sich einen neuen Gesichtsausdruck angewöhnt, der Corrine schon bald verhasst war. Er zog die Augenbrauen hoch und sah sie heimtückisch an, wie um zu sagen: »Widersprich mir, und ich veröffentliche das Video und mache dich fertig.« Seitdem war es für Corrine auch mit den Treffen des Ortsverbandes von Freiheit Für Alle vorbei – und mit neuen Freundinnen wie etwa Yan. An ihre Stelle waren Audite-Endgeräte und andere Aufnahmegeräte getreten, die Corrine dazu zwangen, ihre Worte genau abzuwägen, und die jede ihrer Bewegungen nachverfolgten, als wäre sie eine Strafgefangene mit elektronischer Fußfessel. Das einzig Gute an dieser Eheposse war, dass Mitchell wieder für die Ausbildung der Kinder aufkam.

Als sie das endlose Gequassel am Esstisch nicht mehr ausblenden konnte, fragte sie in die Runde, ob jemand Kaffee wollte, und merkte sich, wer Ja gesagt hatte.

»Kann ich dir helfen?«, fragte Karen.

»Nein, danke, es geht schon«, sagte Corrine etwas zu schmallippig, setzte wieder ein gespieltes Lächeln auf und ging in die Küche. Während der Kaffee durch die Maschine lief, schenkte sie sich ein weiteres Glas Wein ein, stellte sich vor das offene Fenster und sog die kühle Abendluft ein.

»Das ist dann besser dein letztes Glas«, war Mitchells Stimme hinter ihr zu hören. »Du wirst manchmal ein bisschen starrsinnig, wenn du zu viel getrunken hast.«

»Ist das eine Bitte oder ein Befehl?«

Wieder zog er die Augenbrauen auf diese Art hoch, die ihr so verhasst war, und Corrine konnte sich gerade noch zurückhalten, ihm nicht die Weinflasche an den Kopf zu schleudern.

»Was kontrollierst du denn als Nächstes? Wie viel Luft ich einatme?«

»Lass gut sein, Corrine.« Er nahm einen Zug von seiner Zigarre und machte eine Kopfbewegung in Richtung Esszimmer. »Das ist doch wie früher, oder?«

Corrine seufzte. »Ja, das kannst du wohl sagen.«

»Hat es dir gefallen?«

»Du kennst die Antwort. Deshalb hast du es ja organisiert.«

Mitchell zuckte mit den Schultern. »Es dreht sich nicht immer alles nur um dich. Vielleicht habe ich es für mich gemacht. Vielleicht habe ich so was einfach mal wieder gebraucht.«

»Und wozu?«

Er schien kurz zu überlegen, was er sagen sollte. »Weil es mich daran erinnert, dass es zwischen uns nicht immer so war wie jetzt. Dass es früher besser gelaufen ist, als es dann irgendwann wurde. Dass es funktioniert hat. Und dass es vielleicht wieder funktionieren könnte.«

Corrine wartete auf die Pointe. Aber es kam keine. Sie konnte sich nicht daran erinnern, wann Mitchell das letzte Mal so ohne Hintergedanken gesprochen hatte. Vor nicht allzu langer Zeit hätte sie sich nach solchen Worten gesehnt, die bestätigten, dass sie sich das Glück, das sie einmal zusammen erlebt hatten, nicht eingebildet hatte. Früher wäre sie dabei geschmolzen. Jetzt blieb sie so eiskalt wie zuvor.

»Du hattest genug Zeit, deinen Teil dafür zu tun, dass es wieder besser läuft«, sagte sie bissig. »Aber du hast keinen Finger gerührt. Du hast unsere Beziehung kaputtgemacht. So sehr, dass sie nicht mehr zu reparieren ist.«

Mitchell ließ die Schultern unmerklich hängen, fand dann aber wieder zu seiner Haltung zurück und deutete mit dem Kopf auf den Audite, der an der Wand montiert war.

»Du hast vergessen, mich zu fragen, ob ich Kaffee möchte«, sagte er. »Schwarz. Und du solltest dich beeilen. Unsere Gäste warten.«

Als Mitchell, eine Rauchwolke hinterlassend, hinausschlenderte, verfluchte Corrine Eleanor Harrison insgeheim für ihre Tatenlosigkeit. Im Gegenzug dafür, dass Corrine das Video löschte, das die versuchte Vergewaltigung Nathans zeigte, hatte sie ihr versprochen, ihre Beziehungen innerhalb der Regierung spielen zu lassen, um Druck auf Mitchell auszuüben, damit er in die Scheidung einwilligte. Doch seitdem hatte Corrine nichts mehr von ihr gehört. Außer die Aufnahme zu veröffentlichen und sich damit möglicherweise selbst zu belasten, fiel ihr nichts ein, was sie hätte tun können.

Also leerte sie ihr Glas und ging mit einem Tablett voller Kaffeetassen zurück ins Wohnzimmer, im Gesicht erneut ein aufgesetztes Lächeln.

72

Jeffrey

Die Nacht, die er in seinem Auto verbracht hatte, hatte Jeffreys Ego zwar einen leichten Dämpfer versetzt, seine Entschlossenheit aber nicht geschwächt.

Er gähnte und streckte die Beine so weit aus, wie der beengte Raum es erlaubte. Er hatte an einer Stelle in Old Northampton geparkt, wo fahrerlose Taxis auf den nächsten Auftrag warteten. Die Motoren der Elektrofahrzeuge waren kaum zu hören, aber ihre Scheinwerfer hatten ihn immer wieder aufgeweckt, obwohl er den Sichtschutz in den Fensterscheiben seines Wagens aktiviert hatte.

Er warf einen Blick auf das elektronische Armaturenbrett. Er hatte ein paar neue Nachrichten, aber keine von Luca. Er seufzte. Aber es war ja auch noch früh, und wahrscheinlich schlief Luca noch. Anders als Noah blieb Luca immer so lange wie möglich liegen. Darin waren er und Jeffrey sich ähnlich. Sie waren sich in vielerlei Hinsicht ähnlich.

Jeffrey holte einen Proteinriegel aus dem Fach in der Fahrertür, und während er ihn aß, dachte er an den Tag vor drei Jahren zurück, als er per E-Mail die Nachricht erhalten hatte, dass er die Probezeit bestanden hatte und nun voll ausgebildeter Beziehungsbegleiter war. Daraufhin hatte er innerhalb einer Stunde alles, was er mit Händen tragen konnte, von seiner Wohnung in sein Auto verfrachtet, das ihm von da an als Zuhause gedient hatte. In seine Wohnung war er nie wieder zurückgekehrt, denn zwischen zwei Einsätzen, die er ja immer in anderen Häusern verbrachte, lagen meist nicht mehr als ein paar Tage. Während dieser Pausen aß er in Lokalen, duschte an Elektrotankstellen und schlief in seinem Auto.

Dieses Leben war ihm zur Gewohnheit geworden, und so sollte es auch bleiben, bis er ein echtes Zuhause gefunden hätte. Zusammen mit Luca. Nach nur einer Nacht, in der sie voneinander getrennt gewesen waren, zog es ihn so stark zu Luca wie nie zuvor, und ihm wurde klar, wie sehr er in ihn verliebt war. Noah war zu selbstsüchtig, zu blind und zu arrogant, um zu erkennen, dass Luca alles besaß, was er sich hätte wünschen können. Jetzt musste Jeffrey dafür sorgen, dass Luca erkannte, wie undankbar sein Mann war.

In diesem Augenblick traf eine Nachricht von Luca ein. Jeffreys Herz fing an zu rasen.

»Hallo, Entschuldigung wegen gestern. Ich musste den Kopf freikriegen. Bin jetzt startklar. Wollen Sie rüberkommen?«

Jeffrey wartete zehn Minuten und diktierte dann eine Sprachnachricht.

»Kein Problem. Wir brauchen alle mal eine Auszeit«, sagte er beiläufig. »Ich erledige noch ein paar Sachen und komme dann. Sie können schon mal den Kaffee aufsetzen.«

Er hatte keine Zeit mehr zu verlieren. Er musste zum letzten Schritt seines Planes kommen, bevor es zu spät war.

73

Corrine

Am Morgen nach der Party wachte Corrine mit einem Kater auf. In ihrem Kopf hämmerte es – eine Folge der Kombination aus dem verschreibungspflichtigen Schlafpflaster und der Menge an Alkohol. Auch ohne in der App die Analyse ihres Schlafmusters zu lesen, das ihre Smart-Matratze festgehalten hatte, wusste sie, dass sie miserabel geschlafen hatte. Als sie das Pflaster mit dem Schlafmittel durch eines mit einem Schmerzmittel ersetzte, hörte sie laute, aber gedämpfte Stimmen. Sie wusste nicht, ob das eine Folge ihres Katers war oder ob die Stimmen wirklich von irgendwo im Haus kamen.

Plötzlich öffnete sich die Tür ihres Schlafzimmers, und ihr Sohn Spencer stand vor ihr. »Was ist los?«, fragte sie und sah ihn mit übernächtigtem Blick an.

»Mit Dad stimmt was nicht«, sagte er, und einen Moment lang hoffte Corrine, Mitchell wäre infolge einer schweren Gehirnblutung zusammengebrochen. »Er dreht total durch. Er hängt die ganze Zeit am Telefon und streitet mit den Leuten und schreit sie an.«

»Das ist doch nichts Neues. Worüber schwadroniert er denn diesmal?«

»Keine Ahnung. Kannst du nicht mal mit ihm reden?«

»Ich glaube nicht, dass mich das interessiert.«

»Bitte, Mum. Er ist irgendwie anders wütend als sonst. Er klingt so … ich weiß auch nicht … als hätte er irgendwie auch Angst.«

»Na gut«, sagte Corrine seufzend. Widerwillig stieg sie aus dem Bett, zog ihren Morgenmantel an und schlurfte hinaus auf den Flur. Je näher sie Mitchells Arbeitszimmer kam, desto mehr musste sie feststellen, dass Spencer recht gehabt hatte.

Als sie das Arbeitszimmer betrat, flog irgendetwas quer durch den Raum und knallte gegen die Wand.

»Mitchell!«, rief Corrine. Er schreckte hoch. Sein Gesicht leuchtete lila, er atmete kurz und flach, und aus seinem Blick sprach Entsetzen. Er ging mit eingesteckten Ohrhörern auf und ab und trat dabei auf die Überreste von Gegenständen, die er zerschmettert hatte, bevor Corrine gekommen war. Spencer hatte recht gehabt. Hinter Mitchells Wut war auch Angst zu spüren.

»Verdammt, Mitchell, was ist denn los?«, fragte Corrine.

»Sie haben die Aufträge storniert«, sagte er, als könne er es selbst noch nicht fassen.

»Was soll das heißen?«

»Ja, was glaubst du denn, was das heißen soll?«

Jetzt war es Corrine, die zu dem Audite an der Wand blickte und dann wieder zu Mitchell.

»Scheißteil«, bellte Mitchell, riss das Gerät aus der Halterung und trat mit der Ferse seines Turnschuhs darauf herum, bis das Bambusgehäuse zerbrach. Corrine machte einen Schritt zurück. »Alle meine Verträge mit der Regierung wurden mit sofortiger Wirkung gekündigt«, fuhr er fort. »Auch die, bei denen wir noch in Verhandlungen waren.«

»Und warum?«

»Angeblich gibt es in Phoenix, dem neuen Wohngebiet in New Swindon, zu viele Sicherheitsprobleme: mangelnde handwerkliche Ausführung, Risiko von Erdfällen, Risse in den Betonfundamenten und geschwächte Stahlträger. Wenn wir nicht von vorn anfangen und dabei mehr erneuerbare Materialien wie etwa Holz verwenden, verklagen sie uns wegen Vertragsverletzung. Und außerdem ziehen sie sich dann auch aus dem Kauf des Areals zurück, auf den wir uns im Prinzip schon verständigt haben.«

»Und könnt ihr den Forderungen nicht nachkommen?«

»Nein, weil die alle völliger Mist sind! Wir haben nicht die Mittel, um ein ganzes Wohngebiet noch mal von Grund auf neu zu bauen.«

»Und was heißt das jetzt?«

»Das heißt, dass alles, was wir investiert haben, futsch ist. Und wir bleiben auf Tausenden Hektar Land sitzen, die kein Mensch haben will.«

»Bist du nicht nur mal wieder starrköpfig und willst nicht eingestehen, dass es tatsächlich Probleme gibt?«

»Wie soll ich Probleme eingestehen, wenn es keine gibt? Das ist doch alles gelogen. Ich bin mit meinen Leuten jeden einzelnen Punkt durchgegangen, und kein einziger der Vorwürfe ist berechtigt.«

»Kannst du juristisch dagegen vorgehen?«

»Gegenforderungen zu stellen, würde Jahre dauern, und die Anwaltskosten dafür kann ich mir nicht leisten. Wenn die an ihrer Position festhalten, läuft das auf Konkurs hinaus. Dann sind wir pleite.«

»Du meinst, dann ist deine Firma pleite?«

»Nein, wir beide. Ich habe unser gesamtes Vermögen in dieses Geschäft gesteckt.«

»Verdammt noch mal, Mitchell! Wie kann man denn so blöd sein?«

»Ich muss mir von dir nun wirklich keine Standpauke anhören. Jahrelang war das eine absolut sichere Sache. Entscheiden, welches Areal man als Nächstes kauft, dann die Kohle dafür auf den Tisch blättern, sich die Verträge für die Bauprojekte sichern, bauen und danach an die Regierung verkaufen. Das haben wir in New Halifax so gemacht und in New Portsmouth, und wir haben Millionen damit verdient. Investieren, Profit machen, investieren, Profit machen, und so weiter. Wenn wir Konkurs anmelden, kriegen sie das Land vom Konkursverwalter wahrscheinlich für einen Bruchteil.«

Corrine rieb sich die Augen. »Na ja, wenigstens bleibt uns das Haus.« Mitchell wandte den Blick ab. »Mitchell?«

»Das Haus gehört der Firma«, sagte er ruhig.

»Seit wann?«

»Seitdem wir es gekauft haben. Ich habe damals behauptet, wir könnten es uns leisten, aber das stimmte nicht. Also habe ich es der Firma überschrieben und vereinbart, dass wir jährlich eine symbolische Miete zahlen. Und als die Firma irgendwann gut lief, habe ich keinen Grund gesehen, es zurückzukaufen.«

»Aber irgendwas musst du doch tun können.«

»Ich habe den ganzen Vormittag rumtelefoniert, aber niemand ist zu Zugeständnissen bereit. Als hätten sich alle gegen mich verschworen und wollten mich gezielt in den Ruin treiben.«

Eleanor Harrisons Gesicht erschien so plötzlich vor Corrines geistigem Auge, dass sie fast umgekippt wäre. Das war ihr Werk. Deshalb hatte es so lange gedauert, bis sie ihre Zusage eingehalten hatte, dass sie Mitchell unter Druck setzen würde. Aber sie war dabei, nicht nur Mitchell zu zerstören, sondern stürzte mit ihm auch Corrine in den Abgrund.

74

Jeffrey

Fünf Tage waren vergangen, seitdem Noah Luca alleine gelassen hatte, um vorübergehend bei einem Freund zu wohnen.
Und soweit Jeffrey es beurteilen konnte, hatten die beiden
wenig Kontakt gehabt, und wenn, dann nur oberflächlich. Regelmäßig überprüfte er Noahs berufliche und private E-Mails
und überflog seinen Browserverlauf. Beides lieferte kaum
Informationen, außer dass Noah sich für einen Protestmarsch
von Freiheit Für Alle interessierte, der demnächst in London
stattfinden sollte. Aber es gab nicht den geringsten Hinweis
darauf, was er als Nächstes vorhatte, oder ob er überhaupt
etwas vorhatte.

Jeffrey hatte kurz überlegt, ob er Noah noch einmal nach-
spionieren sollte, so wie damals, als er herausgefunden hatte,
dass er an einem Treffen der FFA teilgenommen hatte. Aber
dann hatte er beschlossen, lieber die Zeit zu nutzen, die er mit
Luca allein war. Und zu seiner Überraschung – und Freude –
hatte Luca gefragt, ob sie die Sitzungen fortsetzen könnten,
wenn auch nur zu zweit. Jeffrey achtete darauf, Noah oder
die Ehe der beiden nie direkt zu kritisieren, sondern stellte
lieber Fragen, von denen er hoffte, sie würden negative Antworten hervorrufen. Jede einzelne von Lucas Tränen verlieh
ihm mehr Hoffnung.

Nach den Sitzungen wurden sie übergangslos von Beziehungsbegleiter und Klient zu so etwas wie Freunden. Mit Headsets auf dem Kopf tauchten sie in virtuelle Welten ein und zogen in Computerspielen in die Schlacht (was Noah furchtbar fand), gingen ins Kino (von großen Leinwänden bekam Noah Migräne), gingen joggen (Noah litt am Schienbeinkantensyndrom), ließen Playlists mit Popmusik laufen und sangen dazu (Noah hörte lieber klassische Musik), oder Luca kochte für sie beide, und Jeffrey genoss, voll der Anerkennung, jede Mahlzeit bis zum letzten Bissen.

Noch nie hatte sich Jeffrey in jemandes Gegenwart so wohlgefühlt wie bei Luca. Heute Morgen waren sie beim Einräumen der Spülmaschine aneinandergestoßen, und Jeffrey hatte seine Hand von Lucas Brust geradezu losreißen müssen. Und als Luca versucht hatte, mit Gel das Haarbüschel zu bändigen, das auf Jeffreys Kopf immer nach oben ragte, hatte er geglaubt, seine Gänsehaut würde gleich reißen, so gespannt war sie. Jetzt sahen sie sich zusammen einen alten James-Bond-Film an und saßen dabei auf dem Sofa so nahe nebeneinander, dass ihre Beine sich berührten, so wie Jeffrey es oft bei Luca und Noah gesehen hatte. Keiner von beiden versuchte, daran etwas zu ändern.

Es war Jeffreys Vorschlag gewesen, eine Flasche Wein aufzumachen, obwohl es erst später Nachmittag war. Er musste Luca klarmachen, dass man nicht zu zögern brauchte, wenn man ein Kapitel schloss und ein neues aufschlug. Manche Gelegenheiten musste man einfach beim Schopf ergreifen.

Schon zum dritten Mal innerhalb einer Stunde vibrierte Jeffreys Handy. Sein Teamleiter Adrian versuchte, ihn zu erreichen, und jedes Mal hatte Jeffrey den Anruf ignoriert. Nichts sollte ihn in diesen entscheidenden Stunden mit Luca stören. Als er von seinem Telefon wieder aufblickte, bemerkte er, dass Luca nicht mehr auf den Fernseher sah, sondern zum Fenster hinaus, als warte er darauf, dass draußen jemand auftauchte. Jeffrey schenkte ihnen beiden noch ein Glas ein.

»Denkst du oft an Noah?«, fragte er vorsichtig.

»Nicht so oft, wie ich es erwartet hätte. Aber das hat wohl auch etwas zu bedeuten, oder?«

»Und was genau, deiner Meinung nach?«

Luca drehte sich zu ihm und legte ihm sanft eine Hand auf den Arm. »Jeffrey, heute Abend bist du mein Freund, nicht mein Therapeut.«

»Entschuldige«, sagte Jeffrey und wurde rot. Er konnte sich nicht erinnern, wann ihn jemand zum letzten Mal als Freund bezeichnet hatte. Erneut vibrierte sein Handy. Diesmal schaltete er es aus.

»Die ersten Tage ohne ihn waren ganz schön hart«, fuhr Luca fort, »aber jetzt kommt es mir vor, als hätten sich die dunklen Wolken verzogen. Und ich weiß nicht, ob das daran liegt, dass wir nicht andauernd aufeinanderhocken und über unsere Beziehung reden, oder weil ich mich damit abfinde, dass wir, obwohl wir DNA-Matches sind, im Rahmen der Ehe einfach nicht so gut miteinander zurechtkommen. Das sollte mich traurig machen, aber so ist es nicht. Und ganz ehrlich: Ich weiß nicht, wann ich zum letzten Mal mit jemandem so viel gelacht habe wie mit dir in den letzten Tagen.«

Jeffrey spürte, wie ihm am ganzen Körper warm wurde. »Wahrscheinlich ist es besser, wenn du das Noah nicht erzählst«, sagte er. »Er mag mich einfach nicht, oder?«

»Nein, nicht besonders.«

Jeffrey sagte sich die nächsten Worte in Gedanken einmal vor, bevor er sie aussprach. »Und du? Magst du mich?«

»Was glaubst du denn?«

Luca neigte den Kopf zur Seite und sah Jeffrey mit einem leicht angeschickerten Lächeln an.

Das war die Bestätigung, auf die Jeffrey so sehnlichst gewartet hatte. All das hätte er sich nie träumen lassen. Luca hatte sich in ihn verliebt, so wie er sich in Luca. Er streckte die Hände aus und strich ihm flüchtig über die Wangen.

Und bevor Luca etwas sagen konnte, versetzte Jeffrey ihm einen Schlag auf den Kopf, überwältigte ihn und legte ihm die Hände um den Hals.

75

Anthony

»Was soll *das* denn werden?«, fragte Jada verblüfft, als sie ins Schlafzimmer kam und dort Anthony fand, neben ihm vier Koffer, die vor dem Kleiderschrank übereinandergestapelt waren.

Seit Wochen schliefen sie getrennt, und jetzt saß Anthony auf der Kante des Ehebettes und hielt sich die zu einem Dreieck geformten Hände an die Lippen. »Wir müssen reden«, sagte er.

Jada spürte, dass es um etwas Ernstes ging. Anstatt einem Gespräch auszuweichen, wie sie es in letzter Zeit so oft getan hatte, setzte sie sich, mit einem gewissen Abstand, Anthony gegenüber in einen Sessel.

»Ich liebe dich mehr, als ich dir jemals sagen kann, aber ich habe dich schlecht behandelt«, fuhr Anthony fort. »Ich kämpfe damit, mir zu verzeihen, so wie auch du damit kämpfst, mir zu verzeihen. Und ich sehe für uns im Moment keine Perspektive, solange wir unter demselben Dach leben. Deswegen glaube ich, es ist am besten, wenn wir eine Auszeit voneinander nehmen.«

»Was soll das heißen?«

»Ich will, dass wir uns trennen.«

»Dass wir uns trennen? Ist das dein Ernst? Einfach so?«, fragte Jada und verschränkte die Arme. Anthony nickte langsam. »Das ist also deine Lösung für unsere Probleme: aus den Augen, aus dem Sinn.«

»Nein, so meine ich das nicht. Aber du weißt so gut wie ich, dass wir so nicht weitermachen können. Es geht uns beiden nicht gut damit, und es ist nur eine Frage der Zeit, bis Matthew merkt, dass etwas nicht stimmt.«

»Und deswegen hast du deine Sachen gepackt und ziehst jetzt aus.«

»Nein, ich will, dass ihr beide auszieht, du und Matthew.«

Jada lachte und warf den Kopf zurück. »Wie bitte?«

»Ihr sollt für eine Weile bei deiner Mutter und deinem Stiefvater in Florida wohnen.«

»Das wird ja immer besser! Du willst deine Familie nicht nur aus dem Haus werfen, sondern auch noch aus dem Land? Weißt du was, Anthony? Leck mich am Arsch. Wir gehen nirgendwohin.«

»Es ist nicht so, wie du denkst«, erwiderte Anthony ruhig. »Ich habe lange über alles nachgedacht, und das ist die beste Lösung. Ich habe eure Sachen gepackt und ein Auto gebucht, das euch nach Heathrow bringt. Euer Flug geht heute Abend.«

»Ich fass es nicht! Du glaubst wohl, du brauchst nur mit den Fingern zu schnippen, und schon kriegst du, was du willst! Aber so läuft das in einer Ehe nicht, falls hier noch von einer Ehe die Rede sein kann. Was ist denn mit meinem Job? Was ist mit Matthews Schulausbildung?«

»Du kannst von zu Hause aus arbeiten, und er kann von zu Hause aus am Unterricht teilnehmen.«

»Du hast ja wirklich alles bis ins kleinste Detail bedacht. Du bist derjenige, der die Fehler gemacht hat, aber wir müssen dafür büßen!«

Anthony rieb sich die Augen und stand auf. »Jada, ich liebe dich und werde dich immer lieben, aber manchmal reicht das einfach nicht aus, um eine Beziehung zusammenzuhalten.«

»Willst du mir jetzt etwa erklären, was es für eine funktionierenden Beziehung braucht? Wie wäre es damit, dass du deiner Frau nicht jahrelang etwas vormachst, von wegen, was sie sagen darf und was nicht?«

Anthony lenkte den Blick auf den Audite und dann zurück zu Jada. Erst kürzlich hatte er ihr gesagt, ihre Gespräche würden nicht aufgezeichnet, und jetzt musste er ihr zu verstehen geben, dass das nicht stimmte. Aber nicht ihre Beziehung wurde überwacht, sondern er. Hyde hatte ihn die ganze Zeit nicht aus den Augen gelassen. »Es tut mir leid«, formte er lautlos mit den Lippen.

»Was?«, entgegnete sie und sah ihn fragend an, als versuche sie herauszufinden, was er ihr sagen wollte.

»Ich habe mit diesem neuen Projekt eine Menge Arbeit, also hätte ich für dich und Matthew ohnehin wenig Zeit«, fuhr Anthony fort. »Da seid ihr bei deiner Familie besser aufgehoben. Du sagst doch immer wieder, dass du gern mehr Zeit mit ihnen verbringen würdest.«

»Bitte, glaub mir«, fügte er lautlos hinzu.

»Ich verstehe das nicht«, erwiderte sie, ebenso lautlos.

Sie standen einander gegenüber, sahen sich fest in die Augen, und Anthony wünschte sich sehnlichst, Jada würde all das begreifen, was er ihr nicht mit Worten sagen konnte.

»Es sind offene Tickets«, sagte er mit Blick auf den Audite. »Ihr könnt also zurückkommen, wenn du für ein Gespräch bereit bist.«

Jada wollte noch etwas entgegnen, hielt sich aber zurück. Sie sagte nur langsam und deutlich: »Okay«, und sah Anthony aus ihren funkelnden Augen an. Als sie zu den Koffern ging, legte Anthony ihr die Hand auf die Schulter.

»Ich liebe dich«, sagte er stumm. Jada zögerte, erwiderte dann aber dasselbe. Eine Stunde später stand Anthony auf der Veranda und winkte seiner Frau und seinem Sohn nach, die weinend in einem Taxi saßen und davonfuhren.

76

Roxi

Roxi blickte starr an der Gestalt vorbei, die ihr in einem Sessel gegenübersaß, und hinaus in den Flur. Neben der Haustür stand, ordentlich abgestellt, eine Aktentasche, daneben ein farblich darauf abgestimmtes Paar Lederslipper. Roxi verabscheute diese Schuhe und den schwachen Geruch nach Cheddar, der selbst auf die Entfernung noch zu riechen war. Sie standen nun schon seit Längerem immer wieder dort, sodass sie gleichsam schon zum Mobiliar gehörten. Aber weder die Schuhe noch ihren Besitzer würde Roxi nach dem heutigen Vormittag je wiedersehen. Die vier Wochen, die sie und Owen unter den Augen eines Beziehungsbegleiters verbracht hatten, waren zu Ende.

Nachdem sie begriffen hatte, was Adrian – der Coach, der ihnen zugewiesen worden war – und Owen von ihr hören wollten, waren die Sitzungen nicht mehr so scheußlich gewesen wie anfangs. Aber ein Spaß war es auch nicht gewesen. Roxi hatte sich insgeheim immer wieder in Erinnerung rufen müssen, dass sie mit Konsequenzen zu rechnen hatte, wenn sie nicht mitspielte. Anfangs hatte sie einmal einen Fehler begangen und war prompt erwischt worden. In ihrem Browserverlauf hatte Adrian – der Zugriff auf ihren Computer hatte – bestimmte Suchbegriffe entdeckt: »was Beziehungsbegleiter hören wollen« oder »wie kommen wir von Stufe zwei wieder runter«. Sie hatte zwar keine entsprechenden Informationen gefunden, aber erfahren, dass die Regulierungsbehörden aufgrund einer gesetzlichen Regelung den Providern, die im Vereinigten Königreich solche Seiten hosteten, saftige Strafen aufbrummten. Das einzig Gute war, dass Adrian ihnen nicht, wie andere Begleiter es taten, vorgeschlagen hatte, dass er bei ihnen wohnte.

Die erste Woche war besonders bizarr gewesen. Adrian hatte sie alle vier angewiesen, so zu tun, als wäre er nicht da, während er die Dynamik im Familiengefüge beobachtete. Das war keine leichte Sache – angesichts dessen, dass er locker hundertzwanzig Kilo auf die Waage brachte. »Er ist der sprichwörtliche Elefant im Raum«, hatte Roxi im Scherz zu Owen gesagt. »Bodyshaming ist ein Hassverbrechen«, hatte er erwidert.

Adrian registrierte alles: den turbulenten Alltag mit den gemeinsamen Mahlzeiten und den Unternehmungen, wenn Roxi oder Owen die Kinder zur Schule fuhren, oder wie aufmerksam sie sich um sie kümmerten, wenn sie von zu Hause aus am Unterricht teilnahmen. Weil er andauernd da war, bekam Roxi auch fortwährend seine nervigen Angewohnheiten mit, wenn er sich etwa mit klackernden Fingernägeln auf seinem Tablet Notizen machte oder schnaubend durch die Nase ausatmete.

Wenn Owen in der Arbeit war, kreisten oft nur Adrian und Roxi durch dieses kleine Universum, und Roxi spürte in einem fort seine Adleraugen auf sich – während sie las, die Wäsche machte oder stundenlang Serien guckte. Jetzt, wo sie keine Inhalte mehr für Social-Media-Kanäle vorbereiten musste, hatte sie deutlich mehr Zeit.

In der zweiten Woche hatte dann die harte Arbeit begonnen. Eine Intensivtherapie, wie Adrian es nannte. Und schon bald wurde klar, dass er sich lieber auf Owens Seite schlug und nicht auf Roxis. Als sie nach einer Sitzung einmal besonders genervt war, weil sie für alles verantwortlich gemacht worden war, was in ihrer Ehe schieflief, hatte sie ernsthaft überlegt, Adrian auf seine Parteilichkeit anzusprechen. Später jedoch, als sie sich wieder beruhigt hatte, war sie froh, es nicht getan zu haben. Hätte sie sich beschwert, so hätte sie feindselig gewirkt, und außerdem wäre das so sinnlos gewesen wie der Protest eines Fußballspielers gegen die Entscheidung eines KI-Schiedsrichters. Und wenn sie nicht so tat, als würde sie konstruktive Kritik bereitwillig aufnehmen, könnte das den Prozess verlängern. Sie wollte nicht riskieren, sich noch mehr verstellen zu müssen, als sie es ohnehin schon tat.

Adrian hatte von ihr erwartet, dass sie ihr gesamtes Leben vor ihm ausbreitete, einschließlich der Lasten, die sie aus ihrer Zeit als Pflegekind noch mit sich trug, ihrer Erfahrungen als Mutter und sogar ihres Sexlebens, von den Anfängen bis in die Gegenwart. Roxi spielte mit – nur dass sie unbeabsichtigt Antoinette Cooper ermordet hatte, behielt sie für sich. Auch Owen sollte mit nichts hinter dem Berg halten, doch auch er verschwieg etwas: seine Therapiestunden bei Cooper. Roxi wusste, wenn sie ihn darauf anspräche, würde sie in ein Wespennest stechen, das besser unangetastet blieb, und dadurch den Prozess nur noch weiter in die Länge ziehen. Aber sie war erleichtert, dass sie nicht die Einzige war, die ein Stückchen von der Wahrheit unterschlug.

Mit der Zeit hatte Roxi sich an Adrians Gegenwart gewöhnt, wie an eine scheue Maus, die auf dem Dachboden herumtrippelt. Von sich selbst und ihren Gedanken gab sie nur kleine Stückchen preis, gerade so viel, um Adrian glauben zu machen, sie nähme die ganze Geschichte ernst.

»Haben Sie schon einmal von einer Blume namens Kurinji gehört?«, hatte Adrian sie einmal unvermittelt gefragt.

Seh ich aus wie Scheißwikipedia?, hatte Roxi schon antworten wollen. Stattdessen hatte sie nur den Kopf geschüttelt.

»Sie wächst in den südindischen Bergen; eine wunderschöne kleine Blume, die nur alle zwölf Jahre blüht. Sie, Roxi, sind wie eine Kurinji. Sie nehmen sich Ihre Zeit, aber wenn Sie blühen, war es jede Minute des Wartens wert.«

Adrian hatte gelacht, und Owen hatte eingestimmt, und Roxi hätte sich am liebsten den Spaten geschnappt, der am Gartenschuppen lehnte, und beide damit zu Tode geprügelt.

Aber sie war eine bessere Schauspielerin, als sie sich zugetraut hatte, denn schon nach wenigen Wochen verkündete Adrian, dass sie fertig seien, und das deutlich vor der Zeit.

»Wie hat sich, seitdem Sie auf Stufe zwei gestellt wurden, Ihrer Ansicht nach die Art Ihrer Kommunikation verändert?«, fragte er jetzt.

»Früher habe ich mich über Roxi geärgert, wenn sie mich um etwas gebeten hat, das sie auch selbst hätte erledigen können, aber nicht geschafft hat, weil sie so mit den sozialen Medien beschäftigt war«, sagte Owen. »Aber wenn sie mich jetzt um etwas bittet, dann weiß ich, dass sie das macht, weil sie mich als Partner braucht und nicht als Angestellten.«

Roxi verdrehte innerlich die Augen.

»Hervorragend«, sagte Adrian. »Und wie fühlt sich das für Sie an, Roxi, wenn Sie so etwas hören?«

»Ich habe das Gefühl, dass ich mehr Rücksicht auf die emotionalen Bedürfnisse meines Mannes nehme«, antwortete sie und unterdrückte den Impuls, eine von Sarkasmus triefende Bemerkung hinterherzuschieben.

»Das ist großartig«, sagte Adrian und tippte wieder klackernd etwas in sein Tablet. »Und vergessen Sie nicht: Wenn Sie um Hilfe gebeten werden, wird Ihnen dadurch auch signalisiert, dass Sie in der Lage sind, diese Aufgabe zu erfüllen, und dass das geschätzt wird.«

Roxi und Owen nickten, um ihre Zustimmung zu dieser jüngsten von Adrians Weisheitsperlen zu zeigen. Hätte man alle diese Perlen zu einer Kette aneinandergereiht, sie hätte bis zur Hölle und wieder zurück gereicht.

»Okay, das wär's dann so weit für uns. Ich gehe jetzt wieder zurück in mein Büro und überlasse Sie Ihrer glücklichen Zweisamkeit.« Adrian schloss die Hülle seines Tablets und gab ein abschließendes Schnaufen von sich. Im Lauf des Tages, so erklärte er, würde er seinen Bericht abgeben, und dann würde eine ganze Armada von Algorithmen entscheiden, ob Roxi und Owen ihre Ehe fortsetzen sollten oder ob ein Familiengericht darüber zu bestimmen hätte. Aber das, so versicherte er ihnen, sei unwahrscheinlich.

»Zum Abschluss möchte ich Ihnen noch einen Gedanken mitgeben«, fügte er hinzu. »Wir verbringen so viel Zeit damit, Probleme zu lösen, dass wir oft vergessen, dass die Ehe eine Beziehung ist und keine Abfolge von Hürden. Behalten Sie das im Hinterkopf, und Sie werden meinesgleichen nicht mehr sehen.«

Alle drei lachten – wobei Roxis Lachen wieder aufgesetzt war –, Adrian stand auf und schlüpfte in seine käsigen Slipper, und Owen schloss die Tür hinter ihm.

»Ist er weg?«, war eine Stimme von oben zu hören. Darcy steckte den Kopf aus ihrem Zimmer.

»Ja«, sagte Owen.

»Und, seid ihr noch verheiratet?«

»Ich glaube schon«, sagte Owen und lächelte Roxi an.

»Das sind wir ganz bestimmt noch«, sagte Roxi und verschränkte ihre Finger mit seinen.

Ihr antrainiertes Lächeln hatte sie durch die zurückliegenden vier Wochen gebracht. Jetzt musste es sie noch durch den Rest ihres gemeinsamen Lebens bringen.

77

Anthony

Anthony legte das elektronische Gerät auf seine Handfläche, ging in seinem Arbeitszimmer an den Wänden entlang und bewegte die Hand auf und ab, bis das Gerät leise piepste. Da war sie.

Er hatte selbst außen und innen am Haus Überwachungskameras angebracht, aber kein Modell wie dieses. Er sah näher hin: ein kreisförmiges, fast durchsichtiges Gerät von weniger als einem Zentimeter Durchmesser, das knapp unterhalb der Deckenkante saß. Eine Glasfaserkamera, die jedes Wort und jede Bewegung in seinem Arbeitszimmer aufzeichnete. So hatte Hyde erfahren, dass Anthony die Pistole, mit der Jem Jones umgebracht worden war, in der untersten Schublade seines Schreibtisches aufbewahrte. Wahrscheinlich hatte die Rund-um-die-Uhr-Überwachung begonnen, lange bevor er versucht hatte, aus seinem Job auszusteigen.

Er schloss die unterste Schreibtischschublade auf und nahm die Pistole heraus. Einen Augenblick lang glaubte er, auf dem Lauf Spuren von Jems Blut zu sehen. Aber das war unmöglich; seine Wahrnehmung spielte ihm einen Streich. Dann holte er eine Schachtel mit Munition hervor, öffnete das Magazin der Waffe und füllte es mit Patronen. Er streckte die Arme aus und richtete die Pistole auf die Bildschirme an der

Wand gegenüber. Dann stellte er sich vor abzudrücken, ein imaginärer Schuss nach dem anderen.

Schließlich blickte er zu der durchsichtigen Kameralinse hoch und sah direkt hinein. Er hielt sich die Mündung an die linke Schläfe – genau an die Stelle, wo bei Jem Jones die Eintrittswunde gelegen hatte – und drückte ganz sanft auf den Abzug. Erst als sich alle sechs Bildschirme einschalteten, ließ er wieder locker.

Alle sechs Monitore zeigten dasselbe Bild: Henry Hyde, der im Fond eines fahrenden Wagens saß und Anthony durchdringend ansah. Zum ersten Mal entdeckte Anthony so etwas wie Besorgnis im Gesicht seines Vorgesetzten.

»Tun Sie das nicht«, sagte Hyde in scharfem Ton.

»Warum?«

»Wenn Sie das tun, wird es für Matthew und Jada ziemlich unangenehm.«

»Dann lassen Sie mich gehen.«

»Das kann ich nicht.«

»Warum denn nicht? Sie haben doch selbst gesagt, dass keiner von uns unersetzlich ist.«

»Ich habe zu viel Zeit und Mühe in Sie investiert, um zuzulassen, dass Sie Ihr Leben ruinieren.«

»Dann schalten Sie die Kameras ab«, sagte Anthony. »Hören Sie auf, mich zu überwachen. Und lassen Sie mich einfach meine Arbeit machen.«

Hyde zögerte. »Sie waren bei einem Treffen von Freiheit Für Alle. Nach unserem letzten Meeting in London sind Sie von unserem Radar verschwunden. Ich kann Ihnen nicht mehr vertrauen.«

»Ganz meinerseits. Aber ich tue, was man mir aufträgt. Ich habe meine Familie weggeschickt, damit ich nicht abgelenkt werde. Wenn die nächste Phase dieses Projekts abgeschlossen ist, will ich aussteigen. Und ich will die Garantie, dass das keine Folgen haben wird.«

Als Hyde nicht sofort reagierte, erhöhte Anthony den Druck auf den Abzug wieder. Das genügte für eine Antwort.

»Okay«, sagte Hyde. Anthony senkte die Pistole, und die Bildschirme erloschen so schnell, wie sie sich eingeschaltet hatten.

78

Jeffrey

Jeffrey fuhr herum, als die Haustür aufgestoßen wurde und gegen die Wand schlug. Er wusste, wer da gekommen war, noch bevor sie sich in die Augen sahen.

Noah war außer Atem und sein Gesicht puterrot. Im Durchgang zum Wohnzimmer blieb er stehen, als er Jeffrey entdeckte, der auf dem Sofa saß, nur in T-Shirt und Unterhose.

»Du hast mein Video also bekommen?«, fragte Jeffrey. »Ich frage, weil du nicht geantwortet hast.«

Die Aufnahme war eine Minute lang. Sie zeigte Luca, der mit dem Gesicht nach unten im Ehebett lag, über ihm Jeffrey, der in die Kamera lächelte und vor und zurück schaukelte.

»Was soll das?«

»Du hast deine Ehe doch schon längst abgeschrieben. Hast du etwa geglaubt, Luca wartet, bis du wieder da bist?«

»Ich hab einfach nur eine Auszeit gebraucht.«

»Tja, das hast du jetzt davon. Aber nach allem, was ich in unserer gemeinsamen Zeit hier gesehen und gehört habe, war eure Ehe schon lange vorbei, bevor ich hier aufgekreuzt bin oder du gegangen bist. Für jemanden wie dich wäre Luca nie genug gewesen, und das wusste er auch. Also wollte er sein Leben nicht mehr auf diese Art verschwenden.«

»Wir sind DNA-Matches. Wir gehören zusammen.«

»Und wieso hast du dann nach Scheidungsanwälten gesucht? Ich habe den Browserverlauf auf deinem Computer in der Arbeit gesehen.«

»Weil wir glücklicher waren, bevor wir geheiratet haben! Wenn wir uns scheiden lassen, können wir noch mal von vorn anfangen. Dann kann es wieder so werden wie früher.«

»Na ja, wie du siehst, ist es dafür jetzt zu spät. Du hast ihn verloren. Er ist jetzt mit mir zusammen.«

Noah starrte ihn wütend an. »Hast du das bei den anderen auch gesagt, Jeffrey?«

»Bei welchen anderen?«

»Bei den anderen Paaren, deren Leben du zerstört hast, die du auseinandergerissen und zur Trennung gezwungen hast, obwohl sie zusammenbleiben wollten. Und was ist mit denen, die deine Einmischung nicht überlebt haben? Die dabei ums Leben gekommen sind, wie Harry und Tanya Knox? Oder die verschwunden sind, wie Mickey Richards oder die Armitages?«

Jeffrey verspannte sich am ganzen Körper. Woher wusste Noah davon, und woher hatte er die Namen? Ihm fiel wieder ein, wie Noah bei dem Treffen von Freiheit Für Alle mit jemandem gesprochen hatte. Gab es da eine Verbindung?

»Freiheit Für Alle hat stichhaltige Beweise gegen dich zusammengetragen«, fuhr Noah fort. Also hatte Jeffrey richtiggelegen. »Wir haben Informationen über jedes Paar, das du auseinandergerissen hast. Über alle Klienten, die du hättest beraten sollen, aber nur in noch größere Schwierigkeiten gestürzt hast. Über die, die dich abgewiesen haben, und über die, die du zerstört hast. In allen Fällen haben wir offiziell Beschwerde gegen dich eingelegt.«

Jeffrey räusperte sich. »Gekränkte Eitelkeit. Selbst wenn irgendetwas davon wahr wäre – wer sollte euch denn glauben? Meine Vorgesetzten wissen, dass ich gern kniffligere Fälle übernehme als die anderen Beziehungsbegleiter. Aber da gibt es eben nicht nur Erfolge, sondern auch Fehlschläge und Verbitterung.«

»Du übernimmst nicht die ›kniffligeren Fälle‹, sondern du suchst dir gezielt diejenigen aus, die angreifbar sind, und dann machst du sie Schritt für Schritt fertig.«

»Und wer stark genug ist und wirklich zusammengehört, der überlebt.«

»Und was ist mit Rosie Morrison? Und deinem Bruder Bobby? Haben die zusammengehört?«

Die beiden Namen trafen Jeffrey wie ein Schlag. Sechzehn Jahre, nachdem das alles angefangen hatte, hatte offenbar jemand die Puzzleteile zusammengesetzt. Er spürte, wie der Zorn in ihm aufstieg.

»Hat sich dein Teamleiter schon bei dir gemeldet?«, fragte Noah weiter. »Als ich ihn heute Nachmittag zusammen mit ein paar anderen getroffen habe, wirkte er ziemlich interessiert.« Jeffrey zuckte zusammen, als ihm einfiel, dass Adrian ihn mehrfach angerufen hatte und er nie drangegangen war.

»Und was mir gerade noch einfällt: Du solltest dein Tablet besser schützen«, fuhr Noah fort. »Bevor ich letzte Woche das Haus verlassen habe, habe ich alles kopiert, was da drauf war. Der Freund, bei dem ich in den letzten Tagen war, arbeitet in der IT, und gemeinsam sind wir jeden Bericht durchgegangen, den du je geschrieben hast, all die Entwürfe, die einander widersprechen, und die schamlosen Lügen, die du verbreitet hast. Ich weiß auch, dass du Audioaufnahmen von Luca und mir beim Sex gemacht hast, wobei du vorher noch behauptet hattest, der Audite sei ausgeschaltet. Und auf dem Weg hierher habe ich Adrian das Video weitergeleitet, das du mir heute Abend geschickt hast. Das allein würde schon reichen, dass du gefeuert wirst.«

»Mach, was du willst, und behaupte, was du willst«, erwiderte Jeffrey. Seine Angst schmälerte die Selbstgewissheit, die in seinen Worten lag. »Ich habe jetzt, was ich wollte. Ich habe Luca.«

»Hat Luca da auch ein Wörtchen mitzureden?«, fragte Noah. »Wo ist er denn? Oben?«

»Er will dich nicht sehen«, sagte Jeffrey hastig.

»Das entscheidest nicht du.«

Bevor Jeffrey ihn zurückhalten konnte, lief Noah die Treppe hinauf und verschwand im ersten Stock. Als Jeffrey ihn einholte, stand er schon in der Schlafzimmertür. Er blickte auf seinen Mann, der nackt auf dem Bauch im Bett lag, den Kopf auf den Unterarmen.

»Wach auf«, sagte Noah im Befehlston, aber Luca regte sich nicht. Noah sprach lauter. »Ich hab gesagt, wach auf, Luca.«

»Er ist betrunken«, sagte Jeffrey hastig. »Er ist ohnmächtig geworden.«

Noah trat einen Schritt vor. »Wenn Luca betrunken ist, übergibt er sich. Aber er wird nicht ohnmächtig.«

»Du musst jetzt gehen.«

»Das hier ist immer noch mein Haus.«

»Ich werde ihm sagen, dass du da warst.«

»Luca«, sagte Noah noch einmal, aber wieder kam keine Antwort. Er drehte sich zu Jeffrey um und starrte ihn an. Er war bleich geworden. »Was hast du mit ihm gemacht?«

Noah streckte die Hand nach Luca aus, aber Jeffrey packte ihn an der Schulter und riss ihn herum. Noah stieß Jeffrey mit aller Kraft vor die Brust, aber Jeffrey hielt stand. Dann packte Jeffrey seinen rechten Arm, und noch bevor Noah sich dem Griff entziehen konnte, hatte er ihm den Arm auf den Rücken gedreht und seinen Kopf gegen die Wand gehämmert.

»Ich will dir nicht wehtun, Noah«, sagte Jeffrey. »Aber ich werde es tun.«

»Du kriegst mich nicht von hier weg«, sagte Noah und versuchte, sich aus Jeffreys Griff zu befreien. Dabei rief er immer wieder nach Luca. Doch mit seinen Tritten, Knüffen und Kopfstößen kam er nicht gegen Jeffrey an, der sich mit solchen Dingen bestens auskannte.

»Das ist deine letzte Chance«, fauchte Jeffrey ihn an. »Hau ab!«

»Nicht ohne meinen Mann«, erwiderte Noah.

Mein Mann. Diese zwei Worte genügten, dass sein Zorn mit Jeffrey durchging. Er würde nicht zulassen, dass Noah alles kaputtmachte. Er riss Noahs Kopf nach hinten und schlug ihn dann mit aller Wucht gegen die Wand. Das reichte offenbar, um ihn zu betäuben, denn die Spannung in seinem Körper ließ schlagartig nach. Das nutzte Jeffrey aus und hämmerte Noahs Kopf noch einmal gegen die Wand, wieder und wieder, bis irgendwann ein knirschendes Geräusch zu hören war. Als er auf die Wand blickte, sah er, dass sie mit Blut verschmiert war, das aus der klaffenden Wunde in Noahs Stirn gesickert war. Er stieß Noahs Kopf noch zweimal gegen die Wand und ließ den Körper dann zu Boden gleiten.

Noah war tot.

Es hatte Kraft gekostet, einen Menschen mit bloßen Händen umzubringen, und jetzt hingen Jeffreys Arme geschwächt herab, und er atmete schwer. Noah war nicht der Erste, der sich ihm entgegengestellt hatte, aber er hoffte, er würde der Letzte sein.

Aber jetzt war nicht die Zeit zum Nachdenken. Jeffrey musste sich rasch sammeln und für Ordnung sorgen.

79

Corrine

Corrine hatte fast den ganzen Tag vor dem Haus, in dem Eleanor Harrison wohnte, auf einer Bank am Ufer des Nene gewartet. Als sie eingetroffen war, hatte sie versucht, mit dem Nummerncode die Tür zu öffnen, aber wie sie vermutet hatte, war er seit ihrem letzten Besuch geändert worden.

Ihr Hackerkontakt hatte in Harrisons Online-Terminkalender eine Lücke in ihrem Tagesprogramm gefunden, aber Corrine wusste nicht, wann genau sie nach Hause kommen würde. Doch irgendwann fuhr ihr Auto auf das Gelände der Wohnanlage und verschwand in der Tiefgarage. Corrine konnte gerade noch durch das sich schließende Tor schlüpfen, lief die steile Einfahrt hinunter und holte Harrisons Auto schließlich ein.

Als sie den Wagen erreicht hatte, öffnete sich die Fahrertür, und zu Corrines Überraschung stieg ein korpulenter Mann in einem schwarzen Anzug aus. Er stürzte sich sofort auf sie, packte sie an den Schultern, riss sie herum und drückte sie gegen den Wagen. Corrine schrie vor Schmerz auf, als ihr Schlüsselbein sich bog, als würde es gleich aus dem Gelenk springen.

»Lassen Sie mich los!«, schrie sie, als Harrison auf der anderen Seite aus dem Auto stieg und zu ihr herübersah.

»Was wollen Sie?«, fragte Harrison knapp.

»Sie wissen genau, warum ich hier bin. Sagen Sie ihm, er soll mich loslassen.«

»Ich frage Sie noch einmal: Was wollen Sie?«

»Sie haben meinen Mann in den Bankrott getrieben, und meine Familie hat alles verloren.«

»Durchsuchen«, befahl Harrison ihrem Bodyguard. Er hielt Corrine weiter gegen die Wagentür gedrückt, scannte sie mit einem Gegenstand aus Metall und zog ihr dann das Handy aus der Hosentasche. In einer Jackentasche hatte sie noch ein zweites, ein Wegwerfhandy. »Sorgen Sie dafür, dass nichts aufgezeichnet wird.«

Der Mann überprüfte die Handys und schüttelte den Kopf. Dann packte er Corrines Handgelenk und kontrollierte ihre Uhr. »Die kann aufnehmen«, sagte er mit schroffem osteuropäischem Akzent.

»Gehen Sie mit dem Störgerät drüber.« Er zog etwas aus der Tasche und hielt es an die Uhr. »Und jetzt lassen Sie uns bitte kurz allein.«

Der Mann entfernte sich ein paar Schritte, ließ Corrine und Harrison aber nicht aus den Augen.

»Sie müssen Andreis Verhalten entschuldigen, aber Sie verstehen sicher, dass ich mich schützen muss, insbesondere nach diesem letzten brutalen Angriff«, sagte Harrison und lächelte Corrine hinterhältig an.

»Sie haben uns alles genommen«, sagte Corrine. »Bis auf den letzten Penny.«

»Ich dachte immer, Terroristen ginge es nicht ums Geld, sondern um Gleichbehandlung. Aber abgesehen davon – ich habe getan, was Sie von mir verlangt haben. Na ja, verlangt haben Sie es ja eigentlich nicht. Vielmehr haben Sie mich erpresst, oder?«

»Ich habe nicht verlangt, dass Sie meine ganze Familie zerstören.«

»Sie haben gesagt, ich soll dafür sorgen, dass meine Kollegen auf ihren Mann ›Druck ausüben‹, sodass er ›seine Entscheidungen noch einmal überdenkt‹. Und das habe ich getan. Es ist nicht meine Schuld, dass er alles auf eine Karte gesetzt hat und Sie deshalb jetzt mit leeren Händen dastehen.«

»Ich habe nichts mehr zu verlieren. Also werde ich das Video jetzt gegen Sie verwenden, verlassen Sie sich darauf. Und es ist mir scheißegal, in was ich mich selbst damit reinreite.«

»Lustigerweise sind Sie nicht die Erste, die mir heute damit droht. Heute Morgen hat mich Ihr Mann angerufen und genau dasselbe gesagt. Er hat gesagt, er hätte das Video und würde es veröffentlichen, wenn ich ihm nicht helfe.«

»Mitchell?«

»Ganz genau. Und ich habe ihm das gesagt, was ich auch Ihnen sage: Werfen Sie mal einen Blick in Ihre Cloud.«

Corrine nahm die beiden Telefone vom Dach des Autos. Mit ihrem normalen Handy stimmte etwas nicht. Das Hintergrundbild mit ihren Kindern war verschwunden. Die Liste mit ihren Kontakten und die Anruflisten waren leer, und keine einzige App war mehr zu sehen. Das Handy war auf die Werkseinstellungen zurückgesetzt worden. Mit dem Wegwerfhandy war dasselbe passiert. Corrine sah zu Andrei hinüber. Das musste sein Scanner gewesen sein.

»Sie können so viele Geräte zerstören, wie Sie wollen«, sagte Corrine zu Harrison, »aber die Cloud können Sie nicht zerstören.«

»Das stimmt, aber das Gesetz zur Terrorismusbekämpfung im Inland erlaubt es uns, Serviceprovider dazu zu zwingen, uns Einblick in jeden Account zu gewähren, den wir als potenzielle Gefahr für die Allgemeinheit ansehen. Und weil der Angriff auf meine Person von der Polizei als terroristischer Akt eingestuft wurde, wurden Ihr gesamter Computer und jedes Gerät in Ihrem Haushalt durchsucht, so wie auch die Clouds sämtlicher Personen in Ihrer Kontaktliste, und das Video wurde gelöscht.«

Corrine wurde bleich. »Das dürfen Sie nicht.«

»Das darf ich sehr wohl. Wie ich bei der Pressekonferenz nach dem Angriff gesagt habe, werde ich niemandem gegenüber klein beigeben. Und schon gar nicht gegenüber Leuten, die mich schikanieren oder mich erpressen wollen, oder irregeleiteten Mitgliedern von Freiheit Für Alle. Wär's das dann?«

Ohne eine Antwort abzuwarten, nickte Harrison Andrei zu. Er packte Corrine, drehte ihr einen Arm auf den Rücken und drängte sie aus der Tiefgarage, durch das Tor der Anlage und hinaus auf die Straße.

80

Jeffrey

Wie aufgescheuchte Vögel flogen Jeffreys Blicke in sämtliche Ecken des Raumes, während er überlegte, wie er vorgehen sollte. Auf dem Bett lag Luca, und auf dem Boden, zusammengesackt, Noahs Leiche. An der Wand klebten sein Blut und Strähnen seines Haares.

Wegen dem, was er Luca angetan hatte, plagten ihn Schuldgefühle. Anders bei Noah – der hatte es sich selbst zuzuschreiben. Er hätte einfach akzeptieren sollen, was zwischen Jeffrey und Luca passiert war, die Ehe für beendet erklären und verschwinden sollen. Aber er war durchgedreht, und Jeffrey war nichts anderes übriggeblieben, als sich zu wehren. Und dadurch hatte Noah alles noch komplizierter gemacht. Jeffrey beschloss, die Leiche nach unten zu schleifen und im Kofferraum seines Autos zu verstauen, bis er einen Ort fand, wo er sie endgültig loswerden konnte. Anschließend wollte er sich um Luca kümmern.

Er ging ins Gästezimmer, zog sich vollständig an und schaltete seine Uhr ein, um nachzusehen, wie spät es war. Er hatte elf versäumte Anrufe, dazu jede Menge Sprachnachrichten und Sprachnotizen, alle von seinem Teamleiter Adrian. Er brauchte sie weder abzuhören noch zu lesen, um zu wissen, in welchen Schlamassel Noah ihn gebracht hatte.

Als er ins Schlafzimmer zurückkehrte und wieder den leblosen Noah erblickte, überrollte ihn plötzlich mit ganzer Wucht eine Welle an Erinnerungen. Er war wieder fünfzehn, und es war die Nacht, in der er Rosie Morrison umgebracht hatte. Er kniete über der Leiche und starrte sie an, als warte er darauf, dass sie mit einem Mal wieder erwachte. Doch bevor ihm klar wurde, was er getan hatte, ging die Tür auf, und sein Bruder Bobby kam herein. Er stank nach Alkohol.

Jeffrey rappelte sich auf, während Bobby ungläubig seinen nackten Bruder anglotzte, dann seine reglose Freundin und dann wieder Jeffrey.

»Es war ein Unfall«, stieß Jeffrey hervor. Die Tränen liefen ihm über die Wangen und tropften ihm auf die Brust.

»Was hast du getan?«, fragte Bobby keuchend und beugte sich über Rosie.

»Ich hab ihr gesagt, sie soll aufhören zu schreien, aber ich …« Die Stimme versagte ihm.

Bobby schob einen Arm unter Rosies Oberkörper, richtete sie auf und schlug ihr mit der anderen Hand leicht auf die Wangen, als wolle er sie aus einem tiefen Schlaf aufwecken. Als er damit keinen Erfolg hatte, legte er sie wieder hin und versuchte, sie zu reanimieren. Es war zu spät.

Jeffrey war von dem Schock und der Trauer so gelähmt gewesen, dass er Bobbys erstem Schlag nicht ausweichen konnte. Er erwischte ihn mitten am Kinn, und Jeffrey stürzte zu Boden. »Du hast sie umgebracht!«, schrie Bobby und schlug noch einmal zu. Als er Jeffrey an der Augenhöhle traf, knackte es. Dann packte Bobby mit beiden Händen Jeffreys Kopf, hob ihn an und schmetterte ihn mit voller Wucht auf die Holzdielen. Nach zwei weiteren Malen war Jeffrey benommen, aber noch immer wach genug, um mit der Wodkaflasche auszuholen, die er sich vom Boden geschnappt hatte. Er zerschmetterte sie an Bobbys Schädel, woraufhin Bobby das Bewusstsein verlor. Dann drückte er die Scherbe, die in seinen Fingern verblieben war, in Bobbys Nacken und zerbrach den Knochen, der die Wirbelsäule mit dem Schädel verband.

Bobby kippte um, und Jeffrey rappelte sich auf. Er stützte sich an der Wand ab und sah hilflos zu, wie die innere Blutung seinem Bruder die Augen verdrehte, bis er seinen letzten Atemzug gemacht hatte.

Jeffrey stolperte rückwärts durch den Raum und versuchte zu begreifen, wie er zwei Menschen hatte umbringen können, die er liebte. Seine Augenhöhle war gebrochen, er sah nur verschwommen und in seinem Kopf hämmerte es, aber dennoch zog er sich an und wischte mit einem nassen Handtuch die Spuren weg, die er an Rosie hinterlassen hatte, außen wie innen. Und bevor er den Notruf wählte, sorgte er dafür, dass Bobbys Fingerabdrücke über das ganze Kissen verteilt waren.

Bei der Polizei hatte Jeffrey zu Protokoll gegeben, er sei durch Rosies gedämpfte Schreie aufgewacht und habe gesehen, wie sein Bruder, der offenkundig betrunken war, sie erstickte. Er habe versucht, ihn von ihr loszureißen, aber Bobby sei zu kräftig gewesen und habe ihm einen Schlag versetzt, wodurch er zu Boden gegangen und bewusstlos geworden sei.

Als er wieder zu sich gekommen sei, habe Bobby in seiner Raserei versucht, nun auch ihn umzubringen, woraufhin er ihn in Notwehr getötet habe. Weil Bobby ein Jahr zuvor wegen Körperverletzung gegen seine damalige Freundin strafrechtlich verurteilt worden war, hatte man Jeffrey geglaubt, und es war keine Anklage gegen ihn erhoben worden.

Eine neue Nachricht auf seiner Uhr ließ die Welle der Erinnerung verebben und holte ihn zurück in Lucas Schlafzimmer. Noch immer versuchte Adrian pausenlos, ihn zu erreichen, aber Jeffrey reagierte nicht. Stattdessen wandte er sich Noah zu. Unter der purpurroten Schicht aus verklebten Haaren war sein Gesicht kaum zu erkennen. Nur in der Stirn konnte Jeffrey eine Vertiefung von der Größe eines Golfballs ausmachen. Er hakte die Arme unter Noahs lauwarme Achseln und schleifte ihn zur Tür.

Eine benommene Stimme brachte ihn zum Stehen.

»Was ist passiert?«, fragte Luca.

81

Anthony

Anthony schloss die Augen und lauschte einen Moment lang. Außer einem leichten Ohrensausen – der Spätfolge eines Schlages, den ihm als Kind einer der gewalttätigen Freunde seiner Mutter versetzt hatte – waren in seinem Arbeitszimmer nur sein Atem und das Tippen eines Eingabestiftes auf der Schreibtischplatte zu hören.

Als sie das Haus vor drei Jahren gekauft hatten, hatte Hyde ein Team von Sicherheitsexperten geschickt, das Anthonys Arbeitszimmer schalldicht gemacht und Stahltüren mit biometrischen Schlössern sowie Fenster aus Sicherheitsglas und Fensterläden aus dickem Metall eingesetzt hatte. Damals hatte Anthony es für übertrieben und überflüssig gehalten, den Raum in einen modernen Faraday'schen Käfig zu verwandeln, doch jetzt war er dafür dankbar. Denn wenn er sich hierher zurückzog, war er vor den Interferenzen der Außenwelt geschützt.

Anders verhielt es sich mit der Stille, die im Rest des Hauses herrschte. Sie war unangenehm. Während er in die Küche ging, lauschte er vergeblich auf Matthews aufgeregtes Rufen, das früher aus dem Spielzimmer gedrungen war, wenn er mit seinen Freunden in der virtuellen Realität des 3-D-Metaversums gespielt hatte. Er sehnte sich nach dem Zischen von

Öl in heißen Pfannen, wenn Jada Rezepte aus der ganzen Welt in ihre Küche gebracht hatte. Wehmütig dachte er an das Lachen von Freunden und seiner Familie zurück, das an lauen Sommerabenden den Garten erfüllt hatte. Ohne die Geräusche derer, die er am meisten liebte, hatte das Haus keine Seele mehr.

Er nahm ein Bier aus dem Kühlschrank und leerte die Flasche, ohne die Tür wieder zu schließen. Genauso machte er es mit dem zweiten. Aber keine Menge Alkohol reichte aus, um die Anspannung zu lösen. Anthony vermisste seine Familie mehr, als er es jemals für möglich gehalten hätte.

Auf dem digitalen Kalender an der Wand erschien eine Benachrichtigung. Offenkundig stand ein Lieferdienst vor der Tür. Weil er nichts bestellt hatte, sah Anthony rasch im Familien-Terminplaner nach und stellte fest, dass Jada von Florida aus die Lieferung arrangiert hatte. Außerdem sollten morgen die Einkäufe für einen gesamten Monat gebracht werden. Jada musste aus der Ferne mithilfe der Sensoren den Inhalt des Kühlschranks und der Vorratsschränke überprüft und dabei festgestellt haben, dass Anthony kaum noch etwas aß. Nach allem, was er ihr angetan hatte, kümmerte sie sich noch immer um ihn, auch vom anderen Ende der Welt aus.

Er trat vor die Haustür, löste die Essensbox aus den Klammern der Drohne und drückte den Rückkehr-Knopf, woraufhin das Gerät wieder zu dem Thai-Restaurant zurückflog. In der Küche nahm er aus Gewohnheit drei Sets und dreimal Besteck aus der Schublade, bemerkte dann seinen Fehler aber gleich und legte jeweils zwei wieder zurück. Dann ging er zurück in sein Arbeitszimmer und aß dort allein.

Zahllose Male hatte er für einen Videoanruf bei seiner Familie zum Handy gegriffen, sich den Anruf dann aber jedes Mal versagt. Wenn er sie gesehen und ihre Stimmen gehört hätte, wäre er möglicherweise abgelenkt worden, und dann hätte es noch länger gedauert, bis seine Arbeit an dem Projekt der Junge-Bürger-Häuser abgeschlossen und er mit seinen Liebsten wieder vereint war. Er hatte sich vorgenommen, die Arbeit von drei Monaten in nur einem Monat zu erledigen. Je schneller er das hinter sich gebracht hatte, desto früher konnte er aus seinem Job aussteigen und das Projekt und Hyde endgültig hinter sich lassen. Daher kommunizierten Jada und er nur in knapp gehaltenen, sachlichen E-Mails. Anthony hoffte, dass die emotionale Distanz, die sie trennte, nicht so breit wie der Ozean war, der zwischen ihnen lag.

Während er in seinem abgeriegelten Arbeitszimmer saß und aß, betrachtete er die Bildschirme an der Wand und die Menge an Arbeit, die er und sein Team in so kurzer Zeit bewältigt hatten.

Heute Morgen hatte er bereits alles erledigt, was diese Woche anstand, und sich aus dem System ausgeloggt. Jetzt überkam ihn für einen kurzen Moment wieder die unbegründete, aber quälende Angst, dass Hyde und seine Leute sich in seinen Unterschlupf eingeschlichen und weitere Abhörgeräte angebracht hatten, während er sich anderswo im Haus aufgehalten hatte. Er ließ den Blick durch den ganzen Raum schweifen, bis er sicher sein konnte, dass keine Gefahr drohte. Dann zog er einen alten Laptop unter seinem Schreibtisch hervor und schaltete ihn an. An dem Gerät war alles deaktiviert, die WLAN-Verbindung, Bluetooth, 7G und die Internetverbindung, ebenso wie die Möglichkeit der Nachverfolgung, sodass niemand herausfinden konnte, dass Anthony ein Gerät verwendete, das weder überwacht wurde noch zugelassen war. Er steckte einen USB-Stick ein und widmete sich der Arbeit an seinem privaten Nebenprojekt. Einem, von dem Hyde und sein Team nichts wussten.

82

Jeffrey

Als er Lucas Stimme hörte, zog sich Jeffreys Brust zusammen.

Luca lag auf dem Bett, hatte die Augen halb geöffnet und versuchte, sich zu orientieren. Er streckte die Finger aus, drückte sie durch und versuchte sich aufzurichten. Doch er war noch zu schwach.

»Was ist passiert?«, fragte er erneut. Er lallte noch immer. »Ich hab mörderische Kopfschmerzen.«

Jeffrey erstarrte. »Dir geht's nicht gut«, sagte er. »Bleib liegen.«

Doch bevor er Noah weiter aus Lucas Sichtfeld ziehen konnte, hatte Luca den Kopf gedreht und seinen Mann erblickt, der mit dem Gesicht nach unten auf dem Boden lag.

»Noah?«, sagte er langsam. »Bist du das?« Er sah Jeffrey an. »Was ist los mit ihm?«

»Er ... er hat einen Unfall gehabt. Er ist gestürzt und hat sich verletzt.«

»Blutet er?«

»Ja.«

»Um Gottes willen! Hast du einen Krankenwagen gerufen?«

»Nein, noch nicht. Das wollte ich gerade tun.«

»Du musst ihm helfen.«

»Es ist zu spät, Luca. Tut mir leid.«

»Was soll das heißen?«

»Er ist tot, Luca. Noah ist tot.«

Als er begriff, was Jeffrey gesagt hatte, wich das Blut aus Lucas Gesicht. Er versuchte erneut, sich zu bewegen, und schob sich langsam über das Bett auf Noah zu. Je näher er kam, desto schwächer wurde er, und als er den Rand des Bettes erreicht hatte, verlor er den Halt und fiel auf den Boden. Jeffrey reagierte sofort, ließ Noah fallen und half Luca auf, sodass er sich an einen Schrank lehnen konnte. Dann beobachtete er, wie Luca das, was er ihm gesagt hatte, mit dem blutverschmierten Körper seines Mannes zusammenzubringen versuchte.

So hatte sich Jeffrey das Ende dieses Abends nicht vorgestellt. Luca hatte seine Gefühle nicht in Worte zu fassen brauchen. Jeffrey hatte auch so verstanden, was er empfand. Seine Körpersprache und seine nonverbale Kommunikation hatten eindeutig ein amouröses Interesse verraten. Jeffrey hatte schnell handeln und die Gelegenheit beim Schopf ergreifen müssen. Also hatte er Luca außer Gefecht setzen müssen, um die Ehe seines Klienten rasch zu beenden. *Kurzes Leid, Glück in Ewigkeit,* hatte er gedacht.

»Noah, wach auf«, sagte Luca drängend. »Bitte, Schatz. Sag Jeffrey, dass das nicht stimmt.«

»Es war ein Unfall«, sagte Jeffrey. »Aber keine Sorge. Ich werde sicherstellen, dass man die Schuld nicht dir zuschiebt.«

»Wieso? Was habe ich denn getan?«

»Als er nach Hause gekommen ist, habt ihr euch gestritten. Ihr wurdet handgreiflich und seid beide gestürzt. Noah ist mit dem Kopf gegen die Wand geprallt und hat zu atmen aufgehört.«

»Ich habe ihn geschlagen?«, fragte Luca entsetzt. Jeffrey nickte. Lucas Augen wurden feucht, und verzweifelt versuchte er, sich an das zu erinnern, was passiert war. »Nein, das kann nicht sein. Wieso erinnere ich mich nicht daran?«

»Wir hatten was getrunken. Aber ich werde dir helfen.«

»Wenn es ein Unfall war, kannst du der Polizei ja erzählen, was du gesehen hast.«

»Das kann ich nicht. Ich war unten, als es passiert ist. Du hast gesagt, er hat dich gewürgt und du wolltest dich verteidigen. Deine Aussage wird gegen einen Mann mit einer tödlichen Kopfverletzung stehen. Aber ich kümmere mich darum. Ich schaffe ihn erst mal weg, und dann überlegen wir, wie wir weiter vorgehen.«

»Noah würde mich niemals angreifen«, sagte Luca schluchzend. »Er kann unmöglich tot sein.«

»Ich werde nicht zulassen, dass du dein Leben wegen eines Mannes wegwirfst, der es nicht wert ist. Er hat dich nicht mehr geliebt, Luca. Als er zurückgekommen ist, hat er dir gesagt, dass er die Scheidung einreichen wird, weil er jemand anderen kennengelernt hat.«

»Nein, so war das ganz bestimmt nicht. Wir lieben uns. Er bedeutet mir alles.«

Jeffrey versuchte, Lucas letzte Worte zu ignorieren. »Als ihr angefangen habt zu streiten … da ist er gewalttätig geworden. Schau deinen Hals an, Luca. Die roten Striemen – da hat er versucht, dich zu erwürgen.«

Luca schüttelte ungläubig den Kopf, fasste sich aber an den Hals. Als er die Stelle berührte, an der Jeffrey ihn im Würgegriff gehalten hatte, zuckte er zusammen. Jeffrey hatte gezielt die Adern zusammengedrückt, die das Gehirn mit Blut versorgten, sodass Luca innerhalb von Sekunden bewusstlos geworden war. Als er ihn nach oben geschleppt hatte, hatte Luca sich wieder bewegt, und Jeffrey hatte gewusst, dass es zu gefährlich gewesen wäre, ihm zu oft oder zu lange die Luft abzudrücken. Also hatte er stattdessen den Elektroschocker verwendet, den er zum letzten Mal bei Harry eingesetzt hatte, bevor er ihn mit einem Schraubenzieher niedergestochen hatte. Er hatte Luca zwei kurze Stöße in den Nacken versetzt, sodass seine Muskeln erschlafft waren. Dann hatte er länger auf den Abzug gedrückt, und Luca war wieder bewusstlos geworden. Jeffrey hatte keine andere Wahl gehabt, als dieses Vorgehen jedes Mal zu wiederholen, wenn Luca wach geworden war. Den letzten Schlag hatte er ihm versetzt, als Noahs Auto in die Einfahrt gebogen war.

Jetzt umfasste er Lucas Kopf mit beiden Händen und beugte sich so nah zu ihm hin, dass er die Wärme seiner Tränen spüren konnte.

»Eure Ehe war zum Scheitern verurteilt«, sagte Jeffrey sanft. »Du hast nicht erkannt, wie unglücklich du warst, bis ich dir gezeigt habe, dass es ohne Noah so viel schöner sein könnte. Vorhin hast du gesagt, du hättest schon seit Ewigkeiten nicht mehr so viel gelacht wie heute mit mir. Und es gibt keinen Grund, warum das ab jetzt nicht für immer so sein sollte. Lass mich für dich sorgen. Lass mich dich so lieben, wie Noah es nicht gekonnt hat. Ich werde dein Babe sein und du mein Ziggy.«

Jetzt war es raus. Er hatte Luca seine Liebe gestanden. Sein Herz hämmerte wie verrückt.

»Was hast du da gesagt?«, fragte Luca.

Jeffrey musste schlucken. »Ich habe gesagt: Lass mich dich lieben. Wenn du uns beiden eine Chance gibst, kann aus diesem Schlamassel etwas Gutes werden. Wir beide wollen vom

Leben doch dasselbe: eine Beziehung, eine Ehe, eine Familie. Noah hat all das von sich gestoßen. Aber zwischen dir und mir besteht eine Verbindung. Ich weiß, dass du das auch spürst. Du und ich, wir beide zusammen, wir können alles haben, was wir wollen. Und noch viel mehr.«

Luca schüttelte den Kopf. »Nein, nein. Wir müssen Hilfe für Noah holen.«

Er wollte den Arm heben, aber Jeffrey hielt ihn zurück. Luca war zu schwach, um sich zu wehren.

»Bitte, lass mich in Ruhe«, flehte Luca ihn an.

»Das kann ich nicht. Erst wenn du mir glaubst, dass ich nur dein Bestes will.«

»Ich liebe dich nicht, Jeffrey«, sagte Luca schluchzend. »Ich liebe Noah.«

»Das mag jetzt noch so sein, aber es wird nicht immer so bleiben. Deine Liebe zu mir kann wachsen. Wir müssen uns nicht einmal berühren; wir können uns auch auf andere Weise nahe sein. Wenn du willst, dass andere dazukommen, dann muss ich auch nicht dabei sein. Ich kann einfach nur zusehen. Daran bin ich gewöhnt.«

»Du hast das alles falsch verstanden. Wir haben doch nur Zeit miteinander verbracht, weil wir beide einsam waren. Ich dachte, das wäre dir klar gewesen.«

Jeffrey rückte von Luca ab. Solche Worte hatte er schon oft gehört, und noch immer taten sie entsetzlich weh. Hatte er das alles so falsch eingeschätzt? Oder war Luca einfach nur verwirrt?

»Du bist durcheinander, Luca, du kannst nicht klar denken«, sagte er verzweifelt.

Lucas Blick fiel in den Spiegel, und er erkannte plötzlich, dass er nackt war. Er zog die Decke vom Bett, um seine Blöße zu bedecken. »Warum bin ich ...«, begann er, und als er zu Jeffrey aufsah, entdeckte er die Blutspuren an der Wand.

Er setzte die Puzzleteile zusammen, und Jeffreys Hoffnungen lösten sich in nichts auf. Er spürte, wie ihm ihre gemeinsame Zukunft zwischen den Fingern zerrann.

»Das mit Noah ... das warst du, oder?«, fragte Luca. »Und mich hast du ... jetzt fällt es mir wieder ein ... du hast mich am Hals gepackt ...«

Stück für Stück schob sich Luca, noch immer an den Schrank gelehnt, nach oben. Aber er war noch so schwach, dass er immer wieder zu Boden rutschte.

In diesem Moment sah Jeffrey, wie auf seiner Uhr das Icon für eine neue E-Mail aufleuchtete. Weil er glaubte, sie sei von Adrian, wollte er sie schon löschen, doch dann fiel sein Blick auf den Absender. Die Mail kam von Match Your DNA. Und die Worte im Betreff fuhren ihm durch Mark und Bein.

»Sie haben ein Match!«

83

Corrine

Corrine hatte ihren Ehemann schon seit Tagen nicht mehr gesehen. Das Letzte, was sie von ihm erfahren hatte, war, dass er sich mit den wichtigsten Köpfen seines Finanzteams und seinen Anwälten getroffen hatte, um das weitere Vorgehen zu besprechen, nachdem die Regierung seine Verträge gekündigt hatte und er kurz vor der Insolvenz stand. Anschließend sollten im ganzen Land eine Reihe von Treffen stattfinden, bei denen über die zahlreichen in Planung oder im Bau befindlichen Projekte entschieden werden sollte, sowie ein Treffen mit einem Insolvenzverwalter.

Corrines Gefühle waren zwiegespalten. Eleanor Harrison hatte sie reingelegt und dafür gesorgt, dass Corrines Familie kein roter Heller mehr blieb. Aber weil sie dabei auch das belastende Video aus der Cloud entfernt hatte, das die Auseinandersetzung zeigte, bei der sie verletzt worden war, hatte Mitchell nun nichts mehr gegen Corrine in der Hand. Damit war Corrine nicht länger dazu gezwungen, in dieser Ehe zu verbleiben, die schon längst nicht mehr auf Liebe gründete. Das Timing war zwar alles andere als ideal, aber dennoch hatte sie erneut eine Scheidungsklage eingereicht, wobei sie sich jetzt nicht mehr auf häusliche Gewalt berief, sondern auf unüberbrückbare Differenzen. Ihre Anwältin hatte ihr bereits mitgeteilt, dass Mitchell zugesagt hatte, die Klage nicht anzufechten, was das Verfahren beschleunigen würde. Ohne es zu ahnen, hatte Eleanor Harrison Corrine ihre Freiheit zurückgegeben.

Es gab vieles, worüber Corrine und Mitchell in den vergangenen Wochen nicht mit ihren Kindern gesprochen hatten: darüber, warum sie ihre Trennung im ersten Anlauf doch nicht vollzogen hatten, warum Corrine zu Mitchell zurückgekehrt war, und über den zweiten Anlauf zu einer Scheidung. Und nun hielten sie wieder etwas vor ihnen verborgen. Über die finanzielle Situation der Familie wollten sie die Kinder erst informieren, wenn entsprechende Übereinkünfte getroffen waren und Mitchell wusste, wie viel persönliches Vermögen der Insolvenzverwalter ihnen zugestehen würde.

Noch sieben Wochen und vier Tage würde Corrine in dem Haus bleiben, vor dem sie jetzt mit dem Auto vorfuhr. Aller Wahrscheinlichkeit nach würde sie New Northampton sehr bald verlassen und in den alten Teil der Stadt ziehen. Aber vor dieser Veränderung scheute sie nicht zurück, sondern sah ihr mit Freude entgegen.

Das Einzige, was noch an ihr nagte, war die Tatsache, dass Harrison für ihre sexuellen Übergriffe nicht bestraft werden würde. Selbst wenn Corrine die beiden ihr bekannten Opfer dazu bringen könnte, bei der Polizei auszusagen, und außerdem sie selbst und Nathan eine Aussage machen würden, war es unwahrscheinlich, dass es – ohne Videomaterial oder DNA-Spuren – zu einer Strafverfolgung kam, und schon gar nicht, wenn Harrisons Anwälte sich einschalteten. Jetzt, wo Harrison wusste, dass sie beobachtet wurde, ließ sie vermutlich besondere Vorsicht walten. Corrine konnte nur hoffen, dass Harrison sich irgendwann einmal verschätzen und sich die falsche Person aussuchen würde, eine, die die Mittel hatte, sie öffentlich an den Pranger zu stellen.

Corrine stieg aus dem Auto aus – auch das eines der Güter, die demnächst den Gläubigern in die Hände fallen würden – und ging in Richtung Haus. Drinnen wollte sie online nach einer Mietwohnung und einem Job suchen. Aber noch bevor sich die Haustür öffnete, hörte sie hinter sich das Quietschen von Autoreifen und eine bekannte Stimme, die nach ihr rief.

»Yan!«, rief Corrine, als sie sich umdrehte.

»Tut mir leid, dass ich so aus heiterem Himmel hier auftauche«, sagte Yan, während sie aus ihrem Auto stieg. »Du hast zwar geschrieben, dass du nicht mehr bei der FFA mitmachen kannst, aber …«

Corrine umarmte Yan und drückte sie fest an sich. »Wie schön, dich zu sehen«, sagte sie. »Tut mir leid, dass ich euch so von heute auf morgen verlassen habe, aber es ging nicht anders. Komm, wir gehen rein, dann erklär ich dir alles.«

Yan lächelte. »Ich hab dir jemanden mitgebracht.«

Sie wies auf ihr Auto. Als sich die Fensterscheibe senkte und ein weiterer Passagier zum Vorschein kam, schlug Corrine die Hände vor dem Mund zusammen.

84

Jeffrey

Von einem Moment auf den anderen stürzte das Schlafzimmer mitsamt Noah und Luca ins Nichts. Es gab nur noch Jeffrey und die E-Mail, in der ihm mitgeteilt wurde, dass sich sein DNA-Match gefunden hatte.

Er las die Betreffzeile noch einmal, um sicherzugehen, dass er sich das nicht einbildete. Irgendjemand auf der Welt war sein Match. Nur seines. Einzig und allein seines. Und mit einem Mal taten sich unendlich viele Möglichkeiten auf. Jetzt würde er die Art von Liebe finden, die er noch nie erlebt hatte, eine echte, tief empfundene Liebe und keine unerwiderte Obsession. Er würde nicht mehr lügen müssen, niemanden mehr manipulieren oder irreführen müssen, um das zu bekommen, was er wollte. Er würde sich nicht mehr auf jede Art der Zuneigung stürzen müssen, die ihm irgendwo begegnete. Er würde nicht mehr zurückgewiesen werden, würde nicht mehr abgelehnt, ignoriert, gemieden, verschmäht oder bedauert werden.

Sondern nur noch geliebt.

Schon bei dem Gedanken verspürte er im ganzen Körper tausend kleine Explosionen. Sein Blick fiel wieder auf Luca, nur sah er ihn jetzt in einem anderen Licht. Vielleicht hatte Luca recht. Er würde Jeffrey nie lieben, einfach weil Noah sein Match war. Wäre er, Jeffrey, wirklich damit klargekommen, für den Rest seines Lebens nur zweite Wahl zu sein? Gerade eben hatte er das noch für möglich gehalten, aber diese E-Mail erschütterte alle Gewissheiten, die zu haben er geglaubt hatte.

Offenbar bemerkte Luca, dass sich im Raum etwas verändert hatte. Er drückte sich wieder mit dem Rücken gegen den Schrank, jetzt allerdings mit mehr Kraft, und versuchte, auf die Beine zu kommen. Jeffrey sah ihm zu, aber diesmal hielt er ihn nicht zurück oder redete auf ihn ein.

»Es tut mir leid, Luca«, sagte er leise und machte einen Schritt auf ihn zu. Seine Augen liefen über, als er Luca zum zweiten Mal an diesem Abend die Hände um den Hals legte. Doch jetzt wäre es nicht damit getan, ihn nur bewusstlos zu machen. Jetzt musste er weiter gehen.

Luca, der noch immer verlangsamt war, versuchte vergeblich, sich zu wehren, und packte Jeffrey an Armen und Händen, um sich aus seinem Griff zu befreien. Aber so wie Noah kam auch er nicht gegen Jeffrey an.

»Wirklich, es tut mir leid«, sagte Jeffrey unter Tränen, beugte den Kopf zu Luca vor, vergrub das Gesicht in seinen Haaren und sog ein letztes Mal seinen Duft ein. Er bekam kaum mit, wie Luca mit den Fäusten gegen seinen Kopf schlug. »Du hattest recht. Das mit uns hätte nicht funktioniert. Das ist mir jetzt klar. Danke. Ich hoffe, du kannst mir verzeihen.«

In Lucas Augäpfeln platzten dünne Blutgefäße und bildeten schmale rote Bahnen. Und während Lucas Schläge und Stöße schwächer wurden, stellte Jeffrey sich vor, wie nun endlich sein wahres Leben anfing, wenn er dieses Haus verließ und jeder einzelne der Räume in heißen, lodernden Flammen aufging. Ein neues Kapitel würde beginnen, und schon jetzt spürte Jeffrey eine prickelnde Vorahnung.

85

Corrine

Corrine schob drei klapprige Bürostühle über den Beton-
boden des Lagerhauses. Das letzte noch intakte Gebäude in
Brackmills, einem Industriegebiet in New Northampton, war
leer. Durch ein zerbrochenes Fenster war der erste Abschnitt
einer Mauer zu sehen, die den alten Teil der Stadt von einer
Zone trennen sollte, in der ein weiteres Wohngebiet für Paare
mit Smart-Ehe errichtet wurde.

Corrine beugte sich vor und legte dem jungen Mann, der
jetzt zwischen ihr und Yan saß, eine Hand auf die Schulter.
Yan hatte sie drei in ihrem Auto hierhergebracht.

»Es tut gut, dich zu sehen, Nathan«, sagte Corrine. »Ich
hab mir solche Sorgen gemacht. Und im Krankenhaus habe
ich keine Auskunft bekommen.«

»Mir geht's wieder gut. Und danke, dass du an mich gedacht hast.«

»Haben sie dich gefragt, was passiert ist?«

»Als ich wieder bei Bewusstsein war, sind immer wieder
zwei Typen gekommen und wollten mit mir reden, aber ich
hab gesagt, ich kann mich an nichts erinnern.«

»Waren die von der Polizei?«, fragte Yan.

»Sie haben wie Bullen geredet, aber als ich sie danach gefragt habe, haben sie nicht reagiert. Ich hab ihnen nur immer

wieder gesagt, dass ich nur noch weiß, dass ich von der Veranstaltung weg bin, wo ich gekellnert habe, und dass danach meine Erinnerung aussetzt. Wahrscheinlich haben sie mir geglaubt, denn danach sind sie nie wiedergekommen.«

»Mit tut das alles so wahnsinnig leid«, sagte Corrine. »Ich wünschte, ich wäre früher in Harrisons Wohnung gewesen.«

»Das ist nicht deine Schuld. Ich glaube, sie hat mir schon was in das Bier getan, das sie mir bei der Veranstaltung spendiert hat, denn schon als wir in ihrer Wohnung angekommen sind, habe ich mich irgendwie komisch gefühlt. Wenn ich klar im Kopf gewesen wäre, hätte ich den zweiten Drink niemals angenommen. Und kurz darauf war ich weg.«

»Und wie geht's dir jetzt? Spürst du noch was?«

Nathan schüttelte den Kopf. »Nein. Was ist denn eigentlich mit Harrison? Ich habe Bilder von den Verletzungen gesehen, die ich ihr zugefügt habe. Das ist mir so peinlich.«

»Das braucht dir nicht peinlich zu sein, glaub mir. Die meisten dieser Verletzungen sind nicht echt. Sie will damit bloß Mitleid erregen.«

»Wirklich?« Nathan schloss die Augen und atmete erleichtert aus. »Kann ich das Video mal sehen? Yan hat gesagt, Freiheit Für Alle wird es nicht verwenden.«

Corrine zögerte. Ihr Gewissen meldete sich. Sie hätte lügen und behaupten können, sie hätte das Video gelöscht. Aber Yan und Nathan hatten es verdient, dass sie ehrlich zu ihnen war, auch wenn die Wahrheit sie in noch so schlechtem Licht dastehen ließ. Erst als sie geendet hatte, hob sie den Blick vom Boden und wagte es, Yan und Nathan anzusehen und sich ihren Reaktionen zu stellen. »Es tut mir leid«, fügte sie hinzu. »Ich war verzweifelt, deswegen habe ich so egoistisch

481

gehandelt. Und jetzt haben wir nichts mehr gegen sie in der Hand.«

»Ich hätte es genauso gemacht«, sagte Yan. »Aber ich weiß nicht, ob die anderen von der FFA das auch so sehen.«

»Und was, wenn ich an die Öffentlichkeit gehe und den Medien erzähle, was sie mit mir gemacht hat?«, fragte Nathan.

»Nichts würde ich mir mehr wünschen, als dass die Wahrheit ans Licht kommt, aber wir leben in moralisch verkommenen Zeiten. Dein Wort würde gegen ihres stehen. Und wem würden die Leute eher glauben: einer Ministerin, die Respekt genießt, oder einem dahergelaufenen Teenager? Außerdem würdest du damit der FFA widersprechen, denn die behauptet, sie hätte damit nichts zu tun. Niemand von uns würde mit einer weißen Weste aus der Sache rauskommen.«

»Also gibt es keine Möglichkeit zu verhindern, dass Harrison weitermacht?«

Corrine schüttelte langsam den Kopf. »Nein. Die gibt es nicht.«

Einen Moment lang herrschte Stille in dem Lagerhaus. Dann war von der Tür her eine Stimme zu hören.

»Es könnte einen Weg geben, sie in der Öffentlichkeit bloßzustellen«, sagte die Stimme. Alle drei fuhren herum, um zu sehen, wer der ungeladene Gast war. »Und wenn das funktioniert, könnt ihr sie damit vernichten.«

86

Roxi

»Fehlt es dir eigentlich, Sachen in den sozialen Medien zu posten?«, fragte Owen plötzlich. Er aß Brombeeren und Heidelbeeren von einem Teller, der vor ihm stand, und Roxi legte ihr Tablet, mit dem sie gerade im Internet gesurft hatte, mit dem Display nach oben auf das Sofa. »Führen Sie nie ein Gespräch, während Sie die ganze Welt in der Hand halten«, hatte ihr Beziehungsbegleiter Adrian ihnen geraten. Sosehr Roxi diese ganze Geschichte auch vergessen wollte, einige seiner Ratschläge waren ihr im Gedächtnis kleben geblieben wie angebrannte Nudeln am Boden einer Pfanne.

»Nein, eigentlich nicht«, behauptete sie. »Auch wenn es eine Menge Spaß gemacht hat.«

»Kein bisschen?«

»Diese Phase meines Lebens ist vorbei.«

»Aber es war dir doch so wichtig.«

»Nicht so wichtig wie meine Familie.«

Als Owen sie zufrieden ansah, wusste Roxi, dass sie das Richtige gesagt hatte. Er wandte sich wieder dem Fußballspiel im Fernsehen zu.

Roxi hatte ihm verschwiegen, dass sie zwar auf ihrem Handy und ihrem Tablet Sperren eingerichtet hatte, die sie davon abhielten, auf ihre alten Accounts zuzugreifen, dass sie diese aber nur vorübergehend stillgelegt, nicht jedoch gelöscht hatte. Zu diesem letzten Schritt war sie noch nicht in der Lage. Ihre frühere Persönlichkeit geisterte nach wie vor durch die Hallen des Internets und wartete darauf, dass sie zurückkam oder die Exorzistin spielte und auf »Löschen« drückte.

»Ich kriege aber immer noch Einladungen ins Fernsehen und ins Radio«, sagte sie. »Erst heute Morgen habe ich eine Anfrage für ein Interview in einem Podcast abgelehnt.«

»Echt?«, fragte Owen überrascht. »Ich hätte gedacht, das Interesse an dir wäre mittlerweile erloschen.«

»Ja, mich überrascht es auch, dass ich einen so bleibenden Eindruck hinterlassen habe.«

»Bestimmt wird man dich bald vergessen haben.«

Owens Worte klangen zwar nicht lieblos, schmerzten aber dennoch.

»Ich räum das mal auf«, sagte er und deutete auf einen Korb mit frisch gewaschener Wäsche, der in einer Ecke stand. Weil Roxi jetzt so viel Zeit zur Verfügung hatte, landete jedes T-Shirt, kaum dass es in den Wäschekorb geflogen war, im Schleudergang. Ihr kamen die Tränen, wenn sie zu viel über ihre Wandlung von der Influencerin zur Hausfrau nachdachte.

Was sie wirklich wollte, war eine Auszeit von ihrem Mann, auch wenn sie unter demselben Dach lebten. Seitdem Adrian weg war und sie nicht mehr auf Stufe zwei waren, klebte Owen an ihr wie eine Napfschnecke am Rumpf der *Titanic*. Er begründete das damit, dass sie sich, wenn sie sich emotional nahe sein wollten, auch körperlich nahe sein müssten. Er hatte sogar seine Arbeitszeit von fünf auf vier Tage in der Woche reduziert, um lange Wochenenden mit der Familie verbringen zu können. Wäre es nach Roxi gegangen, hätte sie seine Firma darum gebeten, dass sie ihn auch am Samstag und am Sonntag arbeiten ließen. Oben im Schlafzimmer steckte sie sich ein zusammengerolltes, frisch gewaschenes Paar Sportsocken in den Mund, wickelte sich ein Handtuch um den Kopf und schrie, bis sie heiser war.

In ihrer Naivität hatte sie geglaubt, sie könnte, wenn das Internet sie nicht mehr ablenken würde, die Ehefrau und die Mutter werden, die alle anderen im Haus sich wünschten. Aber diese Rolle und die Liebe, die ihre Familie ihr entgegenbrachte, erfüllten sie nicht. Nicht im Geringsten, wie sie sich beschämt eingestehen musste. Sie sehnte sich so sehr nach ihrem alten Leben zurück, dass ihr manchmal übel wurde. In manchen Nächten tappte sie leise die Treppe hinunter, schlich sich in die Garage und setzte sich in Owens Auto. Sie hatte es sich antrainiert, so still zu schluchzen, dass keines der aufzeichnenden Geräte ihre Tränen erfasste.

Oft fragte sie sich, warum sie nicht so wie andere Frauen sein konnte. Warum konnte sie nicht einfach ganz im Augenblick leben, ohne andauernd mehr zu wollen? Millionen von Singles wären für einen solchen Mann und solche Kinder über Leichen gegangen. Die Vorstellung, ihre Familie zu verlieren, hatte ja auch sie selbst zu einem Mord veranlasst. Aber jetzt raubten ihr das ständige Verdrängen und das Gefühl der Beengtheit den Atem. Und sie fand einfach keinen Weg, damit umzugehen.

Als Darcy vor zwei Wochen dreizehn geworden war, hatte sie Roxi um Hilfe bei ihren Auftritten in den sozialen Medien gebeten. Roxi hatte sich wie eine trockene Alkoholikerin gefühlt, die zu einer Kneipentour eingeladen wird. Es war berauschend gewesen, Darcy bei der Erstellung von Content zu helfen, bei der Nachbearbeitung, beim Ausleuchten und bei der Promotion, und dabei zuzusehen, wie die Anzahl ihrer Abonnenten stetig wuchs. Endlich gab es etwas, das sie beide verband. Die Sounds, die neue Nachrichten anzeigten, ließen Roxi in eine Zeit zurückfallen, in der sie unbeschreiblich glücklich gewesen war. Antoinette Cooper hatte recht gehabt, als sie Owen gegenüber den Verdacht geäußert hatte, dass Roxis Bedürfnis nach der Beschäftigung mit den sozialen Medien Züge einer Sucht trug. Aber der kalte Entzug hatte dieses Verlangen nicht mit der Wurzel ausgerissen. Für einen kurzen Moment hatte Roxi sich gefragt, ob es ihr genügen würde, wenn Darcy an ihrer Stelle dieses Bedürfnis auslebte. Aber sie wusste, dass sie sich damit nur selbst etwas vormachen würde.

Das Piepen der Sensoren an der Haustür zeigte an, dass jemand vor der Tür stand, und plötzlich wurde Roxi sich beschämt der Socken in ihrem Mund bewusst.

»Kannst du mal schauen, Owen?«, rief sie, nachdem sie sie herausgenommen hatte. »Das ist wahrscheinlich der Kurier, der die Produkte wieder abholt, die letzte Woche gekommen sind.« Sie hatte die Schachteln nicht geöffnet. Es wäre zu schmerzhaft gewesen, denn welche Schätze sich darin auch verbargen, sie hätte nichts damit anfangen können.

Einen Moment später rief Owen nach ihr und sagte, sie solle runterkommen. Der Ton in seiner Stimme nervte sie, und sie hoffte inständig, dass Adrian nicht wieder da war. Erst als sie die Gruppe von Leuten sah, die sich vor der Tür drängten, verstand sie, warum Owen so nervös war. Eine Handvoll Männer und Frauen, manche in Uniform, manche in Zivil, warteten auf sie. Für den Bruchteil einer Sekunde genoss Roxi die Aufmerksamkeit. Als sie an dem Fenster über der Tür vorüberging, entdeckte sie drei Einsatzfahrzeuge, die am Straßenrand geparkt waren.

»Die Polizei ist da«, sagte Owen knapp. »Sie haben einen Durchsuchungsbeschluss.«

87

Corrine

Corrine war in diesem Jahr schon einmal im Magdalen College in Oxford gewesen, als sie ihre Tochter Freya zum Anfang eines Semesters hierherbegleitet hatte. Heute gingen die beiden aus einem anderen Grund über das geschichtsträchtige Gelände der Universität.

Corrines Blick fiel auf eine Gruppe Studierender, die im Licht des Spätsommernachmittags auf einer sattgrünen Wiese Yoga machten. Andere saßen im Schatten von Bäumen und unterhielten sich oder steckten die Nase in Bücher. Wenn ihr eigenes Leben doch auch nur so unkompliziert wäre, dachte Corrine.

Es war Freya gewesen, die plötzlich in dem Lagerhaus aufgetaucht war, in dem sich Corrine, Yan und Nathan gerade auf den neuesten Stand gebracht hatten. Später hatte Corrine erfahren, dass Freya zuvor schon wochenlang Verdacht geschöpft hatte, weil sie überzeugt gewesen war, dass Corrine, die immer öfter einen besorgten Eindruck machte, ihr etwas Wichtiges verheimlichte. Immer wieder hatte sie Corrines Nähe gesucht, weil sie sich um ihr Wohlbefinden gesorgt hatte. Jedes Mal hatte Corrine sie mit einem gespielten Lächeln abgespeist sowie der Versicherung, dass alles in Ordnung sei. Als Freya dann gesehen hatte, wie sie zu einer

Frau ins Auto stieg, die sie nicht kannte, war sie ihr in einem spontanen Entschluss gefolgt. Anschließend hatte sie vor der Tür des Lagerhauses gestanden und das Gespräch belauscht, und mit einem Mal hatte sie verstanden, warum ihre Mutter sich so zugeknöpft gab. Sie war überrascht, aber auch stolz auf Corrines Doppelleben. Vor allem aber wollte sie ihr helfen.

»Hier entlang«, sagte Freya und ging durch einen Torbogen aus Backstein voraus und dann durch eine Tür. Auf einem Messingschild an der Wand stand *Longwall Library*. »Lizzy hat geschrieben, dass sie ihn hier vor einer Stunde gesehen hat.«

Corrine folgte Freya eine Treppe hinauf und bis zu einem Schreibtisch, der vor einem Rundbogenfenster stand. An dem Tisch, auf dem sich Bücher stapelten und ein Laptop stand, saß ein junger Mann.

»Will«, sagte Freya.

Der Sohn von Eleanor Harrison sah auf und lächelte. »Oh, hi, Freya. Na, wie geht's dir?«

»Wahrscheinlich nicht anders als dir – ich ertrinke in Hausarbeiten, aber sonst ist alles okay. Das ist Corrine, meine Mutter.«

»Hallo, Will«, sagte Corrine. Sie verspürte ein Kribbeln im Magen. Will hatte dieselben hervorstehenden Wangenknochen und dasselbe Lächeln wie seine Mutter. Sie hoffte, dass sich die Ähnlichkeit in diesen Äußerlichkeiten erschöpfte.

»Ich störe dich nur ungern«, fuhr Freya fort, »aber hättest du vielleicht kurz Zeit?«

»Ja, klar, worum geht's denn?«

Freya sah sich um, um sicherzustellen, dass niemand sie hören konnte. »Ich muss mit dir über eine heikle Angelegenheit sprechen. Es geht um deine Mutter.«

Wills Körperhaltung veränderte sich schlagartig. Er lehnte sich zurück und verschränkte die Arme. »Wenn du willst, dass ich sie bitte, sich für irgendwas einzusetzen, musst du leider den offiziellen Weg einschlagen. Ich habe da keinen Einfluss auf sie …«

»Nein, es geht um etwas anderes. Etwas … Persönlicheres. Können wir uns kurz setzen?« Will nickte. »Ich brauche deine Hilfe.«

»Noch mal: Ich kann dir da nicht helfen. Wir haben beide viel um die Ohren und sehen uns kaum. Du weißt ja, wie das ist.«

»Das verstehe ich, Will«, sagte Corrine leise, »aber ich glaube, es hat noch einen anderen Grund, dass ihr beide euch voneinander entfernt habt. Ich habe dich bei der Pressekonferenz gesehen, bei der sie behauptet hat, sie sei angegriffen worden. Du hast gewusst, dass sie nicht die Wahrheit gesagt hat.«

»Ich weiß nicht, was Sie meinen.«

»Doch, ich glaube, das weißt du sehr genau. Und ich glaube, du hast herausgefunden, dass sie bestimmte Dinge tut. Das hat dich verstört und verärgert. Und deswegen habt ihr beide keinen Kontakt mehr.« Corrine hatte keine Beweise dafür, dass ihre Vermutung zutraf. Vielleicht wollte sie auch einfach, dass es so war.

Will wollte etwas erwidern, hielt aber inne. Und da wusste Corrine, dass sie richtiggelegen hatte. Aber jetzt kam der schwierigere Teil.

88

Anthony

Die beiden Autos, die nebeneinander in Anthonys Garage standen, waren seit Wochen nicht mehr benutzt worden. Anthony hatte das Haus kaum verlassen. Keine Projektmeetings in London mehr, keine unerlaubten Besuche bei Versammlungen von Freiheit Für Alle, keine Joggingrunden, um den Kopf freizubekommen.

Heute jedoch musste er zu einer bestimmten Zeit an einem bestimmten Ort sein. Die Phase der Trennung von Jada und Matthew würde in wenigen Stunden zu Ende gehen, sobald ihr Flug aus Orlando am späten Nachmittag gelandet war. Und wenn sich die Tür zur Ankunftshalle öffnete, würde nichts ihn davon abhalten, sie in die Arme zu schließen. Der Gedanke an dieses Wiedersehen erfüllte ihn mit Vorfreude, bis er sich selbst im Seitenspiegel sah. Er wandte den Blick ab, noch bevor er richtig hingesehen hatte. Er war nur noch ein Schatten seiner selbst. Gott allein wusste, was Jada denken würde, wenn sie seine eingefallenen Wangen sah, seine geröteten Augen und die vereinzelten grauen Haare, die wie Spinnweben aussahen und sich über Nacht gebildet zu haben schienen.

Die Flügeltür seines Autos klappte hoch, und Anthony stieg ein und drückte den Zündknopf in der Mitte des Lenkrades.

Eine rote Leuchte auf dem Armaturenbrett zeigte an, dass die Batterie leer war. Anthony ärgerte sich, dass er vergessen hatte, die Ladematten einzuschalten, die in den Boden der Garage eingelassen waren, und stieg in Jadas Auto, ebenfalls ein autonomes Fahrzeug und ein jüngeres Modell als seines. Diese Modelle hatten kein Lenkrad mehr und auch keine andere Möglichkeit der manuellen Steuerung, was Anthony jedes Mal nervös machte. Noch immer war ihm der Terroranschlag in Erinnerung, bei dem etliche Jahre zuvor eine Gruppe von Hackern die Kontrolle über Hunderte von Fahrzeugen übernommen hatte. Aber heute hatte er so viel zu tun, dass er nicht auf ein Taxi warten konnte.

Er nannte dem Navi den Flughafen als Ziel, zog dann einen Zettel aus der Tasche, auf dem eine Anschrift notiert war, und sprach sie ebenfalls laut aus. Während auf dem Bildschirm eine animierte Landkarte erschien, griff er in seine Jackentasche und umfasste dort einen Gegenstand, um sich zu vergewissern, dass er ihn noch bei sich hatte.

Das Auto nahm seinen Weg durch die Straßen von New Northampton. Anthony war hellwach, zugleich aber auch benommen. Wochenlang hatte er täglich zwanzig Stunden an zwei verschiedenen Projekten gearbeitet – einmal für Hyde und einmal für sich selbst –, und jetzt stand er kurz vor der totalen Erschöpfung. Er hatte sich so sehr gefordert, wie er es nie zuvor getan hatte und nie wieder tun würde. Heute waren seine Treibstoffe Koffein und Adrenalin.

Aber nun war endlich Licht am Ende des Tunnels zu sehen. Wenn Jada beim nächsten Schritt seines Vorhabens dabei wäre, würden sie noch heute Abend Frankreich durchqueren. Morgen dann die Schweiz, und von Mailand aus würden sie einen Flug nach Saint Lucia nehmen. Der Gewinn aus dem Verkauf des Hauses würde direkt auf ein so gut wie unauffindbares Offshore-Konto auf den Seychellen fließen, das sein Schwager für ihn eröffnet hatte. Damit hätten sie ein Polster, das eine Weile ausreichen würde, bis sie wieder Arbeit suchen mussten.

Anthony lehnte sich entspannt zurück und malte sich aus, wie sie die nächsten Jahre an idyllischen Stränden verbringen würden – unter einem endlosen, hellblauen Himmel, am Ufer eines endlosen, silbern glänzenden Ozeans und mit so wenig Technologie wie möglich. Und während das autonome Auto weiter dahinglitt, fielen Anthony die Augen zu. Er stellte sich ein Familienleben mit einer völlig anderen Dynamik vor, eines, in dem er eine Hauptrolle spielte und nicht mehr nur zusah. Er würde Jada und Matthew beweisen, dass er ihrer wert war.

Auch die Erinnerung an Jem Jones würde er hinter sich lassen. Um voranschreiten zu können, musste er sie vergessen. Erst jetzt konnte er sich eingestehen, dass er sie, auch wenn es noch so absurd gewesen war, geliebt hatte. Er hatte aus ihr etwas gemacht, das sie nicht war und nie hatte sein können. Und er hatte zu viel Zeit damit verschwendet, sich auf einen Menschen zu kaprizieren, der seine Liebe nie erwidert hatte.

»Guten Tag, Anthony.«

»Fuck!«, rief er, riss die Augen auf und fuhr hoch. Wie lange hatte er geschlafen? Die Stimme war so deutlich zu hören, dass er sich umdrehte, um zu sehen, ob jemand hinter ihm saß. Aber die Rückbank war leer.

»Habe ich Sie aufgeweckt?« Es war Henry Hydes Stimme, die aus den Lautsprechern kam. »Ich wollte Sie nicht erschrecken«, fuhr Hyde fort, aber Anthony wusste, dass er genau das beabsichtigt hatte. »Wie geht es Ihnen?«

»Alles in Ordnung, vielen Dank«, antwortete Anthony beiläufig und versuchte, sich sein Unwohlsein nicht anmerken zu lassen.

»Ich dachte, es wäre wieder einmal an der Zeit, dass wir uns ein wenig austauschen. Wir haben uns ja schon länger nicht mehr gehört. Nicht seit diesem Missverständnis.«

»Jetzt passt es gerade nicht so gut.«

»Warum? Womit sind Sie denn beschäftigt?«

»Ich hole meine Familie vom Flughafen ab.«

»Ach ja, richtig, ein kleines Vögelchen hat mir gezwitschert, dass sie heute zurückkommen. Aber ist das nicht erst in ein paar Stunden?« Anthony antwortete nicht. »Wohin fahren Sie denn dann? Was erfordert denn Ihre ungeteilte Aufmerksamkeit?«

»Ich muss ein paar Dinge erledigen. Einkaufen zum Beispiel … und noch andere Sachen.«

»Hmmm … was ich mich da frage … Gehört ein Treffen mit Howie Cosby von Freiheit Für Alle in die Kategorie ›andere Sachen‹?«

Anthonys Brust zog sich zusammen. *Er weiß es,* dachte er. Jadas Navi hatte Hyde die Adresse verraten, an der Anthony und Cosby sich treffen wollten. Und wenn Hyde Zugriff auf den Bordcomputer hatte, las er jetzt wahrscheinlich auch die Daten mit, die Anthonys Uhr an die Zentralkonsole sandte und die anzeigten, dass sein Blutdruck und seine Stresswerte stiegen. Es hatte keinen Sinn, irgendetwas abzustreiten.

»Ich bin raus aus dem Projekt«, sagte er. »Gestern Abend habe ich alles abgegeben, noch vor der Deadline, also arbeite ich jetzt nicht mehr für Sie. Das hatten wir so vereinbart. Ich habe meine Verpflichtungen aus unserer Abmachung erfüllt, also kann ich jetzt jeden Menschen treffen, den ich treffen will.«

»Sie werden verstehen, dass es mich beunruhigt, wenn Sie mit einer Organisation sympathisieren, die aggressiv gegen die Politik der Regierung kämpft.«

»Ich habe nicht die Absicht, irgendjemandem irgendetwas zu erzählen, was ich nicht erzählen sollte«, erwiderte Anthony. »Ich habe unzählige Verschwiegenheitsverpflichtungen und Erklärungen zu Staatsgeheimnissen unterschrieben. Ich weiß, dass ich jahrelang eingesperrt und von meiner Familie getrennt werde, wenn ich auch nur das Geringste ausplaudere.«

»Dann erklären Sie mir, was es mit dem USB-Stick in Ihrer Jackentasche auf sich hat.«

Anthony erstarrte. Woher wusste Hyde das?

»Die Fahrzeuge aller unserer Mitarbeiter sowie ihrer Familienangehörigen sind mit Scannern ausgestattet, die verbotene elektronische Geräte und Teile identifizieren«, fuhr Hyde fort. »Laut Ihrem Vertrag ist es Ihnen untersagt, einen solchen Stick oder ein vergleichbares Teil zu besitzen, weder zu beruflichen noch zu privaten Zwecken. Während unseres Gesprächs hat Ihr Auto alles, was sich auf dieser illegalen Hardware befindet, heruntergeladen und mir geschickt. Liege ich richtig mit der Vermutung, dass Sie diese Daten Ihrem neuen Verbündeten Mr. Cosby übergeben wollten?«

Anthonys Herz hämmerte so heftig, dass auf der Konsole die Meldung »Akute Gesundheitsgefahr!« aufleuchtete.

»Und warum lassen Sie mich dann nicht festnehmen?«, fragte er.

»Ich gehe lieber den direkten Weg. Und ehrlich gesagt, musste ich mich vorher noch um eine dringendere Angelegenheit kümmern. Wenn Sie einen Blick auf Ihren Bildschirm werfen wollen.«

Auf dem Monitor wurden Bilder von Überwachungskameras eingespielt, die Jada und Matthew zeigten, wie sie am Flughafen von Orlando an den Check-in-Schalter traten. Dann war die Stimme einer Mitarbeiterin der Airline zu hören, die die beiden informierte, dass der Flug vor ihrem Verspätung hatte, dass dort noch Plätze frei waren und dass sie, wenn sie diesen Flug nehmen wollten, ein kostenloses Upgrade in die First Class bekämen. Dankbar nahm Jada das Angebot an.

Bevor Anthony Hyde fragen konnte, was das zu bedeuten hatte, sah er, wie Jada und Matthew neun Stunden später in London ankamen und durch den Zoll gingen. Gerade als sie mit ihrem Gepäck die Ankunftshalle verlassen wollten, wurden sie von Grenzbeamten und bewaffneten Polizisten aufgehalten und in einen Nebenraum geführt. Dort wurden ihre Koffer durchsucht. In Jadas Koffer fand man eine Handvoll Dosen, in denen Dutzende durchsichtiger, mit Tabletten gefüllter Plastiktüten steckten.

»Amphetamine, Opiate, Oxycodon«, sagte Hyde. »Verkaufswert auf der Straße: insgesamt etwa hundertzwanzigtausend. Und Sie wissen ja, wie ernst es der Regierung mit dem Kampf gegen den Schmuggel verschreibungspflichtiger Medikamente ist. Viel ernster als mit den Straßendrogen. Das geht nie ohne Gefängnisstrafe ab.«

»Was soll denn das?«, rief Anthony. »Das haben Sie ihr doch untergeschoben! Warum tun Sie ihnen das an? Wo sind sie jetzt?«

»Ihre Frau wird noch immer von der Polizei verhört. Aber Matthew hat leider nicht sehr klug reagiert, als er von seiner Mutter getrennt wurde. Er war äußerst erregt, weshalb er zu seiner eigenen Sicherheit in eine psychiatrische Privatklinik gebracht wurde. Dort wird er derzeit überwacht.«

Das nächste Bild auf dem Monitor zeigte Matthew, der in einem Zimmer allein auf einem Bett lag. Er hatte die Augen geschlossen, und seine Arme und Beine waren mit Gurten an den Seitenteilen des Bettes festgezurrt.

»Mein Sohn …«, sagte Anthony mit erstickter Stimme.

»Ja, es ist wirklich tragisch. Offenbar konnte man ihn nur beruhigen, indem man ihn sediert hat. Eine Ironie des Schicksals, wenn man bedenkt, wie sehr Sie es verabscheuen, Kindern Medikamente zu geben.«

»Das ist alles nicht nötig, Henry«, sagte Anthony flehentlich. »Lassen Sie sie frei, und ich gebe Ihnen alles, was Sie wollen. Ich steige wieder in das Projekt ein, oder in irgendein anderes, und bleibe so lange, wie Sie wollen.«

»Genau das ist das Problem. Ich will Sie nicht. Nicht mehr.«

»Nein, es ist noch nicht zu spät …«

»Sie sagen doch immer, Sie sind ein Geschichtsfreak, oder? Wissen Sie, was in den 1930er-Jahren in der Sowjetunion passiert ist?«

»Henry …«

»Während der Säuberungen, die Stalin durchführen ließ, wurden nicht nur Verräter verhaftet, sondern auch ihre Familien. Es war gang und gäbe, sie zu verurteilen und hinzurichten, sobald auch nur der geringste Beweis vorlag. Sie haben für die Verfehlungen ihrer Liebsten den höchsten Preis bezahlt. Wir sollten dankbar sein, dass wir nicht mehr in so grausamen Zeiten leben.«

»Bitte, tun Sie ihnen nichts an. Sie haben das alles nicht verdient.« Anthony konnte den Blick nicht von Matthew lösen.

Er hätte alles getan, um ihn freizubekommen. »Nehmen Sie den USB-Stick. Sperren Sie mich ein. Mir egal, wie lange.«

»Der Stick spielt jetzt keine Rolle mehr. Wir haben ihn von hier aus gelöscht.«

»Aber warum machen Sie dann noch weiter?«

»Weil. Ich. Es. Kann.«

Das Bild von Matthew verschwand, und auf dem Monitor erschien eine Landkarte, auf der ein anderes Ziel markiert war als das, das Anthony eingegeben hatte. Bei einem Blick aus dem Fenster stellte er fest, dass er nicht mehr durch New Northampton fuhr, sondern über die Autobahn M1. Er tippte auf das Icon »Route löschen«, aber die Karte veränderte sich nicht. Er drückte auf dem ganzen Bildschirm und dem Zündknopf herum, aber das Auto reagierte nicht. Vielmehr beschleunigte es. Anthony hatte keine Kontrolle mehr über den Wagen. In seiner Verzweiflung riss er an den Türgriffen, aber die Türen ließen sich nicht öffnen. Und dem gehärteten Sicherheitsglas, das standardmäßig in diesen Autos verbaut war, konnten seine Fäuste und seine Füße nichts anhaben.

»Wo bringen Sie mich hin?«, fragte er, während das Auto andere Fahrzeuge links und rechts überholte und ihnen dabei beängstigend nahe kam. Er klammerte sich an seinen Sitz und beschwor das Auto insgeheim, langsamer zu werden.

»Wir bringen Sie nirgendwohin«, erwiderte Hyde seelenruhig.

»Aber Sie haben mein Auto gekapert! Also wollen Sie mich doch irgendwo hinbringen.«

Anthony blickte auf den Tachometer. Er näherte sich der Marke von hundertzehn Meilen pro Stunde. Die anderen autonomen Fahrzeuge wichen rasch auf andere Spuren aus, um ihre Insassen nicht zu gefährden.

»Henry!«, schrie Anthony.

»Sie sind ein Verräter, Anthony«, sagte Hyde. Hätte Anthony ihn nicht so gut gekannt, er hätte einen Hauch von Melancholie in seiner Stimme vermuten können. »Sie haben sich selbst verraten, Ihre Familie, Ihr Land, und, was das Entscheidende ist, Sie haben auch mich verraten. Fünfzehn Jahre lang habe ich mich für Sie eingesetzt. Ich war mehr für Sie da, als Ihr abwesender Vater oder Ihre geisteskranke Mutter es je waren. Erst dachte ich, es sei nur ein vorübergehendes Phänomen, dass Sie mir nicht mehr vertrauten; ich glaubte, Sie würden die Dinge nur in einem falschen Licht sehen, letztlich aber den Sinn des Ganzen erkennen. Und ich habe Ihnen eine zweite Chance gegeben, was ich normalerweise nicht tue. Aber ich hatte Sie falsch eingeschätzt, und Sie haben mich enttäuscht. So etwas nehme ich sehr persönlich. Deshalb müssen jetzt Jada und Matthew für Ihre Fehler büßen.«

»Wir können eine Lösung finden!«, schrie Anthony, aber Hyde antwortete nicht mehr. Anthony schrie wieder und wieder nach ihm, aber die Lautsprecher blieben still. Er war allein.

Die Gedanken rasten nur so durch sein Hirn: das kurze Leben seiner Mutter; dass er so viel von seinem eigenen Leben vergeudet hatte; dass er mehr Zeit mit seiner Familie hätte verbringen sollen und dass er, wenn er noch einmal eine Chance bekäme, so vieles anders machen würde. Klar und deutlich sah er die Palmen an den Stränden von Saint Lucia vor sich, die er vor so vielen Jahren verlassen hatte, und spürte, wie sie zum Greifen nahe waren.

In Wirklichkeit saß er jedoch hilflos in seinem Auto, das jetzt von der vierten auf die dritte Spur wechselte, dann auf die zweite und dann auf die erste. Und schlagartig wusste er, wohin das Auto ihn brachte und was Hyde mit ihm vorhatte.

Schon war die Stelle zu sehen, an der seine Mutter letztlich ihrer Psychose erlegen war und ihr Leben beendet hatte. Als das Auto durch die Leitplanke schoss, schnappte, ausgelöst durch das Signal einer Fernsteuerung, der Sicherheitsgurt auf.

Die nächsten Sekunden rasten so schnell vorbei, dass Anthony nichts mehr mitbekam. Er spürte keinen Schmerz, als das Auto gegen den Brückenpfeiler raste und zerschellte, er spürte nichts, als er mit dem Kopf voraus durch die in tausend Stücke zersplitternde Frontscheibe geschleudert wurde. Er spürte nicht, wie seine Schulterblätter und seine Rückenwirbel brachen, als er auf der Motorhaube aufschlug. Und er empfand auch keinen Schmerz, als sein Kopf gegen den Betonpfeiler prallte. Als er schließlich auf dem Grünstreifen lag, war er bereits tot.

DRITTER TEIL

LIVE – Proteste gegen das Gesetz über die Unantastbarkeit der Ehe in zahlreichen großen Städten

Live-Bericht
13:47 Uhr
Zuletzt aktualisiert vor 3 Minuten

Schätzungen zufolge haben 1,25 Millionen Menschen an der Demonstration gegen das Gesetz über die Unantastbarkeit der Ehe teilgenommen, die heute in London stattfand. Auch in Manchester, Birmingham, Southampton und Cambridge gingen Hunderttausende auf die Straße.

Derzeit sind etwa 125.000 Demonstrierende im Londoner Kennington Park versammelt, wo Aktivisten Reden gegen die Politik der Regierung halten. Die Organisatoren haben Enthüllungen angekündigt, die wie eine Bombe einschlagen sollen.

Wird laufend aktualisiert

89

Corrine

Corrine nahm die Uniform aus der Schüssel mit warmem, seifigem Wasser, wrang sie aus und hängte sie an einem Kleiderbügel aus Plastik in den Boilerschrank, damit sie über Nacht trocknete. Diese Woche hatte sie in der Restaurantküche sechs Schichten gearbeitet, mehr als sonst, aber sie bekam nur zwei Uniformen zur Verfügung gestellt, und in dem Stoff blieb jede Geruchsnuance der Speisen hängen, die zu erwärmen ihr Job war. Sie trug die Uniformen abwechselnd und wusch sie jeden Abend mit der Hand, um nicht schon nach Burgern zu riechen, wenn sie zur Arbeit kam.

Die Schichten dauerten lange, und der Lohn lag nur knapp über dem Mindestlohn, aber es war eine redliche, authentische Arbeit, und von ihrem Verdienst konnte Corrine die Miete für ihre Wohnung in Old Northampton zahlen. In der Freizeit widmete sie sich wieder ihrer lange vernachlässigten Leidenschaft fürs Malen und fürs Töpfern, und in einem nahe gelegenen Dorf hatte sie eine kleine Werkstatt gefunden, die sie gegen eine geringe monatliche Gebühr mitbenutzen konnte. Sie hatte sich sogar ein Herz gefasst und sich für eine Ausstellung von Hobbykünstlern beworben, die Elijah Beckworth kuratierte, einer ihrer Lieblingsbildhauer. Er hatte ihr persönlich geantwortet und die Zusage überbracht, und in ein paar Tagen sollten sie sich per Video kennenlernen.

Lange Zeit hatte sie ihrer kreativen Ader keinen Raum mehr gelassen, weil Mitchell so demotivierend auf sie eingewirkt hatte. Er hatte ihr das Gefühl gegeben, das sei alles lächerlich und bedeutungslos. Erst kürzlich war ihr klar geworden, dass es nicht fair war, ihm die Schuld dafür zuzuschieben. Er hatte ihre Bestrebungen nur deshalb unterdrücken können, weil sie es zugelassen hatte. Aber er war nicht der Herrscher über ihre Ehe gewesen. Das war einer der zahlreichen Aspekte ihres früheren Lebens, die sie nach der Scheidung klar erkannt hatte. Letztlich war das jedoch egal, denn die Vergangenheit konnte sie nicht mehr ändern. Sie konnte nur dafür sorgen, dass sie dieselben Fehler nicht noch einmal machte.

Mit Mitchell hatte sie seit Wochen nicht mehr gesprochen. Seit der Trennung hatten sie nur noch sporadisch miteinander Kontakt gehabt, und auch das ausschließlich über ihre Anwälte. Dabei war es vor allem um die Aufteilung des gemeinsamen Vermögens gegangen, das ihnen noch verblieben war, nachdem das Haus den Gläubigern in die Hände gefallen war. Doch an dem Abend, bevor er wieder geheiratet hatte, hatte er ihr eine E-Mail geschickt, in der er sich dafür entschuldigte, wie er sie behandelt hatte.

»Es tut mir leid, dass ich nicht der Mann war, den du verdient gehabt hättest«, hatte er geschrieben. »Alles, was passiert ist, geht auf meine Kappe.«

Dieses Eingeständnis hatte sie auf merkwürdige Weise erleichtert, als hätte sie tief in ihrem Inneren noch die Angst verspürt, sie selbst hätte ihn zu dem gemacht, der er geworden war.

»Lern aus deinen Fehlern«, hatte sie geantwortet. »Sonst war das alles umsonst.«

Laut den Kindern war Mitchells neue Frau – Witwe und Mutter von zwei Kindern – eine resolute Person, die Mitchell in Schach hielt. Corrine hatte allerdings ihre Zweifel, ob Mitchell sich wirklich so sehr verändert hatte, und fragte sich, wie lange er neben einer deutlich wohlhabenderen Ehefrau die zweite Geige spielen würde. Corrine hatte sie noch nicht kennengelernt, war ihr aber dankbar dafür, dass sie die Studiengebühren für die Kinder übernahm.

Gelegentlich kam ihr auch Maisy wieder in den Sinn, und sie dachte darüber nach, wie Mitchell sie so rasch wieder aus seinem Leben entfernt hatte, wie sie dort aufgetaucht war. Das Letzte, was sie von ihrer ehemaligen Freundin gehört hatte, war, dass sie nach Deutschland gezogen war, um dort mit ihrem DNA-Match zu leben. Obwohl Maisy sie so böse hatte verletzen wollen, wünschte Corrine ihr, dass sie ihr Glück gefunden hatte.

Auch sie selbst hatte jemanden gefunden, mit dem sie gern ihre Zeit verbrachte, auch wenn das, soweit sie wussten, keine biologischen oder chemischen Ursachen hatte. Gregory war ein paar Jahre jünger als Corrine und das komplette Gegenteil von Mitchell: von heiterem Gemüt, spontan und liebevoll. Die Gegenwart eines Menschen, der eine ähnliche Weltsicht hatte, tat Corrine gut. Auch Gregory war Mitglied von Freiheit Für Alle – im benachbarten County Bedfordshire –, und sie hatten sich über ihr Engagement für die Partei kennengelernt, das seinen Höhepunkt in der heute stattfindenden Demonstration finden sollte. Kurzzeitig hatte Corrine mit dem Gedanken gespielt, ihren Seelenverwandten mithilfe ihrer DNA zu finden, sich aber letztlich dagegen entschieden. Sie hatte ihre Zukunft zu lange von Mitchell bestimmen lassen, da wollte sie solche Entscheidungen jetzt nicht ihren Genen überlassen. Sie würde ihr Schicksal selbst in die Hand nehmen.

»Bist du fertig, Mum?«, rief Freya aus dem Gästezimmer. »Wir müssen allmählich los.«

Corrine sah auf die Uhr. Jetzt war es so weit. »Ja, ich komme gleich«, antwortete sie. »Ich kann kaum erwarten, dass es losgeht.« Und sie meinte es genau so, wie sie es sagte.

90

Jeffrey

Kopfschüttelnd schaltete Jeffrey den Fernseher aus. Was da gezeigt wurde, regte ihn auf, und er wollte es nicht länger mit ansehen. Schon den ganzen Morgen sprachen auf dem BBC-Infokanal, der rund um die Uhr sendete, Politikexperten über die Demonstrationen, die Freiheit.Für Alle in vielen Städten des Landes für den heutigen Tag organisiert hatte. Die Beteiligten hackten aufeinander herum, und obwohl der Sender, der vor einiger Zeit privatisiert worden war, unparteiisch hätte bleiben müssen, war die Berichterstattung über das neue Ehegesetz eindeutig kritisch gefärbt. Jeffrey würde das Gesetz bis in den Tod verteidigen, egal, was die Öffentlichkeit dachte.

Er begriff nicht, wie sich die Stimmung so rasch gegen eine so wirksame Maßnahme hatte wenden können. Vielfach wurde er selbst dafür verantwortlich gemacht, dass die Zahl der Paare, die sich für eine Smart-Ehe entschieden, stark abnahm. Der Mann, der Beziehungen hätte retten sollen, war, um seine eigenen Bedürfnisse zu befriedigen, zum Mörder geworden. Die FFA hatte seine Geschichte ausgeschlachtet und hatte den Leuten Panik gemacht und ihnen eingeredet, dass sie, wenn sie auf Stufe zwei gestellt wurden, von einem Menschen wie Jeffrey betreut werden könnten. Wenn es blöd laufe, könne das passieren. Jeffrey gab zu, dass er Fehler gemacht und sich nicht immer angemessen verhalten hatte. Aber niemand hatte eine so große Leidenschaft für Beziehungen wie er.

Wie um das zu beweisen, sollte sich heute ein weiteres Paar in die Obhut des neuen Ehegesetzes begeben: Jeffrey und seine Braut. Mit stolzgeschwellter Brust dachte er an die bevorstehende Zeremonie, bei der er seinem DNA-Match wieder persönlich begegnen würde. Der Frau, die sein Leben verändert hatte.

Kendra Martinez war aus den USA gebürtig und dreiundzwanzig Jahre älter als Jeffrey, war bereits Großmutter und lebte in San Antonio, Texas. Aus der Untersuchungshaft heraus hatte er ihr, während er auf den ersten Verhandlungstag wartete, die erste E-Mail geschrieben. Er hatte sich über den ungünstigen Zeitpunkt geärgert, war aber ehrlich gewesen, was seine aktuellen Lebensumstände betraf, zumindest hinsichtlich seines Aufenthaltsortes. Den Rest hatte er in giftigem Tonfall bestritten, und er hatte den Aktivisten von Freiheit Für Alle die Schuld gegeben, die ihn fertigmachen wollten, weil er mit so viel Erfolg solche Paare auffliegen ließ und zur Trennung veranlasste, die nur aus finanziellen Gründen geheiratet hatten. Damit zahlte er den Preis für seine Entschlossenheit.

Zu seiner Überraschung war es ihm offenbar gelungen, Kendra von seiner Unschuld zu überzeugen, denn zwei Tage später antwortete sie, und ihre Fernbeziehung nahm ihren Anfang. Bald darauf verließ Kendra zum ersten Mal in ihrem Leben ihre Heimatstadt, flog nach Los Angeles und von dort weiter nach London Heathrow, mit einem Ticket, das ein Mann bezahlt hatte, den sie nie zuvor gesehen hatte. Und als sie sich, getrennt durch eine Plexiglasscheibe, im Besuchsraum des Gefängnisses schließlich persönlich begegnet waren, hatte Jeffrey gespürt, wie ihm das Blut in den Kopf schoss – eine Reaktion, von der er zuvor immer nur gelesen hatte. Die Anziehung war unmittelbar gewesen, biologisch, chemisch und emotional, ein alles verzehrendes Verlangen nach einem Menschen, den er möglicherweise niemals würde berühren können. Aber ihm war es nie vorrangig um eine körperliche oder sexuelle Verbindung gegangen. Wenn er ein Match hatte, wäre er, selbst wenn er hinter Gittern saß, nie wieder allein.

In der Zeit vor seiner Verhaftung hatte er kaum Ausgaben gehabt, sodass sich auf seinem Sparkonto eine beträchtliche Summe angesammelt hatte. Daher hatte er Kendra vor Beginn des beschleunigten Verfahrens noch dreimal den Flug und ein Zimmer im Hilton bezahlen können. Dann war er für eine Wohnung aufgekommen, die in London in der Nähe des Gerichtsgebäudes Old Bailey lag, sodass Kendra den vierwöchigen Prozess an jedem Tag verfolgen konnte.

Obwohl das Gericht Jeffrey in allen elf Anklagepunkten, darunter viermal Mord, einstimmig schuldig gesprochen und zu lebenslanger Haft verurteilt hatte, hatte Kendra Jeffreys Heiratsantrag angenommen. Sie würden ihre Smart-Ehe zwar niemals vollziehen können und auch keine Flitterwochen miteinander verbringen oder zusammen wohnen können, aber allein Kendras Ja genügte Jeffrey. Und heute, in etwas mehr als einer Stunde, würden sie nebeneinander in einer kleinen Kirche sitzen und einander ihr Eheversprechen geben.

Jeffrey strich eine Falte in dem nagelneuen weißen Hemd glatt, das Kendra ihm gekauft hatte, und polierte seine Schuhe mit Spucke und Toilettenpapier. Kurz darauf war an der dicken Zellentür aus Metall ein heftiges Klopfen zu hören, und ein Riegel wurde zur Seite geschoben. Man hatte ihn informiert, dass die Zeremonie um neun Uhr vormittags stattfinden würde, damit die Öffentlichkeit und die Presse nichts davon mitbekämen, und dass er währenddessen Hand- und Fußschellen tragen müsse. Das war nicht ideal, aber solange Kendra weiterhin bereit war, ihm ihr Leben zu widmen, war es zu verschmerzen. Er drehte sich mit dem Rücken zur Tür, und die Beamten legten ihm die Fesseln an.

Drei Wärter führten ihn durch die Korridore der gesonderten Abteilung, die heute ungewöhnlich still wirkten, in den rückwärtigen Teil des Gebäudes. Er konnte es kaum erwarten, Kendra wiederzusehen. Um sich die Trennung von ihr erträglich zu machen, hatte er sich während der langen, einsamen Stunden in seiner Zelle eine Traumwelt erschaffen, in der sie zusammen in einem wunderschönen Haus in einem Dorf in der Nähe von San Antonio wohnten, auf einer Pferderanch arbeiteten und mit ihren beiden Söhnen lange Wanderungen in den Bergen unternahmen. In diesen Träumen malte er sich für seine Kinder die Kindheit aus, um die er selbst gebracht worden war. Manchmal waren seine Fantasien so lebhaft, dass seine beengte Umgebung ihn verwirrte, wenn er zurück in die Gegenwart stürzte, und dann brauchte er eine Weile, um sich wieder an die Wirklichkeit zu gewöhnen.

Kendra hatte ihm Fotos von der kleinen Kirche in Camden gezeigt, in der sie den Bund fürs Leben schließen würden. Für sie war der Ort wichtiger als für ihn. Beim ersten Mal hatte sie in einer Drive-in-Kirche in Las Vegas geheiratet. Beim zweiten Mal sollte es perfekt sein, auch wenn ihre Familie die Heirat missbilligte und sich geweigert hatte, an der Trauung teilzunehmen.

Jeffrey und die Wärter näherten sich einer Verladerampe, an der ein geräumiger, kantiger Van wartete, dessen hintere Türen offen standen. Er kannte diese Art von Wagen; während des Prozesses war er jeden Tag in so einem Fahrzeug zum Gericht und wieder zurück gebracht worden. Er setzte sich, und einer der Wärter befestigte die Handschellen und Fußfesseln an einer Eisenstange, die hinter ihm angebracht war. Doch dann ließ er Jeffrey allein und schloss die Tür. Das war gegen die Vorschriften. Jeffrey wurde mulmig zumute. Irgendetwas stimmte hier nicht.

Noch bevor er darauf kam, was los war, ging die Tür wieder auf, ein ihm unbekannter Wärter in Uniform stieg ein und setzte sich ihm gegenüber. Er hielt ein Tablet in der Hand und richtete es so aus, dass Jeffrey den Bildschirm sehen konnte. Der Monitor flackerte, dann erschien das Bild eines bleichen, schmächtigen Mannes im schwarzen Anzug, der auf einem Stuhl saß und Jeffrey ansah.

»Wer sind Sie?«, fragte Jeffrey nach einem kurzen, bedrückenden Schweigen.

»Ich?«, erwiderte der bleiche Mann. »Ich bin der einzige Mensch auf der Welt, dessen Aufmerksamkeit Sie nicht auf sich hätten ziehen dürfen.«

Jeffrey starrte den Mann an. Er war sicher, ihn noch nie gesehen zu haben. War er ein Verwandter von einem von Jeffreys ehemaligen Klienten? »Was habe ich Ihnen denn getan?«, fragte er mit leicht zugeschnürter Kehle.

»Ich habe sehr viel Zeit dafür aufgewendet, im Bewusstsein der Öffentlichkeit den Samen der Veränderung zu säen. Ich habe die Vorstellungskraft der Menschen befeuert und ihnen etwas angeboten, von dem sie nicht wussten, dass sie es brauchen. Hinter den Kulissen habe ich all das geplant, organisiert, verwirklicht und vermarktet, was nötig war, damit dieses Land wieder auf die Beine kommt. Ich habe dafür gesorgt, dass die Menschen funktionieren, dass Beziehungen funktionieren, dass das Land wieder funktioniert. Dabei habe ich alle Eventualitäten berücksichtigt – nur nicht, dass jemand wie Sie auftauchen könnte. Selbst ich hätte nicht damit gerechnet, dass plötzlich ein Psychopath mit einem Gotteskomplex auf der Bildfläche erscheint und im Alleingang das Vertrauen der Öffentlichkeit in mein Werk zerstört.«

»Was soll das heißen?«

»Das Gesetz über die Unantastbarkeit der Ehe ist mein Baby. Die Smart-Ehe, Smart-Städte, Smart Life, Smart Jobs, der ganze andere smarte Scheiß – all das habe ich mir ausgedacht und Wirklichkeit werden lassen.«

»Ich … ich wollte nicht …«, stammelte Jeffrey.

»Was Sie wollten oder nicht wollten, spielt keine Rolle«, fiel ihm der Mann mit erhobener Stimme ins Wort. »Was passiert ist, ist passiert, und jetzt müssen wir mit dem Blatt spielen, das wir auf der Hand haben. Und wer weiß, wie dieses Land nach den heutigen Demonstrationen aussehen wird.«

»Dafür können Sie nicht mich verantwortlich machen.«

»Nein, das kann ich nicht, da haben Sie recht. Zumindest nicht für alles. Es gab schon erste Risse im Gefüge, bevor Sie dieses Desaster verursacht haben. Aber als Sie fertig waren, waren diese Risse so groß, dass man eine Faust hindurchschieben konnte. Sie haben unseren Feinden das gegeben, was sie gebraucht haben. Sie haben dem Monster ein Gesicht gegeben.«

Jeffrey musste an Kendra denken. Er wünschte sich sehnlichst, sie wäre jetzt bei ihm. Sie war der erste Mensch, bei dem er sich sicher fühlte. Hier in diesem Wagen war er ungeschützt. »Was wollen Sie von mir?«, fragte er. »Ich kann mich öffentlich entschuldigen, sagen, dass es mir leidtut, und die Menschen dazu aufrufen, das neue Ehegesetz weiterhin zu unterstützen, trotz allem, was ich getan habe.«

Der bleiche Mann lachte. »Ich will Ihnen was sagen, Jeffrey. Bei jeder industriellen Revolution haben wir Technologien entwickelt, die unsere Art zu leben verändert haben. Und wir haben diese Technologien genutzt, um die Menschheit voranzubringen. Früher dauerten solche Umbruchsphasen mehrere Jahrhunderte, aber heutzutage haben wir dank der KI und der Robotik ein solches Tempo erreicht, dass so etwas nur noch ein Augenzwinkern ist. Die Smart-Ehe hat uns den Weg zur fünften industriellen Revolution bereitet, die *ich* ersonnen habe, die *ich* geplant habe, die *ich* durchgeführt habe. Und dann tauchen auf einmal wie aus dem Nichts Sie auf, ein vereinzeltes Krebsgeschwür, dessen Zellen sich vermehren und das Vertrauen der Öffentlichkeit zerstören, für dessen Pflege ich große Teile meines Lebens geopfert habe. Und deshalb, Jeffrey, brächte eine Entschuldigung Ihrerseits rein gar nichts. Um an die Öffentlichkeit zu gehen, ist es für Sie längst zu spät. Wenn Ihr Name das nächste Mal durch die Medien geht, werden das Meldungen über Ihren Selbstmord sein.«

Der Gefängniswärter stellte das Tablet auf den Sitz neben sich, den Bildschirm weiterhin zu Jeffrey gewandt. Und bevor Jeffrey auch nur irgendwie reagieren konnte, stürzte sich der Wärter auf ihn, schlang ihm ein Seil um den Hals und band es an einen Haken, der am Dach des Vans befestigt war. Dann zog er an dem Seil und zwang Jeffrey dadurch, nach vorne zu rutschen und auf die Knie zu sinken. In seiner Hilflosigkeit warf Jeffrey sich hin und her, um sich zu befreien, aber weil er an Händen und Füßen gefesselt war und der Wärter weiterhin an dem Seil zog, hatte er keine Chance.

»Ihr Schätzchen Kendra wird den Rest ihres Lebens das glauben, was in dem Abschiedsbrief steht, den ich in Ihre Zelle habe legen lassen«, fuhr der bleiche Mann fort. »Dass Sie lieber sterben als sie, Ihr DNA-Match, zu heiraten.« Er kam mit dem Gesicht nah an die Kamera heran. »Was glauben Sie, wie wird das für sie sein? Ihre Brüder, ihre Schwestern, ihre Mutter, ihre Großeltern, ihre Kinder und ihre Enkel haben sie verstoßen, weil sie mit Ihnen leben will. Und ohne ihren geliebten Jeffrey wird sie mutterseelenallein dastehen. Es würde mich nicht wundern, wenn sie Ihnen folgen würde. Und wenn sie es nicht tut, dann können mein Kollege und ich ihr ja einen Besuch abstatten und sie dazu bringen, das Richtige zu tun.«

»Nein«, brachte Jeffrey keuchend hervor. »Bitte nicht.«

Die Vorstellung, Kendra im Stich zu lassen, zerriss ihm das Herz, aber die Vorstellung, dass ihr seinetwegen Gewalt angetan wurde, war noch viel unerträglicher. »Ich flehe Sie an«, flüsterte er.

»Verbuchen Sie sie als ein weiteres Opfer auf Ihrer Liste.«

Jeffrey gelang es, zwei Finger unter das Seil zu schieben, sodass er eine winzige Menge Luft einsaugen konnte. »Ich … tue … was Sie wollen.«

»Vorausgesetzt, es gibt sie überhaupt.«

»Wa… was?«

»Vielleicht ist diese Person ja eine Frau aus meiner Abteilung, die Ihre Mails abgefangen und mit Ihnen kommuniziert hat. Vielleicht war die Kendra, die Sie getroffen haben, eine Mitarbeiterin von mir? Wer weiß? Aber das werden Sie nicht mehr erfahren.«

Trotz seiner äußersten Verzweiflung verstand Jeffrey, was die Miene des bleichen Mannes zu bedeuten hatte. Er war hier, um sich zu rächen und Jeffrey zu bestrafen, und nicht, um zu verhandeln.

Und wenige Momente später, als Jeffrey die Finger aus der Schlinge gleiten ließ, hatte der bleiche Mann, was er wollte.

91

Roxi

Auf dem Monitor hinter der Glasscheibe entdeckte Roxi zwei bekannte Gesichter. Esther Green und Stuart James, die beiden Moderatoren des Frühstücksfernsehens, hatten sie mehrere Male interviewt, als sie noch Influencerin gewesen war, und sie fühlte sich in ihrer Gegenwart wohl. Weil diese beiden sie sicher nicht so in die Mangel nehmen würden, wie andere, hartgesottene Journalisten es getan hätten, hatte sie die Einladung in ihre Sendung angenommen. Sie würden zwar nicht zimperlich mit ihr umspringen, aber Roxi machte sich keine Sorgen.

Denn sie hatte die ganze Woche lang mit Medientrainerinnen geübt, und dabei waren sie alle Fragen durchgegangen, mit denen sie rechnen musste, und hatten besprochen, wie sie darauf am besten antwortete. Roxi war so gut vorbereitet, wie es nur ging.

»Was meinst du, meine Süße?«, fragte ihre Freundin Tracy. »Gefällt's dir?«

In der spiegelnden Plexiglasscheibe betrachtete Roxi ihre Frisur aus allen Blickwinkeln. Die honigblonden Extensions fand sie hinreißend.

»Das ist perfekt«, sagte sie. »Vielen Dank.« Sie strich sich mit der Zunge über die Lippen, die sie sich erst vor Kurzem hatte aufspritzen lassen, schloss die Augen, öffnete sie wieder und versuchte erfolglos, die Stirn zu runzeln. Ihre Gesichtsmuskeln waren genau im richtigen Maß gelähmt. Der natürliche Look, wie Jem Jones ihn gepflegt hatte, interessierte sie nicht mehr, jetzt, da sie in den Händen der Kosmetikspezialisten der Harley Street war. Bei ihrer bevorstehenden Wiederkunft sollte außer über ihre Enthüllungen ruhig auch über ihr verändertes Äußeres gesprochen werden.

»Viel Glück«, sagte Tracy und pustete ihr einen Luftkuss zu. »Wir schauen alle zu.«

Zum ersten Mal seit Wochen war Roxi allein. Normalerweise ließ sie es nicht so weit kommen, denn dann machten sich in ihrem Kopf wieder die Stimmen bemerkbar, die sie an die Menschen erinnerten, auf deren Gefühlen sie herumgetrampelt hatte, um dorthin zu gelangen, wo sie heute war. Im Moment blieben sie jedoch stumm.

Einige Minuten vergingen, dann hörte sie in ihrem Ohrhörer ihren Namen.

»Roxi Sager, Sie sind Kontroversen nie aus dem Weg gegangen, aber dieses Angebot hat wohl selbst Sie überrascht, oder?«, fragte Esther. »Ausgerechnet heute, an dem Tag, an dem Demonstranten gegen das Gesetz über die Unantastbarkeit der Ehe auf die Straße gehen, hat die Regierung Sie zum neuen Gesicht der Kampagne für das Gesetz gemacht.«

»Ja, es hat mich überrascht, so wie es wohl viele Leute überraschen wird«, antwortete Roxi und sah in die Kamera über dem Monitor. »Aber wer könnte überzeugender für die Ehe plädieren als eine Frau, die alles dafür tun würde, um ihre Ehe zu retten?«

»Auch töten?«

»Auch töten«, wiederholte Roxi mit fester Stimme.

Jubelrufe schallten durch die Korridore in den Aufenthalts-
raum des Frauengefängnisses, das jetzt Roxis Zuhause war.
Und plötzlich loderte in ihrem Inneren wieder ein Feuer auf,
das sie schon lange erloschen geglaubt hatte.

Roxi hätte nie damit gerechnet, dass sie gefragt würde, ob
sie die Wortführerin irgendeiner Kampagne werden wollte,
und schon gar nicht einer landesweiten Kampagne der Regierung. Alles hatte damit begonnen, dass eine Wärterin sie
in den Besuchsraum geführt hatte. In dem kahlen Raum hatte
ein schlanker, bleicher Mann auf sie gewartet, dessen Augen
so dunkel wie sein Haar waren. Er saß aufrecht da und trom-
melte mit den Fingern auf die Tischplatte, aber nicht aus
Ungeduld. Als Roxi sich ihm gegenübergesetzt hatte, reichte
er ihr die Hand. Zögerlich ergriff Roxi sie. Seine knochigen
Finger waren eiskalt. Sie überlegte fieberhaft, ob sie ihm
schon einmal begegnet war, konnte sich aber nicht daran erinnern.

»Ich habe Sie so oft im Fernsehen gesehen, dass ich das Gefühl habe, einer alten Freundin gegenüberzusitzen«, sagte er.

»Und wer sind Sie?«

Er überging die Frage und legte die Fingerspitzen einer
Hand ans Kinn. »Ich möchte Ihnen etwas vorschlagen, Roxi.«

»Wenn Sie von der Presse sind – tut mir leid, aber ich gebe
keine Interviews mehr …«

Der Mann sah sich im Besuchsraum um. »Wenn ich hier
wäre, um Sie zu interviewen, glauben Sie, der Direktor hätte
dann dafür gesorgt, dass wir allein sind?« Roxi schüttelte den
Kopf. »Ich komme im Auftrag der Regierung Seiner Majes-
tät. Wir haben Ihre Geschichte mit Interesse verfolgt. Eine
Frau wie Sie gibt es wohl kein zweites Mal, oder?«

»Ich bin nicht die Einzige, die einen Fehler gemacht hat.«

»Einen Fehler? Nennen wir die Dinge doch beim Namen. Sie haben jemanden umgebracht.«

»Wenn Sie mir Schuldgefühle machen wollen, dann verschwenden Sie hier nur Ihre Zeit. Ich fühle mich schon schuldig genug. Auch ohne Ihre Hilfe habe ich mich ausreichend gequält.« Roxi schob ihren Stuhl zurück und stand auf.

»Setzen Sie sich wieder, Roxi«, sagte der Mann. Die Art, wie er die Augen zusammenkniff, ließ ahnen, dass Roxi gut daran tat, sich zu fügen.

»Wenn ich sagte, dass es eine Frau wie Sie kein zweites Mal gibt, meinte ich damit, dass sowohl Gegner als auch Befürworter des neuen Ehegesetzes Sie für ihre Zwecke einspannen. Die Befürworter sehen in Ihnen jemanden, der alles dafür tun würde, die grundlegenden Werte des Gesetzes zu verteidigen, und die Gegner sehen in Ihnen das Opfer eines unterdrückerischen Regimes.«

Roxi musste zugeben, dass sie das Ausmaß der Unterstützung überrascht hatte, insbesondere, nachdem sie die fahrlässige Tötung gestanden hatte. Sie hatte keine Wahl gehabt. Gegen die Technologie war ihr nicht die geringste Chance geblieben.

Bevor sie auf Coopers Laptop die Aufnahmen der Gespräche mit Owen angehört hatte, hatte sie das WLAN ausgeschaltet, damit nichts nachvollzogen werden konnte. Dabei hatte sie jedoch nicht bedacht, dass der Computer Coopers biometrische Verhaltensparameter aufgezeichnet hatte. Er wusste, wie Cooper ihn für gewöhnlich handhabe, wie schnell sie die Finger über das Touchpad gleiten ließ, wie schnell sie die Maus bewegte, welche Wege sie in den Verzeichnissen nahm. Aus Hunderten Stunden Datenmaterial war ein individuelles Nutzerprofil entstanden, eine Art digitaler Fingerabdruck, den zu imitieren so gut wie unmöglich war. Und wie Millionen anderer Nutzer hatte auch Roxi ein eigenes biometrisches Verhaltensprofil. Jedes Mal, wenn sie auf Coopers Laptop die Sessions mit Owen angehört hatte, hatte das Gerät erkannt, dass es nicht von Cooper bedient wurde, sondern von einem unbekannten User – Roxi –, den es anhand der gespeicherten Daten wiedererkannte. Und als sie einmal in einem Café kurz eine Verbindung mit dem WLAN hergestellt hatte, hatte der Computer der Behörde für Cybersicherheit gemeldet, dass ein nicht registrierter User den Laptop benutzte.

Als dann Coopers Familie der Polizei gemeldet hatte, dass der Laptop nicht aufzufinden war, musste die Polizei nicht lange suchen. Man fand das Gerät, eingehüllt in Müllsäcke, in Roxis Kleiderschrank. »Ich wollte sie nicht umbringen«, war Roxi herausgeplatzt und hatte damit die Beamten überrascht, die vor ihrer Tür standen. »Es war ein Unfall.« Noch in der Küche war sie festgenommen worden, und tags darauf erging die Anklage.

»Als hätte sie es darauf angelegt aufzufliegen«, hatte sie einen der Polizisten später sagen hören. »Sie wollte nur noch raus aus diesem Haus.«

Als sich die Berichterstattung in den Medien allmählich von der Verurteilung von Jeffrey Beech abwandte, war die Geschichte der ehemaligen Influencerin Roxi Sager in den Brennpunkt des Interesses gerückt. Die Aufmerksamkeit der Öffentlichkeit und die Debatten um ihre Person waren wie eine Verjüngungskur für sie. Die Freude, die sie beim Erstellen von Videoblogs und bei ihrer Tätigkeit als Influencerin empfunden hatte, kehrte zurück.

Roxi hatte die fahrlässige Tötung Coopers gestanden, und ihr Anwalt hatte für Strafmilderung plädiert, da sie den Verdacht gehabt habe, dass ihr Mann sie betrog, und daher mit den Nerven am Ende gewesen sei. »Mrs. Sager lebt für ihre Familie, und die Angst, die Familie könnte auseinandergerissen werden, hat sie dazu getrieben, die ›andere Frau‹ zur Rede zu stellen«, hatte ihr Rechtsbeistand ausgeführt. »Und als Mrs. Cooper sich weigerte zu erklären, in welchem Verhältnis sie zu Mr. Sager stand, kam es zu Handgreiflichkeiten, bei denen Mrs. Cooper den Halt verlor und zu Boden stürzte.«

Ihre Anwälte hatten Roxi auf eine Gefängnisstrafe von vier bis sechs Jahren vorbereitet, weshalb alle überrascht waren, als sie nur zu zwanzig Monaten Haft in einem Gefängnis mit der niedrigsten Sicherheitsstufe verurteilt wurde. Das Urteil hatte die öffentliche Meinung gespalten und dazu geführt, dass das Interesse an Roxis Person sprunghaft anstieg.

»Wir wollen das Eisen schmieden, solange es noch heiß ist, und Ihre gegenwärtige Popularität ausnutzen«, hatte der Besucher fortgefahren. »Nachdem Jem Jones auf diese entsetzliche Weise zu Tode gekommen ist, hat die Kampagne für das neue Ehegesetz derzeit kein Gesicht. Und nicht zuletzt, weil in den nächsten Monaten Wahlen anstehen, möchten wir diese Rolle Ihnen anbieten.«

»Mir?« Roxi lachte auf und sah sich in dem leeren Raum um. »Wie um alles in der Welt soll ich denn das Gesicht irgendeiner Kampagne sein, solange ich hier einsitze?«

»Sie waren eine erfolgreiche Videobloggerin. Kurz nach Mrs. Coopers Tod haben Sie diese Tätigkeit aufgegeben. Warum?«

»Weil ich dachte, ich müsste mehr für meine Familie da sein.«

»Heißt das, Sie denken das jetzt nicht mehr?«

Roxi zögerte mit einer Antwort. Schmerzhaft stand ihr wieder vor Augen, wie sie Owen, Darcy und Josh das letzte Mal zusammen gesehen hatte. Sie hatte sie nach der Verkündung des Urteils auf der Zuschauergalerie entdeckt, kurz bevor sie von der Anklagebank weggeführt wurde. Doch stärker als ihr mütterliches Bedürfnis, sie zu trösten, war der Impuls gewesen, den Unbekannten zu danken, die von der Galerie aus lautstark ihren Namen riefen. Sie hatte ihnen zugewunken und mit den Fingern ein Herz geformt. Wieder einmal war ihr die Aufmerksamkeit von Menschen, die sie nicht kannte, wichtiger gewesen als ihr eigen Fleisch und Blut. Als sie dann nach ihrer Familie Ausschau gehalten hatte, war sie verschwunden gewesen.

»Ihnen fehlt die Aufmerksamkeit, nicht wahr?«, sagte der Mann. »Die Zustimmung seitens Fremder füllt eine Leerstelle in Ihnen, die Ihre Familie beim besten Willen nicht zu füllen vermag.«

Roxi nickte langsam. Zum ersten Mal gestand sie das jemand anderem als sich selbst ein. Ein kaltes, arrogantes Lächeln kroch über das Gesicht des Besuchers. In den wenigen Minuten, die sie sich gegenübersaßen, hatte er es geschafft, dass sie sich unwohl fühlte. Und er kannte sie besser als ihre eigene Familie.

»Wie wäre es, wenn Sie all das wiederbekämen?«, fuhr er fort. »Wenn ich dafür sorgen würde, dass Sie noch berühmter werden, als der Prozess Sie ohnehin schon gemacht hat? Dass die Menschen auf der ganzen Welt hören wollen, was Sie zu sagen haben? Ich kann aus Ihnen die erste Influencerin machen, die ihre Videoblogs sendet, während sie hinter Gittern sitzt. Ich kann Ihnen eine Plattform bieten, auf der Sie reden können, worüber Sie wollen, auf der Sie in Live-Chats mit dem Publikum in Kontakt treten und interagieren können und wo sie den Leuten zeigen können, wie sich das Gefängnisleben darstellt, wenn man auf der anderen Seite der Mauern sitzt.«

»Und was wollen Sie als Gegenleistung?«, fragte Roxi.

»Dass Sie sich mit aller Kraft für das Gesetz über die Unantastbarkeit der Ehe starkmachen; dass Sie betonen, wie wichtig es ist und dass es, wenn die Opposition an die Macht kommt, zurückgezogen wird und dass das für unser Land katastrophale Folge haben würde. Sie sind alt genug, um sich noch an den Brexit zu erinnern. Der war das reinste Kinderspiel im Vergleich zu dem, was uns erwartet, wenn wir wieder in die mittelalterlichen Zeiten zurückfallen, in denen die Leute nur geheiratet haben, weil sie es selbst so wollten. Außerdem haben wir Pläne für eine radikale Reform des Bildungswesens, und da können Sie sich als Mutter mit Sicherheit genauso engagieren. Aber darüber können wir später noch sprechen, wenn die jetzige Regierung im Amt bestätigt ist.«

Roxi war hin und her gerissen. »Ich habe meiner Familie versprochen, dass ich nicht mehr in der Öffentlichkeit auftrete. Ich gebe keine Interviews mehr, weil ich meine Kinder nicht noch mehr ins Rampenlicht stellen will, als ich es ohnehin schon getan habe. In der Schule werden die beiden gemobbt, mein Mann wurde aus seinem Job gedrängt ...«

»Das sind Kleinigkeiten, die sich regeln lassen. Wir können sicherstellen, dass Owen nicht mehr arbeiten muss, um die Familie zu versorgen, und dass Darcy und Josh auf die besten Privatschulen gehen. Sie würden damit also nicht nur Ihrem Land, sondern auch Ihrer Familie einen Dienst erweisen.« Er lächelte, doch sein Blick verfinsterte sich. »Und ein bisschen auch sich selbst. Machen Sie mit, spielen Sie Ihre Rolle, und eine einzigartige Karriere steht Ihnen offen.«

»Ich soll mich also zwischen dem Ruhm und meiner Familie entscheiden? Aber was, wenn die Regierung nicht wiedergewählt wird? Dann würde ich alles verlieren.«

»Sie wissen doch: Das Leben ist ein Spiel. Und ich gebe Ihnen die Chance auf den Hauptgewinn.«

Der Mann gab Roxi zwei Tage Bedenkzeit. Doch als er aufstand, hatte sie ihre Entscheidung schon getroffen.

Als sie Owen am nächsten Tag von ihrem Vorhaben überzeugen wollte, war sie auf Widerstand gestoßen.

»Das kannst du unmöglich machen«, hatte er gesagt.

Roxi hatte ihren Stuhl nach vorn geschoben, sodass die Beine über den Boden scharrten.

»Warum denn nicht? Das ist doch die ideale Lösung. Du und die Kinder, ihr seid finanziell versorgt, und ich kann meine Karriere fortsetzen.«

»Nein«, sagte Owen und schüttelte den Kopf. »Nein, nein. Halt einfach die Füße still, sitz deine Zeit ab, und wenn du wieder draußen bist, machen wir so weiter wie vorher.«

Roxi zuckte leicht zusammen, was Owen nicht entging.

»Was passt dir denn daran nicht?«

»Ich will nicht so weitermachen wie vorher«, sagte Roxi ruhig. »Und ich will auch nicht mehr mit dir zusammen sein.« Owen sah sie entgeistert an. »Es tut mir so unendlich leid, aber ich habe versucht, die Ehefrau und die Mutter zu sein, die ihr haben wollt, aber das bin ich einfach nicht. Du und die Kinder, ihr … es bricht mir das Herz, das sagen zu müssen, aber das Leben mit euch erfüllt mich einfach nicht. Glaub mir, das ist nicht deine Schuld, sondern es liegt ganz allein an mir. Ich bin nun mal so, wie ich bin, und im Grunde meines Wesens bin ich einfach keine Ehefrau oder Mutter.«

Roxi hatte die Augen geschlossen und sie erst wieder geöffnet, als sie hörte, wie die Tür des Besuchsraums zugeschlagen wurde.

Seit nun schon drei Wochen hatte sie weder mit Owen noch mit den Kindern gesprochen. Sie hatte überlegt, Darcy und Josh ein Video zu schicken, in dem sie ihnen versicherte, dass sie keine Schuld traf, hatte sich dann aber dagegen entschieden. Auch als Darcy sie hatte besuchen wollen, hatte sie abgelehnt, nicht nur, weil so ein Treffen peinlich zu werden drohte, sondern auch, weil sie zum selben Zeitpunkt mit einem Sponsor verabredet war, der ihr eine Kollektion mit Gefängniskleidung zeigen wollte, die sich gut in einem Videoblog präsentieren ließe.

In der Zwischenzeit hatte ihr Anwalt ihr mitgeteilt, dass das Familiengericht Owens Scheidungsklage bei der ersten Anhörung abgelehnt hatte. Roxi konnte nur vermuten, dass ihr bleicher Verbündeter hier seine Finger im Spiel gehabt hatte.

Sie hatte die Schuldgefühle in Bezug auf ihre Familie verdrängt und sich ganz auf ihre wiederaufgenommene Karriere konzentriert. Mit einem Team von Autorinnen entwickelte sie mögliche Themen, und sie versammelte ein paar Mitinsassinnen um sich, die sie die »Glamour-Gang« nannte und die sich alle mit Hairstyling und Make-up auskannten. Andere machten bei Fernsehprofis Crashkurse in Regie, Beleuchtung, Ton und Schnitt.

Nur wenige Stunden nachdem sie ihren ersten Videoblog hochgeladen hatte, hallte das Internet von der Nachricht wider, dass Roxi Sager, Influencerin, Mutter, Ehefrau und allgegenwärtige Vorkämpferin für die Smart-Ehe, aus der Haft heraus in die sozialen Medien zurückgekehrt war. Die Anzahl ihrer Follower und Abonnenten schoss so schnell in die Höhe, wie sie es noch nie zuvor erlebt hatte.

Noch nie hatte sie sich so frei gefühlt wie jetzt.

»Zum ersten Mal setzt die Regierung auf eine rechtskräftig verurteilte Mörderin, um für ein Projekt zu werben«, fuhr die Moderatorin Esther Green fort. »Das hat Ihnen massive Kritik eingebracht.«

»Natürlich hätte ich mir gewünscht, dass sich das unter anderen Umständen abspielt, aber was passiert ist, ist passiert, und jetzt muss ich das Beste daraus machen«, erwiderte Roxi.

»Bedauern Sie, dass Antoinette Cooper zu Tode gekommen ist?«, fragte der Co-Moderator Stuart James.

»Ja, zutiefst, und wenn ich die Ereignisse dieses Tages ungeschehen machen könnte, würde ich es sofort tun. Aber ich will noch einmal darauf hinweisen, dass ich nicht vorsätzlich gehandelt habe. Ich habe mich nie um meine Verantwortung gedrückt; deshalb habe ich mich auch der fahrlässigen Tötung schuldig bekannt. Ich bekenne mich zu meiner Schuld und gestehe, dass wegen meines Fehlers zwei Familien ihre Mutter verloren haben.« Mit einem Zwinkern verscheuchte sie den Gedanken an Josh und Darcy.

»Sie treten in die Fußstapfen von Jem Jones«, sagte Esther. »Und wir alle wissen, welches tragische Ende Jem genommen hat.«

»Was ihr widerfahren ist, war furchtbar, aber ich glaube, ich bin stärker als sie. Ich bin als Pflegekind aufgewachsen, also musste ich schon früh eine innere Stärke entwickeln.

Und mit meinem neuen Videoblog aus dem Gefängnis will ich der Welt zeigen, wer ich wirklich bin, und die Menschen daran erinnern, wie wichtig es ist, für das Gesetz über die Unantastbarkeit der Ehe einzutreten, vor allem, weil demnächst Wahlen anstehen.«

»Aber die Auseinandersetzung zwischen Ihnen und Mrs. Cooper hatte ihre Ursache doch genau in diesem Gesetz. Sie hatten Angst, dass die ›Affäre‹ Ihres Mannes zur Scheidung führen könnte und Sie dadurch nicht nur ihn, sondern auch Ihren Lebensstandard verlieren würden, oder?«

»Ich werde niemals das Gesetz für irgendetwas verantwortlich machen«, erwiderte Roxi. »Dass wir aneinandergeraten sind, war meine Schuld. Gesetz hin oder her, ich wollte meine Ehe retten und meinen Mann behalten. Was dann passiert ist, war einfach ein tragisches Missverständnis. Aber wie viele Leute schon angemerkt haben: Hätte Mrs. Cooper nicht selbst widerrechtlich gehandelt und illegal als Paartherapeutin gearbeitet, dann wären wir uns nie begegnet, und all das wäre nicht passiert.«

»Wie Sie wissen, war Ihr Fall nicht der einzige, der in letzter Zeit die Aufmerksamkeit der Medien auf sich gezogen hat«, sagte Esther. »Wie denken Sie über Jeffrey Beech, der Berichten zufolge heute früh tot in seiner Zelle aufgefunden wurde, wo er sich erhängt hat?«

Davon hörte Roxi zum ersten Mal. Auf diese Frage war sie nicht vorbereitet. Aber sie ließ sich davon nicht aus der Fassung bringen. »Wie alle bin ich schockiert darüber, wie er Paare mit Eheproblemen missbraucht hat. Er hat Menschen zielgerichtet verletzt, im Gegensatz zu mir. Was ich getan habe, ist mit seinen Verbrechen nicht zu vergleichen, und wir können von Glück sagen, dass wir ihn los sind. Ich möchte, dass die Menschen aus meinen Fehlern lernen, und ich will sie daran erinnern, dass man, wenn man verheiratet ist, besser dran ist, als wenn man allein lebt. Und was dafür erforderlich ist, können wir doch alle: anderen mit Liebe begegnen und uns bemühen, es besser zu machen.«

»Was wird Ihrer Meinung nach passieren, wenn die regierungskritische Bewegung weiterhin Zulauf bekommt? Wenn die Regierung die nächste Wahl verliert, sind Sie dann Ihren Job los?«

»Das wird abzuwarten sein«, sagte Roxi mit einem einstudierten Lächeln. »Aber ich hoffe nicht, dass es so weit kommt!«

»Und was würden Sie dann tun?«

Einen Augenblick lang starrte Roxi sprachlos in die Kamera. Das war eine gute Frage. Was würde sie dann tun? Außer ihrer Karriere gab es nichts und niemanden, der draußen auf sie wartete. Auf einen Plan B konnte sie auch nicht zurückgreifen, denn sie hatte keinen.

»Ich bin ein Stehaufmännchen, Esther. Machen Sie sich um mich keine Sorgen.«

Roxi lächelte ein letztes Mal in die Kamera, und für einen kurzen Moment hätte sie fast geglaubt, dass sie nichts zu befürchten hatte. Aber sie wusste: Wenn die Kamera sich jemals wieder von ihr abwenden würde, würde sie aufhören zu existieren. Das war schon einmal passiert, und es war entsetzlich gewesen. Sie würde immer einen Weg finden, um weiter von den Flammen des Ruhms verzehrt zu werden und nicht als ein Niemand zu verlöschen.

92

Corrine

Corrine hielt die beiden jungen Männer links und rechts an der Hand, während sie, Einigkeit demonstrierend, gemeinsam über die Bühne und zum Rednerpult gingen. Die beiden zitterten genau so stark wie sie selbst. Zwei weitere Personen folgten ihnen, die nicht weniger nervös waren.

Es war schon später Nachmittag, als sie die Bühne betraten, und die gewaltige Menschenmenge, die sich im Londoner Kennington Park drängte, war beeindruckend. Medienberichten zufolge waren von den über eine Million Menschen, die heute in die Hauptstadt gekommen waren, um gegen das Gesetz über die Unantastbarkeit der Ehe zu demonstrieren, jetzt über hunderttausend hier versammelt. Viele von ihnen trugen T-Shirts mit dem Logo von Freiheit Für Alle, andere hielten Fahnen in leuchtenden Farben hoch. Überall im Park standen gigantische Bildschirme, auf denen die Auftritte der Hauptrednerinnen übertragen wurden. Eine von ihnen war Corrine.

Zusammen mit ihren Begleitern wartete sie, bis der Applaus verklungen war, und nahm dann das Mikrofon in die Hand. Sie hatte erwartet, dass die übermenschliche Aufgabe, die vor ihr lag, sie einschüchtern würde. Doch stattdessen schoss ihr jetzt das Adrenalin durch die Adern und verlieh ihr ein unerwartetes Selbstvertrauen.

»Guten Tag, liebe Teilnehmerinnen und Teilnehmer«, begann sie ihre Rede. »Mein Name ist Corrine Nelson, und ich bin Mitglied des FFA-Ortsverbands Northampton. Vor einigen Monaten haben mein Kollege Nathan Taylor und ich die Aufgabe erhalten, Vorwürfen gegen Bildungsministerin Eleanor Harrison nachzugehen, die auch Abgeordnete meines Wahlkreises ist. Die beiden tapferen jungen Männer zu meiner Rechten und Linken hatten uns informiert, dass Harrison wiederholt junge Männer mit Drogen außer Gefecht gesetzt und dann sexuell missbraucht hatte. Sie wussten das, weil sie selbst solchen Angriffen zum Opfer gefallen waren.«

Corrine wartete, bis das Raunen abgeebbt war, und schilderte dann im Detail, was den beiden widerfahren war, berichtete von der gescheiterten Aktion, die die FFA auf eigene Faust durchgeführt hatte, von Nathans Reaktion auf die Drogen, die Harrison ihm untergejubelt hatte, und von den angeblichen Verletzungen, die sie der Öffentlichkeit präsentiert hatte.

»Die FFA hat sich von dem Vorfall in Harrisons Wohnung distanziert, weil sie fürchtete, dass die Verfechter des neuen Ehegesetzes nach dem Selbstmord von Jem Jones die Ressentiments gegen die FFA, die in den Medien bereits weit verbreitet waren, ausnutzen und weiter anheizen würden. Mittlerweile hat man jedoch erkannt, dass diese Entscheidung falsch war, und im Sinne lückenloser Transparenz haben wir die Rückendeckung bekommen, hier und heute zum ersten Mal in der Öffentlichkeit darüber zu sprechen.«

Obwohl die Menschenmenge unüberschaubar war, erkannte Corrine Freyas Stimme, die ihr von irgendwoher zurief: »Ich bin stolz auf dich, Mum!« Corrine musste lächeln. »Das war meine Tochter«, erklärte sie. »Ich liebe dich auch.« Das Publikum reagierte mit Jubelrufen.

»Mit Sicherheit überrumpeln wir die Anwälte von Mrs. Harrison damit, und sie werden im Handumdrehen eine entsprechende Gegenrede vorbereiten, einschließlich des Vorwurfs der Verleumdung sowie der Forderung nach einer Entschuldigung und Beweisen. Leider steht uns das Videomaterial, das an diesem Abend entstanden ist, bedingt durch Umstände, die sich unserem Einfluss entziehen, nicht mehr zur Verfügung.«

Damit reichte sie das Mikrofon an Nathan weiter.

»Man hat mich gewarnt, dass ich mir sämtliche Karrierechancen zunichtemache, wenn ich mich öffentlich äußere«, begann er. »Ich weiß, dass Harrisons Leute versuchen werden, uns die Schuld in die Schuhe zu schieben. Sie werden sagen, dass ihr uns nicht glauben sollt, dass wir uns an Harrison herangemacht hätten und sie uns abgewiesen hätte. Sie werden behaupten, dass wir ihr Geld abnötigen wollten oder dass wir nur berühmt werden wollen und sie deswegen mit Dreck bewerfen. Sie werden vor nichts zurückschrecken, damit wir von Freiheit Für Alle als die Bösen dastehen. Deswegen haben Corrine und ich jemanden mitgebracht, der besser als wir darlegen kann, wozu Eleanor Harrison imstande ist.«

Nathan reichte das Mikrofon an die fünfte Person auf der Bühne weiter. Corrine wandte sich mit einem aufmunternden Nicken an den jungen Mann, das besagte: *Du schaffst das.*

»Ich bin William Harrison, der Sohn von Eleanor Harrison«, sagte er mit angespannter Stimme. »Ich bin überzeugt davon, dass das, was diese beiden hier berichtet haben, wahr ist. Denn meine Mutter hatte das zuvor schon zwei Mal gemacht, mit Freunden von mir.« Will atmete tief durch und berichtete dann der versammelten Menge, dass seine Mutter früher so gut wie nie zu Hause gewesen war, und wenn, dann war sie oft tagelang in ihrem Arbeitszimmer verschwunden, das außer ihr niemand betreten durfte.

»Vor sechs Jahren wollte ich wissen, warum sie uns so wenig Aufmerksamkeit schenkte und was sie stattdessen beschäftigte. Also stöberte ich, als sie einmal nicht da war, in ihrem Laptop herum. Ich entdeckte zahlreiche Pornoseiten, mit jungen Männern, die Sex mit deutlich älteren Frauen hatten. Als meine Mutter mich erwischte, tat sie es ab und behauptete, sie recherchiere für ein Anti-Pornografie-Gesetz, an dem sie arbeite. Ich wusste, dass das gelogen war. Aber ich sprach sie nie wieder darauf an, weil ich ahnte, dass ihr das peinlich wäre. Nach diesem Tag ließ sie nie wieder ein elektronisches Gerät unbeaufsichtigt irgendwo liegen.

Als ich sechzehn war, wohnte einmal ein Freund von mir vorübergehend bei uns, während seine Eltern Urlaub machten. Meine Mutter nahm ihn sehr herzlich auf, und weil sie beide Nachteulen waren, blieben sie oft gemeinsam lange auf und sahen sich Filmklassiker vom Anfang des Jahrhunderts an, während wir anderen schon im Bett waren. Aber nach ein paar Tagen packte mein Freund seine Sachen und verschwand, ohne sich zu verabschieden. Als ich ihn irgendwann erreichte, sagte er, dass er jetzt bei seinen Großeltern wohnte. Und als die Schule wieder anfing, ging er mir aus dem Weg. Ich verstand nicht, was ich falsch gemacht hatte.

Während meines ersten Jahres an der Uni passierte etwas Ähnliches. Mum schlug vor, ich solle doch mit ein paar meiner Kommilitonen aus der Politikwissenschaft nach Westminster kommen, wo sie uns durchs Parlament führen würde. Wir fuhren mit dem Zug nach London, besuchten eine Debatte, und am Ende des Abends saßen meine Mum und einer aus unserer Gruppe ins Gespräch vertieft beisammen. Wir ließen sie zurück und fuhren in unser Hotel. Am nächsten Tag nahm der Kommilitone einen früheren Zug als wir, und an der Uni wechselte er sogar eines seiner Fächer, damit wir keine gemeinsamen Vorlesungen mehr hatten. Er zog sich vollkommen aus unserem Freundeskreis zurück. Das war schon das zweite Mal. Wieder war meine Mutter beteiligt gewesen, und beide Male war sie mit der betreffenden Person zuvor allein gewesen.

Diesmal blieb ich hartnäckig. Ich stellte den Kommilitonen zur Rede und setzte ihm so lange zu, bis er mir erzählte, was passiert war. Er gab zu, dass zwischen ihm und meiner Mutter etwas Sexuelles vorgefallen war, aber er wusste nicht mehr genau, was. Er wusste nur, dass es nicht von ihm ausgegangen war und dass er sich nicht dagegen hatte wehren können. Mein ehemaliger Schulfreund war schwieriger aufzuspüren, aber als ich ihn gefunden und er sich zu einem Treffen bereit erklärt hatte, erzählte er mir eine ganz ähnliche Geschichte.«

Corrine blickte in die Gesichter der Menge, um zu sehen, wie die Menschen reagierten. Sie wirkten genauso schockiert und fassungslos, wie sie selbst es gewesen war, als Will ihr bei ihrem ersten Treffen in der Universitätsbibliothek unter Tränen dieselbe Geschichte anvertraut hatte.

»Warum glaube ich diesen Menschen mehr als meiner eigenen Mutter?«, fuhr Will fort. »Wenn ihr Eleanor Harrison kennen würdet, wenn ihr miterlebt hättet, wie distanziert und kaltblütig sie sein kann, wie verschlossen sie ist und wie unbeirrbar sie ihren Willen durchsetzt, egal, wen sie damit verletzt, dann wüsstet ihr, dass sie nicht wie andere Mütter ist.«

Will wandte sich nach rechts und machte mit der Hand ein Zeichen. Daraufhin erschien auf dem Bildschirm hinter ihm ein Dokument mit dem Briefkopf eines privaten Krankenhauses, ein digitaler, mit Vermerken versehener Notizzettel. Corrines Hackerkontakt hatte sich wieder einmal als hilfreich erwiesen. »Diese offizielle Patientenakte widerlegt ihre Behauptungen bezüglich des Überfalls«, erläuterte Will. »Sie hatte am Kopf einen Bluterguss und eine leichte Schwellung, sonst aber keine weiteren Verletzungen. Und der Zahn, den sie angeblich verloren hat, war nur ein Provisorium.«

Das nächste Bild zeigte Harrison und ihre Familie auf der Treppe vor ihrem Apartmenthaus.

»Dieses Foto kennt ihr wahrscheinlich«, sagte Will. »Da stehe ich noch neben meiner Mutter, während sie ihre Lügen verbreitet. Ich habe aus ihren Verbrechen sogar Profit geschlagen. Als ich ihr gesagt habe, dass ich wusste, was sie mit meinen Freunden gemacht hatte, hat sie es abgestritten. Aber dann hat sie mir vorgeschlagen, für meine Studiengebühren, die Miete für das Wohnheim und die Lebenshaltungskosten aufzukommen, wenn ich im Gegenzug nie wieder ›so widerliche Anschuldigungen‹ vorbringen und mit ihr gelegentlich in der Öffentlichkeit auftreten würde. Ich war so egoistisch, dass ich zugestimmt habe. Durch mein Schweigen wurde ich zum Mittäter. Heute stehe ich nicht mehr an der Seite meiner Mutter, sondern an der Seite von Nathan und der beiden Freunde, die ich so schändlich im Stich gelassen habe. Ich entschuldige mich in aller Form dafür, dass es so lange gedauert hat, bis ich so für sie da sein konnte, wie sie es brauchen. Ich hoffe, dass der heutige Tag dazu beiträgt, dass ihnen die Gerechtigkeit widerfährt, die ihnen zusteht. Das ist das Mindeste, was ich für sie tun kann.«

Unter dem Applaus des Publikums gab Will das Mikrofon an Corrine zurück.

»Das neue Ehegesetz ist moralisch so verdorben wie die Menschen, die hinter ihm stehen«, sagte Corrine abschließend. »Ein Paar, das eine Smart-Ehe eingegangen ist, sollte in keiner Weise besser behandelt werden als ein Paar, das sich gegen ein Upgrade entschieden hat, oder als Menschen, die lieber allein leben. Und eine demokratisch gewählte Regierung sollte das eigene Volk nicht gegeneinander aufhetzen, auch wenn sie glaubt, damit einem höheren Gut zu dienen. Die Liebe ist eines der letzten Dinge auf dieser Welt, die noch frei und nicht ökonomisiert sind. Hören wir auf, sie mit barer Münze aufzuwiegen. Ich danke euch.«

Als Corrine und ihre Mitstreiter von der Bühne stiegen, klang es hinter ihnen aus hunderttausend Kehlen: »Die Liebe ist frei!«

93

Luca

Von der Seitenbühne aus fiel Lucas Blick auf ein Meer aus Menschen, das sich weiter erstreckte, als das Auge reichte.

Wieder drehte sich ihm vor Nervosität der Magen um. Er entschuldigte sich und lief zum vierten Mal innerhalb einer Stunde zu den mobilen Toiletten hinter der Bühne. Er riss sich die Jeans herunter, aber da war nichts mehr in ihm, außer zum Zerreißen gespannten Nerven. Dennoch wusch er sich die Hände, ging zurück in den Backstagebereich und versuchte sich zu sammeln, so wie sein Therapeut es ihm geraten hatte.

Es war klar gewesen, dass der heutige Tag stressig werden würde, auch schon bevor die Nachricht von Jeffrey Beechs Tod in einer Welle von Textnachrichten, Mails und News Alerts durch die Nachrichtenkanäle und bis auf Lucas Handy gesickert war. Er war erleichtert und wütend, und er hoffte, dass die Albträume, die ihn um den Schlaf brachten und ihn manchmal auch tagsüber außer Gefecht setzten, nun Geschichte sein würden. Aber heute war nicht der Tag, um sich mit seinen Gefühlen zu beschäftigen. Er musste sie zur Seite schieben und sich dem widmen, was jetzt anstand. »Eins nach dem anderen«, sagte er flüsternd zu sich selbst.

»Hi, Luca«, sagte eine junge Frau mit funkelnden blauen Augen und riss ihn so aus seinen Gedanken. »Hier ist dein Mikro. Dein Text steht auf dem Teleprompter in dem Bildschirm direkt vor dir.«

»Okay«, sagte Luca. Sein Hals kratzte.

»Soll ich dir was zu trinken holen?«

»Ja, ein Schluck Wasser wäre toll. Danke.«

Als die junge Frau verschwunden war, spielte er kurz mit dem Gedanken, die Flucht zu ergreifen. Er könnte das Mikro auf einen Tisch legen, an der Security vorbei das Gelände verlassen und nach Hause fahren und müsste nie wieder an diesen grässlichen Abend denken. An Noahs leblosen Körper, an Jeffreys verzweifelte Versuche, ihn davon zu überzeugen, dass sie zusammengehörten, an Jeffreys Hände, die sich um seinen Hals legten.

Er schüttelte den Kopf. Nein, dachte er. Er musste bleiben. Er war es Jeffreys Opfern schuldig – denen, die noch lebten, und denen, die tot waren –, dass er hier und heute seine Geschichte erzählte.

»Viel Glück«, sagte die Bühnenarbeiterin und gab ihm eine Flasche Wasser. Luca nahm einen langen Schluck, während auf der Bühne Howie Cosby ans Mikrofon trat, der Sprecher von Freiheit Für Alle.

»Unseren nächsten Redner werden viele von euch von dem Prozess kennen, der unser Land so lange in Atem gehalten hat«, sagte Cosby. »Er und sein Ehemann waren die letzten Opfer des Beziehungsbegleiters Jeffrey Beech, der kürzlich wegen Mordes verurteilt wurde. Wir freuen uns, ihn heute auf der Bühne begrüßen zu können: Luca Stanton-Gibbs.«

Beifall brandete auf, und mit bleischweren Beinen ging Luca zu der Stelle, die auf dem Boden mit einem X aus schwarzem

Klebeband markiert war. Das letzte Mal hatte er bei dem Prozess gegen Jeffrey vor Publikum gestanden. Über seine Aussage war ausführlich berichtet worden. Sie hatte ausgereicht, damit Jeffrey schuldig gesprochen wurde, und hatte die Behauptung der Verteidigung entkräftet, Luca habe Jeffrey angestiftet und beide hätten sich zusammengetan, um Noah umzubringen. Nach nur vierstündiger Beratung stellte sich die Jury auf die Seite von Luca und der zahlreichen anderen Zeugen, die die Staatsanwaltschaft aufgeboten hatte. In der Folge hatte Luca sämtliche Anfragen für Interviews abgelehnt, um sich ganz darauf konzentrieren zu können, seelisch wieder ins Gleichgewicht zu kommen. Aber als sich die Organisatoren der heutigen Demonstration mit ihm in Verbindung gesetzt hatten, hatte er gewusst, dass es seine Pflicht war teilzunehmen.

Er hielt sich mit einer Hand am Rednerpult fest, richtete den Blick auf den Teleprompter und räusperte sich.

»Viele von euch kennen wahrscheinlich Teile meiner Geschichte, aber noch nicht alle Einzelheiten«, sagte er. »Deshalb will ich sie heute in ihrer Gesamtheit erzählen.«

Nachdem er geschildert hatte, wie er und Noah sich kennengelernt und geheiratet hatten, berichtete er davon, wie sie durch einen Fehler im Audite-System auf Stufe zwei gestellt worden waren und Jeffrey in ihr Leben getreten war.

»Noah hat mich immer wieder vor ihm gewarnt. Er war überzeugt davon, dass Jeffrey etwas im Schilde führte. Aber obwohl uns die Technologie, die uns doch eigentlich hätte helfen sollen, so übel mitgespielt hatte, war ich noch immer von dem neuen Ehegesetz überzeugt. Ich war sicher, dass ein Mensch erkennen würde, dass die Entscheidung der Maschine falsch war, und sie rückgängig machen würde. Ich war sicher, dass Jeffrey auf unserer Seite stand. Ich war offen für seine Vorschläge und hörte auf seinen Rat. Und dabei lag ich so falsch wie nie zuvor in meinem Leben.«

Das Publikum hörte weiter in respektvoller Stille zu, während Luca beschrieb, wie Jeffrey einen Keil zwischen ihn und Noah getrieben und immer mehr Macht über sie gewonnen hatte, wie er langsam, aber stetig das Vertrauen, das sie ineinander hatten, untergraben hatte, bis ihre Ehe wirklich in einer handfesten Krise steckte.

»Am letzten Abend, als Jeffrey mich gewürgt und mir immer wieder Elektroschocks verpasst hat ...« Luca versagte die Stimme, und er hielt inne und nahm einen Schluck Wasser. »Ich bin heute nur noch durch einen glücklichen Zufall am Leben. Als Noah nach Hause kam, nachdem Jeffrey ihm dieses Video geschickt hatte, muss Jeffrey der Anhänger, mit dem er den Audite steuerte, aus der Tasche gefallen und auf der Treppe liegen geblieben sein. Als Noah die Treppe nach oben lief, um nach mir zu sehen, hat er ihn aufgehoben und damit den Audite wieder eingeschaltet, damit das bevorstehende Gespräch zwischen ihm und Jeffrey aufgezeichnet würde. Dieses eine Mal war das zu unserem Vorteil, denn bestimmte Schlüsselwörter haben das System dazu gebracht, einen Notruf abzusetzen. Als Jeffrey versuchte, mich umzubringen, traf die Polizei ein und nahm ihn fest.«

Unter donnerndem Applaus schob die Frau, die Luca das Mikrofon und das Wasser gegeben hatte, einen Rollstuhl auf die Bühne. Darin saß Noah. Luca beugte sich zu seinem Mann, gab ihm einen Kuss und nahm seine Hand.

»Jeffrey hat uns seelischen und körperlichen Schaden zugefügt, und das wirkt sich bis heute aus«, fuhr Luca fort. »Ich leide an einer posttraumatischen Belastungsstörung und sehe die Ereignisse dieses Abends immer wieder vor mir. Aber Noah musste weitaus mehr durchmachen. Als die Sanitäter eintrafen, war er fast tot, und nur ihre Beharrlichkeit hat ihn gerettet. Jeffreys Schläge und der Sauerstoffmangel haben zu Verletzungen im Gehirn geführt, die mehrere Schlaganfälle verursacht haben. Er hat Probleme mit dem Kurzzeitgedächtnis, und seine rechte Körperhälfte ist teilweise gelähmt. Der Druck, der auf seiner Luftröhre lastet, erschwert ihm das Sprechen. Er musste seinen Beruf aufgeben, den er so geliebt hat. Aber er lebt, und das ist das Wichtigste.«

Wieder brandete Applaus auf. Luca wartete, bis er verklungen war, und sprach dann weiter. »Mit Blick auf das, was geschehen ist, hat man uns die außerordentliche Möglichkeit zu einer freiwilligen Scheidung eingeräumt. Aber wir sind noch immer zusammen, vielleicht sogar mehr als je zuvor. Noah hat gesundheitliche Probleme, aber abgesehen davon haben wir alles, was wir uns wünschen könnten. Wir sind aus dem Haus in New Northampton ausgezogen und haben in London eine Wohnung gemietet, nahe des Krankenhauses, in dem Noah ambulant behandelt wird. Beccy, unsere Leihmutter, hat sich wieder zu unserer Verfügung gestellt, und sobald Noah so weit ist, werden wir unsere Pläne für eine Familie wieder in Angriff nehmen. Und wir haben die Hälfte der Entschädigung, die wir von der Regierung bekommen haben, an Freiheit Für Alle gespendet. Den Rest werden wir für Noahs Behandlungskosten verwenden.

Mit dem, was aus der Smart-Ehe geworden ist, wollen wir nichts mehr zu tun haben. Das neue Ehegesetz hat die Liebe aus der Ehe gestrichen und dazu geführt, dass wir nur noch bessere Autos wollen, die wir vor besseren Häusern parken können, die in besseren Städten stehen. Keine Ehe sollte von irgendjemandem überwacht werden, und schon gar nicht von künstlicher Intelligenz. Und die KI sollte auch die Gesellschaft nicht spalten. Ob zwei Menschen verheiratet sind, darf keine Rolle spielen. Single zu sein, unverheiratet zusammenzuleben oder verwitwet zu sein, ist kein Makel. Aber verheiratet zu sein, ist derzeit ein unhaltbarer Zustand. Doch wir können etwas dagegen tun.«

Das Jubeln der Menge schwoll an, als Noah mit Lucas Hilfe aus dem Rollstuhl aufstand und dann selbstständig die fünf Schritte bis zum Rednerpult ging. Er nahm Luca fest an der Hand und begann seine kurze Rede. Dabei reihte er langsam ein Wort an das andere.

»Wir brauchen kein Geld, um glücklich zu sein«, sagte er bedächtig. »Früher, ohne das neue Ehegesetz, sind wir auch gut zurechtgekommen, und das wird auch wieder so sein, wenn das Gesetz annulliert ist. Wenn ihr, die ihr uns zuseht – hier vor der Bühne oder zu Hause –, derselben Meinung seid, dann kämpft und erhebt eure Stimme, so wie ich es jetzt tue. Wenn bei der nächsten Wahl genug Leute ihr Herz sprechen lassen, dann bekommen wir vielleicht die gleichberechtigte Gesellschaft, die uns als Menschen zusteht.«

Der Beifall, der aufbrandete, als Noah zurück zu seinem Rollstuhl ging, war so laut wie keiner zuvor an diesem Tag. Luca gab ihm erneut einen Kuss, dann winkten sie der Menge zum Abschied zu, verließen die Bühne und gingen zurück in ihr neues, aber doch vertrautes Leben.

94

Jada

Vom rückwärtigen Teil des Parks aus war die Sicht auf die Bühne zwar nicht besonders gut, aber das machte Jada nichts aus. Sie hätte die Kundgebung auch im Fernsehen verfolgen können, zu Hause bei ihrer Schwester, wo sie und Matthew jetzt wohnten, nachdem Ally und Marley ihr Haus gekauft hatten. Aber sie fühlte sich verpflichtet, das zu Ende zu führen, wofür Anthony gestorben war, und das bedeutete auch, sich nicht zu verstecken. Und um nichts in der Welt wollte sie verpassen, wie das Publikum auf das reagieren würde, was gleich kommen sollte.

Sie überprüfte noch einmal die Reisepass-App auf Allys Handy. Wenn alles nach Plan lief und ihr Eurostar pünktlich war, würde sie Ally und Marley noch heute Abend in Paris treffen. Gestern hatten sie, zusammen mit Matthew, diese Reise schon einmal gemacht. Ally war mit Jadas Pass gereist, und weil sie sich so frappierend ähnlich sahen, hatte keiner der Beamten einen Verdacht geschöpft. Nach dem heutigen Nachmittag bekäme Jadas Pass jedoch garantiert einen Sicherheitsvermerk, und sie würde Gefahr laufen, festgenommen zu werden. Daher wollte sie mit Allys Pass reisen.

Die Organisatoren hatten ihr mitgeteilt, dass ihr Beitrag der letzte der Kundgebung sein sollte. Dennoch war sie von

Anfang an dabei gewesen, war mit durch die Straßen marschiert und hatte sich anschließend, als sich die Demonstranten im Kennington Park versammelt hatten, alle Redner angehört und auch alle Prominenten und Musiker, die aufgetreten waren.

Am meisten erschütterte sie, wie stark ihre beiden ehemaligen Kunden Luca und Noah von ihrem Erlebnis mit dem Beziehungsbegleiter traumatisiert worden waren. Sie hätte sie gern getroffen oder ihnen zumindest geschrieben, um sich in Anthonys Namen bei ihnen zu entschuldigen. Aber noch sah sie davon ab. Vielleicht ließe sich all das leichter erklären, wenn der heutige Tag vorüber war.

Anthonys Tod hatte sie so schwer getroffen, wie einen nur der plötzliche Verlust eines geliebten Menschen treffen kann. Die Trauer kam in Wellen, und wenn sie Jada nicht mit sich zu reißen drohte, fachte sie die Wut in ihr an. Sie hatte sich immer damit abgefunden, dass Anthony über das meiste, was seine Arbeit betraf, nicht sprechen durfte, aber sie hatte sich nie gefragt, ob die Projekte, an denen er mitarbeitete, anderen Menschen schadeten. Sosehr sie ihn auch liebte, sie schämte sich für das, was er getan hatte. Und sowohl sie selbst als auch Matthew würden lernen müssen, damit zu leben.

Ihre Wut richtete sich auch gegen Anthonys Vorgesetzte, die sie so schikaniert hatten. Nachdem sie in Heathrow wegen Drogenschmuggels festgenommen worden war, waren sie und Matthew für zwei Tage getrennt worden. Sie war in einer Zelle festgehalten worden und dann plötzlich und ohne jede Erklärung wieder freigekommen, und anschließend hatte man sie und Matthew, der von dem Vorfall schwer traumatisiert war, wieder zusammengeführt. Doch bevor sie gehen durften, hatte ihnen ein groß gewachsener, hagerer Mann mit unergründlichen dunklen Augen mitgeteilt, dass Anthony tags zuvor bei einem Autounfall ums Leben gekommen war. Jada hatte sofort gewusst, dass das kein Zufall war. Als sie nach Hause kamen, waren aus Anthonys Arbeitszimmer bereits sämtliche elektronischen Geräte entfernt worden.

Jada glaubte kein Wort von dem Polizeibericht, der feststellte, dass der Bordcomputer des Autos fehlerfrei funktioniert hatte und der Unfall durch ein Fehlverhalten des Fahrers verursacht worden war. Dass Anthonys Fahrzeug mit demselben Brückenpfeiler kollidiert war, an dem seine Mutter gestorben war, deutete laut der gerichtlichen Untersuchung darauf hin, dass er sich selbst das Leben hatte nehmen wollen. Aber Jada kannte ihren Mann und wusste, wie sich der Selbstmord seiner Mutter auf ihn ausgewirkt hatte. So etwas hätte er seiner eigenen Familie niemals angetan. Sie war überzeugt, dass er wegen seines Berufes hatte sterben müssen. Sie hatte versucht, jemanden zu finden, der dafür hätte Beweise liefern oder ihr helfen können, gegen die Ergebnisse der Untersuchung Einspruch zu erheben, doch vergeblich. Sie war vollkommen allein.

Die Stimme, die jetzt aus den Lautsprechern drang, die über den ganzen Park verteilt waren, zog ihre Aufmerksamkeit auf sich. Sie kannte Howie Cosby mittlerweile persönlich und hatte ihn in letzter Zeit häufig getroffen.

»Vielen Dank, dass ihr heute hier erschienen seid«, sagte Cosby. »Wenn der Widerstand gegen das neue Ehegesetz so massiv ist, wie es diese Menschenmenge hier vermuten lässt, dann bin ich sehr sicher, dass wir gewinnen werden. Unsere letzte Rednerin kann leider nicht persönlich hier sein, aber was ihr jetzt gleich hören werdet, ist wahrscheinlich der wichtigste Beitrag des heutigen Tages.«

Als Cosby die Bühne verließ, ballte Jada die Fäuste und sah zum Himmel auf. *Das ist für dich, Schatz,* dachte sie. *Jetzt gibt es kein Zurück mehr.*

Stille legte sich über den Kennington Park. Die Bildschirme wurden schwarz, und als sie wieder aufleuchteten, zeigten sie das Standbild einer Frau.

Es war Jem Jones.

Das war nicht die Frau, die die Fans in den letzten Monaten ihres Lebens gesehen hatten. Das war nicht die eingeschüchterte Jem, die verzweifelte Jem, die von all den Anfeindungen und dem Hass erschöpft war. Das hier war die jugendliche Jem von früher, die junge Frau, in die sich das Publikum verliebt hatte, lange bevor sie für das neue Ehegesetz Partei ergriffen hatte.

»Hallo, Kennington Park«, sagte sie mit klarer, kräftiger Stimme. »Mein Name ist Jem Jones. Mit mir habt ihr wahrscheinlich nicht gerechnet.« Sie hielt kurz inne, und ein Raunen der Verwunderung lief durch die Menge. »Was ist denn *das* …?«, sagte eine Frau, die vor Jada stand. »Wann wurde das denn aufgenommen?« Andere riefen »Sperrt sie ein!« oder »Hau ab!«.

»Die meisten von euch wissen wahrscheinlich, wer ich bin«, fuhr Jem fort. »Manche von euch haben vielleicht meine Videoblogs von Anfang an verfolgt, andere haben vielleicht erst von mir gehört, als ich schon tot war. Aber ob ihr mich geliebt oder verabscheut habt – eines verbindet euch: Niemand von euch hat mich je wirklich gekannt.

Jetzt ist es an der Zeit, so einiges richtigzustellen. Als Erstes müsst ihr wissen, dass Jem Jones keine reale Person ist. Ich habe nur eine Rolle gespielt. Ich bin das Ergebnis einer Regierungsinitiative, die zum Ziel hatte, eine Figur zu erschaffen, die die Herzen der britischen Öffentlichkeit erobern sollte und, was noch viel wichtiger war, der die Leute vertrauen konnten. Bevor ich das erste Mal aufgetreten bin, wurde eingehend untersucht, was die Menschen an Prominenten und Influencerinnen mögen und was nicht. Die Arbeit von Hunderten Videobloggern und Influencerinnen wurde analysiert, um herauszufinden, warum man jemanden ernst nimmt und ihm zuhört. Jedes noch so kleine Detail wurde erfasst, und davon ausgehend wurde festgelegt, wie oft ich lächeln sollte, wie meine Stimme klingen sollte, welche Farbe meine Augen haben sollten, und sogar, wie intensiv sie funkeln sollten. Spezielle Teams wurden zusammengestellt, die bestimmten, wie mein Make-up und meine Frisur sich im Lauf der Jahre verändern sollten, wie ich mich kleiden sollte, an welchen Orten ich meine Videos drehen sollte, wie mein Lachen klingen sollte, und natürlich, über welche Themen ich sprechen sollte. Das alles wurde genau festgelegt, damit ihr, das Publikum, Jem Jones, dem Produkt, vertraut.«

Aus einigen Ecken waren Buhrufe und Häme zu hören, aber der Großteil der Menge schwieg fasziniert.

»Das zweite, was ihr wissen müsst: Ich bin nicht tot«, fuhr Jem fort. »Ich habe mir keine Pistole an die Schläfe gehalten und auch nie den Abzug gedrückt.«

Die Kamera ging näher an ihr Gesicht heran. »Nichts von alldem ist je passiert. Ich habe mein Leben nie beendet, weil ich gar nicht existiere. Es hat mich nie gegeben.«

Sie hielt inne, und die Kamera kam ihr so nahe, dass nur noch ihre Augen zu sehen waren. »Ich bin eine künstliche Figur, ein Deepfake. Und erschaffen hat mich dieser Mann.«

Jem schloss die Augen, und als sie sie wieder öffnete, waren sie nicht mehr blau, sondern grün. Jadas Magen schlug Purzelbäume, als die Kamera langsam herauszoomte und auf dem Bildschirm Anthonys Gesicht erschien.

Anthony sah eine Weile schweigend in die Kamera, um den ungläubigen Zuschauern Zeit zu geben, das, was sie sahen, zu begreifen.

»Mein Name ist Anthony Alexander, und ich habe Jem Jones erschaffen«, sagte er. »Wie Jem bereits sagte, ist sie ein Deepfake. In den letzten zehn Jahren sind solche Videos zunehmend in Verruf geraten, weil damit niederträchtige Ziele verfolgt wurden oder weil sie für Betrug oder politische Propaganda verwendet wurden. Das hat die Geheimdienste unserer Regierung aber nicht davon abgehalten, mit solchen Aufnahmen ihre Feinde glauben zu machen, sie sprächen mit echten Menschen. Jem war allerdings die erste Deepfake-Figur, mit der man das eigene Volk manipulieren wollte.

Ich bin Entwickler und Programmierer, und Jems Gesicht und ihr Körper basieren auf Aufnahmen, die von mehreren Schauspielerinnen gemacht worden sind. In der Anfangsphase der Entwicklung wurde jede von ihnen Dutzende Stunden lang gefilmt. Dabei wurden sämtliche Bewegungen und die gesamte Bandbreite der Mimik erfasst, wie sich etwa ihre Augen bei hellem Licht weiteten oder wie ihr Haar bei ruckartigen Bewegungen fiel. Dann habe ich, auf Grundlage von Untersuchungen darüber, welcher Art von Gesicht die Menschen vertrauen, die Gestalt von Jem Jones entworfen. Dabei habe ich auch das Äußere meiner Frau, ihre Eigenarten und ihre Persönlichkeit mit einfließen lassen. Mithilfe von Schauspielerinnen haben wir dann für jeden Post und jeden Auftritt von Jem alle ihre Bewegungen aufgezeichnet. Noch nie war eine von einem Computer erschaffene Figur so lebensecht. Und doch war alles an ihr künstlich. Die Räume ihres Hauses, ihre Freundinnen, ihre Haustiere, ihre Beziehungen … Deswegen ist sie auch nie live interviewt worden oder in der Öffentlichkeit aufgetreten, und deswegen haben ihre Familie und ihre Freunde – von denen ja auch sonst nie etwas zu hören war – nicht bekannt gegeben, in welchem Land sie gestorben ist oder wo sie beerdigt wurde. Denn es gab weder eine Familie noch Freunde, es gab keinen Todesfall, der hätte attestiert werden müssen, keine Leiche, die nach Hause hätte überführt werden müssen, und keine Tochter, die hätte beerdigt werden müssen. Und das Haus, vor dem ihre Fans Blumen niedergelegt haben, gehört einer Firma, die Grundstücke verwaltet, die sich in staatlichem Besitz befinden. Das Geld, das Jem durch Sponsoring und Produktplatzierung verdient hat, floss in den Abriss der Alten Städte und den Bau der Neuen Städte. Das einzig Echte an Jem war die Bewunderung, die ihr ihr lange Zeit entgegengebracht habt.

Ich habe lange damit gerechnet, dass die Wahrheit ans Licht kommt und uns das ganze Projekt um die Ohren fliegt. Aber das ist nicht passiert. Wären die Printmedien nicht von den sozialen Medien an den Rand gedrängt worden, gäbe es heute vielleicht noch fest angestellte Investigativreporter, die hinterfragt hätten, wer Jem wirklich war und woher sie kam. Aber so habt ihr alle das Leben und den Tod von Jem Jones für bare Münze genommen.

Als sich irgendwann abzeichnete, dass sich die Stimmung immer mehr gegen das neue Ehegesetz wandte, haben meine Vorgesetzten entschieden, Jem Jones umzubringen und es so aussehen zu lassen, als wäre sie von Leuten wie euch in den Tod getrieben worden, also von den Gegnern des Gesetzes. Dazu habe ich zusammen mit meinem Team Tausende gefälschter Accounts eingerichtet, um Jem fertigzumachen. Einige Monate später haben wir ihr Leben dort beendet, wo es begonnen hatte: in den sozialen Medien. Ich hatte so viel Zeit mit Jem verbracht, dass ich das Gefühl hatte, ich sei es ihr schuldig, sie persönlich umzubringen. Also haben wir meine Hand gefilmt, mit der ich die Pistole gehalten und abgedrückt habe, und sie dann anstelle von Jems Hand in das Video montiert. Das Deepfake eines Deepfakes.

Anschließend lief eine Zeit lang alles nach Plan. Aber meine Vorgesetzten hatten nicht damit gerechnet, dass ihr – die FFA und ihre Anhänger – zurückschlagen und euch dagegen wehren würdet, dass man euch schikaniert und mundtot machen will. Stattdessen habt ihr den Kampf gesucht. Und manche von euch sind für eure Sache gestorben. Das werde ich mir nie verzeihen.

Vermutlich fragen sich jetzt viele von euch, warum ihr mir glauben solltet. Vielleicht bin ich ja auch nicht echt? Ich bin Howie Cosby begegnet, und er kann dafür bürgen, dass ihr in diesem Video einen Menschen aus Fleisch und Blut vor euch seht und kein Bild aus dem Computer. Und wenn ich heute nicht persönlich bei euch bin, um euch das alles zu erklären, dann höchstwahrscheinlich deshalb, weil ich tot bin. Warum? Weil ich vorhabe, die Regierung nicht nur dafür an den Pranger zu stellen, dass sie euch mit Jem Jones betrogen hat, sondern auch für ihr nächstes Vorhaben, das uns allen droht, falls sie die Wahlen gewinnen, und bei dem es um eure Kinder geht.«

Jada hörte still zu und registrierte, wie um sie herum der Unmut wuchs, während ihr verstorbener Mann von den Plänen der Regierung berichtete, schwächere Schüler ihren Familien zu entreißen und in sogenannte Junge-Bürger-Häuser zu stecken. Er schilderte, wie er und sein Team die Deepfake-Besetzung für eine Fernsehserie entwickelt hatten, die das Publikum – Alte wie Junge – manipulieren und der gesamten Bevölkerung das Vorhaben schmackhaft machen sollte. Auf dem Bildschirm erschienen Grafiken mit Entwürfen von Gebäuden und Kindergesichtern, von denen manche schon fast fertig waren, andere dagegen noch Skizzen. Einige zeigten Lippen, die sich bewegten, oder blinzelnde Augen. Es gab Entwürfe für Schuluniformen und Grundrisse von Schlafsälen, gesäumt von zahlreichen Randnotizen, in denen stand, was noch alles verbessert werden musste. Dann folgten Videoclips, in denen Schauspieler vor einem Bluescreen einzelne Szenen probten, während Anthony und sein Team, das so groß war wie noch keines zuvor, digitale Schichten über ihre Gesichter legten.

Jada war noch immer so schockiert wie damals, als sie kurz nach Anthonys Tod den USB-Stick mit diesen Aufnahmen entdeckt hatte. Es war ein Zufallsfund gewesen. Ihr Audite hatte ihr ungefragt Nachrichten mit Ratschlägen geschickt, die ihr »durch diese schwierige Zeit helfen« sollten. Jada hatte das Gerät unzählige Male gebeten, ja, ihm befohlen und es angefleht, damit aufzuhören, aber es hatte weitergemacht. Und als es ihr an einem Tag, an dem es ihr besonders schlecht ging, vorschlug, »dem Schmerz etwas Positives abzugewinnen und aus der Trauermiene ein Lächeln werden zu lassen«, hatte sie den Audite gepackt und durch das Zimmer geschleudert, sodass er auf dem Fliesenboden zerschellte. Erst als sie später die Bruchstücke zusammenkehrte, hatte sie den USB-Stick entdeckt, der darin versteckt gewesen war. So ein Ding hatte sie schon seit Jahren nicht mehr gesehen. Sie war zu ihrer Schwester gefahren, hatte den Stick in Allys alten Laptop gesteckt und dann fassungslos zugesehen, wie ihr verstorbener Mann auf dem Bildschirm erschien und sein Geständnis ablegte. Sie konnte nur vermuten, dass Anthony gehofft hatte, der Audite – der in letzter Zeit für so viel Kummer in ihrer Ehe gesorgt hatte – würde früher oder später die ganze Wucht ihres Zorns abbekommen.

Sie hatte keine Sekunde lang zu überlegen brauchen, was sie mit den Aufnahmen anfangen sollte, und ebenso klar war gewesen, dass sie im Geheimen vorgehen musste, denn sie musste damit rechnen, abgehört oder observiert zu werden. Wenn Anthonys Vorgesetzte imstande gewesen waren, ihn umzubringen und Matthew in der Psychiatrie festzuhalten und zu sedieren, waren sie zu allem fähig.

Ihre Schwester hatte ein Treffen mit Howie Cosby arrangiert, bei dem Jada ihm die Aufnahme vorgespielt und die Unterlagen gezeigt hatte. Nachdem die Echtheit des Videos überprüft worden war, war es unter Verschluss gehalten worden. Bis zum heutigen Tag hatte fast niemand davon erfahren, nicht einmal die Organisatoren der Demonstration.

»Macht es nicht so wie ich«, schloss Anthony. »Weigert euch, wenn man von euch etwas verlangt, das moralisch falsch ist. Gebt euch einen Ruck und steht auf für das, woran ihr glaubt. Habt keine Angst vor der Auseinandersetzung mit dem Feind, denn sonst wird seine Macht wachsen, in einem Ausmaß, das wir noch kaum vorhersehen können.

Aufs Ganze gesehen, habe ich in meinen fünfunddreißig Lebensjahren nicht viel dazu beigetragen, dass wir ein besseres Leben haben. Aber ich hoffe, dass wenigstens mein Tod etwas bewirkt. Wir alle lernen, indem wir leben, aber manche von uns lehren, indem sie sterben.«

Jadas Tränen schossen ihr schneller über die Wangen, als sie sie wegwischen konnte.

»Und genau das hast du getan, Schatz«, flüsterte sie, als der Bildschirm schwarz wurde. Als sie durch die skandierende Menge hindurch zum Ausgang des Geländes ging, küsste sie den Anhänger mit dem heiligen Christophorus, der früher Anthonys Mutter gehört hatte und den jetzt sie um den Hals trug, und sah zum Himmel auf. »Nun muss das Volk entscheiden, in welche Zukunft wir gehen.«

Nachrichtenübersicht
LONDON, ENGLAND, 16:55 UHR

NACH ERDRUTSCHSIEG FÜR DIE OPPOSITION:
PREMIERMINISTER GESTEHT WAHLNIEDERLAGE EIN

Mit 398 Sitzen erobert Freiheit Für Alle die Mehrheit und bildet die
größte Fraktion in der Geschichte des britischen Parlaments.

LONDON, ENGLAND, 19:01 UHR

In einer Pressemitteilung verspricht FREIHEIT FÜR ALLE die
Aufhebung des Gesetzes über die Unantastbarkeit der Ehe zum
Ende des Jahres.

WASHINGTON, USA, 20:07 UHR

US-PRÄSIDENT STANLEY ERNENNT EHEMALIGEN STRATEGIECHEF
DES BRITISCHEN MINISTERPRÄSIDENTEN ZUM SONDERBERATER

Ian Hyde soll die landesweite Einführung eines neuen Schultypus
leiten, in dem gezielt Minderleister betreut werden sollen.
Stanley verspricht, dass die neuen Erziehungshäuser »jedem
Kind eine Chance« geben werden.

Danksagung

Dieser Roman ist mein erstes Buch, das nicht auf meiner eigenen Idee beruht. Vielmehr gebührt der Dank dafür meinem Mann (der ebenfalls John heißt, um es ein bisschen verwirrender zu machen). Eines Tages, als wir mit dem Hund spazieren gingen, sprachen wir über ein befreundetes Ehepaar, das angekündigt hatte, sich zu trennen. Für uns waren die beiden immer »ein Paar für die Ewigkeit« gewesen, zwei Leute, die gemeinsam ihren Weg gehen würden, komme, was wolle. Aber nun hatte es nicht so sein sollen. Das brachte den anderen John zum Nachdenken: Wie würden unsere Beziehungen aussehen, wenn unsere elektronischen Geräte unsere Gespräche aufnehmen würden? Wenn unsere Alexas und HomePods unsere Alltagsgespräche registrieren und uns Nachrichten schicken würden, sobald ihre KI glaubt, uns wäre mit einer Art Neukalibrierung geholfen? Wäre die KI jemals in der Lage, eine Beziehung zwischen zwei Menschen in ihrer ganzen Komplexität zu erfassen? Könnte sie uns voneinander entfremden? Nachdem wir diesen Gedanken stundenlang fortgesponnen hatten, schlug der andere John vor, ich solle aus diesem Stoff einen Roman machen. Mein Hirn fing fieberhaft an zu arbeiten, und ehe ich michs versah, war die Idee zu *The Marriage Act* geboren, und die verzerrte Welt, in der das Buch spielen sollte, nahm Form an.

The Marriage Act ist natürlich ein fiktionales Werk. Aber eine nicht geringe Anzahl von Elementen basiert, mehr oder weniger stark verändert, auf Tatsachen, Studien und Statistiken. So prophezeit etwa eine Studie einer Londoner wirtschaftswissenschaftlichen Universität, dass in unseren Wohnungen installierte, mithörende Geräte schon bald in der Lage sein werden, die Streitigkeiten zwischen Partnern zu interpretieren und Lösungen für Beziehungsprobleme vorzuschlagen. In den USA schickt eine Kirche Beziehungsersthelfer zu Paaren, deren Ehe in Gefahr ist. Währenddessen nehmen Deepfake-Inhalte im Internet mit atemberaubender Geschwindigkeit zu, und Fachleute sagen voraus, dass solche Bilder schon in Kürze nicht mehr von echten zu unterscheiden sein werden. Ich habe auch Websites entdeckt, die interaktive KI-Avatare anbieten sowie die Möglichkeit, sich Nachbildungen von Angehörigen erstellen zu lassen, sodass man weiterhin mit ihnen sprechen kann, wenn sie verstorben sind. In England werden Studien durchgeführt, um herauszufinden, ob Virtual-Reality-Headsets dazu verwendet werden können, um verurteilte Verbrecher im Hausarrest wiedereinzugliedern oder beruflich auszubilden. Und was selbstfahrende Autos angeht, lautet die Frage längst nicht mehr, *ob* sie auf unseren Straßen fahren werden, sondern *wann*.

Es gibt viele Menschen, denen ich dafür danken möchte, dass sie mitgeholfen haben, dieses Buch aus den Köpfen von mir und dem anderen John heraus und in Ihre Hände zu bringen (oder in Ihre Ohren, falls Sie es als Hörbuch haben). Ohne bestimmte Reihenfolge geht mein Dank an den anderen John, für die Idee, für die Originalgrafiken in den ersten Entwürfen, dafür, dass er die KI-Sachen im Blick behalten hat, für die mein Hirn zu klein ist, und dafür, dass er mein erster Leser war. Dann geht mein Dank an unseren kleinen Elliot, der es hingenommen hat, dass Daddy Chops unzählige Stunden in seinem Arbeitszimmer verbracht und sich in seiner Einbildungskraft verloren hat, während er viel lieber auf meinem Computer YouTube-Videos geguckt hätte, in denen Leute Traktoren auspacken. Ein riesiges Dankeschön geht an meine Lektorin Gillian Green für ihre unerschütterliche Unterstützung. Dieses Buch ist das vierte, das wir miteinander gemacht haben, und wieder einmal war es eine unbeschreibliche Freude, mit dir zu arbeiten. Ich danke auch meiner Mutter Pamela, die mich jederzeit unterstützt hat, und meinen ersten Lesern, die mir gesagt haben, was funktioniert und was nicht. Und zu Dankbarkeit bin ich auch dem gesamten Team von Pan Macmillan verpflichtet sowie Jon Cassir von CAA.

Online-Buchclubs waren mir immer eine große Stütze, darunter Tracy Fenton und alle anderen von THE Book Club auf Facebook sowie Emma Louise Bunting und Wendy Clarke vom Fiction Café Book Club und allen von Lost In A Good Book.

Um mich mit der Welt von gescheiterten Beziehungen vertraut zu machen, habe ich viel recherchiert und eine Menge Ratgeber gelesen. Besonders hilfreich waren hier *Die 7 Geheimnisse der glücklichen Ehe* von John M. Gottman, *Your Other Half* von Sophie Personne und *Die 5 Sprachen der Liebe* von Gary Chapman. Aber all die Bücher entwickeln Szenarien, die weitaus positiver sind als das, was den Figuren in diesem Buch widerfährt!

Ich bin kein Zukunftsforscher, aber ich informiere mich gern darüber, wie die Technologie irgendwann einmal unser Leben bestimmen wird. Hier kann ich wärmstens das Magazin *The Wired World* empfehlen, das einmal jährlich erscheint und einen wunderbaren Überblick über die Prognosen über das gibt, was in naher Zukunft oder in mehreren Jahrzehnten normal sein wird. Unter dem Titel »Houses of Tomorrow« beschreibt Richard Godwin in einem lesenswerten Beitrag im *Observer*, wie wir schon bald wohnen werden. Die Anmerkungen dazu, dass KI weder Kunstempfinden noch Sinn für Humor hat, die in der Rede vorkommen, die Anthony bei einem Treffen der FFA hört, basieren auf einer Studie des Autors und Programmierers Gwern Branwen. Weitere Essays und Studien von ihm finden sich auf seiner Website www.gwern.net.

Schließlich geht mein Dank an all meine Leserinnen und Leser. Dieser Roman ist mein zehntes Buch, und ob Sie das erste Mal etwas von mir gelesen haben oder mich schon auf meinem ganzen Weg begleiten – meine Dankbarkeit ist Ihnen sicher.

Wenn du genau wüsstest,
wie lange du noch zu leben hast?
Was würdest du tun?

Mitreißend und packend erzählt Nikki Erlick, was mit uns passiert, wenn uns die eigene Sterblichkeit drastisch vor Augen geführt wird. Ein Roman über das Leben und das Sterben, über Freundschaft und Liebe und über das Menschsein selbst.

HEYNE ‹